Marquis de Sade

Werke in fünf Bänden

Band 3

Donatien-Alphonse-François
de Sade

Juliette

oder

Die Wonnen des Lasters

Erstes Buch

Könemann

Könemann Verlagsgesellschaft mbH
Bonner Straße 126, D-50968 Köln

Herausgegeben von Bettina Hesse
Satz und Gestaltung: Andreas Pohlmann 714
Herstellungsleiter: Detlev Schaper
Cover: Peter Feierabend
Printed in Hungary
ISBN 3-89508-086-1

Inhalt

Erstes Buch

Zweites Buch

ERSTER TEIL

Justine und ich wurden im Kloster Panthemont erzogen, Sie wissen, daß diese Abtei berühmt ist und daß aus ihr die hübschesten, ausschweifendsten Frauen von Paris hervorgehen; Euphrosine, jenes junge Mädchen, das sich aus dem Elternhause entfernt hatte, um sich in die Arme der Wollust zu werfen, war dort meine Genossin gewesen, und da ich von ihr und einer ihr befreundeten Nonne die ersten Grundsätze der Moral zu hören bekommen hatte, muß ich, wie ich glaube, Ihnen vorerst sowohl von der einen, wie von der andern erzählen.

Die Nonne, um die es sich handelt, hieß Delbène. Sie war seit fünf Jahren Äbtissin des Hauses und dreißigjährig, als ich ihre Bekanntschaft machte. Man konnte unmöglich hübscher sein. Ihr Gesichtsausdruck war sanft, ihre Haare blond und große blaue Augen erregten jedermanns Interesse. Als Opfer des Ehrgeizes ihres älteren Bruders, der dadurch reicher werden wollte, war die Delbène mit zwölf Jahren in ein Kloster gesteckt worden, und erst nach langen inneren Kämpfen hatte sie sich an den Gehorsam gewöhnt; sehr frühreif und mit allen Philosophen vertraut, hatte sich die Delbène in ihrer Abgeschiedenheit bloß zwei oder drei Freundinnen bewahrt; die besuchten und trösteten sie, und da sie sehr reich war, konnte sie sich alle Bücher und Erleichterungen verschaffen, die sie wollte.

Euphrosine war fünfzehn Jahre alt, als ich Freundschaft mit ihr schloß, und sie war seit achtzehn Monaten Schülerin der Delbène, als beide mir vorschlugen, mich an meinem dreizehnten Geburtstage ihrer Gesellschaft anzuschließen. Euphrosine war braun, groß und sehr schlank, hatte sehr hübsche Augen und viel Geist und Lebhaftigkeit. Ich brauche Ihnen wohl nicht zu sagen, daß der Hang zur Wollust bei Frauen, die von der Welt zurückgezogen leben, der einzige Beweggrund zum vertraulichen Verkehr ist. Die Oberin, die sich mit meiner Erziehung befassen sollte, lud mich eines Tages zum Frühstück ein. Es war unglaublich heiß, und die außerordentliche Glut der Sonne diente sowohl ihr wie der mitanwesenden Euphrosine als Entschuldigung für die Bekleidung, in der ich sie vorfand. Sie waren nämlich beide, von einem Gazehemde abgesehen, das durch ein großes rotes Band festgehalten war, ganz nackt.

»Seit Sie in dieses Haus eingetreten sind«, sprach Madame Delbène zu mir und küßte mich leicht auf die Stirn, »habe ich immer gewünscht, Sie näher kennen zu lernen; Sie sind sehr hübsch und scheinen Geist zu besitzen und derartige junge Mädchen haben ein Anrecht auf mich. Aber Sie erröten ja, kleiner Engel, das verbiete ich Ihnen; die Scham ist ein Hirngespinst, sie ist eine Gewohnheit. Die Natur, die den Mann und das Weib nackt geschaffen hat, kann ihnen unmöglich auch Scham für diesen Zustand eingeflößt haben. Aber wir werden über all dies noch plaudern, jetzt entkleiden Sie sich nach unserem Vorbild.« Dann näherten sich die beiden Schelminnen mir lachend, und als ich mich in demselben Zustand befand wie sie, begann die Delbène mich mit Küssen zu bedecken, die einen ganz anderen Charakter trugen. »Wie schön meine Juliette ist«, rief sie bewundernd aus. »Wie ihre hübschen kleinen Brüste schon zu zittern beginnen. Sie sind größer als deine, Euphrosine, und trotzdem ist sie erst dreizehn Jahre alt.« Die Finger unserer entzückenden Oberin kitzelten die Rosenspitzen meiner Brüste, und ihre Zunge wand sich in meinen Mund hinein. Sie bemerkte bald, daß ihre Liebkosungen auf mich so stark wirkten, daß mir beinahe übel wurde.

»Teufel!« rief sie aus, denn sie konnte sich nicht länger halten, »schämen wir uns nicht länger, meine Freundinnen, weg mit allem, was die Reize der Natur vor unseren Augen verbirgt«, und sie warf den dünnen Schleier, der sie bisher bedeckt hatte, von sich, so daß sie nunmehr unseren Augen schöner als Venus erschien. Euphrosine, die es ihr rasch nachmachte, zeigte mir nicht ebensoviel Reize, doch welche Augen und welchen Geist besaß sie. Sie können sich vorstellen, wie ich durch den Anblick der beiden erregt war. Im Taumel des süßesten Rausches trug mich die Delbène auf ihr Bett, bedeckte mich mit Küssen.

»Einen Augenblick«, sprach sie mit glühendem Gesicht, »ordnen wir unsere Verzückungen ein wenig, denn nur so genießt man wahrhaftig.« Bei diesen Worten spreizte sie meine Beine auseinander, legte sich platt auf das Bett mit dem Kopf zwischen meine Schenkel und leckte mich, während meine Genossin ihr den gleichen Dienst leistete.

Die Hure war lebhaft erregt und verschlang gierig die Ergüsse, die ihre wollüstigen Bewegungen in mir hervorriefen. Manchmal unterbrach sie sich, um mich in meinem Freudentaumel zu beobachten. »Wie schön sie ist!« rief die Tribade aus, »kitzle mich, Euphrosine, ich möchte in ihren Ergüssen ertrinken.« Einige Augenblicke später rief sie aus: »Wechseln wir jetzt ein wenig, Euphrosine, wartet, meine kleinen Engel, ich will euch jetzt beide gleichzeitig kitzeln.« Sie legte uns eine neben die andere auf das Bett, und auf ihren Rat kreuzten sich unsere Hände, so daß wir uns gegenseitig erregen konnten. Ihre Zunge drang zuerst in die Scheide Euphrosinens ein, dann verließ sie meine Genossin, um sich in die meine zu stürzen. Nach einigen Augenblicken drehte uns die Schelmin um, so daß wir ihr die Arschbacken darboten, und sie kitzelte uns von unten, während sie uns das Arschloch leckte. Dann erhob sie sich wie eine Bacchantin: »Ihr müßt mir jetzt denselben Dienst erweisen!« rief sie, »ich werde in deinen Armen liegen, Juliette, und deinen Mund küssen. Dabei wirst du mir diesen Godmiché in meine Scheide hineintreiben«, fuhr sie fort, und gab mir ein derartiges Ding, »und du, Euphrosine, du wirst dich mit meinem Popo befassen. Du wirst ihn mit diesem kleinen Werkzeug kitzeln.« Dann wandte sie sich wieder zu mir: »Du darfst meine Klitoris nicht im Stiche lassen, Juliette, reibe sie, bis sie blutet, ich bin abgehärtet und erschöpft und bedarf starker Dinge. Ich will mich in euren Armen auflösen, ich möchte bei euch zwanzigmal nacheinander entladen.« — »O Gott, wie arbeiteten wir, unmöglich konnte eine Frau besser bedient werden.« Schließlich erhoben wir uns.

»Ich kann dir meine Freude nicht genug ausdrücken«, sprach das entzückende Geschöpf zu mir, »deine Bekanntschaft gemacht zu haben, du bist ein reizendes Kind, und ich will dich an allen meinen Vergnügungen teilnehmen lassen. Frage nur Euphrosine, ob sie zufrieden mit mir ist.« — »O, Geliebte, meine Küsse mögen es dir beweisen«, sprach unsere junge Freundin und stürzt sich in die Arme der Delbène. »Du hast meinen Geist geformt, du hast ihn von den stumpfsinnigen Vorurteilen der Kindheit befreit.« — »O, wie glücklich ist Juliette, daß du dir mit ihr dieselbe Mühe geben willst.« — »Ja«, erwiderte Madame Delbène, »ich will mich mit ihrer Erziehung befassen. Ich will in ihr, wie bei dir, die niederträchtigen religiösen Torheiten vernichten, die das ganze Lebensglück eines Menschen stören können. Jetzt aber wollen wir essen gehen, meine Freundinnen, wir müssen das einbringen, was wir verloren haben.«

Ein wundervolles Mahl, das wir nackt einnahmen, gab uns die nötigen Kräfte, von neuem anzufangen. Wieder kitzelten wir uns und stürzten uns in tausenderlei Verirrungen der Wollust.

Auf diese Weise verging ein Monat, nach Verlauf dessen Euphrosine das Kloster und ihre Familie verließ, um sich in die Arme der Hurerei und der Wollust zu werfen. Sie besuchte uns nachher noch einigemale, und wir waren verderbt genug, ihr keinen Vorwurf über ihren Lebenswandel zu machen. »Sie hat es gut gemacht«, sprach Madame Delbène zu mir, »ich habe schon tausendmal dieselbe Laufbahn ergreifen wollen und ich hätte es auch getan, wenn die Männer in mir dieselbe Leidenschaft erwecken würden wie die Frauen; trotzdem jedoch begreife ich es, daß man Männer liebt, wie ich überhaupt alles verstehen kann, das mit der Wollust im Zusammenhang steht.«

»Die obersten Grundsätze meiner Philosophie«, fuhr Madame Delbène fort, die sich, seit sie Euphrosine verloren hatte, mir enger anschloß, »bestehen darin, der öffentlichen Meinung zu trotzen. Du kannst dir nicht vorstellen, meine Teure, wie sehr ich mich über alles lustig mache, was man von mir sprechen kann.« — »Wie!« rief ich aus, »Ihr Ruf ist Ihnen gleichgültig?« — »Durchaus, meine Teure. Ich gestehe sogar, daß ich mehr Genuß daran habe, einen schlechten Ruf zu besitzen, als wenn er gut wäre. O, Juliette, merke dir, der Ruf ist ein Gut, das gar keinen Wert besitzt, er entschädigt uns niemals für die Opfer, die wir ihm bringen. Über alles dies werden wir noch plaudern. Ich habe dir schon gezeigt, meine Freundin, daß ich mich mit dir abgeben will. Deine Unschuld und deine Reinheit beweisen mir, daß du eines Führers auf dem Dornenpfad des Lebens bedarfst.«

In der Tat gab es nichts Zweifelhafteres als den Ruf der Madame Delbène. Eine Nonne, der ich empfohlen worden war, teilte mir mit, daß sie ein gefallenes Weib sei und daß sie fast alle Pensionärinnen des Klosters bereits verdorben hatte. Sie sei eine Frau ohne Ehre, ohne Gesetz, ohne Religion, sagte man, die ihre Grundsätze schamlos vor aller Welt zeigte und die schon lange abgesetzt worden wäre, wenn sie nicht soviel Einfluß besessen hätte. Ich lachte über diese Ermahnungen. Ein einziger Kuß der Delbène, ein einziger ihrer Ratschläge besaß mehr Macht über mich, als alle diese Warnungen. Hätte sie mich in den Abgrund mitziehen wollen, so wäre es mir lieber gewesen, mit ihr zugrunde zu gehen, als mit jemand anderem in die Hölle zu kommen.

Aber unsere liebenswürdige Oberin zeigte mir bald, daß nicht ich allein sie beschäftigte, sondern daß auch andere an ihren Vergnügungen teilnahmen.

»Komme morgen nachmittags zu mir«, sprach sie eines Tages, »Elisabeth, Flavia, Madame de Volmar und Sainte-Elme werden auch anwesend sein. »Wie«, rief ich aus, »du vergnügst dich mit allen diesen Frauen?« — »Aber, wie, du glaubst, daß ich mich damit begnüge? In diesem Haus sind dreißig Nonnen und zweiundzwanzig davon sind durch meine Hände gegangen. Wir haben achtzehn Novizinnen und eine einzige ist mir noch unbekannt, ihr seid sechzig Pensionärinnen und nur drei haben sich mir widersetzt. Oh, Juliette meine Wollust ist eine Epidemie, sie verdirbt alles, was mich umgibt, die Gesellschaft kann glücklich sein, daß ich mich mit dieser milden Form, Böses zu tun, begnüge.« — »Ah, was würdest du sonst tun?« — »Was weiß ich. Die Gedanken eines so verderbten Geistes, wie es der meinige ist, sind wie die ungestümen Wogen eines Flusses, der seine Ufer überschwemmt.«

»O, Juliette, lebe so wie ich glücklich im Verbrechen, denn ich begehe viele, meine Teure, gewöhne dich daran, und du wirst nicht mehr leben können, ohne welche zu begehen, dann werden alle menschlichen Gesetze und Übereinkünfte dir lächerlich erscheinen, du wirst aus allen menschlichen Tugenden Laster machen und alle Laster werden dir zur Tugend werden, dann wird ein neues Weltall vor dir entstehen, ein verzehrendes, wonnevolles Feuer wird durch deine Adern strömen und wird jenes elektrische Fluidum entzünden, auf dem das Leben beruht. Alle Wesen, die dich umgeben, erscheinen dir dann nur mehr als vom Geschick zugesandte Opfer deines perversen Herzens. Es wird keine Fesseln, keine Ketten mehr für dich geben, alles wird rasch in der Glut deiner Begierden verschwinden. Du wirst von Ausschweifung zu Ausschweifung schreiten, niemals aber darfst du dich der Verlockung widersetzen, dann würden dir alle erblühten Freuden wieder verloren gehen. Du wirst nichts kennen, wenn du nicht alles kennen gelernt hast und wenn du einmal so furchtsam sein solltest, einzuhalten, wird dir alles Glück auf Nimmerwiedersehen entschlüpfen. Hüte dich hauptsächlich vor der Religion, denn nichts kann dich so gut vom geraden Weg wegziehen, als gerade sie. Sie ähnelt der Hydra, deren Köpfe, so oft man sie abhaut, immer wieder nachwachsen, sie wird dich ständig belästigen, wenn du nicht sorgfältigst darauf siehst, sie immer wieder in dir zu töten. Ich fürchte, daß die bizarren Gottesideen, mit denen man deine Kindheit vergiftete, dich inmitten der göttlichsten Freuden in den Abgrund ziehen könnten. O, Juliette, denke nicht an sie, verachte sie, Gottes Dasein ist ein Schatten, der beim leisesten Windhauch vergeht und du wirst erst glücklich sein, wenn dieses scheußliche Trugbild jede Macht über dich verloren hat. Halte dir stets die großen Lehren Spinozas und Vaninis, dem Schöpfer der Naturphilosophie, vor Augen. Wir wollen Sie zusammen studieren und durchsprechen, denn ich habe dir tiefgründige Erklärungen über diesen Gegenstand versprochen und ich werde mein Wort halten. Wenn du noch Zweifel haben solltest, wirst du mir sie mitteilen, und ich werde dich beruhigen. Bald wirst du es so weit halten wie ich und den Namen Gottes nur unter Schmähungen nennen können. Dieser wahnwitzige Gottesbegriff ist die einzige Dummheit, die ich dem Menschen nicht verzeihen kann: Ich verzeihe ihm alle seine Ausschweifungen, ich beklage ihn wegen jeder seiner Schwächen, aber ich kann ihm nicht die Empfindung eines solchen Ungeheuers durchgehen lassen, ich kann ihm nicht verzeihen, daß er sich diese religiösen Fesseln selbst geschmiedet hat, die ihn so unsanft festhalten. Mein Blut kocht, Juliette, wenn ich bloß den Namen Gott höre, und ich glaube all die zitternden Schatten der Unglücklichen zu sehen, die dieser Aberglaube zugrunde gerichtet hat. Sie rufen mich, sie flehen mich an, jedes Mittel zu gebrauchen, um aus der Seele meiner Nebenmenschen jeden Gedanken an dieses widerliche Phantom auszurotten.«

Nun fragte mich Madame Delbène, wie weit ich es in religiösen Dingen hielte. »Ich habe meine erste Kommunion noch vor mir«, war meine Antwort. »Ah, desto besser«, fuhr sie fort, indem sie mich umarmte, »ich will dir diese Narrenposse ersparen, mein Engel. Wenn man dir von der Beichte spricht, so sage, daß du noch nicht vorbereitet bist. Die Vorsteherin bei den Novizinnen ist meine Freundin, sie ist von mir abhängig, und ich will dich ihr empfehlen. Was die Messe anbelangt, so wirst du leider ebenso wie ich dazu erscheinen müssen. Aber sieh mal hier diese kleine Büchersammlung«, sprach sie, indem sie auf ungefähr dreißig in Maroquinleder gebundene Bücher wies, »ich will dir diese Werke leihen und du brauchst sie bloß während dieses scheußlichen Gottesdienstes zu lesen, um nichts davon hören zu müssen.«

»O, meine Freundin«, rief ich aus, »wie bin ich dir zu Dank verpflichtet. Mein Herz und mein Verstand gehen willig auf deine Ratschläge ein. Was du mir über die Moral gesagt hast, ist mir nicht so neu, als daß es mir nicht schon durch den Sinn gegangen wäre, aber ich habe von dir nicht erwartet, daß du die Religion so verabscheuen würdest. Ich habe ihre Gesetze nur mit dem äußersten Widerwillen befolgt und du bereitest mir unendliches Vergnügen, wenn du mir versprichst, mich auch hierüber aufzuklären. Ach, ich habe über diese Dinge noch nicht sprechen hören, und meine Unfrömmigkeit ist nur auf Kosten meiner Naturanlage zu setzen.« — »Ah, folge ihren Einflüsterungen, mein Kind, sie werden dich nie täuschen.« — »Weißt du«, fuhr ich fort, »daß das, was du mir mitgeteilt hast, sehr stark ist, und daß es selten vorkommt, daß jemand in deinem Alter schon so aufgeklärt ist. Und wie hast du, — verzeihe die Frage, — in deinem Innern Gelegenheit zu Verfehlungen gefunden, die dein Herz dermaßen verhärten konnten?« — »Eines Tages wirst du alles erfahren«, erwiderte die Oberin, indem sie sich erhob. »Und warum diese Verzögerung, fürchtest du?...« — »...dir Abscheu einzuflößen, ja.« — »Niemals, niemals.«

Doch nun hörte man die Gesellschaft ankommen und das hinderte die Delbène, meine brennende Neugierde zu befriedigen. »Leise, leise«, sagte sie zu mir, »denken wir jetzt ans Vergnügen. Küsse mich, Juliette, ich verspreche, dir eines Tages alles mitzuteilen.«

Wir müssen nun unsere eintretenden Freundinnen beschreiben. Madame de Volmar hatte den Schleier vor ungefähr sechs Monaten genommen. Sie war kaum zwanzig Jahre alt, groß, schmal, kastanienbraun und besaß neben einem leuchtenden Teint eine wundervolle Gestalt. Sie war eine der Lieblinge von Madame Delbène und nach ihr die sinnlichste aller Teilnehmerinnen an dieser Orgie.

Sainte-Elme war eine siebzehnjährige Novizin, von reizendem Aussehen, die außer wundervollen Augen von sehr sinnlicher Glut einen herrlichen Busen besaß. Zwei Pensionärinnen, Elisabeth und Flavia, waren dreizehn und sechzehn Jahre alt. Die Gestalt Elisabeths war sehr zart, ihre Formen aber nichtsdestoweniger schon gut entwickelt. Was Flavia betrifft, so zeigte sie einen fast himmlisch zu nennenden Wuchs. Ihr Lächeln war einzigartig, denn sie zeigte dabei herrliche Zähne. Auch konnte man keine entzückendere Taille und einen zarteren Teint finden. Ah, meine Freundinnen, wenn ich die Göttin des Frühlings zu beschreiben hätte, würde ich mir kein anderes Modell wählen.

Die ersten Begrüßungen dauerten nicht lange, da jeder die Ursache der Zusammenkunft kannte und bald zur Tagesordnung übergehen wollte. Allein ich muß gestehen, daß mich ihre Redensarten in Erstaunen setzten. Selbst in einem Bordell konnte man dergleichen nicht so leicht hören, und ihre Zurückhaltung der Welt gegenüber stand in seltsamem Gegensatz zu der kräftigen Schamlosigkeit, die sie bei diesen Zusammenkünften zeigten.

»Ich glaube nicht, daß ich heute eine Nummer zustande bringen werde«, sagte Madame de Volmar beim Eintreten zur Delbène, »ich bin erschöpft, meine Teure, denn ich habe die Nacht mit Fontenille verbracht. Ich bete diese kleine Schelmin an, und man hat mich auch in meinem Leben nie besser gekitzelt. Ich habe noch niemals so viele Nummern gemacht. O, meine Gute, wir haben Dinge angestellt!« — »Unglaublich, nicht wahr?« sagte die Delbène, »nun denn, ich will, daß wir heute Abend noch viel, viel außergewöhnlichere anstellen.« — »Teufel, dann beeilen wir uns aber«, sagte Sainte-Elme, »ich bin geil, denn ich habe allein geschlafen.« Dann schürzte sie sich auf und rief: »Sieh mein Loch an, es bedarf der Hilfe!«

»Einen Augenblick«, sagte die Oberin«, wir haben noch eine Aufnahmezeremonie zu vollziehen. Ich nehme Juliette in unsere Gesellschaft auf und ich muß dabei die herkömmlichen Formalitäten anwenden.« — »Wen... Juliette?« fragte erstaunt Flavia, die mich noch nicht gesehen hatte, »ich kenne dieses hübsche Mädchen noch gar nicht. Du wichst also, Herzchen«, fuhr sie fort, indem sie mich auf den Mund küßte, »du bist also geil wie wir und ein Freudenmädchen wie wir.« Und die Schelmin faßte gleichzeitig nach meiner Scham und meinem Busen. »Laß sie doch«, sagte die Volmar, die meine Röcke hinten emporgehoben hatte und nun meine Arschbacken prüfte, »sie muß zuerst aufgenommen sein, bevor wir uns an ihr befriedigen.« — »Delbène, sieh doch die Volmar an«, sagte Elisabeth. »Sie küßt Juliette auf den Popo; wahrscheinlich hält sie ihn für einen kleinen Knaben und will ihn nun im Hintern ficken.« (Wohlgemerkt, so sprach die Allerjüngste.) »Weißt du nicht«, sagte Sainte-Elme, »daß die Volmar ein Mann ist. Sie hat eine Klitoris, die 3 Zoll lang ist.« Dann trat auch sie zu mir heran und prüfte mich von allen Seiten. »Tatsächlich, die kleine Schelmin ist gut gebaut«, fuhr sie fort, »und ich schwöre, daß ich noch vor Abend den Geschmack ihres Samens kennen gelernt haben werde.« — »Einen Augenblick nur, meine Damen«, sagte die Delbène, indem sie die Ordnung wieder herzustellen versuchte. »Aber hol dich der Teufel, beeile dich!« sagte Sainte-Elme, »ich bin geil! Worauf wartest du denn? Müssen wir vor dem Wichsen vielleicht noch beten? Herunter mit den Kleidern, Freundinnen!« Und sofort konnte man sechs herrliche Mädchen sich bewundern sehen.

»Jetzt aber können Sie mir ein wenig Gehorsam nicht verweigern«, sagte die Delbène gebieterisch. »Hören Sie zu: Juliette wird sich auf dieses Bett legen, und sie werden eine nach der andern mit ihr anfangen, was Ihnen gefällt. Beim Weggehen werde ich eine jede empfangen, und sie sollen dann an mir vollenden, was sie an Juliette begonnen haben. Aber ich werde mich nicht beeilen und werde erst entladen, bis ich euch alle fünf auf mir gehabt habe.«

Die Befehle der Oberin wurden genau ausgeführt. Alle waren sehr geil, und ich glaube, daß Sie nicht ungehalten sein werden, wenn ich Ihnen erzähle, was jede von mir haben wollte. Da das Alter maßgebend war, kam Elisabeth als erste dran. Die hübsche Kleine prüfte mich überall, und nachdem sie mich mit Küssen bedeckt hatte, glitt sie zwischen meine Schenkel und rieb sich an mir, bis wir beide erschöpft waren. Auf sie folgte Flavia, die sorgsamer vorging. Nach tausend entzückenden Plänkeleien legten wir uns in entgegengesetzter Richtung zu einander und unter unseren Zungen sprangen bald Gießbäche von Scheidenwasser hervor. Nun nahte Sainte-Elme. Sie legte sich aufs Bett und ließ mich auf ihrem Gesicht sitzen, derart, daß ihre Nase in mein hinteres Loch und ihre Zunge in mein vorderes eindrang. Ich war dabei über sie gebeugt und leckte sie gleichfalls. Meine Finger kitzelten ihren Hintern und bald überzeugten mich 5 Ergüsse, daß ihr Bedürfnis wirklich nicht geheuchelt war.

Die Volmar wollte nur meine Arschbacken haben. Sie bedeckte sie mit Küssen, und nachdem sie den engen Weg mit ihrer rosigen Zunge hergerichtet hatte, wälzte sie sich auf mich, steckte ihre Klitoris in meinen Hintern und stieß langsam zu. Dabei küßte sie mich feurig auf den Mund, züngelte dann ein wenig mit mir und kitzelte mich vorne. Das Lumpenweib ging aber noch weiter. Sie band mir einen Godmiché um und hieß auch mich in ihren Hintern hineinfahren. Ich stieß so zu, daß sie vor Lust fast starb.

Nach dieser letzten Arbeit nahm ich meinen Platz auf dem Körper der Delbène ein, die die Gruppe folgendermaßen anordnete.

Elisabeth legte sich auf den Rücken am Rande des Bettes nieder und kitzelte die Delbène an der Klitoris. Flavia kniete derart, daß sie die Beine unter dem Bette hatte und ihr Kopf sich in der Höhe der Scheide ihrer Oberin befand, so daß sie sie bequem lecken konnte. Über Elisabeth lag Sainte-Elme mit dem Popo auf deren Gesicht, so daß sie ihre Scham in ihrer ganzen Ausdehnung den Küssen der Delbène darbieten konnte, die von der Volmar in dem Hintern gefickt wurde. Ich mußte die Gruppe vervollständigen. Ein wenig über Sainte-Elme gebeugt, bot ich das von hinten dar, was die Delbène an letztgenannter von vorne suchte und ihre Zunge sprang mit unglaublicher Geschwindigkeit aus der Scheide in mein Arschloch und wieder zurück. Sie saugte und leckte und wurde dabei selbst gekitzelt und geleckt, so daß keine Minute verging, ohne daß die Hure entladen hätte.

»O, Teufel«, sagte die Delbène, indem sie rot wie eine Bacchantin wegtrat, »wie oft ist es mir gekommen! Aber das schadet nichts, fahren wir fort. Jede von euch soll sich jetzt auf das Bett legen. Juliette wird der Reihe nach von jeder das verlangen, was sie gerne haben möchte. Aber da sie in diesen Dingen noch ein Neuling ist, werde ich ihr mit meinem Rate zur Seite stehen,

und sie wird so oft entladen müssen, bis sie um Gnade bittet.

Elisabeth kommt als Erste dran. »Stelle sie so auf«, fuhr Delbène fort, »daß du ihren hübschen Mund küssen kannst, während sie dich kitzelt. Ich selbst nehme während der ganzen Sitzung dein Arschloch auf mich. Flavia hilft Elisabeth bei der Arbeit. Ich empfehle dir besonders ihre hübschen Brüste. Wenn du die Volmar erfreuen willst, so stecke ihr deine Zunge in den Popo, sie wird sich dann unter dich beugen und dich lecken. Weißt du aber, was ich mit Sainte-Elme machen werde«, fragte die Oberin, »sie wird sich so aufstellen müssen, daß ich ihr gleichzeitig Popo und Scheide lecken kann, und daß sie selbst in gleicher Weise an dir arbeitet. Was mich aber betrifft, so verfüge nur ganz frei, meine Freundin, ich stehe dir zu Diensten.« Entzückt über das, was ich an der Volmar gesehen hatte, rief ich: »Ich will dich mit diesem Godmiché im Hintern ficken.« — »Schön, meine Gute, sehr brav«, sagte die Delbène gerührt, indem sie sich meinen Stößen darbot, »hier ist mein Popo.« — »Also vorwärts«, sagte ich jetzt, »beginnen wir.« — »Teure Volmar«, fuhr ich fort, »mache doch mit deiner Klitoris dasselbe an mir, was ich an der Delbène vollziehe, du weißt gar nicht, wie mich diese Art Befriedigung aufregt. Ich möchte mit beiden Händen Elisabeth und Flavia kitzeln und dabei die Scheide Flavias lecken.«

Da die Oberin Kampf bis zur Erschlaffung gewünscht hatte, mußten wir siebenmal Stellung wechseln und siebenmal vergoß ich Fluten von Scheidenwasser.

Freuden der Tafel folgten auf die der Liebe. Ein herrliches Mahl erwartete uns, aber nachdem wir verschiedene Weine und andere Getränke hinuntergegossen hatten, begannen wir wieder unsere wollüstigen Spiele. Es bildeten sich drei Gruppen; Sainte-Elme, die Delbène und die Volmar durften sich als älteste jede eine von uns anderen aussuchen. Durch Zufall oder Fügung fiel ich der Delbène zu. Elisabeth war von Sainte-Elme und Flavia von der Volmar gewählt worden. Jede Gruppe war so aufgestellt, daß sie die zwei anderen sehen konnte und man kann sich nicht vorstellen, was wir aufführten! Wir kitzelten uns bis zur Bewußtlosigkeit und ich glaube, daß es in keinem Bordell zu derartig wollüstigen Szenen kommt wie in den zwei letzten Stunden unserer Zusammenkunft.

Ein Ding war mir aufgefallen und das war die seltsame Vorsicht, die man für die Jungfernhaut der Pensionärinnen zeigte. Mit denen, die auch später im Kloster verbleiben sollten, ging man nicht so zart um. »Ihre Ehre hängt daran«, sagte nun die Delbène, die ich darüber befragte, »wir wollen uns gern mit diesen jungen Mädchen vergnügen, aber warum ihnen Schaden zufügen? Nein, so verdorben wir auch sind, wir sind doch so tugendhaft, unsere Freundinnen vor Unheil zu bewahren.« Diese Rücksicht dünkte mich sehr zartfühlend. Aber verbrecherisch, wie ich schon damals war, hatte ich von nun ab nur den einen brennenden Wunsch, eine meiner Genossinnen zu entjungfern, wie ich schon vorher den Gedanken gehabt hatte, selbst vergewaltigt zu werden.

Die Delbène bemerkte bald, daß ich ihr Sainte-Elme vorzog. Ich betete dieses entzückende Mädchen tatsächlich an, und ich war außer Stande, ohne sie zu leben. Es war aber nur eine natürliche Neigung, die mich wieder zur Delbène zurückzog, denn unsere Oberin war ungemein geistvoller als sie.

»Da ich sehe, daß du leidenschaftlich wünschst, ein Mädchen zu entjungfern oder selbst entjungfert zu werden«, sagte mir eines Tages diese reizende Frau, »würde es mich nicht wundern, wenn Sainte-Elme dir dieses Vergnügen schon versprochen hätte. Sie läuft entschieden keinerlei Gefahr, denn sie muß gleich mir ihr Leben in diesem Kloster verbringen. Aber, Juliette, wenn sie sich auch an dir vergehen würde, könntest du dich niemals verheiraten und wer weiß, wie viel Unglück noch aus diesem Fehltritt entstehen würde. Jedoch du weißt, mein Engel, wie sehr ich dich liebe. Schwöre mir, mit Sainte-Elme nicht weiter zu verkehren, und ich will alle deine Wünsche befriedigen. Du kannst im Kloster dasjenige Mädchen aussuchen, deren Erstlinge du haben willst, und ich selbst will dir die deinigen nehmen. Um aber in diese Geheimnisse eingeführt zu werden, mußt du mir nochmals dein heiliges Wort geben, mit Sainte-Elme nicht mehr zu sprechen oder meine Rache kennt keine Grenzen.« Da ich auf die versprochenen Genüsse brannte, versprach ich alles.

»Nun gut«, sagte die Delbène nach einem Probemonat, »hast du gewählt? Wen willst du entjungfern?«

Sie werden sicherlich nicht erraten, meine Freunde, auf wen meine wollüstigen Augen gefallen waren? Auf dieses Mädchen, das Sie hier vor sich sehen, auf meine Schwester. Aber Madame Delbène kannte sie nur zu gut und riet mir ab.

»Nun gut«, sagte ich, »so gib mir Laurette. Ihre Kindlichkeit (sie war kaum über zehn Jahre alt...), ihr hübsches, kluges Gesicht, ihre vornehme Abstammung reizt mich ungemein.« Die Oberin sah kein Hindernis, da die junge Waise nur einen entfernt wohnenden Onkel als Vormund besaß, und ich opferte ihre Unschuld schon in Gedanken hin.

Am Vorabend dies zur feierlichen Handlung bestimmten Tages lud mich die Delbène ein, bei ihr zu schlafen und im Bett brachte sie das Gespräch auf religiöse Dinge.

»Ich fürchte, daß du zu rasch vorschreitest, mein Kind«, sprach sie zu mir, »dein Herz ist noch nicht so weit, wie ich es haben möchte. Jene abergläubischen Gemeinheiten stören dich, wie ich wetten möchte, immer noch. Höre mir zu, Juliette, damit du später jede Ausschreitung ohne nachfolgende Gewissensbisse wagen kannst.

Der erste Glaubenssatz, der sich mir bei einem Gespräch über Religion zeigt, ist der über das Dasein Gottes. Da er die Grundlage des ganzen Gebäudes ist, muß ich notwendigerweise meine Prüfung bei ihm beginnen.

O, Juliette, zweifle nicht, daß G o t t nur eine Erfindung unseres Geistes ist! Da wir uns die geheimnisvollen Erscheinungen, von denen wir umgeben sind, nicht erklären konnten, haben wir über alles ein mit Macht ausgestattetes Wesen gesetzt.

Kaum betrachtete man aber dieses schauerliche Wesen als

Schöpfer der Natur, als es auch schon Herr über Gut und Böse wurde. Dadurch, daß man die Gewohnheit annahm, seine Meinungen als richtig zu betrachten, brachte man bald dieser Fabel so viel Glauben entgegen, daß man seinen ganzen Verstand zusammennehmen mußte, um sich vor Irrtümern zu bewahren. Von der Torheit, einen Gott anzunehmen, bis zu der, ihn zu verehren, ist aber nur ein Schritt. Nichts einfacher, als daß man das anbetete, was man fürchtete.

Die Juden sprechen von einem Gott, aber sie erklären ihn nicht, sie geben von ihm keinen Begriff, und ich sehe in dem Gott dieses Volkes nur kindische Allegorien, die eines Schöpfers des Weltalls unwürdig sind. Mit empörenden Widersprüchen erzählt der Gesetzgeber dieser Nation von seinem Gotte, und die Züge, mit denen er ihn ausmalt, sind weit eher geeignet, Abscheu als Liebe in mir zu erwecken. Wenn Gott selbst in den ihm zugeschriebenen Büchern zu uns spricht, so muß ich mich fragen, wie es möglich ist, daß ein Gott über sich selbst derartige Mißachtung erweckende Bemerkungen machen konnte. Diese Überlegung bestimmte mich dazu, mich mit dem Studium dieser Bücher näher zu befassen. Wie wurde mir aber, als ich sah, daß sie lange nach dem Tode desjenigen aufgeschrieben wurden, dem sie Gott diktiert hatte! 'So täuscht man mich!' rief ich aus. Diese heiligen Bücher, die man als Werke Gottes bezeichnet, sind nichts als blöder Schwindel und ich sehe in ihnen statt den göttlichen Spuren nur Dummheit und Betrug. Und in der Tat, welche Frechheit liegt doch in der Behauptung, Gott habe sich ein Volk auserwählt und seinetwegen den Lauf der Gestirne aufgehalten und die Meere getrennt, wo es doch für ihn leichter gewesen wäre, in die Herzen der Menschen einzudringen und ihren Geist aufzuklären. Abgesehen davon, daß es eines Schöpfers des Weltalls unwürdig wäre, sich ein kleines, unbekanntes Völkchen für seine Wundertaten auszuersehen. Ich lasse aber schon diese Dinge beiseite und frage bloß, ob nicht das vollständige Stillschweigen aller Geschichtsschreiber benachbarter Völker über diese außerordentlichen Geschehnisse geeignet ist, berechtigte Zweifel in mir wachzurufen. Und was soll ich dazu sagen, daß es im Schoße dieses von Gott erwählten Volkes Leute gab, die durchaus an ihn nicht glauben wollten? Wie? Dieser Gott überschüttet sein Volk mit Gunstbezeugungen und dieses gehätschelte Volk glaubt nicht an ihn?

So darf ich also nicht bei den Juden den allmächtigen Gott suchen. Da ich doch nur ein widerliches Phantom gefunden habe, und das eine Spottgeburt einiger Ehrgeiziger ist, werde ich meine Augen auf das Christentum lenken.

Welch ein neuer Unsinn zeigt sich mir da! Nicht mehr die Bücher eines auf einem Berge stehenden Narren sollen mir als Leitfaden dienen, sondern durch einen viel edleren Abgesandten, denn der Bastard Marias ist viel ehrwürdiger als der Sohn Jochabeds. Sehen wir uns diesen Schuft an. Was tut er, was ersinnt er, um mir seinen Gott zu beweisen? Welches ist sein Glaubensbrief? Taschenspielereien, Hurenabendmahle, Heilungen von Betrügern und Kalauer begleiten den Sohn Gottes. Was tut das? Ich muß glauben, daß er sein Sohn ist, weil er es sagt. Der Schuft wird aufgehängt, seine Jünger verlassen ihn. Was liegt daran? Er, nur er ist der Herrscher des Weltalls. Nur im Schoße einer Jüdin konnte er entstehen und nur in einem Stalle konnte er geboren werden. Nur durch Armut und Täuschung konnte er mich überzeugen. Wenn ich nicht an ihn glaube, so ist es mein Schaden: Ewige Qualen erwarten mich dann! Sie sehen, daß das alles die Kennzeichen eines Gottes sind und daß jeder Zug in diesem Gemälde die Seele erhebt und überzeugt. O, Gipfel des Widerspruchs! Das Neue Testament baut sich auf dem Alten auf und trotzdem zerstört es das Alte. So ist also Jesus Christus der Gesetzgeber, dem man glauben muß? Nur er kann mir Gott erklären, und sicherlich hat er mehr Interesse daran als Moses, denn dieser erhielt von Gott bloß seine Macht, während der Nazarener direkt von ihm abstammt. Sicherlich; der neue Gesetzgeber wußte mehr als der alte. Dem ersten genügte es, mit seinem Herrn gemütlich plaudern zu können, im zweiten rollt schon dasselbe Blut. Moses ist damit zufrieden, den Juden vormalen zu können, daß es nur seinetwegen blitzt, aber der geschicktere Jesus macht das Wunder selbst. Und wenn schon beide die Verachtung ihrer Zeitgenossen verdienen, muß man doch zugeben, daß der neuere die Achtung der Menschen durch geschicktere Gaunereien zu erwerben trachtete.

Du siehst, Juliette, in welch fehlerhaften Zirkel die Menschen verfallen, sowie sich ihr Kopf bei diesem Unsinn verwirrt: Die Religion beansprucht Glauben für ihren Propheten und der Prophet für die Religion.

Da ich also diesen Gott selbst bisher weder in der jüdischen noch in der christlichen Religion gefunden habe, rufe ich jetzt die Vernunft zur Hilfe und suche ihn selbst zu zergliedern. Was ist aber die Vernunft? Sie ist die von der Natur verliehene Fähigkeit zu entscheiden, ob mir etwas nützlich oder schädlich ist. Sie ist — wie Fréret sagte — nichts anderes als die Waage, mit der wir den Gegenstand abwägen. Diese Vernunft ist also, wie du siehst, nur die Stimme eines sehr plumpen und sehr materiellen Mechanismus! Aber da uns kein anderes Licht leuchtet, müssen wir den Glauben notwendigerweise unter dieses Licht halten, um seinen Wert zu erkennen.

Die Vernunft bewirkt vor allem, daß wir zwischen dem vorgestellten Objekt und dem wirklich geschauten unterscheiden. Beim vorgestellten Objekt müssen wir zwei Dinge auseinanderhalten: Erscheint uns ein Gegenstand nicht mehr vorhanden, aber als früher einmal unserem Geiste gegenwärtig, so nennen wir das Erinnerung. Erscheinen uns aber Gegenstände, ohne daß wir merken, daß sie nicht vorhanden sind, so nennt man diese Objekte *eingebildet*, und die Einbildung ist die wahre Ursache unserer Irrtümer; denn wir glauben, daß die Schöpfungen unseres Geistes außerhalb desselben ein wirkliches Dasein führen und daß wir sie infolgedessen wirklich schauen. Damit du mich besser verstehst, werde ich die Ausdrücke *Begriff* und *Erscheinung* einführen. Der in der Geometrie notwendige, unendlich kleine, nicht mehr teilbare Punkt ist ein *Begriff*, während die Körper in die Klasse *Erscheinung* gehören.

So abstrakt dir diese Dinge scheinen, meine Teure, mußt du mir doch folgen, wenn du mit mir zu dem Ziele meiner Betrachtungen kommen willst.

Man hat dann ein Ding, das in einem anderen eine Veränderung hervorruft, *Ursache* genannt und jede Veränderung, die durch eine Ursache entsteht, *Wirkung*. Bei häufigem Gebrauch dieser Ausdrücke verfiel man schließlich in den Glauben, es könne eine Ursache geben, die nicht ein Wesen oder ein Körper, sondern etwas körperloses sei und die ohne Tätigkeit, ohne Bewegung alle nur möglichen Wirkungen erzielen könne. Der Gedanke an die Wechselwirkung der Dinge, daß jede Ursache Wirkung und jede Wirkung Ursache ist, hat den Geist derer ermüdet, die von jeder Wirkung die Ursache kennen müssen und es erschien ihnen kürzer, mit einem Schlag auf eine erste Ursache zurückzugehen, die selbst keine Wirkung mehr ist, sondern bloß die Ursache aller anderen Ursachen.

Das ist der Gott der Menschen, Juliette. Das ist das blödsinnige Wahngebilde ihrer niedrigen Einbildungsgabe und du siehst, durch welche Verkettung von Sophismen sie dazu gelangt sind.

Wenn ich mich über die wesentlichen Unterschiede zwischen Begriff und Erscheinung ausgelassen habe«, so fuhr Madame Delbène fort, »so geschah es deshalb, weil ich dir zeigen wollte, daß die Menschen vielen Dingen eine wirkliche Existenz zuschreiben, die in Wahrheit nur eine spekulative Existenz haben und daß die Menschen einer solchen spekulativen Existenz den Namen *Gott* zugelegt haben. Das Unglück wäre nicht groß, wenn aus dieser Bezeichnung nur eine Begriffsverwirrung hervorginge; aber bedauerlicherweise gewöhnte man sich daran, dieses Wahngebilde als Ursache aller unserer Freuden und Leiden zu betrachten und es infolgedessen nach allen möglichen Arten zu verehren.

Ich gebe zu, daß wir nicht den Zusammenhang aller Dinge kennen. Aber die Unkenntnis einer Ursache ist doch kein Grund, sich eine zu erfinden. Ist es nicht besser, man gesteht ein, daß man nichts weiß, als daß man einen solchen Unsinn annimmt? Oder ist vielleicht die Annahme eines derartigen Unsinns schon der Beweis für seine Wahrhaftigkeit?

Nehmen wir aber einen Augenblick lang an, daß dieser Vampir* tatsächlich existiert.

Dann frage ich, ob die Gesetze, von denen er sich leiten läßt, unveränderlich sind. Wenn er sich von ihnen leiten läßt, dann beschränkt sich seine Tätigkeit bloß darauf, sie auszuführen. Von diesem Augenblicke an besitzt er aber gar keine Macht mehr, und ich muß fragen, worin diese obersten Gesetze bestehen? Sind sie etwas außerhalb seiner Liegendes oder bilden sie einen seiner Bestandteile? Wenn er aber Willensfreiheit hat und seine Gefühle ändern kann, so frage ich, was leitet ihn bei dieser Änderung? Sicherlich bedarf es dazu einer viel vernünftigeren Ursache als die sind, die uns bestimmen. Und kann man sich eine solche Ursache vorstellen, ohne die Vollkommenheit Gottes in Zweifel zu ziehen?

Wenn Gott nicht frei handelt, sondern sich von Gesetzen leiten läßt, so bilden diese also eine Art Bestimmung oder Schicksal, das Wünschen und Gebeten unerreichbar ist und das man eher verachten als erfolglos um Gnade anbetteln soll.

Wenn aber dieser scheußliche Gott den Menschen das verborgen hätte, was für ihr Glück nötig ist, so war es offenbar nicht sein Plan, sie glücklich zu machen, er liebt sie nicht und ist infolgedessen weder gerecht noch gütig. Es scheint mir aber, als sollte ein Gott nur etwas Mögliches verlangen dürfen, und es ist für den Menschen eine Unmöglichkeit, Gesetze zu beobachten, die ihn knechten und die ihm unbekannt sind.

Dieser ekelhafte Gott geht aber noch weiter: Er haßt den Menschen, weil er das nicht weiß, was man ihm nicht gelehrt hat. Er bestraft ihn, weil er ein ihm unbekanntes Gesetz übertreten hat und weil er den Neigungen folgt, die ihm doch eingepflanzt wurden.

* Der Vampir saugt aus den Leichnamen Blut und Gott läßt das der Menschen rinnen. Beide erweisen sich aber bei näherer Prüfung als Märchen.

O, Juliette, kann man diesen teuflischen und abscheulichen Gott für etwas anderes halten als für einen Tyrannen, einen Barbaren, ein Ungeheuer, das man hassen muß?

Es ist für das Lebensglück gleichgültig, ob die menschlichen Kenntnisse richtig oder falsch sind. Nicht ebenso ist es bei religiösen Dingen. Sobald die Menschen einmal an die Existenz ihrer Phantasiegeburt glauben, kann sie nichts mehr retten. Jeden Tag finden sie einen neuen Grund zu zittern, und diese Idee ist es, die die größten Übel in der Welt hervorruft. Sie zwingt ihn zur Unterdrückung der süßesten Lebensfreuden, weil sie ihm einredet, er würde Mißfallen bei dieser Verkörperung eines hitzigen Fiebertraumes erregen.

Der Gottesbegriff, den die Priester geschaffen haben, ist nichts anderes als eine Universal-Ursache. Die Dummköpfe, an die jene Betrüger sich wendeten, glauben, daß eine solche Ursache unabhängig von den Wirkungen, die sie erzeugt, existieren könne, wie wenn man die Äußerungen eines Körpers von ihm trennen könnte. Nun, Gott ist nichts weiter als die Energie der Materie, durch die sie bewegt wird, und nun, antwortet blöde Gläubige, ob ein solches Wesen der Anbetung würdig ist?

Sagen wir die Wahrheit: Unter allen Religionen auf Erden gibt es keine, die man mit einiger Berechtigung den anderen vorziehen könnte. Keine, die nicht voll wäre von Märchen, Lügen und Grausamkeiten, keine, die nicht ungeheure Gefahren mit unlöslichen Widersprüchen vereinigen würde. Narren, die ihre Träumereien als Wirklichkeit ausgeben wollten, riefen die Wundertaten zur Hilfe. Aber es gibt keine Religion, die nicht welche zur Vermehrung der Glaubhaftigkeit besäße und

Ist's nicht Ledas schöner Schwan,
So mag's Mariens Taube sein.

Wenn jedoch alle diese Wunder wahr wären, so hätte sie Gott auch bei den falschen Religionen gestattet und so wäre auch bei einer solchen Annahme nichts gewonnen; denn da diese Wunder das einzige Mittel sind, uns eine Religion glaubhaft zu machen, und keines dann bewiesen ist, müssen wir sie alle als ein Werk des Fanatismus, der Täuschung und des Stolzes betrachten.«

»Aber«, unterbrach ich nun, »wenn es weder Gott noch Religion gibt, wer herrscht dann über das Weltall?«

»Meine teure Freundin«, fuhr Madame Delbène fort, »das Weltall bewegt sich aus eigener Kraft und die ewigen, der Natur innewohnenden Gesetze genügen, ohne einer ersten Ursache zu bedürfen. Das Weltall ist ein Sammelhaufen von verschiedenen Wesen, die sich gegenseitig stoßen und gestoßen werden. Ich kann an ihm keine Grenze entdecken, sondern nur einen ständigen Wechsel aus einem Zustand in den andern, aber ich glaube nicht an eine oberste Ursache, die außerhalb allem und aller steht. Machen wir uns doch daraus keine Bedenken, an die Stelle von Wahngebilden, die wir nicht verstehen, etwas anderes zu setzen, das wir noch weniger verstehen.

Nachdem ich dir die Unhaltbarkeit des Gottessystems aufgedeckt habe«, fuhr diese entzückende Frau fort, »wird es mir — wie ich glaube — keine große Mühe machen, die Vorurteile bezüglich der Lebensführung in dir zu töten, die dir seit deiner Jugend eingeredet werden.

In der Tat, gibt es etwas Frecheres, als daß die Menschen sich gegenüber den Tieren eine Vorherrschaft anmaßen? Wenn man sie fragt, worauf diese Vorherrschaft gegründet sei, antworten sie einfältig: auf unsere S e e l e. Bittet man sie aber zu erklären, was sie unter diesem Worte verstehen, dann hört man sie stammeln und sich in Widersprüche verwickeln. Die Seele ist eine unbekannte Substanz, sagen sie, sie ist eine von ihrem Körper getrennte geheime Kraft!

Fragen sie sie nun, wie sich diese Kraft ohne jede Ausdehnung mit ihrem nach drei Richtungen gehenden Körper verbinden konnte, so werden sie antworten, daß sie davon nichts wissen, daß das ein Geheimnis und ein Werk der Allmacht Gottes ist. Das sind die klaren Gedanken, die sich die Dummheit von der verborgenen Substanz, die das *Mobile* jeder Handlung sein soll, macht.

Darauf entgegne ich nur eines: Wenn die Seele eine von dem Körper wesentlich verschiedene Substanz ist, die mit ihm in keinerlei Beziehung steht, so ist ihre Vereinigung ein Ding der Unmöglichkeit. Übrigens müßte diese von dem Körper verschiedene Seele anders handeln als er selbst; jedoch trotzdem sehen wir, daß auf den Körper ausgeübte Erregungen sich in dieser vorgeblichen Seele fühlbar machen und daß beide immer in Übereinstimmung handeln. Sie werden mir sagen, daß eben diese Übereinstimmung ein Geheimnis ist, und ich werde antworten, daß ich nichts von einer Seele sehe, und nur meinen Körper kenne und fühle; daß es nur der Körper ist, der empfindet, denkt, urteilt, leidet und genießt und daß alle seine Fähigkeiten nur die notwendigen Ergebnisse aus seinem Mechanismus und seiner Organisation sind.

Obwohl sich die Menschen nicht die mindeste Vorstellung von ihrer Seele machen können, reden sie sich doch ein, daß sie vom Tode verschont wird. Aber ich bitte Sie, sagen Sie mir, wie kann man, wenn ich schon die Existenz einer Seele annehme, sich der Erkenntnis verschließen, daß sie durchaus vom Körper abhängig und mit ihm allen Wechselfällen ausgesetzt ist? Nun wird aber der Glaube an die Unsterblichkeit der Seele gerade auf diese Losgelöstheit vom Körper aufgebaut.

Wenn ich nach dem Grund frage, den man für die Unsterblichkeit hat, so antwortet man mir: Der Mensch wünscht von Natur aus, unsterblich zu sein. Ist nun aber Ihr Wunsch, entgegne ich, ein Beweis für seine Erfüllung? Nach welcher seltsamen Logik wagt man zu behaupten, daß eine Sache eintreffen muß, nur weil man sie wünscht? Die Gottlosen, fährt man fort, die der süßen Aussicht auf ein besseres Leben beraubt sind, wünschen auch seelisch zu sterben. Nun gut, entgegne ich darauf, sind sie dann nicht berechtigt zu folgern, daß sie sterben werden?

O, Juliette«, fuhr dieser weibliche Philosoph fort, »o, meine teure Freundin, zweifle nicht daran, daß wir sterblich sind und daß der menschliche Körper eine ohnmächtige Masse ist, wenn die Parze einmal den Lebensfaden durchschnitten hat.

Wir lachen über die Einfalt mancher Völker, bei denen es Sitte ist, mit den Toten Nahrungsmitteln zu begraben. Ist es aber absurder zu glauben, daß die Menschen nach dem Tode essen werden, wie daß sie denken, sich freuen oder leiden werden, daß sie Reue oder Freude empfinden werden? Wenn man sagt, daß die menschlichen Seelen nach dem Tode glücklich oder unglücklich sein werden, sagt man damit, daß sie ohne Augen sehen, ohne Ohren hören und ohne Nase riechen können usw. Und Völker, die sich für vernünftig halten, glauben an solche Dinge!

Das Dogma von der Unsterblichkeit der Seele setzt voraus, daß die Seele Geist ist. Aber ich frage noch immer, was ein Geist ist?«

»Man hat mich gelehrt«, erwiderte ich, »daß ein Geist eine jeder Ausdehnung ermangelnde Substanz ist, die unzerstörbar ist und nichts mit der Materie gemein hat.«

»Aber wenn das der Fall ist«, erwiderte lebhaft Madame Delbène, »wieso wird dann keine Seele geboren, wieso stärkt sie sich und vergeht im selben Zeitraum wie dein Körper?

Nach dem Beispiele aller dummen Leute wirst du mir darauf antworten, daß dies Mysterien sind. Nun, Ihr Schafsköpfe, wenn das Mysterien sind, wie könnt Ihr dann überhaupt etwas Sicheres darüber behaupten? An die Unsterblichkeit der Seele glauben, heißt dann, von der Existenz einer Sache überzeugt sein, von der man keine Ahnung hat, das heißt an Worte glauben, denen man keinen Sinn unterlegen kann.

Man wirft uns vor, daß der Materialismus aus dem Menschen eine Maschine mache und daß er daher entehrende Gedanken enthalte. Aber ist es denn für die Menschen ehrenvoller, wenn man von ihnen sagt, daß sie durch geheime Einflüsterungen eines Geistes oder eines gewissen Etwas gelenkt werden, ohne daß jemand wüßte, auf welchem Wege.

Es ist nicht schwer einzusehen, daß die Vorherrschaft, die man dem Geist über die Materie zuschreibt, nur aus der Unkenntnis der Natur dieser Seele aufgebaut ist; aber die einfachsten Bewegungen unseres Körpers sind für jeden ernsten Betrachter ebenso rätselhaft wie das Denken.

Die Zuneigung vieler Leute für diese geistige Substanz scheint ihren Grund bloß in der Unmöglichkeit, sie auf verständliche Weise zu erklären, zu haben. Daß aber die Theologen derart mit der Materie umspringen, findet seine Erklärung in der besseren Vertrautheit mit ihr. Wenn sie nun sagen, daß die Seele höher steht als der Körper, sagen sie uns bloß, daß etwas, das sie gar nicht kennen, schöner ist als etwas, wovon sie eine leise Ahnung haben.

Man rühmt ewig die Nützlichkeit des Dogmas vom Leben nach dem Tod. Man sagt, daß, sollte es selbst eine Fiktion sein, es doch von Nutzen wäre, weil es die Menschen zur Tugend anhält. Meine Frage ist nun, ob dieses Dogma die Menschen wirklich tugendhafter und keuscher macht. Ich wage aber sogar das Gegenteil davon zu behaupten, nämlich, daß es sie zu Narren, zu Heuchlern und Bösewichtern ausbildet und daß man immer mehr Tugend und Sittlichkeit bei Völkern finden wird, die nicht an solche Dinge glauben.

Zweifeln wir nicht daran, daß die Priester ihre guten Gründe hatten, das Märchen von der unsterblichen Seele zu erfinden; denn hätten sie sonst Sterbende noch besteuern können?«*

»Ist denn aber«, warf ich ein, »das Dogma von der Unsterblichkeit der Seele nicht ein Trost für die Unglücklichen? Wenn es eine Illusion ist, so ist es doch eine süße, und der Mensch, der glaubt, daß er eines Tages im Himmel ein Glück genießen kann, das ihm auf Erden versagt ist, wird sich doch gehoben fühlen.«

»Die Wahrheit sehe ich nicht ein«, entgegnete meine Freundin, »daß man, um einige schwachsinnige Unglückliche zu trösten, Millionen anständiger Leute Leben vergiften soll.

Habt ein wenig mehr Mut, unterwerft euch den Befehlen des Schicksals, die so beschaffen sind, daß jedes Wesen in dem allgemeinen Kreislauf seinen Platz einnimmt, verschwindet und unter

* Könnten sie überhaupt ohne diese großen Hilfsmittel leben? Nur zwei Klassen können sich mit der Religion befreunden: Die Klasse, die sich davon nährt und fett wird, und diejenige, die immer an alles glauben wird, was man ihr sagt, ohne weiter zu prüfen. Aber ich behaupte, daß kein vernünftiges Wesen wahrhaftig an den religiösen Krimskram glaubt.

anderer Form wieder auftaucht. Ein Lorbeerbaum wächst auf dem Grabe Vergils. Ist der Gedanke an diese Umwandlung nicht schöner als eure Alternative von Himmel und Hölle? Wenn schon die Vorstellung des ersteren tröstet, so ist doch die Idee der letzteren gräßlich, und es ist doch tausendmal angenehmer zu sterben, als ewig schmoren zu müssen. Wer wagt also noch zu sagen, daß die Lehren, die diese Befürchtungen aufheben, nicht unendlich angenehmer sind als die Ungewißheit, in der wir bei Annahme eines Gottes verbleiben, und nur Enthusiasten oder Narren können ein System der Furcht dem der Ruhe vorziehen!«

»Aber was wird aus mir werden«, fragte ich weiter, »diese Dunkelheit erschreckt mich, diese ewige Vernichtung macht mich bange.« — »Aber ich bitte dich, was warst du vor deiner Geburt?« entgegnete mir diese geniale Frau. »Ein Häufchen nichtorganisierter Materie, die noch keine Form angenommen hatte oder aber eine, an die du dich nicht mehr erinnern kannst. Nun gut, so wirst du wieder ein Häufchen Materie werden und bereit sein, ein neues Wesen zu bilden, sobald die Naturgesetze es wollen. Littest du? Nein. Konntest du dich erfreuen? Nein. Ist das also so ein peinvoller Zustand und ist es nicht besser, alle Aussichten auf Genüsse der Gewißheit, nicht leiden zu müssen, zu opfern. Geh, Juliette, ist denn die Gewißheit, nicht immer zu sein, beunruhigender als die, nicht immer gewesen zu sein! Sei ruhig mein Engel; die Schrecknisse einer Vernichtung sind nur durch das Dogma von einem Leben nach dem Tod hervorgerufen.

Die Seele, oder wenn du willst, das aktive Prinzip, das uns belebt, uns bewegt und unsere Entschlüsse leitet, ist nichts anderes als höher entwickelte, verfeinerte Materie. Jeder einzelne Teil der Materie ist dieser Eigenschaften nicht fähig, aber verbunden mit unserem Körper wird er es, so wie das Feuer zur Flamme emporschlägt, wenn es entzündliche Körper erfaßt.

Die Seele kann, in einem Wort, nur unter zwei Gesichtspunkten — als aktives und als denkendes Prinzip — betrachtet werden, und nach beiden Seiten hin wollen wir durch zwei unwiderlegliche Syllogismen nachweisen, daß sie Materie ist:

1. Als aktives Prinzip ist sie teilbar, denn das Herz bewahrt seine Bewegung noch lange nach seiner Trennung vom Körper. Nun, alles, was teilbar ist, ist auch Materie; folglich ist das aktive Prinzip Materie.

2. Alles was wächst und vergeht ist Materie. Nun folgt aber die Seele den Eindrücken des Körpers, sie ist zart im zarten Alter und schwach im Greisenalter. Sie wächst also und vergeht und ist daher Materie.

Wiederholen wir nochmals und immer wieder: Es gibt nichts, das beweist, daß das Denken von der Materie unabhängig ist, oder daß die entwickelte Materie nicht denken könnte. Und das ist unendlich leichter zu begreifen als die Existenz eines Gottes. Wenn aber diese Seele wirklich das Werk Gottes wäre, warum unterläge sie dann allen Veränderungen und Unfällen des Körpers? Diese Seele müßte doch dann vollkommen und schon im Embryo ausgebildet sein, so daß Cicero schon in der Wiege seine *Tuskulanen* und Voltaire seinen *Alzire* hätten dichten können. Da dies aber nicht der Fall ist, und die Seele wächst und sich kräftigt, muß man annehmen, daß sie aus Teilen besteht. Alles aber, was Teile hat, ist Materie und wir müssen einsehen, daß die Seele unmöglich ohne Körper und der Körper unmöglich ohne Seele bestehen kann.

Du hast nun mehr als genug gehört, Juliette, um dich zu überzeugen, daß es keinen Gott und keine unsterbliche Seele gibt. Alle diese Märchen sind nichts als die Früchte des Ehrgeizes, des Stolzes einiger wenigen und der Dummheit der anderen. O, Juliette, ich bitte dich, verachte sie so wie ich. Man sagt, daß meine Lehren zur Verschlechterung der Sitten führen. Sind aber die Sitten vielleicht mehr wert wie die Religionen? Sie sind von dem Landstrich abhängig und daher immer Menschenwerk. Von der Natur aus ist uns nichts verboten und die Gesetze allein haben sich für ermächtigt gefunden, den Völkern Grenzen zu stecken, die abhängig sind von der Lufttemperatur, von dem Reichtum oder der Armut des Landes und dem Menschengeschlecht, das dort wohnt. Aber diese vollkommen menschlichen

Fesseln haben nichts geheiligtes und nichts berechtigtes an sich, denn nichts ist unmoralischer als die Natur, und niemals legt sie uns Fesseln oder Beschränkungen auf.

O, Juliette, du wirst mich für zügellos halten, aber ich gehe sogar so weit, den kindischen und unsinnigen Satz: Was du nicht willst, daß man dir tu, das füg' auch keinem andern zu, zu verwerfen. Die Natur lehrt uns das genaue Gegenteil, denn sie befiehlt uns zu genießen, koste es, was es wolle. Zweifellos kann es vorkommen, daß wir bei unseren Vergnügungen das Glück anderer zerstören, werden wir aber deshalb weniger freudig empfinden? Ja, ich sage: werden wir ohne das überhaupt genießen? Aber wir werden darauf noch zurückkommen, und ich bin sicher, dich bezüglich der Moral ebenso bekehren zu können, wie bezüglich der Religion. Übertragen wir jetzt unsere Grundsätze in die Praxis und nachdem ich dir bewiesen habe, daß du alles straflos begehen kannst, laß' uns jetzt handeln.«

Angefeuert durch diese Zwiesprache warf ich mich in die Arme meiner Freundin. Ich dankte ihr tausend Male für die Mühe, die sie sich mit meiner Erziehung gab. »Ich schulde dir mehr als mein Leben«, rief ich aus, »denn was ist das Dasein ohne Philosophie? Ist es wert zu leben, wenn man unter dem Joch der Lüge und des Unsinnes seufzen muß? Sei versichert, daß ich deiner würdig sein werde und niemals mehr zu den Götzen zurückkehren will, die deine süße Anteilnahme eben in mir zerstört hat. Belehre mich weiter, ich gebe mich deinen Ratschlägen hin und du kannst aus mir machen, was du willst.«

Die Delbène war trunken vor Freude. Es gibt für Leute unseres Schlages keine größere Seligkeit als Proselyten zu werben. Man genießt alle Süße der Verderbnis, wenn man andere den Verlockungen erliegen sieht.

Die Delbène küßte mich wieder und wieder und sprach die Hoffnung, ich würde ein gefallenes Mädchen, ein sitten- und gottloses Geschöpf wie sie werden. Ihre Liebkosungen wurden dabei immer feuriger und so entzündeten sich unsere Leidenschaften an der Fackel der Philosophie.

»Nun also, da du entjungfert werden willst«, sprach sie zu mir, will ich dich sofort zufriedenstellen.« In trunkener Wollust bewaffnete sich die Schelmin mit einem Godmiché. Erst kitzelte sie mich, um, wie sie sagte, die Schmerzen einzuschläfern, dann aber fuhr sie so kräftig darauf los, daß meine Jungfernschaft beim zweiten Stoße weg war. Man kann sich nicht vorstellen was ich litt; aber bald folgten auf die brennenden Schmerzen der Trennung die sanften Freuden des Genusses.

Die Delbène, die nichts erschöpfen konnte, war noch lange nicht müde. Sie ritt kräftig weiter, während sie mit mir züngelte, bis ich endlich nach einer Stunde um Gnade bat. »Tu du jetzt an mir dasselbe, was ich an dir gemacht habe«, sagte sie, »ich bin toll vor Wollust, denn ich wurde während der Arbeit nicht befriedigt. Auch ich möchte jetzt fertig werden.«

Ich wurde nun aus der verzärtelten Geliebten der leidenschaftlichste Liebhaber. Ich nahm sie vor und ich glaube, es gab kein Weib, die liebestoller und im Genuß verzückter war als sie. Zehnmal nacheinander wurde sie in meinen Armen fertig, und ich glaubte schon, sie würde mir überhaupt zerfließen.

»O meine Teure«, fragte ich, »ich glaube, je mehr Geist man besitzt, desto mehr genießt man die Freuden der Wollust.« — »Sicherlich«, erwiderte die Delbène, »und der Grund hierfür ist sehr einfach. Die Wollust verträgt keine Fesseln und sie ist nie süßer, als wenn sie alle zerrissen hat. Nun, je mehr Geist einer hat, desto mehr Fesseln wird er lösen und desto größeren Genuß wird er haben.« — »Ich glaube auch, daß die Verfeinerung der Organe viel dazu beiträgt«, erwiderte ich. »Daran kann man nicht ernsthaft zweifeln«, war die Antwort, »je glatter der Spiegel ist, desto besser wirft er das Bild der Gegenstände zurück, die sich in ihm beschauen.«

Nachdem wir nun beide erschöpft waren, erinnerte ich meine Erzieherin an ihr Versprechen bezüglich der Entjungferung Laurettens.

»Ich habe das nicht vergessen«, erwiderte Madame Delbène, »und sobald ihr heute Abend in die Schlafgemächer geht, mußt du zu entschlüpfen trachten. Die Volmar und Flavia kommen auch; wegen des übrigen brauchst du dir keine Sorgen zu machen. Du bist jetzt in unsere Geheimnisse eingeweiht, sei mutig, Juliette, und ich werde dir erstaunliche Dinge vorführen.«

Ich verließ nun meine Freundin, um in unser Haus zurückzukehren. Wie groß aber war mein Erstaunen, als ich erzählen hörte, daß eine Pensionärin sich aus dem Kloster geflüchtet habe. Ich fragte rasch nach ihrem Namen: Es war Laurette. »Laurette«, rief ich aus, und setzte dann zur Seite hinzu: »O, mein Gott, und gerade auf sie habe ich gerechnet, gerade sie entflammte meine Wünsche.« Ich fragte nach Einzelheiten; aber niemand konnte mir Auskunft geben; ich eilte zur Delbène, um sie zu benachrichtigen, allein ich fand ihre Türe verschlossen, und ich konnte sie vor der vereinbarten Stunde unmöglich auffinden. Ah! Wie mir die Zeit langsam verging!

Endlich schlug die Stunde. Die Volmar und Flavia waren vorangegangen, und ich traf sie schon bei der Delbène an.

»Nun, wie wirst du dein Wort halten.« fragte ich die Oberin, »Laurette ist nicht mehr hier. Wer soll sie ersetzen?« Und dann fügte ich ein wenig ärgerlich hinzu. »Ah, ich sehe wohl, daß ich niemals den Genuß haben werde, den Sie mir versprochen haben.«

»Juliette«, antwortete mir Madame Delbène mit sehr ernster Miene, »das oberste Gesetz der Freundschaft ist das Vertrauen. Wenn du eine der unseren sein willst, mußt du dir mehr Vorsicht und weniger Argwohn angewöhnen. Ist es denn wahrscheinlich, daß ich dir ein Vergnügen verspreche, um es dann nicht zu halten, und mutest du mir nicht mehr Geschicklichkeit und Macht zu, als ich benötige, um deinen Wünschen nachzukommen? Folge uns, alles ist still. Habe ich dir übrigens nicht gesagt, daß du seltsame Dinge schauen wirst?«

Die Delbène zündete eine kleine Laterne an und ging voraus. Die Volmar, Flavia und ich folgten ihr zur Kirche nach. Wie groß war mein Erstaunen, als sie dort eine Gruft öffnete und in das Heim des Todes hinabstieg! Meine Genossinnen folgten stillschweigend nach, allein mir war es nicht möglich, ein wenig Furcht zu verbergen. Jedoch die Volmar beruhigte mich und bald befanden wir uns in unterirdischen als Grabstätte für die toten Klosterfrauen bestimmten Räumen. Wir schritten fort, ein Stein hob sich, und über fünfzehn bis sechzehn Stufen gelangten wir in eine Art künstlerisch geschmückten Saal, dessen Luftöffnungen nach den Gärten hinausgingen.

O, meine Freunde! Wen sollte ich hier treffen! Laurette, geschmückt wie die Jungfrau, die man ehemals im Bacchustempel opferte, dann den Abbé Ducroz, den Großvikar des Bischofs von Paris, einen dreißigjährigen Mann, der speziell mit der Aufsicht über Panthemont betraut war und schließlich Pater Télème, den schönen Beichtvater unserer Novizinnen und Pensionärinnen.

»Sie hat Angst«, sagte die Delbène, indem sie zu den zwei Männern hintrat und mich ihnen vorführte. »Erfahre denn, du Unschuld«, fuhr sie fort, indem sie mich küßte, »daß wir hier nur zusammenkommen, um zu ficken und um Greueltaten zu begehen. Wenn wir in die Region des Todes hinabsteigen, geschieht es nur, um von den Lebenden so weit als möglich entfernt zu sein. Wenn man so verderbte Neigungen hat wie wir, möchte man sich am liebsten ins Innere der Erde verkriechen, um besser die Menschen und ihre unsinnigen Gesetze fliehen zu können.«

Ich muß gestehen, daß — so weit ich auch schon vorgeschritten war — mir dieses Debüt den Atem verschlug.

»Himmel«, sage ich erregt, »was werden wir denn in diesen Gewölben begehen?« — »Verbrechen«, antwortete mir Madame Delbène, »wir werden uns vor deinen Augen besudeln und werden dich lehren, wie du es machen mußt. Aber verspürst du vielleicht Schwäche oder habe ich mich in dir geirrt?« — »Fürchte nichts«, erwiderte ich lebhaft, »ich verspreche dir, über nichts zu erschrecken.«

Nun befahl die Delbène der Volmar, mich zu entkleiden.

Als ich nackt dastand, bemerkte der Großvikar: »Sie hat den schönsten Popo der Welt«; und alsbald bedeckten Küsse und Liebkosungen meine Arschbacken. Dann griff der Gottesmann nach meiner Muschel, während er das Glied in meinen Hintern einzuführen trachtete. Er drang mühelos hinein und im selben Augenblicke bewarb sich Télème um meine Scheide. Beide entluden und ich muß gestehen, daß ich ihnen bald nachfolgte.

»Juliette«, sagte jetzt meine Oberin, »wir haben ihnen eben die beiden größten Genüsse verschafft, die eine Frau erleben kann. Sagen Sie uns jetzt offen, welcher der größere war.« — »Wahrhaftig, Madame«, erwiderte ich, »beide haben mich so ergötzt, daß ich unmöglich entscheiden kann. Und noch jetzt empfinde ich in der Erinnerung eine solche Erregung, daß ich unfähig bin, klar zu sehen.« — »Wir müssen sie nochmals vornehmen«, sagte Télème, »nur werden der Abbé und ich jetzt die Plätze wechseln, und wir bitten die schöne Juliette, sich genau Rechenschaft über ihre Empfindungen abzulegen.« — »Gerne«, erwidere ich, »ich glaube wie Sie, daß ich nur bei einer Wiederholung werde entscheiden können.« — »Sie ist entzückend«, sagte die Oberin, »aber wir müssen das alles so einrichten, daß nicht nur Juliette fertig wird, sondern daß auch für uns ein Genuß dabei abfällt.«

Daher wurde die Gruppe folgendermaßen gestellt: Télème bearbeitete jetzt meinen Hintern. Er war zwar stärker gebaut als sein Vorgänger, allein ich merkte den Unterschied gar nicht. Ich lag bäuchlings auf der Oberin, und zwar derart, daß meine Klitoris auf ihrem Munde ruhte. Die Schelmin lag auf weichen Kissen und leckte mich, während sie selbst von Laurettens Zunge gekitzelt wurde und mit der Rechten und Linken Flavia und die Volmar zwischen den Beinen bearbeitete. Ducroz stand hinter Laurette und rieb sich leicht an ihrem Popo, ohne einzudringen, denn die Ehre der beiden Entjungferungen war nur mir zuerkannt worden.

Jede wollüstige Szene beginnt mit einem Augenblick der Ruhe. Es sieht so aus, als fürchtete man, die Wollust könne beim Sprechen entschlüpfen. Man hatte mir empfohlen, aufmerksam zu genießen, um vergleichen zu können, und ich verharrte in verzücktem Schweigen.

Télème war der erste, der zu sprechen versuchte, allein sein

Stammeln, seine hastigen Seufzer drückten seine wollüstige Verwirrung weit besser als seine Gedanken aus. Soviel wir verstehen konnten, fluchte er sehr viel und nebenbei drückte er sein Vergnügen über die Enge meines Arschloches aus. »Bald entlade ich in den göttlichsten aller Hintern!« rief er endlich aus, »ich weiß nicht, ob Juliette darüber mehr entzückt ist, meinen Samen statt in die Scheide in den Popo zu bekommen, was mich aber betrifft, so schwöre ich, daß ich hier hinten tausendmal mehr Vergnügen empfinde als vorn.« — »Das ist Geschmackssache«, sagte Ducroz, der Flavia küßte und sich stark am Hintern Laurettens rieb. »Das ist Sache der Philosophie und des Verstandes«, entgegnete die Volmar, die eifrig von der Delbène gekitzelt wurde. »Obgleich ich eine Frau bin, denke ich ebenso und ich schwöre feierlich, daß ich als Mann nur im Hintern ficken würde.« Bei diesen unflätigen Worten entlud das sinnliche Geschöpf und Téléme folgte nach. Er drehte meinen Kopf um und steckte mir seine Zunge einen Fuß breit in den Mund. Dabei leckt mich die Delbène so vorzüglich, daß ich vor Vergnügen schreien wollte. Aber die Zunge Télèmes stieß meine Laute zurück und der Lüstling fing meine Seufzer auf. Nun überschwemmte ich den Mund der Delbène, die ihrerseits wieder Gießbäche in den Laurettens ausstieß. Flavia schloß sich uns an, indem sie wie ein Fuhrmann fluchte.

»Machen wir jetzt etwas anderes«, sagte die Delbène, indem sie sich erhob. »Ducroz, bearbeiten Sie Juliette von vorne, die Volmar soll ihr den Popo lecken und ich werde mich unter die Volmar legen, um mit meiner Zunge ihre Klitoris zu kitzeln. Téléme soll mich von vorne ficken und dabei die Scheide Laurettens reiben.«

Neue Trankopfer für die zyprische Göttin beschlossen diese zweite Probe, und man befragte mich jetzt.

»O, meine Freundin«, sprach ich zur Delbène, »wenn ich die Wahrheit sagen soll, so muß ich gestehen, daß das Glied, das in meinen Hintern eindrang, mir viel lebhaftere Genüsse bereitete, als das, das meine Vorderseite durchbohrte. Ich bin jung, unschuldig, furchtsam und wenig für die eben genossenen Freuden

geschaffen; es wäre also möglich, daß ich mich über die Art und Weise dieser Genüsse täusche. Da Sie mich aber nach dem gefragt haben, was ich empfand, so sage ich das offen heraus.« — »Küsse mich, mein Engel«, sprach Madame Delbène zu mir, »du bist unserer würdig. Ah, zweifellos gibt es kein Vergnügen, daß sich mit dem im Hintern vergleichen ließe. Die armen einfältigen Mädchen, die sich diesen Genuß nicht zu gönnen wagen! Niemals wird sie die Göttin von Paphos mit ihrer Gunst beschenken!*

»Ah, man ficke mich von hinten!«, rief die Hure aus und kniete sich auf ein Sofa. »Volmar, Flavia und Juliette, bewaffnet euch mit Godmichés, und ihr, Ducroz und Télème, ihr bearbeitet mich nachher weiter. Hier ist mein Popo, benützt ihn alle nach der Reihe! Laurette soll währenddessen in meiner Nähe sein, damit ich mit ihr alles anfangen kann, was mir gerade einfällt.« Die Befehle der Oberin wurden befolgt. Während sie einer von hinten bearbeitete, beugte sich ein anderer unter sie und kitzelte sie an der Klitoris. Durch den übergroßen Reiz erwachte in der Delbène eine Art Raserei. Die Leidenschaften sprachen in dieser feurigen Frau eine ungestüme Sprache, und wir müssen eingestehen, daß die kleine Laurette weit eher zur Befriedigung ihrer Wut als ihrer Zärtlichkeit diente. Sie biß sie, zwickte und kratzte sie.

»Teufel«, rief sie endlich aus, »Himmel und Hölle, ich entlade. Ihr habt mich beinahe getötet, so gut habt ihr mich befriedigt. Aber setzen wir uns jetzt und plaudern wir ein wenig. Es genügt nicht zu genießen, man muß den Genuß auch zergliedern können. Setzen wir uns in einen Kreis. Juliette beruhige Dich, ich

* Ihr süßen, wollüstigen Geschöpfe, die Ihr euch aus Faulheit, Mißgeschick oder Wollust zur ehrenvollen und einträglichen Stellung einer Hure hingezogen fühlt, nehmet diese Ratschläge an. Laßt euch im Hintern ficken, meine Freundinnen, das ist das einzige Mittel, reich zu werden und sich wahrhaft zu vergnügen. Euch, Ihr Gattinnen, gebe ich denselben Rat: Seid überzeugt, daß von allen Hilfsmitteln der Koketterie dies das sicherste und angenehmste ist. Und Ihr, Ihr jungen Mädchen, merkt euch wohl, daß ihr auf diese Weise weder eure Gesundheit noch eure Ehre aufs Spiel setzt: Ihr bekommt keine Kinder, werdet fast niemals krank und genießt dabei tausendmal stärkere Freuden.

sehe die Ungeduld schon in deinen Blicken. Fürchtest du, daß wir nicht Wort halten? Hier ist dein Opfer«, fuhr sie fort, indem sie auf Laurette wies, »du wirst sie vorn und hinten entjungfern können, dessen kannst du sicher sein. Télème und Sie, Ducroz, setzen Sie sich neben mich. Ich möchte beim Sprechen ihre Glieder in der Hand haben und sie zum Stehen bringen. Ich möchte, daß die Kraft, die die unter meinen Fingern wiederfinden, sich meinen Reden mitteile und Sie werden meine Beredsamkeit wachsen sehen, nicht wie die Ciceros vor dem erregten Volke, sondern wie die Sapphos angesichts des Samens von Damophil.

»Ich muß gestehen«, sagte die Delbène, nachdem alle Vorbereitungen getroffen waren, »daß nichts in der Welt mich so in Erstaunen setzt, wie die moralische Erziehung, die man den jungen Mädchen zuteil werden läßt. Es scheint, daß man in ihnen jede Regung der Natur ersticken möchte. Ich möchte gern, daß mir jemand sagt, wozu eine keusche Frau dienlich ist und ob es etwas Unnützeres gibt als jene Tugendregeln, mit denen man unser Geschlecht belästigt, namentlich in zwei Lebensstadien geschieht und für beide will ich jetzt die Nutzlosigkeit nachweisen.

Wozu dient es, daß ein Mädchen ihre Jungfräulichkeit bis zu ihrer Verheiratung bewahrt? Wie kann man glauben, daß ein Weib mehr wert ist, weil sie einen Teil ihres Körpers weniger weit offen stehen hat? Zu welchem Zwecke hat die Natur alle Menschen geschaffen? Doch nur, damit sie sich gegenseitig unterstützen und sich gegenseitig jede mögliche Freude bereiten. Da aber ein junges Mädchen einem Manne großen Genuß bereiten kann, verletzt sie doch sicherlich die Natur, wenn sie sich seinen ungestümen Wünschen entzieht. Und wodurch wollt ihr bekräftigen, daß das junge Mädchen richtig handelte? Vielleicht durch eure Religion; eure Sitten, eure Gebräuche? Ich bitte euch, gibt es etwas Verächtlicheres als diese Dinge? Von der Religion spreche ich gar nicht, ich weiß, daß ihr damit nicht viel Umstände macht, aber die Sitten! Was haltet ihr von den Sitten? Ich glaube, man bezeichnet damit, wie sich ein Volk untereinander und gegenüber anderen beträgt. Ihr werdet mir zugestehen müssen, daß diese Sitten für das Glück des Einzelnen bedacht sein müssen, sonst wären sie eine lächerliche Einrichtung. Nun frage ich euch aber, wozu zwingt man dieses junge Mädchen, ihre Jungfernschaft zu bewahren, obwohl die Natur für den Verlust ist und obgleich ihre Gesundheit unter der Keuschheit leidet? Werdet ihr mir vielleicht sagen, daß es geschieht, damit sie rein in die Arme ihres Gatten gelange? Ist denn aber diese Notwendigkeit etwas anderes als ein Vorurteil? Wie? Damit ein Mann das niederträchtige Vergnügen, die Erstlinge ernten zu dürfen, genieße, sollen fünfhundert andere Schaden leiden? Gibt es etwas Grausameres und Unvernünftigeres als das? Ein Vivat den Nationen, die im umgekehrtem Sinne die jungen Mädchen nur wegen ihres ausschweifenden Lebens lieben! Darin besteht die wahre Tugend eines Weibes. Je öfter sie sich hingibt, desto liebenswerter ist sie. Je mehr sie fickt, desto mehr Leute macht sie glücklich und desto nötiger ist sie für das Glück der Mitbürger.

Prüfen wir jetzt den zweiten Fall, in dem uns Tugend geboten ist, so führt uns das zum Ehebruch und dieses angebliche Verbrechen will ich nun in den Grund bohren.

Unsere Sitten, unsere Religion und unsere Gesetze, alle diese scheußlichen lokalen Dummheiten kann man bei dieser Prüfung außeracht lassen. Es handelt sich nicht darum zu wissen, ob der Ehebruch in den Augen des Lappen oder des Franzosen ein Verbrechen ist, sondern ob durch ihn die Menschheit und die Natur verletzt wird. Wenn man das annehmen wollte, würde man das Maß der sinnlichen Begierden unterschätzen, die beiden Geschlechtern eingeboren sind. Wenn ein einziger Mann die Wünsche einer Frau, oder eine einzige Frau die Liebesglut eines Mannes befriedigen könnte, dann würde zweifellos alles, was sich gegen die Gesetze vergeht, auch die Natur verletzen. Wenn aber der Frau eine Menge Männer ebenso nötig ist wie dem Mann eine Menge Weiber, so wird in diesem Falle alles, was sich ihren Wünschen entgegenstellt, zur Tyrannei und zur deutlichen Mißachtung der Natur. Reißen wir endlich den Schleier herunter. Das Bedürfnis zu ficken ist von nicht geringerer Bedeutung als das zu trinken und zu essen, und von keinem soll man sich abhalten lassen. Seien Sie versichert, daß die Scham nur aus einem wollüstigen Raffinement entstanden ist. Es war süßer, länger begehren zu müssen, weil man sich stärker dabei erregte, und die Schwachköpfe hielten dann für Tugend, was nur ausgesuchte Genußerhöhung war.*

Es ist ebenso lächerlich zu sagen, daß die Keuschheit eine Tugend ist, wie es eine wäre, wenn man sich der Nahrung enthalten wollte. Man beachte wohl. Es ist immer die dumme Wichtigkeit, die wir einer Sache beimessen, die uns dahin führt, sie als Tugend oder als Laster aufzufassen. Es ist doch ebenso einfach, einem Mädchen oder einer Frau zu sagen, daß man sich an ihr vergnügen will, als in einem fremden Haus um Stillung des Hungers oder Durstes nachzusuchen. Welches Übel begehe ich denn, wenn ich einem schönen Wesen, dem ich begegne, sage: »Leihen Sie mir doch den Teil ihres Körpers, der mich augenblicklich befriedigen kann, und befriedigen Sie sich an dem Teil des meinigen, der ihnen angenehm ist«? Wodurch wird dieses Geschöpf dabei beleidigt? Wenn ich nichts an mir habe, das ihr gefällt, so soll ihr Interesse sie gefügig machen und sie müßte sich mir sofort hingeben, andernfalls könnte ich Gewalt anwenden. Denn nur sie verletzt die Natur, wenn sie sich weigert, ihrem Nächsten das zu geben, was er verlangen darf. Nochmals: Die Keuschheit ist keine Tugend und die Enthaltsamkeit ist nur bei Schwachköpfen ein Vorzug. Sie schließt viele Gefahren in sich ein und hat gar keine gute Seite. Sie ist den Männern ebenso schädlich wie den Frauen. Sie ist ungesund, denn sie läßt eine zur Ausspritzung bestimmte Absonderung im Innern des Körpers verfaulen. Die

* Der Mensch errötet über nichts, wenn er allein ist. Das Schamgefühl erwacht in ihm erst, wenn man ihn überrascht. Das beweist, daß das Schamgefühl ein lächerliches, unnatürliches Vorurteil ist. Der Mensch wird schamlos geboren und nur die Schamlosigkeit ist natürlich. Die Zivilisation konnte andere Gesetze aufstellen, in der Seele des Philosophen änderte sich nichts. »Hominem planto«, sagte Diogenes während des Fickens. Und warum sollte man sich beim Pflanzen eines Menschen mehr schämen, als beim Pflanzen eines Kohlkopfes?

Geschlechtergemeinschaft ist ein deutlicher Wunsch der Natur, und es ist durchaus verkehrt, einen Mann mit einer Frau zu verbinden — wie das in Europa geschieht — oder eine Frau mit mehreren Männern, wie das in gewissen Gegenden Afrikas der Fall ist, oder einen Mann mit mehreren Frauen, wie es in Asien und in der europäischen Türkei vorkommt.

Welche Notwendigkeit zwingt mich, mich an ein Wesen zu binden, das ich niemals lieben werde, das ich aber benötige, um meinen Samen zu verlieren. Wie? Jenes unglückliche Mädchen besitzt ein feuriges Temperament, das Bedürfnis nach Befriedigung verzehrt sie, und ihr wollt sie an einen Mann fesseln, der vielleicht gar keinen Geschmack an ihren Neigungen findet und der sie entweder im ganzen viermal in seinem Leben besteigt oder der sie mit anderen Weibern seine Gunst teilen läßt? Welche Ungerechtigkeit! Laßt doch lieber beide Geschlechter frei laufen und jeden seine Befriedigung suchen, wo er sie findet! Was bringen die Ehen Gutes für die Gesellschaft mit sich? Statt daß sie sie enger verbinden, lösen sie sie auf. Welch ein Unterschied, wenn alle Menschen Brüder, Vater, Mutter und Gatten wären und nur in einem eventuellen Kampf das bekämpfen müßten, was sie Teuerstes auf Erden haben. Aber diese Gemeinsamkeit würde diese Verwandtschaftsbande lösen, sagen Sie. Ah, was liegt daran! Lieber keine Bande mehr, als solche, die nur da sind, um vereint anderen schaden zu können.

Werfen wir einen Blick auf die Geschichte! Was wäre aus den Bündnissen geworden, wenn es nur eine einzige Familie in Frankreich gegeben hätte? Hätte sich diese Familie in Truppen geteilt, um sich gegenseitig zu bekämpfen? Hätten alle die Greuel dann statt gefunden, die Frankreich zerrissen haben und die nur dem Ehrgeiz und dem Stolz einzelner Familien entsprossen? Diese Leidenschaften verschwinden, wenn mein Vorschlag ausgeführt wird, es herrscht dann im Staat nur mehr eine Meinung und ein Wille: Zusammen glücklich zu leben und zusammen das Vaterland zu verteidigen. Die Staatsmaschine kann auf die bisherige Art unmöglich weiter bestehen. Der Reichtum und der

Einfluß verbindet sich gegenseitig und es wird notwendigerweise in nicht allzu langer Zeit ein Teil des Staates so reich und so mächtig sein, daß er den anderen erdrücken wird. Und das Ergebnis: Das Vaterland ist ruiniert.*

Man denke gut nach und man wird finden, daß dies die Ursache aller Kämpfe ist. Jede ins Unendliche gewachsene Macht hat bisher noch versucht, die anderen zu erdrücken und es ist ihr bisher noch immer gelungen.

Aber was wird aus den Kindern, dem Nachwuchs? Darüber wollen wir jetzt sprechen.

Wir beginnen mit der Behauptung, daß man sich während des Geschlechtsaktes sehr wenig mit dem Wesen beschäftigt, das daraus hervorgehen könnte. Derjenige, der so dumm wäre, daran zu denken, hätte sicherlich dabei nur das halbe Vergnügen. Zu Unrecht nimmt man an, daß die Fortpflanzung ein Naturgesetz ist, allein unser Stolz hat diese Dummheit ausgedacht. Die Natur gestattet die Fortpflanzung, aber man muß sich hüten, ihre Erlaubnis für einen Befehl zu halten. Sie bedarf der Fortpflanzung nicht im geringsten und das Aussterben des Menschengeschlechtes würde sie so wenig stören, als wenn alle Kaninchen oder alle Hasen plötzlich aufhören würden zu leben. So mögen sich also zwei Wesen verschiedenen Geschlechts sorglos ihren Vergnügungen hingeben und nur nach Verschönerung und Bereicherung des Verkehrs trachten, denn die Natur erwartet keine Folgen, ja sie wünscht sie gar nicht.**

* Man beachte, daß die Memoiren Justinens und ihrer Schwester vor Ausbruch der Revolution geschrieben wurden. (Genauer gesagt: die Handlung spielt zur Zeit des Ancien Régime. Anmerk. der Herausgeberin)

** O, Mensch, du glaubst ein Verbrechen wider die Natur zu begehen, wenn du eine Nachkommenschaft verhinderst oder dich gegen das keimende Leben vergehst! Bedenke doch, daß eine Vernichtung von tausend und abertausendmal mehr Menschen, als es auf Erden gibt, ihr nicht den leisesten Schmerz verursachen würde und sie in ihrem Gang nicht im geringsten stören könnte. Die Welt ist doch nicht für uns geschaffen, da auch nach unserem Tode alles fortbestehen würde. Was sind wir denn in den Augen der Natur? Und wie können wir uns derart hoch einschätzen?

Was den Vater anlangt, muß jeder Vernünftige einsehen, daß er bei meinem Vorschlag schon gar keinen Grund zur Beunruhigung hat. Der wenige in den Muttermund gespritzte Samen kann ihm nicht zur Verpflichtung werden, das daraus entstehende Embryo mit Sorgen aufzuziehen, und er hat gegenüber diesem keimenden Embryo nicht mehr Pflichten als gegen das Insekt, das auf seinen Exkrementen entstand. In ein und dem anderen Fall hat er sich bloß eines Stoffes entledigt, und er hat sich nicht darum zu kümmern, was damit geschieht. Die Frau allein ist die Besitzerin und Herrin des Embryo, sie kann nach Wunsch darüber verfügen, kann es in ihrem Schoß vernichten, wenn es sie stört, oder aber es töten, nachdem es geboren ist, wenn ihr das Äußere ihres Kindes nicht gefällt. Es gehört vollkommen ihr, die Natur will gar kein Anrecht darauf haben. Und fürchten wir uns nur nicht, daß es an Menschen mangeln wird! Es wird mehr als genug Frauen geben, die gerne die Frucht aufziehen, die sie getragen haben. Dann aber gründet öffentliche Schulen, in denen die Kinder aufgezogen werden, sobald sie der Mutterbrust entwöhnt sind. Behandelt sie dort als Kinder des Staates, so daß sie selbst den Namen ihrer Mutter vergessen, und dann mögen sie sich ebenso wie ihre Eltern wieder gegenseitig verbinden.

So also sieht der Ehebund bei näherer Betrachtung aus. So also würde alles ruhig weiterbestehen, selbst wenn die Gesetze zugrunde gehen sollten.

Sind aber übrigens diese Gesetze gemeingültig? Haben alle Völker die gleiche Verehrung für diese unsinnigen Fesseln? Überfliegen wir rasch mit einem prüfenden Blick, was darauf Bezug hat.

In Lappland, in der Tartarei und in Amerika ist es ehrenhaft, seine Frau von einem fremden Gaste schänden zu lassen.

Die Illyrer veranstalten Zusammenkünfte, bei denen sie ihre Frauen zwingen, sich vor ihren Augen dem ersten Besten hinzugeben.

Der Ehebruch war bei den Griechen öffentlich geduldet. Die Römer liehen sich gegenseitig ihre Frauen. Cato lieh die seine dem Hortensius, da dieser eine fruchtbare Frau begehrte.

Cook entdeckte auf Othaïti eine Gesellschaft, in der alle Frauen sich unterschiedslos allen Männern hingaben. Aber sobald eine davon schwanger wurde und ein Kind gebar, wurde dasselbe im Moment der Geburt erwürgt. Eine ähnliche Gesellschaft besteht in Konstantinopel.*

Die Neger von der Pfefferküste und von Riogabar lassen ihre Frauen durch ihre eigenen Kinder schänden.

Singha, Königin von Angola, schuf ein Gesetz, daß die Frau sich jedem hingeben müsse. Sollte sie aber schwanger werden, so würde man sie pfählen. Ein strenges, aber nützliches Gesetz, denn es setzt der Fortpflanzung Grenzen und verhindert eine Übervölkerung.

Man kann allerdings dieses Ziel auch durch mildere Maßnahmen erreichen. Man müßte Ehren und Geldpreise auf die sapphische Liebe, auf die Sodomie und den Kindesmord aussetzen, so wie man es in Sparta auf den Diebstahl tat. Dann würde alles in den richtigen Grenzen bleiben, ohne daß man es wie in Angola oder auf Formosa nötig hätte, die Frucht im Mutterschoß zu vernichten.

In Frankreich beispielsweise, wo die Bevölkerung viel zu dicht ist, müßte man die Zahl der Kinder festsetzen und den Rest unbarmherzig ertränken, daneben aber auch die gleichgeschlechtliche Liebe belohnen. Der Staat hätte dann genau so viel Krieger als er benötigt und erzogen hat, und in schlimmen Zeiten müßte er nicht in jeder großen Stadt dreißigtausend Elende unterstützen.

In China gibt es eine ähnliche Gesellschaft wie die auf Othaïti und in Konstantinopel. Man nennt sie: Die bequemen Ehegatten.

Es gibt in Japan Frauen, die sich mit Bewilligung ihrer Ehemänner in den Tempeln und auf den Landstraßen herumtreiben, den Busen entblößt tragen wie die Kurtisanen Italiens und immer bereit sind, die Wünsche des Erstbesten zu befriedigen.

* Sie besteht auch in Persien. Die Brahmanen liehen sich gegenseitig ihre Frauen, ihre Töchter und Schwestern aus. — Bei den alten Bretonen vereinigten sich acht oder zehn Ehemänner zu dem Zwecke, ihre Gattinnen gemeinsam zu benützen. Wann werden wir es endlich so weit halten?

In Khambhat sieht man eine Pagode, der sich alle Frauen mit der größten Unterwürfigkeit nahen. Dort lassen sie sich öffentlich schätzen, ohne daß ihre Männer daran etwas auszusetzen hätten. Diejenigen, die bei diesem Beruf ein wenig Vermögen erworben haben, kaufen sich für dieses Geld junge Sklavinnen, die sie zu demselben Beruf abrichten und die sie selbst nachher zur Pagode führen.*

Je mehr galante Abenteuer ein Mädchen in Mittelamerika gehabt, desto mehr wird sie als Ehefrau begehrt. Man würde sie nicht haben wollen, wäre sie eine Jungfrau: das bewiese ihren geringen Wert.

Auf den Balearen ist der Ehemann der letzte, der sich an seiner Frau vergnügt. Alle Verwandten und Freunde kommen zuerst dran, und er würde für einen unanständigen Menschen gehalten werden, wollte er sich diesem Brauch widersetzen. Dieselbe Sitte herrschte auf Island und bei den Nazamäern, einem ägyptischen Volksstamm. Dort gab sich die Gattin nach dem Hochzeitsmahl jedem Gast hin, und von jedem erhielt sie ein Geschenk.

Bei den Massageten waren die Frauen gemeinsamer Besitz und gerade durch diese Gemeinschaft wurden die nordischen Völker so mächtig, daß sie Europa viermal durch ihre Einwanderungen erschüttern konnten.

O, ihr zarten Geschöpfe, die ihr für das Vergnügen der Männer geschaffen seid, glaubt nicht länger, daß ihr zur Befriedigung eines Einzelnen geboren wurdet. Verachtet die lächerlichen Gesetze, von denen ihr tyrannisiert werdet! Sie sind nur das Werk eurer Feinde. Bedenket, daß die Schönheit vergeht, und daß ihr in eurem Alter bittere Tränen vergießen werdet, wenn Ihr eure Jugend unnütz habt verstreichen lassen. Ah, ihr süßen Frauen, glaubt, daß die geringste bei einem Geliebten genossene Wonne mehr wert ist, als tausend einsame Freuden. Dient ihm doch, dem entzückenden Gott, der euch schuf, vor seinem Altar werdet ihr Trost für jeden Kummer finden.

* Siehe den 6. Band der *Cérémonies religieuses,* Seite 300.

Da die Dinge nun aber einmal bei uns so traurig liegen, bleibt uns nichts anderes übrig, als den Frauen einige Ratschläge zu geben, wie sie sich zu betragen haben, und ferner zu prüfen, ob etwas Unzuträgliches darin liegt, daß der Mann die Frucht des Ehebruches seiner Frau als eigene erklären muß.

Sehen wir vorerst, ob es nicht ein Wahnsinn ist, daß der Mann seine Ehre und seine Ruhe auf die Aufführung seiner Frau aufbaut.

Die Ehre! Wie kann ein anderes Wesen über unsere Ehre verfügen? Wie? Diesem ungerechten Manne wäre es gestattet, sich allen Ausschweifungen hinzugeben, ohne die Ehre zu verletzen, und seine Frau, die er vernachlässigt, deren Wünsche er nicht einmal zum Viertel befriedigt, entehrt ihn, wenn sie Hilfe bei einem anderen sucht? Das ist doch dieselbe Narretei als wenn sich der Mann ins Bett legt, wenn die Frau niederkommt. Unsere Ehre gehört uns an, sie hängt von niemand anderem ab, und es ist töricht zu glauben, daß die Fehler anderer uns erniedrigen können.

Sobald aber einmal dieser Unsinn als solcher erkannt ist, so fragt es sich, ob das Betragen einer Frau andere schlimme Folgen nach sich ziehen kann. Wenn der Mann seine Frau liebt, so fehlt sie ihm, er vermißt sie, wenn sie ihm untreu ist. Dann aber muß sich der Mann von seiner Frau trennen, denn es wäre unsinnig, ein Wesen zu lieben, ohne Gegenliebe zu finden. Liebt er sie aber nicht mehr, so hat er gar keinen Grund mehr, sich zu beklagen, es ist ihm Recht geschehen und er soll seine Frau sich in allem Frieden vergnügen lassen mit wem sie will, da ihm doch auch tausende von Wesen zur Entschädigung zur Verfügung stehen. Dann wird die Dankbarkeit das bewirken, was die Tugend zu bewirken nicht vermochte. Zwischen den beiden wird Vertrauen herrschen und sie werden, bis ins Greisenalter in Freundschaft verbunden bleiben, da sie es in Liebe nicht sein konnten.

So ist es also die Frucht — die Frucht, die er nicht gepflanzt hat —, die den Grund seiner Verzweiflung bildet? Welche Kinderei! Entweder sie leben mit ihrer untreuen Frau derart, daß sie Nachkommen nicht für ausgeschlossen halten können, wer sagt ihnen dann, daß die Frucht nicht von ihnen ist? Oder aber, sie leben mit ihr derart, daß eine Befruchtung von ihrer Seite aus nicht stattfindet, dann lassen Sie sie ruhig gewähren. Sie wird taktvoll genug sein, Ihnen keine Kinder zu schenken. Damit sind die beiden möglichen Einwände entkräftet. Nehmen wir aber einen Augenblick an, daß es nicht von Ihnen ist. Was liegt in Wirklichkeit daran? Sie wollen einen Erben haben — hier ist er. Elternliebe entsteht durch die Erziehung und wird nicht angeboren. Glauben Sie, daß dieses Kind, wenn es gewöhnt ist, Sie zu sehen, Ihren Namen zu nennen und Sie als seinen Vater zu betrachten, Sie ebenso, ja vielleicht stärker lieben wird, als wenn Sie an seiner Entstehung teilgenommen hätten. In jedem Falle aber sind Sie, wenn Sie nach meiner Philosophie leben, gedeckt.

Nichts gehört uns so vollständig wie unsere Kinder. Man schenkt Ihnen dieses — nun gut, so ist es vollkommen Ihr Eigentum. Nutzen Sie Ihre Rechte aus und bedenken Sie, daß ein wenig verspritzte Materie im Leben der Natur gar keine Rolle spielt.

Nun kommt an Euch die Reihe, Ihr Gattinnen. Ich habe eure Ehemänner beruhigt und ihnen gelehrt, über euch nicht ungehalten zu sein. Ich will euch jetzt in der Kunst, geschickt zu betrügen, unterweisen, vorher werde ich euch aber schaudern machen. Ich werde vor euren Augen vorerst das düstere Gemälde aufrollen, wie der Ehebruch bestraft zu werden pflegte, damit Ihr dem Himmel dankt, daß Ihr unter einer milden Regierung geboren wurdet, die euch keine andere Strafe als die Schande auferlegt.

Ein Gesetz des Kaisers Konstantin bestimmte, daß die Ehebrecherin dieselbe Qual erdulden sollte, wie der Vatermörder. Sie sollte lebend verbrannt oder in einen Sack eingenäht ins Meer geworfen werden. Sie durfte sich nicht einmal verteidigen.

Die alten Dänen bestraften den Ehebruch mit dem Tode, obwohl mit einer Geldstrafe gesühnt werden konnte.

Die Tonkinesen lassen eine ehebrecherische Frau durch einen Elefanten zerquetschen.

In Siam geht es sanfter zu. Dort liefert man sie dem Elefanten selbst aus! Er befriedigt sich an ihr mittels einer Maschine, durch die er sein Weibchen vor sich zu haben glaubt.

Bei den alten Bretonen wurde sie zu Tode gepeitscht, während ein derartiges Weib in Loango mitsamt ihrem Geliebten von einem zerklüfteten Berg hinabgestürzt wird.

In Gallien erstickte man sie mit Kot und bedeckte sie mit Kleie.

In anderen Ländern hat der Mann das Recht, seine Frau mit eigener Hand zu töten, wenn er bemerkt, daß sie sich vergangen hat. Diese Sitte herrschte namentlich bei den Goten.*

Die Wilden Kanadas skalpierten die Ehebrecherin.

In Diarbeck wurde die Schuldige vor der versammelten Familie hingerichtet und jeder, der dazu kam, mußte ihr einen Dolchstich versetzen.

In einigen Provinzen Griechenlands, in denen dieses Vergehen nicht wie in Sparta gestattet war, durfte sie jeder ungestraft töten.

Die Hottentotten, bei denen der Eltern- und der Kindermord gestattet ist, bestrafen den Ehebruch mit dem Tode. Das Kind selbst wird dort zum Henker seiner Mutter.

Nun aber höret, ihr Frauen, die ihr den Ehebruch sicher noch mehr liebt, weil er ein Verbrechen ist, was ich euch darüber zu sagen habe!

Mit eurem Mann müßt ihr niemals so zärtlich umgehen, als wenn ihr ihn betrügen wollt.

Wenn er ausschweifend veranlagt ist, dient seinen Lüsten, unterwerft euch allen seinen Launen, ja bringt ihm von selbst neue Zielpunkte für seine Wollust. Umgebt euch je nach seinen Neigungen mit hübschen Mädchen oder Knaben. Durch Dankbarkeit an euch gefesselt, wird er es nicht wagen, euch Vorwürfe zu machen; und sollte er es doch tun, so habt ihr auf jeden Einwand eine glänzende Entgegnung.

Ihr bedürft einer Vertrauten. Wenn ihr allein handelt, seid ihr Gefahren ausgesetzt. Haltet euch eine Frau, auf die ihr bauen

* Das ist zweifellos die beste und klügste Sitte. Ein im stillen begangenes Vergehen muß im stillen bestraft werden, und die Rache soll nur der ausführen, der beleidigt wurde.

könnt und sucht sie an euch zu fesseln. Hauptsache ihr zahlt sie gut.

Laßt euch von gedungenen Leuten lieben, nie von einem Geliebten befriedigen. Die ersten werden euch gut und verschwiegen bedienen, während der zweite sich rühmen und eure Ehre aufs Spiel setzen könnte.

Einen Lakai, einen Kammerdiener oder einen Sekretär, da merkt man nichts. Nehmt ihr euch aber einen Stutzer und ihr seid verloren.

Macht niemals Kinder, denn nichts ist unangenehmer! Die Schwangerschaften schädigen die Gesundheit, verderben die Gestalt und zerstören die Reize einer Frau. Sie sind durch tausenderlei Mittel zu vermeiden und das beste davon ist das bereits angegebene: sich nur im Hintern ficken zu lassen. Laßt euch dabei vorn an der Klitoris kitzeln und bald werdet ihr keine andere Stellung mehr einnehmen wollen.

Vielleicht wird euch euer Gatte die Sodomie von selbst vorschlagen: dann laßt euch erst bitten. Man muß immer anscheinend zurückweisen, was man begehrt. Wenn ihr aber aus Furcht vor Kindersegen gezwungen seid, ihn darauf aufmerksam zu machen, so entschuldigt euch, daß ihr Angst habt, bei der Niederkunft zu sterben. Saget, daß eine eurer Freundinnen euch darauf aufmerksam gemacht habe, daß ihr Mann sich mit ihr derart vergnüge.

Laßt euren Haustyrannen überwachen. Wenn man genießen will, darf man niemals fürchten überrascht zu werden.

Wenn ihr jedoch jemals ertappt werden solltest, so heuchelt Reue und verdoppelt eure Aufmerksamkeiten und Bemühungen eurem Gatten gegenüber. Studiert aber vorher seine Neigungen, damit, wenn er nicht freiwillig kommen sollte, ihr Mittel habt, ihm zu drohen.

Solange ihr aber nicht entdeckt seid, genießt so viel ihr könnt.

Vermeidet den Verkehr mit ausschweifenden Frauen. Ihr könntet euch großen Verdruß und wenig Vergnügen dadurch zuziehen.

Wenn ihr euch aber schon ein Viereckverhältnis gestattet, so sei es mit einer vertrauenswürdigen Freundin. Prüft zuerst, ob sie nicht ebenso Vorsicht zu üben hat wie ihr, sonst könnte sie euch noch ins Unglück stürzen.

Ihr müßt immer das Leben eurer Nächsten in der Hand haben, und wenn ein Mann euch hintergeht, schont ihn nicht. Es ist hundertmal besser, ihr entledigt euch seiner, als ihr kompromittiert euch. Nicht, weil ein guter Ruf von irgendwelcher Bedeutung ist, sondern weil man ihn zur Deckung der eigenen Vergnügungen benötigt.

Jedoch achtet das Leben eures Gatten, denn es ist euer Nutzen und Interesse, daß ihr die Lebenstage dieses Mannes schont. Eine Frau braucht lange Zeit, um ihren Gatten kennen zu lernen, wenn sie sich aber schon einmal dieser Mühe unterzogen hat, wozu soll sie es ein zweitesmal tun? Vielleicht würde sie auch dabei gar nichts gewinnen, denn sie sucht ja in ihrem Gatten keinen Geliebten, sie will durch ihn in ihrer Bequemlichkeit unterstützt werden, und dazu taugt lange Gewöhnung besser als Neuheiten.

Wenn ihr euch auf die vorhin beschriebene Weise nicht befriedigen lassen wollt, nun gut, so laßt euch in Gottes Namen von vorne besteigen. Aber leert das Gefäß gleich, nachdem es sich gefüllt, damit das Embryo nicht zustande kommt.

Achtet aber hauptsächlich nicht auf jene staatlichen und religiösen Zeremonien, die euch an einen Mann anketten, den ihr nicht mehr liebt oder der euch nicht genügt. Ist denn eine Messe, ein Segen oder ein Kontrakt so stark, daß sie euch zwingen können, unter Ketten zu schmachten? Dieser Schwur ist bloß eine Formalität, die dem Mann das Recht gibt, mit einer Frau zu schlafen, keinen von beiden aber bindet. Sie, die in der Welt leben werden, meine teure Juliette«, sagte die Oberin, indem sie mich ansah, »verachten Sie diese Dummheiten, treten Sie sie mit Füßen. Ein aufgeputzter Wurstel, der von einem Tisch ein bißchen Hokuspokus macht, vor sich ein großes Buch hat und ein Schuft, der sie in ein anderes ihren Namen setzen läßt, das sind doch wahrlich keine Gründe zur Ehrfurcht. Benützen Sie die Rechte, die Ihnen die Natur verliehen hat, verachten Sie diese Narrenpossen und ficken Sie so viel Sie wollen. Der Gott, der Ihnen lieb ist, ist nicht in der runden Oblate drin, sondern in dem Vergnügen und der Wollust.

Wenn Sie bei Ihren Liebesabenteuern wählen können, so wählen Sie verheiratete Leute; denn auch diese sind zur Verschwiegenheit verpflichtet und Sie haben infolgedessen weniger zu befürchten. Noch besser aber sind, wie schon gesagt, bezahlte Leute. Die wechselt man wie die schmutzige Wäsche, und die Abwechslung sowie die oftmalige Wiederholung fachen am besten die Wollust an. Ficken Sie mit soviel Männern, als Sie nur können. Jeder kann Ihnen neue Genüsse bereiten, und Sie kennen nichts, wenn Sie nur ein Glied kennen. Ihrem Gatten kann das ganz gleichgültig sein, denn Sie werden zugestehen, daß er beim tausendsten Liebhaber nicht mehr entehrt wird als beim ersten. Im Gegenteil, es scheint so, als ob die Verfehlung durch die Häufigkeit verkleinert würde, denn einer verwischt das Andenken an den anderen. Was Ihre eigene Person betrifft, so müssen Sie einsehen, daß, sobald der erste Schritt einmal geschehen, die weiteren keine Änderung mehr bringen. Bleibt noch die Öffentlichkeit. Nun, die können Sie um den Finger wickeln. Alles hängt von der Kunst ab zu heucheln und zu betrügen. Nicht der Fehltritt stürzt eine Frau ins Verderben, sondern der Skandal und 10 Millionen unbekannte Verfehlungen sind weniger gefährlich, als ein leichtes Versehen, von dem jedermann erfährt.

Seien Sie in ihrer Kleidung bescheiden. Das Äußere einer Frau kann sie mehr in Verruf bringen als zwanzig Liebhaber. Eine mehr oder weniger elegante Kopfbedeckung, ein mehr oder weniger reich geputztes Kleid üben keinen Einfluß auf das Glück aus. Alles hängt von dem mehr oder minder häufigen Geschlechtsgenuß ab. Sehen Sie bescheiden und keusch aus, dann wird man Sie niemals beargwöhnen. Und würde es jemand einen Augenblick lang wagen, dann fänden sich sofort tausend Verteidiger, von denen jeder eine Lanze für Sie einlegen würde. Die Öffentlichkeit, die keine Zeit hat, anders als oberflächlich zu urteilen, läßt sich leicht vom Schein trügen.

Wenn ihr große Kinder haben solltet, dann haltet sie euch vom Leibe: Sie sind nur zu oft die Ankläger ihrer Mutter.

Solltet sie euch verführen wollen, widerstehet ihren Begierden. Das Mißverhältnis im Alter würde bald Widerwillen aufkommen lassen, und ihr wäret dessen Opfer.

Ich halte es für notwendig, diesen Ratschlägen noch eine Erläuterung meiner Anschauung folgen zu lassen. Ich betrachte nämlich die Keuschheit der Frau als ein Vergehen gegen die Gesellschaft, das mit den härtesten Strafen geahndet werden sollte.

Ihr süßen und liebenswerten Geschlechtsgenossinnen!« fuhr die Delbène eifrig fort, »tretet die Tugend mit Füßen, ihre eingebildeten Freuden werden euch niemals für die Opfer entschädigen, die sie von euch fordert. Mit welchem Recht fordern die Männer so viel Enthaltsamkeit von euch, da sie doch selbst so wenig mäßig sind? Seht ihr denn nicht ein, daß sie die Gesetze geschaffen haben und daß ihr Hochmut und ihre Unmäßigkeit bei der Abfassung das Wort geredet haben?

O, meine Freundinnen, fickt; ihr seid nur zum Geschlechtsgenuß geboren. Laßt doch die Dummköpfe, die Lästermäuler und Heuchler zetern. Befragt bloß die Kinder der Liebe und der Freude, befragt die ganze menschliche Gesellschaft, jeder wird euch raten zu ficken, weil der Geschlechtsverkehr eine Forderung der Natur und weil ihr sie mit eurer Enthaltsamkeit beleidigen würdet. Der Name Hure möge euch nicht erschrecken, eine Hure ist ein liebenswürdiges Geschöpf, die ihren Ruf dem Glück anderer opfert und die dadurch allein des höchsten Lobes wert ist. Die Hure ist das Lieblingskind der Natur, das keusche Mädchen ist ihr Auswurf. Die Hure verdient Altäre und die Vestalin den Scheiterhaufen. Fickt, meine Freundinnen, schwört dem Schamgefühl ab, wenn ihr die Rosen verwelken läßt, werdet ihr bittere Reue empfinden und kein Trost wird sich in eurem liebesdürstigen Busen einfinden.

Aber — wendet ihr ein — ein derartiges Mädchen erniedrigt sich und die Last dieser Erniedrigung ist unerträglich. Welch ein Einwand! Unzählige Handlungen werden ebenso verkannt und doch sind bloß die Vorurteile daran Schuld. Werden beispielsweise nicht auch der Diebstahl, die Sodomie oder der Betrug als »erniedrigend« bezeichnet? Und Sie werden mir doch zugestehen, daß alle diese Handlungen im Getriebe der Natur keine Rolle spielen; denn unmöglich kann eine von der Natur angeregte Tätigkeit unrecht sein und sobald sie nicht unrecht ist, kann sie auch nicht erniedrigend sein. Hat sie beispielsweise nicht in uns alle den Drang gelegt, reich zu werden? Wenn man das bejaht, so muß man auch jedes Mittel, das zur Erreichung dieses Zieles führt, als rechtmäßig anerkennen. Und hat sie allen Menschen den Wunsch eingegeben, so viel als möglich zu genießen? Nun, so ist auch die Sodomie keine Niederträchtigkeit.

Und so steht es auch mit dem Geschlechtgenuß bei uns Frauen.

Nehmen wir aber einmal an, daß wirklich etwas Erniedrigendes daran sei. Was kümmert es schließlich eine Frau von Geist? Sie wird höchstens über die Ungerechtigkeit und die Torheit ihrer Genossinnen lachen und wird sich mit noch größerer Ruhe dem Willen der Natur hingeben; denn diejenige, die um ihren Ruf zittert, hat in ihrem Leben keine angenehme Stunde, während diejenige, die ihren Ruf bereits verloren hat, stets glücklich ist, da sie keiner Gefahr mehr ausgesetzt ist.

Sobald sie aber einmal so weit hält, wird sie etwas Sonderbares erfahren: Der Stachel, der gegen sie gerichtet war, wird sich in einen Wollusterreger umwandeln und sie wird, statt seiner Spitze auszuweichen, sich gerne verwunden lassen, sie wird jedes Mittel anwenden, das sie in ihrer ganzen Schamlosigkeit zeigen könnte. Seht 'mal diese entzückende Schelmin an. Sie möchte sich vor den Augen der ganzen Welt ihren Ausschweifungen hingeben, sie empfindet keine Scham mehr und sie beklagt sich bloß darüber, daß ihre Fehltritte von so wenigen Augenzeugen gesehen werden.

Manchmal aber sagt man ihnen: O, es gibt schreckliche Dinge, Dinge, die der Vernunft Hohn sprechen, Dinge, die der Natur, dem Gewissen und der Wohlanständigkeit zuwiderlaufen, und die niemals Vergnügen bereiten können. Jawohl! Den Dummköpfen nicht; aber es gibt Geister, die diese Dinge von dem Anschein des Schrecklichen befreit haben und in ihnen nur mehr Wonnen und unerhörte Genüsse sehen, weil sie sich eben von den überkommenen Gebräuchen entfernen und die guten Sitten gröblich verletzen. Versuchen Sie einmal, eine solche Frau heilen zu wollen! Aber ich rate ihnen ab. Nichts wird sie von der himmlischen Bahn ablenken können, und je entsetzlicher die Tat ist, desto mehr gefällt sie ihr. Das ist die Erklärung dafür, daß Verbrecher immer auf der Suche nach Greueltaten sind und daß es für sie keinen anderen Genuß gibt als den, der durch das Verbrechen gewürzt ist.

Die Gewohnheit, jede Schranke zu durchbrechen, läßt sie bald einfach finden, was ihnen früher unerhört dünkte, und von Stufe zu Stufe gelangen sie endlich dahin, ihre Handlungen als unvollendet zu empfinden, da nur wirkliche Verbrechen ihnen Genuß bereiten können und sie in nichts mehr ein Verbrechen sehen. Hütet euch, Freundinnen, zu glauben, daß das weibliche Zartgefühl uns von diesen Ausschreitungen ausschließt! Wir sind sensibler als die Männer und sind derartigen Verirrungen sogar leichter zugänglich. Man hat aber keinen Begriff, was wir alles treiben, sobald einmal die Religion keine Macht und die Gesetze keinen Einfluß mehr auf uns haben.

Man predigt gegen die Leidenschaften und vergißt dabei, daß die Philosophie ihr Licht an dieser lodernden Fackel entzündet und daß man die Vernichtung der religiösen Torheiten, die solange die Welt verpesteten, einzig und allein leidenschaftlichen Menschen verdankt. Ah! Hätten die Leidenschaften dem Menschen nur diesen Dienst allein geleistet, so wäre schon die Berechtigung vorhanden, alle ihre Folgen darüber zu vergessen. O, meine teuren Kinder, trotzet doch der öffentlichen Meinung und lebet so, wie es euch gut dünkt, ohne euch Kummer zu machen, ob Ihr gegen unsere Sitten verstoßt; denn es wäre ungerecht, daß sie sich durch Entziehung einer Annehmlichkeit selbst dafür strafen wollten, nicht in dem Lande geboren zu sein, wo diese erlaubt ist. Höret nur auf das, was euch ergötzt und euch angenehm ist, das ist das einzige, was euch zuträglich ist. Tugend oder Laster sollen in euren Augen jede Bedeutung verlieren. Sie sind ganz lokale Begriffe. Also noch einmal: Glaubt, daß eure Erniedrigung sich bald in Wollust wandelt. Wie oft hat sich mein verruchter Kopf bei dem Gedanken erhitzt, daß mich andere für ein niederträchtiges Weib halten. O, ich möchte, daß es überall mit großen Buchstaben geschrieben stehe, daß ich eine Hure bin. Ich möchte mich öffentlich besteigen lassen, möchte mich schänden lassen, wie das letzte der Weiber. Ich beneide das Los eurer göttlichen Geschöpfe, die an den Straßenecken die schmutzige Geilheit des erstbesten Vorübergehenden befriedigen. Sie waten im Kot und im Schmutz... O, welches Glück! Aber weshalb werden wir nicht wie sie? Ist nicht jener das glücklichste Wesen, dessen Herz abgehärtet ist, der nur mehr für den Genuß empfänglich ist?

Aber Teufel, Sie sind steif«, fuhr die Delbène fort, »diese Ständer hier in meinen Händen blicken bereits nach dem Himmel. Sie sind hart, als wenn sie aus der Steinzeit wären und mein Hinterer lechzt nach ihnen. Vorwärts, Freunde, bearbeitet ihn, diesen unersättlichen Hintern! Ströme eures Samens mögen seine Glut kühlen! Komm, Juliette, ich will deine Scheide lecken, während man mich von hinten hernimmt. Die Volmar soll sich auf dich hocken und dir alle ihre Reize zum Küssen darbieten, während deine Rechte Flavia kitzeln und deine Linke Laurettens Hintern abgreifen wird.«

Ihr Wunsch ward ausgeführt. Nach der Reihe kamen ihre beiden Liebhaber dran, während ich von dem Samen der Volmar überschwemmt wurde und der meine sich in den Mund der Oberin ergoß. Nun schritten wir an die Entjungferung Laurettens.

Da ich bestimmt war, die Rolle des Hohepriesters zu spielen, bekleidete man mich mit dem größten künstlichen Glied, das zu finden war und der Vorgang spielte sich folgendermaßen ab:

Laurette wurde auf ein Schemel gebunden, und zwar derart, daß ihre beiden weit auseinandergespreizten Beine einerseits und ihre Arme andererseits mit Ringen an der Erde befestigt waren. In dieser Stellung bot das Opfer am besten den schmalen, zarten

Körperteil dar, den die Lanze durchbohren sollte. Télème mußte ihren Kopf stützen und sie zur Geduld ermahnen. Dieser Gedanke — sie in die Hände ihres Beichtvaters zu bringen, als wenn sie auf der Folter läge — ergötzte die grausame Delbène außerordentlich. Ducroz sollte mich von hinten besteigen, während der Altar, der sich vor unserer Gruppe befand und diese gewissermaßen bekrönte, unserer wollüstigen Oberin als Sofa dienen mußte. Dort wollte sie sich mit der Volmar und Flavia am herrlichen Anblick des Verbrechens ergötzen.

Bevor ich an die Arbeit kam, wollte Ducroz vorerst meine Einfahrt erleichtern. Er befeuchtete die Scheideränder Laurettens und mein Godmiché mit einer schlüpfrigen Flüssigkeit, die ein leichtes Eindringen begünstigt. Trotzdem wurde Laurette fürchterlich zerrissen. Sie war noch nicht zehn Jahre alt und mein künstliches Glied maß im Umfange 8 und in der Länge 12 Zoll. Allein man ermunterte mich von allen Seiten und ich selbst war derart aufgeregt, daß ich mich wie der glühendste Liebhaber benahm. Die Maschine drang ein, aber die Blutbäche, die unter ihr hervorsprangen und die gräßlichen Schreie des Opfers kündeten uns an, daß die Operation nicht gefahrlos verlaufen sei. Tatsächlich war die arme Kleine so verwundet, daß wir für ihr Leben fürchteten. Ducroz, der es bemerkte, gab es auch der Delbène durch ein Zeichen zu verstehen, so daß diese näher trat. »Die Hure ist unser Eigentum«, rief sie aus, »schonen wir sie nicht. Ich habe niemandem über sie Rechenschaft abzulegen.«

Sie werden begreifen, wie mich derartige Redensarten ermutigten. Wohl bewußt, daß nur meine Ungeschicklichkeit an dem Unglücke Schuld war, verdoppelte ich trotzdem meine Anstrengungen. Endlich stak alles drin, Laurette wurde ohnmächtig, Ducroz fickte mich von hinten, während der entzückte Télème den Kopf der Sterbenden zwischen seine Beine preßte und sich an ihrem hübschen Gesicht kitzelte. »Wir müssen Hilfe holen«, sagte er zur Delbène. »Ach wo, nur Samen nützt uns jetzt«, erwiderte die Äbtissin, »Samen ist die einzige Hilfe, die dieser Hure zukommen soll.« Wir fuhren alle in unserer Tätigkeit fort und gerieten fast alle gleichzeitig in Verzückung. Die drei Freudenmädchen auf dem Altar entluden wie die Waschweiber, während ich mit meinem Samen den Godmiché befeuchtete, Ducroz meinen Popo überschwemmte und Télème dem armen Opfer ins Gesicht spritzte, so daß sein Samen sich mit den Tränen der Unglücklichen vermengte.

Unsere Erschöpfung und die Notwendigkeit, Laurette ins Leben zurückzurufen, wenn wir uns noch weiter an ihr ergötzen wollten, zwangen uns, jetzt innezuhalten. Man band sie los, und sie wurde gedrückt, gequetscht und geohrfeigt, bis sie wieder zu sich kam. »Was hast du denn?« fragte die Delbène in rohem Ton. »Bist du denn so schwach, daß ein leichter Angriff dich schon in die Hölle jagt?« — »Ach, Madame, ich kann nicht mehr«, sagte die arme unglückliche Kleine, deren Blut in Strömen floß, »man hat mir einen empfindlichen Schmerz zugefügt; ich werde daran sterben.« — »Gut«, sagte kaltblütig die Oberin, »jüngere Mädchen wie du haben derartige Angriffe gefahrlos überstanden, so setzen wir unsere Tätigkeit fort.«

Und ohne weitere Anteilnahme wurde das Opfer nunmehr ebenso wie früher, jetzt auf dem Bauch liegend, angebunden und nachdem sich die Delbène mit ihrem Gefolge wieder auf den Altar gelegt hatte, schickte ich mich an, die Festung von der anderen Seite zu nehmen. Diesmal mußte mich Télème hinten bearbeiten, und Ducroz war damit beauftragt, mir die Klitoris zu kitzeln. Allein die Schwierigkeiten waren unüberwindlich. Entweder war mein Instrument in Unordnung geraten oder ich stieß nicht richtig zu, kurz, ich geriet wieder in die Scheide, was meinem Opfer von neuem einen Schmerzensschrei entlockte. Nun wurde die Delbène unruhig und beauftragte Ducroz, mir mit seinem eigenen Glied den Weg zu bahnen, und wie Sie sich denken können, mißfiel ihm dieser Auftrag durchaus nicht. Da der Schuft kein Verschieben und Verrücken zu befürchten hatte, war er im Verlaufe eines Augenblickes im Innersten des jungfräulichen Heiligtums. Er zerstörte roh den Hauch der Unberührtheit und war eben im Begriff zu entladen, als ihm die Oberin befahl zurückzuziehen. »Teufel noch einmal!« sagte er, indem er schäumend vor Wollust sein die deutlichen Spuren des Sieges zeigendes Glied herauszog. »Ah, ich folge, aber ich werde mich im Hintern Juliettens schadlos halten.« — »Nein«, antwortete die Delbène, die um unser Vergnügen ebenso besorgt war, wie um ihr eigenes, »der Popo meiner Juliette ist jetzt Télèmes Eigentum, und ich dulde nicht, daß man ihn in seinem Rechte schmälert. Aber da du einen solchen Ständer hast, du Verbrecher, so stecke ihn der Volmar von hinten hinein. Wenigstens wird sie mich dann besser kitzeln.« — »Ja, ja«, sagte die Volmar, »hier ist mein Hinterer, steck ihn mir hinein, du Schuft, noch niemals habe ich solche Sehnsucht gehabt, von hinten gefickt zu werden, wie gerade jetzt.« Alles geschah nach Wunsch und innerhalb einer Minute fühlte die arme Kleine mein Instrument im Grunde ihres Hintern. Ihr Schreien wuchs nachgerade ins Gräßliche, aber Télème und die Delbène ermunterten mich so lebhaft, daß Laurettens Hintern bald das erlebte, was eben ihrer Scheide zugestoßen war. Das Blut floß und das arme Kind fiel zum zweitenmale in Ohnmacht.

»Weiter, weiter!« rief die Delbène aus, deren grausamen Charakter ich erst jetzt ganz kennen lernte, »höre nicht auf, bis wir nicht fertig geworden sind.« — »Aber sie stirbt«, warf ich ein. »Schon gut, das sieht nur so aus. Übrigens, was geht mich das Leben dieser Hure an? Sie ist doch nur zu unserem Vergnügen da, und so soll sie meinetwegen krepieren.« Ermutigt durch diese Megäre fuhr ich mit meiner Beschäftigung fort und zog mich erst zurück, als von allen Seiten Laute der allgemeinen Verzückung an mein Ohr drangen. Ich entlud rasch noch einmal, als sich die Oberin näherte. »Ist sie tot?« fragte sie. »Sie ist nicht übler dran als nach dem ersten Angriff«, sagte Ducroz, »und wenn Ihr einverstanden seid, will ich sie ins Leben zurückrufen, indem ich ihr ihn vorne hineinstecke.« — »Mir ist es recht«, sagte die Delbène, »versuchen wir dieses Mittel.« — »Wir müssen sie zwischen uns beide nehmen«, sagte Télème, »und während ich sie hinten besteige, wird mich die Delbène im Popo kitzeln und ich werde den der Volmar lecken. Juliette soll Ducroz von hinten bearbeiten, der gerne die Scheide Flavias lecken wird.« Der Plan wurde in Ausführung gebracht und die kräftigen Reibbewegungen der beiden Männer brachten die arme Laurette bald wieder ins Leben zurück.

»Meine teure Delbène«, sagte ich, indem ich mich der Oberin näherte, »wie willst du den angerichteten Schaden wieder gut machen?« — »Den, den du erlitten hast, will ich bald wieder ausbessern. Ich werde dich morgen mit einer Salbe einreiben, die jede Wunde bald heilt. Was Laurette betrifft, so darfst du nicht vergessen, daß man glaubt, sie sei aus dem Kloster entwischt. Sie ist ganz unser Eigentum, Juliette, und soll niemals wieder zum Vorschein kommen.« — »Und was werden wir mit ihr machen?« fragte ich ganz erstaunt. — »Sie soll ein Opfer unserer Wollust werden. Ah, Juliette, wie kindisch du noch bist! Du weißt also noch nicht, daß allein verbrecherische Freuden wahres Vergnügen bereiten?« — »In der Tat, meine Teure, ich verstehe Sie nicht ganz.« — »Nur Geduld, die Tatsachen werden bald für mich sprechen. Gehen wir jetzt essen.«

Wir traten in einen kleinen benachbarten Kellerraum, wo die vorzüglichsten Gerichte und erlesensten Weine bereits auf uns warteten. Wir setzten uns zu Tisch. Laurette bediente uns, und ich konnte bald an dem Ton, in dem die Gesellschaft mit ihr sprach, sowie an der Behandlung, die sie erlitt, bemerken, daß die arme Kleine schon nur mehr als Opfer angesehen wurde. Je mehr die Geister sich erhitzten, desto ärger wurde sie mißhandelt. Sie machte keinen Gang, ohne daß sie einen Schlag oder eine Ohrfeige erhalten hätte, und für die leichteste Unachtsamkeit wurde sie von uns furchtbar bestraft. Ich übergehe die Vorgänge beim Mahle mit Stillschweigen, Freunde; nur soviel will ich sagen, daß sie an alles heranreichten, was ich seither an derartigen Dingen gesehen habe.

Es war sehr heiß und wir waren nackt. Die Männer gaben sich daher allen ihren Gelüsten ohne jedes Schamgefühl hin. Télème und Ducroz stritten sich um meinen Hintern und ich erwartete vor ihnen knieend den Ausgang der Schlacht, als sich die Volmar näherte, sich der beiden Glieder bemächtigte und sie über einer Schale Punsch zu reiben begann, um, wie sie sagte, den Samen dann hinunterzuschlucken. »Ich erlaube dies nur unter der Bedingung«, sagte die Oberin, die ebenso wie die ganze Gesellschaft von den Gaben des Bacchus überreichlich genossen hatte, »daß Juliette ihren Urin dazu tut.« Ich pißte hinein und die ganze Gesellschaft trank das Gemenge aus.

Damit begnügte sich aber die stets nach Außerordentlichem suchende Oberin nicht. Sie äußerte den Wunsch, in die Gruft zu gehen, in der die Toten des Frauenklosters begraben lagen, dort den Leichnam eines ihrer Opfer auszusuchen und auf ihm liegend 5 oder 6 Nummern zu machen. Die Idee gefiel allen, man ging gemeinsam zurück, stellte die Kerzen auf die übrigen Leichname und suchte sich den einer jungen Novizin aus, die die Oberin vor drei Monaten vergiftet hatte. Das teuflische Geschöpf legte sich zurück und Ducroz bestieg sie als erster. Wir bildeten die Zuschauer und unsere einzige Beschäftigung während dieser wollüstigen Szene bestand darin, sie zu küssen, zu kitzeln und uns von ihr abgreifen zu lassen. Die Delbène verging in Verzückung der unerhörtesten Greuel, als man ein furchtbares Pfeifen vernahm und alle Lichter gleichzeitig erloschen. »Himmel, was ist das?« rief die unerschrockene Vorsteherin aus, die allein in der allgemeinen Bestürzung ihre Ruhe bewahrt hatte, »Juliette! — Volmar! — Flavia!« … Aber alles blieb stumm und niemand antwortete und ohne die Aufklärung, die mir die Oberin am nächsten Tag gab, hätte ich wohl niemals die Ursache dieses Unfalls erfahren, da ich selbst ohnmächtig dalag. Eine Fledermaus war über die Lichter erschrocken aufgeflattert und hatte mit den Flügeln die plötzliche Finsternis verursacht. Als ich ins Bewußtsein zurückkehrte, fand ich mich in meinem Bett und die Delbène erklärte mir, daß sie, nachdem sie die gleichfalls erschrockenen Männer beruhigt hatte, uns mit deren Hilfe in unsere Zimmer getragen hätte.

»Ich glaube nicht an übernatürliche Ereignisse«, sagte sie, »es gibt keine Ursachen ohne Wirkungen, und wenn ich von einer

Wirkung überrascht werde, richtet sich meine Hauptsorge darauf, deren Ursache kennen zu lernen. Ich habe auch sofort die unseres gestrigen Abenteuers gefunden und nachdem die Lichter wieder angesteckt waren, haben wir wieder alles in Ordnung gebracht.« — »Und Laurette, Madame?« — »Sie ist noch unten, meine Teuerste, wir haben sie da gelassen.« — »Wie, ihr habt sie...?« — »Noch nicht. Das wird bei der nächsten Zusammenkunft stattfinden. Gestern kam sie noch davon.« — »Ah, Delbène, Sie sind von einer Grausamkeit...!« — »Durchaus nicht, ich bin sehr leidenschaftlich und lasse mich vollkommen dabei gehen. Aber es scheint dir besser zu gehen, Juliette, steh auf, wir wollen in meinen Gemächern zusammen speisen und dabei ein wenig plaudern.«

»Setz' dich, mein Kind«, sagte sie, nachdem wir vom Tisch aufgestanden waren, »ich sehe, daß du erstaunt bist, mich beim Verbrechen so kaltblütig zu finden, und ich möchte, daß du bald dieselbe Ruhe entwickelst wie ich.

O, Juliette, sei überzeugt, daß von der Natur alles so eingerichtet wurde, wie wir es bestehen sehen. Hat sie allen Wesen dieselbe Kraft, dieselbe Schönheit und Anmut gegeben? Nein, zweifellos nicht. Da sie aber in der Veranlagung Verschiedenheiten zuläßt, wird sie sicher auch Verschiedenheit der Schicksale und Glücksgüter erwünschen. Die Unglücklichen, die uns der Zufall in die Hände spielt, sind ebenso Ergebnisse der Ordnung der Natur wie die Gestirne, die uns leuchten, und man würde ein ebensolches Verbrechen begehen, wollte man diese Pläne zerstören, als wenn man den Lauf der Sonne aufhalten wollte.« — »Aber wäre es dir nicht sehr angenehm, Delbène«, unterbrach ich sie jetzt, »im Unglück Trost zu finden?« — »Ich würde leiden, ohne zu klagen«, erwiderte sie stolz. »Bin ich denn vor den Verfolgungen der Natur geschützt? Habe ich nicht das Fieber, die Pest, Krieg und Hungersnot zu befürchten? Mögen alle diese Plagen der Menschheit mir entgegentreten, ich werde sie tapfer empfangen. Glaube mir, Juliette, daß, wenn ich will, daß andere leiden, ohne zu klagen, ich es auch selbst kann. Das Mitleid verweichlicht und entnervt unsere Seele und nimmt ihr den Mut, den sie später vielleicht zum Ertragen der eigenen Leiden bedarf. Wer den Schmerzen anderer gegenüber hart bleibt, wird es auch gegenüber den eigenen werden, und es ist viel, notwendigerweise mutvoll leiden zu können, als über andere zu weinen. O, Juliette, je weniger empfindsam man ist, desto mehr nähert man sich der wirklichen Unabhängigkeit.« — »Aber«, entgegnete ich, »bei dieser Gleichgültigkeit werden wir notwendigerweise schließlich Verbrechen begehen.« — »Was liegt daran? Wir müssen aufhören, uns um Verbrechen oder Tugend zu kümmern, für uns gibt es nur eines: unser Wohlbefinden. Und wenn ich sehen würde, daß ich nur inmitten der grausamsten Verbrechen glücklich sein könnte, ich würde sie sofort begehen, und zwar furchtlos begehen, weil das oberste Naturgesetz mir befiehlt, mich zu ergötzen, koste es, was es wolle.« — »Das sind philosophische Systeme, die einen sehr weit führen können.« — »Das schadet nichts«, erwidert die Delbène, »was mich am wenigsten kümmert, ist das Los meines Nächsten. Ich habe nicht die mindeste Veranlagung für jenes *Band der Brüderlichkeit*, von dem die Dummköpfe ewig faseln.« — »Himmel! Zweifeln Sie vielleicht an diesem obersten Naturgesetz?« — »Höre mich an, Juliette; es ist unglaublich, wie sehr du der Belehrung bedarfst...«

Wir hielten gerade bei diesen Worten, als ein von der Mutter geschickter Lakai eintrat, der der Oberin von dem schrecklichen Unglück unseres Hauses und der Krankheit meines Vaters Mitteilung zu machen hatte. Man verlangte nach meiner Schwester und mir und wir mußten auf der Stelle aufbrechen... »Himmel«, sagte Madame Delbène, »ich habe vergessen, deine Jungfernschaft wieder herzustellen; warte, mein Engel, hier nimm dieses Gefäß; in ihm ist eine Myrthenessenz, mit welcher du dich während neun Tagen morgens und abends einreiben mußt. Du kannst beruhigt sein, daß du am zehnten Tag ebenso Jungfrau sein wirst, als wenn dir nie etwas geschehen wäre. Dann übergab sie uns dem Diener, indem sie uns ermahnte, sobald als möglich zurückzukehren, und wir reisten ab.

Mein Vater starb. Sie wissen, welche Unglücksfälle seinem Tode folgten: Meine Mutter schloß gleichfalls nach einem Monat die Augen und wir standen verlassen da. Justine, die von meinem geheimen Verkehr mit der Oberin nichts wußte, erfuhr auch nichts von dem Besuche, den ich ihr einige Tage nachher abstattete und der zu sehr geeignet ist, den Charakter dieser einzigartigen Frau zu enthüllen, als daß ich ihn mit Schweigen übergehen könnte. Anzeichen von Verhärtung zeigten sich daran, daß mir die Delbène den Eintritt verweigerte, und ich mußte das, was ich zu sagen hatte, durch das Gitter vorbringen. Als ich mein Erstaunen merken ließ und unsere Freundschaft geltend machte, erwidere sie: »Mein Kind, dieses ganze Elend vergißt man, wenn man nicht mehr zusammen lebt, und was mich betrifft, so muß ich sagen, daß ich mich an keine einzige von den Geschichten erinnere, von denen Sie mir sprachen. Was die Not anlangt, von der Sie bedroht sind, so erinnern Sie sich an das Schicksal der Euphrosine. Sie warf sich ohne Zwang der Hurerei in die Arme, tuen Sie es, weil Sie vom Elend verfolgt werden. Das ist das einzige, was Sie tun können und das einzige, wozu ich Ihnen rate. Aber besuchen Sie mich dann nicht mehr. Vielleicht sind Sie erfolglos, Sie benötigen dann Geld oder Empfehlungen und ich könnte Ihnen weder eines noch das andere geben.«

Bei diesen Worten brach die Delbène die Unterredung ab und ließ mich in einem Erstaunen zurück, das vielleicht weniger lebhaft gewesen wäre, wenn ich einen philosophisch geschulten Geist besessen hätte. So aber hing ich den traurigsten Gedanken nach… Ich kehrte sofort um und faßte den festen Entschluß, den Ratschlag dieses bösartigen Geschöpfes zu befolgen, so gefährlich es auch werden konnte. Ich erinnerte mich zum Glück an den Namen und die Adresse der Frau, von der Euphrosine einstens gesprochen hatte, als ich, ach!, noch nicht gedacht hatte, diese Hilfe benötigen zu müssen. Ich eilte zu ihr. Die Duvergier empfing mich ungemein liebenswürdig. Das vorzügliche Mittel der Delbène täuschte sowohl ihren Kennerblick, wie auch jeden anderen, ich trennte mich von meiner Schwester und trat in das

Haus ein, um hier eine von der ihren ganz verschiedene Laufbahn einzuschlagen.

Da meine Existenz nunmehr vollständig von meiner neuen Wirtin abhing, tat ich alles, was sie mir empfahl. Allein, kaum befand ich mich allein, als ich von neuem aber die Undankbarkeit der Delbène nachzudenken begann. Ach, sprach ich zu mir, warum stößt sie mich in meinem Unglück zurück? Ist die reiche Juliette etwas anderes als die arme Juliette? Wie kommt es denn, daß man den Überfluß liebt und das Elend flieht? Ah! Ich begriff noch nicht, daß das Unglück dem Reichtum eine Last ist, ich wußte noch nicht, daß es ihn erschreckt und daß aus dieser Furcht die Antipathie entspringt. Aber, fuhr ich in meinen Gedanken fort, befürchtet denn diese ausschweifende, ja, verbrecherische Frau nicht, daß ich sie verraten könnte? Wieder eine Kinderei von mir. Ich kannte noch nicht die Frechheit, die das Laster besitzt, wenn es durch den Reichtum und den Einfluß gestützt wird. Madame Delbène war die Vorsteherin eines berühmten Pariser Frauenklosters, sie bezog eine jährliche Rente von 60.000 Francs und hatte zum ganzen Hof und den vornehmsten Kreisen der Stadt Verbindungen. Wie sehr mußte sie ein armes Mädchen, wie ich es war, verachten!

Allein ich war schon derart verdorben, daß dieses Beispiel einer offenbaren Ungerechtigkeit mir eher gefiel als es mich abstieß, obwohl ich doch darunter zu leiden hatte. »Gut!« sagte ich zu mir, ich muß also bloß danach trachten, ebenfalls reich zu werden, dann kann ich ebenso schamlos sein und dieselben Rechte und Freuden genießen, wie diese unverschämte Frau. Hüte dich, tugendhaft zu sein, denn das Laster triumphiert stets und das Elend verachtet man. Aber da ich nichts habe, wie soll ich der Anmut entgehen?... Zweifellos durch verbrecherische Handlungen. Was liegt daran? Die Ratschläge der Delbène hatten bereits mein Herz und meinen Geist befruchtet und ich fuhr in Gedanken fort: Ich glaube nicht, daß es etwas *Böses* gibt, ich bin überzeugt, daß das Verbrechen ebenso in den Absichten der Natur liegt, wie die Keuschheit und die Tugend. Stürzen wir uns also in diese lasterhafte Welt, in der die größten Betrüger am weitesten vorwärts kommen. Da die Gesellschaft nur aus Schwindlern und deren Opfer besteht, so müssen wir selbstverständlich die Rolle der ersteren wählen. Die Eigenliebe kommt dabei besser weg.

Gestärkt durch diese Überlegungen, die Ihnen durch ein fünfzehnjähriges Mädchen vielleicht etwas frühreif vorkommen dürften, jedoch der erhaltenen Erziehung angemessen waren, wartete ich mit Ergebenheit die kommenden Ereignisse ab, wohl entschlossen, mein Schicksal um jeden Preis zu verbessern.

Meine Lehrjahre waren recht bitter und verdarben mich derart, daß ich alle Einzelheiten übergehen möchte, um nicht vor Ihren Augen ein Gemälde von ungeheuerlichen Ausschweifungen aufrollen zu müssen.« — »Ich kann es kaum glauben, Madame, daß Sie davor Furcht befallen könnte«, unterbrach der Marquis Juliette. »Es handelt sich hier um Beschreibung der Verderbtheit beider Geschlechter«, sagte Madame de Lorsange, »denn die Duvergier trieb Handel mit allen beiden.« — »Desto ergötzlicher werden ihre Schilderungen sein«, sagte der Chevalier, »wir kennen die Verirrungen unseres Geschlechtes ganz genau, ich bin begierig zu erfahren, wie weit das Ihrige geht.« — »Gut«, sagte Madame de Lorsange, »ich werde dafür Sorge tragen, daß Sie nur die seltsamsten Verirrungen zu hören bekommen und ich werde einfache Vorkommnisse stillschweigend übergehen.« — »Vorzüglich«, erwiderte der Marquis, indem er sein wollüstig angeschwollenes Glied der Gesellschaft vorzeigte, »aber denken Sie auch daran, welche Folgen diese Erzählungen in uns zeitigen könnten? Sehen Sie den Zustand an, in dem ich mich durch die bloße Ankündigung befinde« — »Nun gut, mein Freund«, sagte jetzt die entzückende Juliette, »gehöre ich Ihnen nicht ganz an? Ich werde von meinem Werk den doppelten Genuß haben, und da jede Frau Eigenliebe besitzt, erlaube ich mir zu glauben, daß ein Teil Ihrer Glut auf die Einwirkung meiner Person zurückzuführen ist.«

»Ich muß Sie sofort davon überzeugen«, sagte der Marquis, indem er in seiner Erregung Juliette in ein Hinterzimmer zog und dort mit ihr längere Zeit verweilte. »Ich muß gestehen«, sagte der Chevalier, der sich nunmehr mit Justine allein befand, »daß meine Wollust noch nicht groß genug ist, um sich ergießen zu können. Das macht jedoch nichts. Nähern Sie sich, mein Kind, knien Sie nieder und lecken Sie mich. Geben Sie aber acht, daß ich mehr von Ihrer Rückseite zu sehen bekomme.« — »Gut, gut«, fuhr er dann fort, als er sah, daß Justine mit allen diesen Scheußlichkeiten geübt umzugehen verstand, »ja, so ist es richtig.« Und der Chevalier hätte beinahe die süßen Freuden eines Ergusses empfunden, wenn nicht der Marquis mit Juliette wieder zurückgekommen wäre und nicht seine Freundin aufgefordert hätte, den Faden der Erzählung weiterzuspinnen.

»Madame Duvergier hatte nur sechs Frauen bei sich«, fuhr jetzt Madame de Lorsange fort, »aber mehr als dreihundert standen in ihren Diensten. Zwei 5 Fuß 8 Zoll hohe Lakaien mit unmenschlichen Gliedern und zwei vierzehn- bis fünfzehnjährige Reitknechte standen ebenfalls den Liebesuchenden zur Verfügung und genügten diese nicht, so hatte sie immer Ersatz in achtzig außer Hause lebenden Männern bereit. Das Haus der Duvergier lag entzückend inmitten eines Gartens, so daß die Zusammenkünfte vollkommen mit dem Schleier des Geheimnisses umgeben waren. Die Einrichtung war herrlich und die Boudoirs ebenso wollüstig wie verschwenderisch ausgeschmückt. Sie besaß einen ausgezeichneten Koch und sehr gute Weine. So viele Annehmlichkeiten mußten natürlich teuer erkauft werden und das einfachste Tête-à-tête kostete schon mindestens 10 Louis. Verderbt und gottlos, Kupplerin aller großen Herren, von der Polizei unterstützt, beging die Duvergier Dinge, die ihr niemand wieder nachmachte.

Während sechs Wochen verkaufte diese geschickte Gaunerin meine Jungfernschaft an mehr als fünfzig Personen, indem sie jeden Abend das, was die Ungeduld zerrissen hatte, mit einer Salbe wieder heilte. Da sich alle diese Jungfernräuber sehr plump benahmen, will ich Ihnen die Einzelheiten schenken und bloß über den Duc de Stern berichten, der dabei sonderbare Manieren zeigte.

In dem denkbar einfachsten Kostüme begab ich mich zu diesem Wüstling. Nachdem ich eine Anzahl ungemein prunkvoller Wohnräume durchschritten hatte, gelangte ich in ein Spiegelkabinett, in dem mich der Duc mit seinem Kammerdiener, einem großen, sehr schönen jungen Mann erwartete. Ich kannte die Rolle, die ich zu spielen hatte und blieb keine Antwort schuldig. Er kitzelte das Glied seines Kammerdieners, während er mich ausfragte. »Ist es wahr, daß Sie sich im größten Elend befinden und daß Sie nur hierher gekommen sind, um die notwendigsten Lebensbedürfnisse decken zu können?« — »Dies ist so wahr, mein Herr, daß meine Mutter und ich schon seit drei Tagen mit dem Hungertod ringen.« — »Ah gut, das war notwendig«, erwiderte der Duc, indem er sich nunmehr von seinem Diener kitzeln ließ, »ich bin erfreut, Sie in einer Lebenslage zu wissen, wie ich sie für sie erwünsche. Und Ihre Mutter verkauft Sie?« — »Ach, es ist so!« — »Haben Sie Schwestern?« — »Eine, mein Herr.« — »Und warum hat man sie mir nicht hergeschickt?« — »Sie ist nicht mehr zu Hause. Das Elend hat sie hinausgejagt, und wir wissen nicht, was aus ihr geworden ist.« — »Ah, Teufel, ich will, daß man sie mir bringt. Wie alt ist sie?« — »Dreizehn.« — »Es ist niederträchtig, daß man mir dieses Geschöpf entzieht, wo man doch meine Neigungen kennt.« — »Aber man weiß ja nicht, wo sie ist, mein Herr.« — »Man hätte sie suchen müssen.« — »Ah, ich werde sie finden... ich werde sie finden.« — »Vorwärts, Lubin, entkleide sie.«

Sobald ich nackt war, prüfte mich Lubin mit der größten Aufmerksamkeit und versicherte dann seinem Herrn, daß alles in größter Ordnung sei. »Laß sie mich von hinten sehen«, sagte der Duc und Lubin beugte mich über das Kanapee, öffnete meine Schenkel und überzeugte seinen Herrn, daß sich alles (dank der Duvergier) in jungfräulichem Zustand befand »Und hier?« fragte Stern, indem er mit einem Finger mein Arschloch berührte.

»Nein, sicher nicht«, erwiderte Lubin. »Gut«, fuhr der Wüstling fort, indem er mich in seine Arme schloß und mich auf seinen Schenkel setzte. »Aber du siehst, mein Kind, daß ich außer Stande bin, die Arbeit selbst auszuführen. Greif mein Ding einmal an, es ist ganz schlapp und — besäßest du selbst die Anmut der Venus — du könntest es nicht mehr zum Stehen bringen. Aber wenn du diesen herrlichen Stecher ansiehst«, fuhr er fort und legte das entzückende Glied seines Dieners in meine Hand, »mußt du doch gestehen, daß er dich besser entjungfern wird, als der meinige. Ich werde Zuhälter spielen und, da ich dir selbst keinen Schmerz mehr bereiten kann, mich damit trösten, dich von anderen Leuten mißhandeln zu lassen.« — »O, mein Herr«, erwiderte ich, erschreckt über die Größe des Gliedes, das sich mir entgegenstemmte, »dieses Ungeheuer wird mich zerreißen.« Und ich versuchte zu flüchten. »Vorwärts, vorwärts, keine großen Geschichten machen«, sagte er, »ein Mädchen, das nicht gehorsam ist, gefällt mir nicht lange. Kommen Sie näher... Ich möchte vor allem, daß Sie den Popo Lubins küssen. Sehen Sie einmal, wie schön er ist.« — Ich gehorchte. — »Jetzt das Glied«, fuhr der Duc fort. — Ich tat auch das. Nun hielt er mich fest und sein Diener fuhr mit derartiger Geschicklichkeit und Kraft ein, daß sein ungeheures Werkzeug schon nach drei Stößen Grund bekam. Ich stieß einen fürchterlichen Schrei aus. Der Duc jedoch hielt mich fest, rieb mit seinem Finger mein Arschloch und fing mit seinem Mund sorgfältig meine Tränen und Seufzer auf. Dann verließ er mich und vertiefte sich in die Rückseite meines Liebhabers. Ich glaubte der Heftigkeit der zweifachen Bewegung erliegen zu müssen, als Lubins Samen sich ergoß und mich damit aus aller Not befreite. »Ah, Himmel und Hölle«, sagte der Duc, dem es noch nicht gekommen war, »du beeilst dich heute zu sehr, Lubin. Macht dich denn so ein verfluchtes Loch noch immer Dummheiten begehen?« Und er zeigte uns ein kleines, über die Delogierung ungehaltenes Gliedchen, das nur auf einen Altar zu warten schien, um sein Opfer darbringen zu können. »Kommen Sie her, kleines Mädchen«, sprach der Duc zu mir und legte sein

Werkzeug in meine Hände, »und Sie, Lubin, legen Sie sich bäuchlings auf dieses Bett; Sie, kleine Pute, werden mich wieder in meine frühere Wohnung einführen und meine Arbeit dadurch unterstützen, daß Sie mir zwei oder drei Finger in den Hintern stecken.« Die Wünsche des Wüstlings wurden befolgt und der sonderbare Schwärmer zahlte 30 Louis für die Erstlingsschaft.

Als ich wieder zu Hause angelangt war, ergötzte sich die schöne, sechzehnjährige Fatime, die liebste meiner Genossinnen, ungemein an meinen Berichten. Sie war auch schon dort gewesen, hatte aber mehr Glück gehabt als ich, denn sie hatte, sagte sie, eine Börse mit 50 Louis vom Kamin des Ducs gestohlen, um sich für die erlittenen Schmerzen zu entschädigen. »Wie?« fragte ich, »du erlaubst dir derartige Dinge?« — »So oft es mir möglich ist, meine Liebe, und ohne mir Gewissensbisse zu machen«, erwiderte sie; »das Geld dieser Schufte ist nur für uns geschaffen, und wir wären töricht, wenn wir es nicht aufraffen würden, wo wir es finden. Bist du denn noch so einfältig, daß du im Diebstahl etwas Böses siehst?« — »Sicherlich, ich halte ihn für etwas Schlimmes.« — »Nun, mein Engel«, erwiderte Fatime, »ich will dich von diesem unsinnigen Vorurteil abbringen. Ich esse morgen auf dem Lande bei meinem Geliebten zu Mittag. Ich erhalte sicher von Madame Duvergier die Erlaubnis, dich mitzunehmen, und du wirst Dorval über diesen Gegenstand sprechen hören.« — »O, du verbrecherisches Mädchen«, entgegnete ich, »durch dich werde ich vollkommen verdorben werden. Ich fühle nur zu sehr, wie ich allen diesen Missetaten schon freundlich gegenüberstehe. Aber fahre fort, ich will deine gelehrige Schülerin sein... Wirst du denn von der Duvergier die Erlaubnis erhalten?« — »Sorge dich nicht«, sagte Fatime, »ich werde schon alles richten.«

Am frühen Morgen des nächsten Tages brachte uns ein Fiaker zu dem Landgut. Wir traten in ein entlegenes aber sehr vornehm aussehendes Haus ein, ein Diener empfing uns und zog sich, nachdem er uns in ein wunderschön ausgestattetes Gemach geleitet hatte, wieder zurück. Aber erst als unser Wagen weggeschickt war, eröffnete sich mir Fatime. »Weißt du, bei wem du bist?«

fragte sie mich lächelnd. »Nein«, erwiderte ich. »Bei einem sehr seltsamen Mann«, fuhr meine Genossin fort. »Ich habe dich getäuscht, als ich ihn dir gegenüber für meinen Geliebten ausgab. In Wahrheit ist er ein guter Kunde von mir und ich hintergehe auch Madame Duvergier. Was ich verdiene, gehört also ganz allein mir; es geht aber nicht ganz gefahrlos zu...« — »Erkläre dich näher«, erwiderte ich lebhaft, »du erregst meine Neugier.« — »Du bist hier bei einem der berühmtesten Diebe von Paris. Dorval lebt vom Diebstahl und genießt auch durch seine Tätigkeit die höchsten Wonnen. Er wird dir seine Grundsätze erläutern, wird dich dahinbringen, daß du nach ihnen handelst und erst entflammen, bis er dich beim Diebstahl gesehen hat. Da er aber das Bild seiner Lieblingsleidenschaft in allem wiedersehen will, wird er unsere Gunstbezeugungen erstehlen wollen, und wir müssen so tun, als ob wir von ihm nicht bezahlt bekämen, obwohl ich das Geld schon im Voraus empfangen habe. Hier der Beweis, Juliette: diese 10 Louis gehören dir; ich habe ebenso viel für mich behalten.« — »Und die Duvergier?« — »Ich habe dir schon gesagt, sie weiß nichts davon. Ich bemogle unsere teure Mama. Bereust du es vielleicht?« — »Nein«, erwiderte ich, »zum mindesten ist alles, was wir hier verdienen, unser Eigentum und ich höre nicht mehr dieses verdammte Wort 'Teilung'. Aber belehre mich weiter: Was und wie werden wir stehlen?« — »Höre mich an«, entgegnete meine Freundin, »dieser Mann ist durch Mithilfe einer Unzahl von Spionen stets am Laufenden über die in Paris eintreffenden reichen Fremden. Er sucht ihre Bekanntschaft zu machen, er empfängt sie bei sich und gibt ihnen Gastmahle, bei denen Frauen unserer Sorte anwesend sind, die die Gäste während des Wollustaktes bestehlen müssen. Wir übergeben ihm dann alles und erhalten, abgesehen von unserer besonderen Bezahlung, ein Viertel der Beute.« — »Kann denn aber der Schelm diesen Beruf lange betreiben, ohne verhaftet zu werden?« fragte ich. »Du kannst ruhig sein; seine Vorsichtsmaßregeln sind zu gut gewählt.« — »Und sein Haus?« — »Er hat deren dreißig. Jetzt sind wir hier: in sechs Monaten wirst du ihn nicht mehr hier antreffen können. Spiele deine Rolle mit Verstand. Zwei oder drei Fremde werden anwesend sein; nach dem Essen gehen wir mit je einem in ein Kabinett. Beraube den deinen geschickt, ich werde auf meinen schon die nötige Sorgfalt verwenden. Dorval wird uns aus einem Versteck zusehen. Nachdem alles vorbei ist, schlafen unsere Opfer mittels eines Schlaftrunkes ein, und wir verbringen den Rest des Abends mit dem Hausherrn, der sich nach einigen Stunden stets entfernt, um an einem anderen Ort, mit anderen Weibern dieselben Gemeinheiten aufzuführen. Unsere Dummköpfe aber werden, wenn sie morgen allein erwachen, froh sein, mit dem Leben davongekommen zu sein.« — »Ich verstehe aber nicht«, erwiderte ich meiner Freundin, »weshalb wir uns den Launen dieses Gauners gefügig zeigen sollen, da wir doch im Voraus bezahlt wurden.« — »Wir würden dabei schlecht abschneiden, denn wir bekämen ihn nie mehr zu Gesicht. So aber werden wir zu 12 bis 15 Gelegenheiten jährlich zugezogen.« — »Aha, das ist richtig und gibt mir auch Aufschluß darüber, weshalb wir ihm genau über unsere Beute Rechenschaft ablegen müssen.« — »Es freut mich, daß du solcher Gedanken fähig bist«, sprach Fatime wieder, »es beweist mir, daß du gute Anlagen hast und dich deiner Aufgabe gut entledigen wirst.«

Kaum hatten wir diese Worte gesprochen, als Dorval eintrat. Er mochte vierzig Jahre alt sein, war sehr schön und strahlte Liebenswürdigkeit und Geist aus. Er schien glänzend verführen zu können, was ja bei seinem Beruf eine große Rolle spielte. »Fatime«, sagte er zu meiner Freundin, »ich nehme an, daß dieses junge und hübsche Geschöpf von allem unterrichtet ist. Ich brauche euch also bloß zu sagen, daß ich zwei Deutsche erwarte, die darauf brennen, einige hübsche Mädchen kennen zu lernen. Der eine hat Diamanten im Werte von 20.000 Talern an sich; den empfehle ich dir, Fatime. Dem anderen, der hier in der Gegend ein Haus zu kaufen wünscht, habe ich eingeredet, ich könnte ihm eines billig verschaffen, wenn er bar zahlen würde. Er hat also sicher mehr als 40.000 Francs in der Tasche, und den teile ich Ihnen zu, Juliette. Entledigen Sie sich gut Ihrer Aufgabe, und Sie werden noch öfter bei mir zu tun bekommen.« — »Wie«, sagte ich, »derartige Greueltaten können Ihre Sinne erregen, mein Herr?« — »Reizendes Mädchen«, erwiderte Dorval, »ich sehe, Sie kennen noch nicht die Einwirkung einer verbrecherischen Handlung auf die Nerven. Sie müssen über dieses Naturspiel noch aufgeklärt werden. Einstweilen gehen wir aber in diesen Saal, unsere Germanen werden bald erscheinen. Wenden Sie alle Ihre Verführungskünste an und bedenken sie, daß alles davon abhängt.«

Wir traten ein. Scheffner, mein Verehrer, war fünfundvierzig Jahre alt, sehr häßlich, ein Spießer und Dummkopf, so ungefähr wie es alle Deutschen sind. Der Name des Huhnes, das meine Freundin rupfen sollte, war Conrad. Er sah in der Tat wie mit Diamanten übersät aus, sonst aber ähnelte er ungemein seinem Freunde.

Die Unterhaltung, die zuerst allgemein geführt wurde, löste sich bald in einzelne Gruppen auf. Fatime, die ebenso schön wie geschickt war, hatte bald dem armen Conrad den Kopf verdreht und meine unschuldige und furchtsame Haltung gewann mir rasch das Herz Scheffners. Während des Speisens trug Dorval dafür Sorge, daß die Gläser der Gäste mit den erlesensten Getränken gefüllt wurden, so daß beide gleich nach dem Dessert den lebhaften Wunsch äußerten, sich mit uns allein unterhalten zu können.

Dorval, der jede von uns besonders überwachen wollte, beschwichtigte unter dem Vorwande, er habe nur einen Raum, wo man Venus opfern könne, die Begierden Conrads so gut es ging, und ich ging mit Scheffner an die Arbeit. Der gute Deutsche war ganz begeistert und konnte sich an Liebkosungen nicht genug tun. Es war heiß und ich forderte ihn auf, sich nackt auszuziehen. Um ihn stärker zu erregen, entkleidete ich mich auch vollständig, und während er mich bestieg und ich seinen Kopf verliebt an meinen Busen preßte, durchstöberte ich ungestört mit meiner rechten Hand seine Kleider. Ich fand sein Portefeuille und seine Börse in der rechten Tasche seines Gewandes, ergriff sie und versteckte sie rasch unter der Matratze unseres Liebesbettes.

Nachdem einmal der Streich gelungen war, gab ich mir mit dem schwerfälligen und stinkenden Tier weiter keine Mühe mehr; ich klingelte, ein Mädchen erschien, das den braven Deutschen wieder in Ordnung brachte, ihm ein mit allem Nötigen versehenes Getränk darbot und ihn dann in ein Zimmer führte, wo er in einen so tiefen Schlaf verfiel, daß man ihn noch acht Stunden nachher schnarchen hörte.

Kaum war er abgefertigt, als Dorval eintrat. »Sie sind entzückend, mein Engel!« rief er aus und umarmte mich, »ich habe alles beobachtet. Sehen Sie«, fuhr er fort, indem er mir ein Glied zeigte, das härter war wie eine Eisenstange, »wie Sie mich erregt haben.« Dann warf er sich mit mir auf das Kanapee und gab sich seiner Leidenschaft hin, mir den eben eingespritzten Samen aus der Scheide zu stehlen. Er sog mit so viel Kunstfertigkeit, wußte seine Zunge so tief hineinzubohren, daß ich ihn tatsächlich überschwemmte. Ich muß aber gestehen, daß meine Wollust eher von der begangenen verbrecherischen Handlung, als von den empfangenen Liebesgenüssen entfacht worden war.

Dorval ließ es nicht zum Entladen kommen. Ich übergab ihm Börse und Brieftasche und er übernahm beides ohne weitere Prüfung. Dann führte er mich weg, um Fatime Platz zu machen. Dorval beobachtete durch eine Öffnung die Tätigkeit meiner Freundin, nichtsdestoweniger wollte er haben, daß wir uns gegenseitig kitzeln sollten. Endlich wurde er durch die Art, wie Fatime sich benahm, so aufgeregt, daß er sich auf mich stürzte, in meine Scheide hineintauchte und dort ausgiebig Samen ablud.

Dann ging Dorval zu meiner Freundin hinein. Da ich ihn nunmehr beobachten konnte, sah ich, daß er sich ebenso zwischen die Schenkel Fatimes beugte und ihr auf gleiche Weise den von Conrad ausgespritzten Samen herauszog. Er steckte dann die Beute zu sich, und da wir die beiden biederen Germanen im Bett wußten, begaben wir uns ungestört in ein entzückendes Kabinett, wo uns Dorval, nachdem er noch eine Nummer gemacht hatte, folgende Aufklärung über seine so sonderbaren Neigungen gab:

»Der Mensch hatte in seinem Urzustand eine einzige Eigenschaft, die ihn von seinen Kameraden unterscheiden konnte, die Kraft. Die Natur gab allen Menschen gleichmäßig bewohnbaren Boden, und nur durch die Ungleichheit der Kraft entstand die Ungleichheit der Verteilung. Das ist der erste Diebstahl, der von der Natur begünstigt und gestattet ist. Nun rächte sich aber der Schwächere durch Anwendung von List, und nun sehen wir den Betrug als Schwester des Diebstahls und gleicherweise Tochter der Natur. Wenn der Diebstahl die Natur beleidigen würde, hätte sie an Stärke und Charakter gleiche Menschen geschaffen. Als Gesetze entstanden und der Schwache einen Teil seiner Freiheit aufopferte, um sich den anderen gegenüber zu schützen, war sicherlich das erste, was er verlangte, der ruhige Genuß des Besitzes. Man bestimmte bloß, daß jeder sein Vermögen in Frieden besitzen solle und daß derjenige bestraft werde, der den Frieden stören wollte. Das war jedoch Menschenwerk, in dem nichts von dem Willen der Natur zu spüren ist. Von nun ab waren die Menschen in zwei Klassen geteilt; die erste opferte ein Viertel des Besitzes, um den Rest in Frieden genießen zu können; die zweite, die aus diesem Viertel Nutzen zog und sah, daß sie auch bei ernstem Wollen den Rest sich aneignen könnte, wachte darüber, daß die Schwachen sich nicht untereinander beraubten, damit das Recht des Raubes ihr allein verbliebe. So wurde der Diebstahl, der ein Naturgesetz ist, doch wieder nicht von der Erde vertrieben, sondern blieb — allerdings in einer anderen Form — bestehen: Man stahl gesetzlich. Die Richter, indem sie sich für ihre Tätigkeit, die sie freiwillig hätten ausüben sollen, bezahlen ließen, der Priester, indem er sich für den Mittelsdienst zwischen dem Menschen und seinem Gott bezahlen ließ, der Kaufmann, indem er den Preis dessen, was seine Ware wert war, um ein Viertel erhöhte, und die Herrscher, indem sie ihren Völkern Steuern, Taxen u.s.f. auferlegten. Alle diese Diebstähle geschehen unter dem Deckmantel der Gesetzlichkeit und man bestraft nur noch das einfachste natürliche Verfahren, das der Mann anwendet, der, wenn es ihm an Geld mangelt, mit der

Pistole in der Hand dem Reichen seine Forderung vorbringt. Und man vergißt ganz, daß dieses scheinbare Verbrechen nur eine Folge des ersten Diebstahles ist, da nur durch ihn Reiche und Arme entstanden. Wenn Sie einen Diener an eine kostbare Vase schleudern und er dadurch die Vase zerbricht, dürfen Sie ihn nicht für seine Ungeschicklichkeit bestrafen.

Wenn jener armselige Ackerbauer durch die ungeheuren Grundsteuern, die Sie ihm auferlegen, gezwungen ist, seinen Pflug zu verlassen, sich zu bewaffnen und Sie auf der Landstraße zu überfallen, so würden Sie sicherlich eine große Niederträchtigkeit begehen, wollten Sie ihn dafür bestrafen. Denn nicht er hat den Fehler begangen, er ist bloß der an die Vase geschleuderte Diener. Er begeht also kein Verbrechen, sondern sucht nur das Gleichgewicht, das eines der obersten Naturgesetze ist, wiederherzustellen. Aber das wollte ich gar nicht beweisen, das versteht sich von selbst. Was ich zeigen wollte, ist die Tatsache, daß auch der Starke kein Verbrechen und keine Ungerechtigkeit begeht, wenn er den Schwachen beraubt. Ja, ich möchte behaupten, daß gerade die Unterdrückung des Schwächeren im Willen der Natur liegt. Denn hat im vorigen Fall der Schwache Mittel angewandt, die ihm nicht liegen und so der Natur in gewissem Sinne Zwang angetan, so benützt jetzt der Starke nur die Gaben, die ihm diese weise Mutter zu solchen Zwecken geschenkt hat. So machen wir uns also keine Gewissensbisse, wenn wir den Armen, das Waisenkind, die Witwe bestehlen, wir üben nur ein uns von der Natur gegebenes Recht aus.

Wenn wir auf den Ursprung des Eigentumsrechtes zurückgehen, gelangen wir notwendigerweise auf eine Zeit der gewaltsamen Aneignung zurück. Jedoch der Diebstahl wird nur deshalb bestraft, weil er das Eigentumsrecht verletzt. Dieses Recht aber ist in seinem Ursprung selbst nichts anderes als Diebstahl und so bestraft das Gesetz den Dieb, der den anderen Dieb bestehlen will, um wieder in seine Rechte zu gelangen. Ist das nicht entsetzlich? So lange es kein rechtmäßig begründetes Eigentum gibt (und es wird niemals ein solches geben), wird man schwer beweisen können, daß der Diebstahl ein Verbrechen ist, denn was er auf der einen Seite Böses anrichtet, macht er auf der anderen wieder gut.

Erlaubt mir, liebe Kinder«, fuhr Dorval fort, »daß ich meine Behauptungen durch einige Beispiele unterstütze. Ihr habt beide eine Erziehung genossen, durch die euch diese Dinge nicht ganz fremd sein werden.

Der Diebstahl wird in Abessinien derart hoch eingeschätzt, daß das Oberhaupt der Diebe sich diesen Titel teuer erkauft. Dasselbe ist bei den Koriaken der Fall. Er ist dort eine hohe Ehrung.

Bei den Tohoukichi darf sich ein Mädchen nicht eher verheiraten, bevor sie nicht Proben von dieser Fertigkeit abgelegt hat.

Bei den Mingreliern ist der Diebstahl ein Zeichen von Geschicklichkeit und Mut. Man rühmt sich dort öffentlich, wenn man ein besonders schwieriges Kunststück verübt hat.

Unsere Reisenden fanden den Diebstahl auf der Insel Othaïti in kräftigem Betriebe.

Er ist auf Sizilien ein achtbares Gewerbe.

Frankreich war unter der Adelsherrschaft nur ein wüster Haufen von Dieben. Heute ist die Form eine andere, die Tatsache aber dieselbe. Die großen Gauner stehlen nicht mehr, sondern jetzt werden sie bestohlen.*

Seien Sie versichert, es gibt keine Art, sich das Gut seines Nächsten anzueignen, die nicht rechtmäßig wäre. Die List, die Geschicklichkeit und die Kraft sind nur kluge Mittel, um zu einem erlauchten Ziel zu gelangen.

Ein Sohn des berühmten Cameron bildete das System des Diebstahls aus. Das Oberhaupt gab seine Befehle, man befolgte sie blind, und die gesamte Beute wurde zu einem gemeinsamen Lager geschleppt, wo sie mit größter Strenge zu gleichen Teilen geteilt wurde.

Große Diebstähle galten früher als Heldentaten.

* Die von der Revolution aufgestellte *Gleichheit* ist nichts als die Rache des Schwachen an dem Starken. Aber dieser Umschwung ist gut, damit jeder einmal an die Reihe kommt. Aber auch das wird sich wieder ändern, denn nichts steht in der Natur fest. (Nachträglich hinzugefügte Anmerkung.)

Wenn ein Einwohner von Illinois stiehlt, macht er seine Handlung wieder gut, indem er dem Richter die Hälfte der geraubten Summe abgibt, und man denkt nicht an eine weitere Bestrafung.

Es gibt Länder, in denen man den Diebstahl nach dem Gesetz der Wiedervergeltung dadurch bestraft, daß man dem Dieb seine Beute abnimmt und ihn laufen läßt. So mild dieses Gesetz in diesem Falle ist, so ist es doch ungerecht, wie eine einfache Überlegung Ihnen gleich beweisen wird.

Nehmen wir an, Peter beschimpft und schlägt Paul. Nach dem Gesetz der Wiedervergeltung wird nun Peter auf dieselbe Art mißhandelt. Das ist aber eine schreiende Ungerechtigkeit; denn Peter hatte, als er so handelte, Gründe, die die Grausamkeit seines Verbrechens milderten; wenn Sie ihn aber bestrafen, haben Sie keinen Grund dafür und darin liegt der große Unterschied, der Ihnen die Ungerechtigkeit eines Gesetzes aufdeckt, das die Dummen so schön finden.*

Es gab eine Zeit, in der die deutschen Adeligen unter ihren Rechten auch das, auf der Landstraße plündern zu dürfen, aufzählten. Dieses Recht geht auf die ersten gesellschaftlichen Einrichtungen zurück, als der freie Mensch sich noch wie der Vogel im Walde von dem ernährte, was er stehlen konnte. Damals war er ein Jünger der Natur, heute ist er Sklave der unsinnigsten Vorurteile.

Der Diebstahl stand in Lakedämonien in hohen Ehren. Lykurg erhob ihn zum Gesetz. Dieser große Mann sagte, daß die Spartaner durch das Stehlen flink, geschickt und tapfer wurden. Auch auf den Philippinen schätzt man noch heutzutage den Dieb.

Die Germanen betrachteten den Diebstahl als Übung für die Jünglinge. Auch die Römer erlaubten ihn bei gewissen Festen. Die Ägypter verwendeten ihn als Erziehungsmittel, während er jedem Amerikaner als Nebenberuf dient. Auch in Afrika betreibt

* Faulheit und Blödheit gaben den Gesetzgebern das Gesetz der Wiedervergeltung ein. Es war entschieden einfacher zu sagen: Tun wir ihm das wieder, was er getan hat, als mit scharfem Geist die Strafe ins richtige Verhältnis zur Untat zu rücken.

man ihn allgemein und jenseits der Alpen wird er kaum bestraft.

Nero verließ jede Nacht seinen Palast um zu stehlen. Am nächsten Tag verkaufte man auf den öffentlichen Plätzen das, was er gestohlen hatte und den Erlös steckte er ein.

Präsident Rieux, der Sohn Samuel Bernards und der Vater Boulainvilliers, stahl aus Neigung. Er überfiel die Passanten, auf dem Pont Neuf und beraubte sie mit der Pistole in der Hand. Eines Tages beneidete er einen Freund seines Vaters um seine Uhr, er lauerte ihm abends auf, als er gerade von Samuel kam, und bestahl ihn. Der Freund kehrte zum Vater zurück, beklagte sich und nannte den Schuldigen. Samuel versicherte, daß das unmöglich sei und schwor, daß sein Sohn bereits schlafe. Man sah nach und tatsächlich fand man Rieux nicht in seinem Zimmer. Kurze Zeit nachher kam er heim. Man überführte ihn und machte ihm Vorwürfe, so daß er schließlich alle seine Diebestaten eingestand und sich zu bessern versprach. Das hielt Rieux und er wurde später ein bedeutender Richter.*

Nichts ist leichter zu verstehen als der Diebstahl aus geschlechtlicher Leidenschaft; denn das Stehlen verursacht einen Nervenschock, der direkt die Geilheit entfacht. Alle diejenigen, die wie ich ohne Not gestohlen haben, kennen dieses geheime Vergnügen. Auch wenn man beim Spiel schwindelt, kann man es empfinden. Ich habe den Comte de … gesehen, wie er beim Piquet einen jungen Mann um 100 Louis betrügen mußte, weil er Lust hatte, ihn zu ficken, und er nur beim Stehlen einen Ständer bekam. Die Partie begann, der Comte stahl, wurde geil und nahm den jungen Mann von hinten her, ohne ihm jedoch das Geld zurückzugeben.

Argafond stiehlt nach den gleichen Grundsätzen alles, was ihm in die Hände gelangt. Er hatte sich ein Freudenhaus eingerichtet, in dem alle jene in unverschämter Weise beraubt wurden, die dem Lockruf seiner Haremsdamen folgten.

Wer stahl mehr als unsere Finanziers? Wollen Sie einige Bei-

* Der Vater von Henri IV besaß dieselbe Neigung.

spiele davon aus dem letzten Jahrhundert haben? Frankreich hat eine Einwohnerschaft von neunundzwanzig Millionen Seelen. Am Ende der Regierung von Louis XIV zahlte das Volk 750 Millionen jährliche Steuern und in den Besitz des Königs gelangten bloß 250. Also wurden 500 Millionen gestohlen! Glauben Sie, daß diese großen Gauner sich daraus Gewissensbisse machten?«

»Gut«, entgegnete ich, »ich bin von Ihren Ideen entzückt und begreife jeden Ihrer Gedanken. Aber sagen Sie mir jetzt, wie kann es einem reichen Manne, wie Sie es sind, Vergnügen machen zu stehlen?«

»Das kommt daher«, erwiderte mir Dorval, »daß der Nervenschock derselbe bleibt, auch wenn ich im Besitze eines großen Vermögens bin. Übrigens beschränkt sich mein Vermögen nur auf das Notwendige und nicht das Notwendige macht reich, sondern der Überfluß; den Überfluß aber, den kann ich nur durch Stehlen erreichen; derjenige, der nur das hat, was er benötigt, darf sich nicht glücklich nennen, denn er ist arm.«

Die Nacht nahte heran und Dorval bedurfte noch unser.

»Man packe diese zwei Deutschen in einen Wagen«, sagte er zu einem seiner Leute, der ihm bei derartigen Gelegenheiten immer zur Seite stand, »ich bin sicher, sie werden dabei nicht aufwachen. Dann lege man sie nackt in irgend eine menschenleere Straße und lasse sie da liegen. Da soll mit ihnen geschehen, was Gott gefällt.« — »O, mein Herr«, rief ich aus, »welche Grausamkeit!« — »Was liegt daran? Sie haben mich befriedigt, das ist alles, was sie tun konnten. Nun bedarf ich ihrer nicht mehr, so soll aus ihnen werden, was da will. Für alles das gibt es eine Vorsehung. Wenn die Natur sie noch benötigt, so wird sie sie retten, wenn sie mit ihnen nichts anzufangen weiß, werden sie umkommen.« — »Aber Sie setzen sie doch aus!« — »Ich vollbringe den ersten Teil der Arbeit, die Natur wird alles Übrige tun. Nur weg mit ihnen; sie sollen froh sein, daß ihnen nichts Schlimmeres geschieht.«

Der Befehl wurde genau ausgeführt. Die beiden Deutschen schliefen wie die Toten, und wir erfuhren nachher, daß sie in einer düsteren Gasse in der Nähe der neuen Boulevards ausgesetzt worden waren. Am nächsten Tage brachte man sie zu einem Polizeikommissär, der sie aber wieder entließ, sobald er die Unmöglichkeit bemerkte, in die Dunkelheit ihres Abenteuers Licht zu bringen.

Als man sie von uns fortgebracht hatte, übergab uns Dorval genau den vierten Teil der Beute und ging hinaus. Wir blieben einen Augenblick allein, währenddessen teilte Fatime mir mit, daß wir noch schreckliche Dinge zu überstehen hätten, daß sie nicht genau wüßte, was kommen würde, daß uns aber keinesfalls etwas Böses zustoßen würde. Kaum war sie zu Ende, als eine alte Frau erschien und uns in grobem Tone befahl, ihr nachzufolgen. Wir gehorchten, und nach einigen Umwegen in den Gängen des Hauses stieß sie uns in ein finsteres Zimmer, in dem wir bis zur Ankunft Dorvals nichts erblicken konnten.

Er erschien jedoch bald mit zwei großen beschnurrbarteten Kerlen, deren bloßer Anblick mir Schauder einjagte. Sie trugen Kerzen und jetzt erst konnten wir die sonderbare Einrichtung des Raumes, in dem wir eingeschlossen waren, bestaunen. An dem einen Ende befand sich nämlich ein Schafott und ein Galgen, sowie alle zu diesen Hinrichtungsinstrumenten nötigen Vorrichtungen.

»Sie werden hier«, sprach Dorval mit rauher Stimme zu uns, »die Strafe für Ihre Verbrechen erdulden.« Dann setzte er sich in einen Lehnstuhl und befahl seinen beiden Schuften, uns gänzlich zu entkleiden. Man trug unsere Kleidungsstücke vor ihn hin, er durchstöberte sie und beraubte sie ihres Inhaltes; dann wickelte er sie zusammen und warf sie zum Fenster hinaus. »Diese Frauenzimmer werden das nicht mehr nötig haben«, sagte er in gleichgültigem Tone, »ein Sarg wird bald ihr einziges Kleidungsstück sein, und ich habe auch schon deren zwei für sie bereit.« Und einer der Begleiter Dorvals zog tatsächlich unter dem Gerüst ein solches Möbel hervor und zeigte es uns.

»Obgleich Ihr wohl und rechtlich überführt seid«, fuhr Dorval fort, »heute Morgen bei mir zwei ehrliche Männer in böswilliger Absicht ihrer Juwelen und ihres Goldes beraubt zu haben, verlange ich dennoch, daß Ihr Euch dieses Vergehens schuldig bekennt. Habt Ihr dieses Verbrechen begangen oder nicht?« — »Wir sind schuldig, mein Herr«, erwiderte Fatime, denn ich war tatsächlich aufgeregt und begann den Kopf zu verlieren. »Da Sie Ihr Verbrechen eingestehen, ist jede weitere Formalität unnütz«, sagte jetzt Dorval, »jedoch ich will ein vollkommenes Geständnis haben. Ist es wahr, Juliette, daß Sie ihren Tod herbeigeführt haben, indem Sie sie in unmenschlicher Weise des Nachts in die Mitte einer kleinen Gasse werfen ließen?« — »Mein Herr, sie waren...«, dann aber faßte ich mich und verbesserte, »ja, mein Herr, wir sind auch dieses Verbrechens schuldig.« — »Gut, so bleibt mir nichts weiteres zu tun übrig. Höret Euer Todesurteil kniend an.« Während wir gehorchten, konnte ich bemerken, welchen Einfluß diese Szene des Grausens auf unseren Wüstling gehabt hatte. Er zog sein Glied heraus. »Vorwärts, Ihr Huren«, sagte er und wichste. »Ihr werdet aufgehängt werden, Ihr werdet erwürgt werden. Rose Fatime und Claudine Juliette sind zum Tode verurteilt, weil sie in niederträchtiger Weise geraubt und gestohlen haben und dann zwei Gäste des Herrn Dorval auf die Straße warfen und umkommen ließen: Die Gerechtigkeit befiehlt daher, daß das Todesurteil auf der Stelle vollzogen werde.«

Wir erhoben uns und auf ein Zeichen seiner Diener näherten wir uns — er stand in Flammen. Wir ergriffen sein Glied, während er fluchte, uns bedrohte und seine Hände über alle unsere Körperteile irrten. »Wie grausam es doch von mir ist«, sagte er, »so zartes Fleisch der Vernichtung preiszugeben! Aber es gibt für Euch keine Gnade mehr, das Urteil ist ausgesprochen, es muß vollzogen werden. Diese abscheulichen Schamberge werden die Beute von Würmern werden. O Gott, welches Vergnügen!« Und auf seinen Wink ergriffen die zwei Gauner Fatime, während ich fortfuhr, ihn zu kitzeln. Im Handumdrehen war sie aufgehängt, allein alles war derart eingerichtet, daß das Opfer kaum eine Sekunde schwebte, sondern sofort auf eine Matratze zur Erde fiel. Nun ergriff man mich. Ich schauderte, denn aus reiner Angst hatte ich vorhin nur bemerkt, daß Fatime am Seile hing, den Rest hatte ich übersehen. Ich warf mich also ganz erschreckt in die Arme Dorvals, den mein Widerstand vollends in Feuer brachte. Er biß mich mit derartiger Kraft in die Schenkel, daß man die Spuren seiner Zähne noch zwei Monate nachher bemerken konnte. Man schleppte mich jedoch fort und bald befand ich mich in derselben Lage wie Fatime. Als ich am Boden lag, trat Dorval heran. »Himmelherrgottdonnerwetter«, fluchte er, »sind denn die beiden Huren nicht tot?« — »Herr, entschuldigen Sie«, antwortete der eine der Henker, »aber sie atmen nicht mehr.«

So endigte die sonderbare Leidenschaft Dorvals. Er warf sich auf Fatime, die sich wohl hütete, ein Lebenszeichen zu geben, steckte ihr sein rasendes Glied hinein und nach einigen Stößen ging er auf mich los, die in derselben Unbeweglichkeit dalag. Fluchend fuhr er auch bei mir hinein und entlud schließlich unter Zeichen des ungeheuerlichsten Zornes.

Geschah es aus Scham, geschah es aus Ekel, kurz — Dorval zeigte sich uns nicht mehr. Auch die Diener waren verschwunden, als sich ihr Herr nach unserem Fall seinen Leidenschaften hingegeben hatte. Dasselbe alte Weib, das uns hergebracht hatte, erlöste uns wieder. Sie labte uns, machte uns aber auch gleichzeitig davon Mitteilung, daß wir nichts von unseren Sachen zurückerhalten sollten. »Ich werde Euch ganz nackt zur Duvergier bringen«, sagte die Alte, »der könnt Ihr Eure Klagen vorbringen, sie wird schon alles gut machen. Jetzt aber gehen wir, denn es ist spät, und ich muß noch vor Tagesanbruch zurück sein.« Ärgerlich über dieses Benehmen, verlangte ich Dorval zu sprechen. Man schlug mir mein Begehren ab, obgleich ich sicher war, daß uns der Hund durch eine Öffnung beobachtete. Wir mußten uns also schleunigst entfernen. Draußen wartete ein Wagen, wir stiegen ein und in weniger als fünf Viertelstunden langten wir bei unserer Bordellmama an.

Madame Duvergier war noch nicht auf, wir schlüpften daher in unsere Zimmer, wo wir jede 10 Louis und eine vollständige Bekleidung, die einen viel höheren Wert wie die verlorene hatte, vorfanden. »Sprich nichts darüber«, sagte Fatime, »die Duvergier braucht davon nichts zu wissen. Ich habe dir schon gesagt, daß alles hinter ihrem Rücken geschieht und so möge sie auch über alles in Unkenntnis bleiben. Du hast, mein gutes Kind«, fuhr Fatime fort, »eine kleine Unannehmlichkeit durchzumachen gehabt, hast aber dabei sehr viel gelernt. Mit dem, was du soeben bei Dorval gelernt hast, kannst du bei jeder Gelegenheit das drei- bis vierfache von dem einnehmen, was du bisher bekamst. Die Ratschläge Dorvals mögen dir immer vor Augen sein; die Gleichheit, meine Teuerste, ist das einzige wahrhafte Gesetz, und überall, wo das Schicksal sie nicht einführte, ist es Aufgabe unserer Geschicklichkeit, ihr zu ihrem Rechte zu verhelfen.«

»Juliette«, sprach Madame Duvergier einige Tage nach diesem Abenteuer zu mir, »Sie sind nun von vorne fast vollständig entjungfert, nun müssen Sie mir aber durch ihren Hintern das Doppelte oder Dreifache einbringen. Ich hoffe, daß Sie sich darüber keine Sorgen machen werden; denn — hören Sie, mein Kind, — eine Frau bleibt überall Frau und sie begeht damit nichts Schlimmeres, als wenn sie ihre Scheide oder ihren Mund oder ihre Hand darbietet. Hauptsache ist der Verdienst, alles andere ist gleichgültig. Wie unsinnig sind doch diejenigen Leute, die sagen, daß die Sodomie ein Verbrechen ist, das zur Entvölkerung führt. Das ist durchaus falsch, es wird immer genug Menschen auf der Erde geben, so sehr auch die Arschfickerei überhand nehmen mag. Aber wollten wir selbst einen Augenblick lang annehmen, daß die Menschen an Zahl geringer würden, so müßte sich eben die Natur damit abfinden, denn nur sie flößt dem Menschen die Neigung für diese Leidenschaft ein, und nur sie ist schuld an dem Bau des Menschen, der ihn für den gewöhnlichen Geschlechtsgenuß unfähig macht. Im übrigen sei davon überzeugt, Juliette (wem sagte sie das?!), daß die zweite Art viel mehr Vergnügen bereitet wie diese andere. Sinnliche Frauen, die einmal davon gekostet haben, wollen den anderen Weg gar nicht mehr freigeben. Versuche es doch, mein Kind, sowohl im Interesse deiner Geldbörse, als auch deines Vergnügens;

denn du mußt daran denken, daß die Männer diesen Genuß ganz anders als den gewöhnlichen Verkehr bezahlen, und, wenn ich heute im Besitz einer Rente von 30.000 Pfund bin, kann ich ruhig sagen, daß ich drei Viertel davon durch Lieferung von Hintern erworben habe. Die Scheiden sind nichts mehr wert, mein Engel, man ist ihrer satt, niemand will sie, und ich würde sofort meinen Beruf an den Nagel hängen, fänden sich nicht immer liebenswürdige zu diesem Dienste bereite Mädchen.

Morgen früh«, fuhr die niederträchtige Kupplerin fort, »gebe ich deine hintere Jungfernschaft dem Erzbischof von Lyon für 50 Louis her. Hüte dich, mein Herzchen, den entnervten Begierden dieses Seelenhirten Widerstand zu leisten, sie würden sonst sofort einschlafen. Du kannst den Beweis seiner Mannbarkeit nur durch deine vollständige Unterwürfigkeit erlangen, und sobald der alte Tyrann in dir etwas anderes als eine Sklavin findet, wird er schlapp.« Nachdem sie mich gut über die Rolle, die ich spielen sollte, unterrichtet hatte, fuhr ich am nächsten Tage gegen neun Uhr morgens zu der Abtei Saint-Victor, in der der Prälat zu Zeiten seines Aufenthaltes in Paris wohnte. Der heilige Mann erwartete mich im Bett. »Bringen Sie mir doch das kleine Mädchen heran, Madame Lacroix, damit ich sie besser sehen kann«, sagte er zu einer sehr schönen, ungefähr dreißigjährigen Frau, die nur da zu sein schien, um bei den Ausschweifungen des Prälaten die Dritte im Bunde zu bilden. »In der Tat nicht schlecht; wie alt sind Sie, mein kleiner Engel?« — »Fünfzehneinhalb, hoher Herr.« — »Vorwärts, Madame Lacroix, entkleiden Sie sie und vernachlässigen Sie ja nicht auch nur eine der Vorsichtsmaßregeln, die Sie kennen.« Ich war kaum nackt, als ich schon den Zweck dieser Vorsichtsmaßregeln kennen lernte. Der eifrige Jünger Sodoms forderte, daß die vorderen Reize einer Frau so sehr verschleiert blieben, daß er deren Anblick kaum hätte ahnen können. In der Tat verbarg sie auch Madame Lacroix so geschickt, daß man nicht das Mindeste von meiner Vorderseite sehen konnte. Nachdem dies geschehen, führte mich das liebenswürdige Geschöpf an das Bett des Geistlichen. »Den Hintern, Madame«, sagte er zur

Lacroix, »den Hintern und nichts anderes, ich beschwöre Sie. Haben Sie achtgegeben?« — »Ja, ja, hoher Herr, und Eure Eminenz sehen wohl, daß ich ihm dabei den schönsten jungfräulichen Popo darbiete, den man je umarmen kann.« — »Wirklich, tatsächlich«, sagte der Geistliche, »er ist sehr schön geformt. Ich will ihn liebkosen.« Und von seiner Freundin gestützt, bearbeitete er ihn und küßte ihn während mehr als einer Viertelstunde von unten bis oben. Auch die Lieblingsleidenschaft aller derartig veranlagten Leute, nämlich die Einführung der Zunge bis tief hinein in das Arschloch, wurde, wie Sie sich denken können, nicht vergessen. Auch die bezeichnende Abscheu für den Nachbar war charakteristisch; ja, als sich einmal die Scheide entblößte, stieß er mich mit solcher Verachtung und solchem Ekel von sich, daß ich am liebsten 20 Meilen weit entflohen wäre. Während dieser ersten Prüfung hatte die Lacroix sich entkleidet; als sie nackt war, stand Monseigneur auf. »Mein Kind«, sagte er zu mir, indem er mich in die für seine Leidenschaft nötige Stellung auf das Bett legte, »ich hoffe, man hat Ihnen empfohlen, liebenswürdig und gefügig zu sein?« — »Ich kann Ihnen versichern, hoher Herr«, erwiderte ich unschuldsvoll, »daß man mir diesbezüglich nichts vorwerfen wird.« — »Ah, gut, gut; der leiseste Widerstand würde bei mir unendliches Mißfallen erregen. Vorwärts, Madame Lacroix, befeuchten Sie den Weg und trachten Sie, mein Glied mit solcher Geschicklichkeit einzuführen, daß es nichts mehr herauszubringen instande ist.« — Nichts wurde von dem liebenswürdigen Weibe vernachlässigt. Monseigneur war nicht allzugut gebaut. Ich war vollkommen unterwürfig, so daß alles aufs Beste gelang. »Da bin ich nun«, sagte der lustige Hirte, »bei Gott, ich habe schon lange keinen so engen Weg beschritten. Oh, diese da ist sicher eine Jungfrau, ich würde es auf Wunsch beschwören. Vorwärts, Lacroix, richten Sie sich, denn ich fühle, daß mein Samen bald in diesen schönen Hintern sich ergießen wird.«

Bei diesen Zeichen klingelte Madame Lacroix. Eine zweite Frau, die ich nicht recht gut beobachten konnte, weil es an der Zeit fehlte, kam herein. Ihre Arme waren nackt und mit einem starken Rutenbündel bewaffnet, begann sie den bischöflichen Hintern kräftig zu bearbeiten, während die Lacroix sich auf mich hockte und ihren Hinterteil den wollüstigen Küssen des Sodomiten darbot. Schließlich entlud er allein, wie ich glaube, nur durch die kräftigen Hiebe, die auf seinen ehrwürdigen Hintern fielen.

Nachdem alles so gut gegangen war, legte sich der entkräftete hohe Herr wieder ins Bett. Man bereitete ihm seine Schokolade. Die Haushälterin übergab mich den Händen des anderen Weibes, die mir außer den 50 Louis noch zwei für mich zusteckte, mich in einen Fiaker brachte und ihm befahl, zur Duvergier zurückzufahren.

Am nächsten Tage zeigte man mir einen ungefähr fünfzigjährigen Mann, dessen bleiches und düsteres Aussehen mir nichts Gutes ankündigte. »Hüte dich, ihm Widerstand zu leisten«, sprach die Duvergier zu mir, als sie mich in die Empfangsgemächer führte. »Er ist einer meiner besten Kunden und du würdest mir einen unaussprechlichen Schaden zufügen.« Nach einem kurzen Vorspiel warf mich dieser Anhänger Sodoms bäuchlings auf das Bett und schickte sich an, mich von hinten zu besteigen. Schon spreizten seine Hände meine beiden Arschbacken auseinander, schon geriet der Schuft vor meinem herzigen Loch in Verzückung, als ich erstaunt über die unglaubliche Sorgfalt, mit der er sich vor mir verbarg, mich plötzlich umdrehte. Großer Gott, was mußte ich erblicken! Ein von Pusteln, Eiterblasen und Schanker durchaus bedecktes Glied. »Oh, mein Herr!« rief ich aus, »sind Sie verrückt, sich in diesem Zustand an einer Frau befriedigen zu wollen? Wollen Sie mich denn für mein ganzes Leben zugrunde richten!« — »Wie!« rief der Lump aus und wollte mich gewaltsam nehmen, »ich habe doch mit deiner Herrin alles abgemacht, die doch meinen Zustand kennt. Würde ich denn für die Frauen so viel zahlen, wenn ich nicht einmal das Vergnügen haben könnte, sie mit meiner Krankheit anzustecken. Das ist meine einzige Leidenschaft und der einzige Grund, weshalb ich mich nicht heilen lasse!« — »Oh, mein Herr, man hat sich wohl gehütet, mir diese Niederträchtigkeit mitzuteilen!« Damit eilte ich zur Duvergier und Sie können sich vorstellen, wie lebhaft meine Vorwürfe gegen sie waren. Ich sah an den Zeichen, die sie dem Manne gab, daß sie heftig wünschte, ich möge von nichts wissen; aber dafür war es zu spät. »Sie werden das nie wieder gut machen, Madame«, sagte ich zornig; »ich weiß alles, es ist abscheulich von Ihnen, daß Sie mich opfern wollten. Nichtsdestoweniger will ich Sie nicht verraten, nur beeilen Sie sich, Ersatz für mich zu finden; gestatten Sie, daß ich mich zurückziehe.« Die Kupplerin wagte nicht, sich zu widersetzen, und nur der elende Kerl konnte sich mit meinem Abzug nicht befreunden. Mit Mühe entschloß er sich, eine andere zu ergreifen. Als ich hinausging, trat gerade das andere Mädchen ein. Eine kleine, dreizehnjährige Novizin, die der Wüstling als Entschädigung gerne annahm. Man verband ihr die Augen und sie ahnte nichts; acht Tage später mußte man sie ins Hospital schicken. Der Verbrecher besuchte sie dort, um sich an ihren Leiden zu ergötzen. Es gab für ihn keinen größeren Genuß auf der Welt, sagte mir die Duvergier.

Fünfzehn oder sechzehn ebenso geartete, aber gesunde Männer passierten in einem Monat mit mehr oder weniger seltsamen Zwischenfällen meinen Körper, als ich zu einem Mann geschickt wurde, der sich dabei so seltsam benahm, daß ich es erzählen muß. Wie wird es Sie überraschen zu erfahren, daß dieser Mann Noirceuil war. In seinem unglaublichen Raffinement wollte dieser entzückende Mann, daß seine Frau Zeuge seiner Ausschweifung sei und ihm dabei diene. Beachten Sie wohl, daß man mich noch immer für jungfräulich hielt und daß Noirceuil nur mit an diesem Körperteil unberührten Mädchen zu tun haben wollte. Madame de Noirceuil war sehr hübsch und höchstens zwanzig Jahre alt. Sie war jung an ihren ungefähr vierzigjährigen und zügellos ausschweifenden Mann gebunden worden, und so können Sie sich wohl denken, was dieses arme Geschöpf alles hatte erdulden müssen. In dem Boudoir, in das ich eintrat, erwarteten mich beide. Kaum war ich da, als auf ein Klingelzeichen zwei fast nackte Knaben von sechzehn und achtzehn Jahren erschienen. »Man sagt, mein Herzchen, daß Sie den schönsten Popo der Welt haben«, sagte Noirceuil zu mir; »lassen Sie mich ihn doch sehen. Madame«, fuhr er, zu seiner Gemahlin gewandt, fort. »Mein Herr, Sie fordern Dinge...« erwiderte diese arme Frau. »Ganz einfache, Madame, sie beschäftigen sich damit schon so lange, daß Sie daran gewöhnt sein könnten. Vorwärts, Madame, entkleiden Sie doch dieses kleine Mädchen.« Ich errötete für diese arme Frau und wollte ihr die Mühe ersparen und mich selbst ausziehen, als Noirceuil mich daran hinderte und seine Gattin derart anfuhr, daß sie schließlich gehorchen mußte. Während dieses Vorspiels ließ sich Noirceuil von seinen Lustknaben küssen und bearbeitete sie mit den Händen, der eine von ihnen kitzelte ihm das Arschloch, der andere das Glied. Sobald ich nackt war, führte mich Madame Noirceuil auf Befehl ihres Gatten zu ihm hin und der Schuft küßte mir die Arschbacken mit wollüstiger Geilheit. Bald befanden sich die beiden Lustknaben, dank den geschickten Händen seiner Gattin, in demselben Zustand wie ich. Noirceuil sowie seine Frau waren nun gleichfalls entkleidet, und der Schuft wählte vorerst niemanden aus, sondern erwies, unabhängig von dem Geschlecht, jedem Popo dieselbe Huldigung. Nachdem er schließlich genügend erregt war, befahl er seiner Gattin, mich bäuchlings auf das Kanapee zu legen, und nachdem er meinen Hintern zur Erleichterung genügend mit der Zunge befeuchtet hatte, mußte sie sein Glied in meinen Hintern einführen. Noirceuil hat, wie Sie wissen, ein Glied, das 7 Zoll im Umfang und 11 in der Länge mißt. Infolge dessen konnte ich ihn nur unter ungeheuren Schmerzen empfangen. Trotzdem jedoch drang er bis zu den Hoden hinein, während auf der anderen Seite einer der Freudenknaben in seinem Hintern verschwand. Dann ließ der Wüstling seine Frau in derselben Haltung neben mich legen und nun mußte sie sich denselben Exzessen aussetzen, denen er sich auf meinem Körper hingab. Es war nämlich noch ein Glied frei geblieben, Noirceuil ergriff es, und während er mich deckte, führte er es in das zarte Arschloch seine teuren Ehehälfte ein. Einen Augenblick lang schien sie Widerstand leisten zu wollen, aber ihr grausamer Gatte hielt sie mit starkem Arm nieder. »Nun bin ich zufrieden«, sagte er, als alles im Gange war; »ich werde gefickt, ich bearbeite eine Jungfrau von rückwärts und meiner Frau geschieht das Gleiche. Nichts fehlt mehr an meinem vollständigen Ergötzen.« — »Oh, mein Herr!« rief die ehrbare Gattin aus, »Sie wollen mich also zur Verzweiflung bringen!« — »Selbstverständlich, Madame, und ich muß Ihnen mit aller Offenheit, die Sie an mir kennen, gestehen, daß ich viel weniger Genuß hätte, wenn Sie sich wohler fühlen würden.« — »Sittenloser Mensch.« — »Ganz richtig, sittenlos, gottlos, fahren Sie fort, fahren Sie fort, Madame, ich habe auch keine Grundsätze, keine Religion und bin schließlich ein scheußlicher Mensch! Schmähen Sie mich nur weiter, Sie ahnen nicht, wie Beschimpfungen eines Weibes auf mich wirken. Ah, Juliette, halten Sie sich, es fließt schon!« Und der fickende, gefickte, Schuft spritzte mir in meine Eingeweide ein Klistier, wie man es nicht leicht erleben kann. Als alles fertig geworden war, wurden die Stellungen gewechselt. Allein Noirceuil, der seine Gattin immer tyrannisierte, empfand das Bedürfnis nach neuen Stimulantien und befahl infolge dessen seiner Frau, sich auf das Bewußte vorzubereiten. »Wie, mein Herr«, erwiderte diese Unglückliche, »Sie wollen also diese scheußliche Schweinerei immer wiederholen?« — »Immer, Madame.« Und der Niederträchtige zwang seine Frau, sich auf das Kanapee zu legen und in ihren Mund den Samen zu empfangen, den er in meinem Hintern verloren hatte. Ich gab alles von mir, nicht ohne ein wenig bösartiges Vergnügen zu empfinden, daß das Laster die Tugend so grausam demütigen konnte. Die Unglückliche schluckte alles hinunter, und ich glaube, daß ihr Mann sie bei der leisesten Ungehorsamkeit erwürgt hätte. Durch diese Scheußlichkeit wurde der grausame Gatte zu einer neuen Niederträchtigkeit angeregt. Madame de Noirceuil mußte sich hinlegen und empfing der Reihe nach das Glied ihres Gatten und die der beiden Lustknaben. Schließlich bestieg Noirceuil die beiden Jungen, wobei die Arschbacken seiner Frau ihm als Anregung dienen mußten. Ich hatte die Aufgabe, die fleischigen Halbkugeln seiner Frau zu bearbeiten und jedesmal, nachdem er eine Nummer fertig gemacht hatte, wurde das arme Geschöpf gezwungen, in ihrem Munde den verlorenen Samen aufzufangen.

Schließlich häuften sich die Niederträchtigkeiten. Noirceuil versprach demjenigen von uns dreien 2 Louis, der seine Frau am meisten mißhandeln würde. Wir durften alles anwenden, Faustschläge, Fußtritte, Ohrfeigen und Rippenstöße. Angesichts dieser Prügelei wichste sich der Verbrecher. Man kann sich nicht vorstellen, was die beiden jungen Leute und ich alles erfanden, um die arme Unglückliche zu quälen. Wir ließen erst von ihr ab, als sie ohnmächtig dalag. Dann näherten wir uns dem entflammten, Noirceuil und wichsten ihn auf dem ganz zerschundenen Körper des unglücklichen Opfers seiner Leidenschaft. Nun befahl mir Noirceuil, mich von dem einen der jungen Leute von hinten besteigen zu lassen, während ich das Werkzeug des andern lecken mußte. Manchmal auch befand ich mich zwischen beiden, wenn beide an mir von vorn und hinten arbeiteten.

Wir hielten gerade dabei, als Noirceuil, der nicht wollte, daß auch nur eine Stelle meines Körpers frei blieb, mir sein Glied in den Mund steckte, um darin seine letzte Nummer zu machen. Wir wurden alle gleichzeitig fertig und noch niemals hatte ich solchen Genuß erlebt.

Noirceuil, dem meine Gestalt und meine kleinen Bösartigkeiten gefallen hatten, behielt mich, wie auch die beiden jungen Leute zum Abendessen zurück. Wir speisten in einem entzükkenden Zimmerchen ganz nackt und wurden von der ebenfalls nackten Madame de Noirceuil bedient.

Noirceuil besitzt, wie Sie wissen, Geist und niemand rechtfertigt seine Verirrungen so gut wie er. Ich wagte fast, ihm wegen seines Benehmens gegen seine Frau einige Vorwürfe zu machen. »Nichts ist so ungerecht«, sprach ich zu ihm, wie Ihr Betragen gegen dieses arme Geschöpf.« — »Gewiß ist es ungerecht«, erwiderte Noirceuil, »aber nur vom Standpunkte meiner Frau, von mir aus betrachtet ist nichts gerechter, als das, was ich getan, und der Beweis dafür ist der, daß mich nichts auf der Welt annähernd so ergötzt; jede Leidenschaft hat zwei Seiten, Juliette, allein nur die Natur gibt mir diese Leidenschaften und nur sie läßt mich Ungerechtigkeiten begehen. Es gibt also Ungerechtigkeiten, die aber notwendig sind, und die Gesetze der Natur, deren Beweggründe uns unbekannt, erfordern eine Menge von Verbrechen, die zu mindestens der Menge von guten Handlungen gleichkommen. Derjenige, der also keine Neigung für die Tugend hat, muß sich blind unter die Hand der Natur beugen, denn es ist gewiß, daß er das auserwählte Wesen ist, das das Gleichgewicht erhalten soll.« — »Aber«, erwiderte ich, »empfinden Sie denn nicht, wenn der Rausch vorbei ist, geheime Tugendanfälle, die, wenn Sie ihnen gehorchen, Sie bald zu guten Taten führen?« — »Ja«, erwiderte mir Noirceuil, »ich empfinde manchmal diese geheimen Anwandlungen, wenn meine Leidenschaften schweigen, und ich glaube sie folgendermaßen erklären zu können: Ist es wirklich die Tugend, die das Laster in mir bekämpft und soll ich mich, angenommen sie ist es, mich ihren Einflüsterungen geneigt zeigen? Um diese Frage zu beantworten, versetze ich meinen Geist in einen Zustand vollkommener Unparteilichkeit und Ruhe und frage mich dann, was die Tugend ist. Wenn ihre Existenz etwas tatsächliches ist, so will ich versuchen, diese Existenz zu zergliedern und ich will das Laster zweifellos ablegen, wenn mir die Tugend vorteilhafter erscheint. Ich sehe, wenn ich nachdenke, daß man mit dem Namen Tugend alle die verschiedenen Handlungen eines Geschöpfes bezeichnet, durch die dieses Geschöpf mit Beiseiteschiebung seiner Vergnügungen und seiner Interessen zum Glück der Gesellschaft beiträgt. Daraus folgt, daß, um tugendhaft zu sein, ich alles vergessen muß, was mich betrifft, und mich nur mehr mit dem Interesse der anderen beschäftigen darf; und alles das soll Geschöpfen gegenüber geschehen, die mir nicht mit gleichem vergelten würden, sollten sie es aber selbst tun, wäre das ein Grund für mich, wenn alle meine Veranlagungen sich dieser Lebensführung widersetzen? Nun, wenn man Tugend nennt, was der Gesellschaft nützlich ist, so könnte man denselben Namen dem geben, was in seinen eigenen Interessen liegt, woraus folgen würde, daß die Tugend des Einzelnen häufig das Gegenteil der gesellschaftlichen Tugend wäre. So würde aber die Tugend kein fester Begriff sein und bei näherer Betrachtung als etwas Unbestimmtes erscheinen. Wenn ich nun auf den Grund des inneren Widerstreites nach Vollzug einer lasterhaften Tat zurückkomme, davon aber überzeugt bin, daß die Tugend nicht wahrhaft existiert, kann ich leicht erkennen, daß nicht sie es ist, die in mir kämpft, sondern daß jene schwache Stimme, die einen Augenblick lang hörbar wird, nur die Stimme der Erziehung und des Vorurteiles ist. Sobald aber dies getan ist, vergleiche ich die Genüsse, die mir die Tugend und das Laster geben. Welch ein Unterschied! Wie kalt läßt mich die eine und wie sehr werden alle meine Sinne und meine Organe auf der anderen Seite erregt. Wenn ich bloß den Gedanken einer Verirrung fasse, strömt schon ein göttliches Feuer durch meine Adern und eine Art Fieber erfaßt mich. Ich prüfe es nach allen Seiten hin und bin berauscht, ich empfinde nicht mehr dasselbe Leben, nicht mehr dieselbe Seele erregt mich, mein Geist taucht in dem Vergnügen unter und ich atme nur mehr für die Wollust.« — »Oh, mein Herr«, erwiderte ich diesem ausschweifenden Geist, dessen Reden mich außerordentlich entflammten und dem ich nur widersprach, um mehr von ihm zu hören. »Der Tugend die Existenz absprechen, heißt ein Ziel zu rasch erreichen zu wollen und sich der Gefahr auszusetzen, es vielleicht ganz zu verfehlen.«

»Nun gut«, fuhr Noirceuil fort, »so prüfen wir genauer. Dein Einspruch beweist mir, daß du fähig bist, mir zu folgen. Bei allen Ereignissen des Lebens, zum mindesten bei denen, die uns Willensfreiheit lassen, empfinden wir zweierlei Eindrücke oder, wenn man will, zweierlei innere Stimmen. Die eine treibt uns an, das zu tun, das die Menschen Tugend nennen, und die andere das, was sie Laster nennen, vorzuziehen. Diese Einflüsterungen müssen wir prüfen. Sie würden nicht ohne unsere Leidenschaften bestehen, sagt der biedere Mensch. Beherrscht eure Leidenschaften, so werdet ihr nicht schwanken. Wer aber hat diesem Manne gelehrt, daß die Leidenschaften nur eine Folge der als zweite angeführten Erregung ist und die Tugend die der ersten. Welchen Beweis kann er mir für seine Hypothese geben? Um die Wahrheit aufzudecken und um zu erkennen, welches der beiden Gefühle dem anderen vorausgeht (denn sicherlich ist die Stimme, die als erste zu mir spricht, die richtige), prüfe ich die Herzen der Menschen, die vorerst wild lebten und jetzt zivilisiert sind. Nun, bei dieser Prüfung entdecke ich vorerst den ständigen Widerstreit des Einzelinteresses mit dem allgemeinen Interesse, ich sehe, daß, wenn der Mensch das allgemeine Interesse vorzieht und er infolge dessen tugendhaft ist, er das ganze Leben hindurch sehr unglücklich ist, er aber, wenn er das Gegenteil tut und die Gesetze ihn in Frieden lassen, sein ganzes Leben auf Rosen gebettet ist. (Die Gesetze nun sind nicht von der Natur geschaffen, müssen also bei dieser Prüfung fortfallen.) Daraus schließe ich, daß die Priorität der stärkeren Bewegung gebührt, denn sie führt zum Glück, und daß diese Bewegung die natürliche ist; auch ist damit bewiesen, daß die Tugend nicht das dem Menschen eingeborene Gefühl ist, sondern daß sie nur ein erzwungenes Opfer ist, das die Verpflichtung, in Gesellschaft zu leben, von ihm gefordert hat, so kann er also wählen: entweder die lasterhafte Einflüsterung, die sicherlich die natürliche ist, ihm aber infolge der Gesetze vielleicht kein vollkommenes Glück gewähren kann, oder aber die zweifelhafte Tugend, die nichts natürliches an sich hat, ihm aber vielleicht eine Entschädigung für die grausame Zerstörung der ersten Einflüsterung bieten kann. Was aber in seinen Augen vollends das Gefühl der Tugend herabsetzen kann, ist der Umstand, daß es nicht nur keine natürliche Bewegung, nicht nur keine vorherrschende Bewegung ist, sondern auch noch häßliche und interessierte Untergründe hat Denn er sagt damit: Ich gebe dir, damit du mir wiedergibst. Und damit wird die Tugend zum Laster. Alles ist also im Menschen lasterhaft und das Laster allein ist das Wesen der Natur und ihres Baues. Es ist unsinnig zu sagen, daß es eine uneigennützige Tugend gibt, die darin besteht,

Gutes zu tun ohne Ursache; diese Tugend ist ein Hirngespinst. Seien Sie versichert, daß der Mensch nur wegen seines Vorteils oder wegen einer etwaigen Dankbarkeit die Tugend ausübt. Der Lasterhafte arbeitet in derselben Absicht aber mit mehr Offenheit, und man muß ihn deswegen höher schätzen. Er würde auch zweifellos mehr Erfolg haben als sein Gegner, wenn nicht die Gesetze bestünden. Diese Gesetze aber sind hassenswert, denn sie nehmen dem Einzelnen sein Glück, um das allgemeine Glück zu erhalten und so nehmen sie viel mehr wie sie geben. Aus dieser Definition können Sie nun ableiten, daß, da die Tugend im Menschen nur eine zweite Bewegung ist und die erste, die in ihm rege wird, sein Glück ist, koste es was es wolle, zu versuchen, da die Bewegung, die seine Leidenschaften bekämpft, nur ein schwächliches Gefühl ist, dasselbe Glück billiger zu erkaufen nichts anderes übrig bleibt als die Tugend zu hassen und sie vollständig zu verachten. Das beste, was man tun kann, ist, sich einen Lebensweg zu suchen, der nicht darin besteht, zwischen Gesetzen und Vorurteilen zu schwanken, den Lebensweg, der nur von einem Narren oder einem Schwächling beschritten werden kann.

Ich weiß wohl, daß man manchmal zum Lob der Tugend sagt: Sie ist so schön, daß selbst der Böse gezwungen wird, sie zu achten. Seien Sie ja nicht das Opfer dieser Täuschung, Juliette. Wenn der Böse die Tugend achtet, so nützt sie ihm sicher. Die Huldigung, die der Verbrecher der Tugend erweist, geschieht also aus rein egoistischen Gründen. Man sagt Ihnen aber manchmal, daß der Jünger der Tugend in ihr selbst einen Genuß findet; das kann sein, aber es gibt keine Narretei, die nicht dasselbe bieten kann. Ich leugne nicht ab, daß sie Vergnügen bereiten kann, ich behaupte bloß, daß, sobald die Tugend ein Genuß ist, sie nicht nur lasterhaft, sondern auch schwächlich ist, und daß man zwischen zwei lasterhaften Freuden die kräftigere wählen muß.

Der Grad der Heftigkeit allein bestimmt das Vergnügen. Derjenige, der nur mäßig von einer Leidenschaft erfaßt ist, kann niemals so glücklich sein wie der, den die Leidenschaft ganz erfüllt. Derjenige, der behauptet, er habe Vergnügen empfunden, in die

Hände seines Erben eine heimlich besessene Million hinterlassen zu haben, kann schwerlich denselben Genuß gehabt haben wie derjenige, der die Million ruhig aufgezehrt hat und sich lieber heimlich seines Erben entledigte. Wie sehr auch das Glück in unseren Gedanken eine Rolle spielt, so wird es doch nur durch Wirklichkeiten geboren. Sie werden aber sagen, daß der Diebstahl und der Mord, begangen an dem Erben, ein Gegengewicht gegen sein Glück bilden mußten. Durchaus nicht. Alle diese Dinge können dem Glück nur dann schaden, wenn sie Gewissensbisse hervorrufen, aber der in seiner Denkungsweise gefestigte Mensch wird das Glück ohne Schmälerung genießen und der Unterschied zwischen den beiden wird der sein, daß der eine bei manchen Gelegenheiten seines Lebens sagen wird: Ah, hätte ich doch diese Million verwendet, welchen Genuß würde sie mir bereiten, während der Andere niemals sagen wird: Warum habe ich sie nur genommen? So kann nur die tugendhafte Handlung Anlaß zu Gewissensbissen geben und die Tugend kann mit einem Wort nur ein fantastisches Glück erzeugen. Beachten Sie übrigens, ob gerade sie mit hohen Stellungen, Ehren und Reichtümern belohnt wird. Sehen wir nicht jeden Tag, wie der Böse im Glücke schwimmt und der gute Mensch unter Ketten schmachtet? Wenn man aber auf eine Belohnung der Tugend in einer anderen Welt warten wollte, wäre das ein Hirngespinst. Zu was nützt also die Anbetung einer falschen, immer egoistischen und selbst lasterhaften Gottheit, die ihren Anhängern nichts Gutes bietet, sondern ihnen nur für die Zukunft etwas verspricht; es besteht übrigens eine gewisse Gefahr darin, in einem verderbten Zeitalter tugendhaft sein zu wollen. Diese Schrullen schaden nur, und es ist viel besser, mit allen Leuten mitzugehen, als allein ein anständiger Mensch sein zu wollen.« Während dieser gelehrten Unterhaltung war Madame de Noirceuil und die beiden Lustknaben eingeschlafen. »Es sind Dummköpfe, diese Wesen«, sagte Noirceuil, »sie sind Werkzeuge unserer Wollust und zu dumm um zu denken. Dein feinerer Geist gefällt mir. Ich sehe es, Juliette, du liebst das Böse.« — »Außerordentlich, mein Herr, es erhitzt mir den Kopf.« — »Du wirst weit kommen, mein Kind. Ich liebe dich und möchte dich wiedersehen.« — »Ich bin entzückt über Ihre Gefühle, gnädiger Herr und möchte fast sagen, daß ich Anspruch darauf habe durch die Übereinstimmung meiner Ideen mit den Ihren. Ich habe eine kurze Erziehung genossen, eine Freundin im Kloster hat meinen Geist ausgebildet. Ach, mein Herr, meine Abkunft hätte mich vor den Demütigungen bewahren können, die ich zu erdulden hatte.« Dabei erzählte ich Noirceuil meine Lebensgeschichte.

»Ich bin über Ihren Bericht verzweifelt, Juliette«, erwiderte Noirceuil, nachdem er mir mit der größten Aufmerksamkeit zugehört hatte. »Und warum?« — »Oh, ich habe Ihren Vater gut gekannt, ich bin die Ursache seines Bankrottes, ich habe ihn ruiniert, einen Augenblick lang war ich Herr über sein Vermögen, ich hätte es verdoppeln oder in meine Hände gleiten lassen können. Immer getreu meinen Prinzipien, habe ich das Letztere getan. Er starb vollständig ruiniert, und ich besitze eine Rente von 300.000 Pfund. Nach Ihrer Erzählung müßte ich eigentlich mein Verbrechen wieder gutmachen, das aber wäre eine Tugend. Ich hasse aber die Tugend, sie flößt mir Abscheu ein und dieser Umstand errichtet unübersteigliche Schranken zwischen uns.« — »Abscheulicher Mann!« rief ich aus, »so sehr ich auch das Opfer deiner Untugenden bin, so liebe ich sie doch, ja ich bete deine Anschauungen an.« — »Oh, Juliette, wenn Sie alles wüßten!« — »Verbergen Sie mir nichts!« — »Ihr Vater und Ihre Mutter...« — »Nun?« — »Ihre Existenz konnte mich verraten, ich mußte sie opfern; sie sind nur an dem Gift gestorben, das sie an einem Abendessen bei mir einnahmen.« Ein Schauer durchrieselte mich. Trotzdem aber blickte ich Noirceuil mit dem apathischen Phlegma der Verbrecherin an, die ich im Grunde meines Herzens war. »Ich wiederhole es dir, Ungeheuer, du flößt mir Abscheu ein und doch liebe ich dich!« — »Mich, den Henker deiner Familie?« — »Ah, was liegt daran. Ich beurteile alles nach den Erregungen. Das Geständnis deines Vergehens entflammt mich und versetzt mich im einen Taumel, von dem ich mir nur schwer Rechenschaft ablegen kann.« — »Entzückendes Geschöpf«, erwiderte Noirceuil, »die Offenheit, die du mir bezeugst, deine Unschuld, alles das bestimmt mich, meine Grundsätze außeracht zu lassen. Ich behalte dich hier, Juliette, du wirst nicht mehr zur Duvergier zurückkehren.« — »Aber, mein Herr, Ihre Frau...« — »Sie wird dir untergeben sein. Du wirst in meinem Haus herrschen und nur dir wird man gehorchen. Das Verbrechen besitzt eine solche Macht über mich, daß alles was seinen Stempel trägt, mir teuer wird. Die Natur hat mich zur Liebe geschaffen. Komm Juliette, ich bin erregt, zeige mir deinen hübschen Popo, damit ich mich in ihm vertiefe. Ich sterbe vor Vergnügen, wenn ich daran denke, daß das Opfer meiner Geilheit auch das meines Geizes ist.« — »Ja, Noirceuil, besteige mich; ich zittere bei dem Gedanken, die Hure des Henkers meiner Eltern zu werden. Laß lieber Tränen in meine Scheide fließen, das soll das einzige Gedenken an die verhaßten Gebeine meiner Eltern sein.« Wir weckten die Freudenknaben wieder auf. Noirceuil ließ sich von hinten bearbeiten, während er mich im Hintern fickte und biß dabei die Arschbacken seiner Frau, zwickte und schlug sie mit derartiger Kraft, daß der Hintere des armen Geschöpfes vollkommen zerrissen war, als Noirceuil fertig wurde.

Ich blieb nun in seinem Hause. Noirceuil wollte mich nicht einmal zur Duvergier zurückkehren lassen, um mein Gepäck abzuholen. Am nächsten Tage stellte er mich seiner Dienerschaft und seinen Bekannten als Cousine vor, und ich wurde beauftragt, in seinem Hause die Honneurs zu machen.

Es war mir jedoch unmöglich, einen Augenblick unbenützt vorbeistreichen zu lassen, der mir Gelegenheit gab, zu meiner ehemaligen Matrone zurückzukehren. Ich war weit davon entfernt, sie ganz aufzugeben. Aber um mehr Nutzen zu haben, vermied ich den Anschein, als wolle ich mich ihr an den Hals schmeißen. »Komm, komm, teure Juliette«, sprach die Duvergier, als sie mich sah, »ich erwartete dich schon mit Ungeduld, ich habe dir tausenderlei Dinge zu sagen. Wir schlossen uns in ihr

Zimmer ein und nachdem sie mich umarmt und beglückwünscht hatte, sprach sie: »Höre mich an, Juliette, ich weiß nicht, wie du dir deine neue Stellung vorstellst, aber wenn du dir unglücklicherweise einbilden solltest, daß deine Stellung als ausgehaltenes Mädchen dich dazu verpflichtet, treu zu sein, und zwar gegenüber einem Manne, der jährlich sieben- bis achthundert Mädchen sieht, dann wärest du, mein Engel, sicherlich in einem großen Irrtum befangen. So reich auch ein Mann sei und so gut er uns tun möge, wir schulden ihm dennoch keinerlei Dankbarkeit. Denn wenn er uns mit Wohltaten überhäuft, so tut er es doch nur um seiner selbst willen. Wenn er uns mit Gold bedeckt, so geschieht dies nur entweder aus Stolz oder aus Eifersucht. Folget aber daraus, daß ein Mann sich gekränkt fühlt, wenn er uns in den Armen eines Anderen sieht, daß wir uns diesen Genuß entgehen lassen sollen? Ja, ich gehe weiter, man kann auf alle möglichen Arten ficken, ohne den Gefühlen des Herzens Abbruch zu tun. Man liebt einen Mann übermäßig und trotzdem fickt man mit einem anderen. Denn, einem zweiten schenkt man nicht sein Herz, sondern seinen Körper. Worin verletzt man übrigens einen Mann, wenn man sich einem anderen hingibt? Du wirst mir zugestehen, daß dies nur ein moralisches Vergehen sein kann, man muß also nur die äußersten Vorsichtsmaßregeln gebrauchen, damit er die Untreue nicht merkt und alles ist gut. Ich gehe noch weiter, ich sage, daß eine Frau, so viele Gründe sie immer hat, einen Mann zu schonen, ja ihn selbst zu lieben, trotzdem ihr Herz und ihren Körper einem andern schenken kann. Es ist dann eine Unbeständigkeit von ihr und nichts ist mit den großen Leidenschaften besser vereinbar, wie die Unbeständigkeit. Es gibt zweierlei Arten der Liebe: eine geistige und eine physische. Eine Frau kann ihren Geliebten oder ihren Gatten geistig vergöttern und doch augenblicklich den jungen Mann physisch lieben, der ihr den Hof macht. Sie kann sich ihm hingeben, ohne ihre Gefühle gegen den ersten zu ändern. Jeder, der anders denkt, ist ein Narr und treibt in sein Unglück. Kann übrigens eine temperamentvolle Frau an den Zärtlichkeiten eines einzelnen Mannes genug haben? Ein Mann, der so lächerlich wäre, von seiner Frau zu verlangen, daß sie sich niemals einem anderen hingibt, beginge eine ebenso große Tollheit, als wenn er von seiner Geliebten oder seiner Gattin forderte, daß sie niemals mit anderen zusammen speisen dürfe. Es wäre das ein Egoismus, eine unglaubliche Hartherzigkeit, und wenn eine Frau derartige Gefühle bei jemandem, der sie zu lieben vorgibt, fände, müßte das sofort genügen, sie zu bestimmen, sich anderweitig schadlos zu halten. Wenn aber eine Frau nur um des Vorteils willen sich an einen Mann gebunden hat, so hat sie schon gar keinen Grund, sich zu zwingen, sie muß sich nur dann hergeben, wenn man sie bezahlt und haftet mit ihrem Körper nur für den Augenblick der Bezahlung. Es ist mit einem Wort nicht die Tugend einer Frau, was ein Liebhaber oder ein Gatte will, sondern den Anschein der Tugend, sie möge noch so unanständig sein; scheint es aber, als ob sie sich geschlechtlichen Ausschweifungen hingebe, so ist sie verloren; läßt sie sich aber im Gegenteil von der ganzen Welt besteigen und verbirgt das geschickt, so bleibt sie eine Frau von gutem Ruf.* Meine Behauptungen kann ich durch Beispiele belegen. Die Gelegenheit dafür ist gerade günstig. Ich habe hier drinnen mindestens fünfzehn Frauen, die sich bei mir schänden ließen oder die ich zum Decken auf das Land schicke. Sieh sie dir einmal an und ich werde dir ihre Geschichte erzählen, aber bedenke, daß ich nur dir gegenüber mir eine derartige Unvorsichtigkeit erlaube.« Bei diesen Worten öffnete die Duvergier eine kleine versteckte Öffnung, die uns gestattete, ohne gesehen zu werden, alles, was im Salon vorging, beobachten zu können. »Sieh«, sagte sie mir, »sieh diese Versammlung; habe ich dich getäuscht, als ich sagte, es wären fünfzehn? Zähle sie einmal.«

Fünfzehn entzückende Frauen, die alle verschieden angezogen waren, harrten schweigsam der Befehle, die man ihnen geben würde.

* Ihr keuschen und furchtsamen Frauen, ziehet doch täglich und ohne Angst Nutzen aus diesen Ratschlägen, denn an Euch wendet sich der Autor.

»Beginnen wir mit dieser schönen Blondine, die du dort am Kamine siehst«, sprach die Duvergier zu mir. »Es ist die Duchesse de Saint-Fal, obwohl du sie hier siehst, macht sie doch den Anspruch, höchst tugendhaft zu sein. Ihre Familie läßt sie beobachten, und sie würde zweifellos eingesperrt werden, wenn man ihre Aufführung kennen würde.« — »Laufen die Frauen aber nicht Gefahr«, fragte ich die Duvergier, »wenn sie hier alle beisammen sind? Sie könnten sich doch anderswo wiedersehen.« — »Erstens«, erwiderte mir die Matrone, »kennen sie sich nicht, sollten sie sich aber in der Folge kennen lernen, so könnte aus jeder Klägerin eine Angeklagte werden, und so ist Verrat durchaus nicht zu befürchten. Seit den fünfundzwanzig Jahren, in denen ich mich mit ihnen befasse, habe ich nie von einer derartigen Indiskretion gehört. Aber gehen wir weiter: jene große, ungefähr zwanzigjährige Frau, die du in der Nähe der Herzogin siehst und deren himmlisches Aussehen dem einer Jungfrau gleicht, ist in ihren Gatten vernarrt, aber sie besitzt ein unbändiges Temperament; sie bezahlt mich dafür, daß ich ihr junge Leute bringe und ist dabei so zügellos, daß ich für teures Geld nicht genug dicke Glieder finden kann, um sie zu befriedigen. Betrachte jetzt den Engel, der nicht weit von ihr steht. Es ist die Tochter eines Staatsbeamten. Ich konnte sie nur durch eine List herbringen, denn sie ist kaum vierzehn Jahre alt und ihre Erzieherin mußte sie herbringen. Ich benütze sie nur zu Dingen, in denen sie nicht verletzt wird. Man bot mir schon 500 Louis für ihre Entjungferung. Ich wage es aber nicht, sie herzugeben. Sie erwartet jetzt einen Mann, der bloß ihren Hintern küßt und dabei fertig wird. Er will mir 1.000 Louis für ihren Popo geben, und da dies weniger gefährlich ist, werde ich das Geschäft machen.

Jenes andere dreizehnjährige Mädchen, die du dort siehst, ist ein kleines Bürgermädchen. Sie wird einen Mann heiraten, den sie bis zur Narrheit liebt. Aber sie hat dieselben Lehren empfangen wie du. Gestern verkaufte ich ihre hintere Jungfernschaft Noirceuil. Ein junger Bischof wird sie heute auf derselben Seite vornehmen.

Sieh dir jene schöne sechsundzwanzigjährige Frau aufmerksam an. Sie liebt die Männer bis zum Wahnsinn. Ihr Geliebter selbst hat es ihr früher erlaubt, er hatte ihr Beispiele gegeben, und sie fickt jetzt alle Tage, daß der teure Mann davon weiß.

Dort die hübsche Brünette neben ihr ist die Frau eines Greises, der sie aus Liebe geheiratet. Sie war ihm gegenüber so aufmerksam, sich einen erstaunlich guten Ruf zu verschaffen. Du siehst, wie sie sich dafür entschädigt. Sie erwartet hier zwei junge Männer und heute nachmittag wird sie wieder herkommen, um ihren Geliebten zu treffen.

An ihrer Seite steht ein kleines, schüchternes Geschöpf. Diese Schelmin verbringt ihr Leben unter Gelübden bei kirchlichen Messen und im Bordell. Sie hat einen Gatten, der sie anbetet, der sie aber nicht bessern kann. Es macht mir ungeheure Mühe, sie zufrieden zu stellen, denn sie will nur mit Priestern ficken. Alter und Aussehen sind ihr vollkommen gleichgültig, wenn er nur so ein Gotteskerl ist, dann ist die Hure schon zufrieden.

Gleich bei ihr befindet sich eine Frau, die eine Rente von 200 Louis monatlich von ihrem Geliebten bekommt, man könnte ihr das Doppelte geben und sie würde doch herkommen. Ihr alter Erzbischof würde um sein ganzes Vermögen wetten, daß sie keuscher als die heilige Jungfrau ist, auf Kosten derer der heilige Mann sie aushält, wenn du sehen würdest, wie sie ihn betrügt.

Dann kommt ein kleines neunzehnjähriges hübsches Bürgermädchen, für die ihr Geliebter alles Mögliche getan hat; er hat sie aus dem Elend gezogen, hat ihre Schulden bezahlt und hält sie jetzt in freigiebigster Weise aus. Sie könnte die Sterne vom Himmel wünschen, würde er versuchen, sie ihr zu verschaffen, und dabei hat die Hure keinen freien Augenblick, den sie nicht zum Ficken verwenden würde. Der Beweggrund ist bei ihr aber nicht die Wollust, sondern der Geiz. Sie erfüllt alle Wünsche, geht mit wem ich will, wenn man sie nur sehr gut bezahlt. Hat sie etwa Unrecht? Der Schuft, dem ich sie jetzt ausliefere, wird sie für sechs Wochen bettlägerig machen. Aber sie bekommt dafür 10.000 Francs und lacht sich ins Fäustchen.« — »Und ihr Geliebter?« — »Ach Gott, ein Fall, irgend ein Unfall. Mit der Geschicklichkeit, die sie besitzt, würde sie selbst Gott betrügen.

Dieses kleine Mädchen«, fuhr die Duvergier fort und zeigte mir ein wunderhübsches zwölfjähriges Kind, »wird von seiner eigenen Mutter verkauft. Beide könnten sich erhalten, denn man bietet ihnen Arbeit an, sie wollen aber nicht. Die Wollust allein soll ihr Feld sein. Auch der Popo dieses Kindes ist für Noirceuil bestimmt.

Da hast du den Triumph der ehelichen Liebe! Es gibt keine Frau, die ihren Mann so zärtlich liebt wie diese hier«, fuhr die Duvergier fort und zeigte mir ein achtundzwanzigjähriges Geschöpf, das schöner war als die Venus. »Sie betet ihn an, sie bewacht ihn eifersüchtig, aber ihr Temperament reißt sie hin. Man hält sie, weil sie sich geschickt zu benehmen versteht, für eine Vestalin, und trotzdem gibt es keine Woche, in der sie nicht mit fünfzehn oder zwanzig Männern bei mir zusammentrifft.

Die hier ist ebenso hübsch«, fuhr meine Lehrerin fort, »und befindet sich in einer ganz außerordentlichen Stellung, denn ihr Mann selbst bringt sie hierher. Obwohl er in sie vernarrt ist, spielt er ihr gegenüber doch den Zuhälter, nur will er nachher ihren Liebhaber von hinten besteigen können.

Auch der Vater dieses schönen und liebenswürdigen Mädchens bringt sie selbst her. Aber er will nicht, daß man sie entjungfert. Alles andere gestattet er, auch wird er als Dritter teilnehmen. Ich erwarte ihn, denn der Mann, dem ich seine Tochter geben werde, ist schon da. Schade, daß du dich beeilen mußt und nicht der Szene beiwohnen kannst, die sich dann abspielen wird! Der Vater wird den Mann, dem er seine Tochter ausgeliefert hat, auspeitschen wollen, der wird das nicht wollen, und es wird eine große Schlägerei einsetzen, bei der schließlich der Liebhaber den Vater prügeln und auf dem Hintern der Tochter entladen wird.« — »Und der Papa?« — »Er wird den ausgespritzten Samen hinunterschlucken, seinen eigenen vergießen und in Liebestollheit den Hintern seines Schwiegersohnes küssen!« — »Welche Tollheit, und was soll ich dabei tun?« — »Der Vater würde die

Schläge, die er erhält, an dich weitergeben, du würdest ein wenig verletzt werden, hättest aber dann eine Belohnung von 100 Louis.« — »Fahren Sie fort, Madame, Sie wissen, daß ich heute nicht kann.«

»Hier die vorletzte ist ein entzückendes Geschöpf, das eine Rente von mehr als 50.000 Pfund besitzt und einen ausgezeichneten Ruf hat. Sie liebt die Frauen und läßt sich auch gerne von hinten besteigen, trotzdem aber betet sie ihren Mann an. Sie weiß aber ganz gut, daß die physische Liebe ganz unabhängig von der geistigen ist.

Diese letzte schließlich ist eine der berühmtesten keuschen Damen von Paris. Sie würde, glaube ich, außerhalb dieses Hauses jeden Mann prügeln, der ihr von Liebe spräche, und ich werde von ihr vorzüglich bezahlt, weil sie sich im Monat mindestens fünfzigmal besteigen läßt.

Nun, Juliette, kannst du nach diesen Beispielen noch zögern?« — »Zweifellos nein, Madame«, erwiderte ich. »Ich werde zu Ihnen kommen, sowohl wegen des Vorteils als wegen des Genusses. Ich teile Ihnen aber gleich mit, daß ich nicht unter 50 Louis zu haben sein werde.« — »Du wirst sie bekommen, du wirst sie bekommen«, erwiderte die Duvergier hocherfreut, »ich wollte nur deine Zustimmung haben, das Geld spielt keine Rolle. Sei folgsam, willig und widerstrebe niemals, dann will ich dir Berge von Gold verschaffen.«

Da es spät war und ich fürchtete, Noirceuil könnte über die lange Dauer meines Wegbleibens beunruhigt sein, verließ ich bald das Haus, verzweifelt, nicht zum mindesten eine oder die andere der Weiber an der Arbeit gesehen zu haben.

Madame de Noirceuil sah nicht ganz gleichgültig zu, wie mir der Haushalt übertragen wurde. Es verging kein Tag, an dem sie nicht vor Haß gegen mich geweint hätte. Ich wohnte viel besser wie sie, wurde besser bedient, konnte mich schöner kleiden und besaß einen Wagen für mich allein. So kann man sich vorstellen, daß sie nur Wut und Verachtung für mich übrig hatte.

Sie können sich jedoch denken, daß Noirceuil nicht nur aus

Liebe derart gegen mich handelte. Er sah in meiner Gesellschaft ein Mittel zum Verbrechen. Denn nichts war so geregelt wie die Verfehlungen dieses Verbrechers. Gleichmäßig jeden Tag lieferte ihm die Duvergier eine Jungfrau, die nicht älter als fünfzehn und nicht jünger als zehn Jahre sein durfte; für jede zahlte er 100 Taler und die Duvergier haftete mit 25 Louis, wenn Noirceuil beweisen konnte, daß das Mädchen nicht mehr vollkommen jungfräulich war. Trotz dieser Vorsichtsmaßregel wurde er doch jeden Tag getäuscht, wie Euch mein Beispiel beweist. Die Sitzung fand gewöhnlich abends statt. Die zwei Lustknaben, Madame de Noirceuil und ich fanden uns regelmäßig ein und Noirceuils zarte und unglückliche Gattin war jeden Abend das Opfer seiner sonderbaren Verirrungen. Später zog sich alles zurück und ich aß mit Noirceuil allein zu Abend, der schließlich in meinen Armen einschlief.

Ich muß es Euch endlich eingestehen, meine Freunde, daß ich begierig war, die Grundsätze Dorvals in Anwendung zu bringen. Meine Finger brannten mir, ich wollte um jeden Preis stehlen. Ich zweifelte nicht an meiner Geschicklichkeit, wußte aber noch nicht, wie ich sie anwenden sollte. Ich hatte bei Noirceuil leichtes Spiel, denn er schenkte mir vollständiges Vertrauen und war sehr reich und unordentlich. Es gab keinen Tag, an dem ich ihm nicht 10 oder 12 Louis stehlen hätte können, ohne daß er es gemerkt hätte. Durch einen seltsamen Gedankengang ließ ich mich jedoch bestimmen, einem Wesen, das so verderbt war wie ich, keinen Schaden zuzufügen. Auch ein zweiter Grund war maßgebend für mich: ich wollte durch mein Stehlen weh tun. Dieser Gedanke brachte meinen Kopf in Aufruhr. Was aber hätte ich begangen, wenn ich Noirceuil bestohlen hätte. Ich betrachtete sein Eigentum als das meine, und in einem Wort, wenn Noirceuil ein anständiger Mann gewesen wäre, hätte er keine Gnade gefunden. Er war ein Verbrecher, folglich achtete ich ihn. Ich ging aufs Ganze los, hatte Gelegenheit, viele Männer zu sehen und konnte leicht ein besseres Objekt wie Noirceuil finden. Sollte mir aber dieses

Glück nicht zustoßen, so wäre ich doch durch die Duvergier schadlos gehalten, denn schon einige Tage nach meinem ersten Besuche ließ sie mich bitten, zu ihr zu kommen.

Ich sollte mit einem Millionär zusammentreffen, der bei seinen Vergnügungen durchaus nicht sparte und jeden, der seinen schandvollen Ausschweifungen diente, mit Bergen Goldes bezahlte. Sechs entzückende Mädchen aus dem Hause der Duvergier sollten mich auf meinem Gang zu diesem Krösus begleiten; ich allein jedoch sollte Gegenstand seiner Anbetung werden und meine Genossinnen folgten mir bloß als Priesterinnen nach.

Als wir anlangten, ließ man uns in ein mit brauner Seide ausgeschlagenes Kabinett eintreten und unsere Führerin befahl uns, uns auszukleiden. Als ich nackt war, umhüllte sie mich mit einem schwarzen, silbergestickten Schleier, um mich vor meinen Genossinnen auszuzeichnen.

Endlich trat Mondor ein. Er war sechsundsechzig Jahre alt, klein und untersetzt, besaß aber ein lebhaftes und sinnliches Auge. Vorerst prüfte er meine Genossinnen und, nachdem er jede belobt hatte, trat er an mich heran und sagte mir eine jener derben Liebenswürdigkeiten, die man nur im Wörterbuche der Zuhälter findet. »Wohlan«, sagte er zu seiner Dienerin, »wenn die Damen bereit sind, können wir ja an die Arbeit gehen!« Der nun folgende Wollustakt bestand aus drei Szenen. Während ich das sehr schwache Leben Mondors mit meinem Mund erwecken mußte, stellten sich meine sechs Genossinnen in drei Gruppen auf, die die sapphische Liebe in wollüstiger Weise zum Ausdruck brachten. Jeden Augenblick wechselten sie die Stellungen und diese Vorgänge dauerten eine halbe Stunde, bevor ich auch nur ein wenig Fortschritt in dem Zustand des Sechzigers bemerkte. »Schöner Engel«, sprach er zu mir, »ich glaube, daß diese Huren mir nur noch einen Ständer machen werden. Zeigen Sie mir auch Ihre Arschbacken, denn wenn es möglich wäre einzudringen, dann müßte es gleich sein.« Aber Mondor hatte seine Kräfte überschätzt. »Ich sehe, ich muß doch noch ein wenig mehr erregt sein«, sagte er nach einigen verzweifelten Anstrengungen. »Ihr müßt Euch alle Sieben um mich aufstellen.« Nun bewaffnete uns die Haushälterin mit Rutenbündeln und jede von uns mußte den alten runzeligen Hintern des armen Mannes der Reihe nach auspeitschen, der dabei die Reize der sechs anderen abtastete. Schließlich blutete, schwitzte und keuchte er und bat uns um Hilfe. »Ach, meine Damen«, sagte in diesem Augenblick seine Wirtschafterin und rieb die zerrissenen Arschbacken ihres Herrn mit Kölnisch Wasser ab, »ich sehe nur mehr ein einziges Mittel, das den Herrn ins Leben zurückruft.« — »Welches ist das?« fragte ich. »Es gibt keines, das wir nicht anwenden würden.« — »Nun«, erwiderte die Frau, »ich werde ihn auf das Kanapee legen, Sie, liebenswürdige Juliette, mögen sich vor ihm hinknien und mit Ihrem Rosenmund das kalte Gliedchen meines armen Herrn erwärmen. Niemand anderem wie Ihnen wird es gelingen, ihn ins Leben zu rufen. Sie, meine Damen, müssen eine nach der anderen drei sonderbare Dinge mit ihm aufführen. Vorerst müssen Sie ihn tüchtig ohrfeigen, dann ihm ins Gesicht spucken und ihm schließlich auf die Nase furzen; kaum werden Sie das getan haben, so werden Sie erstaunliche Erfolge sehen. Alles geschah nach den Worten der Alten, und ich muß gestehen, daß erstaunliche Dinge zutage traten. Der Ballon schwoll in meinem Mund an, so daß ich Mühe hatte, ihn zu halten. Allerdings kann man sich keinen Begriff von der Schnelligkeit machen, mit der alle Anordnungen befolgt wurden, und nichts war so lieblich anzuhören, wie die verschiedenen Geräusche, die sich gleichzeitig hören ließen. Schließlich entrollte sich das faule Glied derart, daß ich glaubte, es würde platzen; und Mondor gab seiner Dienerin ein Zeichen, sie möge alles herrichten. Die Alte stellte mich so auf, wie es zur Sodomie erforderlich ist und Mondor stürzte sich mit Hilfe seiner Dienerin mit ungeheurer Geschwindigkeit in den Tempel der süßesten Lust. Aber noch war nicht alles geschehen.

Erstens mußte ich seine Wirtschafterin mit einem ungeheuren Godmiché bewaffnen und ihn ebenso von hinten besteigen, wie er es an mir tat.

Zweitens mußte ein Mädchen unter mir knien und meine Scheide mit der Zunge kitzeln, damit er das Geräusch hören könne.

Drittens mußte ich in jeder Hand einen schönen Hintern halten.

Viertens mußten zwei Mädchen, auf mir sitzend, sowohl in den Mund wie auch auf die Stirne des geilen Bockes Kot entleeren. Auch wir wußten der Reihe nach dieselbe Rolle spielen, bis schließlich die armseligen Ergüsse von Mondors Wollust sich in meinen Hintern ergossen.

»Schöner Engel«, sprach Mondor zu mir, indem er mich in ein verschwiegenes Kabinett zog und die anderen Frauen verabschiedete, »Sie müssen mir noch einen Dienst erweisen, von dem ich mir die göttlichsten Genüsse erwarte. Sie müssen Ihre Genossinnen nachahmen und gleich Ihnen in meinen Mund Ihren göttlichen Kot und den Samen, den ich in Ihren Popo entleert habe, fallen lassen.« — »Gerne, mein Herr«, erwiderte ich unterwürfig, »ich bin bereit, Ihnen zu gehorchen.« — »Ah, göttliches Mädchen, ich werde niemals so gut entladen!«

Bei meinem Eintritt in dieses Kabinett hatte ich auf dem Schreibtisch ein ziemlich umfangreiches Päckchen bemerkt, das Dinge zu enthalten schien, die zur Aufbesserung meines Vermögenszustandes dienen könnten. Kaum hatte ich es bemerkt, als ich in meinem Herzen den Wunsch faßte, mich seiner zu bemächtigen. Wie aber sollte ich das tun! Ich war nackt und wohin hätte ich das ziemlich große Päckchen hingeben sollen. — »Soll Ihnen niemand dabei helfen?« fragte ich Mondor. — »Nein, diese letzte Wonne schlürfe ich allein aus, es kommen dabei so wollüstige Dinge vor...« fuhr der Finanzier fort. — »Oh, das macht nichts, wir brauchen noch jemanden.« — »Glaubst du, mein Engel?« — »Sicherlich, mein Herr.« — »Nun so sieh einmal nach, ob alle Frauen schon fort sind; wenn nicht, dann laß die Jüngste hereinkommen. Ihr Arsch hat mir am besten gefallen.« — »Aber, mein Herr, ich kenne ja Ihr Haus nicht: übrigens habe ich keinerlei Kleidung an...« — »Ich werde läuten.« — »Tun Sie das nicht, mein Herr, ich möchte nicht vor den Augen Ihres Dieners so dastehen.« — »Aber die Alte wird ja kommen.« — »Keineswegs, sie begleitet doch die Mädchen hinaus.« — »Oh, wie viel Zeit dabei verloren geht!«, und bei diesen Worten eilte der Trottel in die Gemächer, aus denen wir kamen, ohne zu bemerken, daß ich allein mitten unter seinen Schätzen blieb. Nun gab es keinen Grund mehr für mich, Zurückhaltung zu zeigen, wie bei Noirceuil. Ich verlor also keinen Augenblick. Sowie mein Mann mir den Rücken kehrte, stürzte ich mich auf das Päckchen, steckte es unter meinen dicken Chignon und verbarg es damit vollkommen jedem Blicke. Kaum war ich damit zu Ende, als mich Mondor rief. Die Mädchen waren noch nicht fortgegangen und er wollte, daß die nun folgende Szene sich am selben Ort, wie die ersten, abspiele. Das jüngste der Mädchen mußte sein Glied lecken und er füllte ihren Mund mit Samen, während ich den seinen mit den Gerichten füllte, die ihm so gut schmeckten. Er hatte nichts bemerkt, ich kleidete mich wieder an und wir fuhren in zwei Wagen fort, nachdem wir reichlich bezahlt worden waren.

»O Gott«, sagte ich, nachdem ich zu Noirceuil zurückgekehrt war und in aller Ruhe mein nunmehriges Eigentum betrachten konnte, »ist es möglich, daß der Himmel gleich meinen ersten Diebstahl so sehr begünstigt?« Das Päckchen enthielt Zahlungsanweisungen von 60.000 Francs. Alsbald bemerkte ich aber, daß ich durch einen peinlichen Zufall, während ich stahl, selbst bestohlen worden war, man hatte meinen Schrank aufgesprengt und 5 oder 6 Louis waren die Beute des Diebes geworden. Als ich die Tatsache Noirceuil mitteilte, versicherte er mir, daß es nur ein Mädchen namens Gode gewesen sein konnte, das mir Noirceuil zu meiner Bedienung angewiesen hatte, und die von einem seiner Lustknaben schwanger ging. »Ich halte es für sicher, Juliette, sieh einmal ihr verwirrtes Gesicht an.« Bei diesen Worten ließ ich in mir bloß noch den niederträchtigsten Egoismus sprechen, und indem ich alle meine Entschlüsse, niemals einen Verbrecher quälen zu wollen, beiseite warf, stürzte ich Noirceuil zu Füßen, mit der Bitte, die Schuldige verhaften zu lassen. »Gern«, sprach Noirceuil mit einer Ruhe, die mich hätte aufklären müssen, wenn ich nicht geistesabwesend gewesen wäre. »Aber du wirst von Ihrer Bestrafung nichts haben, sie ist schwanger und wird daher noch geschont werden, so daß sie sich schließlich noch retten kann.« — »O Gott, ich bin verzweifelt!« — »Das merke ich wohl; höre, Juliette, selbst wenn du bei ihrer Bestrafung zugegen wärest, hättest du nur den Genuß einer Viertelstunde, verlängern wir die Qualen dieser Unglücklichen, sie soll ihr ganzes Leben lang schmachten. Ich lasse sie in einen Kerker nach Bicêtre bringen, wo sie vielleicht auch fünfzig Jahre schmachten kann.« — »Oh, wie entzückend ist Ihr Plan, mein Freund, heute Abend will ich ihn noch ausführen!«

Ich umarmte Noirceuil, während er Befehl gab anzuspannen, und nach zwei Stunden kehrte er mit den für unsere Absichten nötigen Papieren zurück. »Nur müssen wir die ganze Sache geschickt anstellen«, sagte der Verräter. »Gode, meine teure Gode«, fuhr er fort, nachdem wir gespeist hatten und das arme Mädchen zu uns hereingekommen war. »Du kennst meine Gefühle für dich, die Zeit naht, wo ich dir Beweise davon geben werde. Ich will dein Schicksal mit dem desjenigen vereinen, der in deinem Schoß das Zeugnis seiner Liebe hinterlassen hat. Und ich setze euch eine Rente von 200 Talern aus.« — »O, mein Herr, welche Güte!« — »Durchaus nicht, mein Kind, danke mir nicht, ich schwöre dir, daß du mir keine Dankbarkeit schuldest, ich handle damit nur gemäß den Wünschen meines Herzens. Jetzt bist du wenigstens sicher, für den Rest deines Lebens dein tägliches Brot zu haben.« Und Gode, die den doppelten Sinn der niederträchtigen Worte Noirceuils nicht ahnte, benetzte die Hände ihres angeblichen Wohltäters mit Freudentränen. »Nun, Gode«, fuhr mein Geliebter fort, »zum letztenmal mußt du mir noch ein wenig gefällig sein. Obwohl ich schwangere Tränen nicht liebe, will ich dich doch von hinten besteigen und dabei die Arschbacken Juliettens küssen.« Alles geschah nach Wunsch, und ich hatte Noirceuil niemals so erregt gesehen. »Wie doch der Gedanke an ein Verbrechen die Wollust vergrößert«, sagte ich leise zu ihm. »Außerordentlich«, erwiderte mir Noirceuil. »Aber wo wäre das Verbrechen, wenn sie dich wirklich bestohlen hätte.« — »Du hast Recht, mein Freund.« — »Nun, dann tröste dich, Juliette, denn bei dieser ganzen Geschichte bin ich allein der Schuldige und diese Unglückliche ist ebenso unschuldig wie du.« Ich gestehe, dieser Gipfel des Verbrechertums brachte mich zum Entladen, und indem ich die Hand meines Geliebten an meine Klitoris führte, ließ ich ihn an der Feuchtigkeit seiner Finger beurteilen, welchen Einfluß seine Niederträchtigkeit auf mich gehabt hatte. Er folgte mir bald unter furchtbaren Schmähungen und Lästerungen nach. Aber kaum hatte er sein Glied herausgezogen, als ein Diener leise an die Türe klopfte und ihm mitteilte, daß der Polizeikommissär da wäre und um Erlaubnis bäte, den Befehl auszuführen. »Gut, gut, er soll warten«, sagte Noirceuil, »ich werde ihm sein Opfer schon zuführen.« — »Vorwärts, Gode, kleiden Sie sich an. Ihr Mann kommt Sie abholen, er will Sie nach dem Landgut führen, auf dem ich Sie Ihr ganzes Leben lang wohnen lasse.« Gode beeilte sich und Noirceuil stieß sie hinaus. Gott, wie erschrak sie, als sie den finsteren Mann und sein Gefolge sah, als sie wie eine Verbrecherin gebunden wurde und (es scheint, daß sie dies am stärksten traf) die Dienstboten des Hauses ausrufen hörte: »Halten Sie sie gut, Herr Kommissär. Sicherlich war es sie, die den Schreibtisch des Fräuleins aufgesprengt hat« — »Ich hätte das tun sollen, oh Gott, dazu bin ich nicht fähig!« rief Gode aus, indem sie in Ohnmacht fiel. Der Kommissär wollte warten, aber Noirceuil befahl, die Unglückliche wegzutragen und sie in die ungesündeste Zelle von Bicêtre einzusperren. Dort erlebte sie eine Fehlgeburt, sie jedoch lebt noch heute, obwohl schon ziemlich viele Jahre verflossen sind, seit sie die Begierden Noirceuils erweckt hatte.

»Nun, ist dies nicht tausendmal besser«, fragte mich Noirceuil, nachdem Gode hinausgebracht worden war und er mir das gestohlene Geld durch das Doppelte ersetzt hatte, »als wenn wir sie einer unsicheren Gerechtigkeit ausgeliefert hätten; wir wären nicht Herren ihres Schicksals gewesen, so aber sind wir es.« —

»Oh, Noirceuil!« rief ich aus, »welch ein Gauner bist du!« — »Ja«, erwiderte mein Geliebter, »ich wußte wohl, daß der Kommissär hinter der Tür stand, und ich entlud umso wonnevoller in den Popo seines Opfers.« — »Oh, mein Freund, Sie sind ein großer Verbrecher, aber weshalb habe ich auch Vergnügen bei der von ihnen begangenen Niederträchtigkeit genossen?« — »Weil eine jede uns namenlose Freude bereitet«, antwortete Noirceuil; »das Verbrechen ist die Seele der Wollust, und es gibt Leidenschaften, die jede Menschlichkeit ersticken.« — »Wenn das der Fall ist, dann ist doch die Menschlichkeit nichts natürliches, oder es müßte Augenblicke geben, während welcher die inkonsequente Natur mit einer Stimme das bekämpft, was sie mit der anderen anrät.« — »Oh, Juliette, lerne doch die Natur besser kennen, sie rät uns nur dann, die anderen zu trösten, wenn wir Furcht empfinden oder Nutzen daraus ziehen können. Furcht, weil wir für uns die Leiden, die wir zu trösten suchen, befürchten, Vorteil, weil unser Stolz davon einen Genuß erwartet; aber sowie eine Leidenschaft laut wird, schweigt jede andere Stimme und der Egoismus tritt in seine geheiligten Rechte. Wir empfinden außerdem nur Mitgefühl aus Angst vor einem gleichen Schicksal. Nun, wenn aber das Mitleid eine Folge der Furcht ist, müssen wir uns vor ihm desto mehr hüten.«

»Dies bedarf«, sprach ich zu Noirceuil, »einer Erklärung. Sie haben mir bewiesen, daß die Tugend etwas Nichtiges ist, ich bitte Sie nun, mir auseinanderzusetzen, was ein Verbrechen ist.« — »Setze dich, Juliette«, fuhr Noirceuil fort, »du wirst eine ernsthafte Auseinandersetzung haben und ich bedarf, damit du mich verstehst, deiner vollständigen Aufmerksamkeit.

Man nennt Verbrechen jede bewußte oder unbewußte Übertretung desjenigen, was die Menschen Gesetze nennen, woraus du ersiehst, daß wir es mit einem gänzlich bedeutungslosen Wort zu tun haben, denn die Gesetze stehen in Beziehung zu den Sitten und dem Klima. Sie ändern sich von 200 zu 200 Meilen, so daß ich mittels eines Postwagens und eines Schiffes Sonntag morgens in Paris des Todes schuldig sein kann, und am Samstag derselben Woche in Asien oder an den Küsten Afrikas die höchsten Lobpreisungen zu hören bekommen kann. Diese Unsinnigkeit hat den Philosophen zu folgenden Grundsätzen geführt:

Erstens: Alle unsere Handlungen sind weder gut noch schlecht und wenn sie der Mensch so bezeichnet, so geschieht es nur wegen der Gesetze oder wegen der Regierung, unter der er lebt. Aber in Beziehung auf die Natur sind alle unsere Handlungen untereinander vollkommen gleich.

Zweitens: Wenn wir in uns eine unfreiwillige Stimme hören, die gegen geplante schlechte Handlungen ankämpft, so ist diese Stimme durchaus nur auf den Einfluß von Vorurteilen und unsere Erziehung zurückzuführen.

Drittens: Wenn wir in ein anderes Land kommen und diese innere Stimme trotzdem gleich bleibt, so ist dies keinerlei Beweis für das Gegenteil unserer Behauptung, sondern zeigt nur, daß die ersten Eindrücke schwer zu verwischen sind.

Viertens: Gewissensbisse sind ganz dasselbe, d.h. nur die Folgen empfangener Eindrücke, die allein durch die Gewohnheit aufgehoben werden können, und die man so sehr als möglich bekämpfen muß.

Um zu beurteilen, ob ein Ding wahrhaft verbrecherisch ist, muß man prüfen, ob es der Natur Schaden anrichten kann, dann muß aber auch dieses Verbrechen bei allen Völkern der Erde verabscheut werden. So ein Verbrechen aber existiert nicht. Dasjenige, was bei uns als abscheulich angesehen wird, findet anderswo Altäre der Huldigung.

Es gibt aber in Wahrheit kein Verbrechen und keine unserer Handlungen kann die Natur verletzen. Ja, wir begehen ein Unrecht, wenn wir unsere Wünsche nicht zur Ausführung bringen.

Die Natur erneuert sich durch die Zerstörung, sie besteht fort durch das Verbrechen und lebt in einem Wort: durch den Tod. Eine durchaus tugendhafte Welt könnte keinen Augenblick lang bestehen. Das ist das tiefgründige Gleichgewicht, das im Laufe der Gestirne herrscht. Nur durch das Böse gelangt sie dazu, Gutes zu tun. Sie besteht nur durch das Verbrechen und alles wäre bald vernichtet, wenn die Tugend allein auf Erden herrschen würde. Nun frage ich Sie, Juliette, wer kann daran zweifeln, daß die Natur den Verbrecher dazu geschaffen hat, damit sie ihre Ziele erreichen könne? Warum wollen wir nicht annehmen, daß unter den Menschen dasselbe herrschen muß, was sie unter den Tieren herrschen läßt? Wer zweifelt daran, daß die Handlung Neros, der die Agrippina vergiftete, nicht ebenso eine Wirkung derselben Gesetze ist, wie die Tat des Wolfes, der das Lamm zerreißt? Wer zweifelt daran, daß die Vorschriften des Marius und des Sulla etwas anderes sind als die Pest und die Hungersnot, die manchmal die Erde verwüsten? Warum hätte sie uns Gifte gegeben, wenn sie nicht gewollt hätte, daß der Mensch sich ihrer bediene? Warum hätte sie einen Tiberius, einen Hiliogabal, einen Andronicus, einen Herodes, einen Wenzeslaus oder all die anderen Verbrecher oder Heroen (was das Gleiche ist), die die Erde verpesteten, entstehen lassen, wenn die Schandtaten dieser Bluthunde nicht in ihren Wünschen lägen? Wenn es also für sie wichtig ist, daß zerstört wird, warum soll derjenige, der Neigung zum Zerstören hat, sich zurückhalten? Damit das Verbrechen die Natur beleidigen konnte, müßte man annehmen können, daß sie an gewissen Wesen mehr Interesse nimmt als an anderen und wir, obwohl gleich gebaut, doch nicht gleich geliebte Kinder wären. Wenn wir aber sehen, daß sie physische Unterschiede geschaffen hat, daß der eine als Schwache und der andere als Starke geboren wurde, wird es klar, daß sie durch dieses Vorgehen andeuten wollte, daß die Verbrechen durch die Hand des Stärkeren sich vollziehen sollten, wie es auch die Bestimmung des Wolfes ist, das Lamm zu zerreißen, und die der Maus, von der Katze verschlungen zu werden.

Es war also sehr vernünftig, was die Kelten, unsere Vorfahren, behaupteten, daß nämlich das oberste und das heiligste Recht das des Stärkeren ist. Wenn die Dinge heutzutage sich verändert zu haben scheinen, sind sie im Grunde genommen doch dieselben geblieben, nur repräsentiert jetzt der wohlhabende Mann den Stärkeren. Er hat alle Rechte angekauft und genießt sie jetzt nach seinen Launen, denn die andere Klasse der Menschen ist ihm untertan. Es ist doch ganz gleichgültig, ob ich das Vermögen unseres Nachbars stehle, ob ich seinen Sohn töte, oder seine Frau oder seine Tochter schände, jedes dieser Vergehen wird mir von der Natur eingegeben, und je größer das Verbrechen ist, desto größer ist der Kitzel, den sie in mir erregt. So ist ihr also zweifellos die größere Schandtat lieber, sonst hätte sie nicht die Abstufung eingesetzt.«

»Oh, Noirceuil«, unterbrach ich ihn in einem Zustand unbeschreiblicher Wonne, »ich habe bei der eben begonnenen Handlung ein ungeheuer großes Vergnügen empfunden; aber es wäre tausendmal größer gewesen, wenn sie vor meinen Augen gehenkt worden wäre.« — »O ja, ja.« — »Noirceuil, ich gestehe, daß ich bei dem bloßen Gedanken entladen muß.« — »Du mußt aber zugeben, Juliette, daß das Vergnügen umso größer war, weil sie das Vergehen, dessen sie bezichtigt wurde, nicht begangen hatte, sonst wäre doch unsere Tat im Sinne der Gesetze gewesen und der ganze Reiz des Bösen wäre ausgeblieben. Ah«, fuhr Noirceuil fort, »hätte uns die Natur unsere Leidenschaften gegeben, wenn sie nicht gewußt hätte, daß sie zur Erfüllung ihrer Gesetze notwendig sind? Der Mensch hat wohl gefühlt, daß der Zug zum Verbrechen eine unbezwingliche Macht in ihm hat und hat deshalb seine Gesetze geschaffen, die aber sind ungerecht, denn sie nehmen ihm viel mehr als sie ihm geben. Diesen Gesetzen aber, die nur Menschenwerk sind, darf der Philosoph keine Aufmerksamkeit schenken, sie dürfen niemals seine Handlungen beeinflussen. Benützen wir sie bloß zum Schutze, niemals aber als Fessel.«

»Wenn aber die anderen ebenso sprechen, mein Freund«, sprach ich zu Noirceuil, »so hört der Schutz auf.« — »Gut«, erwiderte mein Geliebter, »in diesem Falle werden wir in den Zustand der Unzivilisiertheit verfallen, in dem uns die Natur geschaffen hat. Dann wird offener Krieg herrschen und der Schwächere wird dann wenigstens sehen, was er alles zu befürchten hat, und wird höchstens glücklicher sein, denn heute herrscht derselbe Krieg und er kann zu seiner Verteidigung nicht einmal das Wenige geltend machen, was er von der Natur empfangen hat. Jedermann und jeder Staat würde bei dieser Veränderung gewinnen und die Gesetze würden aufhören, notwendig zu sein.*

Eines der größten Vorurteile ist die Annahme eines Bandes, das zwischen mir und meinen Nächsten herrschen soll. Über diesen Gegenstand will ich jetzt ein wenig reden, weil ich immer gesehen habe, daß gerade dieses phantastische und eingebildete Band die Leidenschaften hemmt.

Jedes Geschöpf wird einsam geboren und ohne ein anderes zu benötigen. Belassen sie den Menschen in seinem Naturzustand, geben sie ihm keine Bildung, dann wird er seine Nahrung und seinen Unterhalt von selbst finden, ohne seinen Nächsten zu benötigen. Die Starken werden ihr Leben ohne Unterstützung führen können, nur werden die Schwachen vielleicht eine solche benötigen. Diese Schwachen aber sind uns von der Hand der Natur untergeordnet, sie schenkt sie uns, sie opfert sie für uns. So kann also der Stärkere sich des Schwächeren bedienen soviel er will, ihm aber in keinem Falle helfen. Denn, wenn er ihm hilft, begeht er eine Widernatürlichkeit, woraus hervorgeht, daß das Mitleid statt eine Tugend zu sein, ein wahrhaftes Laster wird und daß die Philosophen des Altertums Recht haben, wenn sie das als Schwäche der Seele, als eine jener Krankheiten betrachten, von denen man sich bald heilen müsse.**

So kann also das sogenannte Band der Brüderlichkeit nur von dem Schwächeren ausgedacht worden sein, denn es ist natürlich, daß der Stärkere seiner nicht benötigt, und es ähnelt

* Es gibt nichts Komischeres als dieser Haufen von Gesetzen, die der Mensch jeden Tag schafft, um sich glücklich zu machen, während im Gegenteil jedes dieser Gesetze ihm einen Teil seines Glückes stiehlt. Und wozu all diese Gesetze? Nur damit die Schufte fett werden und die Dummköpfe unterjocht bleiben, das ist mit einem Wort das ganze Geheimnis der menschlichen Zivilisation.

** Aristoteles verlangt in seiner *Ars poetica*, daß das Ziel der Poeten darin liegen solle, uns von der Furcht und dem Mitleid zu heilen, da er sie als Quelle aller menschlichen Übel betrachtet.

verdammt der Anrede des Lammes an den Wolf: »Du darfst mich nicht fressen, denn ich habe vier Füße wie du.«

Daß die Religion dieses Gauners Jesus jenes lächerliche Band heiligen wollte, ist ganz einfach. Sie spielt hier die Rolle des Schwächeren, sie spricht mit seinen Worten. Nichts ist also daran erstaunlich; daß aber einer, der weder schwach noch Christ ist, sich unter solche Ketten beugt, das ist unmöglich, und schon daraus geht hervor, daß das Band der Brüderlichkeit nicht nur niemals unter den Menschen herrschen konnte, sondern daß es auch widernatürlich ist.«

»Es ist also falsch, daß die Menschen Brüder sind«, unterbrach ich ihn lebhaft, »es gibt also kein tatsächliches Band zwischen einem andern Wesen und mir, und die einzige Art, wie ich mich einem Wesen gegenüber benehmen soll, ist also die, ihm alles zu nehmen und ihm nichts zu geben?« — »Sicherlich«, antwortete Noirceuil, »denn wenn man ihm etwas gibt, verliert man, und wenn man ihm etwas nimmt, gewinnt man dabei; übrigens ist das oberste Gesetz, daß ich im Grunde meiner Seele geschrieben finde, nicht die Liebe zu meinen angeblichen Brüdern, sondern der Wunsch, sie meinen Leidenschaften dienstbar zu machen, denn nochmals, dieser Nächste gilt mir nichts, es herrscht nicht die mindeste Beziehung zwischen ihm und mir, und wenn ich eine solche herstelle, so geschieht es nur in der Absicht, von ihm durch Schlauheit zu erlangen, was ich nicht durch Gewalt erlangen kann; wenn ich mein Ziel aber durch wahre Kraft erreichen kann, werde ich sicherlich keine künstlichen Mittel in Anspruch nehmen.

O, Juliette, verschließe doch dein Herz dem Gewinsel des Unglücks. Wenn du siehst, daß das Brot des Unglücklichen mit seinen Tränen benetzt wird, wenn die mühevolle Arbeit eines ganzen Tages nicht für den armseligen Unterhalt seiner elenden Familie genügt, wenn ihm die Steuern, die er zahlen muß, seine ganzen Ersparnisse rauben, wenn er unter der Last der Jahre, der Sorgen und des Kummers sein Ende herannahen sieht, ohne daß sich auch nur für einen Augenblick sein Geschick erleichtert hätte, darfst du darin nichts Unnatürliches sehen, nichts was gegen die Ordnung und gegen das Gesetz unserer gemeinsamen Mutter Natur verstößt. Er ist nur unglücklich in Beziehung auf dich, im Grunde genommen ist er es nicht; war er unter der Adelsherrschaft, als er wie ein wildes Tier geschlagen und mit dem Eroberten mitverkauft wurde, nicht viel mehr zu beklagen? Statt Mitleid mit seinem Kummer zu haben, statt sein Unglück mildern zu wollen, darfst du in ihm nur ein Wesen sehen, daß dir die Natur schickt, damit du dich seiner bedienst, und statt seine Tränen zu trocknen, mußt du ihm einen neuen Grund für sie geben. Tue es der Spinne gleich, spanne deine Netze aus und ziehe unbarmherzig alles an dich, was dir die allwissende Hand der Natur zuführt.«

»Wie bin ich Ihnen zu Danke verpflichtet, mein Freund!« rief ich aus und preßte Noirceuil in meine Arme, »daß Sie die furchtbare Finsternis des Vorurteils, die in mir herrschte, zerstreut haben. Ihre erhabenen Lehren sind für mein Herz das, was für die vertrocknete Pflanze der wohltätige Tau ist. O Leuchte meines Lebens, ich sehe nur mehr mit deinen Augen, ich höre nur mehr mit deinen Ohren, aber indem Sie vor mir die Gefahr des Verbrechens als nichtig zeigten, erregten Sie in mir den heftigen Wunsch, welche zu begehen; werden Sie mich auf dieser herrlichen Laufbahn geleiten, werden Sie vor mir die Fackel der Philosophie vorantragen? Sie werden mich vielleicht im Stiche lassen, nachdem Sie mich in Aufruhr gebracht haben, ja, mich vielleicht sogar zum Opfer Ihrer Grundsätze machen!« — »Was du sagst, Juliette«, erwiderte Noirceuil, »zeigt von Schwachheit und Empfindsamkeit und man muß stark und hart sein, wenn man bösartig sein will. Du wirst niemals die Beute meiner Leidenschaften werden, aber ich werde dir auch niemals als Stütze oder als Beschützer dienen. Du mußt lernen, allein zu gehen und dich allein auf dem erwählten Weg zu halten. Das Schlimmste, was dir zustoßen kann, Juliette, ist das Schafott, und das will in Wirklichkeit gar nichts bedeuten; da wir doch einmal schon sterben müssen, ist es gleichgültig, ob es dort geschieht oder in unserem Bette; ja, das erstere erschreckt mich sogar weniger, denn es dauert bloß eine Minute, während das andere qualvolle Ewigkeiten mit sich bringen kann. Was aber die Schande betrifft, so spielt sie in meinen Augen eine so kleine Rolle, daß ich sie überhaupt nicht in die Waagschale werfe. Beruhige dich also, meine Freundin, und lerne mit eigenen Flügeln fliegen, die Gefahren sind nicht allzugroß.« — »Sie wollen also in ihren Grundsätzen nicht einmal um meinetwillen eine Ausnahme machen, Noirceuil?« — »Es gibt in der Natur kein Wesen, um dessentwillen ich dies täte, jedoch wir wollen jetzt fortfahren, meine Behauptungen durch einige Beispiele zu stützen, denn dies ist die beste Art, jemand zu überzeugen. Werfen wir einen raschen Blick auf das Weltall und sehen wir zu, ob nicht an seinem Ende das eine Tugend genannt wird, was an dem anderen ein Verbrechen ist.

Wir dürfen nicht zwei Schwestern heiraten. Die Wilden der Hudson-Bay kennen keine andere Verbindung, und auch Jakob heiratete Rahel und Lea.

Wir dürfen nicht mit unseren eigenen Kindern geschlechtlich verkehren, obwohl dies die größte aller Wonnen ist. In Persien, wie überhaupt im größten Teile Asiens kennt man nichts anderes. Lot schlief bei seinen beiden Töchtern und schwängerte beide.

Wir betrachten es als Schandtat, wenn unsere Ehehälfte sich schänden läßt. In der Tartarei, in Lappland und in Amerika ist dies eine Höflichkeit, die man dem Fremden erweist und wird als Ehre betrachtet. Die Illyrer führen ihre Frauen in Versammlungen und zwingen sie dort, sich dem Erstbesten hinzugeben.

Wir glauben das Schamgefühl zu verletzen, wenn wir uns nackt den Blicken eines anderen preisgeben. Fast alle südlichen Völker laufen so herum, ohne daran etwas zu finden. Die Feste des Priapus und Bacchus wurden in diesem Gewande gefeiert. Lykurg befahl den jungen Mädchen durch ein Gesetz, sich nackt in öffentlichen Theatern zu zeigen. Die Toskaner und die Römer ließen sich bei Tisch von nackten Frauen bedienen. Es gibt eine Gegend in Indien, wo die anständigen Frauen unbekleidet gehen, nur die Kurtisanen sind bekleidet, damit der Reiz vergrößert werde. Ist das nicht das gerade Gegenteil von unseren Begriffen über die Scham?

Unsere Heerführer verbieten die Plünderung nach dem Fall einer Festung. Die Griechen belohnten damit ihre Soldaten.

Die Völkerschaften im Kaukasus leben wie die wilden Tiere, sie vermischen sich untereinander. Die Skythen und die Tartaren verwiesen die Männer, die durch ihre Exzesse impotent geworden waren, des Landes. Horaz erzählt uns von den Bretonen, den heutigen Engländern, daß sie keinerlei natürliche Scham besaßen; sie lebten vollkommen durcheinander, Brüder, Väter, Mütter und Kinder befriedigten sich gegenseitig, und hatte der Verkehr Folgen, so gehörte die Frucht demjenigen, der die Mutter als Jungfrau bestiegen hatte. Auch nährten sich diese Völkerschaften von Menschenfleisch.*

Die Othaïtianer befriedigen ihre Begierden öffentlich; sie würden erröten, wenn sie sich dabei verstecken müßten. Die Europäer zeigten ihnen ihre lächerlichen religiösen Gebräuche, die sie Messe nennen und baten sie, ihnen doch die ihren zu zeigen. Die bestanden nur darin, daß ein fünfundzwanzigjähriger Mann ein kleines zehnjähriges Mädchen entführte. Welch ein Unterschied!

Auch die Wollust war geheiligt. Man errichtete den Priapustempel und Venus, die vorerst die Göttin der Fruchtbarkeit war, wurde später als Göttin der verderbtesten Ausschweifungen verehrt. Ja selbst der Hintern war geheiligt. Dieser vergessene Kultus und der Paganismus lebt in Indien wieder auf und der Lingam, eine Art männliches Glied, das die Töchter Asiens am Hals tragen, ist nichts anderes als ein im Tempel des Priapus gebrauchtes Werkzeug.

Ein Fremder, der nach Pégu kommt, mietet für die Zeit, die er im Lande verbringt, ein Mädchen. Sie tut alles, was er will, und

* Es ist zweifellos von allen Nahrungsmitteln das beste, wenn man gedeihen und reichlichen, kräftigen Samen erhalten will; nichts ist unsinniger als unsere Abscheu davor; eine kleine Probe würde uns bald des Besseren belehren. Wenn man einmal von diesem Fleisch genossen hat, liebt man kein anderes mehr. (Siehe Paw: *Recherches sur les Indiens, Egyptiens, Ameriquains etc.*)

nachher kehrt sie zu ihrer Familie zurück und findet leicht einen Gatten.

Ja selbst Unzüchtigkeit kann zur Mode werden; so trug man in Frankreich die in Wachs getriebenen Geschlechtsteile des Mannes lange Zeit an der Weste oder an der Hose.

Was die Schändung seiner eigenen Schwestern oder seiner eigenen Töchter betrifft, die bei fast allen nordischen Völkern im Gebrauch ist, so kann sie mir wenig Staunen einflößen. Es gibt bei diesen Arten des Geschlechtsverkehres ein Vergnügen, das den gewöhnlichen Genuß erhöht. Es besteht darin, daß man sich selbst erniedrigt, und je größer die Schande für sich ist, desto mehr genießt man. Man möchte am liebsten diese Wesen in Kot untertauchen, mit einem Wort das machen, was ich tue; seine Frau und seines Tochter ins Bordell führen, sie an den Straßenecken vergewaltigen lassen und sie selbst dabei festhalten.«

»Wie, mein Herr«, fragte ich, »Sie haben eine Tochter?« — »Ich hatte eine«, erwiderte Noirceuil. — »Von Ihrer jetzigen Gattin?« — »Nein, von meiner ersten; die, die du kennst, Juliette, ist meine achte.« — »Aber wie konnten Sie bei den Neigungen, die ich an Ihnen kenne, jemals ein Kind machen?« — »Ich besaß mehrere, meine Liebe, das darf dich nicht in Erstaunen setzen; man überwindet manchmal seinen Abscheu, wenn man sein besonderes Vergnügen zu erwarten hat.«

»Ah, mein Herr, ich verstehe Sie.« — »Ich werde dir alles erklären, mein Engel.« — »Entzückender Mensch!« rief ich aus, »je mehr Verbrechen Sie vor meinen Augen enthüllen werden, desto mehr werde ich Sie lieben. Ich brenne nur darauf, Ihnen in allem gleich zu sein.« — »Ah, Teufel!« rief Noirceuil aus und preßte seine Zunge in meinen Mund, »ich habe niemals ein Geschöpf gesehen, das mir ähnlicher gewesen wäre. Ich glaube, ich würde dich anbeten, wenn ich überhaupt eine Frau lieben könnte. Du willst mir gleich sein, Juliette? Davon rate ich dir ab. Wenn das Innere meiner Seele enthüllt wäre, würden die Menschen derart erschrecken, daß sich mir vielleicht kein einziger zu nahen wagte. Ich habe die Schamlosigkeit und das Verbrechen, die Ausschweifung und die Niederträchtigkeit bis zur höchsten Stufe gebracht, und wenn ich Gewissensbisse empfinde, so muß ich gestehen, daß sie nur durch die Verzweiflung hervorgerufen werden, nicht genug Böses getan zu haben.« Die außerordentliche Erregung, in der sich Noirceuil befand, bewies mir, daß das Geständnis seiner Verirrungen ihn fast ebenso entflammte, wie die Taten selbst. Ich löste seine leichte Umhüllung, ergriff sein Glied, das härter als eine Eisenstange war, und streichelte es leicht mit meinen Händen. Er verlor dabei in kleinen Abständen Samen. »Wieviel Verbrechen kostete mich schon dieses Glied!« rief Noirceuil aus. »Und, wieviel Scheußlichkeiten habe ich mir schon erlaubt, damit mein Same ein wenig hitziger herausspritze. Es gibt nichts auf Erden, das ich ihm nicht opfern würde. Er ist ein Gott für mich und er sei auch der deinige, Juliette! Bete dieses tyrannische Glied an und verehre es. Ich möchte es den Huldigungen der ganzen Welt aussetzen, und wenn ich ein Herrscher wäre, Juliette, gäbe es für mich kein größeres Vergnügen, als alles sofort niedermetzeln zu lassen, was meinen Ärger erregen könnte. Ich würde über Leichen schreiten und wäre glücklich. Ich würde in Blut waten und meinen Samen hinein entleeren!«

Nun war ich selbst berauscht und stürzte mich diesem schrecklichen Wüstling zu Füßen. Ich nahm das verehrungswürdige Subjekt so vieler Handlungen in meinen Mund und leckte es eine Viertelstunde lang.

In diesem Augenblick trat einer von Godens Begleitern ein und teilte uns mit, daß sie bei ihrem Eintritt in Bicêtre von einem toten Kind entbunden worden sei. »Es ist gut«, sage Noirceuil und gab dem Manne 2 Louis als Trinkgeld zum Abschied. »Man kann eine derartige Nachricht nicht gut genug bezahlen«, fügte er leise hinzu. »Du siehst, Juliette, wie mein Glied immer majestätischer anschwillt.« Dann ließ er seine Frau und seinen Lustknaben hereinkommen, der Gode das Kind gemacht hatte, und bestieg ihn von rückwärts, indem er ihm Mitteilung von den Ereignissen machte, und Madame de Noirceuil zwang, das Glied dieses Ganymeds zu lecken. Ich selbst mußte meinen Popo den Küssen des jungen Mannes darbieten, während Noirceuil derart an den Brüsten seiner Frau riß, daß sie furchtbare Schreie ausstieß. »Sieh, Juliette«, sagte Noirceuil, indem er entlud und nun dem jungen Mann befahl, ihm den Samen, mit dem er ihn begossen hatte, in seine Hand zurückzugeben und dann damit in roher Weise das Gesicht seiner Frau bestrich. »Sieh, wie rein und schön mein Samen ist; hatte ich Unrecht, als ich von dir verlangte, du mögest einen Gott anbeten, dessen Inhalt so herrlich ist. Aber setzen wir unsere Unterredung fort«, sagte er und verabschiedete seinen Hofstaat. »Es tat mir leid, daß ich sie unterbrechen mußte.

Wir bestrafen die Ausschweifung«, fuhr mein Erzieher fort. »Plutarch erzählt uns, daß die Sammier sich täglich unter dem Schutze der Gesetze an einen 'die Gärten' genannten Ort begaben und sich dort gegenseitig so verderbten Lüsten hingaben, daß man sich schwer einen Begriff davon machen kann. An diesem glücklichen Ort, fährt der Geschichtsschreiber fort, verschwanden die Geschlechtsunterschiede und die Bande des Blutes unter dem Zauber des Genusses. Der Freund wurde die Geliebte seines Freundes, die Tochter das Freudenmädchen ihrer Mutter, und noch viel häufiger der Sohn die Unterlage seines Vaters und der Bruder der Geliebte seiner Schwester.

Wir schätzen die Erstlingsschaft eines Mädchens sehr hoch. Die Philippinen machen daraus gar kein Wesen. Es gibt auf dieser Insel öffentliche Beamte, die man sehr gut bezahlt, und die die Aufgabe haben, die Mädchen am Vorabend ihrer Hochzeit zu entjungfern.

Der Ehebruch war in Sparta öffentlich gestattet.

Wir verachten die Mädchen, die sich schänden ließen. Die Lydierinnen wurden im Gegenteil nur nach der Zahl ihrer Geliebten abgeschätzt. Ihre Mitgift bestand in dem Ertrag ihrer Liebe. Die Frauen auf Zypern verkauften sich öffentlich jedem auf der Insel ankommenden Fremden.

Die Verderbtheit der Sitten ist in einem Staat notwendig. Die Kanarier auf Goa lassen ihre Töchter von einem Götzenbild, das mit einem ungeheuren Eisenglied bewaffnet ist, entjungfern. Sie drücken sie mit Gewalt auf diesen furchtbaren Godmiché, der vorher sorgfältig angewärmt wird.

Die Kainiten, eine Sekte des zweiten Jahrhunderts, behaupteten, daß man nur durch Unmäßigkeit in den Himmel kommen könne. Sie sagten, daß jede schändliche Handlung einen Schutzengel besitze und sie beteten diesen Engel an, indem sie sich unglaublichen Ausschweifungen hingaben.

Ewen, ein früherer englischer König, erließ in seinen Staaten das Gesetz, daß kein Mädchen sich verheiraten dürfe, bevor es nicht von ihm entjungfert worden sei. In ganz Schottland und in einigen Teilen Frankreichs genossen die großen Lehensherren ebenfalls dieses Recht.

Auch die Frauen gelangen durch die Wollust zur Grausamkeit; dreitausendsiebzig Frauen von Inka Atahualpa und Peru ließen sich freiwillig von den Spaniern schänden und halfen dann, ihre eigenen Gatten zu töten.

Die Sodomie ist auf der ganzen Erde verbreitet. Es gibt kein einziges Volk, das sie nicht kennen würde, und keinen großen Mann, der sie nicht geliebt hätte. Auch die sapphische Liebe herrscht überall. Sie bildet sich im Herzen des jungen Mädchens in seinem zartesten Alter, wenn es noch keine fremden Eindrücke empfangen hat. Sie ist also eine Eingebung der Natur.

Auch die Tierliebe war allgemein verbreitet. Xenophon erzählt uns, daß während des Rückzuges der Zehntausend, die Griechen sich nur an Ziegen befriedigten. Dieser Brauch herrscht heute noch in ganz Italien. Der Ziegenbock wird mehr geschätzt als sein Weibchen. Sein Afterloch ist enger und wärmer. Und auch dieses Tier erregt sich dabei selbst, sowie es bemerkt, daß man entlädt. Sei überzeugt, Juliette, daß ich aus Erfahrung spreche.

Der Genuß bei einem Truthahn ist herrlich, aber man muß ihm im Augenblick der Krise den Hals abschneiden. Die Verengerung, die darauf folgt, macht die Wollust größer.*

* In Paris hat man in mehreren Bordellen dazu Gelegenheit. Ein Mädchen nimmt seinen Kopf zwischen die Schenkel, Sie haben den Hintern vor sich

Die Sybariten deckten Hunde. Die Ägypterinnen ließen sich von Krokodilen belegen, die Amerikanerinnen von Affen. Schließlich griff man zu Statuen. Jedermann weiß, daß ein Page von Louis XV überrascht wurde, als er auf den Hintern der Venus calypigos entlud. Ein Grieche, der nach Delphi kam, sah in dem Tempel zwei marmorne Genien, und während der Nacht brachte er dem einen, den er als den schöneren fand, seine wollüstige Huldigung dar. Als er fertig war, bekrönte er ihn mit Lorbeer, um ihm für den Genuß zu danken.

Die Siamesen halten Selbstmord nicht nur für erlaubt, sondern sagen sogar, daß sich selbst töten der Seele ein nützliches Opfer bringen heißt und Glückseligkeit in der anderen Welt sichert.

In Pégu läßt man eine Frau, die niederkam, fünf Tage hindurch auf glühenden Kohlen knien; auf diese Weise will man sie läutern.

Die Kariben kaufen die Kinder, wenn sie noch im Mutterschoß sind. Sobald die Kinder am Leben sind, machen sie ihnen ein Zeichen am Bauch, entjungfern sie sieben oder acht Jahre später und töten sie dann gewöhnlich.

Auf der Insel Nicaragua ist es einem Vater gestattet, seine Kinder zum Schlachten zu verkaufen.

In Brasilien gibt man jedem Gefangenen, der getötet werden soll, eine Frau. Er befriedigt sich an ihr, schwängert sie oft und die Frau hilft dann ihn hängen und nimmt an dem Mahle teil, das man von seinem Fleische bereitet. Bevor sie von Inkas beherrscht wurden, hatten die Bewohner Perus die Gewohnheit, ihre Kinder den Göttern zu opfern.

Die Völker aus der Gegend des Rio Real fügen der Beschneidung der Mädchen einen seltsamen Brauch hinzu. Sobald sie geschlechtsreif sind, stoßen sie ihnen Stöcke in den Muttermund, die mit dicken, stechenden Ameisen bespickt sind. Während dreier Monate, in denen ihnen diese Qual auferlegt wird, wechseln sie die Stöcke häufig aus.

und sie schneidet dem Tier den Hals in dem Augenblick ab, in dem Sie fertig werden.

Die Mingrelier und die Georgier sind die schönsten und gleichzeitig die ausschweifendsten Völker der Erde. Bei ihnen steht die Blutschande, der Raub, der Kindermord, der Ehebruch, der Mord, der Diebstahl, die Sodomie, die lesbische Liebe, die Tierliebe, der Giftmord, die Brandstiftung und der Vatermord in Blüte. Man bezeichnet sie als tugendhafte Handlungen und rühmt sich ihrer.

Im Norden der Tartarei gibt es ein Volk, das sich jeden Tag einen neuen Gott macht, und zwar ist dieser Gott jedesmal der erste Gegenstand, den sie erblicken, wenn sie des Morgens aufwachen; wenn dies zufällig ein Kotball ist, so wird der Kotball zum Tagesgötzen. Und ist im Grunde genommen das nicht dasselbe, wie das lächerliche Idol der Katholiken? Wahrhaftig, der Unterschied ist sehr gering.

In der Provinz Matomba sperrt man die Kinder beider Geschlechter, sobald sie zwölf Jahre geworden sind, in ein dunkles Haus, dort erdulden sie alle Leiden, die ihnen die Priester nach ihrem Gefallen auferlegen, ohne daß sich die Kinder beim Verlassen des Hauses beklagen dürfen.

Wenn auf Ceylon ein Mädchen heiratet, wird sie von ihren Brüdern entjungfert. Niemals aber besitzt der Gatte dieses Recht.

Wir betrachten das Mitleid als ein Gefühl, das dazu geschaffen ist, uns zu guten Handlungen zu veranlassen. In Kamtschatka wird es mit viel mehr Recht als ein Vergehen angesehen. Bei den dortigen Völkern wäre es ein großes Vergehen, wollte jemand jemanden aus einer Gefahr retten. Die Leute dort sehen jemanden ertrinken und kümmern sich nicht darum. Sie würden sich wohl hüten, ihm zur Hilfe zu kommen.

Bei den christlichen Schwachköpfen ist es eine Tugend, seinen Feinden zu verzeihen. In Brasilien schätzt man denjenigen hoch, der sie tötet und verspeist.

In Guyana setzt man ein junges Mädchen, wenn sie zum erstenmal die Regel hat, ganz nackt den Stichen der Mücken aus. Häufig stirbt sie dabei; die entzückten Zuschauer freuen sich dann den ganzen Tag.

In Brasilien bringt man einer jungen Frau am Vorabend ihrer Hochzeit an den Arschbacken eine große Zahl von Wunden bei, damit ihr Mann wenigstens dadurch angereizt werde, falls sie schon entjungfert sein sollte.

Die wenigen Beispiele, die ich angeführt habe, Juliette, genügen wohl, dir zu zeigen, was die Tugenden sind, von denen unsere europäischen Gesetze und Religionen soviel Wesen machen. Wenn die Existenz der Tugend festen Boden hätte, könnten alle diese Dinge nicht vorkommen.

Dann werde ich immer fortfahren zu sagen: 'Das Gefühl der Menschlichkeit ist ein Hirngespinst, es kann niemals den Leidenschaften oder auch nur den Bedürfnissen Stand halten und ist infolge dessen nur ein der Natur durchaus fremdes Gefühl der Schwäche, ein Kind der Furcht und des Vorurteils.'

Nein, nein, Juliette, es gibt kein wahres Mitleid; prüfen wir uns einmal im Augenblick, in dem wir vom Mitleid überrascht werden, und wir werden hören, daß eine geheime Stimme im Grunde unseres Herzens ruft: Du weinst über diesen Unglücklichen, weil du selbst unglücklich bist und fürchtest, es noch mehr zu werden. Nun, wessen ist diese Stimme, wenn nicht die der Furcht?

Zerstören wir also dieses schwache Gefühl, es kann uns nur Nachteil bringen.

Sobald du einmal, mein teures Mädchen, die Nichtigkeit des sogenannten brüderlichen Bandes erkannt haben und eingesehen haben wirst, daß seine Annahme ein Verbrechen wäre, so kannst du mit dem Philosophen ausrufen: Ah, wie soll ich noch zögern, mich zu befriedigen, wenn meine Handlung trotz des Bösen, das ich meinem Nächsten zufüge, mir Vergnügen bereiten kann, denn angenommen, ich beginge ein Verbrechen gegen diesen Nächsten bei Verübung der Tat, würde ich nicht im entgegengesetzten Falle ein Vergehen gegen mich begehen? Wenn ich meinen Nachbar seiner Frau, seiner Erbschaft oder seiner Tochter beraube, kann ich, wie gesagt, gegen ihn eine Ungerechtigkeit begehen, aber indem ich mir alle diese Dinge, die mir großes Vergnügen bereiten, entziehe, begehe ich ein Unrecht gegen mich; sollte ich aber mir selbst so feindlich gesinnt sein und zwischen diesen zwei Ungerechtigkeiten nicht die mir angenehmere wählen? Wenn ich anders handle, so geschieht dies aus Mitleid; wenn aber ein derartiges Gefühl fähig ist, mich auf so angenehme Genüsse verzichten zu machen, so muß ich alles in Bewegung setzen, um mich von diesem unangenehmen Gefühl zu heilen; sobald mir einmal das gelungen ist (und das geht, wenn ich mich an den Anblick fremder Leiden gewöhne), werde ich mich nur mehr dem Reiz meiner Befriedigung hingeben. Ich werde nie mehr schwanken, ich werde niemals mehr Gewissensbisse fürchten, weil diese nur die Folge des Mitleids sind und dieses Gefühl in mir bereits erloschen ist. Ich werde mich ohne Furcht meinen Neigungen hingeben, ich werde nur mehr mein Interesse oder mein Vergnügen im Auge haben.

Auch die Bande der Familie mögen dir nicht heiliger erscheinen, Juliette, es ist falsch, daß du dem Wesen etwas schuldest, dem du entschlüpft bist, noch falscher aber, daß du für jenes Geschöpf ein Gefühl empfinden mußt, das dir entschlüpft ist. Sich einzubilden, daß man seinen Brüdern, seinen Schwestern, seinen Neffen oder seinen Nichten etwas schuldet, ist ein Unsinn. Weshalb sollte denn das Blut Pflichten auferlegen, weshalb begehen wir denn den Fortpflanzungsakt? Geschieht dies nicht um unser selbst willen, schulden wir etwas unserem Vater, weil er sich an unserer Mutter einmal ergötzt hat? Schulden wir unserem Sohne etwas, weil wir einmal in einen Muttermund ein wenig Samen verloren haben? Zerstören wir doch endlich diese Ketten, sie sind gleich allen anderen verächtlich!«

»Oh, Noirceuil!« rief ich aus, »wie oft haben Sie schon Ihre Gedanken in Tat umgesetzt!... Sie wollen es mir nicht sagen?« — »Derartige Geständnisse«, erwiderte mir mein liebenswürdiger Freund, »sollen als Belohnung für Ihr Betragen dienen, Juliette. Ich werde Ihnen mein Herz öffnen, sobald ich Sie meiner wahrhaft würdig halte; vorher haben Sie noch einige Proben zu bestehen«, fuhr er fort, und da der Kammerdiener ihn benachrichtigen kam, daß ihn sein intimer Freund, der Minister, im Salon erwarte, trennten wir uns.

Ich zögerte nicht, die bei Mondor gestohlenen 60.000 Francs so gut als möglich anzulegen; ich mußte den Diebstahl vor Noirceuil verbergen, da er ihm gleichzeitig ein Beweis für meine Untreue gewesen wäre, und mein Geliebter vielleicht befürchten könnte, ich hätte mich auch an seinem Eigentum vergriffen; und so hielt ich es für das Klügste, nichts zu sagen und bloß meine Einkünfte auf die gleiche Art zu vermehren; bald sollte sich mir durch die Duvergier Gelegenheit dazu bieten.

Es handelte sich darum, als vierte Teilnehmerin zu einem Manne zu gehen, dessen Lieblingsleidenschaft es war, Mädchen zu peitschen. Ich traf mit drei entzückenden Geschöpfen im Café de la porte Saint-Antoine zusammen, wir bestiegen einen Wagen und fuhren zu dem Duc Dennemar zu seinem entzückenden Landgut Saint-Maur. Das älteste der Mädchen war nicht älter als achtzehn Jahre und hieß Minette; sie gefiel mir derartig, daß ich mich nicht zurückhalten konnte, sie mit den wollüstigsten Zärtlichkeiten zu überhäufen. Die anderen beiden waren sechzehn und vierzehn Jahre alt. Ich erfuhr von der Frau, die uns hinführte, daß der Duc durch meine Jugend und meine Schönheit verleitet worden war, seine Grundsätze im Stiche zu lassen, die darin bestanden, sich niemals mit einer Frau der Gesellschaft abzugeben. Meine Genossinnen waren junge Putzmacherinnen, denen derartige Szenen vollkommen fremd waren, nur durch die großen Summen, die der Herzog versprach, und durch die Zusicherung, ihrer Jungfernschaft werde nichts geschehen, waren sie verleitet worden. Jede von uns bekam 50 Louis und Sie werden sehen, ob wir sie verdienten. Unsere Führerin geleitete uns in ein herrliches Gemach und befahl uns, uns auszukleiden.

Nun konnte ich bequem die unschuldigen Reize meiner jungen Kameradinnen betrachten. Es gab nichts Zarteres als ihre Taille, nichts Frischeres als ihre Brust und nichts Herzigeres als ihre drei entzückenden Hintern. Ich bedeckte die Mädchen mit den zartesten Küssen und sie antworteten mit einer Unschuld, daß ich in ihren Armen entlud. So vergnügten wir uns während dreier Viertelstunden, bis endlich ein schöner, großer, halbnackter Lakai eintrat und uns mitteilte, daß wir dem Alter nach eintreten sollten. Ich kam also als Dritte an die Reihe, und was ich und meine Genossinnen in dem Heiligtum dieses neuen Sardanapal erlebten, will ich nun erzählen.

Das Kabinett, in dem der Herzog uns empfing, war rund und ganz mit Spiegeln ausgelegt; in der Mitte stand eine 10 Zoll hohe Porphyrsäule; auf dieses Piedestal mußte ich steigen und der Kammerdiener band meine beiden Füße an Bronzeringe an, während meine Arme nach oben mittels Stricken festgebunden wurden. Nun trat der Herzog, der bis dahin auf einem Kanapee gelegen und leicht gewichst hatte, allein heran. Er war mit einer braunen Satinweste bekleidet; von den Hüften abwärts aber vollständig nackt. In der Linken hielt er eine dünne, biegsame, mit einem schwarzen Band umwickelte Rute. Der Herzog war vierzig Jahre alt und hatte sehr harte Gesichtszüge. »Lubin«, sprach er zu seinem Diener, »diese hier scheint mir besser zu sein als die anderen; ihr Popo ist runder, ihre Haut feiner und ihr Gesicht interessanter; ich bedauere sie, denn sie wird umsomehr zu erdulden haben.« Bei diesen Worten trat das Ekel an mich heran, küßte meinen Hintern, und biß ihn dann. Ich stieß einen Schrei aus. »Ah, ah, es scheint, daß Sie empfindlich sind, umso schlimmer, denn wir sind noch nicht zu Ende«, sagte er, und ich fühlte seine harten Nägel in das Fleisch meiner Arschbacken eindringen. Die Schreie, die ich nun ausstieß, ermunterten bloß den Verbrecher, der nunmehr mit zwei Fingern in das Innere meiner Scheide hineinfuhr und sie erst herauszog, als die Haut an dieser empfindlichen Stelle vollkommen zerrissen war. »Ich triumphiere, Lubin«, sagte er nun zu seinem Kammerdiener und zeigte ihm seine blutbedeckten Finger, »ich triumphiere, ich habe Haut aus ihrer Scheide.« Und bei diesen Worten bedeckte er damit die Schwanzspitze Lubins, der außerordentlich erregt war. In diesem Augenblicke öffnete er einen kleinen, durch die Spiegel verdeckten Schrank und zog eine lange, aus grünen Blättern bestehende Guirlande heraus. Ich wußte noch nicht, was er damit wollte, aber ach, kaum war er an mich herangetreten, als ich auch bemerkte, daß sie mit Dornen besät war. Er und sein Mithelfer zogen sie nun drei oder viermal um meinen Kōrper herum, so daß mein ganzer Körper mit Ausnahme meiner Arschbacken davon zerrissen wurde. Diese allein blieben unbedeckt und boten sich den Rutenbündeln dieses Wüstlings vollkommen dar.

»Wir werden beginnen«, sprach der Dennemar zu mir, »ich bitte Sie, ein wenig Geduld zu haben, denn was nun folgt, kann ziemlich lange dauern.« Zehn ziemlich leichte Rutenhiebe waren die Vorläufer des furchtbaren Gewitters, das meinen Popo bedrohte. »Vorwärts, zum Teufel, keine Schonung!« rief er nun aus und hieb mehr als zweihundertmal ohne innezuhalten auf meine Arschbacken ein. Während er beschäftigt war, trachtete sein Diener, ihm das Gift herauszusaugen, das ihn so bösartig machte. »Ah, diese Hure, das Lumpenweib... oh, wie ich die Frauen verabscheue... Warum kann ich sie nicht alle durch Rutenhiebe vernichten... ah, sie blutet endlich, sauge Lubin, sauge, ich bin glücklich, ich sehe Blut.« Und er näherte seinen Mund meinem Hintern und fing sorgfältig das auf, was er in Strömen herabrinnen sah. Dann fuhr er fort: »Aber du siehst, Lubin, daß ich noch keinen Ständer habe, und so muß ich also weiter peitschen, bis es mir kommt. Vorwärts, die Hure ist jung, sie wird es aushalten!« Und nun begann die blutige Zeremonie von Neuem, jedoch mit einiger Abwechslung, denn Lubin leckte nicht mehr seinen Herrn, sondern behandelte ihn mit einem Ochsenziemer genau so wie er mich behandelte. Ich war mit Blut bedeckt, es rieselte auf seine Schenkel und rötete das Piedestal: ich wußte schließlich nicht mehr, an welcher Stelle ich größeren Schmerz empfand, als mein vor Wollust schäumender Henker befahl, mich loszubinden. Taumelnd trat ich auf ihn zu. »Wichsen Sie mich«, sprach er zu mir und küßte die Zeichen seiner Grausamkeit, »oder nein, wichsen Sie Lubin, das ist mir noch lieber.« Lubin griff nach mir und, da ich noch mit der gräßlichen Guirlande bedeckt war,

drückte mich der Barbar fest an sich, während ich ihn bearbeitete. Er stand derartig, daß, falls meine Bemühungen ein Ergebnis gehabt hätten, sein Samen in das Gesicht seines Herrn gespritzt wäre. Schließlich entlud der Diener und das Gesicht seines Herrn wurde mit Sperma übergossen. Dennemar jedoch sparte sich seinen Samen für eine wollüstigere Szene.

»Gehen Sie hinaus«, sprach er zu mir, als Lubin fertig geworden war. »Bevor Sie wiederkommen muß ich erst Ihre vierte Genossin erledigt haben!« Man öffnete mir die Tür und ich sah in meinem Nachbargemache jene Mädchen, die vor mir an die Reihe gekommen waren. Aber gerechter Gott, in welchem Zustand fand ich sie! Sie waren schlimmer daran als ich. Ihre ehemals hübschen weißen Körper waren jetzt greulich anzusehen. Die Unglücklichen weinten und gaben sich der Reue hin, ein solches Abenteuer eingegangen zu sein. Nur ich war stolzer, fester und dachte nur an die Entschädigung. Durch eine halb geöffnete Tür konnte ich in das Schlafzimmer des Herzogs sehen, ich trat kühn ein. Drei Dinge zeigten sich alsbald meinen Blicken: eine sehr volle Börse mit Gold, ein wundervoller Diamant und eine sehr schöne Uhr. Rasch öffnete ich das Fenster und bemerkte, daß es über einem Bedürfnisort lag, und daß es in der Nähe jener Tür gelegen war, durch die wir eingetreten. Ich griff nach einem meiner Strümpfe, steckte die drei Dinge hinein und ließ alles auf einen Strauch fallen, der neben dem Fenster seine Zweige ausbreitete. Dann kehrte ich zu meinen Genossinnen zurück.

Kaum war ich wieder bei ihnen, als Lubin uns holen kam. Nun wollte der Hohepriester das Opfer mit uns vieren zusammen vollbringen. Das Piedestal war nicht mehr da. Lubin ordnete an, wir mögen uns alle vier bäuchlings in die Mitte des Kabinetts legen. Er gruppierte uns mit solcher Geschicklichkeit, daß man nur mehr unsere acht Arschbacken sah. Sie können sich denken, in welchem Zustand der Herzog sich befand, als er an uns herantrat, um siedendes Öl auf unsere Körperteile zu gießen. Glücklicherweise dauerte die Krise nicht lange. »Ah, verbrennt doch, Ihr Huren!« und mischte seinen Samen in die kochende Flüssigkeit, »ah, ich entlade!« und wir erhoben uns in einem Zustand, den ein Wundarzt besser beschreiben kann. Es dauerte auch zehn Tage, bis die Spuren dieser scheußlichen Szene verschwunden waren.

Wie sehr ich jedoch hergenommen war, ich verlor trotzdem nicht den Kopf, und beim Weggehen gelang es mir, rasch meinen Schatz zu ergreifen, der mich für die erduldeten Leiden schadlos halten sollte. Kaum war ich wieder bei der Duvergier, als ich ihr lebhafte Vorwürfe darüber machte, daß sie mich zu einem solchen Abenteuer ausersehen habe, und nachdem ich ihr noch erklärt hatte, daß ich mich nicht für sie aufopfern wolle, zog ich mich in meine Wohnung zurück. Noirceuil ließ ich sagen, daß ich krank sei und ihn bäte, mich während einiger Tage ungestört zu lassen. Was er, der durchaus nicht verliebt oder beunruhigt war, gerne gewährte. Seine gütige und schlauere Frau besuchte mich an zwei Tagen, ohne daß mich dies jedoch gerührt hätte. Am zehnten Tage war ich wieder frischer als vorher und konnte nun mit Ruhe meine Beute betrachten. Ich fand in der Börse 300 Louis, der Diamant besaß einen Wert von 50.000 Francs und die Uhr wurde auf 1.000 Taler eingeschätzt. Ich hob das Geld gleich der anderen Summe auf und besaß nun eine Rente von nahezu 12.000 Pfund.

Auf diese Weise verging ein Jahr, während dessen ich noch einigemale derartige Abenteuer mitmachte, ohne jedoch ähnliches Glück zu haben.

Noirceuil, der mich durchaus nicht liebte, gab trotzdem sehr viel Geld für mich aus. Ich empfing von ihm 24.000 Francs jährlich, und wenn Sie dazu die Rente von 12.000 Francs, die ich mir selbst geschaffen hatte, fügen, können Sie ermessen, daß es mir nicht schlecht ging. Ich kümmerte mich sehr wenig um die Männer und alle meine Begierden wurden durch zwei entzückende Frauen befriedigt. Manchmal gesellten sich noch deren Freundinnen zu uns, und es gab dann keine Verirrung, die nicht bei uns stattgefunden hätte.

Eines Tages bat mich eine dieser Freundinnen um Hilfe für

einen ihrer Verwandten, dem ein unangenehmes Abenteuer zugestoßen war. Sie sagte, ich möge nur ein Wort meinem Geliebten gegenüber laut werden lassen, dessen Einfluß beim Minister groß genug sei, um alles in Ordnung zu bringen. Sie fügte noch hinzu, daß der junge Mann auf meinen Wunsch kommen würde, um mir seine Geschichte selbst vorzutragen. Wider Willen von dem Wunsche erfaßt, jemanden glücklich zu machen, sagte ich zu und der junge Mann erschien. Himmel, wie groß war mein Erstaunen, als ich in ihm Lubin erkannte; ich tat mein möglichstes, um meine Verwirrung zu verbergen. Lubin erklärte mir, daß er nicht mehr bei dem Herzog sei und schwatzte mir einen Roman vor, der weder Hand noch Fuß hatte. Ich versprach ihm zu helfen, und der Verräter ging weg, indem er mir noch versicherte, daß er glücklich sei, mich, die er über ein Jahr lang gesucht habe, gefunden zu haben. Einige Tage vergingen, ohne daß etwas Neues vorgefallen sei. Ich suchte mich über die unglücklichen Folgen, die diese Begegnung haben konnte, in Sicherheit zu wiegen, als eines Abends beim Verlassen der Comédie Italienne sechs Männer meinen Wagen anfielen, mich aussteigen ließen und mich mit dem Rufe: »Zum Gefängnis!« in einen Fiaker stießen.

»Himmel«, sprach ich zu mir, »ich bin verloren!« Dann aber faßte ich mich und fragte die Männer: »Meine Herren, irren Sie sich nicht?« — »Ich bitte um Entschuldigung, mein Fräulein, wir täuschen uns«, erwiderte einer der Verbrecher, in dem ich bald Lubin erkannte, »wir täuschen uns, denn wir sollten Sie zum Galgen führen! Haben wir jedoch bis jetzt einige Rücksicht auf Herrn de Noirceuil nehmen müssen, so wird dies mit einiger Verzögerung dennoch hoffentlich bald geschehen.« — »Nun«, erwiderte ich, »wir wollen sehen, jedoch geben Sie wohl Acht, daß diejenigen, die sich jetzt als Stärkere fühlen und sich so kühn mir gegenüber benehmen, nicht einmal ihr Vorgehen bereuen.« Wir langten an und man warf mich in ein finsteres Loch, in dem ich während sechsunddreißig Stunden schmachten mußte.

Sie werden vielleicht zu erfahren wünschen, meine Freunde, wie es nunmehr in meinem Innern aussah, und ich will Ihnen offen antworten: Ich war ruhig wie im Glück und bloß verzweifelt, einen Augenblick auf die Stimme der Tugend gehört zu haben. Trotzdem jedoch empfand ich ein wenig Beunruhigung. Empfand ich die aber nicht, als ich noch glücklicher war?

Ich befand mich gerade am zweiten Tage meiner furchtbaren Haft, als meine Tür unter großem Lärm geöffnet wurde. »Oh, Noirceuil!« rief ich aus, als ich meinen Geliebten erkannt hatte, »welcher Gott führt Sie zu mir und wie kann ich noch Ihr Interesse erregen, nachdem ich ein so großes Unrecht begangen habe?«

»Die Art, wie wir zusammen lebten, Juliette«, erwiderte Noirceuil, als wir allein waren, »gibt mir kein Anrecht, Ihnen einen Vorwurf zu machen, Sie waren frei; so ähnlich wir auch beide dachten, glaubten Sie doch, mir Ihr Vertrauen nicht schenken zu können und das ist begreiflich; unbegreiflich jedoch ist es, daß Sie für eine derartige Bagatelle bestraft werden sollen. Sie wissen, mein Kind, daß ich Ihren Geist liebe, und ich werde immer Ihre Verirrungen unterstützen, so lange sie Ähnlichkeit mit den meinen haben. Glauben Sie ja nicht, daß ich aus Mitleid Ihre Ketten lösen werde. Ich handle nur aus Egoismus und ich schwöre Ihnen, daß, sollte der Genuß für mich größer sein, Sie baumeln zu sehen, ich nicht einen Augenblick zögern würde. Aber Ihre Gesellschaft ist mir angenehm. Auch hätten Sie verdient, gehängt zu werden; das sind genug Gründe, Sie zu retten. Folgen Sie mir, Sie sind frei, seien Sie jedoch nicht dankbar, denn ich verabscheue dieses Gefühl.« Und da er sah, daß diese Empfindung trotz allem in mir herrschte, fuhr er lebhaft fort: »Sie werden jedoch diesen Ort nicht verlassen, Juliette, bevor ich Ihnen nicht den Widersinn aufgedeckt habe, der in diesem Gefühl steckt.« Dann ließ er mich niedersetzen und sprach: »Du weißt, mein teures Mädchen, daß ich keine Gelegenheit vorübergehen lasse, die dein Herz formen und deinen Geist aufklären könnte. Lerne also von mir, was die Dankbarkeit ist.

Man nennt Dankbarkeit jenes Gefühl, das eine Wohltat erwidern möchte; nun frage ich aber nach dem Grund, der den

Wohltäter zu seiner Handlung bestimmte. Handelt er für sich oder für mich. Ist das erstere der Fall, so schulde ich ihm nichts, im zweiten Fall aber verletzt er meinen Stolz.

Derjenige, der mich verpflichten will, derjenige, der aus seiner Tasche 100 Louis herauszieht, um sie einem leidenden Menschen zu geben, hat nichts für das Glück dieses Elenden getan. Er möge in den Grund seines Herzens hinabsteigen und er wird finden, daß es nur seinem eigenen Stolz schmeichelt. Sagen Sie mir also jetzt, was ich einem Menschen schulde, der nur für seine eigene Glückseligkeit arbeitet?

O, wie sehr ist diese Überlegung geeignet, Juliette, dir die Lächerlichkeit, ja die Gefahr aufzudecken, die darin besteht, einem Menschen helfen zu wollen. Du kannst nun an der Art, wie ich Dankbarkeit zergliederte, erkennen, ob ich die deinige will. Ich wiederhole dir also nochmals, daß, indem ich dich von den Ketten befreie, ich nichts für dich tue, sondern nur für mich handle. Und jetzt wollen wir gehen.« Als wir vor den Gerichtsschranken standen, ergriff Noirceuil das Wort: »Mein Herr«, sprach er zu einem der Richter, »dieses Fräulein hat nicht die Absicht, Ihnen den Namen derjenigen zu verbergen, die den Diebstahl begangen hat; Sie versicherte mir soeben, daß es eines der drei Mädchen war, die sie zu Herrn Dennemar führten. Sprechen Sie, Juliette, erinnern Sie sich an den Namen dieses Mädchens?« — »Ja, in der Tat, mein Herr«, erwiderte ich, die ich sogleich den Plan des Niederträchtigen begriff, »es ist die hübscheste von den Dreien, sie ist achtzehn bis neunzehn Jahre alt und heißt Minette.« — »Das ist alles, was wir benötigen, mein Fräulein«, sagte der Mann des Gesetzes; »können Sie Ihre Aussagen durch einen Eid bekräftigen?« — »Zweifellos, mein Herr«, erwiderte ich und erhob meine Hand zum Kruzifix. »Ich schwöre und beeide«, sprach ich mit lauter und vernehmlicher Stimme, »und lege vor Gott Zeugnis ab, daß Minette die einzige Schuldige an dem Diebstahl bei Herrn Dennemar ist.« Wir gingen nun weg und stiegen rasch in einen Wagen ein. »Nein, Juliette«, sprach mein Geliebter zu mir, »ohne mich hättest du diese kleine Bösartigkeit nicht begangen, ich kannte dich gut genug, um sicher zu sein, daß du meinen Plan sofort begreifen wirst; küsse mich, mein Engel, ich möchte diesen meineidigen Mund mit meinen Küssen befühlen. Ah, du hast dich wie ein Gott betragen! Minette wird aufgehenkt werden und die Unschuld an die Stelle der Schuldigen treten.« — »Oh, Noirceuil, wie ich dich liebe!« rief ich aus. »Du bist das einzige Wesen auf Erden, das mir gleicht!« — »Beruhige dich, Juliette«, erwiderte Noirceuil, »du hättest mir jedoch nichts verbergen dürfen; ich halte dich ja nicht ab, deinen kleinen Abenteuern nachzugehen, wenn die Gewinnsucht oder die Wollust dich dazu treibt. Aber du solltest dich in Bezug auf die Bekanntschaft der Duvergier in Acht nehmen. Sie handelt nur mit Wüstlingen, deren grausame Neigungen dich zugrunde richten könnten. Wenn du mir deine Liebhaberei anvertraut hättest, hätte ich dir selbst sehr gut bezahlte Abenteuer verschaffen können, bei denen die Gefahren sehr gering gewesen wären, und du nach Herzenslust hättest stehlen können, denn es gibt nichts einfacheres und natürlicheres als den Diebstahl. Ich, der ich zu dir spreche, habe diese Leidenschaft lange Zeit gehabt und habe sie erst jetzt aufgegeben, weil ich eingesehen habe, daß man Schlimmeres tun kann. Du hast sehr viel verloren, Juliette, denn fünf oder sechs meiner Freunde brannten darauf, dich zu haben, und ich wies sie ab, da ich deine Anschauungen nicht kannte.

Im übrigen«, fuhr Noirceuil fort, »wäre mir ohne diesen verfluchten Lubin nichts bekannt geworden. Aber du bist gerächt, mein Engel, denn wir haben ihn gestern nach Bicêtre bringen lassen, wo er den Rest seines Lebens vollbringen wird. Es ist übrigens gut, daß du weißt, daß du meinem Freund, dem Minister Saint-Fond deine Befreiung dankst; schon morgen hättest du aufgehenkt werden sollen, denn zwanzig Zeugen waren gegen dich. Es hätten aber fünfhundert sein können und wir hätten sie nicht zu fürchten brauchen, denn unser Einfluß ist ungeheuer, Juliette. Saint-Fond und ich wir können den größten Verbrecher der Erde sofort vom Schafott befreien und den tugendhaftesten aller Menschen hinaufbringen, wenn wir wollen. Das ist die gute Seite an der Regierung dummer Fürsten. Ihre ganze Umgebung leitet sie und dabei glauben sie, selbst zu regieren. Wir könnten uns an Dennemar rächen, denn ich habe alles, was man dazu benötigt, allein er ist ebenso ausschweifend wie wir und Gleichgesinnte wollen wir in Frieden lassen. Der Herzog weiß, daß er sich dir gegenüber schlecht betragen hat, er schämt sich heute, überläßt dir gern das gestohlene Gut und würde dich sogar mit Vergnügen wiedersehen. Er hat bloß verlangt, daß eines der Mädchen aufgehängt werde; nun ist er zufrieden und wir auch. Ich rate dir aber nicht, nochmals zu diesem Geizhals zu gehen; wir wissen jedoch, daß er von dir nur die Begnadigung Lubins zu erreichen wünscht. Aber mische dich nicht in diese Angelegenheit. Lubin stand auch in meinem Dienst, er arbeitete sehr schlecht, war sehr kostspielig und ich verabscheue ihn dermaßen, daß ich ihn schon öfter habe einsperren wollen. Jedoch der Minister will dich sehen und wir werden heute Abend zusammen speisen. Er ist ein außerordentlich ausschweifender Mensch, und ich brauche dir nicht zu sagen, daß du ihn nur durch blinde Unterwürfigkeit deine Dankbarkeit bezeugen kannst.« — »Verfüge über mich, ich gehöre dir vollständig an, ich bescheide mich mit der Stellung jeder Frau, deren Los dir abhängig ist.« — »Nicht ganz«, antwortete Noirceuil, »der Wohlstand, in dem du lebst, dein Geist und dein Charakter befreien dich vollständig von dieser Sklaverei. Nur Ehefrauen oder Huren sind abhängig, der Geist, Talente, Reichtum und Ansehen heben jedes Weib aus der Masse der Schwachen empor. Ich will, daß du Frau und Sklave meiner Freunde und meiner selbst und herrschsüchtig mit den andern seist. Du mußt ein wenig für die sechsunddreißig Stunden Gefängnis entschädigt werden, Juliette. Ich weiß, du Schelmin, daß du schon eine Rente von 12.000 Francs besitzt, die du mir verbargst. Ich gebe dir morgen noch 10.000 hinzu, und der Minister hat mich beauftragt, dir diesen Brief zu übergeben. Er enthält eine Anweisung auf 1.000 Taler, zahlbar von den Hospitälern: die Kranken werden einige Brühen weniger bekommen, darauf kommt es nicht an. So bist du nun im Besitz von 25.000 Pfund jährlicher Rente und du kannst einsehen, mein Herzchen, daß die Folgen des Verbrechens nicht immer schlimm sind. Die Absicht, tugendhaft zu sein, hat dich in den Kerker gestürzt. Der Diebstahl bei Dennemar hat dein Vermögen vermehrt. Ich hoffe also, daß du nicht lange schwanken wirst. Ah, begehe so viel Verbrechen, wie du willst, wir kennen jetzt deinen Kopf, wir werden uns an seinen Verirrungen ergötzen und versprechen dir Straflosigkeit!« — »Oh, Noirceuil, wie ungerecht sind menschliche Gesetze. Die unschuldige Gode schmachtet in einem Kerker und die schuldige Juliette wird mit Glücksgütern überhäuft.« — »Dies ist vollständig in Ordnung«, sprach Noirceuil, »der Unglückliche ist der Spielball des Mächtigen. Blicke auf das Weltall, und du wirst in allen Gesetzen, die regieren, Beispiele dafür finden.« — »Oh, mein Freund«, sprach ich entzückt, »Du rechtfertigst alle meine Verbrechen, du gibst mir die Mittel, sie auszuführen und versetzt dadurch meine Seele in einen Zustand der Verwirrung und der Wonne, den man mit Worten nicht wiedergeben kann, und du willst nicht, daß ich dir dankbar bin!« — »Nochmals, ich liebe das Böse, ich unterstütze es und handle dabei ebenso egoistisch wie bei allen anderen Gelegenheiten in meinem Leben. Ich muß mich jedoch erkenntlich zeigen für alles das, was du an mir tust.« — »Dann brauchst du bloß viele Verbrechen zu begehen und mir keines zu verbergen.« — »Nein, mein Vertrauen in dich ist grenzenlos; du wirst der Leitstern meinens Lebens werden, und in meinem Herzen wird kein Wunsch entstehen, den ich dir nicht alsbald mitteilen werde, aber ich möchte von dir noch eine Gunst erbitten, Noirceuil: jene Freundin meiner Frauen, die mich verriet, indem sie mir Lubin zuführte, erregt meinen Rachedurst, ich möchte, daß sie bestraft werde.« — »Sage mir ihren Namen und ihre Adresse«, sagte Noirceuil, »und sie soll schon morgen im Gefängnis sitzen.« Nun waren wir zurückgekehrt. »Hier ist Juliette«, sprach Noirceuil und führte mich seiner Frau vor, die mit kalter Miene dastand; »sie war das Opfer einer Verleumdung, ist aber das anständigste Mädchen der

Welt und ich bitte Sie, Madame, ihr weiter die Verehrung zukommen zu lassen, die ihr gebührt.«

»Himmel!« rief ich aus, als ich wieder in meinen Gemächern war und meine glückliche Lage überdachte, »welches Leben werde ich jetzt führen. Ihr göttlichen Verirrungen, die man Verbrechen nennt, ihr werdet fortan meine einzigen Gottheiten sein, ich werde nur mehr euch heilig halten!«

Meine Frauen erwarteten mich bereits, um mich ins Bad zu bringen; ich verbrachte zwei Stunden darin, ebenso viel Zeit für meine Toilette und frisch wie eine Rose erschien ich bei dem Abendessen beim Minister. Man versicherte mir, ich wäre schöner als das Gestirn, von dessen Anblick mich niederträchtige Schufte durch zwei Tage beraubt hatten.

Ende des ersten Teiles

ZWEITER TEIL

Monsieur de Saint-Fond zählte ungefähr fünfzig Jahre. Ein geistreicher Mann, zugleich jedoch von tückischem und hinterlistigem Wesen. Mit einem ungezügelten Hang zu Ausschweifungen verband er Grausamkeit und unbegrenzten Hochmut. Er verstand es vorzüglich, Frankreich zu bestehlen und er zögerte nicht, Haftbefehle auszuschicken, wenn auch nur die geringste Regung seiner Leidenschaften es verlangte. Infolgedessen schmachteten über 20.000 Personen jeden Geschlechtes und Alters in den verschiedenen Gefängnissen, mit denen Frankreich übersät ist. Doch unter diesen 20.000 Menschen befindet sich, das schwöre ich dir, kein einziger, der schuldig wäre, so versicherte er mir heiter bei Gelegenheit. D'Albert, erster Vorsitzender des Pariser Gerichtshofes nahm ebenfalls am Abendessen teil, was mir Noirceuil erst, als ich eintrat, mitteilte. »Du schuldest«, so sagte er mir, »jener Persönlichkeit die gleichen Rücksichten wie den anderen. Vor kaum einen halben Tage war er noch Herr über dein Leben oder Sterben; für die Nachsicht, die er dir gegenüber geübt hat, bist du ihm zu Dank verpflichtet; mögest du dich dieser Verpflichtung nach deinem besten Können entledigen.«

Vier reizende Mädchen nebst Frau Noirceuil und mir, bildeten den Serail, der den Herren zu Gebote stand. Diese noch jungfräulichen Wesen waren von der Duvergier ausgewählt. Die jüngste, die blonde Eglée, zählte erst dreizehn Jahre und war eine entzückende Erscheinung. Die nächste, Lolotte, mit einem Gesicht, das frisch wie das der Blumengöttin war, kaum fünfzehnjährig. Die sechzehnjährige Henriette vereinigte in ihrer Person mehr Reize als die Dichter je den drei Grazien zugeschrieben haben. Die siebzehnjährige Lindane war bildschön, ihre Augen besaßen einen eigentümlichen Ausdruck, ihr Körper einen unbeschreiblichen Reiz.

Sechs Knaben im Alter von fünfzehn bis zwanzig Jahren bedienten uns: sie waren nackt und trugen weibliche Haartracht, ein jeder der Lüstlinge, die an dem Abendessen teilnahmen, konnte daher — wie ersichtlich — seine Lüste mit vier Personen befriedigen: zwei Knaben und zwei Weibern. Da keine dieser Personen bei meinem Eintritt in den Salon anwesend war, küßten und liebkosten mich D'Albert und Saint-Fond eine Viertelstunde lang und unterhielten sich scherzend mit mir über mein Abenteuer. »Eine reizende kleine Verbrecherin«, sagte Noirceuil, »um sich für ihre Begnadigung vom Tode, die sie ihren Richtern schuldet, erkenntlich zu zeigen, ist sie bereit, deren Begierden ohne Zaudern zu befriedigen.« — »Es hätte mir sehr leid getan, ihr das Leben zu rauben«, sagte D'Albert, »nicht ohne Grund trägt Themis eine Binde vor den Augen; und sie werden zugeben, daß wir sie stets tragen müssen, wenn es sich um so hübsche, kleine Wesen handelt.« — »Ich verspreche ihr für die Zeit ihres Lebens vollständige Straflosigkeit«, antwortete Saint-Fond, »sie kann tun was sie nur mag, ich erkläre feierlich, sie bei allen ihren Verirrungen zu beschützen und sie auf ihren Wunsch an allen zu rächen, die es wagen sollten, ihre wenn auch noch so gesetzwidrigen Vergnügungen zu stören.« — »Von mir erhält sie die gleiche Zusicherung«, sagte D'Albert, »zudem verspreche ich, ihr morgen ein Dokument des Staatsgerichtshofes ausstellen zu lassen, das jede Anklage, die irgendein französisches Gericht gegen sie erheben sollte, niedergeschlagen wird. Doch fordere ich noch mehr; alles, was wir hiermit tun, geschieht nur, um dem Frevel Straflosigkeit zu sichern, wir müssen ihn aber ermutigen, ich bitte dich daher, ihr Bescheinigungen im Betrage von 2 bis 25.000 Francs auszustellen, zur Belohnung für die Verbrechen, die sie begehen sollte.«

»Juliette«, sagte Noirceuil, »das wären doch triftige Gründe, deinen Leidenschaften möglichst freien Lauf zu lassen und keine deiner Versuchungen vor uns zu verheimlichen. Aber meine Herren«, setzte mein Geliebter sogleich fort, ohne mir Zeit zur Antwort zu lassen, »Sie machen ja einen wundervollen Gebrauch von der Macht, die König und Gesetze Ihnen eingeräumt haben.« — »Den bestmöglichen«, erwiderte Saint-Fond, »man handelt niemals besser, als wenn man für sich selbst arbeitet: Diese

Machtstellung ist uns eingeräumt worden, um für die Wohlfahrt der Menschen zu sorgen, tun wir denn das nicht, wenn wir für unser Glück und das dieses liebenswürdigen Kindes arbeiten!« — »Als man uns diese Autorität verlieh«, entgegnete D'Albert, »sagte man: die Macht, die wir in eure Hände legen, dient dazu, um die Wohlfahrt der Menschen zu fördern; da es uns nun unmöglich ist, die ganze Welt in gleicher Weise zu beglücken, so ist doch unser Ziel erfüllt, sobald nur einige unter uns zufrieden sind.« — »Aber sie arbeiten doch zu Ungunsten der Allgemeinheit, wenn sie den Schuldigen straflos lassen und den Unschuldigen verderben«, sagte Noirceuil. Ein jeder hatte sich zu dem Zwecke an der Debatte beteiligt, um seinen Freunden noch mehr Gelegenheit zu geben, zu glänzen. »Dem muß ich widersprechen«, entgegnete Saint-Fond. »Das Laster macht viel mehr Glückliche als die Tugend, ich diene also doch viel mehr der allgemeinen Wohlfahrt, wenn ich das Laster schätze, als wenn ich die Tugend belohne.« — »Das sind Grundsätze, die solcher Schelme, wie ihr seid, wohl wert sind«, antwortete Noirceuil, worauf D'Albert erwiderte: »Mein Freund, beklaget euch doch nicht, da sie auch euch Vergnügungen gewähren.« — »Sie haben recht«, meinte Noirceuil, »doch scheint es mir bei alledem, wir sollten mehr handeln als schwätzen. Wünschen Sie vor der Ankunft der andern Juliettens Reize zu genießen?« — »Ich nicht«, sagte D'Albert, »ich bin ganz und gar nicht begierig auf ein Tête-a-tête, ich benehme mich dabei recht linkisch... Da ich in diesen Dingen stets der Unterstützung durch andere sehr bedarf, ziehe ich es vor, mich bis zur Ankunft der Übrigen zu gedulden.« — »Ich bin nicht ganz dieser Ansicht«, entgegnete Saint-Fond, »und möchte mich eine kleine Weile im Hintergrunde dieses Boudoirs mit Juliette unterhalten.«

Dort veranlaßte mich Saint-Fond, mich nackt zu entkleiden. Währenddessen sagte er: »Man hat mir versichert, Sie würden ohne Zaudern meinen phantastischen Ausschweifungen zuwillen sein; sie mögen ein wenig abstoßen, ich glaube es gerne, aber ich rechne auf Ihre Dankbarkeit. Sie wissen, was ich für Sie getan habe, aber ich will noch mehr tun; Sie sind boshaft und rachsüchtig; nun wohl, vergnügen Sie sich damit«, zugleich schob er mir sechs Haftbefehle zu, die ich nur auszufüllen brauchte, um, wem immer ich wollte, die Freiheit zu rauben; »nehmen sie auch diesen Diamanten — er ist an die 1.000 Louis wert — zum Dank für das Vergnügen, das mir durch Ihre Bekanntschaft zuteil geworden ist. Nehmen Sie es nur, nehmen Sie es nur, all das kostet mich nichts, es sind Staatsgelder.« — »Mein Herr, Ihre Güte macht mich wirklich ganz verwirrt.« — »Oh! Ich werde dabei nicht stehen bleiben, ich wünsche Sie in meiner Wohnung zu empfangen, ich bedarf einer Frau, die, gleich Ihnen, zu allem fähig ist; ich will Sie mit der Giftmischerei betrauen.« — »Was, mein Herr, Sie bedienen sich dergleichen Mittel?« — »Ich muß es ja, es gibt ja so viele Leute, deren wir uns entledigen müssen... Sie haben doch keine Skrupel hoffe ich?« — »Ich, nicht im geringsten: ich schwöre Ihnen, es gibt kein Verbrechen, das mich entsetzen könnte, ja, das ich nicht mit Entzücken begehen würde.« — »Ah! Geben Sie mir einen Kuß! Sie sind reizend, wohlan! Für dieses Versprechen leiste ich Ihnen nochmals den Eid, Ihnen die vollständigste Straflosigkeit zu sichern. Tun Sie Ihrerseits was Ihnen nur gut dünkt. Ich erkläre feierlich, Sie vor allen bösen Abenteuern, die Ihnen zustoßen könnten, in Sicherheit zu bringen; doch müssen Sie mir sogleich beweisen, daß Sie fähig sind, das Geschäft, für das ich Sie bestimmte, auch wirklich auszuüben. Da nehmen Sie«, mit diesen Worten reichte er mir eine kleine Schachtel, »ich werde heute beim Souper diejenige Person, mit der ich die Probe ausführen will, neben Sie setzen; tun Sie ihr nur recht schön, denn die Verstellung ist der Deckmantel des Frevels. Täuschen Sie sie so geschickt als möglich und werfen Sie beim Nachtisch dieses Pulver in eines ihrer Gläser, aus dem sie Ihren Wein genießt. Die Wirkung wird nicht lange auf sich warten lassen, ich werde daraus ersehen, ob Sie meiner würdig sind; und dann soll die Ihnen gebührende Stellung Ihnen nicht entgehen.« — »O mein Herr«, entgegnete ich voll Eifers, »ich stehe Ihnen ganz zu Gebote, geben Sie nur her, Sie werden schon sehen, wie geschickt ich mich anstellen werde.« — »Reizend! Reizend! Unterhalten wir uns jetzt, mein Fräulein, Ihr ungebundenes Wesen versetzt mich in höchste Erregung... Gestatten Sie mir aber vorher, Sie mit einer Regel vertraut zu machen, von der Sie nicht abgehen dürfen: Sie dürfen niemals den unterwürfigen Respekt aus den Augen verlieren, den ich fordere, und der mir nicht allein wegen meines Titels gebührt; in dieser Hinsicht kennt mein Stolz keine Grenzen. Sie werden niemals hören, daß ich Sie duze, tun Sie desgleichen, reden Sie mich stets mit 'Monseigneur' an; gebrauchen Sie die dritte Person soviel wie möglich und wahren Sie in meiner Gegenwart stets eine respektvolle Haltung.

Abgesehen von der hohen Stellung, die ich einnehme, stamme ich aus einer der vornehmsten Familien; mein Vermögen ist enorm, mein Einfluß übertrifft sogar den des Königs. Da ist es wohl schwer, frei von Eitelkeit zu sein. Der Mann von Einfluß, der, verführt von einer falschen Auffassung der Popularität, sich die Leute nicht vom Leibe hält, macht sich gemein und verliert bald sein Ansehen. Die Natur hat die Großen auf die Erde gesetzt, gleich wie die Sterne auf dem Firmamente, sie müssen der Erde leuchten, dürfen aber nie zu ihr niedersteigen. Mein Stolz geht soweit, daß ich mich nur kniefällig bedienen lassen will und mit all dem gemeinen Pack, das man Volk nennt, nur durch Zwischenpersonen verkehre; ich verabscheue alles, was nicht an meine Erhabenheit heranreicht.« — »Da müssen Sie wohl recht viele Leute hassen; denn es gibt recht wenige, die mit Ihnen sich vergleichen dürften.« — »Sehr wenige, da haben Sie recht, mein Fräulein; mich widert tatsächlich die ganze Welt an, ausgenommen meine beiden Freunde, die Sie hier sehen und noch einige andere; alle übrigen verachte ich auf's höchste.« Ich erlaubte mir, dem despotischen Manne zu widersprechen: »Werden Sie denn nicht durch die ausschweifenden Launen, die Sie befriedigen, ein wenig herabgezogen aus den Höhen, in denen Sie zu thronen begehren?« — »Nein«, antwortete Saint-Fond, »das läßt sich ganz gut vereinigen; bei Menschen, die so veranlagt sind wie wir, vermehrt die Erniedrigung, die sich durch gewisse ausschweifende Handlungen manifestiert, nur den Stolz.«

Als ich nackt war, rief der Lüstling voll Entzücken: »Ah! Welch schöner Arsch!« indem er die Backen auseinanderbewegte, »man hat mir zwar gesagt, er wäre herrlich, doch übertrifft er noch seinen Ruf, bitte, beugen Sie sich, damit ich meine Zunge hineinstecken kann... Ach Gott! Seine Sauberkeit versetzt mich in Verzweiflung; hat denn Noirceuil Ihnen nicht gesagt, in welchem Zustande ich Ihren Arsch genießen möchte?« — »Nein, mein Herr.« — »Ich wollte ihn recht dreckig, ... recht schmutzig, ... indes ist er von einer Reinheit, die mich verrückt macht. Nun denn, machen wir das in anderer Art wieder gut, da, Juliette, da haben Sie meinen..., er ist in dem Zustande, wie ich den Ihren wünschte; ... Sie werden darin Dreck genug vorfinden... Werfen Sie sich vor ihm auf die Knie, beten Sie ihn an, seien Sie selig über die große Ehre, meinem Arsche die Huldigungen darbringen zu dürfen, die ihm die ganze Welt gerne erweisen möchte... Wie viele wären glücklich in Ihrer Lage! Wenn die Götter zu uns herunter kämen, selbst sie würden sich nach dieser Gunst sehnen. Lecken Sie nur, lecken Sie nur; stecken Sie nur ihre Zunge tief hinein; keinen Widerwillen mein Kind.« Obwohl mein Ekel stark war, überwand ich ihn doch; mein Interesse machte mir das zum Prinzip. Ich tat alles, was der Lüstling verlangte; ich leckte seine Hoden, ich ließ mir Ohrfeigen versetzen, in den Mund furzen, in den Hals scheißen, ins Gesicht spucken und pissen, meine Brustwarzen hin- und herzerren, Fußtritte auf den Hintern versetzen, ließ mir Nasenstüber geben; schließlich gestattete ich ihm, mich bis zu dem Augenblicke der Entladung von hinten zu bearbeiten, worauf er seinen Samen in meinen Mund entleerte, dabei gab er mir den bestimmten Befehl, jenen hinunter zu schlucken, ich tat alles, all seinen Wünschen ordnete ich mich blind unter. Göttliche Wirkung des Reichtums! Alle Tugenden, alle Wünsche, alles Widerstreben zerschellt an deinen Begierden; die Hoffnung, von dir belohnt zu werden, bewirkt, daß alle Wesen und alle ihre Fähigkeiten sich schmeichelnd zu deinen

Füßen legen! Saint-Fonds Samenentleerung war voll Schwung, voll Kühnheit, voll Feuer; zugleich stieß er mit recht lauter Stimme die stärksten Blasphemien aus; sein Samenverlust war beträchtlich, sein Sperma war heiß, dicklich und schmackhaft, seine Erregung voll Kraft, seine wollüstigen Zuckungen voll Ungestüm, kurz, ein Liebesrausch von gewaltiger Intensität. Er besaß einen schönen, recht weißen Leib, den schönsten Arsch der Welt, seine Hoden waren recht dick, sein fleischiges Glied mochte 7 Zoll in der Länge, 6 Zoll im Umfang haben; die Eichel war mindestens 2 Zoll lang und viel dicker als das Glied in der Mitte; die Vorhaut war fast immer zurückgeschoben. Er war ein großer, sehr gut gebauter Mann mit einer Adlernase, starken Brauen, schönen schwarzen Augen, sauberen Zähnen, sein Atem war ganz geruchlos. Zum Schlusse fragte er mich, ob er nicht einen famosen Samen habe… »Wie Crème so gut«, entgegnete ich, »man kann sich keinen größeren Genuß vorstellen, als ihn zu schlürfen.« — »Ich werde Ihnen öfters die Ehre zuteil werden lassen, davon zu genießen«, erwiderte er, »und wenn ich sehr zufrieden bin, werden Sie auch meinen Kot zu sich nehmen. Nun aber knien Sie nieder, küssen Sie meine Füße und danken Sie mir für all die Ihnen heute erwiesene Gunst. Ich gehorchte, worauf Saint-Fond mich umarmte, mit der Versicherung, er sei von mir entzückt. Ein Waschbecken und Parfum verwischten alle Schmutzflecken.

Wir begaben uns wieder in den Salon; als wir die dahin führenden Räumlichkeiten durchschritten, legte Saint-Fond mir wieder die Schachtel ans Herz. »Ei!« meinte ich, »trotzdem Ihre Illusion nun verflüchtigt ist, beschäftigen Sie sich doch noch mit verbrecherischen Gedanken?« — »Wie?« entgegnete der schreckliche Mann, »hast du denn meinen Vorschlag für eine Ausgeburt meiner Phantasie angesehen?« — »Jawohl.« — »Du hast dich getäuscht, dergleichen gehört zu den Notwendigkeiten, deren Vorsatz unsere Leidenschaften erregt, die aber, trotzdem man sie im Augenblicke des wütendsten Gefühlssturmes ins Auge gefaßt hat, auch in ruhiger Stimmung ausgeführt werden müssen.« — »Zweifelst du daran?« — »Es wird Skandale geben.« — »O nein! Wir sind an dergleichen schon gewöhnt. Ah! Wenn alle Rosenstöcke in Noirceuils Gärten erzählen könnten, welchem Stoffe sie ihre Schönheit verdanken, ... Juliette, ... Juliette, es könnte nicht genug Henker für uns geben.« — »Beruhigen Sie sich nur, mein Herr, ich habe Ihnen die Zusicherung meines Gehorsams gemacht, ich werde Sie halten.« Damit traten wir in den Salon ein.

Man erwartete uns bereits, die Damen waren schon angelangt. Bei unserem Eintritt zeigte D'Albert Lust, sich die Zeit im Boudoir mit Madame de Noirceuil, Henriette, Lindane und zweien der Lustknaben zu vertreiben, doch ließ mich die Art seiner Vergnügung, deren Zeugin ich später wurde, an seinem guten Geschmack zweifeln. Ich blieb mit Lolotte, Eglée, vier Lustknaben, dem Minister und Noirceuil im Salon, wir frönten darauf unseren Lüsten, die zwei kleinen Mädchen versuchten durch ähnliche Mittel wie ich es getan, Saint-Fond von neuem zu erregen, es gelang ihnen; indessen ließ sich Noirceuil, der zuerst zugesehen hatte, von hinten bearbeiten, während er meine Arschbacken küßte. Saint-Fond ließ es sich mit dem jungen Volk wohlergehen, darauf vergnügte er sich mit Noirceuil unter vier Augen mehrere Minuten lang, beide erschienen bald wieder ganz erhitzt. Als der Rest der Gesellschaft sich mit uns vermengt hatte, setzten wir uns zu Tisch.

Denket euch, Freunde, meine Überraschung, als ich, mich an meinen geheimen Befehl erinnernd, höchst erregt bemerkte, daß man Madame de Noirceuil neben mich gesetzt hatte. »Mein Herr«, fragte ich den ebenfalls an meiner Seite sitzenden Saint-Fond, »mein Herr, ist das um Himmelswillen das Opfer, das Sie ausersehen?« — »Gewiß«, antwortete der Minister, »aber erholen Sie sich doch von Ihrer Angst, sie könnte Ihnen sonst in meinen Augen schaden; noch eine solche Kleinmütigkeit und sie verlieren für immer meine Achtung.« Ich setzte mich, das Abendessen war ebenso köstlich als zur Lüsternheit erregend, die Damen zogen die vollständige Toilette aus und gaben alle Reize, mit denen die Grazien sie beschenkt hatten, den Betastungen der

Lüstlinge preis. Der eine streichelte einen noch unentwickelten Hals, der andere tätschelte einen Arsch weißer als Alabaster, nur unsere Scham ward wenig beachtet. Für solche Leute haben derartige Reize kein Interesse, sie sind überzeugt, man müsse der Natur recht oft zuwider handeln, wenn man sich der von ihr gewährten Genüsse versichern will, die Spitzbuben verherrlichen daher nur diejenigen Reize, deren Genuß, wie es heißt, von der Natur untersagt ist.

Als die ausgesuchtesten Weine und die schmackhaftesten Speisen die Köpfe erhitzt hatten, zog Saint-Fond Madame de Noirceuil an sich, der Frevler begeilte sich an der grausamen Untat, die er in seinem tückischen Hirn gegen die Unglückliche plante, er schleppte sie auf ein Kanapee und bearbeitete sie von hinten, während er sich von mir in den Mund scheißen läßt, zwei Knaben stellen sich in der Art auf, daß er das Glied von zweien mit den Händen reiben kann, während ein dritter Madame de Noirceuil von vorne fickt, und der vierte sich über mich legend, sich von mir sein Glied lecken läßt, ein fünfter endlich vögelt Herrn Saint-Fond von hinten. »Ah! Donnerwetter!« ruft Noirceuil, »diese Gruppe ist bezaubernd, es gibt doch keinen schöneren Anblick, als seine Frau derart bearbeitet zu sehen, nehmen Sie nur keine Rücksicht auf sie, Saint-Fond, ich beschwöre Sie darum.« Unterdessen näherte er seinen Mund dem Arsche der kleinen Eglée und ließ sich von ihr hineinscheißen, gleichzeitig aber betreibt er mit Lindane Sodomie und läßt sich von dem sechsten Knaben von hinten ficken. D'Albert ergänzt die Gruppe an deren linken Flügel, er treibt mit Henriette Sodomie, küßt den Arsch des Knaben, der den Minister bearbeitet und betastet rechts und links alles, was seine Hand erreichen kann.

Ah! Wie nötig hätten wir einen Zeichner gebraucht, um diese göttliche Gruppe der Wollust der Nachwelt zu überliefern! Aber da die Teilnehmer allzu rasch ihre Geilheit befriedigten, so hätte der Künstler kaum die Zeit gehabt, sie mit seinem Stift zu fesseln. Für eine Kunst, die keine Bewegung kennt, ist es nicht leicht, eine Handlung festzuhalten, deren Seele eben Bewegung ist; darum ist die Zeichenkunst die schwerste und zugleich die undankbarste aller Künste.

Man begibt sich wieder zu Tisch. »Ich muß morgen«, sagt der Minister, »einen Haftbefehl ausschicken gegen einen Mann, der sich eine ziemlich merkwürdige Verirrung zuschulden kommen ließ. Es handelt sich nämlich um einen Lüstling, der gleich Ihnen, Noirceuil, an der Sucht leidet, seine Frau Fremden preiszugeben; diese Gattin, die Ihnen ohne Zweifel ganz ungewöhnlich erscheinen wird, hat nun die Dummheit besessen, sich wegen eines Einfalls zu beklagen, der für viele andere das Glück bedeuten würde. Beide Familien sind darüber in Zwist geraten, und nun wünscht man mit Bestimmtheit, ich möge den Mann einsperren lassen.« — »Diese Bestrafung ist viel zu hart«, sagte Noirceuil. — »Und ich finde sie zu milde«, meinte D'Albert, »es gibt eine ganze Menge von Ländern, in denen solche Leute dem Tode geweiht werden.« — »Oho! So seid ihr Herren Juristen«, versetzte Noirceuil, »ihr seid selig, wenn Blut fließt. Die Blutgelüste der Themis haben für euch die Bedeutung von Boudoirs, ihr begeilt euch beim Aussprechen des Todesurteils und habt bei deren Vollstreckung oft Samenergüsse.« — »Ja!« entgegnete D'Albert, »das ist mir schon mehreremale vorgekommen, doch findet ihr etwas unrechtes daran, wenn einem vor Ausübung seiner Pflichten Vergnügen beschleicht?« — »Gewiß nicht«, erwiderte Saint-Fond, »aber um wieder auf jene Affäre zurückzukommen: Sie werden doch zugeben, daß es recht lächerliche Frauen auf der Welt gibt. »Die Welt ist erfüllt mit solchen«, sagte Noirceuil, »die ihre Pflichten gegenüber ihren Gatten erfüllt zu haben glauben, wenn sie nur ihre Ehre wahren; mit ihrer höchst mittelmäßigen Tugend geben sie aber ihr säuerliches Wesen mit in Kauf, ihre Frömmelei, namentlich aber ihre ablehnende Haltung gegenüber jedem Vergnügen, das von dem Erlaubten abweicht. Beständig auf ihrer Tugend herumreitend, bilden sich Huren solcher Art ein, man könne ihnen nicht genug Ehre erweisen, und daß sie sich nach alledem die übertriebenste blöde Ziererei mit Fug erlauben dürfen: wer wollte da nicht eine noch so liederliche Frau vorziehen, wenn sie ihre schlechten Seiten durch eine grenzenlose Nachgiebigkeit und vollständige Unterwerfung unter die Begierden ihres Mannes zu verdecken versucht! Geben Sie sich Preis, meine Damen, so viel es Ihnen beliebt, das ist uns die gleichgültigste Sache der Welt; aber befriedigen Sie unsere Wünsche ohne Zögern; verwandeln Sie sich, um uns Freude zu bereiten, spielen Sie zugleich die Rollen beider Geschlechter, ja werden Sie selbst zu Kindern, um ihren Gatten das beispiellose Vergnügen zu bereiten, Sie peitschen zu dürfen; und seien Sie überzeugt, daß dann alles Übrige unbemerkt bleiben wird. Das ist der einzige Weg meiner Meinung nach, der die Schrecken des ehelichen Bandes, des entsetzlichsten und abscheulichsten, mit dem die Menschen in ihrer Dummheit sich hatten fesseln können, mildern könnte.« — »Ah! Noirceuil, Sie sind nicht galant«, meinte Saint-Fond, indem er die Brüste der Frau seines Freundes etwas stark drückte; »vergessen Sie denn, daß Ihre Gemahlin hier ist?« — »Nicht lange, hoffe ich«, antwortete Noirceuil boshaft. »Wie so denn?« fragte D'Albert, während er der armen Frau einen falschen tückischen Blick zuwarf. »Wir werden uns scheiden lassen.« — »Welche Grausamkeit!« rief Saint-Fond aus, den alle diese Bosheiten außerordentlich erregten; mit der Rechten das Glied eines Knaben reibend, preßte er unaufhörlich mit der Linken die schönen Brüste der Madame de Noirceuil... »Was! Sie wollen so zarte Bande lösen?« — »Hat das Band nicht schon lang genug gedauert?« — »Nun wohl«, entgegnete Saint-Fond, beständig reibend und drückend, »verläßt du deine Frau, so nehme ich sie; ich habe an ihr stets diesen Zug von Sanftmut und Menschlichkeit geliebt. Küssen Sie mich, kleine Schelmin!« Und da sie wegen der Schmerzen, die ihr Saint-Fond seit einer Viertelstunde zufügt, in Tränen aufgelöst ist, trinkt der Lüstling ihre Zähren und wischt sie mit der Zunge vom Gesichte; darauf setzt er fort: »Wahrlich, Noirceuil, sich zu trennen von einer so schönen Frau (er biß sie), von einer so gefühlvollen Frau (er zwickte sie), ich sage es Ihnen heraus mein Freund! Das ist geradezu ein Mord.« — »Ein Mord?« warf D'Albert ein, »ja, ich glaube tatsächlich, daß Noirceuil die Ehebande durch einen Mord zerreißen wird.« — »Entsetzlich!« rief Saint-Fond aus; er hieß die unglückliche Frau aufstehen und begann sie am Hintern grausam herzunehmen, während er sich gleichzeitig das Glied von ihr packen ließ; »ich sehe, Freunde, ich muß sie noch einmal von hinten vögeln, um ihren Kummer zum Schweigen zu bringen.« — »Ich werde«, sagte D'Albert, wobei er sich von vorne an sie heranmachte, »ich werde sie indes vorne bearbeiten. Nehmen wir sie rasch in die Mitte; ich liebe diese Art des Genusses außerordentlich.« — »Und was soll ich denn tun?« fragte Noirceuil. »Sie müssen die Aufsicht führen«, antwortete der Minister. »Da will ich meine Zeit schon besser benützen«, meinte der barbarische Gatte; »lassen Sie den Kopf meiner süßen Gattin für mich frei; ich will mich an ihrem betränten Antlitz ergötzen und sie von Zeit zu Zeit nasenstübern; indes will ich die kleine Eglée von hinten ficken; zwei Lustknaben sollen sich abwechselnd mit meinem Hintern zu schaffen machen, gleichzeitig werde ich Henriette und Lolotte an ihren Schamhaaren zupfen. Zugleich sollen Lindane und Juliette vor unseren Augen sich von den noch nicht mit einer Aufgabe betrauten Knaben bearbeiten lassen, und zwar die eine von vorne, die andere von hinten. Bei einer so sorgfältigen Gruppenwahl war es kein Wunder, daß die Sitzung recht lange dauerte; endlich gaben die drei Lüstlinge ihren Samen von sich, die arme Noirceuil kam halb totgeschlagen zum Vorschein. D'Albert hatte eine ihrer Brüste beim Samenerguß derart gebissen, daß das Blut floß. Meinen Meistern nacheifernd, ließ ich mich von zwei Lustknaben wundervoll bearbeiten, und auch meine Drüsen entleerten sich mit erstaunlicher Kraft; als ich rot, mit zerrauftem Haar wie eine Bacchantin mich erhob, erregte ich allgemeines Entzücken; insbesondere Saint-Fond konnte mich nicht genug herzen. »Wie prächtig ist sie!« rief er aus, »wie wird sie durch das Laster verschönt.« Dabei leckte er rastlos alle Teile meines Körpers.

Man setzte das Gelage fort, doch ohne sich wieder zu Tische zu begeben; es ist das ein höchst angenehmer Genuß, da man dadurch viel eher trunken wird. Die Köpfe erhitzten sich auch bald derart, daß die Frauen zu zittern begannen. Ich sah, wie man ihnen grimmige Blicke zuwarf, schmähte und Drohworte zuschleuderte. Doch erhellte deutlich zweierlei: daß die Verschwörung sich nicht gegen meine Person richtete, vielmehr gegen Madame de Noirceuil, was mir zudem bekannt war, wiegte mich vollständig in Sicherheit.

Nacheinander aus den Händen Saint-Fonds in die ihres Gatten und D'Alberts wandernd, war die unglückliche Noirceuil schon sehr hart mitgenommen, ihre Brüste und Arme, ihre Schenkel und Arschbacken, überhaupt alle fleischigen Partien ihres Körpers trugen schon deutliche Zeichen der Grausamkeit dieser Frevler, als Saint-Fond in höchster Erregung sie plötzlich ergriff, und ihr zur Einleitung 12 Schläge auf den Hintern und 6 Ohrfeigen mit voller Macht versetzte. Hierauf fesselte er sie, genau in der Mitte des Speisesaales, indem er ihre stark gespreizten Beine an den Fußboden, ihre Hände an den Plafond befestigte. Hierauf stellte man 12 angezündete Kerzen zwischen ihre Schenkel, derart, daß die Flammen einerseits ihre Scheide und den After leckten, andererseits die Arschbacken verbrannten. Dieser heftige Reiz bewirkte, daß sich die schönen Züge der Frau verzerrten und einen Ausdruck wollüstigen Schmerzes zeigten. Indessen leuchtete ihr Saint-Fond mit einem Lichte ins Gesicht, das er aufmerksam betrachtete; zugleich ließ er sein Glied von Lindane, sein Arschloch von Lolotte lecken; Noirceuil ließ sich bearbeiten, indes er in Henriettens Arschbacken biß; er rief seiner Frau zu, wie süß es sei, auf diese Weise in den Tod zu gehen. Währenddessen bearbeitete D'Albert einen Knaben von hinten, zugleich Eglées Arsch tätschelnd; er feuerte Noirceuil an, seine unglückliche Lebensgefährtin noch mehr zu mißhandeln. Ich hatte den Auftrag, das Ganze zu leiten; da bemerkte ich plötzlich, daß die Kerzen zu kurz waren, um dem Opfer den Grad der Schmerzen zu verursachen, den man wünschte. Ich stellte daher die Lichter auf einen Schemel; die Schmerzensrufe der Noirceuil, die unerträglich wurden, trugen mir den höchsten Beifall der

Henker ein. Da beging Saint-Fond, seiner Sinne nicht mehr mächtig, eine unerhörte Grausamkeit; der Missetäter näherte dem Gesichte der Dulderin eine Kerze und verbrannte ihr die Augenlider, ja fast ein ganzes Auge; D'Albert bemächtigte sich gleichfalls einer Kerze und verbrannte eine ihrer Brustwarzen; ihr Gatte endlich ihre Haare.

In merkwürdiger Weise von diesem Schauspiel erregt, feuerte ich die Beteiligten an, und veranlaßte sie, in die Marter Abwechslung zu bringen. Auf meinen Rat reibt man sie mit Weingeist ein, und zündet diesen an; sie erscheint einen Moment ganz in Flammen gehüllt; nach dem Erlöschen des Feuers bietet ihre vollständig verbrannte Haut einen schauderhaften Anblick. Man kann sich nicht vorstellen, wie viel Lob mir diese grausame Idee eintrug. Saint-Fond, durch diese Ruchlosigkeit in merkwürdiger Weise erregt, läßt Lindanens Mund im Stich, um mich von hinten zu bearbeiten, immer begleitet von Lolotte, die ihm fortwährend den Arsch lecken muß! »Was sollen wir jetzt mit ihr tun?« fragte mich Saint-Fond, während er meinen Mund mit Küssen bedeckte und mir sein Glied tief in den Leib hineinbohrte. »Ersinne doch etwas, Juliette, deine Gedanken sind köstlich, alle deine Vorschläge göttlich.« — »Es gibt tausende von Martern, mit denen man sie foltern könnte«, entgegnete ich, »eine ärger als die andere.« Ich wollte eben einige vorschlagen, als Noirceuil sich uns nähernd zu Saint-Fond bemerkte, man müsse ihr sogleich das Gift, das ich bei mir trug, eingeben; sie würde sonst die Kraft verlieren, die nötig wäre, um uns die Wirkungen des Giftes beurteilen und genießen zu lassen. D'Albert, um seine Meinung befragt, ist vollständig einverstanden; man befreit die Frau von ihren Fesseln und überläßt sie mir. — »Liebes, unseliges Wesen«, sagte ich, indem ich das Pulver in ein Glas Wein schüttete: »Trinken Sie, um sich zu erholen. Sie werden gleich fühlen, wie dieses Getränk ihre Geister wieder beleben wird.« Die Törin trinkt gehorsam; sogleich verläßt mich Noirceuil, der die ganze Zeit über mich von hinten gefickt hatte, um das Opfer recht nahe betrachten zu können, da er sich keine Todeszuckung entgehen lassen will. »Sie müssen sterben«, sagt er zu ihr, »sind Sie gefaßt?« — »Madame ist zu vernünftig«, meint D'Albert, »um nicht zu fühlen, daß es für eine Frau, die die Achtung und Liebe ihres Gatten verloren hat, der ihrer überdrüssig und müde ist, daß es für eine solche Frau das Einfachste ist, von der Erde zu verschwinden.« — »Ja, ja, den Tod..., nur den Tod«, rief die Unglückliche aus; »es ist dies die letzte Gnade, um die ich bitte!... Um Himmelswillen, laßt mich nicht warten!« — »Der Tod, nach dem du dich sehnst, du elende Hure, ist in deinem Leib«, ruft ihr Noirceuil zu, während er sich vor den Augen seiner traurigen Gattin von einem der Knaben das Glied reiben läßt; »du hast ihn aus Juliettens Händen empfangen; ihre Anhänglichkeit an dich war so groß, daß sie uns die Ehre, dich vergiften zu dürfen, strittig gemacht hat.« Saint-Fond, trunken vor Wollust, seiner Sinne nicht mehr mächtig, bearbeitete D'Albert von hinten, der seinerseits den sodomitischen Exzessen seines Freundes zu Willen war, indes ich den Arsch des Ministers leckte.

»Wir wollen ein bißchen Ordnung in die Sache bringen«, meinte Noirceuil, der aus den Zuckungen seiner Frau ersah, daß man sie nicht mehr aus den Augen verlieren dürfe. Er läßt einen Teppich in die Mitte des Zimmers tragen und das Opfer darauflegen, während wir um sie einen Kreis bilden. Saint-Fond bearbeitet mich von hinten, während er mit jeder Hand das Glied eines Knaben reibt. D'Albert läßt sein Glied von Henriette lecken, er selbst leckt auch das Glied eines Knaben, mit der Rechten reibt er das eines zweiten, mit der Linken kneift er Lindanens Hintern. Noirceuil bearbeitet Eglée von hinten, die gleiche Prozedur läßt er auch an sich ausführen, zugleich leckt er das Glied eines Knaben und läßt Lolotte auf seinen Schenkeln von dem sechsten behandeln.

Die Krisis nimmt ihren Anfang; sie ist furchtbar, man kann sich die entsetzliche Wirkung des Giftes kaum vorstellen; die arme Frau wand sich wiederholt derart, daß sie ein Knäuel bildete, sie krümmte sich unter beispiellosen Krämpfen, ihr Gejammer steigerte sich ins Unerträgliche; doch hatten wir Vorkehrungen getroffen, um nichts davon in die Außenwelt dringen zu lassen. »Wundervoll«, rief Saint-Fond, indem er meinen Hintern kräftig bearbeitete; »ich würde alles darum geben, wenn ich mit ihr jetzt Sodomie betreiben könnte.« — »Nichts leichter als das«, entgegnete Noirceuil, »versuche es nur, wir werden sie schon halten.« Die Dulderin, von den jungen Leuten kräftig gefaßt, muß trotz ihres Widerstrebens ihren Hintern Herrn Saint-Fond preisgeben, der sein Glied sofort einführt. »Sakrament, ich kann es jetzt nicht mehr aushalten«, ruft er plötzlich. D'Albert tritt an seine Stelle, hierauf Noirceuil; sobald aber die unglückliche Gattin seiner gewahr wird, wird ihr Widerstreben so kräftig, daß sie sich den Händen derer, die sie halten, entwindet, und voll Wut sich auf den Henkersknecht wirft; Noirceuil flüchtet sich entsetzt, während der Kreis sich wieder schließt. »Laßt sie nur«, sagt Saint-Fond, der sich wieder mit meinem Hintern zu schaffen macht; »einem giftigen Tier darf man sich nicht nähern, wenn es sich in Todeszuckungen windet.« Aber Noirceuil, erbost, will sich für die Insulte rächen; er ersinnt neue Martern; dem widersetzt sich jedoch Saint-Fond; er versichert seinem Freunde, daß dadurch die Wirkung des Giftes, das man an dem Opfer erproben wolle, nicht deutlich zur Geltung käme. »Meine Herren«, rief ich, »nicht das braucht jetzt Madame, sondern einen Beichtiger.« — »Sie möge zum Teufel gehen, die Hure«, sagte Noirceuil, der sich eben von Lolotte lecken ließ; »ja, ja, sie möge nur zu allen Teufeln gehen... Wenn ich jemals das Vorhandensein einer Hölle gewünscht habe, geschah dies in der Hoffnung, ihre Seele dort zu wissen und bis zu meinem Tode mich an dem herrlichen Gedanken zu erfreuen, sie würde dort in alle Ewigkeit die entsetzlichen Qualen erdulden müssen.« Diese Verwünschung schien ihr den Rest zu geben; Madame de Noirceuil hauchte ihren Geist aus, während die drei Schurken unter frevelhaften Gotteslästerungen ihren Samen entleerten. »Somit hätten wir eine der trefflichsten Handlungen unseres Lebens ausgeführt«, ließ sich Saint-Fond vernehmen, indem er sein Glied drückte, um den letzten Tropfen Sperma daraus zu entleeren; »schon lange wünschte ich den Tod dieser langweiligen Zierpuppe; ich war ihrer noch überdrüssiger als ihr Gatte.« — »Meiner Treu«, sagte D'Albert, »Sie haben sie mindestens ebenso oft bearbeitet wie er.« — »Oh! Noch viel mehr«, entgegnete mein Geliebter. »Wie dem auch sei«, bemerkte Saint-Fond zu Noirceuil, »meine Tochter ist jetzt Euer, Sie wissen, ich habe sie Ihnen als Belohnung für die soeben bestandene Probe zugesagt. Ich bin entzückt von diesem Gift, und es ist wirklich ein Unglück, daß wir nicht alle diejenigen, die wir zum Tode verurteilen, in dieser Weise befördern können... Nun also, mein Freund, ich wiederhole nochmals, meine Tochter gehört Ihnen; der Himmel segne ein Erlebnis, durch das ich einen recht lieben Schwiegersohn gewinne, nebst der Gewißheit, von der Frau, die mir diese Gifte liefert, nicht betrogen zu werden.« Noirceuil stellte eine leise Frage an Saint-Fond, der sie bejahte. Der Minister richtete nun das Wort an mich: »Juliette, Sie müssen mich morgen besuchen, da ich mit Ihnen das, was ich heute nur gestreift habe, genauer erörtern muß. Noirceuil, der sich wieder verheiraten wird, kann Sie daher nicht bei sich behalten. Doch werden die Huld, die ich Ihnen zuteil werden lasse, und das Geld, mit dem ich Sie überhäufen werde, Sie reichlich entschädigen. Ich bin mit Ihnen sehr zufrieden, Sie besitzen eine reiche Phantasie, bei der Ausübung von Missetaten legen Sie vollständige Gleichgültigkeit an den Tag, Ihr Arsch ist herrlich; ich halte Sie für grausam und einem wüsten Lebenswandel hold; lauter Tugenden, die ich brauchen kann.« — »Mein Herr«, entgegnete ich, »voll Dankbarkeit nehme ich alle Ihre Anerbietungen an, doch kann ich nicht verheimlichen, daß ich Noirceuil liebe, und daß mir die Trennung von ihm nicht leicht fallen wird.« — »Wir werden uns ja auch weiterhin treffen«, erwiderte Saint-Fonds Freund; »als Schwiegersohn und Intimus des Ministers werden wir unser Dasein gemeinsam verbringen.« — »Gut«, sagte ich, »unter dieser Bedingung bin ich mit allem einverstanden.« Die Knaben und Mädchen, denen man im Falle der geringsten Indiskretion den sicheren Tod in Aussicht stellte, schwuren Stillschweigen bis zum Grabe;

Madame de Noirceuil wurde im Garten bestattet, worauf man dann auseinander ging.

Ein unvorhergesehenes Ereignis verzögerte Noirceuils Heirat, desgleichen die Projekte des Ministers; es war mir am nächsten Tage auch nicht möglich, ihn zu sprechen. Der König, höchst zufrieden mit Saint-Fond, gab ihm nämlich ein untrügliches Zeichen seines Vertrauens, indem er ihn mit einer geheimen Mission betraute, weshalb er sofort abreisen mußte. Nach der Rückkehr erhielt er einen hohen Orden nebst 100.000 Taler Jahresgehalt. »Wie wahr ist es«, sagte ich zu mir, als ich von diesen Auszeichnungen erfuhr, »daß das Geschick den Frevel belohnt, und daß derjenige ein Tor ist, der, obwohl durch solche Beispiele aufgeklärt, dennoch zögern würde, voll Eifer diesen Weg zu wandeln!«

Gemäß den Briefen des Ministers an Noirceuil erhielt ich den Befehl, mir eine glänzende Wohnung einzurichten. Da ich das dazu nötige Geld erhielt, mietete ich sofort ein herrliches Palais in der Rue du Faubour St. Honoré; ich kaufte mir Pferde und zwei prächtige Kutschen; ich nahm drei Lakaien von hohem, majestätischem Wuchs und von herrlicher Erscheinung auf, ferner einen Koch, zwei Küchenjungen, eine Haushälterin, eine Vorleserin, drei Kammerzofen, einen Haarkünstler, zwei junge Mädchen für untergeordnete Verrichtungen und zwei Kutscher; prächtige Möbel schmückten mein Haus. Nach der Rückkehr des Ministers sprach ich sogleich bei ihm vor. Ich war eben siebzehn Jahre alt geworden und ich kann sagen, es gab in Paris wenig schönere Frauen als mich; ich wußte mich zu kleiden wie kaum die Liebesgöttin; es war unmöglich, eine geschicktere Verbindung der Kunst mit dem Luxus zu treffen; meine Toilette war mehr als 100.000 Francs wert, mein Geschmeide kostete 100.000 Taler. Alle Türen öffneten sich vor mir und mein Einfluß wuchs.

Der Minister erwartete mich allein. Zunächst beglückwünschte ich ihn zu seinen eben erhaltenen Auszeichnungen und bat ihn dann um die Erlaubnis, die Zeichen seiner neuen Würde küssen zu dürfen; er willigte ein unter der Bedingung, daß ich das kniefällig tue. Angewidert von seiner Dünkelhaftigkeit, aber weit entfernt, sie zu verletzen, leistete ich seinem Wunsche Folge. Durch niedrige Handlungen erkauft sich ja der Höfling das Recht, mit anderen frech sein zu können. »Sie sehen mich«, bemerkte er, »im Genuß meines Ruhmes; der König hat mich, und ich erlaube mir zu sagen mit Recht, mit Gnadenerweisungen überhäuft: nie war mein Einfluß gesicherter, nie mein Vermögen beträchtlicher. Wenn ein Strahl dieser Huld auch auf Sie fällt, so brauche ich wohl nicht zu sagen, unter welchen Bedingungen das geschieht; nach dem, was wir zusammen ausgeführt haben, glaube ich Ihrer sicher sein zu können; Sie haben sich mein vollstes Vertrauen errungen; doch bevor ich in die Details eingehe, betrachten Sie diese beiden Schlüssel; der eine öffnet den Schmuckkasten, der zu Ihrer Verfügung stehen wird, wenn Sie mir gut dienen, der andere führt in die Bastille; lebenslänglicher Kerker droht Ihnen, wenn Sie es an Gehorsam und Verschwiegenheit fehlen lassen.« — »Sie können sich doch nicht vorstellen, daß ich nur einen Augenblick zwischen diesen beiden Möglichkeiten schwanke«, antwortete ich ihm; »vertrauen Sie nur Ihrer unterwürfigen Sklavin und seien Sie ihretwegen sicher.« — »Zwei höchst wichtige Geschäfte vertraue ich Ihnen an. Setzen Sie sich und hören Sie mich an.« Doch als ich aus Unachtsamkeit in einem Fauteuil Platz nehmen wollte, wies er mir einen Stuhl an; ich erschöpfte mich in Entschuldigungen, während er also begann:

»Die Stellung, die ich einnehme und in der ich mich lange erhalten möchte, nötigt mich, eine unendlich große Zahl von Menschen zu opfern; hier haben Sie ein Kästchen mit verschiedenen Giften, die Sie gemäß meinen Befehlen anwenden werden; für diejenigen, die mir im Wege stehen, sind die schmerzhaftesten bestimmt; die rasch wirkenden für solche, deren ich mich wegen der großen Unannehmlichkeiten, die sie mir zufügen, schleunigst entledigen muß; der Rest mit der Etikette 'langsam wirkende Gifte' sind für diejenigen bestimmt, deren Leiden sich aus wichtigen politischen Gründen längere Zeit hinziehen müssen, damit sich kein Verdacht auf mich lenke. Die Ausführung dieser Taten wird, je nachdem es die Sachlage erfordert, bald in ihrer, bald in meiner Wohnung, zuweilen in der Provinz oder im Auslande vor sich gehen.

Gehen wir jetzt zu der zweiten Reihe Ihrer Pflichten über; diese werden Ihnen ohne Zweifel schwerer fallen, sind aber dafür höchst einträglich. Ich verfüge über eine glänzende Einbildungskraft; die alltäglichen Vergnügungen können mir schon seit langer Zeit nichts mehr bieten; von der Natur wurde mir ein feuriges Temperament und grausame Begierden verliehen; mein Vermögen gestattet es mir, die wütenden Leidenschaften zu befriedigen. Ich werde daher in Eurer Wohnung, sei es mit Noirceuil oder mit einigen anderen Freunden, zweimal wöchentlich Lustgelage veranstalten, bei denen mindestens drei Personen zum Opfer fallen müssen.

Wenn wir die Reisezeit, während der Sie in meinem Gefolge sein werden und in welcher von diesen Orgien keine Rede sein kann, abrechnen, so macht dies ungefähr zweihundert Mädchen aus, deren Beschaffung ganz Ihnen überlassen bleibt; doch ist die Wahl dieser Opfer durch Vorbehalt erschwert. Die häßlichste muß mindestens ebenso schön sein wie Sie; sie dürfen nicht unter neun und nicht über sechzehn Jahre alt sein; sie müssen auch unberührt, ferner von vornehmer Abstammung, adelig oder wenigstens sehr reich sein.« — »O, mein Herr, und Sie wollen sie alle opfern?« — »Gewiß, mein Fräulein; der Mord ist der größte Kitzel für mich, ich lechze nach Blut voll Raserei, es ist das meine größte Leidenschaft; mein Grundsatz aber ist es, sie um jeden Preis zu befriedigen.« — »Mein Herr«, sprach ich, bemerkend, daß Saint-Fond auf meine Antwort wartete, »soweit Sie mein Wesen kennen gelernt haben, ersehen Sie, wie ich glaube, hinreichend, daß ein Verrat meinerseits ausgeschlossen ist. Mein Vorteil und meine Begierden bürgen dafür... Ja, mein Herr, die Natur hat mir die gleichen Eigenschaften verliehen wie Ihnen, die gleichen phantastischen Triebe. Wer sich aber aus Liebe zu einer Sache dazu hergibt, leistet sicherlich viel bessere Dienste, als der, welcher nur aus Unterwürfigkeit gehorcht; ein Band der Freundschaft, die Ähnlichkeit des Geschmackes fesseln eine Frau sicherlich am stärksten; davon können Sie überzeugt sein.« — »Ach! Was die Freundschaft betrifft, kommen Sie mir nur nicht damit«, fiel der Minister lebhaft ein, »ich glaube an dieses Gefühl ebensowenig, wie an das der Liebe. Alles, was dem Herzen entspringt, ist falsch; ich glaube nur an die Sinne, jawohl, nur an die Fleischlichkeit... an den Egoismus, an den Vorteil... Ja, von allen Banden werde ich stets zu dem Eigennutz das größte Vertrauen hegen; drum will ich bei den Maßnahmen, die ich mit Ihnen treffe, Ihr Interesse auf jegliche Art befördern, ihm außerordentliche Begünstigungen angedeihen lassen. Wenn zudem die Triebe den Eigennutz bestärken, so trifft sich ja das sehr gut; aber die Begierden wechseln im Laufe der Zeit; es kann eine Zeit nahen, da man sich ihnen nicht mehr überläßt; aber nie hört man auf, sich von seinem Vorteil lenken zu lassen. Wir wollen nun einmal Ihr kleines Vermögen berechnen; Noirceuil gibt Ihnen 10.000 Livres Rente, ich gab Ihnen 3000. Sie besitzen 12.000, das macht zusammen 25.000, dazu weitere 25.000 auf Grund dieser Urkunde, macht 50.000.

Gehen wir jetzt auf die Nebeneinkünfte über.« Ich warf mich dem Minister zu Füßen, um ihm für diesen neuerlichen Beweis seiner Gunst zu danken; er ließ es sich ruhig gefallen, dann hieß er mich wieder Platz nehmen, worauf er also fortfuhr: »Sie können sich wohl vorstellen, daß Sie mit einem solch kleinen Einkommen nicht wöchentlich zwei Gelage veranstalten und die auf mein Verlangen gemietete Wohnung entsprechend in Stand halten können. Sie erhalten daher jährlich 1.000.000 für diese Veranstaltungen; aber vergessen Sie nicht, daß sie ungewöhnlich großartig ausfallen müssen; die ausgesuchtesten Speisen, die seltensten Weine, das feinste Wild, das herrlichste Obst müssen herhalten; mit dem Wohlgeschmack muß die Reichhaltigkeit wetteifern, und selbst bei einem Tête-à-tête muß es mehr als fünfzig Gerichte geben. Die Opfer werden Ihnen mit je 20.000 Francs bezahlt werden, was bei den Eigenschaften, die ich von Ihnen verlange, nicht zu hoch ist. Zudem werden Sie 30.000 Francs Zulage erhalten für jedes Opfer, das Sie mit eigenen Händen töten werden; da solche wohl 50 jährlich sein werden, trägt Ihnen dieses Geschäft 1.500.000 Francs, außerdem will ich noch 20.000 Francs Monatsgehalt zusetzen. Sie werden dadurch über 6.790.000 Francs verfügen; ich will noch 210.000 für kleine Ausgaben dazugeben, um Ihnen rund 7.000.000 jährlich zur Verfügung zu stellen; davon sind Ihnen 50.000 kontraktlich gesichert. Sind Sie zufrieden, Juliette?« Hier bezwang ich mich, um meine Freude zu verbergen und der Habsucht, der ich ergeben war, noch mehr dienlich sein zu können; ich hielt dem Minister vor, daß die mir auferlegten Pflichten mindestens ebenso beschwerlich, als die mir zur Verfügung stehenden Summen beträchtlich wären; bei meiner großen Lust, ihm zu Diensten stehen zu dürfen, würde ich nicht sparen, es wäre aber leicht möglich, daß die enormen Summen, die ich verausgaben müssen würde, die Einnahmen weit übersteigen würden, daß außerdem... »So liebe ich es, wenn man mit mir spricht«, unterbrach mich der Minister: »Sie haben sich von der Seite des Eigennutzes gezeigt; das ist mir ganz recht, und nun bin ich sicher, gut bedient zu werden; sparen Sie nicht, mein Fräulein. Sie sollen 10.000.000 jährlich erhalten; dieser Zuschuß bringt mich gar nicht aus der Fassung; ich weiß, woher ich ihn nehmen kann, ohne meine Revenuen anzugreifen. Das wäre doch ein recht närrischer Staatsmann, der sich seine Vergnügungen nicht vom Staate zahlen ließe; was kümmert uns das Elend des Volkes, wenn wir nur unsere Leidenschaften befriedigen können? Wenn ich wüßte, daß aus ihren Adern Gold flösse, ich würde einem nach dem andern zur Ader lassen, um meine Goldgier sättigen zu können.« — »Anbetungswürdiger Mann«, rief ich aus, »Ihre Grundsätze verwirren meinen Kopf; ich habe mich Ihnen von der eigennützigsten Seite gezeigt, doch glauben Sie nunmehr an meine Leidenschaft; seien Sie überzeugt, daß mein Eifer, Ihnen zu dienen, tausendmal mehr in der abgöttischen Verehrung ihrer Lüste als in irgend einem anderen Beweggrund seinen Ursprung hatte.« — »Ich will es gerne glauben«, erwiderte Saint-Fond, »da ich Sie ja erprobt habe. Wie könnten Sie nicht meine Leidenschaften lieben, da es ja die süßesten sind, die dem menschlichen Herzen entspringen können. Wer sagen kann: Kein Vorurteil bindet mich, ich habe alle überwunden, wer, wie ich, durch seinen Einfluß alle seine Handlungen zu rechtfertigen vermag, wer zudem den nötigen Reichtum besitzt, um ihn mit allen Freveln versüßen zu können, der ist zweifellos der glücklichste aller Sterblichen... Da fällt mir das Straflosigkeitsdekret ein, das D'Albert Ihnen bei unserem Gelage neulich zugesagt hat; da haben Sie es, doch hat es der Kanzler heute früh mir übergeben, nicht Herrn D'Albert, der, was bei ihm gewöhnlich ist, Euch ganz vergessen hat.«

Alle diese glücklichen Ereignisse, die der Befriedigung meiner Leidenschaften freiesten Spielraum ließen, versetzten mich in eine Art von Taumel und Entzücken, das in einen Zustand von Betäubtheit überging, der mir fast die Sprache raubte. Saint-Fond riß mich aus dieser Erregung, indem er mich an sich zog. »Wann beginnen wir, Juliette?« fragte er mich, meinen Mund küssend, während er gleichzeitig die Hand auf meinen Hintern legte, in den er sofort einen Finger einführte. »Mein Herr«, erwiderte ich, »ich bedarf wohl mindestens drei Wochen, um die verschiedenen Besorgungen auszuführen, die Euer Gnaden von mir verlangen«, — »Gut, sei es drum; heute ist der erste; am zweiundzwanzigsten soupiere ich bei Ihnen.« — »Mein Herr«, bemerkte ich, »da Sie mir Ihre Leidenschaften anvertraut haben, haben Sie mir damit einigermaßen das Recht eingeräumt, Ihnen die meinigen mitzuteilen. Den Trieb zum Verbrechen haben Sie an mir bereits erprobt; ich besitze aber auch den Hang zum Diebstahl und zur Rache; jenen werde ich gemeinsam mit Ihnen befriedigen; das Dekret, das Sie mir eben gaben, sichert mir Straflosigkeit zu, wenn ich stehle; nunmehr geben Sie mir Mittel an die Hand, um meine Rachsucht zu stillen.«

»Folgen Sie mir«, antwortete Saint-Fond. Wir begaben uns zu einem Beamten. »Mein Herr«, sprach der Minister zu ihm, »betrachten Sie diese junge Dame gut; ich beauftrage Sie, ihr soviel

Haftbefehle, als sie verlangt, gleichgültig gegen wen sie sich wenden, unterschreiben und aushändigen zu wollen.« In das Kabinett, in dem wir uns früher aufgehalten hatten zurückkehrend, sagte der Minister: »Auch dies ist Ihnen bewilligt; der andere Trieb wird Ihnen durch das Dekret ermöglicht. — Schneiden Sie, stechen Sie, zerreißen Sie: ich gebe Ihnen ganz Frankreich preis; mögen die von Ihnen begangenen Verbrechen noch so groß und furchtbar sein, ich bürge dafür, daß Ihnen nie etwas geschehen wird. Ich gehe ja noch weiter und bewillige Ihnen, wie schon erwähnt, 30.000 Francs Zulage für jeden Frevel, den Sie auf eigene Rechnung begehen werden.*

Meine Freunde, ihr müßt es mir erlassen, den Sturm der Gefühle, der mich nach all diesen Versprechungen und Vereinbarungen durchtobte, zu schildern. »Himmel!« sagte ich mir, »trotz der ausschweifenden Phantasie, die mir von der Natur in die Wiege gelegt wurde, bin ich einesteils reich genug, um alle meine Wünsche stillen zu können, und bin andererseits in der glücklichen Lage, trotz ihrer verbrecherischen Befriedigung straflos auszugehen. Wahrlich, es gibt keine Freuden, die sich mit diesen vergleichen ließen; keine Wollustgefühle bedeuten für die Seele einen heftigeren Kitzel.« — »Wir müssen nunmehr das Geschäft besiegeln«, sagte der Minister. Damit übergab er mir eine Kassette mit 5.000 Louisdor nebst Juwelen und herrlichem Geschmeide im Werte des doppelten Betrages. »Vergessen Sie nicht, es zugleich mit den Giften in ihre Wohnung schaffen zu lassen.« Hierauf führte er mich in ein geheimes Gemach, in dem sich der größte Luxus mit dem auserlesensten Geschmack verband. »Hier sind Sie nur eine Hure; doch draußen gehören Sie zu den vornehmsten Damen Frankreichs.« — »Überall bin ich ihre Sklavin, mein Herr; überall ihre Bewundererin und die Seele ihrer erlesensten Genüsse.«

Ich entkleidete mich. Saint-Fond, trunken vor Freude, endlich

* Da, seht ihr sie, die Scheusale des Ancien Régime? Wir haben versprochen, sie nicht schön, sondern wahr zu schildern; wir halten Wort.

eine ausgezeichnete Helfershelferin gefunden zu haben, wußte sich nicht genug zu tun an abscheulichen Handlungen. Ich habe seine merkwürdigste Geschmacksrichtung schon gekennzeichnet, doch klügelte er immer wieder neue Situationen aus. Verlieh er mir in der Welt ein hohes Ansehen, so wußte er es auch in seinem Zimmer umso grausamer zu erniedrigen. In der Befriedigung seiner Lüste war er der schmutzigste, tyrannischste und blutdürstigste Mensch der Welt. Er hieß mich, seinem Glied, seinem Arsch göttliche Ehren erweisen; wenn er schiß, mußte ich vor seinem Kot meine Andacht verrichten; andererseits aber ließ er merkwürdigerweise Dinge, in denen sein Stolz wurzelte, von mir verunreinigen; er ließ mich auf seine Auszeichnungen scheißen und wischte mit dem eben erhaltenen Orden meinen Hintern aus. Als ich darüber Erstaunen an den Tag legte, meinte er: »Ich will dir damit beweisen, daß all der Plunder, der dazu dient, um den Dummköpfen Sand in die Augen zu streuen, den Philosophen kalt läßt.« — »Sie haben mir aber vorhin befohlen, ihn zu küssen?« — »Das ist richtig; aber obwohl dieser Tand meinen Stolz anregt, setze ich merkwürdigerweise alles daran, ihn zu profanieren; es sind das bizarre Ideen, die nur Wüstlinge meiner Art haben.« Er geriet nun in höchste Erregung; meine Schamdrüsen entleerten sich; bei einer Einbildungskraft wie ich sie besitze, handelt es sich nicht darum, ob der Akt abstößt oder abnormal ist, es wirkt vielmehr jeder heftige Reiz. Ich erriet, daß es ihn sehr darnach gelüste, seinen Kot von mir essen zu lassen; ich kam seinem Befehle zuvor und bat ihn um die Erlaubnis, es tun zu dürfen. Da sein Darm entleert war, so schlang er meinen Kot hinab, wobei er mir bei jedem Bissen den Arsch leckte. Er zeigte mir darauf das Bildnis seiner Tochter. Sie war kaum vierzehn Jahre alt und schön wie die Liebe; ich bat ihn, auch ihre Teilnahme zu veranlassen. »Sie ist nicht da«, erwiderte er, »sonst hätten Sie ihren Wunsch gar nicht zu äußern gebraucht.« — »Sie haben also mit ihr bereits Unzucht getrieben, noch bevor Sie sie Noirceuil zur Frau gegeben haben?« — »Gewiß; es würde mir ja sehr leid tun, so köstliche Erstlinge von anderen pflücken zu lassen.« — »Lieben Sie sie nicht mehr?« — »Nein, Juliette, wir Wüstlinge empfinden keine Liebe. Dieses Kind hat mich schon in starke Erregungen versetzt; nunmehr läßt sie mich kalt, da ich mich zuviel mit ihr abgegeben habe; ich gebe sie daher Noirceuil, den sie mächtig reizt; all das geschieht nur der Bequemlichkeit halber.« — »Aber wenn Noirceuil ihrer überdrüssig wird?« — »Nun wohl, du kennst ja das Los seiner Frauen; ich werde ihm wahrscheinlich dabei behilflich sein, denn das wirkt trefflich, das liebe ich...« Schon der bloße Gedanke läßt sein Glied ganz steif werden. — »Mein Herr, ich glaube, wäre ich in Macht und Ansehen, ich würde für mein Leben gerne in gewissen Augenblicken dabei Mißbrauch treiben.« — »Nicht wahr, in Momenten der Erregung?« — »Ja.« — »Ich habe es mir gedacht.« — »O mein Herr, opfern wir einige Unschuldige; dieser Gedanke verwirrt mich vollständig.« Zugleich rieb ich sein Glied, während ich mit einem meiner Finger sein Arschloch kitzelte. »Warten Sie«, rief er, indem er ein Papier aus seiner Brieftasche zog, »ich brauche nur zu unterschreiben, um morgen ein hübsches Ding, das ihre Familie nur wegen Unzucht mit Frauen einsperren ließ, dem Tode zu weihen. Ich sah sie; sie ist reizend; am nächsten Tag vergnügte ich mich mit ihr; seitdem fürchte ich derart, sie könnte schwatzen, daß ich fortwährend den Wunsch habe, mich ihrer zu entledigen.« — »Sie wird plauschen, mein Herr, seien Sie dessen gewiß; Ihre Sicherheit hängt von dem Tode dieses Mädchens ab... Unterschreiben Sie, je früher, desto besser, ich beschwöre Sie.« Damit ergriff ich das Papier und legte es auf meinen Arsch, mit der Bitte, darauf zu unterschreiben. Er tat es. »Ich will den Befehl selbst überbringen«, erklärte ich. »Gut«, erwiderte Saint-Fond, »nun aber muß ich mich entladen, Juliette, erschrecken Sie nicht über das Erscheinen einer Person, deren ich zur Lösung dieser Krise bedarf.« Er läutete; sogleich kam ein hübscher junger Mann zum Vorschein. »Knien Sie nieder, Juliette; dieser Mann muß Ihnen 3 Stockschläge auf die Schultern versetzen, deren Spuren mehrere Tage sichtbar sein werden; darauf muß er Sie festhalten, während ich Sie von hinten bearbeiten werde.« Hierauf entledigte sich der junge Mann seiner Beinkleider, und ließ sich vom Minister den Hintern küssen; dieser leckte ihn voll Wohlgefallen.

Indessen kniete ich nieder, der junge Mann versetzte mir mit dem Stocke 3 Hiebe auf die Schultern, so kräftig, daß ich die Spuren davon zwei Wochen trug. Währenddessen beobachtete mich Saint-Fond, mir gegenüber stehend, mit geiler Neugier. Er betrachtete die Striemen und beklagte sich über ihre geringe Intensität. Dann befahl er dem jungen Manne, mich zu halten und schließlich bearbeitete er mich von hinten, gleichzeitig dem Arsche des anderen, der ihm den Vorgang erleichterte, Küsse versetzend. »Ah! Sakrament!« schrie er, seinen Samen ergießend, »Die Hure ist jetzt gebrandmarkt.« Der junge Mann mußte sich dann zurückziehen. Erst viel später ließ eine Begebenheit, von der wir noch reden werden, Licht auf seine Persönlichkeit fallen. Der Minister geleitete mich hinaus und sagte, das Gesicht ebenso nachdenklich als bevor wir eingetreten waren: »Lassen Sie die Kästchen zu sich schaffen und erinnern Sie sich, daß unser Arrangement in drei Wochen ihren Beginn nimmt. Wohlan, Juliette: Ausschweifung, Verbrechen, Verschwiegenheit, dann ist Ihr Glück gemacht. Adieu.«

Meine erste Sorge war, das Todesurteil, dessen Überbringerin ich war, zu prüfen. Gott! Wie erstaunt war ich, als ich gewahrte, daß der Oberin des Gefangenenklosters, um das es sich handelte, eingeschärft wurde, im Geheimen zu vergiften, was meint ihr, wen?... die Sainte-Elme, die reizende Novizin von Parthemont, die ich während meines Aufenthaltes in dem Kloster so angebetet hatte. Eine andere als ich hätte dieses Zeugnis der Ruchlosigkeit zerrissen, aber ich war schon zu weit auf dem Pfade des Verbrechens vorwärts geschritten, um noch zurückweichen zu können, nichts konnte mich mehr aufhalten, ich nahm nicht einmal das Verdienst in Anspruch zu schwanken; ich überreichte den Auftrag der Oberin von Saint-Pélagie, wo die Sainte-Elme seit drei Monaten schmachtete. Ich wünschte die Schuldige zu sehen, ich fragte sie aus und sie gestand mir, der Minister habe ihr die Freiheit in Aussicht gestellt für den Fall, daß sie sich ihm preisgebe und daß sie mit ihm alle erdenkliche Unzucht getrieben habe. Keine der schmutzigen Handlungen, denen dieses geile Scheusal sich hingab, war ihr erspart geblieben, Mund, Arsch, Scham, sie alle hatte das Ungeheuer beschmutzt, nur die Hoffnung auf Freiheit trösteten sie über die gebrachten Opfer. — »Ich bringe sie dir«, sagte ich, sie umarmend. Sie dankt mir und küßt mich immer und immer wieder... Meine Scham erfährt einen heftigen Kitzel, während ich sie verrate... Am nächsten Tage war sie tot.

»Ich sehe schon«, sprach ich zu mir, als ich die Wirkung meiner Ruchlosigkeit erfuhr, »ich bin zu Großem geschaffen.« Da ich die Vorbereitungen mit vollem Eifer getroffen hatte, war ich nach drei Wochen, unserer Vereinbarung gemäß, in der Lage, das erste Souper für Herrn Saint-Fond zu veranstalten.

Sechs vorzügliche Kupplerinnen, die in meinem Solde standen, hatten mir für die Einleitung meiner Tätigkeit drei junge Schwestern im Alter von zwölf, dreizehn und vierzehn Jahren verschafft; sie waren aus dem Kloster von Meaux entführt worden und waren von unsagbar himmlischer Erscheinung.

An dem bestimmten Tage erschien der Minister nebst einem sechzigjährigen Manne. Bei seiner Ankunft schloß er sich mit mir mehrere Minuten ein, untersuchte meine Schultern und schien unzufrieden, von den Narben, die er mir bei unserem letzten Beisammensein hatte versetzen lassen, keine Spur mehr vorzufinden. Sonst berührte er mich kaum, nur trug er mir die größte Ehrerbietung und Unterwürfigkeit auf, gegen den Mann, den er mit sich führte, eine der angesehensten Persönlichkeiten des Hofes. Dieser trat alsobald an Saint-Fonds Stelle ins Kabinett. Von meinem Liebhaber aufmerksam gemacht, zeigte ich jenem sofort bei seinem Eintritt meinen Arsch. Er näherte sich, ein Augenglas in der Hand haltend. »Wenn Sie nicht sofort furzen«, sagte er, »beiße ich Sie.« — Und da ich seinem Wunsche nicht sogleich nachkommen konnte, biß er mich in die linke Arschbacke, dort tiefe Spuren seiner Zähne zurücklassend. Er wies mir darauf sein finsteres und widerwärtiges Gesicht; »Stecken Sie Ihre Zunge in meinen Mund«, sagte er, »wenn Sie nicht sofort rülpsen, beiße ich Sie.« Da ich aber fühlte, daß ich seinem Wunsche nicht nachkommen konnte, zog ich mich noch rasch genug aus der Falle. Der alte Spitzbube geriet nun in Wut; er ergriff ein Bündel Ruten und peitschte mich eine Viertelstunde lang. Darauf unterbrach er diese Handlung mit den Worten: »Sie sehen die geringe Wirkung, die die von mir geliebte Handlungen auf meine Sinne ausüben, schauen Sie nur dieses schlaffe Glied an, durch nichts kann es mehr gesteift werden. Um diesen Zweck zu erreichen, mußte ich Ihnen viele Beschwerden bereiten.« — »Das ist nicht nötig, Herr, Sie werden sogleich drei köstliche Dinger vorfinden, die Sie ganz nach Ihrem Belieben quälen können.« — »Gut, gut, aber Sie sind schön, Ihr Arsch (er tätschelte ihn beständig) gefällt mir unendlich, ich möchte mich gerne durch ihn in Erregung versetzen lassen.« Während dieser Worte entkleidete er sich und legte auf den Kamin eine reich mit Diamanten gezierte Repetieruhr, ein Etui und eine Tabaksdose aus Gold, seine Börse, die 200 Louis enthielt und zwei prächtige Ringe. »Versuchen wir es jetzt«, ließ er sich vernehmen, »da ist mein Arsch, sie müssen ihn recht stark kneifen und beißen, und müssen mein Glied mit der ganzen Schnellkraft ihres Handgelenkes reiben. Gut«, sagte er, als er eine geringe Änderung seines Zustandes konstatieren konnte, »jetzt legen Sie sich auf dieses Kanapee glatt auf den Bauch und lassen Sie mich Ihren Arsch mit dieser goldenen Nadel stechen.« Ich erklärte mich bereit, als ich aber einen wütenden Schrei ausstieß und Miene machte, beim zweiten Stich in Ohnmacht zu fallen, wurde der Elende ganz bestürzt und da er fürchtete, das Mißfallen des Ministers zu erregen, wenn er dessen Maîtresse zu viel quälte, entfernte er sich sofort, um mich zu beruhigen. Ich warf seine Kleider in ein anderes Zimmer, stürzte auf die Kostbarkeiten los, steckte sie in meine Tasche und eilte zu Saint-Fond. Er fragte mich um die Ursache meiner raschen Zurückkunft. »Das hat nichts zu bedeuten«, erwiderte ich, »es hat sich nur die

Türe des Boudoirs, als ich mich beeilte, die Kleider dieses Herrn zu bringen, mit dem Schlüssel nach innen geschlossen, es ist das ein englisches Schloß, das niemand öffnen kann. Da Sie heute alles haben, was Sie brauchen, können wir die gewünschte Unterhaltung auf eine andere Zeit verlegen.« Damit ziehe ich meine beiden Gäste in den Garten, wo schon alles für sie vorbereitet ist. Der Alte vergißt seine Wertsachen, legt das Gewand, das ich ihm überreiche, an, und denkt nur mehr an neue Vergnügungen.

Es war ein herrlicher Abend. Wir begaben uns in eine von Flieder und Rosen gebildete Laube, die magisch beleuchtet war. Alle drei saßen wir auf Thronsesseln, die Luft war von herrlichen Wohlgerüchen durchtränkt, ganze Blumenhügel bedeckten den Tisch, dazwischen sah man japanische Trinkschalen und goldenes Tafelgerät. Kaum hatten wir Platz genommen, als sich die Decke der Laube auseinanderbewegte, wir sahen alsobald auf einer Feuerwolke die Furien erscheinen, die mit ihren Schlangen die drei Schlachtopfer unseres Gelages gefesselt hielten. Jene stiegen nun zur Erde, banden die Mädchen an neben uns befindliche Sträucher und warteten auf die Gelegenheit, uns weiter dienlich sein zu können. Das Mahl nahm keinen festgesetzten Verlauf, war vielmehr in der Reihenfolge der Gänge ganz dem Belieben der Gäste anheimgestellt. Ein jeder begehrte, was ihm einfiel, worauf die Furien ihm sofort das Gewünschte brachten. Über achtzig Gerichte der verschiedensten Art wurden verlangt, kein Verlangen mußte abschlägig beschieden werden. Zehn verschiedene Weine wurden anfgetragen, alles war in Hülle und Fülle vorhanden. »Ein köstliches Gelage«, meinte mein Geliebter. »Ich hoffe, Durchlaucht, Sie sind mit der ersten Darbietung der Leiterin zufrieden.« — »Ich bin entzückt«, sagte der Alte, dem das Übermaß von Speisen und Getränken in einen Zustand des Taumels versetzte, der ihm fast die Sprache raubte. »Wahrlich, Saint-Fond, Ihre Juliette ist göttlich... sie hat ja einen wundervollen Arsch!« — »Vergessen wir ihn für einen Moment«, warf Saint-Fond ein, »und beschäftigen wir uns mit den Hintern dieser Furien, denn hören Sie, ich halte sie für herrlich.« Auf diese Bemerkung hin entblößten die drei Göttinnen, übrigens drei der schönsten Mädchen, die die Kupplerinnen in Paris aufzutreiben vermochten, sofort den beiden Lüstlingen ihre Ärsche, die sie nach Herzenslust küßten, leckten und bissen. »O Saint-Fond«, sagte der Alte, »lassen wir uns von diesen Furien peitschen.« — »Gut«, entgegnete Saint-Fond, »aber mit den Ästen von Rosensträuchern.« Und ohne weiteres ließen sich die beiden Hurenböcke ihre Hintern von den Xantippen grausam bearbeiten, teils mit Zweigenbündeln, teils mit ihren Schlangen. »Ah, wie regen diese Absonderlichkeiten die Geilheit an«, sagte Saint-Fond, dessen Glied kerzengerade in die Luft ragte. »Ist das Ihre nicht steif, Durchlaucht?« — »Nein«, erwiderte der unglückliche Lendenschwache, »das alles erregt mich nicht heftig genug, wenn ich mich meinen Lüsten hingebe, möchte ich, daß sich beständige, grausame Handlungen in meiner Umgebung vollziehen, ich möchte, daß alles, was dem Menschen für geheiligt gilt, von mir sogleich in den Staub gezerrt würde, daß ihre festesten Bande durch meine ruchlosen Hände zerrissen würden.« — »Nicht wahr, Sie lieben die Menschen nicht, Durchlaucht?« — »Ich verabscheue sie.« — »Es gibt keinen Moment in meinem Leben«, meinte Saint-Fond, »in dem ich ihnen nicht allen erdenklichen Schaden zufügen möchte. Wahrlich, es gibt keine widerlicheren Wesen als sie sind. Ist dieser gefährliche Mensch mächtig, dann kommt ihm der Tiger der Dschungel an Bosheit nicht gleich. Ist er unglücklich, wie gemein ist er dann, wie verächtlich, wie ekelhaft. Ach! Wie oft erröte ich darüber, daß ich unter solchen Wesen zur Welt kommen mußte! Mir gefällt es nur, daß die Natur sie ebenso verabscheut wie ich, denn sie vernichtet sie Tag für Tag, ich wollte gleich viel Mittel zur Verfügung haben, um sie alle vom Erdboden zu vertilgen.« — »Aber glaubt ihr hohen Wesen«, unterbrach ich ihn, »glaubt ihr tatsächlich Menschen zu sein? Nein, nein, wenn man ihnen so wenig ähnelt, wenn man über sie eine so gewaltige Macht ausübt, ist es unmöglich, zu ihrem Geschlechte zu gehören.« — »Sie hat recht«, meinte Saint-Fond, »jawohl, wir sind Götter, genügt es uns denn nicht, einen

Wunsch zu hegen, um ihn sofort erfüllt zu sehen? Kein Zweifel, unter den Menschen gibt es Wesen höherer Art, die von den Dichtern vor Zeiten Gottheiten genannt wurden.« — »Was mich betrifft, so bin ich nicht Herkules«, sagte der Alte, »doch wollte ich Pluto sein, ich möchte mit der Aufgabe betraut werden, die Menschen in der Unterwelt zu zerfleischen.« — »Und ich«, erwiderte Saint-Fond, »ich möchte die Büchse der Pandora sein, auf daß all der Greuel, der in meinem Busen seinen Sitz hat, jeden einzelnen vernichten könnte.«

In diesem Augenblicke ließen sich Seufzer vernehmen; sie rührten von den drei gefesselten Opfern her. »Man löse ihre Bande«, sagte Saint-Fond, »und lasse uns sie betrachten.« Die Furien binden sie los und führen sie den beiden Gästen vor; da es unmöglich war, mehr Liebreiz und Schönheit zu vereinigen, kann man sich vorstellen, daß sie bald allen Lüsten zur Zielscheibe dienten. »Juliette«, sagte der entzückte Minister, »Sie sind ein herrliches Geschöpf, ich kann mit Fug behaupten, daß Ihr Probestück ein Meisterwerk ist; nun aber wollen wir uns in diesen Lustbüschen verlieren, wollen in Nacht und Stille allen Einflüsterungen unserer ausschweifenden Phantasie Gehör geben. Haben Sie einige Gräber aufwerfen lassen?« — »Fast an allen Stellen, die der Unzucht Vorschub leisten können.« — »Gut, die Alleen sind doch finster?« — »Jawohl, die Finsternis begünstigt den Frevel, Sie können ihn in seiner ganzen Furchtbarkeit genießen; wohlan, Durchlaucht, verlieren wir uns in diesem Labyrinth und nichts soll unseren wollüstigen Wallungen hindernd in den Weg treten.«

Wir brachen zunächst gemeinsam auf, die beiden Wüstlinge, die drei Opfer und ich. Vor einer Allee von Hagebüschen erklärte Saint-Fond, er könne nicht weiter gehen, ohne sich zu entladen; das Scheusal ergriff das jüngste Mädchen und entjungferte sie in kaum zehn Minuten; indes reizte ich den Alten, den nichts zu erregen vermochte. »Warum tun Sie denn gar nichts?« fragte ihn Saint-Fond, indem er sich des zweiten Mädchens bemächtigte. »Nein, nein, besorgen nur Sie die Entjungferung«, sagte der alte Wüstling, »ich begnüge mich mit der Marterung, überlassen

Sie sie mir, wenn Sie fertig sind.« Als ihm das jüngste der Mädchen zugeschoben wurde, quälte er es in der grausamsten Weise, während ich ihn aus Leibeskräften leckte. Indessen deflorierte Saint-Fond das zweite Kind, um sie dann dem Alten zu überlassen und ergriff endlich das älteste Mädchen. »Wie angenehm ist es«, rief er aus, »so in der Dunkelheit sich dem Genuß zu widmen, die Schleier der Nacht stacheln zum Frevel an, den man nie besser begeht als in der Finsternis!« Saint-Fond, der sich auch nicht entladen hatte, tat dies in den Hintern der Dritten. Der Alte, befragt, welches Mädchen er töten wolle, überließ das älteste Herrn Saint-Fond, worauf er sich mit seinen beiden Opfern und mit allen erdenklichen Marterwerkzeugen versehen, seitwärts schlug. Ich folgte meinem Liebhaber mit derjenigen, die aus seinen Händen den Tod empfangen sollte. Unter vier Augen erzählte ich ihm den Diebstahl, den ich begangen hatte, er lachte darüber heftig und versicherte mir, es wäre sehr leicht, den Alten glauben zu machen, er habe alles im Bordell verloren, in dem er gewöhnlich vor den Gelagen, sich auf diese vorzubereiten pflegte. »Gehören Sie denn zu den Freunden dieses Mannes?« fragte ich. »Ich habe keinen Freund; ich muß diesen Mann aus Interesse gut behandeln, denn er trägt immerhin zu meinem Ansehen bei, da er beim König in Gunst steht. Aber wenn er morgen in Ungnade fallen sollte, werde ich unter denen sein, die ihn am eifrigsten zu vernichten streben; er hat meine Geschmacksrichtung, ich weiß nicht wie, erraten, er wollte sie teilen, ich war einverstanden, das ist das uns verknüpfende Band. Mögen Sie ihn nicht, Juliette?« — »Ich kann ihn nicht leiden.« — »Meiner Treu, würden mich nicht Gründe des Vorteils hindern, wie ich Ihnen erwähnt habe, ich würde ihn Ihnen preisgeben, ich will ihn aber trotzdem verderben, wenn Sie es wünschen, Sie gefallen mir derart, daß ich alles für Sie tue.« — »Sagten Sie nicht, daß Sie ihm verpflichtet sind?« — »Gewissermaßen.« — »Nun denn, wie können Sie bei Ihren Grundsätzen, dies auch nur einen Augenblick in Betracht ziehen?« — »Überlassen Sie das nur mir, Juliette, ich werde das schon ordnen.« Zugleich überhäufte er mich von neuem mit Lobeserhebungen über die treffliche Veranstaltung des Festes. »Du bist geistreich und geschmackvoll«, sagte er, »je mehr ich dich kenne, desto mehr fühle ich die Notwendigkeit, dich an mich fest zu verknüpfen.« Es war das erstemal, daß er mich duzte, mit diesem Zeichen seiner Gunst gestand er mir auch die zu, auch ihm gegenüber mich des *du* zu bedienen.« — »Ich will auf deinen Wunsch dir mein ganzes Leben lang dienen, ich kenne deinen Geschmack, ich will ihn befriedigen, wenn du mich noch mehr an dich zu binden bestrebt bist, wirst du auch dem meinen entgegen kommen.« — »Küsse mich, himmlischer Engel, morgen früh sollen dir 100.000 Taler aufgezählt werden, du siehst, daß ich deine Gedanken errate.«

In diesem Momente schreitet eine alte Bettlerin auf uns zu und bittet um ein Almosen. »Wie kommt es«, fragt Saint-Fond erstaunt, »daß man dieses Weib hat eintreten lassen?« Doch als er mich lächeln sah, erriet er sofort einen kleinen Scherz... »Ah! Schelmin«, sagte er mir, »das ist köstlich! Was wollen Sie?« wandte er sich an die Alte. »Ach«, jammerte die Unglückliche, »nur einige milde Gaben. Betrachten Sie doch mein Elend. — Kommen Sie mit mir«, damit ergriff sie die Hand des Ministers und führte ihn in eine ärmliche Holzhütte, die von einer an der Zimmerdecke befestigten Lampe erhellt war und in der zwei, höchstens acht bis zehnjährige Kinder, ein Knabe und ein Mädchen, nackt auf etwas Stroh lagen. »Sie sehen da ein trauriges Familienbild«, sagte die Bettlerin, »seit drei Tagen kann ich ihnen nicht einmal ein Stück trockenes Brot geben, geruhen Sie, der Sie für so reich gelten, mich in die Lage zu versetzen, ihr trauriges Dasein zu fristen. O Herr, wer Sie auch sein mögen, kennen Sie Herrn de Saint-Fond?« — »Ja«, entgegnete der Minister. — »Nun, das hier ist sein Werk, er hat meinen Mann einkerkern lassen, er hat uns unser bißchen Hab und Gut genommen, in diesen traurigen Zustand hat er uns seit mehr als einem Jahr versetzt...« Und nun, meine Freunde, sollt ihr das große Verdienst erfahren, das mir durch die Vorführung dieser Szene gebührte: all das war buchstäblich richtig, ich hatte diese armseligen Opfer der Ungerechtigkeit und Raubgier Saint-Fonds entdeckt und ich gab sie ihm preis, um seine Bosheit aufzustacheln. »Ja! Bettlerin«, schrie der Minister, indem er die Frau mit seinen Blicken durchbohrte, »ja, ich kenne ihn und du sollst auch mich kennen lernen... Ach Juliette, Sie versetzen mich durch diese geschickt veranstaltete Szene in einen Zustand!... Nun wohl, was für einen Vorwurf können Sie mir machen? Ich habe Ihren Gatten unschuldig einkerkern lassen, das ist wahr, ja, ich habe noch besser gehandelt, denn er lebt nicht mehr... Doch Sie sind nur entwischt, ich wollte Sie ebenso behandeln.« — »Welches Verbrechen haben wir denn begangen?« — »Sie wollten mir ein in meinem Bereiche gelegenes Stück Land nicht verkaufen, indem ich Euch niederschmetterte, erhielt ich es... Sie sterben Hungers, was liegt mir daran?« — »Aber diese unglücklichen Kinder?« — »Frankreich hat ihrer zehn Millionen zu viel, man erweist der Gesellschaft einen Dienst, wenn man mit all diesen Gelichter aufräumt.« Damit stieß er sie mit den Füßen und rief: »Nette Pflanzen, das!« Hierauf packt der Frevler, den die ganze Szene in die wütendste Erregung versetzt hat, den Knaben und bearbeitet ihn von hinten, dann tut er mit dem Mädchen desgleichen. »Alte Metze«, ruft er dann, weise mir deinen runzligen Hintern, ich muß ihn sehen, um mich zu entladen.« Die Alte weint und weigert sich, doch helfe ich Saint-Fond bei seinem Vorhaben. Nachdem der Wüstling dem unglücklichen Hintern alles Erdenkliche angetan hatte, entleert er, die beiden Kinder zu Tode tretend, seinen Samen in den Hintern ihrer Mutter, der er im Augenblicke der höchsten Erregung eine Kugel in den Kopf jagt. Dann verlassen wir den unseligen Ort still in Begleitung des vierzehnjährigen Opfers, deren Hintern er während der obigen Handlung geküßt hatte.

»Nun mein Herr«, sagte ich beim Hinausgehen, »Sie werden jetzt den Besitz dieser Familie ungestört genießen können, bis heute war dies keineswegs möglich. Diese Leute da hatten Gönner gefunden und schlugen Lärm, ich weiß zwar wohl, daß Sie dessen gespottet hätten, aber immerhin wäre es unangenehm gewesen, ich habe sie entdeckt und genasführt, jetzt sind Sie ihrer entledigt.« Saint-Fond, mich küssend, geriet in einen Taumel des Entzückens. »Ach! Wie süß ist das Verbrechen, wie wollüstig seine Nachwirkungen!... Juliette, du hast keinen Begriff, in welchen Zustand die göttliche Handlung, die du mir begehen halfest, meine Sinne versetzt... Mein Engel, meine einzige Gottheit, sage mir doch, was kann ich für dich tun?« — »Ich weiß, man gefällt Ihnen, wenn man dem Wunsch nach Geld Ausdruck verleiht, vermehren Sie also die versprochene Summe.« — »Betrug sie nicht 100.000 Taler?« — »Jawohl.« — »Ich verspreche dir das Doppelte! Aber was ist denn das?« rief er erschrocken aus, als zwei Männer mit Pistolen versehen auf uns zukamen, »ich zittere, es gibt keinen größeren Hasenfuß als mich... Was wollen Sie, meine Herren?« — »Du wirst gleich sehen«, antwortet einer der beiden, ergreift ihn und bindet ihn mit herabgelassener Hose an einen Baumstamm. »Was wollen Sie eigentlich?« — »Dir zeigen«, erwidert der andere, indem er mit einem Rutenbündel auf den Hintern des Ministers losschlägt, »dir zeigen, du Missetäter, die armen Leute in der Hütte so zu behandeln.« Er versetzt ihm 300 oder 400 Hiebe, die Saint-Fonds erschlafftes Organ von neuem steifen, worauf der andere ihm mit seinem enorm großen Glied von hinten bearbeitet und dadurch seine Sinnlichkeit aufs Höchste erregt. Hierauf peitscht er den Minister, dann bearbeitet ihn der andere. Saint-Fond streichelt währenddessen mit der rechten Hand den Arsch des dritten Mädchens, mit der linken den meinen, dann wird er losgebunden, die Männer verschwinden und wir schweifen von Neuem in der Dunkelheit umher.

»Juliette, ich bleibe dabei, du bist göttlich... Aber ich habe ordentlich Furcht bekommen. Es ist köstlich, seine Nerven auf diese Weise zu kitzeln, bevor das Prickeln der Wollust sie durchströmt; das sind Steigerungen, die den Tröpfen unbekannt sind und nur solchen Leuten, wie wir es sind, bekannt sein dürfen.« — »Die Furcht übt also eine starke Wirkung auf dich aus?« — »Eine außerordentliche! Ich bin der jämmerlichste Hasenfuß der Welt, ich gestehe es, ohne mich im geringsten zu schämen. Die Furcht ist nichts als die Kunst der Selbsterhaltung, und diese Wissenschaft ist dem Menschen am meisten nötig; es ist absurd, seine Ehre in die Furchtlosigkeit gegenüber Gefahren zu setzen, ich setze sie in die Angst vor allen.« — »Wenn die Furcht eine solche Wirkung auf dich hat, so vergegenwärtige dir den Zustand, in den du die unglücklichen Opfer deiner Leidenschaften versetzest.« — »Gerade das erregt mein Wohlgefallen«, entgegnete der Minister, »ich liebe es, ihnen solche Empfindungen zu verursachen, die mich in Furcht und Bestürzung versetzen würden, wenn ich sie erlitte... Doch wo sind wir denn? Dein Garten ist von einer außerordentlichen Ausdehnung.« — »Wir sind jetzt am Rande eines für die Schlachtopfer vorbereiteten Grabes.« — »Ha«, rief Saint-Fond aus, mit den Händen herumtastend, »der Alte dürfte eines seiner Opfer getötet haben; ich fühle einen Leichnam.« — »Holen wir ihn hervor«, sagte ich, »wir wollen sehen, wer es ist... Sie ist nicht tot; es ist die jüngste; sie scheint erstickt worden zu sein, aber der Ruchlose hat sie noch lebend begraben, wir müssen sie wieder beleben, dann kannst du das Vergnügen genießen, beide zu ermorden.« Tatsächlich kam die Unglückliche durch einige Hilfe zu sich, aber sie vermochte uns nicht zu sagen, was ihr der Alte angetan hatte, als sie ihr Bewußtsein verlor. Die beiden Schwestern umarmen sich weinend, doch der erbarmungslose Saint-Fond erklärt ihnen, er werde sie beide töten; wirklich schreitet er zur Ausführung; doch da ich euch noch viele Abenteuer gleicher Art vorführen kann, will ich über dieses lieber einen Schleier werfen, um nicht in Monotonie zu verfallen. Das Ungeheuer vollführte den Mord, während er seinen Samen in den Hintern der jüngsten entleerte; wir warfen dann Erde auf das Grab und schritten weiter. — »Oh! Welche Wollust liegt in der Zerstörung«, sagte zu mir der scheußliche Wüstling; »nichts regt die Geilheit mehr an; kein Entzücken gleicht dem, das solche Ruchlosigkeit empfinden läßt; würden alle Menschen dieses Vergnügen kennen, die Erde wäre in zehn Jahren entvölkert. Teure Juliette, durch das, was wir eben ausführten, ist mir klar geworden, daß du den Frevel ebenso liebst wie ich!« Ich brachte ihn zur Überzeugung, daß es mich vielleicht noch mehr erregte als ihn.

Während dieses Gespräches bemerkten wir im Gehölz, beim Scheine des aufgehenden Mondes, ein kleines Kloster. — »Noch etwas Überraschung?« fragte Saint-Fond, »willst du mich denn in Genüssen ertränken?« — »Ich weiß wirklich nicht, wo wir sind; klopfen wir einmal.« Eine alte Nonne erscheint: »Liebe Schwester«, bitte ich, »möchten Sie zwei verirrten Wanderern Gastfreundschaft gewähren?« — »Kommen Sie nur«, sagte die gute Dame; »obwohl hier ein Nonnenkloster ist, ist die Handlung, die Sie erflehen, uns keineswegs fremd, wir üben sie ebenso gerne Ihnen gegenüber aus, als wir es eben für einen alten Höfling taten, der um die gleiche Vergünstigung bat, er ist jetzt bei unseren Schwestern, die sich eben zur Frühmette erheben.« Uns wurde durch diese Worte klar, daß der Alte anwesend war; wir suchten ihn auf. Eine zweite Nonne und sechs Pensionärinnen im Alter von zwölf bis achtzehn Jahren umringten ihn. Der alte Spitzbube, ganz mit dem Blute seines letzten Opfers bespritzt, begann bereits rücksichtslos zu werden. »Mein Herr«, bat die zweite Nonne Herrn Saint-Fond, »gebieten Sie doch den Belästigungen dieses Undankbaren Einhalt. Er scheint willens, seine Erkenntlichkeit für unsere Gastfreundschaft durch Beschimpfungen zu erweisen.« — »Madame«, entgegnete der Minister, »mein Freund, der ebensowenig moralisch veranlagt ist wie ich, und die Tugend gleich mir verabscheut, liebt es nicht, ihr Belohnungen angedeihen zu lassen; ihre Pensionärinnen scheinen mir ausnehmend hübsch zu sein, wenn Sie uns nicht alle sechs vergewaltigen lassen, dann, bei Gott, legen wir Feuer an ihr Kloster.« Damit ergriff Saint-Fond die jüngste und vergewaltigte sie vor unseren Augen; die beiden Nonnen, die sie verteidigen wollten, schmetterte er durch Faustschläge zu Boden. Was soll ich weiter sagen, meine Freunde? Den fünf übrigen wurde das gleiche Los zuteil, nur mit dem Unterschied, daß Saint-Fond, der sein Glied nicht zu stark strapazieren wollte, sie nicht vorne, sondern von hinten bearbeitete. Jedesmal, wenn eine fertig war, bemächtigte sich der Alte ihrer und peitschte sie bis aufs Blut, dazwischen beständig meine Arschbacken küssend, die er, wie er sich ausdrückte, über alles verehrte. Saint-Fond verstand es, seine Entladung hintanzuhalten; er nahm die beiden Nonnen, deren eine über sechzig Jahre alt war, und verschloß sich mit ihnen in einer benachbarten Zelle, um nach Verlauf einer halben Stunde allein zurückzukehren. »Was hast du denn mit diesen Tugendwächterinnen angefangen, Freund?« fragte ich den Minister, der stark erregt eintrat. »Um Herr dieses Hauses zu bleiben«, erwiderte er, »mußte ich mich doch dieser Hüterinnen entledigen; zu Beginn habe ich mich in dieser Zelle mit ihnen vergnügt; ich liebe die alten Hintern über alles; als ich dann eine Treppe entdeckte, die zu einem Brunnen führt, habe ich sie hineingeworfen; nun mögen sie sich erfrischen.« — »Und was soll mit diesen Hühnchen geschehen? Ich hoffe, wir lassen sie nicht am Leben«, sagte der Alte... Neue Schaudertaten spielten sich ab, über die ich einen Schleier werfen will: das Kloster war jedoch entvölkert.

Die beiden Wüstlinge, die sich während dieser Szene vollständig verausgabt hatten, wünschten sich endlich zurückzuziehen, da der Tagesanbruch nahte. Ein lukullisches Frühmahl, von drei nackten Frauen aufgetragen, erwartete uns in meinen Geheimgemächern; heißhungrig wie wir waren, taten wir ihm alle Ehre an. Der Alte wollte mit Erlaubnis meines Geliebten mehrere Stunden zusammen mit mir im Bette verbringen; Saint-Fond ließ sich während des übrigen Teiles der Nacht von zweien meiner Lakaien in die Mitte nehmen und von ihnen bearbeiten.

Die Versuche des alten Herrn konnten meiner Schamhaftigkeit nicht viel Verlegenheit bereiten; nach unendlichen Anstrengungen gelang es ihm, sein Glied einen Moment in mein Arschloch zu führen. Aber meine Hoffnung wurde getäuscht, sein Penis erschlaffte, und das Scheusal, das nicht einmal die Kraft besaß zu entladen, da er, wie er mir sagte, während der Orgien zweimal Samenverlust erlitten hatte, schlief, seine Nase in meinen Hintern steckend, ein.

Nach dem Aufstehen überreichte mir Saint-Fond, entzückter von mir als je, eine Anweisung auf 800.000 Francs, sofort aus dem Staatsschatz zahlbar; dann ging er mit seinem Freunde weg.

So wie dieses Gelage fielen fast alle übrigen aus, nur verstand es meine unerschöpfliche Phantasie, in die darein verflochtenen Episoden stetige Abwechslung zu bringen. Noirceuil nahm an fast allen teil; von Fremden aber hatte ich außer dem Alten keinen zu Gesicht bekommen.

Ich hatte diese schwierigen Angelegenheiten schon seit drei Monaten mit allem nur möglichen Erfolg geleitet, als Saint-Fond mir einst ankündigte, ich müßte am nächsten Tage ein Verbrechen, das er mir in seiner Stellung als Minister anordne, ausführen. O über die grausame Wirkung einer barbarischen Politik! Ach meine Freunde, könntet ihr erraten, wer dieses Opfer war? Es war Saint-Fonds eigener Vater, ein sechsundsechzigjähriger, in jeder Hinsicht ehrwürdiger Greis. Er durchkreuzte die Absichten seines Sohnes, aus Furcht, sie könnten diesen vernichten; er schadete ihm selbst bei Hofe, um ihn zum Aufgeben des Ministerpostens zu zwingen; denn er glaubte nicht mit Unrecht, es sei viel vorteilhafter für diesen frevlerischen Sohn, seine Demission einzureichen, als in Ungnade entlassen zu werden. Dieses sein Verhalten erregte Saint-Fonds Mißbilligung, und da er zu dem durch seines Vaters Tod 300.000 Livres Rente erbte, war das Todesurteil des Vaters bald gefällt. Noirceuil setzte mir auseinander, um was es sich handelte; und da er wahrnahm, daß diese Todsünde mich ein wenig in Bestürzung versetzte, versuchte er die Tat, die mir in einer Anwandlung von unsinniger Schwäche gräßlich schien, in einem milderen Lichte zu zeigen. Er sprach also: »Ich glaube Ihrer Ansicht entgegentreten zu müssen, daß man mit der Ermordung eines Menschen eine Schlechtigkeit begeht, die noch ärger ist, Charakter gemeint, wenn es sich um den eigenen Vater handelt. Auf den einfachen Mord will ich gar nicht eingehen; Sie sind viel zu sehr über das Vorurteil erhaben, daß man in der Vernichtung von Seinesgleichen ein Verbrechen sieht.* Der Mord nun, den wir vorhaben, ist für Sie eine ganz einfache Handlung,

* Dieses Moralsystem findet später noch eingehendere Erörterung.

da Sie durch kein Band mit dem Opfer verknüpft sind: kompliziert ist er nur für meinen Freund. Sie fürchten den Vatermord, mit dem er sich befleckt; ich will also bloß dieses Thema ins Auge fassen:

Ist der Vatermord ein Verbrechen oder nicht?

Sicherlich, wenn es auf der Welt eine Handlung gibt, die sich rechtfertigen läßt, so ist es diese; denn ich bitte Sie, welche Beziehung besteht denn zwischen mir und dem, der mich auf die Welt gesetzt hat? Welche Art von Dankbarkeit soll ich hegen gegen einen Mann, bloß weil ihn sein Geschlechtstrieb veranlaßt hat, seinen Samen in die Scheide meiner Mutter zu ergießen? Nichts ist lächerlicher als dieses törichte Vorurteil; nun aber, wenn ich ihn nicht kenne, diesen Vater? Wenn ich keine Ahnung hätte, daß er es war, der mir das Licht des Daseins schenkte, würde die Stimme der Natur ihn mir verraten? Werde ich ihm gegenüber nicht ebenso gleichgültig sein, wie gegen alle anderen Menschen? Wenn diese Tatsache gewiß ist, und ich glaube, sie ist unzweifelhaft, so ist der Vatermord um nichts schlimmer als der gewöhnliche Mord. Würde ich den Mann, dem ich das Dasein verdanke, ohne ihn zu kennen, töten, so hätte ich sicher keine Gewissensbisse, meinen Vater getötet zu haben; bloß deshalb, weil man sagt, er sei mit mir nur wenig verknüpft, lasse ich mich von der Tat abhalten oder bereue sie; aber ich bitte Sie, welchen Wert hat die allgemeine Ansicht für die Qualifizierung eines Verbrechens? Kann sie dessen Natur ändern? Was! Ich kann meinen Vater ohne Gewissensbisse töten, wenn ich ihn nicht kenne und ich könnte es nicht im gegenteiligen Falle? Es könnte sich sogar der Fall ereignen, man sagte mir, eine von mir gemordete Person sei mein Vater, während er es in Wirklichkeit nicht ist, dann würden sich gar Gewissensbisse infolge eines Irrtums einstellen. Sie können sich also einerseits im unrichtigen Falle einstellen, im richtigen andererseits schweigen. Da ich also solchen Täuschungen unterworfen sein kann, ist es phantastisch, in dieser Tat ein Verbrechen zu sehen; wenn die Natur nicht selbst mir den Vater verrät, so geschieht dies, weil sie mir nicht mehr Liebe zu ihm als zu anderen Wesen einflößen will. Wenn die Stimme des Gewissens von ihrer Meinung abhängt, und ihre Meinung mich täuschen kann, so ist jenes wichtig; ich wäre ein Narr, wollte ich mich darum kümmern. Kennen die Tiere ihren Vater? Vermuten sie ihn auch nur? Sie wollen die Liebe zum Vater mit der Fürsorge motivieren, die er für meine Kindheit gehegt hat? Wieder ein Irrtum. Er hat damit nur die Gebräuche seines Landes befolgt, hat nur seinen Stolz, seine Gefühle befriedigt, das Gefühl, das er als Vater für sein Werk besitzt, das ich aber meinerseits nicht zu erwidern brauche; denn dieser Erzeuger hat, nur mit seinem Vergnügen beschäftigt, keinen Moment an mich gedacht, als es ihn trieb, den Akt der Zeugung mit meiner Mutter zu vollführen; er hat sich nur mit diesem beschäftigt, und ich sehe daher absolut keinen Grund zur Dankbarkeit. Machen wir doch ein Ende mit den Illusionen, die wir uns von diesem lächerlichen Vorurteil machen; wir verdanken dem, der uns das Leben gegeben hat, nicht mehr als dem Gleichgültigsten der Welt. Die Stimme der Natur läßt sich in uns nicht vernehmen; ja, ich gehe noch weiter, sie vermöchte es gar nicht zu tun, denn sie kann in uns das Gefühl der Freundschaft dem Vater gegenüber gar nicht entwickeln; es ist falsch zu sagen, man liebe ihn, ja, man könnte ihn überhaupt lieben; nein, man fürchtet ihn, von Liebe ist keine Rede; er bereitet uns Ärger und Mißbehagen; der Vorteil, das heiligste Naturgesetz, ruft in uns den unbezwinglichen Wunsch wach, ein Mensch, den wir beerben sollen, möge sterben; von diesem Standpunkt aus wäre es ohne Zweifel nicht nur selbstverständlich, ihn zu hassen, sondern noch viel natürlicher, nach seinem Leben zu trachten.

Es muß ja doch ein jeder an die Reihe kommen, denn wenn mein Vater vierzig Jahre lang sein Vermögen genießt, während ich mich altern sehe, ohne daran Anteil zu haben, dann darf ich sicherlich ohne Gewissensbisse der Natur, die ihn vergessen hat, nachhelfen. Mit allen Mitteln muß ich trachten, mich möglichst rasch in den Genuß der Rechte zu setzen, den sie mir ohnehin anheimgab und den sie nur durch eine Laune, welche ich auf den richtigen Weg bringen muß, hinausschob. Wenn der Vorteil das allgemeine Maß aller menschlichen Handlungen ist, ist es doch viel weniger schlimm, seinen Vater zu töten, als einen anderen Menschen; denn die persönlichen Gründe, die uns treiben, uns seiner zu entledigen, dürften viel stärker sein als die, andere zu töten. Zudem dürfen wir eine andere philosophische Erwägung nicht aus den Augen verlieren: Das Alter ist die Pforte zum Tode; indem die Natur einen Menschen altern läßt, nähert sie ihn dem Grabe; wer also einen Greis tötet, erfüllt nur ihre Absichten; daher es bei vielen Körperschaften für eine gute Handlung gilt, die Alten zu töten. Unnütz auf der Erde, die sie beschweren, durch ihre Nahrung diejenige der jüngeren schmälernd, oder infolge der allzu großen Zahl der Konsumenten verteuernd, ist es erwiesen, daß ihr Dasein unnütz, ja schändlich ist, und daß man am besten sie aus der Welt schafft. Nicht nur ist es kein Verbrechen, seinen Vater zu töten, es ist sogar eine verdienstliche Handlung; verdienstlich in Bezug auf die eigene Person, der damit gedient wird und schließlich in Bezug auf die Natur, die von einer beschwerlichen Last befreit wird; sie ist lobenswert, denn sie setzt einen Mann voraus, der hinlänglich tatkräftig und philosophisch genug ist, um sich selbst, da er den Menschen von Nutzen sein kann, diesem der Vergessenheit anheimgefallenen Greis vorzuziehen. Sie begehen also, Juliette, eine ausgezeichnete Handlung, wenn Sie den Feind Ihres Geliebten, der ohne Zweifel dem Staat nach bestem Vermögen dient, vernichten; denn Saint-Fond ist, wenn er sich auch einige kleine Pflichtverletzungen erlaubt, nichtsdestoweniger ein großer Staatsmann; er liebt das Blut, sein Joch ist hart, er hält den Mord für unentbehrlich zur Aufrechterhaltung der Regierung. Hat er Unrecht? Haben Sulla, Marius, Richelieu, Mazarin, alle großen Männer, haben sie anders gedacht? Hatte Machiavelli andere Grundsätze? Es gibt darüber keinen Zweifel, es braucht Blut, namentlich für die Erhaltung monarchischer Regierungen, der Thron der Tyrannen muß sich darauf stützen, und Saint-Fond vergießt noch lange nicht so viel, als fließen müßte!... Kurz, Juliette, Sie verpflichten sich dadurch einem Manne, der, wie ich meine, Sie in eine hinreichend günstige Situation versetzt hat; Sie tragen zu dem Glücke dessen bei, dem Sie das Ihre verdanken, ich frage Sie nur, dürfen Sie einen Augenblick schwanken?«

»Noirceuil«, erwiderte ich mit dem ganzen Aufgebot meiner Unverschämtheit, »wer hat Ihnen denn gesagt, daß ich schwanke? Eine unfreiwillige Regung konnte mir entschlüpfen; ich bin ja jung, nur eine Anfängerin auf dem Pfade, auf den Sie mich führen; dürfen also einige schwache Rückschläge meine Lehrer in Erstaunen versetzen? Sie werden aber bald sehen, ob ich Ihrer würdig bin. Saint-Fond soll mir nur rasch seinen Vater schicken: zwei Stunden nach seinem Eintreten bei mir wird er tot sein. Doch sind in der Kassette, die mir von Ihrem Freunde anvertraut wurde, drei Arten von Giften; welcher soll ich mich bedienen?« — »Der grausamsten, der ärgsten, die die ärgsten Qualen verursachen«, erwiderte Noirceuil; es wurde mir anbefohlen, Dir das ans Herz zu legen. Saint-Fond wünscht, sein Vater möge bei seinem Tode für die abscheulichen Ränke, die er angestiftet hat, um seinem Sohne zu schaden, büßen; er hat ihm schauerliche Qualen zugedacht.«

»Gut«, erwiderte ich, »sagen Sie ihm, er wird zufriedengestellt werden. Wie soll sich aber die Angelegenheit zutragen?« — »Folgendermaßen: In Deiner Eigenschaft als Freundin des Ministers wirst Du diesen Greis zum Dîner laden, Dein Billet muß ihm zu verstehen geben, es geschähe dies deshalb, um sich mit ihm zu beraten; du billigtest selbst die Gründe, die ihn veranlaßten, den Rücktritt seines Sohnes zu bestreben, und wolltest mit ihm darüber reden. Der alte Saint-Fond wird kommen, man wird ihn krank aus Deiner Wohnung tragen, das Übrige nimmt dann schon sein Sohn auf sich. Hier hast Du die Summe, die er Dir für die Ausführung zubilligt; eine Anweisung von 100.000 Talern auf den Staatsschatz; bist Du zufrieden?« — »Saint-Fond gibt mir soviel für ein Fest«, sagte ich, den Schein zurückschiebend, »sagen Sie ihm, ich werde es umsonst besorgen.« — »Da hast Du noch eine Anweisung auf ebensoviel«, erwiderte Noirceuil, »ich war beauftragt, diesem Einwurf, der Deinem Liebhaber sehr gut gefällt, damit zu begegnen. Sie soll bezahlt werden, und zwar ihrem Wünschen gemäß«, sagte er mir jeden Tag; »solange sie sich von der Seite des Eigennutzes erweist und ich diesen befriedigen kann, solange bin ich gewiß, sie mir zu erhalten!« — »Saint-Fond soll mich kennen lernen«, erwiderte ich, »ich liebe das Geld, ich verhehle das gar nicht, aber ich werde nie mehr verlangen, als recht ist. Diese 600.000 Francs sind der Lohn für die Ausführung des Projektes; am Todestage seines Vaters bekomme ich die gleiche Summe.« — »Du sollst sie haben, Juliette, sei nur ruhig, ich bürge dafür. O Juliette, in welch glücklicher Lage bist Du! Suche Dich in ihr zu erhalten, nutze sie aus, und Du bist bei richtigem Verhalten binnen kurzem die reichste Frau Europas; welch einen Freund habe ich Dir da verschafft!« — »Schon auf Grund dieser Prinzipien danke ich Dir nicht, Noirceuil; diese Liaison macht Dir Vergnügen, Du ziehst selbst Gewinn daraus, es ist für Dich schmeichelhaft, der Freund einer Frau zu sein, deren Aufwand und Einfluß sogar den der höchsten Persönlichkeiten des Hofes überbietet… Ich würde mich schämen, so gekleidet in die Oper zu gehen, wie gestern die Prinzessin von Némours; man sah sie auch gar nicht an, während aller Blicke auf mich gerichtet waren.« — »Und freust Du Dich darüber?« — »Unendlich; zunächst will ich mich im Gold wälzen, was für mich der größte Genuß ist.« — »Aber betreibst Du auch geschlechtlichen Verkehr?« — »Sehr viel; es gibt kaum eine Nacht, wo nicht die Auslese beider Geschlechter zu mir käme, mir ihre Huldigungen zu Füßen zu legen.« — »Und Deine Lieblingssünden?« — »… betreibe ich lustig weiter. Ich stehle, was ich erwische, … selbst einen Taler, als müßte ich vor Hunger sterben.« — »Und die Rache?« — »… nimmt ihren ungestörten Verlauf; die gerechte Bestrafung des Prinzen de …, die Sensation des Tages, ist mein alleiniges Werk; fünf oder sechs Frauen sind seit zwei Monaten in der Bastille, weil sie besser gekleidet sein wollten als ich.« Wir erörterten dann einige Kleinigkeiten, die sich auf die von mir dem Minister veranstalteten Feste bezogen.

»Ich will Dir nicht verhehlen«, sagte Noirceuil, »daß Du seit einiger Zeit nachzulassen scheinst, was Saint-Fond schon wahrgenommen hat; beim letzten Gelage gab es keine 50 Gerichte; nur wenn man viel ißt, kann man sich gut entladen; wir Lebemänner legen ein großes Gewicht auf Qualität und Menge des Spermas. Die Feinschmeckerei schmeichelt allen uns von der Natur verliehenen Lüsten außerordentlich, und nie scheint das Glied so steif, das Herz so hart, als nach einem reichlichen Mahle.

Auch die Auswahl der Mädchen lege ich dir ans Herz, obgleich die von dir gelieferten sehr hübsch sind, findet Saint-Fond sie doch noch nicht ganz entsprechend. Du kannst in der Wahl nicht sorgfältig genug sein, wir wollen, daß das gelieferte Wild nicht allein von angezeichneter Rasse sei, sondern daß es auch alle geistigen und physischen Qualitäten besitze, die seine Abschlachtung interessant zu gestalten vermögen.«

Daraufhin teilte ich Noirceuil die von mir getroffenen, ausgezeichneten Maßregeln mit; anstatt sechs Frauen arbeiteten jetzt vierundzwanzig ohne Unterlaß, die ihrerseits wieder eine gleiche Zahl ähnlicher Weiber mit der Durchstöberung der Provinzen betraut hatten, ich leitete den ganzen Apparat und verwendete alle erdenkliche Sorgfalt darauf. »Bevor du eine Entscheidung triffst«, erwiderte Noirceuil, »scheue lieber keinen Weg und wären es 30 Meilen, um mit deinen eigenen Augen zu sehen und nimm nur das an, was dir köstlich und rein scheint.« — »Was Sie mir da anempfehlen, ist schwer durchführbar, denn der Gegenstand wird oft schon, bevor man mir davon erzählt hat, entführt.« — »Nun wohl, so muß man zwanzig entführen, um zehn zu behalten.« — »Was soll ich aber mit den nicht genehmigten anfangen?« — »Du kannst dich mit ihnen vergnügen, oder sie deinen Freunden verkaufen, den Kupplerinnen überlassen, man nennt das bei deinesgleichen einen kleinen Nebengewinn, dabei sind jährlich an 100.000 Francs zu gewinnen.« — »Gut. Wenn nur Saint-Fond für alle zahlen wollte, er zahlt aber immer nur für je drei.« — »Ich will ihn veranlassen, für alle zu zahlen.« — »Er wird dann viel besser bedient werden. Jetzt aber, Noirceuil, müssen Sie mit mir einige Kleinigkeiten, die durchaus persönlicher Natur sind, erörtern. Sie kennen meinen Geist, bei so viel Mitteln, Böses zu verüben, wie sie mir an die Hand gegeben sind, sind Sie wohl überzeugt, daß ich mich diesem mit Leib und Seele hingebe, meine Ideen, meine phantastischen Gedanken lassen sich nicht mehr in Worte kleiden. Doch sind mir Ihre Ratschläge, mein Freund, nötig. Wird Saint-Fond nicht eifersüchtig wegen der Ausschweifungen, denen ich mich hingebe?« — »Nie«, erwiderte Noirceuil, »Saint-Fond ist zu vernünftig, um nicht zu fühlen, daß du dich viel in jene einlassen mußt, der bloße Gedanke schon amüsiert ihn und erst gestern sagte er zu mir: 'ich fürchte, sie ist nicht liederlich genug'.« — »O! In diesem Falle soll er sich nur beruhigen, versichern Sie ihm, es sei schwer, es ärger zu treiben als ich.«

»Ich habe manchmal fragen hören«, sagte Noirceuil, »ob die Eifersucht der Eitelkeit einer Frau schmeichle oder ihr abträglich sei, ich gestehe, ich habe nie gezweifelt, daß diese Leidenschaft ihren Ursprung aus Motiven zieht, deren Regung für die Frauen sicherlich keinen Gewinn bedeutet. Man ist nicht deshalb eifersüchtig, weil man eine Frau liebt, sondern weil man die Erniedrigung fürchtet, die aus einem Umschlag ihrer Gefühle folgen mußte. Der beste Beweis, daß diese Leidenschaft rein egoistischen Motiven entspringt, zeigt sich darin, daß es keinen wahrhaft Liebenden gibt, der nicht die Geliebte eher tot als untreu sehen wollte. Es ist eher ihre Unbeständigkeit, als ihr Verlust, der uns betrübt und es sind unsere eigenen Empfindungen, auf die wir dabei Rücksicht nehmen. Ich ziehe daraus den Schluß, daß nächst der unverzeihlichen Narrheit, in eine Frau verliebt zu sein, die zweifellos größte, die man begehen kann, die ist, auf sie eifersüchtig zu sein. Diese Empfindung ist für sie entehrend, da es ihr nur beweist, daß man sie stets hochachtet, sie ist aber auch niederdrückend für den Mann und immer unnütz, da sie ein sicheres Mittel ist, die Frau zum Fehltritt zu reizen, wenn man Furcht davor an den Tag legt. Die Eifersucht und die Furcht vor dem Hintergangenwerden sind Dinge, die zu den Vorurteilen in geschlechtlichen Dingen zählen, ohne diese verdammte Gewohnheit, in diesen Sachen unsinnigerweise das Seelische mit dem Körperlichen zu verbinden, würden wir diese Vorurteile leicht abwerfen.

Zum Teufel! Ist es nicht möglich, bei einem Weibe zu liegen, ohne sie zu lieben und ist es nicht möglich, sie zu lieben, ohne mit ihr zu schlafen? Warum müßte denn die Seele Anteil haben an Handlungen, die der Körper allein vollführt? Es sind das zwei sehr verschiedene Wünsche und Bedürfnisse meiner Ansicht nach. Araminthe hat den schönsten Leib der Welt, ihr Gesicht ist reizend, ihre großen, feurigen, schwarzen Augen verheißen mir einen reichlichen Samenerguß, ihre Scheide und ihr After, durch das Reiben meines Gliedes lebhaft erregt, bereiten mir einen himmlischen Genuß, müssen die Gefühle meines Herzens Anteil haben an dem Akte, der mir den Körper dieses Wesens zu eigen macht? Noch einmal, es ist etwas anderes zu lieben, als zu genießen, es ist nicht mir nicht notwendig zu lieben, um genießen zu können, es genügt vielmehr, zu genießen, um zu wissen, daß man nicht liebe. Denn das Gefühl der Liebe entspringt seelischer Harmonie, ist aber niemals abhängig von der Freude an einem schönen Hals oder einem hübsch geformten Arsch. Diese letzteren können, wenn sie unserem Geschmacke entsprechen, lebhafte, physische Neigung hervorrufen, doch nie die Seele in Schwingung versetzen. Um meinen Vergleich zu vollenden, Bélise ist häßlich, vierzig Jahre alt, ohne jede Anmut, hat kein regelmäßiges Gesicht, keinen einzigen angenehmen Zug im Gesichte, aber sie besitzt Geist, einen prächtigen Charakter, eine Unzahl von Eigenschaften, die in meinem Innern lebhaften Widerhall erwecken, ich hätte nie Lust, Bélisen beizuschlafen, trotzdem könnte ich sie rasend lieben, mein Begehr nach Araminthe wäre außerordentlich, aber ich würde sie nach verflogenem Samenrausch herzlich verabscheuen, da ich in ihr nur den Leib, aber keine geistigen Eigenschaften, die meine Seele fesseln könnten, gefunden habe. Übrigens kann jetzt von alledem nicht die Rede sein, denn an die Untreue, die Saint-Fond dich begehen läßt, knüpft sich eine wollüstige Empfindung, ganz verschieden von der, die ich dir eben analysiert habe. Saint-Fond empfindet einen Genuß, wenn er dich in den Armen eines anderen weiß, ja er selbst führt dich zu und begeilt sich an diesem Anblick, du wirst seine Genüsse durch Ausdehnung der deinigen vermehren, nie wird er entzückter von dir sein, als wenn du recht viele Dinge begehst, die Dir bei anderen Haß eintragen würden. Es sind das phantastische Gedanken, die nur uns geläufig, deshalb aber nicht weniger köstlich sind.« — »Sie beruhigen mich wieder«, sagte ich zu Noirceuil, »Saint-Fond liebt meinen Geschmack, meinen Geist, mein Wesen und ist dabei doch nicht eifersüchtig? Ach! Wie mich dieser Gedanke aufheitert, denn um es zu gestehen, mein Freund, die Enthaltsamkeit wäre mir unmöglich, mein Trieb bedarf der Befriedigung um jeden Preis, wie könnte ich bei meinem stürmischen Naturell, bei meiner enormen Einbildungskraft, im Besitze eines ungeheuren Vermögens den mich durchtobenden Leidenschaften widerstreben?« — »Wohlan, Juliette, überlasse dich ihnen, das ist das beste, was du nur tun kannst, nur möchte ich dich mahnen, im Umgang mit anderen ein wenig zu heucheln.

Vergiß nicht, daß die Heuchelei ein in dieser Welt unentbehrliches Laster für denjenigen ist, der das Glück hat, allen anderen frönen zu können; mit List und Falschheit glückt alles, denn nicht der Tugend bedarf die Welt, es genügt, wenn sie jene bei Ihnen vermeint. Auf ein paar Fälle, in denen die Tugend von Nutzen ist, fallen viele, in denen man nur ihres Scheines bedarf. Versteht es also, ausschweifende Frauen, euch eine Maske anzulegen, aber die der Gleichgültigkeit dem Verbrechen gegenüber, wie die des Enthusiasmus für die Tugend; denn im ersten Falle regt sich die Eitelkeit der anderen nicht, im zweiten dagegen wird sie beleidigt. Übrigens ist es ganz genug, das, was man liebt, zu verherrlichen, ohne daß man Abscheu heuchelt; wenn alle Menschen aus Überzeugung lasterhaft wären, wäre die Heuchelei gar nicht nötig; aber in der falschen Ansicht befangen, daß die Tugend Vorteil gewähre, wollen sie sich durchaus auf die eine oder andere Weise an sie halten. Man muß handeln gleich ihnen, und, um sie für sich zu gewinnen, so viel als möglich seine Ränke in den Deckmantel dieses alten, lächerlichen Götzen hüllen, bereit, für die ihm erwiesenen erzwungenen Huldigungen durch umsomehr dem Laster dargebrachte Opfer sich schadlos zu halten. Übrigens erleichtert die Verstellung, indem sie den Betrug lehrt, die Verübung einer Unzahl von Verbrechen; man vertraut sich ihnen an, weil ihr anscheinend uneigennütziges Wesen Ehrfurcht einflößt; Sie können dann den Dolchstoß mit umso weniger Mühe führen, als man die Waffe nicht einmal in Ihrem Besitze vermutet. Diese schleichende und geheimnisvolle Art, seine Leidenschaften zu befriedigen, gestaltet deren Genuß unendlich lebhafter.

Der Zynismus hat ja viel Prickelndes an sich, ich weiß es, aber er führt Ihnen die Opfer nie mit solcher Sicherheit zu wie die Verstellung, und dann sind die Unverschämtheit und die wüsten Ausschreitungen des Lasters nur bei Ausschweifungen gut. Wer hindert den Heuchler, sich im Innern seines Hauses ihnen hinzugeben, wenn er seine Lüste befriedigen will? Aber man muß zugeben, daß der Zynismus anderswo nicht am Platze ist und von schlechtem Geschmack zeugt, und daß man dann, seinetwegen von der Gesellschaft gemieden, die Möglichkeit verliert, aus ihr Nutzen zu ziehen. Die ausschweifenden Laster sind nicht die einzigen, die Vergnügen bereiten, es gibt eine Menge anderer, die, sehr interessant und einträglich, uns durch Verstellung ermöglicht werden, die uns aber durch Zynismus entzogen würden. Hat es je auf der Erde ein falscheres, geschickteres und verbrecherischeres Geschöpf gegeben, als die Brinvilliers? In den Hospitälern erprobte sie ihre Gifte, unter dem Schleier der Frömmigkeit und des Wohltuns wendete sie ungestraft das köstliche Werkzeug ihrer Laster an. Ihr Vater sagte ihr auf dem Totenbette, auf das sie ihn durch eine vergiftete Arznei geworfen hatte: »O meine teure Tochter, ich scheide nur deshalb ungern vom Leben, weil es mir nicht möglich ist, dir so viel Gutes zu erweisen als ich möchte!« Die Antwort der Tochter aber bestand darin, daß sie in das Arzneiglas des Biedermannes eine weitere Dosis schüttete.* Es gab auf der ganzen Erde kein geistreicheres, kein geschickteres Wesen als sie; sie heuchelte Frömmigkeit, sie ging zur Messe, sie gab Almosen ohne Zahl, und all das tat sie, um ihre Verbrechen in Sicherheit begehen zu können; sie verübte dies auch lange, ohne entdeckt zu werden, vielleicht wäre dies auch nie geschehen, ohne ihre Unvorsichtigkeit und das Mißgeschick ihres Liebhabers.**

Dieses Weib möge dir als Muster vorschweben, ich wüßte dir kein geeigneteres vorzuführen.« — »Ich kenne die ganze Geschichte dieser berüchtigten Person«, erwiderte ich, »und möchte mich zumindest ihrer würdig zeigen. Aber ich wünschte, mein Freund, als Vorbild eine Frau in meiner nächsten Nähe; sie müßte älter sein als ich, mich lieben, meinen Geschmack und meine Passionen teilen; dabei müßte sie, trotz unserer Liebe, mir alle Ausschweifungen mit anderen ohne die geringste Eifersucht gestatten; sie müßte eine gewisse Gewalt über mich besitzen, ohne mich aber beherrschen zu wollen; sie müßte mir gute Ratschläge erteilen, unendlich nachgiebig sein gegenüber meinen Launen und in Ausschweifungen erfahren sein; sie dürfte sich von keiner Religion und keinen Grundsätzen, keiner Moral und keiner Tugend leiten lassen und müßte mit einem sprühenden Geist ein eiskaltes Herz verbinden.«

»Ich habe, was du brauchst«, entgegnete mir Noirceuil; »es ist dies eine dreißigjährige Witwe von seltener Schönheit, verbre-

* Vgl. *Mémoires de la marquise de Frêne; Dictionnaire des Hommes illustres*
** Es ist bekannt, daß Sainte-Croix, der Liebhaber der Brinvilliers, während der Verfertigung eines heftigen Giftes, dessen Zusammensetzung später erwähnt werden wird, seinen Tod fand. Er hatte eine Glasmaske angelegt, um die Dämpfe nicht einzuatmen; allein die heftige Wirkung des Giftes zerbrach die Maske, und er starb. Die unvorsichtige Brinvilliers verlangte sofort das Kästchen, in dem ihr Geliebter die übrigen Gifte versperrt hielt, wodurch sie sich verriet. Dieses Kästchen wurde sogleich in die Bastille getragen; sein Inhalt wurde von allen Mitgliedern der Familie Louis XV benützt. Diese berüchtigte Frau wurde der Vergiftung ihrer beiden Brüder und ihrer Schwester überführt und infolgedessen im Jahre 1679 enthauptet.

cherisch über die Maßen; sie besitzt alle Eigenschaften, die du verlangst und wird dir auf der Bahn, die du betreten hast, von großem Nutzen sein.

Sie wird in der Leitung deiner Erziehung in meine Fußstapfen treten; denn du siehst ja ein, daß ich seit unserer Trennung dir nicht mit gleichem Eifer zur Seite stehen kann: kurz, Madame de Clairwil, eine mehrfache Millionärin, kennt und weiß alles, was man nur will, und ich stehe dir dafür, daß gerade sie die ist, die du brauchst.« — »Ah! Noirceuil, Sie sind entzückend; aber das ist noch nicht alles; ich will die Ratschläge, die ich erhalte, weitergeben, ich empfinde ebenso lebhaft das Bedürfnis, unterrichtet zu werden, als selbst zu unterweisen, kurz, ich sehne mich ebenso sehr nach einer Schülerin wie nach einer Lehrerin.« — »Nun also… », erwiderte Noirceuil, »meine Frau ist doch da.« — »Wie«, rief ich begeistert aus, »Sie vertrauen mir die Erziehung ihrer Alexandrine an?« — »Könnte sie in bessere Hände gegeben werden? Natürlich werde ich sie dir anvertrauen; Saint-Fond wünscht sie sogar dir zur vertrautesten Freundin.« — »Warum verzögert sich denn diese Heirat?« — »Weil meine Trauerzeit noch allzuwenig weit zurückreicht; es ist das eine beschämende Unterwerfung unter unwürdige Vorurteile, denen ich mich, da sie üblich sind, fügen muß, die ich aber im Grunde meines Herzens verachte.« — »Noch eine Frage, mein Freund; habe ich von Seiten des Ministers nichts zu befürchten durch die Rivalität der Frau, deren Gesellschaft Sie mir anbieten?« — »Nicht das Geringste. Saint-Fond kennt sie bereits länger als dich und unterhält sich gerne mit ihr; aber Madame de Clairwil würde dich nie ersetzen, und er würde, wie ich wohl weiß, nicht das gleiche Vergnügen empfinden, falls er deine Funktionen ihr überließe.« — »Ha!« rief ich, »ihr beide seid einfach göttlich, und für euere Güte mir gegenüber werde ich meinen Dank durch die eifrigste Sorge für die Befriedigung eurer Lüste erweisen. Befehlt mir was immer, ich werde mich stets glücklich schätzen, das Werkzeug eurer Ausschweifungen, der wichtigste Beistand bei euren Lastern zu sein!«

Ich sah meinen Geliebten erst wieder bei der Ausführung der Freveltat, die ich in seinem Namen verüben mußte. Von Neuem wurde mir Festigkeit ans Herz gelegt; der gute Alte erschien bei mir. Bevor wir uns zu Tische begaben, tat ich alles Erdenkliche, um ihn mit seinem Sohne zu versöhnen, und ich war sehr erstaunt zu bemerken, daß dies gar nicht so schwer gewesen wäre. Plötzlich änderte ich mein Vorgehen. Es handelte sich jetzt nicht um die Versöhnung, fiel mir alsobald ein; denn wenn sie stattfindet, verliere ich die Gelegenheit, ein Verbrechen zu begehen, das in mir einen wollüstigen Kitzel hervorruft sowie die 1.200.000 Francs, die mir für die Ausführung der Tat zugesagt wurden; genug der Unterhandlungen, jetzt heißt es: handeln. Ich handhabe das Gift mit der größten Leichtigkeit; der Greis wird ohnmächtig, man trägt ihn weg, und ich höre mit großem Vergnügen am zweitnächsten Tage, daß er unter schrecklichen Qualen gestorben war.

Kaum war er tot, als sein Sohn bei mir eintrat, um an einem der zweimal wöchentlich stattfindenden Gelage teilzunehmen. Das schlechte Wetter zwang uns, im Zimmer zu bleiben; Noirceuil war heute der einzige Gast, der Zutritt erhalten hatte. Ich hielt für sie drei überaus schöne vierzehn- bis fünfzehnjährige Mädchen in Bereitschaft, die einem hauptstädtischen Kloster entführt worden waren und je 100.000 Francs gekostet hatten; ich zögerte nicht mehr, selbst horrende Summen auszugeben, seitdem Saint-Fond viel besser zahlte. »Damit können Sie sich über den eben erlittenen Verlust hinwegsetzen«, sagte ich ihm die Mädchen zeigend: »Er kommt mir nicht stark zum Bewußtsein«, erwiderte Saint-Fond, mich auf den Mund küssend, »ich könnte täglich fünfzehn solcher Übeltäter umkommen lassen, ohne deshalb die geringsten Gewissensbisse zu empfinden. Mir tut es nur leid, daß er nicht mehr gelitten hat, er war ein recht verächtlicher Narr.« — »Aber wissen Sie«, warf ich ein, »daß er schon ganz versöhnlich gestimmt war?« — »Du hast ganz recht getan, dich nicht weiter einzulassen. Wie beschwerlich würde mir der alte Schuft fallen, wenn er noch lebte! Ich verarge ihm selbst, daß ich ihn bestatten lassen muß, wozu ich durch niederträchtige Vorurteile mich verpflichtet sehe, am liebsten hätte ich seinen Leichnam den Nattern zum Fraße vorgeworfen, weil er mir das Leben vergällt hat.« Und um sich auf andere Gedanken zu bringen, ging der Wüstling sofort an die Arbeit und unterwarf die drei Mädchen einer genauen Untersuchung. Selbst die herbste Kritik hätte an ihnen nichts auszusetzen vermocht, schöne Gestalt, vornehme Abkunft, Unberührtheit, kindliches Alter, alles war vereinigt, trotzdem nahm ich wahr, daß keiner der beiden Freunde in Erregung geriet, daß den Übersättigten nichts zusagte, ich sah wohl, daß sie nicht zufrieden waren, daß sie aber trotzdem nicht wagten, sich zu beklagen. »So sagen Sie mir doch, was sie brauchen, wenn diese Geschöpfe sie nicht befriedigen«, bemerkte ich, »denn Sie werden mir doch zugeben, daß ich absolut nicht erraten kann, was mehr wert sein könnte als dies.« — »Nichts wahrer als das«, erwiderte Saint-Fond, der sich ohne Erfolg von zweien der Mädchen tätscheln ließ, »aber Noirceuil und ich sind erschöpft, wir haben soeben schauerliche Dinge vollführt, so daß ich absolut nicht weiß, was uns wieder erregen könnte.« — »Nun, wenn Sie mir Ihre Heldentaten erzählten, vielleicht könnten Sie dann durch die ausführliche Beschreibung dieser Ruchlosigkeiten sich hier zur Begehung neuer begeilen.« — »Ich glaube schon«, sagte Noirceuil. »Nun gut, lassen Sie sie entkleiden«, entgegnete Saint-Fond, »auch Juliette soll nackt sein. Nun aber höret zu.« Zwei der jungen Mädchen umringten Noirceuil, die eine saugte an seinem Glied, während er die Scham der zweiten leckte und beider Ärsche streichelte. Ich wurde indes beauftragt, den Penis des Erzählers zu reiben, während er den Hintern der dritten prackte.

Dann enthüllte uns Saint-Fond seine Schaudertaten. Er erzählte folgendes:

»Ich habe meine Tochter zu meinem sterbenden Vater geführt. Noirceuil war auch bei mir, wir schlossen uns ab, die Türen waren gut bewacht. Nun, — während der folgenden Worte steifte sich das Glied des Lüstlings — nun beging ich die wollüstige

Barbarei, meinem Vater mitzuteilen, daß seine Schmerzen mein Werk waren, ich teilte ihm mit, daß er durch deine Hand auf meinen Befehl vergiftet worden sei und daß er sich vorbereiten müsse, bald zu sterben. Hierauf hieß ich meine Tochter das Kleid hoch schürzen und trieb mit ihr Sodomie vor seinen Augen. Noirceuil, der mich vergöttert, wenn ich Ruchlosigkeiten begehe, begeilte sich indes an meinem Arsche, doch als der Spitzbube mich Alexandrine von hinten bearbeiten sah, trat er bald an meine Stelle... Dann näherte ich mich dem alten Biedermann, den ich, während ich meinen Samen in ihn ergoß, erwürgte. Indessen verlor Noirceuil, das Glied im Mastdarm meiner Tochter, vor Lust fast die Besinnung. In welch einem Entzücken schwebte ich! Ich war mit Flüchen und Verwünschungen beladen, Vatermord, Blutschande, Tötung, Hurerei und Sodomie habe ich begangen! — O Juliette! Juliette, nie in meinem Leben bin ich so glücklich gewesen. Du siehst, wie die bloße Erzählung auf mich wirkt, ich gerate in dieselbe Erregung, in der ich heute früh war.« Hierauf ergreift der Wüstling eines der Mädchen und während er sie allenthalben schindet, verlangt er, Noirceuil und ich mögen je eine vor seinen Augen martern. Die Qualen, die wir ersinnen, sind schrecklich, die Schändung der jungen Mädchen wirkt heftig auf Saint-Fond, der Schelm ist schon nahe daran, seinen Samen zu ergießen, als er, um seine Kräfte zu schonen, sein Glied vorsichtig aus dem Hintern des Mädchens herauszieht, um sich die beiden andern vorzunehmen. Mit Erfolg sich zurückhaltend, entjungferte er an diesem Tage alle drei von vorne und hinten und überließ Noirceuil nur entfaltete Rosen. Doch macht dieser sich nichts daraus und zieht sich das wenige, das man ihm überläßt, zunutze. Mein Hinterer, sowie der Saint-Fonds, stellen ihm die Möglichkeit eines Samenergusses in Aussicht, er küßt und leckt beide und erhält in seinen Mund die Furze, die wir zu unserem Vergnügen fahren lassen.

Hierauf nahm man das Souper ein. Ich mußte ganz allein und nackt aufwarten, die Mädchen wurden auf den Tisch und zwar platt auf den Bauch gelegt, sie dienten als Leuchter, indem wir in ihren Hintern Kerzen steckten, da aber diese Kerzen zufälligerweise sehr kurz waren, das Souper aber recht lange dauerte, schrumpfte die Haut ihrer Schenkel knisternd. Indem wir sie an den Tisch banden, nahmen wir ihnen die Möglichkeit, sich zu bewegen, in ihren Mund steckten wir Baumwolle, so daß sie uns mit ihrem Wehgeschrei nicht betäuben konnten. Diese Episode amüsierte die Lüstlinge köstlich, ich betastete sie häufig mit meinen Händen und fand während des ganzen Soupers ihr Glied in trefflichem Zustande. »Noirceuil«, sagte Saint-Fond, während die Mädchen gebraten wurden, »bitte, erkläre uns durch deine Philosophie, wieso man ein Vergnügen daran hat, sowohl, wenn man andere leiden sieht, als auch, wenn man selbst leidet.« — »Gut«, sagte Noirceuil, »ich will das auseinandersetzen.

Der Schmerz ist, nach der Definition der Logik, nichts anderes, als ein Gefühl der Unlust, das die Seele durch solche Einflüsse erfährt, die auf den Bau des von ihr belebten Körpers schädlich wirken. Das sagt uns Nicole, der im Menschen eine ätherische Substanz, die er *Seele* nannte, von der materiellen, die wir *Körper* nennen, unterschied. Ich für meine Person gebe diese leichtfertige Lehre keineswegs zu und sehe im Menschen nur eine Art von durchaus materieller Pflanze, ich möchte sagen, der Schmerz ist eine Folge des zu geringen Zusammenhanges fremder Objekte mit den Molekülen, die unseren Organismus aufbauen, so daß die Atome jener Objekte, anstatt von denen unserer Nervensubstanz angezogen zu werden, wie dies bei dem Lustgefühle der Fall ist, mit ihnen in Konflikt geraten, abgestoßen werden und sie sich mit ihnen verknüpfen.

Indessen sind es immerhin Einwirkungen, wenn auch solche der Abstoßung und gleichgültig ob Lust oder Schmerz, es erfolgt immer eine gewisse Erregung des Nervensystems. Warum aber soll diese Schmerzensregung, die unendlich lebhafter und wirksamer ist als die andere, in den Nerven nicht das gleiche Feuer entfachen, wie das Lustgefühl? Ich will ja nur in Erregung geraten, könnte ich mich nicht gewöhnen, dies ebenso zu tun beim Spiel der Atome wie bei ihrem Widerspiel? Warum sollte ich, gleichgültig gegenüber den Wirkungen derer, die nur einfache Wirkungen hervorrufen, mich nicht mit Vergnügen an die gewöhnen, deren Wirkung eine schauderhafte ist? 2 Schläge werden auf der gleichen Stelle empfunden, nur mit dem Unterschiede, daß der eine heftig, der andere sanft ist; doch wirkt nicht der erstere unendlich viel stärkere auf abgelebte Leute? Sieht man nicht täglich Menschen, die ihren Gaumen an Reize gewöhnt haben, die ihnen zusagen, während andere sie keinen Augenblick aushalten könnten? Ist es also — meine Hypothese zugegeben — nicht wahr, daß es für die Menschen bei ihren Vergnügungen Brauch ist, die Gegenstände, die ihrem Genusse dienen, in die gleiche Art der Erregung zu versetzen wie sich selbst, ein Vorgang, den man in der Philosophie des Genießens, als die Wirkungen des Feingefühls bezeichnet? Was kann darin Merkwürdiges liegen, wenn ein Mensch mit der eben geschilderten Organisation, auf den Gedanken verfällt sich, durch eben diesen dem Normalen entgegengesetzten Vorgang, in Erregung zu versetzen? Er hat nicht mehr Unrecht als der andere, er hat dasselbe getan wie dieser. Die Folgen sind verschieden, ich gebe es zu, aber die eigentlichen Motive sind die gleichen, der eine ist nicht grausamer als der andere und keiner von beiden hat Unrecht, denn beide haben an dem Gegenstande ihres Genusses die gleichen Mittel angewandt, deren sie sich bedienen, um sich selbst ein Vergnügen zu bereiten.

Darauf antwortet aber das durch die brutale Begierde schmerzlich berührte Wesen: 'Das gefällt mir nicht!' Gut, jetzt muß ich nur noch wissen, ob ich es zwingen kann oder nicht. Wenn nicht, ziehen Sie sich zurück und lassen Sie mich allein, wenn dagegen mein Geld, mein Einfluß oder meine Stellung mir über Sie Macht verleihen oder mir einige Möglichkeit gewähren, Ihre Klagen ungehört verhallen zu lassen, dann unterziehen Sie sich ohne Widerrede allen meinen Wünschen!

Denn ich muß meinen Genuß haben und kann dies nur, wenn Sie gequält werden und Ihre Tränen vergießen. Aber in keinem Falle seien Sie erstaunt; tadeln Sie mich nicht, denn ich bin der

Träger einer natürlichen Regung, die Natur weist mir den einzuschlagenden Weg; kurz, wenn ich Sie meinen grausamen und brutalen Begierden willfähig mache, den einzigen, die mich auf den Gipfel des Entzückens versetzen, handle ich nach den gleichen Grundsätzen, wie der verweichlichte Liebhaber, der nur die Rosen eines Gefühles kennt, von dem ich aber nur die Dornen mir vorbehalten will; denn wenn ich Sie quäle, Sie zerfleische, tue ich nur Dinge, die mich erregen, sowie jener nur dann eine angenehme Empfindung hat, wenn er seine Geliebte häufig von vorne bearbeitet; aber ich überlasse dieses weichliche Vergnügen ihm, weil es unmöglich ist, daß es einen so kräftig gebauten Organismus wie den meinigen in Erregung versetzen könnte.

Ja, meine Freunde, seien Sie überzeugt: ein Wesen, das den Genüssen der Wollust wirklich leidenschaftlich ergeben ist, kann diese unmöglich mit Zartgefühl erquicken: denn dieses vergiftet das Vergnügen und bedingt, das es geheilt wird, was für den, der voll genießen will, unmöglich ist; jedes Vergnügen aber, das geteilt wird, verringert sich dadurch. Es ist eine ausgemachte Wahrheit: versuchen Sie den Gegenstand, der Ihnen Vergnügen bereitet, an dem Genuß Anteil nehmen zu lassen, und Sie werden sofort bemerken, daß dies auf die Kosten des Ihrigen geschieht; es gibt keine egoistischere Leidenschaft als die der Wollust; keine wünscht auch eine so absolute Unterwerfung; man darf sich im Momente der Erregung nur mit sich selbst beschäftigen, und den Gegenstand, der unseren Lüsten dient, nur als eine Art Opfer dieser wütenden Begierde betrachten. Lechzen nicht alle Leidenschaften nach Opfern? Nun gut! Während der Wollustakte leidet der Gegenstand durch unsere geile Gier; je weniger er geschont wird, desto besser ist der Zweck erfüllt; je lebhafter sein Schmerz, je vollständiger seine Erniedrigung, desto größer unser Genuß. Nicht Freuden muß man ihn empfinden lassen, nein, Eindrücke muß man in ihm erwecken und da der Schmerz viel lebhafter wirkt als das Lustgefühl, so ist es unbestreitbar vorzuziehen, ihn den ersteren empfinden zu lassen. Auf diese Weise erklärt sich das merkwürdige Vorgehen so vieler Lüstlinge, die gleich uns, nur dadurch Erektion und Samenerguß erzielen, daß sie die grausamsten Akte begehen, daß sie im Blute der Opfer waten. Es gibt viele, bei denen nicht die geringste Erektion eintreten würde, wenn sie nicht den traurigen Gegenstand ihrer geilen Wut während der heftigsten Ausbrüche des Schmerzes betrachteten, wenn sie nicht selbst die hauptsächlichsten Veranlasser dieser Leiden wären. Man wünscht seine Nerven heftig zu erregen. Man weiß wohl, daß dies ebenso durch den Schmerz, wie durch Lustgefühle geschieht, man wendet den ersteren an und ist befriedigt. Aber — könnte mir ein Dummkopf einwenden — die Schönheit erweckt weichere Regungen, sie erregt die milden Gefühle des Erbarmens, wie könnte man den Tränen eines hübschen Mädchens widerstehen, die mit gerungenen Händen ihren Henker anfleht? Nun also! Gerade das wünscht man ja, eben daraus schöpft ja der Lüstling seinen köstlichsten Genuß; er wäre sehr bedauernswert, wenn er es mit einem unempfindlichen Wesen zu tun hätte, der Einwurf wäre ebenso lächerlich, wie der, man möge kein Hammelfleisch essen, da der Hammel ein sanftes Tier sei. Die Leidenschaft der Wollust will befriedigt sein, sie fordert, sie tyrannisiert, sie muß also gesättigt werden, ohne jede weitere Rücksicht. Nicht Schönheit und Tugend, nicht Unschuld und Reinheit und Unglück dürfen den Gegenstand unserer Wünsche schützen. Im Gegenteil, die Schönheit erregt uns noch mehr, Unschuld, Tugend und Reinheit verschönern nur noch den Gegenstand, das Unglück gibt ihn uns ja eben preis, macht ihn zu unserem Sklaven; alle diese Eigenschaften müssen unser Feuer nur noch mehr anfachen, sie alle dürfen von uns nur als Träger unserer Leidenschaften betrachtet werden. Außerdem entledigt man sich dadurch auch eines Hemmnisses, man verschafft sich dadurch das Vergnügen, eine Entweihung und Profanierung von Dingen, die sonst von uns verehrt werden. Dieses schöne Mädchen ist ein Gegenstand der Huldigung für die Dummköpfe, indem ich sie zum Gegenstande meiner glühendsten und grausamsten Leidenschaften mache, empfinde ich das doppelte Vergnügen, dieser Leidenschaft, ein sowohl schönes, als auch der allgemeinen Verehrung würdiges Opfer darzubringen. Muß ich noch länger bei diesem Gedanken verweilen, um seine Lüste zu empfinden? Aber man hat nicht immer solche Opfer bei der Hand, indes man hat sich daran gewöhnt, durch Tyrannei zu genießen und möchte gerne alle Tage genießen, nun gut! Man muß es verstehen, sich durch andere kleine Vergnügungen zu entschädigen, Herzenshärte gegen Unglückliche, Verweigerung ihrer Bitten um Unterstützung, ein Vorgehen, das andere geradezu ins Unglück stürzt, ersetzt einigermaßen das köstliche Vergnügen, ein Opfer der Ausschweifung leiden zu sehen. Schon ihr Unglück ist ein Schauspiel, das die Erregung vorbereitet, die wir durch die Einwirkung des Schmerzes zu empfinden pflegen, sie flehen, wir erhören sie nicht; die Erregung steigert sich noch einen Schritt weiter, wir geraten ins Feuer, lassen uns zu verbrecherischen Ausschweifungen hinreißen und erhöhen noch durch höhnische Zynismen unseren Genuß, nun aber habe ich meine Aufgabe erfüllt. Wie kann man — so lautete Ihre Frage — durch eigene Leiden oder durch die Qual anderer, einen Genuß erzielen? Ich habe sie theoretisch erörtert. Überzeugen wir uns nunmehr durch die Praxis und laßt uns auf Grund meiner Auseinandersetzung die möglichst heftigsten Qualen dieser Mädchen ersinnen!«

Man hob die Tafel auf, worauf die Opfer, natürlich nur aus Berechnung, einen Moment gelabt und wieder belebt wurden. Ich weiß nicht, warum Noirceuil gerade an diesem Abend mehr als je in meinem Hintern verliebt war, er konnte ihn nicht genug küssen und schmeicheln, dann lecken und bearbeiten, jeden Moment steckte er sein Glied hinein, um es dann rasch herauszuziehen und von den Mädchen lecken zu lassen, hierauf kam er wieder zu mir und versetzte mir außerordentlich heftige Schläge auf den Arsch und die Lenden, ja er ging so weit, daß er mir den Kitzler rieb. Dies alles versetzte mich in die größte Aufregung und ich mußte auf meine Freunde einen unglaublich lüsternen Eindruck machen. Aber wie sollte ich Befriedigung finden bei erschöpften Mädchen und zwei ermatteten Wüstlingen, die kaum mehr in Erektion geraten konnten? Ich mache ihnen den Vorschlag, mich vor ihren Augen durch meine Lakaien ficken zu lassen, aber Saint-Fond, von Wein und Grausamkeit trunken, widersetzte sich dem, da er nur mehr Raubtiergelüste hege, er müsse sich beeilen, das vorhandene frische Fleisch zu verschlingen. Er stürzte sich daher mit furchtbarer Gewalt auf die kleinen Hintern der drei reizenden Mädchen, er zwickte sie, biß sie, kratzte sie, zerfleischte sie; das Blut floß bereits von allen Seiten. Als er sich wie ein Rasender mit an dem Bauch sich anlegendem Glied erhob und sich bitter beklagte, daß er heute kein Mittel ausfindig machen könne, um die Opfer, so wie er es wünsche, leiden zu lassen. »Alles, was ich heute ersinne«, so sprach er, »bleibt hinter meinem Wollen zurück, laßt uns doch etwas erdenken, das diese Huren drei Tage lang in den entsetzlichsten Todesqualen sich winden läßt.« — »Du würdest aber«, erwiderte ich, »doch in der Zwischenzeit entladen und nach Zerstörung der Illusion jene wieder befreien.«

»Ich kann es Julietten nicht verzeihen«, sagte Saint-Fond, »daß sie mich so verkennt, in was für einem Irrtum schwebst du, mein Engel, wenn du glaubst, daß meine Grausamkeit sich nur am Feuer meiner Leidenschaft entzündet. Ha! Ich möchte, gleich Herodes, meinen Grimm bis jenseits des Grabes walten lassen, ich bin barbarisch bis zur Raserei, wenn ich in Erregung bin, aber von kaltblütiger Grausamkeit nach dem Samenerguß. Ich will es dir beweisen, Juliette«, setzte der Erzfrevler fort, »ich will entladen und wir wollen die Marterungen dieser Huren erst dann wieder beginnen, wenn meine Hoden leer sind, du wirst dann sehen, ob ich weichere Regungen bekomme.« — »Saint-Fond, Sie sind in starker Erregung«, entgegnete Noirceuil, »das ersehe ich deutlich aus Ihren Worten, es handelt sich jetzt darum, das Sperma abzugeben und wollen Sie meinen Rat Gehör geben, so wollen wir recht rasch darangehen. Ich bin der Ansicht, wir sollten diese Fräulein ganz einfach aufspießen, während sie dann bei lebendem Leib vor unseren Augen braten, soll uns Juliette das Glied reiben und dadurch bewirken, daß wir mit unserem Samen diese drei prächtigen Rückenstücke begießen.« — »Sakrament!« schrie Saint-Fond, indem er sein Glied an dem, aus dem Gesäße der jüngsten und hübschesten der drei Mädchen, fließenden Blute rieb, »ich schwöre Ihnen, daß die, welche ich hier festhalte, mehr leiden soll, als Sie sagen.« — »Ei! Was zum Teufel willst du ihr denn tun?« fragte Noirceuil, der sein Glied eben in meinen Arsch versenkte. »Du sollst es gleich sehen«, antwortete der Frevler. Und er zerbricht mit seinen fleischigen Händen ihre Finger, verrenkt ihr alle Glieder und sticht sie mehr als tausendmal mit der Spitze eines Stiletts. »Nun wohl!« sagt Noirceuil, mich heftig von hinten bearbeitend, »aufgespießt hätte sie eben soviel gelitten.« — »Es soll ihr auch das nicht erspart bleiben«, entgegnet Saint-Fond, »ja, sie wird noch mehr leiden, wenn das Feuer ihre Wunden verkohlt, als wenn sie im unverletzten Zustande aufgespießt worden wäre.« — »Wohlan«, sagte Noirceuil, »ich bin einverstanden, bearbeiten wir die beiden anderen in der gleichen Weise.« Ich packe die eine, er die andere, worauf der Schurke, sein Glied beständig in meinen Hintern, sie in den gleichen Zustand versetzt, wie es Saint-Fond mit der dritten getan hatte. Ich tue desgleichen, bald werden alle drei durch ein höllisches Feuer gebraten; indessen entleert sich Noirceuil, alle Götter des Paradieses lästernd, in meinen Hintern, während ich Saint-Fond kräftig schlage und bewirke, daß er seinen Samen über die verkohlten Körper der drei unglückseligen Opfer bestialischer Wollust ergießt. Dann wurden alle drei in ein Loch geworfen. Nun ging man wieder ans Trinken. Neuerlich von Begierde entbrannt, verlangten die Lüstlinge nach Männern, meine Lakaien erschienen und arbeiteten die ganze Nacht in den unersättlichen Hintern jener, ohne sie in Erregung versetzen zu können, doch führten sie schauerliche Gespräche und jetzt erst erkannte ich, mehr als je, daß diese Ungeheuer bei kaltem Blute ebenso grausam waren, wie im heftigsten Feuer ihrer Leidenschaften.

Einen Monat nach diesem letzten Erlebnis stellte mir Noirceuil die Frau vor, die er mir zur Freundin geben wollte. Da seine

Hochzeit mit Alexandrine infolge von Saint-Fonds Trauer sich verzögerte, ich aber diese reizende Tochter des Ministers nicht früher schildern will, als bis sie ganz mir zueigen war, wollen wir uns nunmehr mit Madame de Clairwil befassen und den Vorkehrungen, die ich traf, um das Verhältnis mit dieser prächtigen Frau zu festigen.

Noirceuil hatte mit Recht Madame de Clairwil angepriesen. Sie war groß und bildschön, ihr Blick voll Feuer, so daß man ihn nicht ertragen konnte, aber ihre großen und tiefschwarzen Augen flößten eher Respekt als Wohlgefallen ein, überhaupt war der Gesamteindruck eher majestätisch als gefällig; der Mund ein wenig gerundet, war frisch und sinnlich, ihre Haare kohlschwarz, fielen bis zu den Knien herab, ihre merkwürdig schön geformte Nase, ihre edle und hoheitsvolle Stirne, ihr wohlgebildeter Hals, eine herrlich-schöne, wenn auch gebräunte Haut, ihre festen und vollen Muskeln bewirkten eine Vereinigung von Minervens Gestalt mit der Anmut der Venus. Indes, sei es, weil ich jünger war, oder weil meine Gesichtszüge Anmut, die ihrigen dagegen Adel aufwiesen, ich gefiel allen Männern besser. Madame de Clairwil blendete, ich dagegen begnügte mich zu fesseln, sie erzwang sich die Huldigungen der Männer, während ich sie mir, dessen unbewußt, sicherte.

Zu diesen gebieterischen Reizen gesellte sich ihr hochentwickelter Geist, sie war sehr gebildet, namentlich den Vorurteilen abhold... Schon in der Kindheit hatte sie diese abgeworfen, es wäre schwer für ein Weib, philosophischer zu sein, als sie es war. Im Übrigen besaß sie viele Gaben, sie beherrschte vollkommen das Englische und Italienische, mimte wie ein Engel, tanzte wie Terpsichore, betrieb Chemie und Physik, verfaßte hübsche Verse, hatte Geschichte und Malerei, Musik und Geographie inne und schrieb wie die Sévigne. Doch trieb sie ihre schöngeistigen Eigenheiten ein wenig zu weit, die Folgen waren ein unerträglicher Hochmut gegen alle, die sich nicht, gleich mir, zu ihrem Niveau erhoben. Ich war die einzige, in der sie wirklich Geist entdeckt hatte.

Dieses schöne Weib war seit fünf Jahren Witwe. Nie hatte sie Kinder besessen, sie verabscheute sie, eine Art kleine Härte, die bei einer Frau stets Fühllosigkeit beweist, diese war bei Madame de Clairwil sicherlich sehr stark. Sie brüstete sich damit, nie eine Träne vergossen zu haben und nie durch das Los der Unglücklichen erweicht worden zu sein. »Mein Herz ist empfindungslos«, sagte sie, »ich glaube kein Gefühl, das der Lust ausgenommen, kann dahin dringen. Ich beherrsche die Regungen meiner Seele, ihre Wünsche und ihre Unruhe. Bei mir ist alles dem Kopfe untergeordnet und das ist sehr schlecht«, fuhr sie fort, »denn es ist abscheulich. Aber ich klage darüber nicht, denn ich liebe meine Laster und schaudere vor der Tugend, ich bin die geschworene Feindin aller Religionen, aller Gottheiten, ich fürchte nicht die Übel des Lebens, nicht die Folgen des Todes, wenn man mir ähnelt, ist man glücklich.«

Es war leicht zu ersehen, daß eine so veranlagte Frau nur Schmeichler hatte, aber keine Freunde, sie glaubte ebenso wenig an Freundschaft, wie an Wohltätigkeit, weder an Tugenden, noch an Gott. Zudem besaß sie enormen Reichtum, ein wundervolles Haus in Paris, eine prächtige Landwohnung, kurz alle Mittel, um prunkvoll auftreten zu können, dazu gesellte sich noch Jugend und eiserne Gesundheit. Wenn es ein irdisches Glück gibt, so kann sich eine Person, die alle diese Annehmlichkeiten in sich einigt, schmeicheln, es zu besitzen.

Madame de Clairwil eröffnete sich mir gleich bei der ersten Zusammenkunft mit einer Freimütigkeit, die mich bei einer Frau, die wie ich oben schilderte, so stolz auf ihre Überlegenheit war, in Staunen versetzte, aber ich muß ihr Gerechtigkeit widerfahren lassen, mir gegenüber zeigte sie sich nie von dieser Seite. »Noirceuil hat Sie trefflich geschildert«, so sagte sie zu mir, »ich sehe, wir sind von gleicher Gemütsart, von gleicher geistiger Veranlagung und besitzen denselben Geschmack, wir sind zum Zusammenleben wie geschaffen, tun wir dies, so werden wir viel erreichen, aber vor allem wollen wir alle Hemmnisse aus dem Wege schaffen, sie sind nur für die Dummköpfe vorhanden, hohe, stolze Seelen, starke Geister wie wir, zerbrechen spielend diese Hindernisse, die nur für den Plebs da sind; sie wissen, daß das Glück damit nichts zu tun hat, voll Mut greifen sie nach jenem und treten mit den Füßen die kleinlichen Gesetze, die kalten Tugenden und dummen Religionen dieser Drecksseelen, die ihr Leben nur dazu erhalten zu haben scheinen, um die Natur zu entehren.

Einige Tage später kam die Clairwil, in die ich mich rasend zu verlieben begann, um mit mir unter vier Augen zu soupieren. Diesmal überströmten unsere Herzen, wir vertrauten uns gegenseitig unseren Geschmack, unsere Empfindungen an. Oh! Welch eine Seele besaß die Clairwil; ich glaube, wenn das Laster selbst die Erde bewohnt hätte, es hätte gewiß nur auf dem Grunde dieser perversen Seele ihren Herrschertron aufgeschlagen.

In diesem Augenblicke gegenseitigen Vertrauens, beugte sich die Clairwil, bevor wir uns zu Tische setzten, über mich; wir befanden uns beide in einer Spiegelnische, lässig ausgestreckt auf Polstern, deren weicher Flaum unsere bebenden Lenden trug; eine angenehme Atmosphäre schien unsere Liebe anzuregen und ihren Genuß zu begünstigen. »Ist es nicht richtig, mein Engel«, »fragte die Clairwil, während sie meinen Hals küßte, »daß zwei Frauen wie wir im Liebestaumel vertraut werden sollen?« Mit diesen Worten schürzte sie mich hoch und streckte ihre heiße Zunge tief in meinen Schlund… Die lüsternen Finger der Tribade erreichten ihr Ziel. »Es ist da«, sprach sie, »das Vergnügen, es schlummert auf einem Rosenbett; wünscht meine zarte Liebe, daß ich es erwecke? O Juliette, erlaubst du mir, mich zu entzünden an der Flamme des Entzückens, die ich in dir entfachen will?« — »Schelmin, dein Mund antwortet mir, deine Zunge ruft die meinige, sie ladet sie zur Wollust ein. Ah! Tue auch mir, wie ich dir getan, auf daß wir vor Lust sterben!« — »Entkleiden wir uns«, entgegnete ich der Freundin, »man schwelgt erst, wenn man nackt ist; so kann ich nichts entnehmen, ich will aber alles sehen; entledigen wir uns dieser unbequemen Hüllen; sind nicht schon der natürlichen zu viele? Ha! Wenn ich in dir Entzücken errege, möchte ich dein Herz schlagen sehen.« — »Welch ein Gedanke!« sagte die Clairwil, »er zeigt mir deinen Charakter, ich bete dich an, Juliette; laßt uns tun, was du willst.« Meine Freundin entkleidete sich gleich mir; sofort prüften wir uns zunächst schweigend mehrere Minuten. Die Clairwil entflammte sich an dem Anblick der Schönheiten, mit denen mich die Natur verschwenderisch bedacht hatte. Ich konnte mich an den ihrigen nicht genug sattsehen: nie hätte man eine schönere Hüfte, nie einen wundervolleren Hals sehen können... Diese Hinterbacken! Ach Gott! Das war ja das Gesäß der von den Griechen verehrten Venus; nie hatte ich eines gesehen, das herrlicher geformt gewesen wäre, und ich konnte nicht genug mich an so vielen Reizen sattküssen; meine Freundin aber, die sich gefällig mir hingab, gab mir meine Liebkosungen hundertfach zurück. — Endlich legte sie mich auf die Ottomane mit weitgespreizten Schenkeln, und sprach: »Lasse mich dir beweisen, meine Teure, daß ich einer Frau Vergnügen zu bereiten fähig bin.« Zwei ihrer Finger bearbeiteten darauf meine Klitoris und mein Afterloch, während sie ihre Zunge tief in meine Scheide versenkend gierig das durch ihr Kitzeln abgesonderte Sekret saugte. Nie in meinem Leben war ich in solche Erregung versetzt worden; ich entleerte mich, Freunde, hintereinander in ihren Mund, mit solch einem Gefühl der Wollust, daß ich zu vergehen drohte. Die Clairwil, noch immer voll Geilheit, wechselte das viertemal ihr ganzes Verfahren mit ebensoviel Leichtigkeit als Geschicklichkeit. Sie steckte einen ihrer Finger in meine Scheide, während sie mit einem zweiten auf meinen Kitzler hin- und herfuhr, und ihre süße, lüsterne Zunge in mein Afterloch drang. »Wieviel Feinheiten! Solch ein gefälliges Wesen!« rief ich aus... »Ach! Du machst mich vergehen!« Und neuerliche Ergüsse waren die Frucht des göttlichen Verfahrens dieses wollustvollen Wesens.

»Nun«, fragte sie mich, als ich mich wieder erholt hatte, »glaubst du, daß ich eine Frau zu erregen vermag? Ich bete sie an, wie sollte ich da nicht die Kunst kennen, ihnen Vergnügen zu bereiten? Was willst du, meine Liebe? Ich bin entartet. Ist es mein

Fehler, wenn die Natur mir einen Geschmack verlieh, der dem gewöhnlichen entgegengesetzt ist? Ich kenne nichts Ungerechteres als das Gesetz der Geschlechtsmischung, um sich ein reines Vergnügen zu schaffen; welches Geschlecht versteht besser als das unsrige die Kunst, die Gefühle der Wollust anzustacheln? Muß es ihm nicht besser glücken, als diesem von uns verschiedenen Wesen, das uns nur einen unserer Wesensart sehr wenig zusagenden Genuß gewähren kann?« — »Was! Clairwil, du liebst die Männer nicht?« — »Ich bediene mich ihrer, weil es mein Temperament verlangt, aber ich verachte und verabscheue sie; ich möchte gerne alle vernichten, denen ich mich preisgegeben habe.« — »Welch ein Stolz!« — »So ist mein Charakter, Juliette; mit diesem Stolze verbinde ich Freimütigkeit; von diesen Seiten sollst du mich in Zukunft kennen.« — »Was du da sagtest, läßt Grausamkeit vermuten; wenn du es zu tun wünschest, du tätest es auch, wenn es in deiner Macht stünde.« — »Wer sagt dir denn, daß ich es nicht schon getan habe? Mein Herz ist hart, und ich bin weit entfernt davon, die Gefühlsduselei meiner glücklichen Gefühllosigkeit vorzuziehen. O Juliette, du täuschest dich vielleicht über diese gefährliche Empfindsamkeit, mit der so viele Toren sich brüsten.

Die Empfindsamkeit, meine Liebe, ist die Brutstätte aller Laster, sowie sie die Quelle aller Tugenden ist. Sie war es, die Cartouche auf das Schafott brachte, sowie sie es war, die Titus' Namen mit goldenen Lettern in das Buch der Wohltätigkeit eintrug. Weil wir zu viel Empfindung besitzen, geben wir uns den Tugenden hin, eben deshalb, aber lieben wir auch die Freveltaten; das Individuum ohne Empfindung ist eine stumpfe Masse, gleicherweise unfähig zum Guten wie zum Bösen, und hat vom Menschen bloß das Äußere. Diese rein physische Empfindung hängt ab von dem harmonischen Zusammenwirken unserer Organe, von der Feinfühligkeit unserer Sinne, und noch mehr als das von der Beschaffenheit unseres Nervensystems, in welches ich im allgemeinen den Sitz der menschlichen Gefühle verlege. Die Erziehung und, in zweiter Linie, die Gewohnheit, bilden in dem einen oder anderen Sinne das uns von der Natur verliehene Empfindungsvermögen aus; und endlich helfen Egoismus und die Sorge um unser Dasein der Erziehung und der Gewohnheit, sich für diese oder jene Wahl zu entscheiden. Aber da die Erziehung uns stets irreführt, treibt nach ihrer Vollendung der durch die Einwirkung der äußeren Objekte im elektrischen Fluidum erzeugte Brand (die Wirkungen dieses Vorganges bezeichnen wir als Leidenschaften) die Gewohnheit entweder zu Gutem oder zu Bösem. Ist dieser Brand nur gering, sei es wegen der Dichte der Organe, die einer äußeren Einwirkung auf die Nervensubstanz widerstrebt, sei es wegen der geringen Schnelligkeit, mit der das Gehirn jener ihre Eindrücke vermittelt, oder wegen der geringen Disposition der Nervensubstanz, in Schwingungen zu geraten; dann leiten uns die Wirkungen dieser Empfindlichkeit zur Tugend. Wenn dagegen die Außendinge auf unsere Organe heftig einwirken, wenn sie diese mit Ungestüm durchdringen, wenn sie den Partikelchen des Nervenfluidums, die in uns zirkulieren, in rasche Schwingungen versetzen, dann entscheiden wir uns für das Laster. Ist die Wirkung eine noch stärkere, dann begehen wir Verbrechen, endlich im Falle der gewaltigsten Erschütterung, verüben wir furchtbare Grausamkeiten. Unter allen Umständen aber ist der mechanische Ursprung der Empfindungen gewiß; von ihr nimmt alles seinen Ausgangspunkt, sie ist unsere alleinige Führerin. Erkennen wir in einer jungen Person ein Übermaß von Empfindung, so können wir kühn ihr Horoskop stellen, und uns wohl davon überzeugen, daß dieses Empfindungsvermögen sie eines Tages zum Verbrechen treiben wird; denn nicht, wie man glauben könnte, ist es die Art der Empfindung, die zur Tugend oder zum Laster führt; nein, es ist ihr höchster Grad. Das Individuum, in dem sie schwach wirkt, wird zum Guten neigen, sowie derjenige, in dem sie wütet, notwendigerweise zum Bösen; denn dieses reizt und lockt mehr als das Gute. Daher müssen die heftigen Wirkungen zum Bösen führen, nach dem ehernen Gesetze, daß in der geistigen sowie in der körperlichen Welt alles Gleichwertige sich nähert und vereint.

Es ist also gewiß, daß man im Falle, daß einem die Erziehung eines jungen Wesens anvertraut würde, dieses Empfindungsvermögen abstumpfen müßte, da die Bestimmung der Richtung fast unmöglich ist; man wird dadurch vielleicht einige Tugenden unterdrücken, dafür aber auch die Entwicklung von Lastern verhüten; bei einer Regierungsform aber, die alle Laster streng bestraft und die Tugenden nie belohnt, ist es unendlich viel besser, kein Übel zu begehen, als das Gute sich angelegen sein zu lassen. Es liegt darin gar keine Gefahr, das Gute nicht zu tun, wohl aber darin, das Böse in einem Alter zu verüben, da wir es noch nicht verstehen, das Laster, zu dem wir uns stark hingezogen fühlen, zu verbergen. Noch mehr: das unnützeste Ding der Welt ist es, Gutes zu tun, das Wichtigste, keinen Frevel zu begehen, nicht etwa wegen ihm innewohnenden Ursachen, denn oft verdankt man gerade dem ruchlosesten Frevel die größte Wollust, nicht etwa wegen der Religion, denn alles ist absurd, was mit der Idee eines Gottes verknüpft wird, sondern einzig und allein wegen der Gesetze, deren Übertretung an und für sich peinvoll aber entdeckt, uns immer ins Verderben zieht, wenn es uns an Erfahrung mangelt.

Es würde also darin gar keine Gefahr liegen, ein junges Geschöpf, von dem wir annehmen, daß es unserer Erziehung anvertraut wäre, in einen solchen Seelenzustand zu versetzen, daß es in der Tat nie eine gute Tat ausführte, dafür aber nie eine böse ersönne..., wenigstens solange es nicht das Alter erreicht hat, in dem es die Notwendigkeit der Verstellung zu würdigen versteht. Das richtige Vorgehen in solchem Falle wäre also, das Empfindungsvermögen energisch abzustumpfen, sobald man wahrnimmt, daß dessen allzugroße Tätigkeit zum Laster führen könnte. Denn ich glaube, daß selbst aus dem Zustande der Apathie Gefahren entstehen können; immerhin werden diese geringer sein, als die durch allzugroße Empfindlichkeit drohenden Verbrechen, die im Falle der Verhärtung der Gefühle begangen werden, sind stets kaltblütig verübte: infolge dessen wird unser Schüler Zeit haben, die Folgen zu verbergen und zu erwägen, während die in der Hitze begangenen ihn, ohne ihm Zeit zur Abwehr zu lassen, ins größte Verderben reißen werden. Die ersteren werden vielleicht düsterer, aber auch geheimer sein, da das Phlegma, mit dem sie verübt wurden, Muße gibt, sie ohne Furcht vor den Folgen ordnen zu können; die anderen dagegen, blind und gedankenlos begangen, bringen den Urheber aufs Schafott. Und ist ihr Schüler zum Manne gereift, so dürfen Sie nicht darauf achten, ob er Verbrechen begeht oder nicht; denn in Wirklichkeit ist ein solches ein natürliches Ereignis, dessen unfreiwilliges Werkzeug der Mensch ist, und dessen Spielball er wider Willen sein muß, wenn seine Organisation ihn dazu zwingt, sondern darauf müssen Sie achten, daß jener die nach den Landesgesetzen minder gefährlichen verübt, so daß, wenn beispielsweise das kleinste Vergehen bestraft wird, die schauderhaftesten Untaten aber nicht, man ihm dennoch die letzteren begehen lassen muß. Denn, um es zu wiederholen: nicht vor dem Verbrechen muß man ihn schützen, sondern vor dem Rechte, das den Urheber straft. Jenes hat nicht die geringsten Nachteile, wohl aber die Bestrafung. Es ist ganz gleichgültig für das Glück eines Menschen, ob er Frevel begeht oder nicht; wohl aber ist es sehr wichtig, daß es für die verübten, welcher Art und wie furchtbar sie auch immer sein mögen, nicht bestraft wird. Die erste Aufgabe eines Lehrers wäre also, dem Schüler die nötigen Maßregeln zu geben, damit er sich dem weniger gefährlichen der beiden Übel hingebe, da es unglücklicherweise nur zu wahr ist, daß er sich einem von beiden zuneigen muß; und die Erfahrung wird Ihnen leichtlich den Beweis liefern, daß die Laster, die der Herzensverhärtung entspringen, viel weniger gefährlich sind, als die aus dem übermäßig starken Empfindungsleben hervorgehenden und zwar deshalb, weil in dem einen Falle die Kaltblütigkeit die Mittel an die Hand gibt, sich vor der Bestrafung zu schützen, während derjenige, der sich blind der Wallung seiner Gefühle hingibt, ihr unmöglich entrinnen kann; hat er doch keine Zeit, Vorkehrungen zu treffen.

Er wird also im ersten Falle, das heißt, wenn man einem jungen Menschen seine ganze Empfindlichkeit beläßt, dieser einige gute Handlungen vollführen, deren Wertlosigkeit ich nachgewiesen habe, im zweiten Falle wird er nichts Gutes tun, was ja gar keine Nachteile hat, die Richtung aber, die Sie ihnen gewiesen haben, wird aber keine andere Übertretung begehen lassen, als die ohne Gefahr mögliche. Jedoch Ihr Schüler wird grausam werden... Und welches sind die Wirkungen dieser Grausamkeit? Bei einiger Festigkeit wird er sich beständig allen Regungen eines Erbarmens, das die geistige Artung, die er Ihnen verdankt, nie mehr zu Worte kommen lassen wird, widersetzen, darin aber liegt sehr wenig Gefahr. Er wird einige Tugenden weniger haben, diese sind jedoch die unnötigsten Dinge auf der Welt, denn ihre Ausübung ist beschwerlich und sie kann bei uns wenigstens auf keine Belohnung rechnen. Von einer starken und harten Natur begangen, wird diese Grausamkeit in einigen heimlichen Verbrechen bestehen, deren heftige Einwirkungen die elektrischen Partikelchen des Nervenfluidums entflammen und die vielleicht das Leben einiger obskurer Subjekte kosten werden. Was liegt daran? Hat die Hitze seiner Leidenschaft seine Urteilsfähigkeit nicht getrübt, so geht er so geheimnisvoll, so sinnlich ans Werk, daß die Fackel der Themis nie in dieses Labyrinth dringen kann, er war also glücklich, ohne irgend eine Gefahr zu laufen, was will man mehr? Nicht das Böse ist gefährlich, sondern sein Öffentlich-Werden und das hassenswerteste aller Frevel hat, geheim gehalten, weniger Nachteile als die kleinste Schwäche, die zutage tritt. Richten Sie nunmehr Ihre Blicke auf den anderen Fall. Der Schüler, dessen Empfindungsleben wir den freiesten Lauf lassen, faßt einen Gegenstand ins Auge, den ihm seine Eltern verweigern, da er nun gewohnt ist, seine Gefühle ungehemmt zu betätigen, wird er alles töten und vergiften, was in seinem Umkreis ihm die Aussicht auf den besagten Gegenstand verstellen kann und zu guter letzt gerädert werden. Ich habe in beiden Fällen die Extreme angenommen; ich biete nur ein Beispiel der Gefahren beider Situationen und überlasse dem Verstande die übrigen Kombinationen. Wenn Sie nach reiflicher Überlegung, wie ich wohl annehmen darf, die Unterdrückung des ganzen Gefühlslebens im Schüler billigen, so werden Sie zugehen, daß man gleich den ersten Ast des Baumes abschneiden muß, nämlich das Erbarmen. Was ist denn dieses in Wirklichkeit?

Es ist ein rein egoistisches Gefühl, das uns bei andern das Übel beklagen läßt, das wir für uns selbst befürchten. Gesetzt, es gebe ein Wesen auf der Erde, das durch seine Veranlagung vor allen Leiden der Menschheit gesichert wäre, so würde es nicht nur keinerlei Erbarmen empfinden, es würde dies gar nicht einmal begreifen. Noch mehr beweisend, daß das Erbarmen nur eine rein passive im Nervensystem hervorgerufene Regung ist, abhängig von der Art und Größe des unvergleichbar, zugestoßenen Mißgeschicks, ist der Umstand, daß wir stets mehr empfinden bei einem Unglück, das sich vor unseren Augen zuträgt — und beträfe es auch nur einen Unbekannten — als bei einem solchen 100 Meilen weit von uns sich abspielenden, selbst wenn es unsern besten Freund betrifft. Und woher dieser Unterschied, wenn es nicht fest stünde, daß diese Empfindung nur das physische Resultat ist der Erschütterung unserer Nerven durch das Geschehnis? Ich frage also, ob ein solches Gefühl an und für sich etwas Achtenswertes besitzt und ob es anders denn als Schwäche betrachtet werden kann? Zudem ist es ein sehr schmerzliches Gefühl, da es uns nur durch einen an das Unglück erinnernden Vergleich ergreift. Seine Unterdrückung erzeugt im Gegenteil einen Genuß, da sie bei kaltblütiger Betrachtung einen Zustand zeigt, vor dem wir gesichert sind und weil sie alsdann einen für uns vorteilhaften Vergleich gestattet..., der sofort unwirksam wird, wenn wir uns erweichen lassen, das Mißgeschick zu beklagen, was ja nur mit Hilfe des grausamen Gedankens geschehen kann, es könne morgen uns vielleicht das gleiche Schicksal ereilen. Trotzen wir dieser lästigen Furcht, bieten wir dieser Gefahr, wenn sie uns entgegentritt, mutig die Stirn, dann werden wir sie auch bei den andern nicht beklagen.

Ein anderer Beweis, daß dieses Gefühl nur Schwäche und Kleinmütigkeit ist, liegt darin, daß es sich ganz besonders bei

Frauen und Kindern findet, während es denen, deren Organisation eine angemessene Stärke erreicht, fremd ist. Eben deshalb hat der Arme, der dem Unglück näher steht als der Reiche, natürlich ein offeneres Herz für die Übel, die das Geschick seinen Blicken offenbart; er hat daher auch mehr Mitgefühl. All das beweist, daß das Erbarmen, weit entfernt, eine Tugend zu sein, nur eine aus Furcht und Unglück entsprungene Schwäche ist; die allzugroße Gefühlsseligkeit abzustumpfen, die mit den Lehren der Philosophie absolut unvereinbar ist.

Das, o Juliette, sind die Grundsätze, die mich zu dem Frieden, zur Leidenschaftslosigkeit geführt haben, kurz, zu dem Stoizismus, der mir jetzt ermöglicht, alles ohne jede innere Erregung zu tun und zu ertragen. Beeile dich also, in seine Mysterien einzudringen«, setzte die herrliche Frau hinzu, die noch nicht wußte, wie weit ich es in dieser Beziehung schon hielt.

»Töte rasch dieses dumme Mitleid, das dich bei dem geringsten Unglück, das sich deinem Blicke darbietet, in Unruhe versetzen könnte. Bist du, mein Engel, einmal durch die Kette der Beweise, die dich bald von dem enormen Unterschied zwischen dir und diesem Gegenstand überzeugen werden, bei diesem Punkte angelangt, so kannst du gewiß sein, daß die Tränen, die du über das traurige Geschick des Unglücklichen vergießest, ihm nicht helfen, dich aber nur betrüben können; ferner, daß die Hilfe, die du ihm bringen könntest, dir in Wirklichkeit nur ein sehr langweiliges Vergnügen, deren Abschlagung dagegen ein sehr lebhaftes bereiten könnte. Sei überzeugt, daß es einen Eingriff in die natürliche Ordnung bedeutet, wenn man die, welche von der Natur ins Elend gestürzt wurden, daraus ziehen möchte; weise und konsequent in allen ihren Handlungen, verfolgt sie Pläne mit dem Menschen, die zu kennen oder denen zu widerstreben uns nicht ansteht; sie offenbart ihre Absichten mit uns durch die Ungleichheit der Kräfte, deren notwendige Folge die Ungleichheit der Vermögen und Lebensstellungen ist. Erinnere dich, Juliette, an alte Beispiele, die dir geläufig sein werden; denke an die von Lacktere gelesenen Werke. Rufe dir ins Gedächtnis den

Kaiser Licicicus, der unter Androhung der härtesten Strafen jegliche Betätigung des Mitleids gegen Arme, überhaupt der Unterstützung des Elends untersagte. Erinnere dich an jene griechische Philosophenschule, die daran festhielt, daß es ein Verbrechen sei, wolle man die Unterschiede, die von der Natur zwischen den Menschen gemacht wurden, verwischen; bist du nun bei dem Punkte angelangt wie ich, so höre auf, den Verlust der durch das Erbarmen erzeugten Tugenden zu beklagen; denn diese letzteren haben nur den Egoismus zur Grundlage und könnten keine Achtung erwecken. Da es gar nicht sicher ist, daß es eine gute Handlung wäre, den Unglücklichen aus dem Elend, in das ihn die Natur gestürzt hat, zu ziehen, ist es wohl einfacher, das Gefühl, das uns für sein Unglück empfänglich macht, zu ersticken, als es keimen zu lassen; denn möglicherweise könnten wir die Natur durch unser Mitleid beleidigen, indem wir ihre Absichten lösen: das Beste ist also, uns in einem solchen Zustand zu versetzen, daß wir diese Übelstände ganz gleichgültig betrachten.

Ja, teure Freundin, wenn du gleich mir die Kraft besäßest, noch einen Schritt weiter zu gehen, wenn du den Mut fändest, an der Betrachtung der Leiden anderer Freude zu empfinden. Nein, nur deshalb, weil man jene nicht selbst erfahren muß — ein Gedanke, der sicherlich Vergnügen erzeugt —, wenn du dich soweit aufschwingen könntest, so wäre damit zweifellos viel für dein Glück geschehen, deines Lebens Dornenpfad wäre nunmehr mit Rosen bestreut. Du kannst, meine Gute, überzeugt sein, daß ein Deays, ein Nero, ein Louis XI, ein Tiberius, ein Wenzel, ein Herodes, ein Andronicus, ein Heliogabal, ein Retz* infolge solcher Grundsätze glücklich waren; Und wenn sie ihre Schaudertaten ohne Zittern begangen haben, so geschah dies sicherlich, weil sie dahin gelangt waren, ihre Lüste an dem Lichte ihrer Verbrechen zu entflammen. 'Das waren Ungeheuer', werfen die Dummköpfe ein. Ja wohl, wenn man unsere Moral und unsere Denkweise als

* Gemeint ist hier der Marschall

Maßstäbe nimmt; faßt man aber die gewaltigen Ziele der Natur ins Auge, so waren sie nur deren Werkzeuge für ihre Absichten; um ihre Gesetze durchzuführen, hatte sie jene mit wilden und blutigen Charakteren begabt. Sie schienen viele Greueltaten zu begehen, wenn man den Maßstab der menschlichen Gesetze anlegt, deren Zweck es ist, den Menschen zu erhalten, sie haben sich aber nicht vergangen an den Naturgesetzen, deren Ziel darin besteht, wenigstens ebensoviele zu vernichten, als sie neue schafft. Im Gegenteil, sie verübten eine gute Tat, da sie die Pläne der Natur ausführten; daraus folgt, daß das Individuum, das einen dem jener sogenannten *Tyrannen* ähnlichen Charakter besitzt, oder das sich zu ihm hinaufschwingen könnte, nicht nur großen Leiden entgehen kann, sondern in der Ausübung dieser Grundsätze die Quelle eines großen Vergnügens fände; diesem könnte er sich mit umsoweniger Furcht widmen, da er überzeugt sein kann, daß er durch seine Grausamkeiten oder Ausschweifungen sich der Natur ebenso nützlich erweist, wie der anständigste Mensch durch seine Wohltaten und Tugenden. Nähre diese Prinzipien durch Handlungen und Beispiele; betrachte häufig Unglückliche; gewöhne dich, ihnen Hilfe abzuschlagen, damit deine Seele sich an das Schauspiel des hilflosen Schmerzes gewöhne; wage es, dich derartiger grausamen Freveltaten schuldig zu machen, und du wirst bald sehen: Zwischen der Betrachtung von Leiden, die dich kalt lassen, und der Erregung von Schmerzen, die deine Nerven in einen Zustand prickelnder Wollust versetzen, wirst du keinen Moment schwanken, sei es nur wegen des Vergleiches zwischen deinem Zustand und dem des Leidenden, der sicher zu deinen Gunsten ausfallen wird. Unmerklich wird sich dann dein Gefühlsleben abstumpfen; du wirst keiner großen Verbrechen beschuldigt werden können, da du sie ja von anderen hast ausführen lassen, die du aber selbst begangen hast, hast du mit Phlegma vollbracht, mit dieser Apathie, die den Leidenschaften gestattet, eine schützende Hülle sich umzuwerfen, und die dich in die Möglichkeit versetzt, die Folgen zu berechnen und dich vor allen Gefahren zu schützen.«

»O Clairwil, es scheint mir, bei dieser Denkweise hast du dich nicht im Wohltun erschöpft.«

»Ich bin reich«, antwortete mir die ungewöhnliche Frau, »so daß ich fast nicht weiß, wie viel ich habe. Aber ich schwöre dir, Juliette, ich möchte mein Geld lieber ins Wasser werfen, als es darauf verwenden, was die Dummköpfe als Almosen, Gebete oder wohltätige Werke bezeichnen; ich glaube, daß alles sehr schädlich für die Menschheit ist, verhängnisvoll für die Armen, deren Energie dadurch aufgezehrt wird, noch gefährlicher aber für den Reichen, der alle Tugenden sein wähnt, wenn er den Pfaffen und Nichtstuern ein paar Taler gibt; es ist dies ein sicheres Mittel, alle seine Laster zu verdecken und die der anderen anzueifern.

»Bewundernswerte Frau«, sagte ich zu meiner Freundin, »wenn du mein Verhältnis zum Minister kennst, kannst du dir doch vorstellen, daß mein sittlicher Standpunkt in allem, wovon du mir eben sprachst, nicht sonderlich höher ist als der deine.« — »Gewiß«, antwortete sie, »ich weiß von all den Verrichtungen, die du für Saint-Fond ausübst; ich bin mit ihm gleichwie mit Noirceuil schon seit langem befreundet; wie sollten mir da nicht alle die Ausschweifungen bekannt sein, denen sich diese beiden Missetäter hingeben? Du leistest ihnen Dienste, dafür lobe ich dich; ich würde im Notfalle ebenso handeln; mir genügt es, daß diese Verirrungen verbrecherisch sind, um sie zu bewundern; aber ich weiß auch, Juliette, daß du viel für andere, aber sehr, sehr wenig für dich selbst getan hast; denn 2 oder 3 Diebstähle sind noch keine so großen Heldentaten, daß du Beispiele und Lehren nicht mehr benötigst; gestatte mir also, dich zu größeren Aktionen anzufeuern und vorzubereiten, wenn du wirklich dich meiner würdig zeigen willst.« — »Ach, wieviel Achtung und Freundschaft schulde ich dir für einen solchen Dienst!« entgegnete ich. »Beschäftige dich auch weiterhin mit ihr; du kannst beruhigt sein, daß du nirgends eine eifrigere Schülerin finden wirst. Mit dir vereinigt, will ich mich allem unterziehen, von deinen Ratschlägen geleitet, werde ich alles Erdenkliche ersinnen; und ich will in Zukunft all meinen Ehrgeiz darin setzen, dereinst meine Meisterin noch zu überbieten. Ja aber, Liebste, Beste, wir vergessen ja unsere Freuden; du hast mir göttliche zuteil werden lassen, während du mir noch nicht gestattet hast, sie dir auch zu bereiten; ich brenne vor Verlangen, einen Strahl der göttlichen Flamme, die du in mir entfachtest, auch in deine Seele leuchten zu lassen.«

»Du bist reizend, Juliette, aber ich bin schon zu alt für dich: denke doch, ich bin bereits dreißigjährig; da ich gegenüber den alltäglichen Vergnügungen abgestumpft bin, bedarf es so ungewöhnlicher Feinheiten, so wirkungsvoller Vergebungen... Ich brauche so viele Vorbereitungen, um in Erregung zu geraten, so viele ungeheuerliche Gedanken und unzüchtige Handlungen, um mich zu entleeren... Meine Gewohnheiten werden dich entsetzen; im Rausche des Entzückens werde ich bei dir Ärgernis erregen; meine Bedürfnisse werden dich ermüden...« Dann schossen ihre Augen Blitze und ihre Lippen schäumten vor Geilheit, während sie fragte: »Hast du Weiber da? Sind sie unzüchtig?... Schönheit ist Nebensache; ich will mich ja nur an deinen Reizen entflammen; aber ich wünsche wenigstens, daß diese Geschöpfe recht verblüht, unzüchtig, geduldig und kräftig seien, daß sie schrecklich fluchen, und daß sie alle nackt zu mir kommen. Wie viele solcher Frauen kannst du mir vorführen?« — »Ich habe ihrer nur vier zur Hand«, antwortete ich, »die ich gerade am meisten benötige.« — »Das ist recht wenig; bei deinem Reichtum müßten dir täglich mindestens zwanzig Frauen zur Verfügung stehen, die allwöchentlich durch neue ersetzt werden sollten. Ja, du hast es wirklich nötig, daß ich dir beibringe, wie du das Geld ausgeben sollst, mit dem man dich überhäuft. Bist du denn geizig? Zwar wäre das kein Unglück. Ich vergöttere das Gold derart, daß ich vor einem großen Haufen Louisdors häufig in höchste Erregung versetzt wurde, und zwar durch den Gedanken, mit dem vor mir liegendem Golde alles Mögliche tun zu können. Ich finde es also ganz einleuchtend, wenn auch andere diesen Geschmack teilen, trotzdem möchte ich nicht, daß man sich irgend etwas abschlage: nur Dummköpfe begreifen nicht, daß man zugleich geizig und verschwenderisch sein könne, daß man für seine Vergnügungen gerne alles zum Fenster hinauswerfen möchte, während man für gute Werke nichts übrig hat… Nun also, schicke mir deine vier Weiber, dazu auch Ruten, wenn du mich entladen sehen willst.« — »Ruten? Pflegst du denn zu peitschen, meine Liebe?« — »Gewiß, bis aufs Blut… Desgleichen lasse ich auch mir tun. Es existiert für mich keine köstlichere Lust; nichts entflammt mehr mein ganzes Wesen. Niemand zweifelt mehr heutzutage, daß die passive Flagellation von stärkster Wirkung ist auf die Wiederbelebung der durch das Übermaß des Genusses geschwächten Kräfte. Man braucht also darüber nicht zu staunen, wenn durch Wollust schlaff gewordene Menschen in der schmerzhaften Maßregel der Flagellation das souveräne Mittel gegen Erschöpfung, gegen schwache Lenden und totalen Kräfteverlust, oder gegen eine unempfindliche, perverse, schlecht organisierte Natur Aufregungen suchen. Dieser Vorgang bewirkt in den erschlafften Organen notwendigerweise eine heftige Erschütterung, eine wollüstige Reizung, die sie entflammt und einen unvergleichlich heftigeren Erguß; das Gefühl des stechenden Schmerzes an den geschlagenen Körperteilen versetzt das Blut in raschere Zirkulation und belebt die Geister, indem es in den Geschlechtsorganen eine außerordentliche Hitze erzeugt; schließlich verschafft es dem Wollustsuchenden die Möglichkeit, den Akt der Befriedigung selbst wider Willen der Natur zu vollführen und die Freuden der Unzucht bis über die Schranken dieser stiefmütterlichen Natur zu vermehren. Was aber die aktive Flagellation betrifft, kann es auf der Welt ein größeres Vergnügen für verhärtete Wesen gleich uns geben? Gibt es eines, das die Grausamkeit besser spiegeln würde, das, mit einem Wort, diese Neigung zum Blutdurst, die uns die Natur verliehen hat, stärker befriedigte?… O, Juliette! Ein interessantes junges süßes Wesen, das uns möglichst seelenverwandt ist, aufs Tiefste zu demütigen, sie diese Art der Qual grausam empfinden zu lassen, an ihren Tränen sich zu ergötzen, durch ihren Verdruß in Erregung zu geraten, an ihren Sprüngen sich zu begeilen, an ihren Sätzen, an ihren wollüstigen Zuckungen, die der Schmerz dem gequälten Opfer entlockt, sich zu entflammen, ihr Blut und ihre Tränen fließen zu lassen, sich daran zu weiden, an den qualvoll verzerrten Zügen und dem durch die Verzweiflung verursachten Muskelspiel ihres hübschen Gesichtes sich zu erfreuen, mit der Zunge die purpurnen Fluten, die so hübsch mit dem Teint ihrer lilienweißen Sammethaut kontrastieren, zu schlürfen, einen Moment sich zu beruhigen scheinen, um alsbald durch neue Drohungen Entsetzen zu erwecken, und die Drohungen durch noch kränkendere und grausamere Mittel auszuführen, in seinem Wert nichts zu schonen, und mit der gleichen Raserei sich an die heikelsten Organe zu machen, selbst an die, welche die Natur nur als Gegenstand der Huldigung für Dummköpfe geschaffen zu haben scheint, wie der Hals oder die Scheide, oder wie selbst das Antlitz, ach Juliette, welch wütendes Entzücken! Ist das nicht einigermaßen gleichbedeutend mit der Aneignung der Rechte des Henkers? Heißt das nicht, dessen Rolle zu übernehmen, und genügt nicht dieser bloße Gedanke, um bei solchen unausweichlich die Entladung herbeizuführen, die, gleichgültig wie wir gegenüber allem Gewöhnlichen und Unkomplizierten, so kluge Dinge ersinnen müssen, um das wieder zu erlangen, was sie durch Übermaß verloren haben? Auch bei einer Frau braucht ein derartiger Geschmack dich nicht zu überraschen. Brantôme erzählt uns treuherzig und naiv verschiedene Beispiele, die obige Grundsätze stützen.* Es lebte einst — so erzählt er — eine Dame, aus der höchsten Gesellschaftsschicht, ebenso schön wie reich, seit mehreren Jahren verwitwet, deren Sittenverderbnis beispiellos war. Immer von ausnehmend schönen Gesellschaftsfräulein gefolgt, gefiel sie sich darin, diese nackt ausziehen zu lassen und

* I. Bd. *Vies des Dames galantes*. London 1666, Kap. 12. Vielleicht hätten wir den Autor wörtlich zitieren sollen; zwei Gründe haben uns daran gehindert: erstens, daß derlei Zitate immer unangenehmer Ballast sind; zweitens, daß Brantôme nur als Skizze hingeworfen hat, was wir mit mehr Energie schildern wollten, ohne uns jedoch von der Wahrheit zu entfernen.

mit der Hand so fest als möglich auf ihre Hinterbacken loszuschlagen. Sie dichtete ihnen Vergehen an, um dadurch das Recht zu gewinnen, sie zu schlagen, dann peitschte sie sie mit Ruten und hatte die größte Freude daran, sie unter ihren Schlägen zucken zu sehen; je mehr sie zappelten, je mehr sie jammerten, je mehr sie bluteten, je mehr sie weinten, desto glücklicher fühlte sich die Metze. Sie begnügte sich manchmal damit, sie anstatt zu entkleiden, bloß aufschürzen zu lassen, da sie in der Hebung der Röcke noch mehr Vergnügen fand als an ihrer vollständigen Nacktheit, die ihr zu leichtes Spiel verschaffte.

Ein vornehmer Herr — erzählt er etwas später — empfand das gleiche Vergnügen, wenn er seine nackte oder aufgeschürzte Frau fest durchpeitschte.

Eine Mutter — berichtet er weiter — peitschte ihre Tochter regelmäßig zweimal täglich, nicht etwa wegen irgend eines Fehlers, sondern weil es ihr ein Vergnügen bereitete, ihren Schmerzensausbruch zu beobachten. Als das Mädchen das Alter von vierzehn Jahren erreicht hatte, entflammte sie die böse Begierde ihrer Mutter derart, daß kaum vier Stunden im Tage ohne grausame Stäupung vergingen.

Wollten wir uns mit unseren Annalen begnügen, wie viele noch interessantere Belege würden sich für diesen Gegenstand vorfinden; und könnte nicht Saint-Fond, der keinen Tag vergehen läßt, ohne seine Tochter zu peitschen, das beste moderne Beispiel liefern?« — »Ich war das Opfer dieser seiner Laune«, unterbrach ich, »trotzdem finde ich sie so begreiflich, daß ich dich vielleicht eines Tages zum Meister nehmen werde. Ja, ja, Clairwil, ich will deine ganze Geschmacksrichtung mir zu eigen machen, ich will mich nach bestem Vermögen mit dir identifizieren; Juliette wird sich erst dann auf der Welt glücklich fühlen, wenn sie alle deine Laster angenommen hat.«

Die vier Frauen traten ein; sie waren dem Wunsche meiner Freundin gemäß nackt und boten ihr gewiß den Anblick des denkbar schönsten Ensembles, das je die Sinnlichkeit geweckt hatte. Die älteste war noch keine achtzehn Jahre alt, die jüngste kaum fünfzehn; man hätte sich schwer schönere Gestalten, angenehmere Gesichter vorstellen können. »Sie sind nicht übel«, sagte die Clairwil, sie oberflächlich betrachtend. Als eine jede ein Rutenbündel herbeitrug, ergriff die Clairwil diesen Empfang und stellte sie neben sich hin. »Kommen sie her«, sagte sie darauf zu der jüngsten (die Reihenfolge, in der sie eine nach der anderen vornahm, richtete sich nach dem Alter). »Ja, ja, treten Sie nur näher; werfen Sie sich mir zu Füßen und bitten Sie demütig um Verzeihung für ihre gestern begangenen Dummheiten.« — »Aber, Madame, ich habe doch keine begangen.« Eine kräftige Ohrfeige ist die Antwort der Clairwil. »Ich sage Ihnen, Sie haben Dummheiten begangen, und befehle Ihnen, mich kniefällig um Verzeihung zu bitten.« — »Nun gut, Madame«, sagte das Mädchen, indem sie Gehorsam leistete, »ich bitte sie inständigst darum.« — »Ich will sie Ihnen erst gewähren, bis Sie bestraft sind; stehen Sie auf und weisen Sie mir demütigst ihre Hinterbacken.« Die Clairwil reibt zuerst leicht mit der hohlen Hand das hübsche Gesäß; dann versetzt sie ihm einen so kräftigen Schlag, daß die Spuren ihrer fünf Finger darauf sichtbar bleiben; da beginnen Tränen zu fließen über die schönen Wangen des armen kleinen Mädchens, das, ahnungslos und ohne jede Erfahrung auf diesem Gebiete, sich von solchem Empfange schmerzlich berührt fühlte. Die Clairwil beobachtet sie und leckt ihre Augen, so wie sie diese in Tränen schwimmen sieht; die ihrigen aber schießen Blitze, ihr Atem wird hastig, ihr so heller Hals zuckt und scheint in seinen Adern den Herzschlag zu spiegeln. Dann streckte sie ihre Zunge in den Mund des Mädchens und leckte ihn lange, worauf sie, von dieser Liebkosung noch mehr erregt, dem Hintern einen noch kräftigeren Schlag als vorhin versetzte. »Sie sind eine kleine Hure«, erklärt sie darauf, »ich habe sie gestern beim Reiben männlicher Glieder überrascht; ich werde aber nicht dulden, daß sie sich soweit gegen die Sittlichkeit vergehen... Ich liebe die Moral, jawohl, und verlange von einem Mädchen Schamhaftigkeit.« — »Ich versichere Ihnen, Madame...« — »Schon gut, keine Ausreden, Dirne«, unterbricht sie die Clairwil und versetzt ihr einen tüchtigen Faustschlag in die Hüften. »Schuldig oder nicht, ich muß Sie quälen und auch amüsieren. Solch kleine verächtliche Geschöpfe wie Sie sind für die Vergnügungen einer Frau wie mich gerade gut genug.« Mit diesen Worten stößt die Clairwil ihr Opfer so stark in die fleischigen Körperteile, daß sie ihm Schmerzensschreie entlockt; doch unsere Buhlerin erstickt diese im Ursprunge, indem sie sie in ihrem Mund verhallen läßt. Ihre Raserei nahm zu, die schmutzigsten und wüstesten Worte, die gemeinsten Flüche entflohen sodann ihren unreinen Lippen; sie wurden halb unterdrückt wie ihre Seufzer.

Darauf legte sie ihr Opfer auf das Kanapee, betrachtete lüstern dessen Hintern, schob die Backen etwas auseinander und steckte ihre Zunge hinein; dann auf das Gesäß übergehend biß sie es an vier verschiedenen Stellen; dies hielt das Mädchen nicht ohne Zuckungen und Bewegungen aus, die meine Freundin köstlich zu unterhalten schienen und ihr ein böses Lachen entlockten, das wohl eher aus der Grausamkeit als aus der Freude seinen Ursprung nahm. »Jetzt, verhurte Schelmin, wirst du gepeitscht werden; ja, Herrgottsakrament, ich will dich striegeln und ich möchte nur, daß jeder Schlag, den du von meiner Hand empfängst, auf deinem häßlichen Hintern unauslöschliche Spuren hinterließe.« Dann ergreift sie ein Rutenbündel, heißt das Mädchen aufstehen, umschlingt ihren Leib mit dem linken Arm, stemmt ihr ein Knie in den Bauch und bringt so das Gesäß in die geeignetste Stellung; sie betrachtet dieses einen Augenblick, dann beginnt sie mit der rechten Hand loszuschlagen, ohne jede Vorbereitung, schonungslos versetzt sie ihr zunächst 25 Hiebe, die diesen frischen, rosenfarbenen Hintern derart zurichteten, daß man keine Stelle bemerkt, die nicht mit Striemen bedeckt wäre. Sie ruft dann die drei anderen Frauen eine nach der andern herbei, läßt sich von einer jeden die Zunge in den Mund stecken, und befiehlt ihnen ihr während der Küsse fest auf die Hinterbacken zu hauen, ihr Afterloch zu reiben und ihr Vorgehen zu preisen, indem sie ihr einige andere Vergehen der Delinquentin bekannt geben sollten.

Nach den drei Mädchen kam ich an die Reihe; ich tat wie diese, billigte die Strafe, mit der sie das Opfer belegte und entfachte ihre geile Wut durch eine Fülle von Verleumdungen, die ich gegen die Unglückliche vorbrachte. Als ich sie küßte, verlangte sie, ich solle meinen Speichel in ihren Mund entleeren, worauf sie ihn hinabschlang; darauf machte sie sich wieder an die Arbeit, und versetzte jener diesmal die doppelte Tracht Hiebe wie das erstemal; dann wiederholte sie dies ein drittesmal, so daß sich die Schläge nunmehr auf 150 beliefen. Der Hintern des Mädchens war mit Blut bedeckt; sie befiehlt den drei anderen, es zu schlürfen und dann in ihren Mund zu entleeren; ich mußte mich von ihr küssen lassen, wobei sie dieses Blut in meinen Mund abgab. »Juliette«, sagte sie, »ein Fieberrausch bemächtigt sich meiner; ich mache dich aufmerksam, daß deine drei anderen Dirnen noch stärker gepeitscht werden.« — Sie gibt die Kleine frei und läßt sich mit der Zunge die Scheide und den Hintern lecken. »Vorwärts, Metze!« sagte sie dann zur zweiten, nächstjüngsten. Aber diese entsetzt über das ihrer Kameradin Widerfahrene, zieht sich zurück, anstatt zu gehorchen. Doch die Clairwil war nicht in gnädiger Laune; sie zieht sie gewaltsam zu sich und ohrfeigt sie aus Leibeskräften. Das Mädchen beginnt zu weinen. »Gut«, sagt die Clairwil, »gerade das liebe ich ja.« Da dieses reizende Geschöpf, das sechzehn Jahre zählte, einen ziemlich hübsch geformten Hals besaß, würgte sie diesen derart, daß ihr Schreie entfuhren: gleich darauf gab sie ihr so wütende Küsse und Bisse, daß die Spuren davon sichtbar blieben. »Vorwärts«, sagte sie fluchend, »lassen Sie mich ihren Hintern anschauen.« Da er ihr nun prächtig schien, konnte sie sich nicht enthalten, vor der Züchtigung auszurufen: »Ah! Welch hübsche Hinterbacken!« Gerade deren Schönheit nötigte ihr von neuem Huldigungen ab; sie beugt sich herunter, küßt den prächtigen Hintern, leckt das Loch, worauf sie das Mädchen umdreht und an der Klitoris die gleichen Prozeduren vornimmt, um dann wieder zum Gesäß zurückzukehren. Aber diesmal versetzt sie keine Hiebe mit der flachen Hand, sondern kräftige Faustschläge, die sie von den Schenkeln bis zu den Schultern austeilt, so daß sofort die weiße

Haut des schönen Leibes eine schwarze Färbung annimmt. »Sakrament!« schreit sie, »ich bin in höchster Erregung! Diese kleine Dirne hat einen der schönsten Hintern, die ich je gesehen.« Dann ergreift sie die Ruten und schickt sich an, mächtig loszuschlagen; aber nach einigen Hieben nimmt sie mit dieser eine Prozedur vor, die sie mit der anderen nicht vorgenommen hatte. Mit der Linken, mit der sie ihren Leib umschlingt, schiebt sie die Hinterbacken des Opfers auseinander, damit die Schläge, die sie ihr mit der Rechten aufmißt, die empfindlichsten Teile des Afters und dessen Umgebung treffen; bald ist auch diese Partie mit Blut überströmt. Dabei verlangte sie, man solle sie während des ganzen Vorganges küssen und ihren Hintern streicheln. Die drei anderen Mädchen nebst mir erfüllten ihren Wunsch; nur mit mir aber betrieb sie den Austausch des Speichels. Das dritte Mädchen wurde wie die erste, die vierte wie die zweite behandelt; alle wurden unbarmherzig zerfleischt, alle waren mit Blut bedeckt. Wie eine Bacchantin, schöner als Venus, hieß die Clairwil die vier Mädchen sich nebeneinander aufstellen, um ihre Gesäße im Gesamtbilde zu vergleichen und sich zu vergewissern, ob alle in gleichem Grade zerrissen waren. Da sie die eine für weniger mißhandelt hielt, ergriff sie von neuem die Ruten und versetzte ihr 50 Hiebe, die ihren Hintern in den gleichen jämmerlichen Zustand versetzten wie den der andern.

»Juliette«, fragte sie mich, »soll ich auch dich striegeln?« — »Gewiß«, entgegnete ich, »wie kannst du voraussetzen, daß ich nicht mit demselben Eifer wie du deine Lust aufs höchste zu steigern wünsche? Peitsche drauf los, hier ist mein Gesäß, hier mein Leib, meine ganze Person zu deiner Verfügung.« — »Nun gut«, sagte sie mir, »klettere auf die Schultern des jüngsten Mädchens; während ich dich peitsche, sollen die drei anderen meine Vorschriften befolgen: die schwächste soll anfangen, dann kommen die beiden andern an die Reihe; Sie, von der ich die ersten Hiebe empfangen werde, hören Sie gut, was Sie zu tun haben: Sie müssen vor meinem Hintern niederknien, ihn lobpreisen und küssen, dann die Hinterbacken auseinanderschieben und die Zunge tief in das Loch hineinstecken, während Sie einen ihrer Finger auf meine Klitoris legen; dann müssen Sie sich erheben, mich mit Beschimpfungen und Drohungen überhäufen und dann ohne Unterbrechung meinem Gesäß 200 Hiebe, die immer stärker werden, versetzen; die andern zwei haben mich doch verstanden? Sie müssen das gleiche tun wie ihre Gefährtin. Also los, los!«

Die Clairwil marterte den Hintern des Mädchens, auf dessen Schultern ich saß, indem sie ihn kniff und kratzte; zugleich stäubte sie mich aus Leibeskräften; andererseits wurden ihre Befehle ausgeführt, die Tribade, die nichts unbenützt lassen wollte, küßte abwechselnd den Mund derjenigen, die sie eben nicht peitschten; als mein Gesäß Spuren ihrer Rutenhiebe aufwies, küßte und leckte die grausame Kreatur es begierig; sobald sie aber die Zahl der Hiebe, die sie festgesetzt, erhalten hatte, änderte sie ihre Haltung.

Das achtzehnjährige Mädchen kniete vor ihr nieder; die Clairwil lehnte ihre Scham an das Gesicht jener und rieb mit ihren Schamlippen und ihrem Kitzler deren Nase, Mund und Augen, wobei sie sich von ihr lecken ließ. Ein Mädchen wurde zur rechten, die andere zur linken aufgestellt; sie mußten kräftig auf meine Freundin loshauen, die, ihrerseits in jeder Hand ein Rutenbündel haltend, sich an den Hintern jener beiden für die erhaltenen Schläge rächte; rittlings auf dem Schädel derjenigen sitzend, die ihre Scham leckte, bot ich ihr meine dar; jetzt entleerte sich die Tribade, doch unter solchen Schreien, Krämpfen und Blasphemien, wie sie die Ausbrüche des geilsten und wollüstigsten Entzückens, die ich je beobachtet, charakterisieren; das hübsche Gesicht, an das die Tribade sich angedrückt hatte, war mit Drüsensekret überschwemmt. »Vorwärts, zum Teufel!« schrie sie sodann, ohne sich nur Zeit zu lassen aufzuatmen; »ich ruhe nie, wenn mein Sekret im Fließen ist; bearbeitet mich, Dirnen, schüttelt mich, lecket mich, peitscht mich, erregt mich in der heftigsten Weise. Das achtzehnjährige Mädchen legt sich auf die Ottomane, ich setzte mich auf ihr Gesicht, Clairwil auf das meinige; ich wurde geleckt und tat das gleiche; über mir stehend ließ die jüngste ihre Hinterbacken von der Clairwil küssen, die von einem andern Mädchen mittelst eines Godmiché von hinten bearbeitet wurde; die kleinste rieb mit ihren Fingern den Kitzler der Clairwil und bot indessen ihre Scham meiner Freundin, die dieselbe Prozedur an ihr vornahm. Auf diese Art reizte unsere Tribade einen Hintern mit der Zunge, ließ sich lecken, von hinten bearbeiten und den Kitzler reiben.

»Juliette«, sagte sie mir nach Verlauf einiger Minuten, »ich sagte dir, daß ich nur durch phantastische Ideen in Erregung gerate: namentlich durch heftiges Fluchen wird meine Einbildungskraft angeregt; aber deine Metzen sprechen kein Wort.« Das brachte mich in Verlegenheit, diese Mädchen stammten aus dem besseren Bürgertum, hatten stets nur mit mir Unzucht getrieben und kannten kaum die Art zu sprechen, die der Clairwil zusagte, sie taten, was in ihrer Macht lag, doch sah ich mich genötigt, für sie einzuspringen und fast ganz allein die heftigsten Beschimpfungen gegen das höchste Wesen auszustoßen, woran sie großen Gefallen fand, obwohl die Schelmin an die Existenz Gottes ebensowenig glaubte wie ich. Hierauf ersetzte mich die, welche den Kitzler rieb, in meiner Tätigkeit des Leckens, ich aber kitzelte die Clairwil, während ich die drei verachtungswerten Gottheiten des Christentums in unerhörter Weise schmähte. Die Tribade geriet in gewaltige Erregung, aber sie erzielte nichts weiter, so daß Stellungen und Aktionen noch einmal geändert werden mußten.

Ich habe nie etwas gleich Schönes, gleich Leidenschaftliches gesehen, wie dieses herrliche Weib in dieser Situation; hätte man die Göttin der Wollust selbst malen wollen, man hätte sich unmöglich ein besseres Modell aussuchen können; sie fällt mir um den Hals, züngelt mit mir fast eine Viertelstunde lang, läßt mich dann ihren Hintern sehen; er ist scharlachrot und kontrastiert in sehr ansprechender Weise mit der blendenden Weiße ihrer Haut. »Ah! Herrgottsakrament!« sagt sie, voll innerer Glut, »wie erregt bin ich! Juliette, in dem jetzigen Zustand wäre ich zu allem fähig, es gibt kein wie immer geartetes Verbrechen, das ich nicht sofort zu verüben im Stande wäre. Oh! Meine Vielgeliebte..., oh, meine Hure..., oh, meine teure Tribade..., oh, du, die ich unendlich liebe und in deren Armen ich entladen will, du mußt mir zugeben, daß nichts so zu schauerlichen Taten treibt wie die Ruhe, die Straflosigkeit, der Reichtum und die Gesundheit, deren wir uns erfreuen; bringe mich doch auf einen verbrecherischen Gedanken, um ihn vor dir in die Tat umzusetzen, begehen wir doch etwas Ruchloses, ich bitte dich drum...« Als ich bemerkte, daß das jüngste Mädchen sie in starke Erregung versetzte und daß sie dieser der Reihe nach den Mund, den Hintern und die Scham leckte, fragte ich sie ganz leise, ob sie nicht etwa die hernehmen möchte. »Nein«, antwortete sie, »das würde mich nicht befriedigen, ich peitsche und quäle gerne einen Augenblick die Frauen, aber was die totale Auflösung der Materie betrifft, du verstehst doch..., dazu brauchte ich einen Mann, die Männer sind es, die mich zur Grausamkeit reizen. Ich möchte mein Geschlecht rächen für die Frevel, die ihm von jenen angetan werden, wenn sie sich stärker fühlen. Du kannst dir nicht vorstellen, mit welchem Entzücken ich jetzt einen Mann töten möchte. O Gott! Welche Qualen ließe ich ihn erdulden, auf welch geheimnisvolle Weise würde ich ihn in den Tod schicken... Ich sehe wohl, deine Gedanken haben sich noch nicht so hoch verstiegen, du kannst mir nichts dergleichen bieten; drum wollen wir die Handlung mit einigen schmutzigen Akten der Wollust beschließen, da es nicht mit Verbrechen geschehen kann.« Die mit aller Genauigkeit und in all der gewünschten Umständlichkeit durchgeführten schmutzigen Akte versetzen sie endlich in einen Zustand der Erschöpfung; sie steigt in ein Bad mit Rosenwasser, man trocknet sie, parfümiert sie und versieht sie mit einem höchst schamlosen Negligée, worauf wir unser Souper einnehmen.

Die Clairwil, ebenso kapriziös, unmäßig und bizarr in den Schwelgereien der Tafel wie in denen der Liebe, nährte sich nur mit Geflügel und Wild, das ausgebeint und in den mannigfaltigsten und schwerst erkennbaren Formen zubereitet werden mußte; die gebräuchlichsten Nahrungsmittel rührte sie gar nicht an, alles Aufgetragene mußte erlesen sein, ihr gebräuchliches Getränk war gezuckertes Eiswasser, das sie in jeder Jahreszeit trank und in das sie, je in eine Pinte, zwanzig Tropfen Zitronenessenz und zwei Löffel voll Orangenblütenwasser goß, sie trank niemals Wein, wohl aber viel Likör und Kaffee, übrigens aß sie enorm viel; kein einziges von 50 aufgetragenen Gerichten ging vorüber, ohne daß sie es in Angriff genommen hätte. Da ich mich schon vorher von ihrem Geschmack vergewissert hatte, war alles ihren Wünschen angepaßt und sie verschlang unglaubliche Mengen. Diese reizende Frau, die es liebte, soviel als möglich für ihre Geschmacksrichtung Propaganda zu machen, gab mir den Impuls zur Einführung der gleichen Lebensweise, nur daß ich vom Weine nicht lassen konnte. Ich huldige stets seinem Genusse und werde ihm wahrscheinlich mein ganzes Leben lang treu bleiben.

Während des Soupers gestand ich der Clairwil, daß ich über ihre Orgie ganz verblüfft sei. »Das ist gar nichts«, entgegnete sie, »ich habe dir nur eine ganz geringe Andeutung meiner wollüstigen Ausschweifungen gegeben, ich möchte, daß wir in Gemeinschaft ungewöhnlichere Dinge vollführen, ich werde deine Aufnahme in eine Gesellschaft bewirken, in der ich Mitglied bin und wo Obszönitäten von ganz anderer Ausdehnung stattfinden; dahin muß jeder Gatte seine Frau, jeder Bruder seine Schwester, jeder Vater seine Tochter, jeder Junggeselle seine Freundin, jeder Liebhaber seine Geliebte mitbringen; alle sind in einem großen Salon vereinigt und jeder kann sich erfreuen daran, was ihm am meisten gefällt, ohne andere Vorschriften als seine Wünsche, ohne anderen Zaum als die Schranke seiner Einbildungskraft, je mehr Verirrungen wir begehen, desto mehr sind wir zu preisen und eigens gestiftete Preise werden denen erteilt, die sich durch die ärgsten Ruchlosigkeiten auszeichnen oder neue Arten des Vergnügens erfunden haben.

»Oh! Teure Freundin«, rief ich, indem ich mich in ihre Arme warf, »wie sehr erregen mich diese Einzelheiten, wie brenne ich vor Begierde, unter euch aufgenommen zu werden.« — »Ja, aber wirst du dich der Zulassung würdig erweisen? Die Proben, die man von den Aufzunehmenden begehrt, sind furchtbar.« — »Kannst du denn an mir zweifeln? Welcher Art immer diese Einführungen sein mögen, könnte man befürchten, mich schwanken zu sehen nach all dem, was ich in der Gesellschaft Noirceuils und Saint-Fonds schon getan habe?« — »Nun gut, du wirst aufgenommen, ich verspreche es dir.« Dann fuhr sie voll Begeisterung fort: »O, Juliette, da alles Unglück in der Ehe dem Überdruß, der Ungeduld, der Verzweiflung darüber entspringt, daß man mit dem Wesen, an das wir durch die Sitte gekettet sind, nicht harmoniert, täte es not, um einen heilsamen Schutz gegen den Zwang, der zwei disharmonische Menschen für Zeit ihres Lebens aneinanderknüpft, zu finden, daß alle Menschen untereinander ähnliche Gesellschaften bildeten. Hier könnten sich hundert Gatten und Väter mit ihren Frauen und Töchtern alles verschaffen, was ihnen abgeht. Indem ich meinem Gatten Climenen überlasse, trete ich ihr alles andere Anmutende, das ihrem Gemahl abgeht, ab und finde in ihrem alles, was mir der meine nicht bieten konnte. Der Austausch nimmt immer größere Dimensionen an und so kann an einem einzigen Abend eine Frau hundert Männer, ein Mann hundert Frauen genießen, wie du siehst, da ist Gelegenheit für die Charaktere, sich zu entwickeln; man hat einander studiert, man kennt einander, der Geschmack kann sich ganz frei entfalten; der Frauenverächter kann sich mit seinesgleichen befassen, die Frau, die nur ihr Geschlecht liebt, gibt sich gleichfalls ihren Einfällen hin, kein Zwang, keine Scham... Der bloße Wunsch, seinen Genüssen ein möglichst großes Feld zu bieten, bewirkt, daß man all sein Können der Gemeinschaft zur Verfügung stellt. Von diesem Augenblicke an unterstützt der allgemeine Vorteil den Bund; das Einzelinteresse ist an das der Allgemeinheit gebunden, was das gesellschaftliche Band unzerreißbar macht; fünfzehn Jahre besteht unser Klub, doch nie beobachtete ich nur einen einzigen Zank, nur eine einzige Regung von Launenhaftigkeit. Derlei Veranstaltungen machen die Eifersucht unschädlich und schaffen die Furcht vor dem Gehörntwerden für immer aus der Welt, zwei das Leben grausam vergiftende Dinge, schon deshalb verdienen sie den Vorzug vor dem monotonen Beisammensein zweier Ehegefährten, die das ganze Leben lang sehnsüchtig schmachtend verurteilt sind, entweder voll beständiger Langweile einander zu mißfallen oder darüber in Verzweiflung zu geraten, daß sie einen schmachvollen Weg zur Lösung ihrer Bande einschlagen müssen. Könnte unser Beispiel alle Menschen ermuntern, gleich uns zu handeln! Ich gebe zu, es müssen manche Vorurteile bekämpft werden, würden sich aber diese Gesellschaften gleich den unsrigen auf die Philosophie stützen, dann würde das Vorurteil bald schwinden. Ich fand im ersten Jahre meiner Ehe darin Zutritt, ich zählte kaum sechzehn Jahre. Nun gut! Das erstemal errötete ich — ich gestehe es — über die Nötigung, mich nackt den Einfällen aller dieser Männer, den Launen aller dieser Weiber preiszugeben, die mich — was du bei meinem damaligen Alter und bei meiner Erscheinung leicht begreiflich finden wirst — sogleich umringten... Aber das dauerte bloß drei Tage. Das Beispiel verführte mich, kaum hatte ich meine ausschweifenden Genossen sich um die Ehre der Wahl und Erfindung von Geilheiten streiten sehen, kaum hatte ich bemerkt, daß sie zynisch in der Gemeinheit und Ruchlosigkeit wühlten, als ich sie alle bald in der Theorie wie in der Praxis übertraf.«

Die Schilderung dieser prächtigen Gesellschaft übte solche Wirkung auf mich, daß ich die Clairwil nicht verlassen wollte, bevor sie mir nicht den Schwur leistete, mich in den Klub aufnehmen zu lassen. Der Eid wurde mit einem Sekreterguß besiegelt, wozu wir uns von drei großen Lakaien leuchten ließen, vor deren Augen die Clairwil Unzucht mit mir zu betreiben verlangte, ohne ihnen auch nur zu erlauben, einen Wunsch auszusprechen. »Siehst du«, sagte sie, »wie man sich an den Zynismus gewöhnt, so weit mußt du gehen können, um dich unserer Gesellschaft würdig zu erweisen.« Wir schieden, voneinander ganz entzückt und versprachen, uns sobald als möglich wieder zu treffen.

Noirceuil beeilte sich, mich um mein Verhältnis zur Clairwil zu befragen, durch mein Lob bewies ich ihm meine Erkenntlichkeit. Er verlangte Einzelheiten, ich gab sie ihm und wie die Clairwil tadelte auch er mich, nicht eine viel größere Zahl von Frauen um mich zu haben. Gleich am folgenden Tage vermehrte ich deren Zahl um acht, so daß ich mir ein Serail aus zwölf der schönsten Geschöpfe von Paris zusammenstellen konnte, jeden Monat wurden sie durch andere ersetzt.

Ich fragte Noirceuil, ob er in den Klub meiner Freundin ginge. »Solange die Männer das Übergewicht hatten«, entgegnete er, »fand ich mich mit größter Exaktheit ein, ich habe mich aber zurückgezogen, seitdem das Geschlecht, dessen Autorität ich nicht anerkenne, tonangebend ist. Saint-Fond hat auch mein Beispiel befolgt. Tut nichts, wenn diese Orgien dich unterhalten, kannst du mit der Clairwil ihnen beiwohnen; du mußt alles, was Laster heißt, versuchen, ich kenne nichts Langweiligeres als die Tugend. Du wirst daselbst mit höchster Vollendung bearbeitet werden, man wird dir nur vorzügliche Grundsätze beibringen, ich rate dir also, dich möglichst bald aufnehmen zu lassen.« Weiterhin befragte er mich, ob meine neue Freundin sich in irgendwelchen Einzelheiten in Betreff ihrer Abenteuer ausgelassen habe, ich verneinte. »Wie philosophisch du auch denken magst«, meinte Noirceuil, »sie hätte damit sicherlich bei dir Anstoß erregt. Sie ist ein wahres Muster von Wollust, Grausamkeit, Schwelgerei und Gottlosigkeit, keine Schaudertat, keinen Greuel gibt es, mit dem sie sich nicht schon besudelt hätte, ihr Einfluß und ihre Reichtümer haben sie vor dem Schafott gerettet, den sie bereits zwanzigmal verdient hätte, kurz, tagtäglich, da sie etwas unternimmt, kann man ein von ihr begangenes Verbrechen annehmen und die Zahl der Strafen, die sie verdient hat, würde der Summe ihrer Lebenstage gleichkommen. Saint-Fond liebt sie sehr, indessen weiß ich, daß er dich aus mehr als einem Grunde ihr vorzieht, erhalte dir nur, Juliette, weiter das Vertrauen eines Mannes, in dessen Händen deines Daseins Glück und Unglück ruht.« Ich überzeugte Noirceuil, daß ich es mir stets angelegen sein lassen würde. Dann nahm er mich zum Souper in sein kleines Haus mit, wo wir die Nacht mit zwei weiteren hübschen Personen verbrachten, wir vollführten da alle Absonderlichkeiten, die diesem Meister der Ausschweifungen einfielen.

Es verging nunmehr einige Zeit, als ich, höchst erregt durch alles Geschaute und Gehörte, meinen Trieb, ein Verbrechen auf eigene Faust zu begehen, nicht mehr hemmen konnte, außerdem hätte ich mich gerne überzeugt, ob ich tatsächlich auf die mir versprochene Straflosigkeit rechnen konnte. Ich entschloß mich also zu einer Greuel, die sich meines täglichen Unterrichtes als wert erwies. Da ich zugleich meinen Mut und meine Grausamkeit prüfen wollte, verkleidete ich mich als Mann und ging allein, mit zwei Pistolen in der Tasche, in eine abgelegene Gasse, um dem Erstbesten, der in meine Hände fiel, aufzulauern, bloß zu dem Zwecke, ihn zu meinem Vergnügen zu bestehlen und umzubringen. An die Mauer gelehnt, war ich von der durch große Leidenschaften hervorgerufenen Unruhe erregt, die unsern tierischen Geist erschütternd, natürlicherweise die Grundlage des Wollustgefühls beim Verbrechen ist. Ich lauschte. Jedes Geräusch belebte meine Erwartung. Ich glaubte schon bei der geringsten Regung mein Opfer zu bemerken, als sich plötzlich Jammerrufe vernehmen ließen... Ich eile der Stimme nach, schon kann ich die Klagen unterscheiden, ich nähere mich, eine arme Frau, quer vor einer Tür liegend, stieß die Seufzer aus, die soeben an mein Ohr geschlagen hatten. »Wer sind Sie?« fragte ich, indem ich ganz nahe herantrat. »Die Unglücklichste der Frauen«, erwidert die Arme, (sie schien mir kaum älter als dreißig Jahre zu sein) unter Tränen, »wenn Sie mir den Tod geben, erweisen Sie mir damit einen großen Dienst.« — »Aber welcher Art ist denn Ihr Unglück?« — »Es ist zweifelsohne schrecklich«, antwortete das Weib und erhob sich hinreichend, um bei dem schwachen Lichte der Straßenlaternen hübsche und interessante Züge erkennen zu lassen; ja, ja, es ist furchtbar, mein Unglück, seit acht Tagen stehen wir arbeitslos da, wir konnten die geringe Miete für das Zimmer, das wir in diesem Hause bewohnen, nicht bezahlen, ebensowenig das monatliche Wartegeld für unser Kind... Man hat dieses elende

Wesen ins Spital überführt und meinen Mann eingekerkert, nur die Flucht hat mich vor der Wut der Ungeheuer bewahrt, die uns mit solcher Strenge behandelten, Sie sehen mich ausgestreckt auf der Schwelle eines Hauses, das einst mir gehört hat, ich bin nicht immer unglücklich gewesen. In besseren Tagen, ach, habe ich den Armen geholfen, tun Sie auch an mir desgleichen!«

Ein Feuerstrahl schießt bei diesen Worten durch meine Adern... »Sapperlot!« sagte ich zu mir, »welche Gelegenheit zu einem abscheulichen Verbrechen, das alle meine Sinne verwirrt. »Stehe auf«, so sprach ich zu der Frau, »du siehst, ich bin ein Mann, ich will mich an deinem Leib ergötzen.« — »Ach, Herr, ist das Leiden und das Unglück geeignet, Wünsche zu erwecken?« — »Gerade sie entflammen mein Verlangen, gehorche mir also rasch.« Zugleich ergriff ich sie beim Arm und zwang sie, sich meinen Betastungen zu fügen. Man ahnt gar nicht, was ich unter ihren Unterröcken fand: eine recht feste Muskulatur, eine Haut von blendender Weiße... »Reibe mich«, sprach ich zu ihr, indem ich ihre Hand in meine Scham einführte, »ich bin ein Weib, aber ein Weib, das für sein Geschlecht schwärmt und das sich mit dir vergnügen will.« — »O Himmel! Lassen Sie mich..., lassen Sie mich. Ihr greuliches Treiben macht mich erbeben, ich bin trotz meines Unglücks bei Sinnen, demütigen Sie mich nicht derart.« Sie will entwischen, da packe ich sie bei den Haaren und setze ihr die Mündung meiner Pistole an die Schläfe: »Da, du Dirne«, sage ich ihr, »geh zur Hölle und überbringe ihr die Kunde von Juliettens Probestück.« Sie fällt und wälzt sich in ihrem Blute... und ich gestehe, meine Freunde, ich muß ja von der Wirkung, die sich in mir geltend machte, berichten: mein Nervensystem wurde derart erregt, daß ich mich nach der Tat von Sekret ganz übergossen fühlte. »Das ist also das Ergebnis der Missetat«, sagte ich zu mir. »Wie hat man recht, sie als köstlich zu schildern! Gott! Wie beherrscht der Frevel all mein Denken, welche Lust birgt er in sich!«

Einige Fenster, die sich infolge des Knalles öffnen, veranlassen mich, an meine Sicherheit zu denken; ich höre von allen Seiten nach der Wache schreien!... Es war noch kaum Mitternacht, da war ich schon verhaftet, man findet die Pistolen bei mir, so daß kein Zweifel bestehen kann, man fragt mich, wer ich sei. »Ich werde das Ihnen in Gegenwart des Ministers erklären«, erwiderte ich frech, »man führe mich in das Palais Saint-Fond.« Der Häscher, über mein Gebahren verblüfft, wagt es nicht, sich diesem Verlangen zu widersetzen; man fesselt und knebelt mich und noch immer schwebe ich in Entzücken, köstlich sind sie, die Handschellen, die man für ein freudig begangenes Verbrechen trägt, sie versetzen in höchste Erregung. Saint-Fond hatte sich noch nicht zu Bette begeben, man benachrichtigt ihn, ich werde ihm vorgeführt, er erkennt mich. »Gut«, sagt er zum Häscher, »Sie wären gehängt worden, wenn Sie diese Dame nicht in mein Haus gebracht hätten; erfüllen Sie, mein Herr, weiter ihre Funktionen, Sie haben ihre Schuldigkeit getan. Was sich eben zugetragen hat, ist ein Geheimnis, das ich nicht lüften kann.

Unter vier Augen mit meinem Liebhaber, weihte ich ihn in alles ein und versetzte sein Glied in den Zustand der Erektion; er fragte mich, ob ich bei der Frau, als sie umfiel, Zuckungen konstatiert hätte. »Dazu war keine Zeit mehr«, erwiderte ich. — »Ja, derlei ist stets unangenehm, weil man sich an dem Opfer nicht weiden kann.« — »Gewiß, mein Herr, es ist ja eine Untat auf offener Straße.« — »Ich weiß, ich weiß; öffentliches Verbrechen…, Straße…, Hauptstraße…, die Gesetze bestrafen dergleichen strenger, das entschädigt einigermaßen… und dann der Zustand dieser Frau, ihr Elend… Du hättest sie in dein Hans führen sollen, wir hätten uns prächtig amüsiert… Welches ist der Name der Toten, den der Häscher festgestellt hat?« — »Simon, wenn ich mich recht erinnere«, — »Simon… vor vier oder fünf Tagen ist diese Affäre durch meine Hände gegangen… ich erinnere mich, ich habe diesen Simon einkerkern und das Kind ins Spital überführen lassen. Ja, das Weib war recht klug und hübsch. Ich habe sie deinen Kupplerinnen vorbehalten; die Unglückliche hat dich nicht getäuscht, den Leuten ist es früher recht gut gegangen, ein Bankrott hat sie aber ruiniert; du hast meine Freveltat bloß vollendet. Das Abenteuer ist wirklich kostbar.«

Wie gesagt, Saint-Fond geriet in Erregung, und meine Verkleidung als Mann versetzte ihn vollends in Entzücken. Er nahm mich in das Boudoir mit, in dem ich mich das erstemal ihm vorgestellt hatte. Ein Kammerdiener erschien; Saint-Fond knöpfte meine Hosen mit einer Art Wollust auf, worauf er meine Hinterbacken von jenem tätscheln ließ. Gleichzeitig rieb er das Glied des Dieners neben meinem Afterloch; dann führte er das seine in dieses ein, dem er heute seine Huldigungen darbringen zu wollen schien, und fickte mich von hinten, während er mich veranlaßte, das Glied des Dieners solange zu lecken, bis es genügend steif wurde, daß es in den Hintern des Ministers eingeführt werden konnte. Nach der ganzen Prozedur erklärte mir Saint-Fond, er hätte sich viel besser entleert, seitdem er wußte, daß der Hintere, den er eben bearbeitet hatte, das Schafott verdient habe. »Der, welcher mich bearbeitet hat und den ich von dir lecken ließ, ist dir ebenbürtig«, sagte mir der Minister, »er ist ein ausgesprochener Missetäter: es ist mindestens das sechstemal, daß ich ihn vor dem Rade rette. Hast du bemerkt, wie er mich bearbeitet hat, und welch prächtiges Glied er hat? Warte mal, Juliette, hier hast du die Summe, die ich dir für Missetaten, die du auf eigene Faust begingest, versprochen habe; ein Wagen wartet dich unten, kehre in dein Haus zurück. Morgen fahre auf das Landgut bei Sceaux, das ich dir im vergangenen Monat gekauft habe, bringe nur wenig Leute mit; vier von deinen Frauen, und zwar die hübschesten, deine Kühe, Dienerschaft, und die drei Mädchen, die für das nächste Gelage bestimmt sind. Du mußt beständig meine Befehle erwarten, das ist alles, was ich dir heute mitteilen kann.«

Ich entfernte mich, sehr zufrieden mit dem Erfolge meines Verbrechens... mich durchzuckte Wollustkitzel, weil ich die Tat begangen; gleich am folgenden Tage traf ich alle Vorbereitungen und begab mich dahin, wohin mich der Minister beordert hatte.

Kaum hatte ich mich auf dem vollständig isoliert stehenden und einsam wie die Thebais liegenden Landgut eingerichtet, als einer meiner Leute mich von der Ankunft eines stattlichen

Fremden benachrichtigte, der mich zu sprechen wünschte, und zwar im Namen des Ministers; Ich beeile mich, ihn sofort hereinführen zu lassen; ich eröffne das Schreiben. Es besagte Folgendes:

Ihre Domestiken sollen sich sofort des Mannes, der diesen Brief zustellt, bemächtigen und ihn in einer der Zellen, die ich in ihrem Hause einrichten ließ, unterbringen; sie sind für ihn mit ihrem Leben haftbar; seine Frau und seine Tochter werden nachfolgen: sie werden sie ebenso behandeln; vergessen sie nicht, meine Befehle mit der gewissenhaftesten Pünktlichkeit ausführen zu lassen; wenden sie zudem alle Falschheit, alle Grausamkeiten an, deren ich sie fähig weiß. Adieu.

»Mein Herr«, sagte ich sogleich zu dem Überbringer des Briefes, ohne durch meine Zunge die geringste Unruhe zu verraten. »Sie gehören ohne Zweifel zu den Freunden des Ministers?« — »Schon seit langer Zeit überhäuft er mich und meine Familie mit den Beweisen seiner Güte.« — »Ich ersehe dies aus seinem Briefe…, erlauben Sie mir, meine Leute zu beauftragen, sie seinem Wunsche gemäß zu empfangen.« Ich verschwand, nachdem ich ihn eingeladen hatte, Platz zu nehmen.

Die Leute, die mich bedienten, viel eher Sklaven als Domestiken, versahen sich sofort mit Stricken und kehrten mit mir in das Gemach zurück. »Führen Sie den Herrn in das Zimmer, das der Minister für ihn bestimmt hat«, so befahl ich ihnen. Die Kerle warfen sich sofort auf den Unglücklichen und schleppten ihn vor meinen Augen in das abscheulichste Verließ. »Oh! Madame, welche Verräterei, welch ein Greuel!« schrie das unglückliche Opfer meiner und Saint-Fonds Falschheit. Aber fest und unbeugsam gegenüber seinem Gejammer trieb ich den blinden Gehorsam gegenüber den Befehlen des Ministers so weit, selbst abzusperren, ohne nur ein einziges Wort auf alle die Fragen, mit denen er mich bestürmte, zu erwidern.

Kaum war ich in den Salon zurückgekehrt, als ein Wagen in

den Hof einfuhr. Es waren Frau und Tochter des Unglücklichen, die mir gleich ihm arglos Briefe aushändigten, welche genau die gleichen Befehle enthielten. »O, Saint-Fond«, sprach ich zu mir, als ich diese beiden Frauen erblickte, und die Schönheit der kaum sechsunddreißigjährigen Mutter, die Reize und die Anmut der höchstens sechzehn Jahre zählenden Tochter bewunderte, »ach, Saint-Fond, sollte nicht deine verdammte frevlerische Geilheit in dieser ministeriellen Verfügung mitspielen? Sollte in diesem Falle, wie in allen übrigen Handlungen deines Lebens, nicht viel eher das Laster als der Vorteil des Vaterlandes dich lenken?«

Ich kann euch schwerlich eine Vorstellung geben von den Schreien und Tränen der beiden Unglücklichen, als sie schmählich in die Zellen gezerrt wurden, die für sie bestimmt waren, aber ebenso unzugänglich den Zähren der Frau und der Tochter, wie ich es denen des Vaters gegenüber gewesen war, traf ich die gleichen strengen Vorsichtsmaßregeln, und ich fühlte mich so lange nicht vollkommen beruhigt, als ich nicht die Schlüssel dieser wichtigen Häftlinge in meinen Taschen hatte.

Ich dachte eben über das Los dieser Leute nach, da ich nicht vermutete, daß es sich um etwas anderes als um eine Verhaftung handeln könnte, weil ja die Ausführung der Todesurteile meine Sache war, ich aber keinerlei Nachricht erhalten hatte, als man mir die Ankunft einer vierten Person meldete. Gott, wie erstaunt war ich, als ich denselben Mann erblickte, der mir auf den Befehl Saint-Fonds — das erstemal, da ich mich in seiner Wohnung eingefunden hatte — 3 Stockschläge auf die Schultern versetzt hatte, er überbrachte gleichfalls einen Brief, den ich erbrach.

Empfangen Sie diesen Mann mit besonderer Auszeichnung, also schrieb mir Saint-Fond, *Sie dürften sich seiner erinnern, Sie haben seine Spuren einige Zeit an sich getragen; mit seinen Händen hat er Sie das erstemal, da ich mich an Ihnen ergötzte, meinen Wünschen willfährig gemacht. Er wird die Hauptperson sein in der blutigen Handlung, die sich morgen abspielen wird. Kurz, er ist der Henker von Nantes, der auf meinen Befehl gekommen ist, um das Urteil an den drei Personen, die jetzt hinter Schloß und Riegel sind, zu vollstrecken; da ich gezwungen bin, übermorgen diese drei Köpfe der Königin zu bringen oder bei Strafe meine Stellung einzubüßen, werden Sie begreifen, daß ich mich ganz allein der Aufgabe unterziehen würde, hätte nicht Ihre Majestät die brennendste Begier bezeugt, die Köpfe aus den Händen gerade eines Henkers zu empfangen. Deshalb wünschte man auch nicht den von Paris; denn dieser da kennt nicht die Beweggründe, die ihn in Ihr Haus führen. Sie können ihn jetzt instruieren, aber zeigen Sie ihm nicht die Opfer; dieser Vorbehalt ist wichtig; ich werde morgen früh unbedingt eintreffen. Behandeln Sie Ihre Gefangenen, insbesondere die Frauen, mit besonderer Strenge; sie sollen nur trockenes Brot, Wasser und ja kein Licht erhalten.*

»Mein Herr«, sagte ich dem Manne, »der Minister ist berechtigt zu schreiben, daß wir schon bekannt sind… Sie haben mich eines Tages in einer Weise behandelt…« — »Oh, Madame, entschuldigen Sie, aber die Befehle…« — »Ich bin Ihnen deshalb nicht böse«, unterbrach ich ihn, zugleich ihm meine Hand reichend, die er feurig küßte. »Aber es ist Zeit zu speisen; begeben wir uns zu Tische, nachher können wir plauschen.«

Delcour zählte achtundzwanzig Jahre, er war ein Mann von schöner Erscheinung, dessen Äußeres und dessen Handwerk mir sogleich den Kopf verdrehten. Die Aufmerksamkeiten, die ich ihm erwies, kamen von Herzen; nach dem Dîner trieb ich mit ihm angenehme Neckereien; Delcour bewies mir bald, daß meine Bemühungen Erfolg hatten. Seine enge Hose wölbte sich zum Staunen, so daß ich nicht mehr an mich halten konnte. »Sapperlot«, sagte ich zu ihm, »schauen wir mal, mein Lieber, was du da eigentlich hast. Dein prächtiges Glied versetzt mich in Feuer, dein Handwerk in höchste Erregung; ich wünsche durchaus, daß du mich fickst.« Sogleich, nachdem er dieses Prachtgerät ans Tageslicht befördert hatte, war das nächste, was ich nach meiner

Gewohnheit Männern gegenüber tat, es bis zu den Hoden zu lecken; aber das seinige vermochte ich kaum in meinem Munde zu halten. Sowie Delcour es so weit hält, stürzt er sich auf meine Scham, leckt sie, und nach zwei Sekunden beginnen wir beide zu entleeren. Sowie aber dieser schöne junge Mann mich sein Sperma verschlucken sieht, stürzt er sich voll Hitze auf mich. »Herrgott«, schreit er, »es ist zu schnell gegangen, aber ich will meinen Fehler wieder gut machen.« Der Schelm hatte erst eine Partie entleert; er wirft mich auf ein breites Ruhebett, drückt seine Lippen auf die meinigen, die noch ganz naß sind von seinem Sperma, und bearbeitet mich mit einer Heftigkeit des Gliedes, die sich höchst selten findet, wenn die ersten Tropfen bereits draußen sind; in meinem ganzen Leben war ich noch nie so gut gefickt worden. Delcour rieb mich eine Dreiviertelstunde lang und zog sich vorsichtig zurück, wenn er die Entladung herannahen merkte; und als ich ein zweites Mal seinen dicken Samen, der mit Hilfe meiner Scham entleert wurde, in meinen Mund ergießen ließ, verschlang ich bald diese zweite Dosis mit dem gleichen Entzücken wie die erste.

»Delcour«, sagte ich, als ich ein wenig zu mir gekommen war und mein absonderliches Verhalten bedenken konnte, »Sie sind ohne Zweifel höchst überrascht von der leichtfertigen Art, mit der ich Sie empfangen habe: ein so frivoles Betragen, solch Entgegenkommen ohne Zögern werden mich in Ihren Augen als große Metze erscheinen lassen; so sehr ich nun auch das, was die Dummköpfe 'guten Ruf' nennen, verachte, will ich Ihnen nicht verhehlen, daß Sie Ihr Glück viel weniger meiner Gefallsucht, viel weniger meinem Naturtrieb als meinem Kopfe verdanken; ich besitze unglücklicherweise einen recht merkwürdigen; Sie sind ein Mörder… ein Henker… übrigens ist das eine recht hübsche Sache, die wunderbar begeilt… Kurz, es ist Ihr Metier, das mich in Ihre Arme getrieben hat; verachten Sie mich, verabscheuen Sie mich: darüber spotte ich; Sie haben mich gefickt, mehr wollte ich nicht.« — »Himmlischer Engel« erwiderte mir Delcour, »nein, ich verachte Sie nicht; noch weniger werde ich

Sie hassen; Sie sind weder für das eine noch für das andere dieser Gefühle geschaffen. Ich werde Sie anbeten, weil Sie es verdienen und beklage mich nur deswegen, daß ich Ihr Entzücken nur dadurch hervorgerufen habe, was mir die Verachtung der anderen einträgt...« — »Tut nichts«, entgegnete ich, »das ist ganz Ansichtssache; Sie sehen, wie die Meinungen abweichen, da ich Sie gerade deshalb vorziehe, weshalb die übrigen Menschen Sie meiden; doch betrachten Sie das Ganze nur für eine Sache der Ausschweifung. Die Neigung, die ich für den Minister hege, die Art, in der ich mit ihm lebe, gestatten mir keine Ränke und niemals wünsche ich dergleichen zu stiften. Wir wollen uns den Abend und die Nacht nach bester Möglichkeit vergnügen; darüber hinaus gehe ich nicht.« — »Ach, Madame«, sagte darauf der junge Mann mit der größten Ehrerbietung, »ich bitte ja nur um Ihre Gunst und Ihre Zuneigung.« — »Sie werden immer beide besitzen; aber Sie müssen sich meiner ausschweifenden Phantasie vollständig zu eigen geben, und ich kann Ihnen nur sagen, daß sie mit Ihnen bloß wegen des überwundenen Vorurteiles sich einigermaßen weit versteigen wird.«

Als Delcour sich daran machte, meinen Hals mit der einen Hand zu tätscheln, meinen Kitzler mit der anderen zu reiben und von Zeit zu Zeit seine Zunge in meinen Mund zu stecken, ermahnte ich ihn, vernünftig zu sein und wahrheitsgetreu die Fragen, die ich ihm stellen wollte, zu beantworten. »Sagen sie mir zunächst, weshalb hat Saint-Fond damals, als ich Sie das erstemal sah, die bizarre Idee gefaßt, mich von Ihnen auf die Schultern schlagen zu lassen?« — »Ein ausschweifender Gedanke, Madame, eine momentane Regung, Sie kennen ja den Minister.« — »Er macht also Gebrauch von Ihnen bei seinen Wollustakten?« — »Jedesmal, wenn ich mich in Paris aufhalte.« — »Hat er Sie bearbeitet?« — »Ja, Madame.« — »Sie ihn desgleichen?« — »Gewiß.« — »Haben Sie ihn gepeitscht und geschlagen?« — »Recht oft!« — »Teufel noch einmal! Wie mich das reizt... reiben Sie, reiben Sie... Hat er sich auch durch andere Frauen schlagen oder peitschen lassen?« — »Mehreremale.« — »Sind sie dabei noch weiter gegangen?« — »Gestatten Sie mir, Madame, die Geheimnisse des Ministers zu respektieren, wenn man ihn so genau kennt wie Sie, kann man leicht alles erraten.« — »Haben Sie je etwas von Plänen gemerkt, die mich betreffen?« — »O nein, Madame, er erschien mir stets nur voll Vertrauen und Zärtlichkeit Ihnen gegenüber; ich bürge Ihnen dafür, daß er sie sehr gern hat.« — »Auch ich liebe ihn; ich bete ihn an und hoffe, daß er davon überzeugt ist. Sprechen wir also von etwas anderem, da Sie ja Ihre Geheimnisse gewahrt haben wollen. Sagen Sie mir, bitte, wie können Sie sich an dem Leben eines Menschen vergreifen, der Ihnen nie etwas zuleide getan hat? Warum regt sich nicht das Erbarmen im Grunde Ihrer Seele für den Unglücklichen, den das Gesetz Ihnen zur kaltblütigen Abschlachtung überweist?«

»Seien Sie überzeugt, Madame«, entgegnete Delcour, »daß keiner von uns zu diesem Grade überlegter Grausamkeit gelangt ohne Grundsätze, die vielleicht anderen Menschen unbekannt sind.« — »Grundsätze? Nun ja, gerade davon will ich ja hören: wie lauten sie?« — »Sie entspringen der vollkommenen Unmenschlichkeit; man erzieht uns von Kind auf dazu, das Menschenleben gar nicht, das Gesetz über alles zu schätzen: als Resultat ergibt sich, daß wir unseresgleichen ebenso leichtfertig umbringen, wie ein Fleischer ein Kalb, ohne daran weitere Reflexionen zu knüpfen.« — »Aber was Sie sich als Ausführung des Gesetzes gestatten, würden Sie sich das auch zur Befriedigung Ihrer Neigungen erlauben?« — »Gewiß, Madame, sobald wir keine Vorurteile hegen und wir im Morde nichts Schlechtes sehen.« — »Wie kann man so denken über die Vernichtung des Nächsten?« — »Ich frage Sie meinerseits, Madame, wie es möglich ist, anders zu denken. Wäre nicht die Vernichtung aller Wesen eines der ersten Naturgesetze, so würde ich sicherlich glauben, daß man die Natur durch solches Tun beleidigt; da sie uns aber beständig den Beweis liefert, daß sie der Zerstörung bedarf, und ohne diese nicht neu schaffen könnte, tut sicherlich jedes Wesen, das andere vernichtet, nichts anderes als die Natur. Noch mehr: derjenige, der davon nichts wissen will, würde sie schwer kränken; wenn wir ihr die Möglichkeit zu schaffen, nur durch Zerstörung geben, worüber kein Zweifel bestehen kann, werden wir sicherlich ihre Pläne umso mehr fördern, je mehr wir töten; wenn der Mord das Fundament der Regeneration in der Natur ist, dann wird sicherlich der Mörder ihr bester Mitarbeiter sein; je mehr Morde er begehen wird, desto mehr wird er die Gesetze einer Natur befolgen, die einzig und allein der Morde bedarf.«* — »Das ist ja ein recht gefährliches System.« — »Aber ein wahres... Wenn man es Ihnen jemals des Weiteren auseinandersetzen wird, werden Sie sehen, daß man immer von den gleichen Voraussetzungen ausgehen wird, wie ich.«

»Mein Freund«, sagte ich zu Delcour, »Sie haben hinreichend viel gesagt, um meine Gedanken anzuregen, eine einzige Idee, die in einen Kopf gleich meinem eindringt, bringt die gleiche Wirkung hervor wie ein Funke auf Salpeter; ich neige sehr dazu, so zu denken wie Sie... Wir haben hier drei Opfer; Sie sind nur dazu hergeschickt worden, um sie hinzurichten; ich erkläre Ihnen, daß ich Ihnen bei Ihrer Verrichtung mit dem größten Vergnügen zuschauen werde; aber werfen Sie vollends, mein Lieber, all das Licht auf diesen Gegenstand, wodurch Sie ihn beleuchten können. Ist es richtig, daß Sie nur auf dem Wege der Wollust es dahin bringen können, die Natur, besser gesagt, das Vorurteil zu überwinden? Denn Sie haben mir ja soeben klipp und klar bewiesen, daß die Natur durch den Mord viel eher gefördert als beleidigt wird.« — »Wie verstehen Sie Ihre Frage, Madame?« — »Ich meinte, ob es nicht — wie ich mir sagen ließ — richtig sei, daß Sie erst auf dem Umwege der Geilheit es über sich bringen, sich über die Mordtaten, zu denen Ihr Handwerk Sie nötigt, hinwegzusetzen; mit einem Wort, ob es wahr sei, daß Ihr Glied während der Exekution sich im Erektionszustande befindet?« — »Es ist wahr, Madame, daß die Ausschweifung zum Morde treibt; stets muß ein blasierter Mensch seine Kräfte in der Begehung eines *Ver-*

* All das ist nur eine kurze Andeutung dessen, was der Leser in Beziehung auf dieses wichtige Thema im Folgenden finden wird.

brechens (wie es die Dummköpfe bezeichnen) wiedererlangen; und zwar deshalb, weil wir notwendigerweise die durch Übermaß verlorenen Kräfte wieder sammeln können, wenn wir eine gewisse Erschütterung des Nervensystems, sobald diese in einem uns zusagenden Sinne stattfindet, verdoppeln. Der Mord ist also wirklich ein vorzüglicher Träger der Wollust; aber es ist nicht richtig, daß man immer von Geilheit besessen sein muß, um einen Mord zu vollführen. Beweis dafür ist die außerordentliche Kaltblütigkeit, mit der fast alle meine Berufsgenossen sich an ihre Arbeit machen. Es gibt Leidenschaften, die sich wesentlich von der Wollust unterscheiden und die die Scharfrichter beseelen: beispielsweise Ehrgeiz, Rachsucht, Habgier oder auch die einfache Regung der Grausamkeit; ein anderer Trieb beherrscht sie nicht. Es gibt also, wie Sie sehen, verschiedene Arten von Mordtaten, deren eine der Lustmord ist; doch halten wir daran fest, daß eine jede dieser Arten der Natur genehm ist, und wie immer sie auch beschaffen sein mögen, viel eher ihren Gesetzen entsprechen, als zu verletzen.« — »Alles, was Sie da sagen, ist richtig, Delcour; aber ich bleibe doch dabei, daß es wünschenswert wäre, und zwar im Interesse des Mörders, daß, der sie begeht, seine Fackel an der Flamme der Wollust entfache; denn diese Leidenschaft verursacht nie Gewissensbisse; er schwelgt stets in diesen Erinnerungen: die anderen dagegen werden häufig von Reue ergriffen, wenn ihre Energie einmal erschlafft ist, zumal wenn sie sich nicht auf festgegründete Prinzipien zu stützen vermögen. Man könnte sich leicht einer solchen Tat enthalten, sobald man recht wollüstig erregt ist. Ich glaube, man könnte in welcher Absicht immer töten, wenn man nur im Zustande der Brünstigkeit handelt, und zwar um die Tat auf eine bessere Grundlage zu stützen und um sich gegen die großen Gewissensbisse zu schützen, die niemals an die Wollust heranreichen, an ihr niemals Rache zu üben vermögen.« — »Sie glauben also«, warf Delcour ein, »daß alle anderen Leidenschaften aus der Wollust Nahrung zu fischen und durch sie ihr Wachstum zu befördern vermögen?« — »Sie verhält sich zu den Leidenschaften wie die

Nervensubstanz zum Leben: sie stützt sie alle, sie verleiht ihnen Kräfte, was dadurch bewiesen wird, daß der Kastrat niemals Leidenschaften besitzt.« — »Sie glauben also, man könne ehrgeizig, grausam, habgierig, rachsüchtig aus Wollust sein?« — »Ja, ich bin überzeugt, daß alle diese Leidenschaften in Erregung versetzen und daß ein lebhafter, gut organisierter Kopf sich durch sie allein ebenso begeilen kann, wie durch die Lüsternheit. Ich sage Ihnen nichts, was ich nicht schon erprobt hätte; ich habe mich gerieben und entladen unter ehrgeizigen, grausamen, habgierigen und rachsüchtigen Gedanken. Es gibt keinen durch welche Leidenschaft immer inspirierten verbrecherischen Plan, der nicht einen wollüstigen Strahl in meine Adern hätte schießen lassen: die Lüge, die Gottlosigkeit, die Verleumdung, die Spitzbüberei, die Herzensverhärtung, ja selbst die Völlerei haben in mir solche Wirkungen hervorgerufen; kurz, es gibt keine Art der Lasterhaftigkeit, die nicht meine Wollust angeregt hätte; oder wenn es Ihnen lieber ist: ihr Licht hat in mir alle Laster entfacht, indem sie in alle das göttliche Feuer hat strömen lassen, das nur ihr eigen ist, indem sie allen dieses Gefühl des Entzückens mitgeteilt hat, das die schlecht organisierten Köpfe nur von ihrer Hand direkt zu erwarten scheinen. Das ist meine Ansicht.« — »Sie ist auch die meine«, erwiderte Delcour, »ich will es Ihnen nicht länger verhehlen.« — »Ich bin Ihnen sehr verbunden, daß Sie freimütig mir gegenüber sind; nun, mein Lieber, glaube ich Sie hinreichend zu kennen, um überzeugt zu sein, daß Sie von Wollust beseelt sind, wenn Sie die Ihnen aufgetragenen Morde begehen; infolgedessen arbeiten Sie mit viel mehr Lust als Ihre Amtsbrüder, die nur ganz mechanisch vorgehen.« — »Nun also, Madame, Sie haben mich erraten.« — »Missetäter«, sagte ich lächelnd und ergriff abermals das Glied des charmanten jungen Mannes, das ich rieb, um ihm ein wenig Energie zu verleihen. »O! Du Erzlüstling! Das heißt: heute begeilst du dich am Genusse meines Lebens, morgen entleerst du dich, indem du mir es raubst...« Der junge Mann geriet in Verlegenheit. »Halte nur, mein Freund, deine Grundsätze vollständig aufrecht«, sagte ich ihm. »Ich muß dir alles verzeihen, was sich aus ihnen ergibt; amüsieren wir uns an ihren Konsequenzen und streiten wir uns nicht ihretwegen; vorwärts«, setzte ich fort, im höchsten Grade brünstig, »Sie müssen mir hier außerordentliche Dinge vollführen.« — »Was denn?« — »Sie müssen mich schlagen, mich beschimpfen, mich peitschen; tun Sie denn das nicht jeden Tag mit Frauenzimmern, besudeln Sie sich nicht mit derlei Vergnügungen, die Sie derart anregen, daß Sie dann entladen können?« — »Recht oft!« — »Nun gut, morgen wird es für Sie Arbeit geben, bereiten Sie sich schon heute drauf vor; hier ist mein Leib, ich gebe ihn Ihnen preis!«

Delcour versetzte mir auf meinen Befehl zunächst ein Dutzend Ohrfeigen und ebensoviel Fußtritte gegen den Hintern; dann bemächtigte er sich eines Rutenbündels, mit dem er meine Hinterbacken eine Viertelstunde lang drosch; währenddessen ließ ich mich von einer meiner Frauen lecken. »O, Delcour«, rief ich, »göttlicher Vernichter des menschlichen Geschlechtes, den ich anbete und an dem ich mich ergötzen will, stäupe doch fester deine Magd, drücke ihr die Spuren deiner Hände auf, du siehst, sie brennt vor Begier, sie zu tragen. Ich ergieße mich bei dem Gedanken, daß ich unter deinen Händen verblute, schone mich nicht, Geliebter.« Das Blut troff von mir... O, meine Freunde, wie war ich entzückt; kein Ausdruck vermöchte die bacchantische Erregung wiederzugeben, in der ich schwebte; es braucht ein Verständnis, gleich dem meinigen oder dem eurigen, um es fassen zu können. Man kann sich nicht vorstellen, wieviel Sekret ich in den Mund der Frau, die mich rieb, entleerte; ich befand mich in einem Zustande der Trunkenheit, des Taumels, der Raserei, den ich noch nie in meinem Leben empfunden hatte. »O, Delcour«, fuhr ich fort, »du mußt mir noch eine letzte Huldigung erweisen; spare deine Kräfte zu diesem Zwecke. Dieser Hintere, den du eben zerfleischtest, ruft dich, er ladet dich ein, ihn zu trösten. Venus hat, wie du wissen wirst, mehr als einen Tempel auf Cythera; komm, erschließe den geheimsten, Delcour, komm und bearbeite mich von hinten, damit wir auch nicht eine einzige Form des Genusses unberücksichtigt lassen, auf daß jeder Greuel begangen werde.« — »Herrgott«, sagt Delcour entzückt, »ich wagte nicht, es Ihnen vorzuschlagen; aber sehen Sie nur, wie Ihre Wünsche die meinigen entflammen.« Und in der Tat ließ mich mein Bearbeiter einen Penis schauen, steifer und länger, als ich ihn je beobachtet hatte. »Liebenswürdiger Lüstling«, sprach ich, »du liebst also den Hintern?« — »Ach, Madame, gibt es auf Erden einen köstlicheren Genuß?« — »Ich sehe wohl«, erwiderte ich, »daß man, einmal gewöhnt, den Naturgesetzen in einem Stücke zu trotzen, bald keinen rechten Genuß mehr hat, als wenn man sie alle nacheinander überschreitet.« Delcour, nunmehr im Besitze des Altars, den ich ihm vollständig überlassen hatte, öffnete ihn, obwohl er blutbedeckt war, unter den zärtlichsten Liebkosungen. Die Bewegungen seiner Zunge in meinem Afterloch versetzten mich in Feuer. Die Spitzbübin, der ich mich preisgegeben hatte, behandelte meinen Kitzler in der gleichen Weise. Ich hielt es nicht mehr aus; ich war erschöpft, aber keineswegs beruhigt; um Delcour kümmerte ich mich nicht mehr; so sehr ich um ihn Sehnsucht getragen hatte, so sehr erregte er in mir nunmehr Schaudergefühle. Das ist die Wirkung abnormaler Gelüste: je mehr sie unseren Kopf verdreht haben, desto größer ist nachher das Gefühl der Leere. Die Dummköpfe schließen daraus auf die Existenz Gottes; ich finde darin nur den deutlichsten Beweis des Materialismus; je mehr unser Dasein in den Staub gezerrt wird, desto weniger werde ich es für das Werk einer Gottheit halten. Delcour zog sich in sein Gemach zurück, während ich mich mit meiner Tribade ins Bett begab.

Saint-Fond kam gegen Mittag des folgenden Tages an; er sandte seine Dienerschaft und den Wagen wieder heim; dann begab er sich alsobald in den Salon, um mich zu umarmen; ein wenig beunruhigt darüber, wie er wohl den kleinen Narrenstreich, den ich mir mit Delcour erlaubt hatte, aufnehmen würde, gestand ich ihm alles. »Juliette«, sagte er, »ich würde Sie schelten, wenn ich Ihnen nicht das Versprechen gegeben hätte, mich gegenüber allen Ihren ausschweifenden Gedanken höchst nachgiebig zu erweisen; was Sie sich da erlaubt haben, ist keine große Angelegenheit; Sie haben nichts unrechtes begangen, als daß Sie sich Delcour anvertraut haben, der eine Indiskretion begehen könnte. Delcour, den zu kennen für Sie vorteilhaft ist, diente mir zwei Jahre lang als Lustknabe, als er vierzehn bis fünfzehn Jahre zählte. Er war der Sohn des Scharfrichters von Nantes; dieser Gedanke versetzte mich in Erregung; ich pflückte seine Erstlinge; als ich seiner müde wurde, übergab ich ihn dem Scharfrichter von Paris, dessen Gehilfe er blieb bis zum Tode seines Vaters; er nimmt heute dessen Stellung ein. Der Mann besitzt Geist, ist aber exzessiv ausschweifend. Und wie gesagt, seine Art flößte nicht viel Vertrauen ein. Ich beeile mich nunmehr, Sie über die zum Tode verurteilten Gefangenen aufzuklären.

Monsieur de Cloris ist einer jener Menschen, die am meisten zu meiner Vorrückung in meine jetzige Stellung beigetragen haben; in dem Jahre, da ich trotz meiner großen Jugend zum Minister ernannt wurde, hatte er ein Verhältnis mit der Duchesse de G…, deren Einfluß bei Hofe enorm war; infolge der Ränke und Listen dieser beiden Personen erhielt ich vom König meinen Rang. Von diesem Moment an wurde mir Cloris ein Gegenstand des Widerwillens; ich fürchtete, ihm zu begegnen; ich verabscheute ihn; solange seine Gönnerin lebte, ließ ich ihn in Ruhe; soeben starb sie… möglicherweise durch meine Mithilfe; von diesem Augenblicke an stand Cloris an der Spitze meiner Proskriptionsliste; er hatte meine leibliche Cousine geheiratet.« — »Ach, mein Herr, diese Frau ist Ihre Cousine?« — »Gewiß, Juliette, und dieser Umstand hat nicht wenig zu ihrem Verderben beigetragen. Ich habe dieses Weib begehrt; sie hat mich stets abgewiesen; allmählich habe ich meine Begierden auf ihre Tochter übertragen; da ihr Widerstand sich hierbei noch mehr steigerte, nahm mein Zorn und mein äußerstes Streben, diese ganze Familie zu verderben, nur noch zu. Ich ließ keine List und Tücke, keine Lüge und Verleumdung unversucht, sie zu vernichten; es gelang mir endlich, bei der Königin dadurch, daß ich ihr die Überzeugung beibrachte, daß Cloris seine Tochter dem König verkauft habe, Vater und Tochter derart zu verdächtigen, daß ich von ihr lebhaft bestürmt wurde, die ganze Sippschaft zu verderben. Die Königin wünscht morgen unbedingt ihre Köpfe; für jeden erhalte ich eine Belohnung von 3.000.000; du kannst dir also denken, mit welcher Freude ich gehorche und mit welch köstlichen Handlungen ich meine Rache besiegeln will.« — »Ach, mein Herr! Diese Komplikation von Verbrechen ist schauerlich; ich kann Ihnen nicht sagen, wie sie mich reizt.« — »Auch mich, mein Engel; und heute komme ich mit schrecklichen Absichten. Seit acht Tagen habe ich nicht ejakuliert; niemand besitzt gleich mir die Fähigkeit, seine Leidenschaften durch geschickte Abstinenz auf die Spitze zu treiben; deshalb wird mein Genuß doch nicht geschmälert; ich bin während solcher Lebensweise schon vielleicht zweihundertmal bearbeitet worden und habe hundert bis hundertfünfzig Personen beider Geschlechter um mich gehabt, ohne nur einen Tropfen Samen zu verlieren. Dadurch, daß ich die Natur ein bißchen hintergehe, bin ich trunken vor Begierde, was recht unheilverkündend ist für die Leute, über die der Sturm losbrechen soll. Haben Sie Befehl gegeben, damit wir ungestört bleiben können, daß niemand, wer es auch sein möge, Eintritt ins Haus erhalten soll, mit Ausnahme derer, die wir für die Prozedur benötigen?« — »Ja, ich ließe den, der den Versuch machen wollte, wider meinen Willen einzudringen, sofort hängen; eine Wache befindet sich in Sceaux, um mir im Falle der Not Beistand zu leisten; nie konnte ein Verbrechen ungestörter begangen werden. Kosten Sie es bis zur Neige, da Sie es unter so wunderbaren Umständen und mit solcher Sicherheit begehen können.«

»Was ist das? Ich glaube gar, daß du dein Sekret entleerst?« Mit diesen Worten schürzt mich der Wüstling, um sich von dem Ausbruch zu überzeugen, den ich tatsächlich empfand, mit einer Hand bis zum Nabel, während er einen Finger der andern in meine Scham einführte, um ihn allsobald bedeckt mit dem sicheren Beweise der wollüstigen Aufregung, in der ich mich befand, zurückzuziehen. »Wie merkwürdig dergleichen bei dir wirkt«, sagte mir der Minister, »wie klar beweisen diese Wirkungen mir, daß du meine Denkweise vollständig teilst! Warte mal, ich muß das Sekret, dessen Erguß ich bewirkt habe, aufsaugen.« Das Scheusal legt seinen Mund an meine Scheide und leckt eine Viertelstunde lang. Dann dreht er mich um. »Ah!« ruft er aus, »da ist es, was ich mit Vorliebe küsse, das schöne Loch. Schelmin, ich sehe ganz deutlich, du hast Sodomie getrieben.« Währenddessen küßt er beständig meinen Arsch; dann läßt er seine Hose herab und enthüllt mir den seinen, den ich lecke. »Ach, Schelmin, welch ein Vergnügen bereitest du mir«, sagt er, »wahrlich, ich glaube, du liebst meinen Arsch. Schau mal mein Glied an, es beginnt sich zu erigieren, lecke es; rate mir doch etwas Absonderliches, damit ich es bei unserem Vorhaben anwenden kann; mit den Schellen der Narrheit soll man die Stunden der Venus läuten.« — »Es ist heiß«, sagte ich ihm, »ich möchte also, du sollst dich als Wilder verkleiden; die Arme, die Schenkel, Hinterbacken und Glied sollen unbedeckt sein; auf dein Haupt setze einen indianischen Kopfputz, dein Gesicht mußt du rot färben und einen Schnurrbart anbringen; ein breites Wehrgehänge soll alle Waffen, die du zur Folterung der Opfer benützen willst, tragen; dieses Kostüm dürfte jedermann erschrecken; nun soll man ja Furcht einflößen, wenn man in Verbrechen waten will.« — »Du hast Recht, Juliette, ja, du hast Recht; du wirst mich in dieser Art kostümieren.« — »Sei überzeugt, daß diese Verkleidung Wirkung üben wird; betrachte mal diese Possenreißer, die Richter, ob sie nicht Lustspielhelden oder Marktschreiern gleichen, sobald sie Gerichtshof halten.« — »Ich wünschte, sie wären tausendmal schrecklicher und blutiger; sei fest überzeugt, Juliette: man kann die Menschen nur dann beherrschen, wenn man ihr Blut vergießt.«

Das Dîner wurde aufgetragen, wir speisen unter vier Augen; die Konversation nahm in der gleichen Tonart ihren Fortgang. »Ja, schrecklich sollten die Gesetze sein«, fuhr der Minister fort. »Es gibt keine besser regierten Länder als die, in denen die Inquisition tätig ist. Das sind die einzigen, die ihrem Herrscher wirklich untertan sind. Man muß die kirchlichen Fesseln mit den politischen verknüpfen. Die Macht des Szepters ist abhängig von der des Weihwedels. Diese beiden Autoritäten haben das größte Interesse daran, sich gegenseitig ihre Machtmittel zur Verfügung zu stellen; erst nach ihrer Entzweiung werden die Völker ihr Joch abzuschütteln vermögen. Nichts macht das Volk unterwürfiger als die religiöse Furcht; es ist gut, daß diese es vor den ewigen Höllenqualen beben macht, falls es sich gegen seinen König empören sollte; darum stellen sich auch stets die europäischen Mächte mit Rom gut. Wir Großen der Erde verachten die verächtlichen päpstlichen Bannstrahlen und trotzen ihnen, aber belassen die Sklaven in Furcht davor; denn, um es zu wiederholen, es ist dies das einzige Mittel, sie niederzuhalten. Mit Machiavellis Grundsätzen genährt möchte ich, daß der Abstand der Könige von den Völkern so groß sei, wie der der Gestirne von der Ameise, daß es nur einer Geste des Souveräns bedürfte, um das Blut rings um seinen Altar fließen zu lassen; daß er wie ein Gott auf Erden betrachtet würde und daß die Völker stets nur kniefällig sich ihm zu nahen wagten. Wo lebt das Wesen, das so dumm wäre, den Körper... ja wohl, auch nur den Körper eines Monarchen mit dem eines Mannes aus dem Volke zu vergleichen: ich glaube ja gerne, daß die Natur diesem die gleichen Bedürfnisse verliehen hat; aber auch der Löwe und der Regenwurm haben die Bedürfnisse gemein, sind sie deshalb einander ähnlich? Juliette, denke daran, daß die Könige, die ihr Ansehen in Europa einzubüßen beginnen, dies ihrer Leutseligkeit zu verdanken haben; hätten sie sich gleich den Despoten Asiens vor den Blicken des Volkes verhüllt, so würde schon ihr bloßer Name die Erde erbeben machen. Man wird vertraut mit dem, den man täglich sieht, und Tiberius auf Capri bereitete den Römern mehr Furcht, als Titus im Zentrum von Rom, da er die Armen tröstete.

»Aber gefällt dieser Despotismus, der Ihnen wegen ihrer Macht so zusagt, auch dem Schwachen?« fragte ich. »Er gefällt jedermann, Juliette, entgegnete Saint-Fond, »alle Menschen neigen zum Despotismus; nach ihm ist der heißeste Wunsch, den uns die Natur eingibt, die weit entfernt ist von der lächerlichen Regel, die man ihr unterschiebt und die besagt, wir wollen anderen nichts tun, was, wenn es uns widerführe, nicht genehm ist... Aus Furcht vor Gegenmaßregeln hätte man beifügen sollen, denn es ist ganz gewiß nur die Furcht vor der Rache, die bewirkt hat, daß man der Natur eine solche Sprache, die himmelweit von ihren Gesetzen abweicht, zugemutet hat. Ich behaupte also, daß der stärkste und lebhafteste Trieb des Menschen unzweifelhaft darin besteht, seinesgleichen zu unterdrücken und mit aller Macht zu tyrannisieren. Das Kind, das die Brüste seiner Amme beißt, das jeden Augenblick sein Spielzeug zerbricht, läßt uns klar erkennen, daß die Natur die Zerstörung, die Bosheit und Unterdrückungslust uns eingegeben hat, Triebe, denen wir uns mit mehr oder weniger Heftigkeit hingeben, je nach der Stärke der Empfindungen, die uns verliehen sind. Es ist also ganz sicher, daß alle Freuden, die den Menschen winken, alles Entzücken, das es uns kosten kann, alles, was seine Leidenschaften zu befriedigen vermag, im Despotismus, mit dem er andere bedrückt, gipfelt. Beweist nicht das schwelgerische Asien, indem es die Objekte seiner Lüste sorgfältig abschließt, daß die Wollust aus Unterdrückung und Tyrannei Gewinn zieht, und daß die Leidenschaften viel stärker durch gewaltsamen Zwang als durch freiwillige Hingabe angefacht werden? Sobald es nun bewiesen ist, daß die Größe des Glücksgefühles des Handelnden abhängig ist von der Gewaltsamkeit der begangenen Handlung, und zwar deshalb, weil das Nervensystem um so stärker erregt wird je heftiger jene ist, ist es klar, daß das denkbar größte Glück durch das größte Ausmaß von Despotismus und Tyrannei bedingt wird; daraus ergibt sich, daß der hartherzigste, grausamste, verräterischeste und boshafteste Mensch notwendigerweise der glücklichste ist; denn, wie dir Noirceuil häufig gesagt hat: Nicht im Laster oder in der Tugend liegt das Glück, sondern in der Art, wie wir das eine oder die andere zu empfinden veranlagt sind, und in der Wahl, die wir auf Grund dieser Veranlagung treffen. Nicht von den gebotenen Speisen hängt mein Appetit ab, sondern von meinem Bedürfnis, und diese Speisen üben auf zwei Personen ganz verschiedenen Reiz: in dem Hungrigen erregen sie Verlangen, in dem Satten dagegen Widerstreben. Da es aber feststeht, daß es einen Unterschied in den mitgeteilten Schwingungen gibt, und daß das Laster in dem entsprechend Veranlagten viel lebhafter erregt als die Tugend in dem entgegengesetzt Organisierten, und daß, obwohl Vespasian ein gutes, Nero ein böses Herz hatte, also beide Empfindungsvermögen besaßen, diese beiden Seelen dennoch von Grund auf verschieden beschaffen waren, und zwar in Bezug auf die Wurzeln ihres Empfindungsvermögens: denn Nero besaß zweifellos eines, das dem des Vespasian überlegen war; es ergibt sich daraus, daß Nero zweifellos sich glücklicher wußte als Vespasian, und zwar deshalb, weil die stärkere Gefühlsregung den Menschen stets mehr befriedigt. Ein starkes Individuum, das mehr für die Eindrücke des Lasters als für die der Tugend geschaffen ist, wird eher Glück empfinden, als ein sanftes und ruhiges, dessen schwächliche Seele ihm nur die dumme und eintönige Ausübung der guten Sitten gestattet; welches Verdienst könnte aber die Tugend für sich in Anspruch nehmen, wenn das Laster ihr nicht vorgezogen werden könnte? Es waren also sowohl Vespasian als auch Nero so glücklich, als sie es nur sein konnten; doch Nero mußte es viel mehr sein, da seine Genüsse viel lebhafter waren. Wenn Vespasian einem Bedürftigen eine Gnade gewährte, bloß deshalb, weil — wie er sagte — die Armen ja auch leben müßten, so war er unvergleichlich weniger innerlich bewegt als Nero, da er, die Leier im Arme, von der Spitze der Turris-Antonia Rom brennen sah. 'Aber', wird man einwerfen, 'der eine verdiente Altäre, der andere den Scheiterhaufen'. Meinetwegen; ich urteile aber nicht nach der Wirkung auf andere, sondern danach, was beide auf Grund ihrer Triebe in ihrem Innern empfinden mußten und nach den Regungen, die ihre Seelen erfuhren; in diesem Falle aber ist derjenige unbestreitbar der glücklichste Mensch auf der Erde, dessen Seele durch welche Einwirkung immer die heftigste Erschütterung erfährt; und da die Erschütterungen des Lasters viel stärker und energischer sind als jene der Tugenden, ist unbedingt derjenige der glücklichste Mensch auf Erden, der den ruchlosesten, wüstesten und verbrecherischesten

Gewohnheiten huldigt, und der sie am häufigsten wiederholt, sie täglich mit aller Macht verdoppelt und verdreifacht.«

Ich erwiderte: »Es wäre der größte Dienst, den man einer jungen Person leisten könnte, wenn man alle Keime der Tugend, die Natur oder Erziehung in sie verpflanzt haben, vernichtete.« — »Sicherlich«, entgegnete Saint-Fond, »denn selbst vorausgesetzt, daß das Individuum, in dem Sie diese Keime der Tugend ersticken möchten, Ihnen erklärt, es fände in ihr sein Glück, dürften Sie, da Sie ja fest überzeugt sind, daß ihm ein viel größeres aus dem Laster erblüht, keinen Moment zaudern, jene zu vernichten, um das andere zu erwecken; das ist ein guter Dienst, für den er ihnen früher oder später Dank wissen wird; und das ist der Grund, weshalb ich, ganz im Gegensatz zu meinem Vorgänger, alle obszönen und unmoralischen Schriften zu drucken erlaube; ich halte sie für höchst wichtig für das menschliche Glück, nützlich für den Fortschritt der Philosophie, unerläßlich für die Ausrottung der Vorurteile, und in jeder Hinsicht geeignet, die menschlichen Kenntnisse zu vermehren. Ich unterstütze die Schriftsteller, die Mut haben, die Wahrheit zu sagen: ich belohne sie stets für solche Ideen; sie sind seltene Menschen, deren der Staat bedarf und die man nicht genug anfeuern kann.« — »Aber wie verträgt sich das mit einer strengen Regierung, wie Ihr sie fordert?« warf ich ein, »wie mit der Inquisition, die Ihr einführen möchtet?« — »Sehr gut«, erwiderte Saint-Fond, »mit der Strenge will ich das Volk im Zaume halten; nur für den Plebs sehne ich Autodafés von Lissabon herbei, die reichen, adeligen und gebildeten Schichten würde ich nie heimsuchen.« — »Wenn aber diese Schriften von allen gelesen werden, werden sie bedrohlich für die, welche Sie verschonen zu wollen vorgeben?« — »Niemals«, erwiderte Saint-Fond, »wenn der Schwache durch sie veranlaßt, seine Ketten zu brechen wünscht, findet der Starke darin eine noch viel wirkungsvollere Anleitung, das Volk niederzuhalten. Kurz, der Sklave braucht Jahre, um das zu begreifen, was der Herr in einer Minute ausführt.« — »Man klagt Sie an«, warf ich noch ein, »wegen Gleichgültigkeit und Nachsicht gegenüber der

Sittenverderbnis; diese wäre, wie man sagt, nie ärger gewesen als in Ihrer Ära.« — »Sie ist noch lange nicht so arg, wie ich sie wünschte«, entgegnete Saint-Fond; »ich arbeite an einem Polizeireglement, das sie, wie ich hoffe, mehr meinem Wunsche gemäß gestalten wird. Wisse, Juliette, es gehört zur Politik aller Regierenden, unter den Bürgern den ärgsten Grad der Fäulnis sich entfalten zu lassen; wenn ein Mensch unter den Freuden der Ausschweifungen verkommt und geschwächt wird, fühlt er nicht das Gewicht seiner Ketten; man kann ihn damit belasten, ohne daß er es nur ahnt. Es gehört also zur richtigen Staatspolitik, alle Mittel, die zur Sittenverderbnis beitragen, zu verhundertfachen. Viel Schaugepränge, großer Pomp, eine Unzahl von Wirtshäusern, Bordelle, allgemeine Amnestie für unzüchtige Vergehungen: das sind die Mittel, um die Menschen zu ketten. O ihr, die ihr über sie herrschen wollet, fürchtet die Tugend; eure Völker werden aufgeklärt, wenn sie gebietet, und eure Throne, die nur auf das Laster sich stützen, werden bald umgestürzt werden; das Erwachen des freien Mannes wird für die Despoten furchtbar sein. Wenn die Laster nicht mehr seine Muße versüßen, wird er herrschen wollen gleich euch.«

»Welches sind denn die Verordnungen, die Sie durchzuführen sich vornehmen?« — »Zunächst will ich durch die Mode die öffentliche Meinung bearbeiten; du kennst ja ihren Einfluß auf die Franzosen.

1. Ich führe männliche und weibliche Trachten ein, die die Geschlechtsorgane, namentlich aber die Hinterbacken unbedeckt lassen.

2. Es soll öffentliche Schaustellungen nach Art der römischen Blumenspiele geben, in denen die jungen Knaben und Mädchen nackt tanzen werden.

3. Die Prinzipien der Natur sollen an die Stelle der Moral und Religion in den öffentlichen Schulen treten; jedes fünfzehnjährige Kind, ob männlichen oder weiblichen Geschlechtes, das keinen Geliebten finden kann, wird in der öffentlichen Meinung gebrandmarkt verachtet und für unfähig erklärt, wenn es sich um

ein Mädchen handelt, jemals zu heiraten, wenn um einen Knaben, irgendwelche Stellung zu bekleiden; mangels eines Geliebten muß sich die junge Person zumindest verpflichten, ein Zeugnis vorzuweisen, welches bestätigt, daß sie sich prostituiert hat und nicht mehr unberührt ist.

4. Die christliche Religion wird von der Regierung geächtet; es wird kein anderes Fest gefeiert als das des Priapus und der Venus, trotzdem werden die Ketten der Religion fortbestehen, ich bedarf ihrer, um den Plebs niederzuhalten. Ich will dir zeigen, wie das geht; es kommt nicht auf den Gegenstand des Kultus an, wenn es nur Priester gibt; ich kann die Waffe des Aberglaubens ebensogut den Händen der Venuspriester als der Marienpfaffen anvertrauen.

5. Das Volk wird in Sklaverei und Unterwürfigkeit gehalten, die es außer Stand setzen, je nach der Herrschaft, nach der Wegnahme oder Schmälerung des Besitzes der Reichen zu trachten. An die Scholle gebunden wie vor Zeiten, wird es zu dem Eigentum der Reichen zählen und gleich diesem alle möglichen Veränderungen erleiden. Alle Mühen werden einzig auf ihm lasten, für die geringsten Vergehen werden ihm die härtesten Arbeiten auferlegt. Der Besitzer hat dem Hörigen und dessen Familie gegenüber das Recht auf Leben und Tod; nie werden seine Klagen und Rekriminationen Gehör finden. Es wird für ihn keinen unentgeltlichen Unterricht geben; man bedarf nicht der Wissenschaft, um das Land zu bebauen; die Binde der Unwissenheit ist für die Augen des Landmannes bestimmt; man kann sie ihm nicht ohne ernste Gefahr entreißen. Jeder Mensch — welcher Klasse er auch immer angehöre —, der versuchen sollte, das Volk aufzuwiegeln oder ihm zu raten, seine Ketten zu zerbrechen, wird den Tigern bei lebendem Leibe zur Nahrung vorgeworfen.

6. In sämtlichen Städten des Landes wird eine der Bevölkerungsmenge entsprechende Zahl öffentlicher Häuser für beide Geschlechter eröffnet; auf je tausend Einwohner eines Geschlechtes entfällt ein Bordell; jedes dieser Häuser wird dreihun-

dert Menschen enthalten, die mit zwölf Jahren ein-, mit fünfundzwanzig austreten sollen. Diese Anstalten werden von der Regierung unterstützt; nur die Mitglieder der freien Stände haben Zutritt und das Recht, ganz nach ihrem Gelüste zu handeln.

7. Alles, was als unzüchtiges Verbrechen bezeichnet wird, wie der Lustmord, die Blutschande, die Notzucht, die Sodomie, der Ehebruch wird nur dann bestraft, wenn es von der Sklavenkaste begangen wird.

8. Es werden Preise verteilt unter den berühmtesten Kurtisanen der öffentlichen Häuser, ebenso unter den Knaben dieser Anstalten, die sich durch ihre Fähigkeit, Genuß zu gewähren, einen Ruf gemacht haben. Ebenso wird jeder Erfinder einer neuen Geilheit, jeder Verfasser zynischer Bücher, jeder anerkannt hervorragende Wüstling Belohnungen erhalten.

9. Es wird eine Sklavenkaste geben wie einst die Heloten in Sparta. Warum sollte man, da es gar keinen Unterschied zwischen einem Sklaven und einem Tier gibt, den Mörder des einen mehr bestrafen als den des andern?«

»Mein Herr«, sagte ich, »das bedarf wohl einer kleinen Erklärung. Bitte mir zu beweisen, daß zwischen Sklave und Tier tatsächlich kein Unterschied besteht.«

»Betrachte die Werke der Natur«, antwortete mir der Philosoph, »und ziehe in Erwägung den enormen Unterschied, den sie zwischen Menschen jener und dieser Klasse errichtet hat; sei unparteiisch und entscheide... Haben sie die gleiche Stimme, die gleiche Haut, die gleichen Glieder, den gleichen Gang, den gleichen Geschmack, ja, ich wage zu sagen, die gleichen Bedürfnisse? Umsonst wird man einwerfen, daß Luxus und Erziehung diese Unterschiede bewirkt haben und daß beide im Naturzustande von Kind auf sich durchaus ähneln. Ich leugne das Faktum; denn ich habe durch die Beobachtungen geschickter Anatomen mir die Gewißheit verschafft, daß die Beschaffenheit beider von Kindheit auf eine grundverschiedene ist. Überlassen Sie beide sich selbst und Sie werden finden, daß der aus der vornehmen Kaste ganz anderen Geschmack und Neigungen zeigt als der andere;

Sie werden bei beiden wesentlich verschiedene Gefühle und Anlagen entdecken.

Wenn man dagegen das Tier, das am meisten dem Menschen ähnelt, den Affen, mit einem Individuum der Sklavenkaste vergleicht, welch große Annäherung der beiden Formen ist da ersichtlich! Der Mann aus dem Volke ist nur die Stufe, die vom Affen zum höheren Menschen führt, von dem er sich ebensoweit entfernt wie von jenem. Und warum sollte die Natur, die alle diese Abstufungen so streng einhält, in diesem Falle eine Ausnahme machen? Schauen sich alle Pflanzen gleich? Sind alle Tiere von gleichem Aussehen und gleicher Stärke? Würden Sie es wagen, die Staude mit der majestätischen Pappel, den Mops mit der stolzen dänischen Dogge, das kleine korsische Gebirgspferd mit dem feurigen andalusischen Rosse zu vergleichen? Das sind wesentliche Unterschiede innerhalb der gleichen Arten; warum sollten sie nicht auch für die Menschen Geltung haben? Würden Sie Voltaire und Fréron, den kräftigen preußischen Grenadier und den schwächlichen Hottentotten in eine Linie stellen? Zweifeln Sie nicht, Juliette, an dieser Ungleichheit; sobald sie aber festgestellt ist, wollen wir nicht zaudern, daraus Vorteil zu schöpfen; seien wir überzeugt, daß die Natur, die uns in die oberste Schicht der Menschheit gerückt hat, es uns dadurch anheimgestellt hat, die untere zu unserem Vergnügen zu ketten und sie allen unseren Leidenschaften und Bedürfnissen willfährig zu machen.«

»Umarme mich, mein teurer Freund«, sagte ich, mich in die Arme des Mannes werfend, dessen Anschauungen meinen Kopf verdrehten, »du bist ein Gott für mich, zu dessen Füßen will ich mein Leben verbringen.« — »A propos«, sagte mir Saint-Fond, als wir uns erhoben und uns auf ein Kanapee des Salons setzten, »ich vergaß dir mitzuteilen, daß der König mich mehr liebt als je, ich habe soeben neue Beweise davon empfangen. Er hat sich darüber Gedanken gemacht, daß ich Schulden habe und hat mir deshalb 2.000.000 geschenkt, um meine Finanzen zu ordnen. Es ist nur billig, daß du an dieser Gunst Anteil hast; ich schenke dir die

Hälfte; beherzige auch weiterhin meine Grundsätze und leiste mir stets gute Dienste: ich werde dich derart erheben, daß du deiner überragenden Stellung vollauf bewußt werden wirst. Du kannst dir nicht vorstellen, mit welchem Entzücken ich dich erhöhe; dafür verlange ich nur bedingungslose Unterwerfung und grenzenlosen Gehorsam. Ich will, daß du zugleich meine Sklavin und der Götze der andern seiest; nichts erregt mich so sehr wie dieser Gedanke... Juliette, heute werden wir Schaudertaten vollführen...« Er küßte mich auf den Mund mich gleichzeitig reibend. »O, Geliebte, wie köstlich sind die Feveltaten, wenn die Straflosigkeit sie verhüllt, wenn ein Vergehen ihnen Berechtigung gewährt, oder gar wenn die Pflicht sie vorschreibt! Wie ist es göttlich, in Gold zu schwimmen und, seine Reichtümer zählend, sagen zu können: Hier sind die Mittel zu allen Ruchlosigkeiten, zu allen Genüssen; mit seiner Hilfe können sich alle meine Träume verwirklichen, alle meine Wünsche Befriedigung finden. Keine Frau wird mir widerstreben, kein Begehren bleibt ungestillt, selbst die Gesetze können durch mein Gold modifiziert werden; ich kann nach meinem Belieben schalten und walten.« Ich küßte Saint-Fond tausend- und abertausendmal; aus seinem Enthusiasmus, aus der Trunkenheit, in der er schwebte, namentlich aber aus seinem Wohlwollen mir gegenüber Vorteil ziehend, ließ ich ihn einen Verhaftungsbefehl für den Vater Elvirens, der sie mir entführen wollte, unterschreiben und erwirkte mir noch 2 oder 3 andere Beweise seiner Gunst, deren jeder mir 500.000 bis 600.000 Francs eintrug; die Wirkung des ausgezeichneten Dîners, das ich ihm bereitet, machte sich geltend; er verfiel in einen tiefen Schlaf, den ich dazu benützte, um alle Verfügungen zu treffen.

Saint-Fond erwachte ungefähr um fünf Uhr. Alles war auf meine Anordnung hin im Salon vorbereitet. Die Personen waren in folgender Weise aufgestellt: den rechten Teil der Gruppe nahmen die drei für die Orgien bestimmten Mädchen ein, sie waren nackt, einfach mit Rosengirlanden geschmückt und wie die Grazien gruppiert; alle drei waren aus vornehmem Stande und überraschend schön; sie waren aus einem Kloster in Melun entführt worden.

Die erste hieß Louise; sie zählte sechzehn Jahre, war blond, eine der denkbar interessantesten Erscheinungen.

Der Name der zweiten war Hélène; sie zählte fünfzehn Jahre, besaß eine schmiegsame, elegante Taille, war für ihr Alter groß; sie besaß kastanienbraune Haare, Augen und Mund wie die Liebesgöttin; sie hätte für die hübscheste gelten können, hätte nicht die gleichaltrige Fulvia den Preis der Schönheit davongetragen.

Zum Kontrast mit dieser Gruppe hatte ich die der unglücklichen Familie, gleichfalls nackt, aber mit einem Trauerflor behängt, gebildet; Vater und Mutter lagen sich in den Armen; zu ihren Füßen saß die reizende Julie; ihre nackten Leiber waren mit Ketten behängt, die sie wund rieben; Juliens linke Brustwarze diente einem Kettengelenk als Stütze und wurde von ihm durchlöchert. Ein anderes Stück dieses schmerzenden Eisens war zwischen den Schenkeln der Madame de Cloris sichtbar und reizte ihre Schamlippen; Delcour, den ich mit dem entsetzlichen Kostüm eines höllischen Dämons und dem für die Hinrichtung bestimmten Richtschwert versehen hatte, hielt das Ende dieser Kette und sie von Zeit zu Zeit zerrend, zerriß er alle Partien, auf die sie sich stützte.

Meine vier Dienerinnen waren in der Haltung der Venus Kallipygos und wendeten ihre Hintern Saint-Fond zu; sie waren nur in braune und weiße Gaze gehüllt, die ihre Ärsche ganz frei ließ.

Die erste war eine Frau von zweiundzwanzig Jahren, schön wie Minerva, mit wunderbaren Formen, hieß Delia.

Montaline war der Name der zweiten; zwanzig Jahre zählend, frisch wie Flora, besaß sie einen herrlichen Teint.

Palmire mochte neunzehn Jahre alt sein; sie war blond und besaß das romantische Aussehen von Frauen, die man immer weinen sehen möchte.

Blaisine war siebzehn Jahre alt; sie hatte ein neckisches Wesen, prächtige Zähne, die schelmischesten Augen, die je die Liebe entflammt haben.

Links von diesem Halbkreis waren zwei große Kerle von 5 Fuß 10 Zoll Länge aufgestellt; sie besaßen ein enormes Glied; sie hielten sich stehend umarmt, rieben sich und küßten sich wolllüstig auf den Mund. Sie waren nackt.

»Das ist göttlich«, meinte Saint-Fond, als er erwachte, »an all' dem erkenne ich den Geist und die Phantasie Juliettens.«

»Man führe mir die Schuldigen vor«, setzte er fort; er wünschte mich an seiner Seite, ließ sich von Montaline das Glied lecken und tätschelte Palmirens schönen Hintern.

Die Gruppe bewegt sich vorwärts, von Delcour geleitet: »Ihr seid alle drei großer Verbrechen angeklagt«, sagte der Minister, »ich habe von der Königin den Geheimbefehl, euch sofort zu vernichten.« — »Dieser Befehl ist ungerecht«, erwiderte Cloris, »meine Familie und ich sind unschuldig... Und du weißt das genau, du Missetäter! ... (Bei diesen Worten empfand Saint-Fond ein so lebhaftes Wollustgefühl, daß ich glaubte, er würde den Samen ergießen.) Ja, du weißt es genau; wenn wir aber wirklich schuldig sind, möge man uns verurteilen, ohne uns, wie es hier geschieht, der grausamen Wollust eines Tigers preiszugeben, der uns nur deshalb opfert, um seine unwürdigen Leidenschaften zu schüren.« — »Delcour«, ruft Saint-Fond, »lassen Sie sie die Kette fühlen.« Infolge des heftigen Ruckes, den der Henker verursachte, wurde die Scham der Madame de Cloris, der Busen ihrer Tochter und einer der Schenkel ihres Mannes derart zerrissen, daß das Blut auf das Eisen spritzte. »Sie haben«, fährt dann Saint-Fond fort, »die Gesetze, die Sie anrufen, zu sehr übertreten, als daß sie Sie heute schützen könnten; Sie werden ihre ganze Strenge erfahren: bereiten Sie sich auf den Tod vor.« — »Du bist«, entgegnet Cloris stolz, »der Minister eines Tyrannen und einer Hure! Die Nachwelt wird über mich das Urteil fällen.«

Da erhebt sich Saint-Fond rasend; sein Glied bäumte sich hoch auf; er läßt sich nur von mir begleiten, nähert sich dem wehrlosen Frechling, versetzt ihm aus Leibeskräften mehrere Ohrfeigen, beschimpft ihn, spuckt ihm ins Gesicht und ruft, während er sein Glied an den Brüsten der Julia, die stets zu seinen Füßen liegt, reibt: »Räche dich, wenn du es vermagst, räche dich.« — »Feigling! Du würdest fliehen, wenn ich frei wäre.« — »Das ist wahr; aber du bist in meiner Gewalt; ich wette mit dir, daß du dich nicht rächen kannst, und beschimpfe dich mit Freuden.« — »Du verdankst mir alles.« — »Ich liebe nicht den Druck der Dankbarkeit.« Er ergriff das Glied des anderen und schüttelte es, er befahl mir, es zu reiben; aber als er sah, daß damit nichts zu erzielen war, sagte er zu Delcour: »Trennen Sie diesen Mann von seiner Familie und binden Sie ihn an diesen Pfahl. Da die Königin nur die Strafen, mit denen belegt zu werden ihr verdient, und die eurem Tode vorangehen sollen, mir überlassen hat«, setzte Saint-Fond hinzu, sich an die Frauen wendend, »werdet ihr vor den Augen des Cloris alle Arten der Unzucht und Wollust erdulden, die mir genehm sind.« Als er bemerkte, daß Delcour den Gefangenen nicht sofort, wie er es wünschte, an den Pfahl band, war er ihm selbst dabei behilflich, wobei er ihm von neuem Ohrfeigen versetzte, die von starken Schlägen auf die Hinterbacken begleitet waren. »Ich werde ihn mit eigener Hand töten«, sagte er zu Delcour. »Ja, ich will selbst das Vergnügen genießen, sein Blut zu vergießen, mich daran zu sättigen.« Stets Greueltaten und Wollust verbindend, bückte er sich, leckte das Glied des Mannes und küßte seine Hinterbacken. Da Delcour ganz nahe stand, nahm er gleichfalls dessen Glied in den Mund und leckte sein Afterloch; dann stand er auf und küßte mehrere Minuten lang den Henker auf den Mund, während er mir ins Ohr raunte: »Nichts versetzt mich in größere Erregung als das.« Nun ging er auf die gefangenen Frauen los. »Ach, mein Herr«, jammerten die armen Geschöpfe, als sie ihn herannahen sahen, »womit haben wir eine solche barbarische Behandlung verdient?« — »Sei mutig, mein Weib«, rief der unglückliche Gatte, »der Tod wird bald unsere Schmach tilgen, wir werden nichts mehr empfinden, aber die Gewissensbisse werden das Herz dieses Tigers zerfleischen.« — »Die Gewissensbisse«, sagte Saint-Fond hohnlächelnd, »werden meinem Herzen nie nahen; ich würde sie nur dann empfinden, wenn ich dich schonte.«

Zuerst wurde Madame de Cloris losgebunden und ihm vorgeführt. »Ha, du Hure«, sagte er zu ihr, »erinnerst du dich der Sprödigkeit, die du mir gegenüber hervorgekehrt hast; teure, liebe Cousine, heute wirst du ganz umsonst mein sein.« Er war in außerordentlicher Erregung; er betastet brutal ihre Reize; ihren Körper umfassend bearbeitet er ihre Scham vor den Augen ihres Gatten, dessen Glied er während dieser Zeit infolge der Stellung, die er einnimmt, lecken kann. Sowie ich bemerke, daß ein Hintern frei ist, lasse ich ihn ficken; alle Männer und Frauen umgeben ihn, mit Ausnahme von Cloris und Julie. Vor seine Augen, in den Bereich seiner Hände bringe ich weibliche Geschlechtsteile, Hintern, Glieder und Brüste. Der Dämon der Grausamkeit bemächtigt sich seiner; nirgends haften seine gekrümmten Finger, ohne Spuren zu hinterlassen; aber mit Vorliebe und voll Entzücken gräbt er sie in die Brüste der unglücklichen Frau ein, an der sich seine Raserei ergötzt; er kratzt sie und macht ihr Blut fließen. »Weg damit«, sagte er dann zu mir sein Glied aus der Scheide der Mutter ziehend und sich der Tochter bemächtigend, »ich will noch nicht entladen. — Kleine Hure«, sagt er diesem unschuldigen Geschöpf, »dein Vater und deine Mutter wissen, wieviel ich mich bemüht habe, in deinen Besitz zu gelangen; ich muß Sie heute für den Widerstand, den sie mir geleistet haben, strafen.« Er ließ sodann den Vater in eine solche Lage bringen, daß er, während er die Tochter bearbeitete, den schönen Anblick des teuren Popos, den Delcour mit der einen Hand stäupen mußte, indem er mit der anderen die in gleicher Höhe plazierten Hinterbacken der Mama quälte, vor Augen hatte. Ich helfe Saint-Fond bei Juliens Entjungferung: er drückt, er stößt, er fährt in die Scheide; acht Ärsche sind rings um ihn. Man bearbeitet ihn von hinten; das Scheusal findet die Marterung, die Delcour auf seinen Befehl vornimmt, nicht arg genug; er versieht sich mit einem Stilett und sticht gleichzeitig die Brüste der Mutter, die Schultern der Tochter und die Hinterbacken des Vaters. Das Blut fließt. »Jetzt will ich noch nicht ergießen«, ruft der gräuliche Faun, sein Glied aus Juliens Scheide ziehend.

»Hier«, spricht er, den Hintern des Vaters tätschelnd, »hier ist der Altar, auf dem ich opfern will.« Auf seinen Befehl wird der unselige Cloris auf dem unglückverheißenden Sofa ausgestreckt, die Hände gebunden. »Delcour«, spricht er zum Henker, »werfen Sie ihm einen Strick um den Hals, den Sie zuziehen werden, wenn er Widerstand leistet, so daß er daran verendet.«

Ich beaufsichtige und leite die ganze Prozedur; der Unglückliche spricht kein Wort mehr, ihm gerade gegenüber werden rechts der Busen der Mutter, links der hübsche kleine Hintern der Tochter postiert. Kaum ist Saint-Fonds Glied in dem Arsch, nach dem es ihm gelüstet, als seine mit dem Stilett bewaffneten Hände sich an die seinen Blicken sich darbietenden Reize heranmachen, die derart plaziert sind, daß das durch die Stiche hervorquellende Blut der beiden Frauen auf den Kopf des Vaters fließt. Indessen rieb ich seinen Hinteren, und ließ durch zwei meiner Frauen seine Arschbacken stechen. »Ach«, rief er aus, »ich habe mich getäuscht; ich glaubte, ich werde mein Sperma ergießen, aber ich wünsche noch vorher sämtliche Hintern dieser interessanten Familie zu betasten. Delcour, binde diesen alten Lustknaben wieder an, er hat nichts anderes geleistet, als mein Glied mit Kot bedeckt. Großes Mädchen«, sagte er zu Montaline, »kommen Sie und lecken Sie es ab.« Sowie er aber bei ihr ein wenig Widerstreben bemerkt, gibt er Delcour den Befehl, dem hübschen Hintern des reizenden Mädchens hundert Peitschenhiebe zu versetzen, um ihr Gehorsam beizubringen. »Ha, du Hure«, sagte er, während sie gestäupt wurde, »du willst mein Glied nicht lecken, weil Kot darauf ist? Was wirst du erst tun, wenn ich dir befehlen werde, es zu essen?« Montaline, gut durchgepeitscht, kommt zu allem entschlossen herbei; sie leckt den Lüstling, auch seinen Arsch; Saint-Fond geht wieder ruhig an die Arbeit; er treibt mit der Mutter Sodomie, quält mit der einen Hand den Hintern des Vaters, mit der andern die Scham der Tochter. Nach längerer Zeit nimmt er wieder die Tochter vor. »Diesmal«, spricht er, »hoffe ich, daß das Opfer hier dargebracht wird.« Stets von mir unterstützt, bearbeitete er Julie von hinten;

ich wende alle Mittel an, um ihn zur Entleerung zu bringen; aber sei es aus Bosheit, sei es aus Impotenz, verläßt er auch diesen Arsch, indem er mir erklärt, er würde bloß durch die Auspeitschung der ganzen Familie seine erschöpften Kräfte wieder erlangen. Der an den Pfahl gebundene Vater wird als erster gepeitscht. Sowie er blutüberströmt ist, bindet man sein Weib an seinen Rücken; nachdem ihr Hintern durch tausend Peitschenhiebe zerrissen ist, wird die Tochter auf den Schultern der Mutter allsobald in gleicher Weise behandelt. »Ich bin noch nicht befriedigt von diesem Genuß«, sagt das Ungeheuer, »ich will dieses Mädchen noch einmal peitschen, ihre Eltern sollen sie halten. Juliette und Delcour, setzt die Mündung je einer Pistole an ihre Schläfe; wenn sie sich rühren, während sie ihre Tochter halten, zerschmettert ihnen die Schädel.«

Ich übernahm die Mutter und brannte vor Verlangen, sie Widerstand leisten zu sehen; aber ich tröstete mich dann in der Gewißheit, daß sie ihre Tage durch irgend eine weit furchtbarere Marter beschließen würde und beklagte in meinem Innern nicht weiter ihre Unterwürfigkeit, die mich zuerst in Unruhe versetzt hatte. Die arme Julie wurde mit einer beispiellosen Unbarmherzigkeit behandelt; zunächst mit Ruten gestäupt, wurde sie sodann mit einer Klopfpeitsche geschlagen, die das Blut weiter spritzen machte; hierauf fällt Saint-Fond über den Vater her, bearbeitet ihn mit derselben, mit eisernen Kugeln durchflochtenen Peitsche, so daß er nach drei Minuten blutüberströmt ist. Sogleich wird dann die Mutter ergriffen, über das Sofa, mit möglichst weit gespreizten Schenkeln gelegt, worauf er sie mit seiner Klopfpeitsche striegelt, indem er die Hiebe gegen das Innere der Scheide richtet. Ich folge ihm überall hin, ihn bald reibend, bald peitschend, bald seinen Mund oder sein Glied beleckend. In einem Moment der Raserei nähert er sich dem jungen Mädchen; er versetzt ihr 2 Ohrfeigen von so furchtbarer Kraft, daß sie alle viere von sich streckend umfällt; die Mutter will ihr zur Hilfe eilen; er empfängt sie mit einem Fußtritt in den Bauch, der sie 15 Fuß weit von ihrer Tochter schleudert. Cloris schäumt vor Wut, ohne daß er es gewagt hätte, den Mund aufzutun; wie hätte er, beständig gefesselt, sich wehren können?

Das Mädchen wird aufgehoben; Saint-Fond befiehlt dem Henker, sie von vorne zu bearbeiten, indes er mit ihm Sodomie treibt. Durch meine Überredungskünste erwecke ich in dem unglücklichen Vater, den ich losbinde und dem ich sein und seiner Familie Leben zu retten verspreche, wenn er sich entschließen könne, Saint-Fond von hinten zu bearbeiten, Hoffnungen. Sorgfältig reibe ich sein Glied und erziele einen Erfolg. Saint-Fond, entzückt, ein so herrliches Glied in seinem Hintern zu spüren, zappelt wie ein Fisch, den man ins Wasser zurückwirft. »Er ist göttlich und ihm winkt sichere Gnade, wenn er sich entschließt, schleunigst von dem jetzigen Zustande seines Gliedes Gebrauch zu machen und mit seiner Tochter Sodomie zu treiben.« — »Mein Herr«, fragte ich Cloris, »können Sie zaudern, und ist es nicht hundertmal besser, Ihre Tochter zu bearbeiten, als sie zu töten?« — »Töten Sie sie!« — »Gut. Ihre Weigerung bedeutet ihren Tod, sie stirbt, wenn Sie hartnäckig bleiben.« Während eine meiner Frauen die Hinterbacken der Tochter auseinanderschiebt und das Loch befeuchtet, ziehe ich rasch Cloris Glied aus dem Hintern Saint-Fonds und richte es gegen den After seiner Tochter; aber Cloris, empört, stieß nicht zu. »Vorwärts, vorwärts, töten wir sie«, sagte Saint-Fond, »da er sie nicht ficken will.« Dieser grausame Befehl wirkte entscheidend; von der einen Seite näherte ich das Kreuz des Mädchens seinem Penis, von der andern stieß ich das schreckliche Glied in ihren After; da die Sache gut eingeleitet war, krönt der Erfolg meine Bemühungen: Cloris begeht Blutschande, um nicht Kindesmord begehen zu müssen. Während dessen mußte Delia Saint-Fond peitschen, er quälte den Hintern der Mutter und küßte die Hinterbacken von einem der Lakaien; hierauf ließ er sich von diesem bearbeiten, während er Delias Hinterbacken in Angriff nahm. Doch löste der unbeständige Saint-Fond auch diese Gruppe auf; er wehrt sich hartnäckig gegen den Samenerguß und scheint rasender wie ein wildes Tier. Er schrie, er schäumte, er fluchte; sogleich nachdem

Delcour sich in Juliens Scheide entleert hatte, befiehlt er ihm, die Mutter von hinten zu ficken.

Endlich lösen sich alle Gruppen auf; Saint-Fond beruhigt sich wieder und befiehlt mir, ihm die Reize der drei Mädchen, die er erst oberflächlich betrachtet hat, beschauen zu lassen; er betastet und liebkost ihre Hintern eine Viertelstunde lang; er läßt sie auseinandergehen, wieder zusammentreten, um sie zu vergleichen; indessen rieb ich ihn; er gibt ohneweiters zu, daß ich nie eine bessere Wahl getroffen hätte. Insbesondere Fulvia erschien ihm bewundernswert; »ich würde sie von hinten bearbeiten«, sagt der Lüstling, »wenn ich nicht fürchtete zu ejakulieren.« Hierauf wünscht er meine vier Dienerinnen Revue passieren zu lassen; Palmire entzückt ihn; er hätte, sagt er, nie so was Schönes gesehen; die prächtigen Hinterbacken des schönen Mädchens versetzen ihn in minutenlanges Entzücken. »Befiehl allen diesen Mädchen, im Halbkreis um mich niederzuknien; sie sollen hierauf in der gleichen Haltung mein Glied anbeten und nacheinander lecken.« Der Befehl wird vollführt; jede erhält 2 Ohrfeigen, während sie sein Glied saugt. »Gut«, sagt er dann, »jetzt kommt mein Hinterer an die Reihe: alle sollen in derselben Reihenfolge herankommen, ihn lecken und anbeten.« Indessen saugt er ein Glied nach dem andern, ohne — wie man sich leicht vorstellen kann — das des Cloris und Delcours zu übergehen.

»Es ist Zeit, Juliette«, sagt er, »diese Szene zu beenden.« Der Frevler bearbeitet Julie von hinten; die Lakaien halten Vater und Mutter, während er den Hintern der Tochter reibt. Delcour ergreift das Richtschwert und macht sich langsam daran, ihren Kopf abzuschneiden. »Gehe langsam, recht langsam vor, Delcour.« schreit er, »ich will, daß meine teure Nichte ihren Tod fühle, ich will, daß sie so lange leidet, als ich sie bearbeite.« Kaum hat Delcour die Schneide des Schwertes angelegt, als die Unglückliche furchtbare Schreie ausstößt. »Vorwärts, vorwärts«, sagte Saint-Fond, der sein Glied gut eingeführt hatte, »aber sachte; Sie begreifen nicht das Vergnügen, das mich beseelt. Bücke dich, Delcour, damit ich dich wichsen kann, während ich arbeite;

Juliette, beten Sie die Hinterbacken Delcours an: er ist jetzt in meinen Augen ein Gott. Man nähere mir den Arsch der Mutter; ich will ihn küssen, während ich ihre Tochter töten lasse.« Aber was sind das für Küsse! Großer Gott! Es sind so grausame Bisse, daß bei jedem ein Blutstrahl hervorschießt. Ein Lakai bearbeitet ihn von hinten, der Ruchlose schwebt in unsagbarem Entzücken. »Wie mir das Verbrechen gut bekommt!« schreit er unter Flüchen, »wie es mich entzückt!« Delcour zieht Saint-Fonds Genuß in die Länge. Der unglückliche Vater ist vernichtet und nahe daran, das Bewußtsein zu verlieren; er wendet seinen Blick schaudernd ab. Juliens schöner Kopf fällt endlich, wie eine hübsche Rose unter wütendem Nordsturm. »Nichts ist so wollusterregend, als was ich eben getan habe«, sagte Saint-Fond, sein Glied aus dem After des Leichnams hervorziehend, »man kann sich keine Vorstellung machen von der Kraft, mit der der Mastdarm unter dem Einflusse der langsamen Durchtrennung der Halswirbel sich zusammenzieht. Es ist einfach köstlich. Vorwärts, Madame, bereiten Sie sich vor, mir den gleichen Genuß zu verschaffen.«

Die gleiche Szene wiederholt sich.

Saint-Fond findet, daß man zu rasch vorgehe und unterbricht die Exekution. »Sie wissen nicht«, sagt er, »wie göttlich es ist, so allmählich den Kopf eines Weibes, das man ehedem zu lieben schwach genug war, vom Rumpfe zu trennen; ach! wie süß ist die Rache für die Sprödigkeit der teuren Cousine.« Er reibt das Glied des Henkers weiter, will aber während der Hinrichtung meine Hinterbacken küssen; die beiden Lakaien bearbeiten ihn und Delcour von hinten; der Vater nimmt indes eine derartige Stellung ein, daß ich mit einem Rutenbündel sein Glied peitschen kann. Mein blutdürstiger Liebhaber ist trunken; er ergötzt sich an den langsamen Qualen seiner unseligen Cousine, deren Kopf endlich nach Verlauf einer Viertelstunde fällt.

Jetzt kommt Cloris an die Reihe. Erst nachdem man ihn bindet, gelingt es, ihn in die für die Exekution nötige Stellung zu bringen. Saint-Fond sodomisiert, der Scharfrichter arbeitet, die

Diener fahren fort, den Gebieter und seinen Spießgesellen von hinten zu bearbeiten. Diesmal wünscht Saint-Fond die prächtigen Hinterbacken der Montaline zu küssen. Die anderen Frauen umringen ihn und zeigen ihm ihre Ärsche, endlich platzt die Bombe. O Himmel! Wenn Luzifer sich daran machte zu entladen, er würde meiner Meinung nach weniger Lärm schlagen, es würde nicht so schäumen, er würde den Göttern nicht so entsetzliche Blasphemien und Flüche zuschleudern. Saint-Fond rastet einen Augenblick; dann begeben wir uns in einen andern Saal, in dem ich die sieben Frauen und die beiden Lakaien sich versammeln lasse. Der Minister kommt uns rasch nach, aber gleich Wenzeslaus verläßt ihn sein Henker nie, doch gehen einige Genüsse sanfterer Art den kannibalischen Orgien dieses neuen Nero voraus, und wenn möglich, wird das Sperma wenigstens vor dem Blute fließen.

Da es nichtsdestoweniger nötig war, einem solchen Manne gegenüber auch äußerlich den Charakter der jeweilig gewählten Vergnügungen zu wahren, führte ich ihm die Gruppen der Sinnlichkeit in Nischen vor, die alle Merkmale des Todes trugen. Der ganze Saal war schwarz verhängt; Gebeine, Totenköpfe, Glastränen, Rutenbündel, Dolche und Klopfpeitschen schmückten diese Trauerdekoration; in jeder Nische befand sich eine der Jungfrauen, die von einer Tribade gerieben wurde; beide waren nackt, stützten sich auf schwarze Kissen und wiesen auf ihrer Stirn die Attribute des Todes auf. Im Hintergrunde einer jeden Nische war je einer der abgeschnittenen Köpfe sichtbar; rechts von jeder Nische befand sich ein offener Sarg, links ein kleiner runder Tisch, auf den eine Pistole, ein Giftbecher und ein Dolch lagen: ein unglaublich barbarischer Einfall, den ich ausführte, um meines Liebhabers Wohlgefallen zu erregen, hatte mich bewogen, die Rümpfe der eben getöteten Opfer absägen zu lassen; aufbewahren ließ ich bloß die Hinterbacken vom Kreuze an bis zu dem unteren Anteil der Schenkel; diese Fleischpartien waren an schwarzen Bändern in Mundeshöhe in jedem Zwischenraum zwischen den Nischen aufgehängt; sie waren die ersten Gegenstände, die Saint-Fond in die Augen stachen. »Ah!« rief er aus, indem er sie küßte, »ich bin hocherfreut, Ärsche wiederzufinden, die mir soeben soviel Genuß verschafft haben.« Eine Sterbelampe hing in der Mitte des Saales, dessen Wölbungen ebenfalls mit den Attributen des Todes versehen waren; verschiedene Marterwerkzeuge lagen zerstreut umher, insbesondere war ein außergewöhnliches Rad bemerkbar: das Opfer, das um dieses Rad gebunden wurde, welches seinerseits in einem andern mit Stahlstacheln versehenen lief, mußte, wenn es an diese unbeweglichen Spitzen anstieß, allmählich vollständig geschunden werden. Eine Feder näherte das fixe Rad dem Individuum, das an das sich drehende gebunden war, so daß die Spitzen in dem Maße, als sie die Menge des Fleisches verminderten, dennoch näher heranrücken und sich fest einhaken konnten. Diese Marter war umso schrecklicher, als sie recht lange dauerte und ein Opfer zehn Stunden lang unter langsamen, furchtbaren Qualen und Ängsten zu leben vermochte. Um den Tod zu beschleunigen oder zu verlangsamen, handelte es sich nur darum, das fixe Rad mehr oder weniger dem sich drehenden zu nähern; diese Maschine, erfunden von Delcour, war von Saint-Fond noch nicht erprobt worden; er war begeistert, als er sie erblickte, und gab dem Erfinder sofort 50.000 Francs Belohnung. Von diesem Moment an suchten die Verräteraugen des Ungeheuers unter den drei Opfern diejenige aus, die auf diese Weise getötet werden sollte. Götter! Die unglückliche Fulvia, als die schönste, wurde im Grunde seines Tyrannenherzens stillschweigend verurteilt. Ein Kuß, den er dem Afterloch des schönen Mädchens sogleich nach der Besichtigung der entsetzlichen Maschine versetzte, schaffte mir bald Gewißheit; aber wir wollen sehen, was sich vorher ereignete.

Saint-Fond nahm zunächst zwischen Delcour und mir auf dem Fauteuil Platz, der gegenüber den Nischen aufgestellt war. Palmira, diejenige meiner Frauen, die nicht in den Nischen untergebracht war, stand hinter seinem Fauteuil und rieb sein Glied, während sie seinen Mund küßte; er wichste Delcour und tätschelte meine Arschbacken; er überprüft alles: die Tribaden bestreben sich, ihm den Körper der Kinder, die sie reiben, in allen möglichen Stellungen zu zeigen; oft bringen sie sie ihm recht nahe, um die verschiedenen Körperteile von ihm küssen zu lassen. Er erhebt sich und durcheilt die Nischen; indes läßt er sich von Delcour peitschen; manchmal läßt er sich bearbeiten, während ich ihn lecken muß; da bemerke ich, daß sein Glied sich wieder zu erholen beginnt; bei der letzten Nische (wo Blaisine Fulvia rieb) steckte er sein Glied in meinen After; indem er den Hintern des reizenden Mädchens küßte, flüsterte er in mein Ohr: »Sie wird das Rad einweihen; ach, wie prächtig werden die hübschen kleinen Hinterbacken gekitzelt werden!« Nach der Revue legte er sich auf eine Art schmale, gepolsterte Bank; nacheinander kommen Männer und Frauen, setzen sich rittlings auf sein Gesicht und scheißen in seinen Mund. Palmire kommt zuerst dran, worauf sie ihn während der ganzen Prozedur leckt. Dann kommen Montaline und ich an die Reihe, damit er nach seinem Belieben unsere Hinterbacken streicheln könne. Von den schmutzigen Handlungen geht der Lüstling bald zu grausamen über; Delcour peitscht auf seinen Befehl die sieben Frauen vor ihm, während ich ihn, auf den eigens zu diesem Zwecke herabgenommenen Köpfen stehend, reibe.

Drei Gruppen bilden sich sodann; meine beiden Leiblakaien bearbeiten zwei meiner Tribaden von hinten; in der Mitte peitscht Delcour die dritte; zu Füßen jeder Gruppe befindet sich ein Mädchen, die zu entjungfern Saint-Fond sich anschickt; Palmire und ich suchen durch verschiedene Manipulationen sein Glied zu kräftigen; der Wüstling, dessen Penis sich wieder steift, entjungfert alle drei; zuletzt dreht er Fulvia um, fickt sie von hinten und ergießt. Ich lecke ihn, um ihn von neuem anzuregen; er verlangt, der Henker möge ihm alle Frauen, mich inbegriffen, halten; dann versetzt er jeder 200 Rutenhiebe; hierauf hält er die Frauen und zwingt Delcour, sie alle von hinten zu bearbeiten. Er küßte sie auf den Mund während dieser Szene, in der ich die gleiche Rolle wie die übrigen spielte.

Hierauf ergreift Saint-Fond eine der Jungfrauen nach der an-

dern und begibt sich mit jeder in ein entlegenes Gemach. Wir wußten nicht, was er ihnen sagte oder tat; wir wagten es bei ihrer Rückkehr nicht einmal, sie zu fragen; wahrscheinlich hatte er ihnen im Zwiegespräch den Tod in Aussicht gestellt, denn sie kehrten ganz in Tränen aufgelöst zurück. Während Delcour sich zur Vollstreckung des Urteils vorbereitete, sagte er zu mir, daß dieser Ankündigung sich gewöhnlich eine geheime wollüstige Handlung anschloß; seitdem er Saint-Fond kenne, habe er ihn stets eine solche an grausame Todesurteile anknüpfen sehen. Natürlich erregte ihn dies sehr, denn sein Glied war nachher stets äußerst straff.*

»Wohlan«, sagte er, vor Wollust schäumend, »sehen wir mal, unter welchen Martern wir sie töten wollen. Ich will Schreckliches durchführen. Delcour, deine Einbildungskraft muß sich heute selbst übertreffen; diese Elenden müssen alle Höllenqualen erdulden.« Er küßte Fulvia; es war ersichtlich, daß sie ihn am meisten in Hitze brachte. »Delcour«, sagte er, »ich lege dir dies hübsche kleine Wesen ans Herz; wie schön wird sie auf dem Rade sein, wie wollusterregend werden ihre weißen edlen Hinterbacken sich bei der Zerfleischung ausnehmen.« Mit diesen Worten biß er so an fünf oder sechs Körperstellen bis aufs Blut, einer dieser Bisse riß ihr die linke Brustwarze ab, die der Schelm verschlang; er steckte sein Glied einen Moment in ihren Hintern; dann bemächtigt er sich des Gliedes Delcours und führt es selbst in das Loch ein, das er soeben verlassen hat. »Der Henker«, spricht er, »muß sein Opfer ficken, das ist unerläßlich.« Indes kratzte er mit seinen Nägeln die Hinterbacken, die Flanken, die Schenkel, die Brüste des Mädchens und leckte das hervorquellende Blut; er hieß Palmiren herantreten, da sie ihn gleichfalls in Wallung zu versetzen schien, und sagte ihr: »Siehst du, so behandle ich die Mädchen, die mich in Erregung versetzen.« Gleich nach diesen Worten führte er sein Glied in ihren After ein; nach einigen Stößen läßt er sie auf einen Sessel steigen, um ihre Hin-

* Man wird bald erfahren, um was es sich handelt.

terbacken stets vor Augen zu haben; Delia läßt er in die gleiche Stellung bringen; nun müssen sich die drei Opfer im Halbkreis um ihn ordnen; sie knieten nieder, worauf er ihre Hälse ergriff, indes Blaisine sein Glied rieb. Er stach die kaum aufgeblühten Brüste der drei Unglücklichen, schnitt sie mit einem Federmesser ab und brannte die Wunde sofort mit der Spitze eines Glüheisens. Ich steigerte indes seine Erregung, indem ich auf seinen Befehl mich von Delcour hinten bearbeiten ließ und mit jeder Hand einen Diener rieb; die knieenden Opfer läßt er mit den Rücken aneinanderbinden und drischt ihren Busen mit einer Klopfpeitsche, die mit spitzen Eisennägeln durchflochten ist; Palmirens Hinterer mußte ihm während aller dieser Szenen folgen; er warf sich immer darauf und leckte ihn in den Pausen. »Vorwärts!« ruft er, »noch ein wenig will ich peitschen.« Die sieben Frauen (ich wurde ausgenommen) wurden an Säulen gebunden, die eigens im Saale angebracht worden waren; in ihren erhobenen Händen mußten sie ein Kruzifix halten; die Füße der vier Tribaden ruhten gleichfalls auf einem Kruzifix, das sie zu treten schienen. Die drei Opfer stützten sich auf Kugeln, die allenthalben mit Stacheln versehen waren, so daß das Gewicht des eigenen Körpers sie zerfleischen mußte. Ihre Brüste waren mit Darmsaiten umspannt, die ihr Fleisch einschnitten; ein recht spitzer Eisennagel hing über ihren Köpfen und konnte nach Saint-Fonds Belieben in diese sich einbohren; er konnte ihn vermittelst einer Feder regulieren; andere ebenfalls durch Saint-Fond regulierbare Nägel waren gegenüber ihren Augen angebracht, wieder ein anderer bedrohte ihren Nabel, wenn sie, unter den Peitschenhieben sich windend, sich nach vorne beugten; eine jede dieser Unglücklichen wurde von einer Tribade umschlungen; die letzteren blieben zu ihrem Glücke von den Marterinstrumenten verschont.

Saint-Fond verwendet zunächst Ruten, die Delcour und ich ihm zur Verfügung stellen; er versetzt den Opfern hundert, den Tribaden 50 Hiebe; dann kommen Klopfpeitschen an die Reihe, die mit Stahlnägeln durchflochten sind; 200 Hiebe erhalten die

Opfer, zehn die Tribaden. Hierauf läßt Saint-Fond die Nägel spielen: die Unglückseligen, von allen Seiten gestochen, stoßen Schreie aus, die jeden andern als uns Missetäter gerührt hätten. Saint-Fond, der seinen Samen kaum mehr zurückzudrängen vermag, läßt sich Louise, die Sechzehnjährige, die er zuerst umbringen will, vorführen. Er küßt sie heftig, leckt und streichelt ihren blutbedeckten Hintern und läßt sich von ihr das Glied und das Afterloch lecken. Dann übergibt er sie Delcour, der zunächst seinen Penis in ihre beiden Löcher einführt und dann die chinesische Todesstrafe vorzieht, die darin besteht, daß eine Person auf einem langen Tische bei lebendem Leibe in 24.000 Stücke zerhackt wird. Saint-Fond, auf den Knien eines ihn bearbeitenden Lakaien sitzend, sieht dem Schauspiel von einer Estrade herab zu; zwischen seinen Beinen hält er Hélène, die nun an die Reihe kommen soll; er kneift ihren Hintern, während ich ihn wichse und er Palmirens Mund küßt. Die Marterung der zweiten besteht darin, daß ihr die Augen ausgestochen und alle Glieder bei lebendem Leibe gebrochen werden. Saint-Fond legt selbst Hand an, während ich ihn peitsche; das derart zugerichtete Opfer wird ihm wieder übergeben; er bearbeitet sie von hinten, indes ihr Delcour vermittelst eines Keulenschlages den Todesstreich gibt; ihr Gehirn spritzt auf Saint-Fonds Nase, sein ganzes Gesicht ist damit bedeckt.

Die reizende Fulvia bleibt allein, umgeben von den blutigen Resten ihrer beiden Genossinnen; kann sie zweifeln über ihr Los? Saint-Fond zeigt ihr das Rad. »Schau, was dich erwartet.« sagt er, »das Beste ist dir vorbehalten.« Der Frevler ermangelt nicht, ihr schön zu tun, sie häufig auf den Mund zu küssen; er bearbeitet sie noch einmal von hinten, bevor er sie dem Henker preisgibt. Schließlich wird sie von Delcour gepackt; sie stößt entsetzliche Schreie aus; er bindet sie an das Rad, das sich zu drehen beginnt. Saint-Fond, von den beiden Lakaien bearbeitet, stößt bei jeder Umdrehung sein Glied in Delcours After, während er abwechselnd Palmirens und meine Hinterbacken küßt und die Ärsche der drei übrigen Frauen wahllos tätschelt. Bald läßt die

Verdoppelung der Schreie des Opfers uns den Grad ihrer Schmerzen beurteilen. Ich überlasse es euch, eine Vorstellung ihrer Furchtbarkeit zu machen; das Blut spritzte nach allen Seiten, vergleichbar dem durch Einwirkung heftiger Winde zerstiebenden feinen Regen. Saint-Fond, der ihre Martern in die Länge zu ziehen wünscht, führt in den Gruppen sowie in den Genüssen Abwechslungen herbei. Während Delcour mit mir seinen diesbezüglichen Wünschen entgegenkommt, treibt er mit meinen vier Tribaden Sodomie. Das sich durch die Feder näherrückende Rad beginnt tief ins Fleisch hinein zu bohren und das durch den übermäßigen Schmerz bewußtlose Opfer hat nicht mehr die Kraft, sich vernehmbar zu machen. Saint-Fond, erschöpft von den blutigen Grausamkeiten, ergießt endlich seinen Samen in Palmirens prächtigen Hintern; zugleich leckt er den Delcours, tätschelt meinen mit der einen, den Montalinens mit der andern Hand, und schaut zu, wie unter dem Unglücksrade einer der Lakaien Blaisine von hinten bearbeitet und gleichzeitig von Delia gepeitscht wird, die ihm den Mund leckt, um seine Entleerung zu beschleunigen.

Saint-Fonds Schreie, seine Aufregung, die Gotteslästerungen, die er ausstieß, waren entsetzlich; wir trugen ihn in fast bewußtlosem Zustande zu Bette, wo er auch noch die Nacht an meiner Seite zu verbringen wünschte.

Der Erzwüstling schlief so ruhig, als wenn er soeben die verdienstreichste Tat vollbracht hätte, zehn Stunden lang ohne zu erwachen und ohne das geringste Zeichen von Aufregung. Damals gewann ich die Überzeugung, daß es leicht ist, sich ein seinen Anschauungen entsprechendes Gewissen anzueignen, und daß man, hat man sich erst soweit aufgeschwungen, sich an alles heranzuwagen vermag. Freunde! Zweifeln wir nicht daran, daß derjenige, der in seinem Herzen jeden Gedanken an Gott und Religion ausgetilgt hat, dem es sein Geld und sein Ansehen ermöglichen, sich über die Gesetze hinwegzusetzen, der es verstanden hat, sein Gewissen zu verhärten, es seinen Anschauungen unterzuordnen und daraus die Skrupeln für immer zu verbannen, daß ein solcher Mann sicherlich alles tun wird, was ihm beliebt, ohne die geringste Furcht zu hegen.

Als der Minister erwachte, fragte er mich, ob er nicht wirklich der größte Missetäter der Welt sei. Da ich wußte, welches Vergnügen ihm eine (übrigens durchaus meiner Überzeugung entsprechende) bejahende Antwort bereitete, hütete ich mich wohl, ihm zu widersprechen. »Was willst du, mein Engel«, fragte er mich, »ist es mein Fehler, daß ich so beschaffen bin und daß mir die Natur den unwiderstehlichsten Geschmack am Laster und nicht den geringsten Hang zur Tugend hat zuteil werden lassen? Ist es denn nicht gewiß, daß ich ihr in meiner Weise ebenso gute Dienste leiste, wie der, dem sie den Trieb zu guten Handlungen eingeimpft hat? Es wäre die größte aller Absonderlichkeiten, den Plänen, die die Natur mit uns im Auge hat, zu widerstreben; sie hat mich gepflanzt, wie sie es mit dem Giftkraut getan hat; ich bin ebensowenig bekümmert über mein Wesen, als ich darüber erfreut wäre, ein Trunkenbold zu sein; da es auf der Erde alle Typen geben muß, ist es doch gleichgültig, der oder jener Art anzugehören? Eifere mir nach, Juliette*, deine Neigungen weisen dir diesen Weg; schrick vor keiner verbrecherischen Tat zurück; je grauenhafter eine solche ist, desto mehr entspricht sie den Satzungen der Natur; einzig der ist schuldig, der sich ihr widersetzt; werde es also nicht! Meine Tochter, lasse die Menschen reden, es müßten Sittsamkeit und Scham die Freuden des Genusses begleiten; ein Unglück wäre es für den, der sie in dieser Weise kosten wollte; er wird sie niemals kennen lernen. Diese Arten des Vergnügens können nur dann köstlich sein, wenn man

* Geile und feurige Frauen, lest mit Aufmerksamkeit diese Ratschläge: sie wenden sich an euch so wie an Juliette, und wenn Ihr Geist besitzt, werdet Ihr gleich jener daraus den größten Vorteil schöpfen. Der heißeste Wunsch, euch glücklich zu machen, gibt uns sie ein; nie werdet Ihr des Glückes teilhaftig werden, dessentwegen wir diese Worte an euch richten, nein, niemals, wenn Ihr nicht diese weisen Vorschläge zur alleinigen Richtschnur eures Vorgehens machen werdet.

bei ihrem Genusse alle Schranken durchbricht; Beweis dafür ist der Umstand, daß sie erst dann köstlich sein können, wenn man bei ihrem Genusse jede Hemmung zerreißt, desto heftiger wird die Erregung; den Höhepunkt dieser Arten des Vergnügens wird man erst dann erreichen, wenn man sich der sinnlichen Ausschweifung bis zu den äußerten Grenzen unseres Könnens hingibt; so daß die Erregung unserer Nerven einen solchen Grad von Heftigkeit erreicht, der sie in einen Zustand vollständiger Verwirrtheit versetzt. Der, welcher die ganze Stärke, den ganzen Zauber der sinnlichen Freuden kennen lernen will, muß sich die Überzeugung verschaffen, daß erst dann, wenn sein Nervensystem eine möglichst starke Erschütterung erfährt oder erweckt, es ihm glücken wird, sich in den für den Genuß unerläßlichen trunkenen Taumel zu stürzen; denn das Vergnügen ist nichts anderes als die Erschütterung der Wollustatome, welche die in unseren Nerven schwingenden elektrischen Partikelchen in hitzige Erregung versetzen. Um also den Genuß vollständig zu gestalten, muß die Erschütterung so heftig als möglich sein; aber das Wesen dieser Gefühlsregung ist so delikat, daß ein Nichts sie stört oder ganz aufhebt; es bedarf also eines gebildeten, eines ruhigen Geistes, der sich infolge unseres Systems oder seiner Stellung in dem Zustande eines ruhigen und glücklichen Gleichgewichtes befindet, seine Sinne müssen sich am Feuer der Einbildungskraft entfachen. Ist dies geschehen, dann lassen Sie der Phantasie vollständig freien Lauf; weichen Sie vor keiner Ausschweifung zurück und gewähren Sie ihr nicht nur alles, sondern setzen Sie sie durch Ihre Philosophie, namentlich aber durch die Verhärtung Ihres Herzens und Ihres Gewissens, in den Stand, sich neue Illusionen zu schaffen, welche, die Atome der Wollust nährend, sie mit größerer Kraft gegen die Moleküle, die erregt werden sollen, schleudern und so immer wieder Ihren Sinnen eine besondere Art des Genusses verschaffen. Du ersiehst daraus, wie hinderlich ein innerhalb der Grenzen der Ehrbarkeit und Tugend sich haltender Sinn deinem Sinnlichkeitstaumel wäre; das wäre gleichbedeutend damit, Eisstücke ins Feuer zu werfen oder einem jungen Läufer, der sich voll Hitze in Bewegung setzen will, Fallstricke und Hindernisse in den Weg zu legen.

Die erste Fessel, die gesprengt werden muß, ist die Religion, da sie für den, der ihr untertänig ist, eine beständige Quelle der Gewissensbisse wird; aber man handelt nur halb, solange man nicht die Altäre eines phantastischen Gottes umgestürzt hat. Dies ist sehr leicht, es bedarf weder viel Verstandes noch großer Kraft, um mit den abscheulichen Hirngespinsten der Religion fertig zu werden, da ja keines von ihnen ernsthafter Prüfung standhalten kann. Aber noch einmal, Juliette, das ist lange noch nicht alles; es gibt eine Unzahl anderer Pflichten, gesellschaftlicher Konventionen, anderer Hindernisse, die dir bald ebenso im Wege stehen werden, wie die Religion, wenn dein ebenso feuriger wie unabhängiger Geist es sich nicht zum Gesetz macht, sie alle zu übertreten. Läßt du dich von diesen verächtlichen Hindernissen fesseln, wirst du bald einen Zwang bei deinen Vergnügungen empfinden, ähnlich dem, den der Fromme erfährt; hast du dagegen sie alle mit Füßen getreten und bist du vor den unangenehmen Stacheln des Gewissens gesichert, dann wird dein Genuß zu den lebhaftesten und vollständigsten gehören, die die Natur gewähren kann, und deine Sinneslust wird derartig werden, daß deine physischen Kräfte ihrem Übermaß kaum werden gewachsen sein. Doch hoffe nicht, gleich am Beginne ebenso glücklich zu sein, als du eines Tages werden kannst. Was immer du tun magst, werden dich Vorurteile behelligen, da die Ketten, die du gesprengt hast, zu stark waren; es sind dies unangenehme Wirkungen der Erziehung, die einzig durch tiefe Reflexion, durch Beharrlichkeit und namentlich durch eingewurzelte Gewohnheiten Heilung finden können. Aber allmählich wird dein Geist sich stärken; die Gewohnheit, diese zweite Natur, die oft stärker wird als die erste, die sogar die anscheinend geheiligtesten der natürlichen Prinzipien zu unterdrücken vermag, diese Gewöhnung an das Laster, die ich dir nicht genug ans Herz legen kann und von der alles abhängig, ist auf der Laufbahn, die du einschlägst, sie ist es, die die Gewissensbisse zum Schweigen bringen, über die die

Stimme des Herzens lächeln wird; du wirst dann sehen, in welch anderem Lichte dir alle Gegenstände erscheinen werden. Überrascht von der Gebrechlichkeit der Bande, die dich gefesselt hatten, wirst du über die Tage trauern, da du dich törichterweise hast an Ketten schmieden lassen und den Lockungen widerstanden hast; und sollten einige nichtige Hindernisse dein Glück, den Reiz, es gekannt zu haben und die daran sich knüpfenden göttlichen Erinnerungen stören, die Dornen, die man streuen wollte, werden sich stets in Blumen verwandeln. Aber welche Dornen solltest du fürchten, bei der Stellung, die ich dir verliehen, bei der Sicherheit, die ich dir gewähre? Bedenke einen Moment deine köstliche Situation: wenn die Gewißheit der Straflosigkeit dem Verbrechen die göttlichsten Reize gibt, wer könnte auf der Welt mit mehr Entzücken genießen als du? Fasse deine andern Genüsse ins Auge: du bist achtzehn Jahre alt, besitzest eine eiserne Gesundheit, das hübscheste Gesicht, die vornehmste Taille, Geist wie ein Engel, das Temperament einer Messalina, du schwimmst in Gold und Überfluß, hast ein festgegründetes Ansehen, keine Fesseln belästigen dich, keine Verwandten behelligen dich, deine Freunde beten dich an... solltest du da die Gesetze fürchten?... Fürchte nicht mehr, daß ihr Schwert es wagen sollte, dich zu treffen; sollte es eines Tages sich drohend über deinem Haupte erheben, so setze ihm deine Reize entgegen; setze an Stelle der Abspannung, die dich am Busen der Wollust ergreift, kunstvolle Toiletten, die alle deine Reize hervortreten lassen und alle Herzen dir untertan machen; entfalte dich, und das Universum, zu deinen Füßen liegend, wird sofort alles aus dem Wege räumen, was sein teuerstes Idol bedrohen könnte; die Liebe wird dir dann selbst als Beschützer dienen, sie wird alle Herzen entflammen und du wirst nur Liebhaber finden, wo andere Richter zu fürchten hätten. Das alleinstehende Wesen, das kein Vermögen, keine Stütze, keine Bedeutung hat, das muß vor diesem dem Volke angelegten Zügel zittern; nur für ein solches sind die Richter da. Aber du, Juliette, du darfst die Natur umwälzen, Unruhe stiften, zerstören, rauben; die Welt wird in dir ihre Gottheit anbeten, wenn du für sie einige Wohltaten abfallen läßt; sie wird dich fürchten, wenn du sie zertrittst, aber stets wirst du ihr Gott sein.

Gib dich, Juliette, furchtlos hin dem Ungestüm deiner Gelüste, der weisen Unregelmäßigkeit deiner Launen, dem heißen Feuer deiner Begierden; errege mich durch deine Ausschweifungen, berausche mich durch deine Genüsse; mache nur sie allein zu deiner Richtschnur und zu deinem Gesetz; deine wollüstige Phantasie bringe Abwechslung in unsere Wallungen; erst wenn wir diese vervielfachen, werden wir des Glückes teilhaftig. Von Natur aus unbeständig und leichtfüßig, überhäuft es stets nur den mit seinen Gaben, der es an sich zu ketten versteht. Verliere nie aus den Augen, daß das ganze Glück des Menschen in seiner Einbildungskraft liegt, und daß er nur dann darauf Anspruch erheben kann, wenn er alle Launen jener befriedigt. Das glücklichste Wesen ist dasjenige, dem die meisten Mittel zur Verfügung stehen, alle Ausschweifungen, die jene eingibt, zu befriedigen; halte dir Mädchen, Männer, Kinder; lasse auf deine Umgebung die weiche Lüsternheit deiner Feuerseele einwirken; alles, was ergötzt, ist gut, alles, was erregt, dem Zwecke der Natur entsprechend. Siehst du nicht, wie das uns leuchtende Gestirn abwechselnd verwelken macht und belebt? Ahme es nach bei deinen Ausschweifungen, so wie du es in deinen schönen Augen spiegelst. Bilde dich an den Beispielen einer Messalina und Theodora; halte dir, sowie es diese berüchtigten Metzen des Altertums getan haben, Serails beider Geschlechter, in denen du nach Belieben in einem Ozean von Unreinheit untertauchen kannst. Wälze dich in Gemeinheit und Ruchlosigkeit; das Schmutzigste und Fluchwürdigste, das Schmählichste und Verbrecherischeste, das Zynischeste und Empörendste, das Widernatürlichste, Ungesetzlichste und Gottloseste möge dein größtes Wohlgefallen erregen. Besudle mit Muße alle Partien deines schönen Körpers; gedenke, daß es auf diesem keine Stelle gibt, an der die Geilheit nicht ihren Tempel zu errichten vermöchte, und daß immer die Lüste die köstlichsten sein werden, von denen du glaubst, daß sie unnatürlich sind. Wenn das ruchloseste Übermaß von Ausschweifung, wenn die schändlichsten Entartungen und die ekelhaftesten Akte deine Nerven zu ermüden beginnen, dann belebe dich wieder durch Handlungen der Grausamkeit, die unglaublichsten Verbrechen, die willkürlichsten Greuel, die ungeheuerlichsten Ausschweifungen mögen deine Seele aus der Lethargie reißen, in die deine Wollust dich versetzt hat. Vergiß nicht, daß die ganze Natur dir gehört, daß alles, was sie uns tun läßt, erlaubt ist, und daß sie geschickt genug war, uns, als sie uns schuf, die Mittel zu nehmen, die ihre Kreise stören könnten. Du wirst dann sehen, daß die Liebe manchmal ihre Pfeile, in Dolche verwandelt, und daß die Schmähungen des Unglücklichen, den wir quälen, oft mehr wirken, um uns zu exzitieren, als all die galanten Redensarten Cytherens.«

Außerordentlich geschmeichelt durch diese Bemerkungen erlaubte ich mir, Saint-Fond zu verstehen zu geben, daß ich nur seine Huld zu verlieren fürchtete.

»Juliette«, erwiderte er, »sie würde nicht lange anhalten, wenn ich nur dein Geliebter wäre, weil die Gunst einer noch so schönen Frau mich nicht für lange zu fesseln vermöchte. Der, welcher es sich zum Grundsatze macht, in dem Augenblicke, da eine Frau ihm zu Willen war, sich von ihr zu trennen, würde, wäre er nur Liebhaber, eine solche Befürchtung rechtfertigen; aber du weißt ja, Juliette, daß ich weit entfernt bin, ein solcher Flachkopf zu sein; da wir beide durch Ähnlichkeit des Geschmackes, des Geistes und des Vorteils verbunden sind, erkenne ich unsere Fesseln nur als solche des Egoismus an, und diese sind die festesten. Würde ich dir den Rat erteilen, dich anderen hinzugeben, wenn ich dein Geliebter wäre? Nein, nein, Juliette, ich bin es nicht, werde es nie sein. Fürchte nichts von meiner Unbeständigkeit; sollte ich dich je im Stiche lassen, wirst du selbst dran Schuld sein; führe dich weiterhin gut auf, sei mir bei meinen Genüssen stets eifrig behilflich; möge jeder Moment in dir neue Laster zur Entfaltung bringen; betätige mir gegenüber die größte Unterwürfigkeit; je mehr du vor mir im Staube kriechen wirst, desto mehr werde ich dich aus Hochmut über die anderen erhöhen. Wenn du zudem keinerlei Schwäche und Skrupel — was immer ich von dir verlange — verrätst, werde ich dich zur glücklichsten der Frauen, wirst du mich zum glücklichsten der Männer machen.« — »O, mein Herr«, erwiderte ich ihm, »ich will nur deshalb über das Weltall gebieten, um seine Huldigungen zu Ihren Füßen zu legen!«

Wir unterhielten uns dann über einige Kleinigkeiten. Er war untröstlich darüber, daß er seine Nichte nicht mit dem Rade gemartert hatte; doch hätte er es zweifellos getan, wenn er nicht den Kopf hätte aufbewahren müssen. Das brachte ihn darauf, Delcour über die Maßen zu preisen. »Er ist voll Phantasie, zudem jung und kräftig; ich rechne es dir hoch an, daß du nach seinem Gliede Verlangen getragen hast. Was mich betrifft, bearbeitete ich ihn stets mit Entzücken. Ich habe bereits die Beobachtung gemacht, daß man an einem Mann, an dem man sich in dessen früher Jugend ergötzt hat, auch in seinem vierzigsten Jahre Vergnügen findet. Du siehst, wie wir uns ähneln, Juliette; das Handwerk, das er betreibt, hat einen Kopf wie meinen verdreht, und ohne sein Metier hätten wir nie aneinander gedacht.« — »Haben Sie schon viele solcher Leute gehabt?« — »Ich hatte fünf bis sechs Jahre diese Manie und durcheilte alle Provinzen, um jener habhaft zu werden; namentlich waren es ihre Gehilfen, die meine Phantasie hochgradig erregten. Man kann sich keine Vorstellung machen, was es heißt, das Glied eines solchen in seinem Hintern zu haben; ich habe sie dann durch Metzgergesellen ersetzt; namentlich liebte ich es, wenn sie blutbedeckt mich zwei Stunden lang bearbeiteten.« — »Ich begreife diesen Geschmack«, sagte ich zu Saint-Fond. »Sei überzeugt, es bedarf der Rücksichtslosigkeit und der Entartung in allen diesen Dingen; die Wollust ist nichtig, wenn ihr Wesen nicht wüst ist. A propos«, fuhr er fort, »eine deiner Tribaden regt meine Nerven ganz außerordentlich an... Diese hübsche Blondine, in die ich — wenn ich mich recht erinnere — zum Schluß meinen Samen ergossen habe.« — »Palmire?« — »Ja, so hörte ich sie nennen, sie hat den schönsten, den engsten und heißesten Arsch... Wie bist du zu ihr gekommen?« — »Sie arbeitete bei einer Modewarenhändlerin;

als ich sie zu mir nahm, zählte sie kaum achtzehn Jahre und war unerfahren wie ein neu geborenes Kind; sie ist eine Waise aus guter Familie; sie ist nur von einer alten Tante abhängig, die sie mir sehr ans Herz gelegt hat.« — »Lieben Sie sie, Juliette?« — »Ich liebe nichts, Saint-Fond, ich habe nur Launen.« — »Ich glaube, dieses reizende Kind besitzt alle für ein köstliches Opfer erforderlichen Eigenschaften; sie ist sehr schön, beim Weinen interessant, hat eine klangvolle Stimme, die schönsten Haare der Welt, einen prächtigen Hintern, der ausnehmend frisch ist. Schau, Juliette, wie ich erigiere bei dem bloßen Gedanken, sie zu foltern.« Tatsächlich hatte ich sein Glied noch nie sich derart bäumen gesehen; ich ergriff es und rieb es ganz sachte. »Aber wenn ich sie bekomme«, fuhr er fort, »werde ich sie dir besser bezahlen als eine andere.« — »Ist nicht Ihr Wort allein schon ein Befehl für mich? Soll sie auf der Stelle eintreten?« — »Ja, denn nur sie erregt jetzt mein Verlangen.«

Sofort, als Palmire erschien, sprang Saint-Fond aus dem Bette, wickelte sich in einen Schlafrock, packte brüsk das Mädchen und begab sich mit ihr in ein entlegenes Kabinett. Die Sitzung dauerte lange; ich hörte Palmire schreien. Nach Verlauf einer Stunde kehrten beide zurück. Da er sie sich entkleiden geheißen hatte, bevor er sie wegführte, konnte ich leicht erkennen, wie sehr sie mißhandelt worden war; hätte ich es nicht selbst gesehen, so hätten es mir ihre Tränen bewiesen! Noch trugen ihr Hals und ihre Hinterbacken so deutliche Spuren der Mißhandlungen, die sie soeben durch Saint-Fond erfahren hatte, daß man unmöglich hätte zweifeln können. »Juliette«, sagte mir dieser, der von dem soeben Geschehenen sehr erregt schien, »ich habe unglücklicherweise große Eile; um fünf Uhr müssen diese Köpfe im Kabinett der Königin sein, so daß ich mich heute nicht dem Vergnügen, dieses Mädchen zu genießen, widmen kann. Hören Sie aber wohl, was ich Ihnen sage. Sie werden sie uns übermorgen beim Gelage mit den drei Opfern vorführen. Bis dahin soll sie in die dunkelste und sicherste Zelle gesperrt werden; ich verbiete Ihnen, ihr Nahrung zu verabreichen und befehle Ihnen, sie so fest an die Wand binden zu lassen, daß sie weder sich bewegen noch sich setzen kann. Richten Sie an sie keine Frage über das, was soeben vor sich gegangen ist; ich habe sicherlich Gründe, es Sie nicht wissen zu lassen, wenn ich es vor Ihnen verberge. Ich werde Ihnen für sie das Doppelte zahlen, als für die übrigen. Adieu!« — Damit schwang er sich mit Delcour und der Schachtel mit den drei Köpfen in seinen Wagen und ließ mich in einer Aufregung zurück, die ich schwer schildern kann.

Ich liebte Palmire. Sie diesem Kannibalen auszuliefern, fiel mir schwer, wie aber konnte ich ungehorsam sein? Ohne daß ich ein einziges Wort an sie zu richten gewagt hätte, ließ ich sie in die Zelle führen; kaum war sie daselbst, als zwei Empfindungen in mir miteinander kämpften. Die eine war die, das Mädchen zu retten, da ich meine Lüste an ihr noch nicht befriedigt hatte; die zweite war meine äußerste Neugier zu erfahren, welche merkwürdige phantastische Idee Saint-Fond verfolgte, wenn er den Frauen das Todesurteil aussprach. Dieser Begierde nachgebend begab ich mich, um sie zu fragen, eben zur Tür ihres Gefängnisses, als man mir Madame de Clairwil ankündigte. Von dem Minister in Kenntnis gesetzt, daß er nicht mehr auf dem Lande das Dîner einnehmen werde, kam sie, um sich dazu bei mir einzuladen und dann mit mir ein reizendes Ballet in der Oper zu besuchen. Ich umarmte herzlich meine Freundin; ich erzählte ihr alles, was vorgegangen war; ich verheimlichte ihr weder die Tollheiten, denen ich mich vor Ankunft des Ministers hingegeben hatte, noch all das, was sich nachher zutrug. Das liebenswürdige Geschöpf fand das alles köstlich und beglückwünschte mich zu den Fortschritten, die ich im Verbrechen zu machen begann. Als ich Palmirens Erlebnis berichtete, sagte sie mir: »Hüte dich, Juliette, sie dem Minister vorzuenthalten und noch mehr, seine geheimnisvolle Leidenschaft zu ergründen; bedenke, daß dein Los von diesem Manne abhängt und daß das Vergnügen, sein Geheimnis zu entdecken, oder die Tribade zu retten, dir nie über die Unannehmlichkeiten, die daraus unfehlbar entspringen würden, hinweghelfen würde. Du wirst zweihundert Mädchen finden, die mehr wert sind als die da; und was Saint-Fonds Geheimnis betrifft: eine Schändlichkeit mehr oder weniger in deinem Kopfe wird dich nicht glücklicher machen. Gehen wir zum Dîner, Schwesterchen, und begeben wir uns bald von dannen, das wird dich dann schon auf andere Gedanken bringen.«

Um sechs Uhr waren die Clairwil, Elvira, Montaline und ich im Wagen; sechs englische Rosse zogen ihn. Wir waren sicherlich vor Beginn des Balletts angelangt, wären wir nicht vor dem Dorfe Arcueil von berittenen Männern mit Pistolen angehalten worden. Es war dunkel. Unsere verweichlichten und hasenfüßigen Lakaien nahmen schleunigst Reißaus, so daß wir mit den beiden Vorreitern den vier maskierten Männern in die Hände fielen.

Clairwil, der nichts auf der Welt Schrecken bereitete, fragte gebieterisch den Mann, der die Führerrolle inne zu haben schien, was er vorhabe. Statt aller Antwort lenkten unsere Unbekannten den Wagen in eine andere Richtung, zwangen unsere Leute, in der Richtung von Arceuil, dann wieder von Cachant zu fahren. Schließlich schlugen sie einen engen Pfad ein, der uns in ein ganz einsam gelegenes Schloß führte. Der Wagen fährt ein; die Tore werden geschlossen; wir hören, daß man sie sogar verbarrikadiert; einer unserer Führer öffnet den Kutschenschlag und reicht uns die Hand, ohne ein Wort zu sagen.

Außerordentlich erschreckt von diesem geheimnisvollen Abenteuer, muß ich gestehen, daß meine Knie schlotterten, als ich abstieg; beinahe wäre ich in Ohnmacht gefallen; meine Frauen waren ebenso beunruhigt wie ich; bloß die Clairwil ging kühn an unserer Spitze und ermutigte uns. Drei unserer Entführer verschwanden einen Moment, bloß der Führer geleitete uns in einen ziemlich hell erleuchteten Salon. Das Erste, was uns ins Auge stach, war ein in Tränen aufgelöster Greis, der von zwei recht hübschen jungen Personen umringt war, die ihn zu trösten suchten.

»Meine Damen«, erklärte uns unser Führer, »Sie sehen vor sich die traurigen Reste der Familie Cloris. Dieser Greis ist der Vater des Mannes, die beiden jungen Personen sind die Schwestern der Gattin; wir sind die Brüder des Gemahls. Dieser, seine Frau und seine Tochter sind bei der Königin ohne Grund und Ursache in Ungnade gefallen, und zu ihrem Unglück noch mehr bei einem Minister, der ihnen alles verdankt. Diese drei angesehenen Personen sind vorgestern verschwunden; unsere raschen Nachforschungen haben ergeben, daß diese Opfer in dem Landhause, aus dem Sie eben kamen, festgehalten oder getötet wurden. Sie sind Angehörige des Ministers; eine von Ihnen ist seine Geliebte, wir wissen es. Sie müssen uns entweder die gesuchten Personen herausgeben oder uns die Gewißheit ihres Todes verschaffen. Bis zu diesen Aufklärungen bleiben Sie als Geiseln hier; wenn Sie die Herausgabe unserer Verwandten durchsetzen, werden Sie frei; sind sie getötet, dann sollen Ihre Manen die Geister der Abgeschiedenen besänftigen, dann müssen Sie ihnen im Tode folgen. Das ist alles, was wir Ihnen zu sagen haben; geben Sie uns Aufklärungen und treffen Sie Maßregeln.«

»Meine Herren«, sagte die mutige Clairwil, »es scheint mir Ihr Vorgehen in jeder Hinsicht gänzlich ungesetzlich. Ist es zunächst wahrscheinlich, daß zwei Frauen, wie Madame und ich (denn die anderen bilden bloß die Bedienung), derart in die Geheimnisse des Ministers eingeweiht sind, um von einem Vorgang wie Sie ihn uns schilderten, Kenntnis zu haben? Glauben Sie, daß für den Fall, als die betreffenden Personen sich die Ungnade des Hofes zugezogen haben und die Gerechtigkeit oder das Ministerium gezwungen worden wären, ihres Amtes zu walten, glauben Sie wirklich, daß man uns zu Zeugen einer solchen Exekution gemacht hätte? Beweist nicht auch die Zeit, innerhalb deren wir uns im Hause des Ministers aufgehalten haben, daß sich das Ereignis, von dem Sie sprechen, nicht während dieser Tage abgespielt haben kann? Übrigens können wir Ihnen unser Ehrenwort als Unterpfand geben, daß wir von dem Schicksal derer, um die es sich handelt, kein Sterbenswörtchen gehört haben. Wir beteuern Ihnen, meine Herren, daß wir garnichts wissen; wenn Sie gerecht sind und uns sonst nichts zu sagen haben, werden Sie uns sofort die

Freiheit zurückgeben, die uns zu rauben Sie nicht das Recht haben.«

»Es tut uns sehr leid, Madame, Ihnen eine abschlägige Antwort geben zu müssen«, erwiderte unser Führer; »die eine von Ihnen ist seit vier Tagen auf dem Lande, die andere ist daselbst heute zum Dîner angelangt. Es sind nun gerade auch vier Tage, daß sich die Familie Cloris im selben Hause befindet; eine von Ihnen beiden ist also doch wohl imstande, die Fragen zu beantworten, die wir an Sie richten, und Sie werden erst dann abziehen dürfen, bis wir vollkommen aufgeklärt sind.« Alsbald erschienen die drei anderen und erklärten, daß sie Mittel hätten, uns mit Gewalt zu Erklärungen zu veranlassen, wenn wir nicht gutwillig sprechen wollten. »Ich lege Widerspruch ein, meine Kinder«, sagte da der Greis, »wir wollen keine Gewalt brauchen. Wir wollen die Mittel, die unsere Feinde zu bösen Zwecken benützen, verabscheuen und sie nie nachahmen. Wir bitten nur die Damen, dem Minister schreiben zu wollen, er möge sich in dieses Haus begeben und ihr Billet soll nur derart abgefaßt sein, daß er zu dem Glauben veranlaßt werde, nur sie bäten um seine Anwesenheit wegen wichtiger Angelegenheiten. Er wird kommen; wir werden ihn fragen; er wird wohl oder übel sagen müssen, wo mein Sohn und meine Tochter sich befinden; sonst wird meine Hand, so zittrig sie auch sein möge, die nötige Energie zu finden wissen, einen Dolch in sein Herz zu stoßen... Treuloser Mißbrauch tyrannischer Gewalt!... Schreckliche Gefahren des Despotismus! O Volk von Frankreich, wann wirst du dich empören gegen diese Greuel! Wann wirst du müde der Sklaverei und durchdrungen von dem Bewußtsein der eigenen Kraft die Ketten abwerfen, mit denen gekrönte Frevler dich umwinden, und wirst dir die Freiheit wieder erwerben, die dir die Natur bestimmt hat?... Man gebe den Damen Papier und lasse sie schreiben.«

»Unterhalte dich mit ihnen« sagte ich leise zur Clairwil, »und lasse mich das Billet abfassen.«

Ich schrieb dem Minister:

Eine äußerst wichtige Angelegenheit ruft Sie her; folgen Sie dem Führer, den wir Ihnen senden, und verlieren Sie keine Minute.

Ich zeige den Brief, man findet ihn gut. Während ich ihn in das Kuvert schiebe, finde ich noch Zeit, rasch folgende Worte mit einem in meiner Hand verborgenen Stift hinzuwerfen:

Wir sind verloren, wenn Sie nicht mit bewaffnetem Gefolge herbeieilen; denn wir schreiben das Obige nur unter Zwang.

Der Brief wird verschlossen, einer unserer Führer geht damit, während man uns in einem Zimmer im oberen Stockwerk sorgfältig abschließt und eine Wache vor unsere Türe stellt.

Kaum war ich allein mit der Clairwil, als ich ihr mitteilte, was ich dem Billet beigefügt hatte. »Das kann mich noch nicht beruhigen«, sagte sie zu mir, »wenn er Gewalt anwendet, werden wir im Augenblicke umgebracht, da die Leute hier es bemerken werden; ich möchte lieber unsere Wache verführen.« — »Das ist unmöglich«, entgegnete ich; »wir haben es hier nicht mit käuflichen Spitzbuben zu tun, da alle durch das Gefühl der Ehre und Bande des Blutes gebunden sind, wirst du es leicht begreiflich finden, daß nichts auf der Welt sie von ihrem unglückseligen Racheplan abbringen wird. Ach, Clairwil, ich muß wohl noch nicht fest genug sein in unseren Prinzipien, denn ich fürchte, daß das Verhängnis — nenne es wie du willst — die Tugend endlich triumphieren läßt.« — »Niemals, niemals! Stets wird die Gewalt triumphieren, und nichts besitzt so viel Macht wie das Verbrechen. Ich verzeihe dir nicht diese Schwäche.« — »Heute erleide ich den ersten Rückfall.« — »Schon den zweiten, Juliette; erinnere dich besser deiner Lebensumstände und bedenke, daß das Glück dich mit seiner Gunst beim Verlassen eines Gefängnisses überhäufte, das dich zu einer einflußreichen Stellung emporführen sollte.« — »Das ist wahr, dieses Erlebnis, das du da in meine Erinnerung zurückrufst, gibt mir wieder Mut. Gedulden wir uns!«

Nichts in der Welt vermochte in diesem eigenartigen Weib das Feuer der Leidenschaften, von dem sie besessen war, zu löschen. Würden sie es glauben? Es gab nur ein Bett im Zimmer — das uns zugewiesen worden war — da machte sie den Vorschlag, uns alle Vier hineinzulegen und bis zu Saint-Fonds Ankunft Unzucht zu treiben: aber da sie weder bei meinen Frauen noch bei mir genügende Ruhe erzielte, um uns ihren Absonderlichkeiten zugänglich zu machen, erwarteten wir plaudernd das Ergebnis des unheilvollen Abenteuers.

Saint-Fond empfand gleich der Clairwil das Nachteilige eines gewaltsamen Angriffes auf das Schloß, solange wir darin waren, die List erschien ihm geeigneter. Er ersann daher folgenden Plan, bevor er zu Mitteln der Gewalt Zuflucht nahm.

Der Bote, der geschickt worden war, kam mit zwei uns unbekannten jungen Leuten zurück. Der Inhalt des Briefes, den sie dem Greis übergaben, lautete also:

Ein galanter Mann sollte nicht Damen in Haft setzen wegen einer Angelegenheit, die nur Männer angeht. Lassen Sie die, welche Sie widerrechtlich gefangen halten, wieder frei; ich schicke Ihnen meinen leiblichen Vetter und meinen Neffen als Bürgen. Glauben Sie mir, ich habe mehr Grund, sie aus Ihren Händen zu befreien als die Frauen, die in Ihrer Haft sind. Seien Sie übrigens vollständig beruhigt wegen des Loses der Personen, deren Geschick Sie interessiert. Sie sind tatsächlich in Haft, aber bei mir; ich bürge Ihnen für sie; in drei Tagen liegen sie in Ihren Armen.

Wir wurden durch unsere große Geistesgegenwart gerettet. Das Billet war uns nicht verlesen worden, dennoch errieten wir seinen Inhalt. »Kennen Sie diese Herren?« fragte uns der Greis. — »Gewiß«, entgegnete ich, »es sind Verwandte des Ministers; wenn sie sich als Bürgen an unserer Stelle anbieten, so scheint mir dies zu genügen.« — Man beratschlagte sich wegen unserer Befreiung, als einer von ihnen das Wort ergriff und sagte: »Das kann eine

Falle sein; ich widersetze mich der Freilassung der Damen; behalten wir sie alle, das gibt dann noch zwei Geiseln mehr.« Man einigt sich auf diesen Vorschlag, worauf die Schwachköpfe — da doch die Tugend stets Dummheiten begehen muß — diese dummen Tiere, uns alle in dasselbe Gemach einsperrten.

»Beruhigen Sie sich, meine Damen«, sagte uns alsbald einer der angeblichen Verwandten des Ministers, »Sie sehen den Sinn der List des Herrn de Saint-Fond. Er hat es wohl geahnt, daß sie ihm nicht glücken werde, doch tut das nichts, sagte er, es sind immerhin Verteidiger, die ich ihnen schicke, und die ihnen mitteilen werden — was wir hiermit tun —, daß die ganze Pariser Polizei (deren Mitglieder wir sind) das Schloß in zwei Stunden belagert. Seien Sie ruhig, wir sind gut bewaffnet; wenn diese guten Leute, sich betrogen sehend, irgend etwas gegen Sie unternehmen wollen, dann werden wir Sie verteidigen — seien Sie davon überzeugt.« — »Ich fürchte nur«, sagte die Clairwil, »daß die Tiere, ihre Dummheit einsehend, uns trennen und dadurch unseres Schutzes berauben werden.« — »Wir müssen uns also in unzertrennlicher Weise vereinen«, entgegnete ich unendlich ruhig. — »Wie?« fragte die Clairwil, »du, die soeben vor einer fast ganz gleichen Zerstreuung zurückbebtest, du wagst es jetzt, den Vorschlag dazu zu machen?« — »Ich bin deshalb ruhig«, erwiderte ich, »weil die beiden jungen Männer wirklich recht hübsch sind.«

Einer von ihnen, namens Pauli, zählte erst dreiundzwanzig Jahre und hatte das süßeste und feinste Gesicht, das man sich hätte vorstellen können; der andere war um zwei Jahre älter und besaß ein weniger weiches, aber bildschönes Gesicht und ein herrliches Glied. »Vorwärts«, sagte die Clairwil, »die Herren werden gestatten, daß wir über sie verfügen; bevor wir wissen, was sie sich denken, scheint mir dies die beste Art, alles zu arrangieren.« Mit diesen Worten küßten wir gleichzeitig unsere Beschützer mit solchem Feuer, daß ihre Antwort bald in ihren Augen geschrieben stand. »Gut«, begann die Clairwil von neuem, »da wir Ihre deutliche Zustimmung haben, muß alles in folgender Weise vor sich gehen: Pauli wird dich, Juliette, ficken, mich

Laroche; sobald wir beide von vorne bearbeitet sind, wird Elvira meinen Kitzler mit der einen, mein Afterloch mit der anderen Hand reiben; Montaline wird dir desgleichen tun. Alle beide müssen im Bereiche der Hände unserer Partner sein und alle ihre Reize deren Betastungen darbieten; durch diesen Streich werden wir erreichen, daß ihre Glieder uns mit mehr Steifheit reiben werden; alle wollüstigen Frauen sollten dergleichen vollführen, sie würden bald den Vorteil gewahren, den sie davon hätten. Jene müssen ihre Aufmerksamkeit auf die Empfindungen, die sich in unseren Partnern regen, lenken; sowie sie bemerken, daß sie fast daran sind zu ejakulieren, sollen sie ihre Glieder packen und in unsere Ärsche einführen, damit sich das Sperma dahin ergieße; nach ihrer Entladung werden wir sowohl den Mann als die Frau austauschen. Indes wollen wir uns beide dicht nebeneinander aufstellen, so daß wir uns eigentlich nur miteinander befassen; wir werden uns küssen, uns bezüngeln, meine Liebste und (dies fügte sie ganz leise hinzu) diese gemeinen Subjekte, die zu unserem Genusse dienen, nur als Sklaven betrachten, die wir wegen unserer Leidenschaften bezahlen und welche die Natur uns zu eigen gibt.« — »So ist es«, sagte ich; »ich könnte gar nicht mit einem anderen Gedanken in Erregung geraten.«

Sogleich liegen wir beide im Bette, mit bis zum Bauch aufgeschürzten Unterröcken. Unsere Tribaden bemächtigen sich zunächst der Gliede, bereiten sie für uns vor, zeigen sie uns und lassen sie bald von unseren sehnsüchtigen Scheiden verschlingen. Wenn die Clairwil von Laroche kraftvoll bearbeitet wurde, so hatte ich mich über Pauli gerade auch nicht zu beklagen; sein Glied war zwar nicht ganz so stark wie das seines Kameraden, aber es war recht lang und ich verspürte es am Scheidenteil meiner Gebärmutter; zudem von Montaline prächtig gerieben, von meiner Freundin wollüstig geküßt, hatten wir beide schon zweimal entladen, als der in geschickter Weise vollführte Händewechsel der Montaline mich auf den Höhepunkt der Erregung meines jungen Liebhabers aufmerksam machte, dessen in Strömen fließender Same meinen After bald in der köstlichsten Weise überschwemmte. Indessen ersetzte die geschickte Montaline durch drei zusammengelegte Finger den Verlust, der meiner Scheide zuteil geworden war, und fuhr fort, meine Klitoris zu kitzeln. Ein von meiner Freundin ausgestoßener Fluch belehrte mich, daß sie ebenfalls an die Reihe kam; als sich das Sperma reichlich in unseren Mastdarm ergoß, entluden wir noch ein drittesmal. »Wechseln wir«, sagte die Clairwil, »nimm du den Laroche, ich will Pauli versuchen.« Jung und kräftig, wie alle beide sind, verlangen sie nicht einmal Zeit, um auszuschnaufen, und bald werde ich von einem der prächtigsten Gliede bearbeitet.

Während dieser zweiten Szene erklärte mir die Clairwil, die beständig sich mir zuneigte, mich beleckte und sich überhaupt nur mit mir befaßte, daß ihr abenteuerliches Gehirn ihr eine Ruchlosigkeit eingegeben habe. »Teufel«, sagte ich, »beeilen wir uns, sie zu begehen, denn ich liebe unendlich die Greueltaten!« — »Nein, ich will dich überraschen«, sagte die Clairwil... »Begnüge dich damit zu wissen, daß die bizarre Idee einzig und allein die Ursache ist, daß ich in deinen Armen entlade.« Damit geriet die Schelmin in heftige Zuckungen, über die ihr Partner wohl nicht entzückt gewesen wäre, wenn er ihren Grund erraten hätte! Als sie aus dem Taumel erwacht war, sagte sie mir ganz leise, noch immer von Pauli bearbeitet: »Höre mal, ich finde es doch für notwendig, dich einzuweihen, du könntest sonst meinen Plan nicht unterstützen. Es wird einen Kampf geben; man wird uns angreifen, wir werden uns verteidigen. Bitten wir diese jungen Leute um Waffen und als Dank für die uns geleisteten Dienste wollen wir während des Kampfes ihnen eine Kugel in den Kopf schießen. Dieser Mord wird auf Rechnung unserer Feinde geschrieben werden und Saint-Fond, noch mehr durchdrungen von der Gefahr, die du gelaufen bist, wird dir zweifellos eine recht erhebliche Belohnung zuteil werden lassen.« — »O du verdammte Hure«, sagte ich zur Clairwil, während ich selbst bei diesem Gedanken wie eine Hure entleerte. »Sakrament! Wie mich dein Projekt erregt!« Ich überschwemmte das Glied Laroches, der, als er bemerkte, daß er nahe daran war zu ejakulieren, im Momente meiner Entleerung seinen Penis in meinen After schob, was mich in einen Taumel des Entzückens versetzte, den ich Euch unmöglich schildern kann; denn nichts ist so köstlich für eine Frau, als ein Glied in ihrem Hintern in dem Augenblicke eindringen zu fühlen, da sie sich entläd.

Auf den Lärm, den wir alsbald hörten, sprangen wir rasch aus dem Bette. »Da sind sie«, rief die Clairwil aus, »gebt uns Pistolen, damit wir uns verteidigen können.« — »Hier«, sprach Laroche, »in jeder sind 3 Kugeln.« — »Gut«, entgegnete die Clairwil, »Sie können sicher sein, daß sie bald in einem Herzen stecken werden.« Der Lärm wuchs und erscholl bald aus allen Teilen des Schlosses. »Zu den Waffen!« rief man. »Vorwärts!« rief jetzt Laroche, »gehen wir an die Arbeit. Die Damen mögen sich hinter uns aufstellen, damit wir ihnen als Schutzwall dienen.« Es war hohe Zeit; unsere Entführer wurden durch das aus Paris abgeschickte Détachement zurückgedrängt und stürzten in unser Zimmer mit der Absicht, uns umzubringen; aber da unsere Befreier ihnen dicht auf den Fersen waren, konnten sie nur im wirren Durcheinander mit diesen eindringen. Bei der Erstürmung unseres Zimmers wurde furchtbar gefeuert. Hinter unseren Verteidigern stehend, wählen wir diesen Moment, um uns von dem Drucke der Dankbarkeit zu befreien. Jene fallen blutüberströmt zu Boden; unsere Scheiden waren noch ganz mit dem Sperma derer besudelt, denen unsere boshafte Untat so grausam das Leben raubte. Man kann sich wohl denken, daß die Handlung bald auf die Rechnung unserer Feinde gesetzt wurde, welche von den Offizieren des Détachements alsbald erdolcht wurden, da sie ihre Kameraden rächen wollten. Der Greis und die jungen Frauen blieben allein zurück, wurden in einen Wagen gehoben und unter guter Bewachung in die Bastille überführt; der übrige Teil des Détachements ließ unsere Kutsche anspannen und brachte uns in meine Wohnung, wo ich die Clairwil bat, bis nach dem Souper bei mir zu bleiben.

Kaum waren wir angelangt, als Saint-Fond angemeldet wurde. »Sollen wir ihm unsere kleine Greueltat gestehen?« fragte ich rasch unsere Freundin. »Nein!«, erwiderte sie mir; »man muß alles tun, aber nie alles sagen.« Der Minister trat ein, wir dankten ihm innig für den Dienst, den er uns erwiesen hatte. Er seinerseits entschuldigte sich, daß seine persönliche Angelegenheit uns eine derartige Verlegenheit bereitet hatte. »Acht oder zehn Leute sind gefallen, darunter die beiden jungen Männer, die ich Ihnen geschickt habe, die einzigen, die ich bedauere!« — »Ah!« meinte die Clairwil, »Sie werden zweifellos dafür Gründe haben.« — »Ja, ich fickte beide seit ziemlich langer Zeit.« — »Was?« fragte Clairwil, »Saint-Fond bedauert einen Gegenstand seiner Wollust?« — »Nein, aber sie waren gewandt und leisteten mir ausgezeichnete Dienste bei allen meinen geheimnisvollen Unternehmungen.« — »Sie werden schon Ersatz finden«, meinte ich während ich ihn zu Tische bat; »lassen wir das und sprechen wir nur von Ihren Erfolgen.« Während des Mahles unterhielten wir uns wie gewöhnlich über philosophische Themen; da der Minister zu tun hatte und wir außerordentlich ermüdet waren, gingen wir auseinander. Beim Gelage des folgenden Tages wurde meine unglückliche Palmire, die man einige Stunden vorher aus ihrer Zelle hervorgeholt hatte, nach tausend verschiedenen Martern, deren eine barbarischer war als die andere, unbarmherzig geopfert. Saint-Fond zwang mich, sie zu erwürgen, während er sie von hinten bearbeitete. Er zahlte mir 25.000 Francs; auf die Vorstellungen hin, die ich ihm bezüglich der Gefahren machte, in denen ich den Tag vorher geschwebt hatte, erhöhte er die Summe um das Doppelte.

Zwei Monate vergingen ohne Erlebnisse, die von irgend welchem Belange für meine Aufzeichnungen waren. Ich hatte eben mein achtzehntes Lebensjahr erreicht, als Saint-Fond eines Tages früh Morgens bei mir erschien und mir mitteilte, er habe die beiden Schwestern der Madame de Cloris in der Bastille besucht, er hätte sie viel schöner gefunden als jene, namentlich wäre die Jüngere, ein Mädchen von meinem Alter, eine der denkbar schönsten Geschöpfe. »Nun also!« sagte ich, »das gäbe ja wieder eine

Landpartie?« — »Gewiß!« — »Und der Greis?« — »könnte eine gute Fleischbrühe abgeben.« — »Schön, aber wird es der Gefängnisdirektor nicht bemerken, wenn drei Gefangene auf einmal abgehen?« — »Man kann sie leicht ersetzen. Zunächst durch eine Verwandte der Clairwil, die dieser gegenüber die Prüde herauskehrt und mit ihr wegen ihres liederlichen Lebenswandels nicht verkehren will. Was die beiden anderen anlangt, behalte ich sie mir vor und verspreche Ihnen, die Haftbriefe innerhalb acht Tagen auszustellen. Reise morgen ab, Juliette; nimm die Clairwil mit dir, sie ist reizend und voll Einbildungskraft; es wird eine köstliche Szene geben. Brauchen Sie Männer und Tribaden?« — »Nein; manchmal sind diese Unterhaltungen im engen Zirkel angenehmer als die Orgien; da sie erlesener sind, begeht man mehr Greuel; da man unter sich ist, gibt man sich unendlich mehr dem Genusse hin.« — »Wir brauchen doch mindestens zwei Frauen dazu?« — »Ja, aber recht alte; suche mir wenigstens sechzigjährige aus, es ist das eine Laune von mir; schon seit langem versichert man mir, daß nichts in solche Erregung versetzt, wie der Verfallsprozeß der Natur; ich will einmal das versuchen.«

»Es fehlt noch etwas«, sagte die Clairwil, der ich sogleich die Absicht des Ministers mitteilte. »Diese jungen Mädchen müßten Liebhaber besitzen; man muß sie ausfindig machen, entführen und zusammen mit jenen opfern; eine Unzahl von wollüstigen Einzelheiten ergibt sich aus solcher Situation.« Ich eile zum Minister und erstatte ihm Bericht von der Idee der Clairwil; er billigt sie; die Sache wird um acht Tage verschoben, um auf die Suche nach den Liebhabern zu gehen.

Die Greuel, die nötig waren, um diese zu entdecken, wurden eine Quelle neuer Genüsse für Saint-Fond. Er begibt sich in die Bastille, läßt jedes Mädchen in eine Zelle bringen und fragt sie selbst aus; nur dadurch, daß er geschickt Hoffnung und Furcht nacheinander zu erwecken verstand, gelang es ihm, herauszubekommen, daß Fräulein Faustine, die jüngste der Schwestern der Madame de Cloris, einen jungen Mann namens Dormon, der im ganz gleichen Alter war, zum Liebhaber hatte, und daß ihre

Schwester, die achtundzwanzigjährige Félicité, ihr Herz dem um etwa zwei Jahre älteren Delnos, einem der hübschesten Männer von Paris, geschenkt hatte. Vier Tage genügten, um diesen Jünglingen angebliche Vergehungen nachzuweisen; man nahm die Sache nicht so genau in einem Zeitalter, in dem der Mißbrauch des Ansehens so arg war, daß selbst die Kammerdiener einflußreicher Leute einsperren ließen, wen sie wollten. Diese neuen Opfer verbrachten nur eine Nacht in der Bastille; sie wurden in der folgenden in mein Landhaus überführt, wo die Fräulein schon den Tag vorher angekommen waren. Die Clairwil und ich hatten alle in Empfang genommen und einsperren lassen, und zwar getrennt; keiner der Gefangenen, so nahe sie einander waren, hatte eine Ahnung, welches Interesse sein Nachbar für ihn hatte.

Nach einem höchst ausgiebigen Mahle begab man sich in einen Salon, in dem alles für die geplanten Scheußlichkeiten vorbereitet war. Die beiden alten Weiber, als römische Matronen gekleidet, richteten Ruten her und warteten auf die Befehle. Bevor Saint-Fond sich an die Arbeit machte, gelüstete es ihn, da er sich von dem überwältigend schönen Hintern der Clairwil angezogen fühlte, diesem seine Huldigungen darzubringen. Auf ein Sofa sich beugend, weist ihm die Schelmin kunstgerecht ihren Arsch; während ich ihren Kitzler lecke, steckt Saint-Fond seine Zunge mindestens 6 Zoll tief in jenen hinein.

Saint-Fond gerät in Erregung; er bearbeitet die Clairwil von hinten, während er meinen Arsch küßt; hierauf treibt er mit mir Sodomie, während er den wollustreizenden Hintern der Clairwil liebkost. »Vorwärts! An die Arbeit!« sagt er, »wenn wir die Sache hinziehen, werde ich ejakulieren; ihr habt beide Ärsche, denen ich nicht standhalten kann.« — »Saint-Fond«, sprach die Clairwil, »ich muß dich um zwei Vergünstigungen ersuchen; erstens: zeige dich recht grausam, du kannst dir, mein Lieber, gar nicht vorstellen, wie sehr ich das Zeug dazu in mir fühle; zweitens: überlasse mir die Ermordung der beiden Jünglinge. Männer zu martern ist, wie du weißt, meine Lieblingspassion. So sehr du dir darin gefällst, mein Geschlecht zu quälen, so sehr liebe ich es, das deine zu foltern; ich will die Qualen dieser beiden hübschen Jungen genießen, viel mehr vielleicht, als du dich an der Ermordung ihrer Geliebten ergötzen wirst.« — »Clairwil, Sie sind ein Ungeheuer.« — »Ich weiß das, mein Lieber; aber, was mich beschämt, ist der Umstand, daß du mich täglich übertrumpfst.«

Da Saint-Fond einen jeden der vier Liebenden zuerst allein zu sehen wünschte, führte eine der Alten Dormon vor, den Liebhaber der jüngeren Schwester Faustine.

»Junger Mann«, sagte ihm die Clairwil, »Sie erscheinen hier vor ihrem Gebieter; bedenken Sie, daß die vollständige Unterwürfigkeit und die gewissenhafteste Wahrheit Ihr Betragen und Ihre Antworten lenken müssen; in unserer Hand liegt Ihr Leben.« — »Ach!« seufzte der Unglückliche voll Demut, »ich habe nichts zu sagen, Madame; ich kenne absolut nicht den Grund meiner Einkerkerung und kann nicht begreifen, durch welches Ungeschick ich heute solchem Lose zum Opfer falle.« — »Waren Sie nicht ausersehen, Faustine zu ehelichen?« fragte ihn die Clairwil, ihn mit ihren Augen verschlingend. »Diese Verbindung sollte mein Glück machen.« — »Wissen Sie nichts von der blutigen Affäre, in die alle ihre Verwandten verwickelt sind?« — »Ach, Madame, ich kannte sie nur als tugendhafte Menschen; wie könnte dort das Laster sein, wo Faustine das Licht des Lebens erblickt hatte?« — »Ach«, sagte ich, »das ist ja ein Romanheld!« — »Ich werde stets der Tugend ergeben sein.« — »Die Begeisterung, die man dafür in Ihrem Alter hegt, hat schon viele Menschen vernichtet«, sagte die Clairwil; »übrigens handelt es sich um all das nicht; wir haben Sie herbringen lassen, um Ihnen mitzuteilen, daß Ihre Faustine hier an Ort und Stelle ist, und daß Ihnen, wenn Sie zu Gunsten des Ministers auf jene verzichten, Belohnung und Gnade winken.« — »Ich habe keine Gnade verdient, da ich kein Verbrechen begangen habe«, entgegnete stolz der junge Mann. »Aber wenn hundertfacher Tod dräute, so würde ich niemals mein Leben um den Preis der Schändlichkeit, die Sie mir andeuteten, erkaufen!« — »Vorwärts, Madame, den

Hintern, den Hintern!« schrie der erregte Saint-Fond. »Sehen Sie nicht, dieser kleine Gassenjunge ist ein Dickschädel, dem wir nur durch Gewalt beikommen können!« — Auf diese Worte hin warfen sich die Clairwil und die beiden Alten auf den jungen Mann, der in einem Augenblick nackt ausgezogen und gefesselt wurde.

Man führt ihn vor Saint-Fond, der mehrere Minuten lang den denkbar schönsten männlichen Hintern genau betrachtet; Sie wissen ja, meine Herren Kenner, daß Sie, was diesen Körperteil betrifft, uns recht oft übertreffen. »Ha!« ruft der unglückliche Dormon, da er sieht, zu welchen Schändlichkeiten man ihn ausersehen hat, »man hat mich getäuscht, ich bin unter Scheusalen!« — »Mein Herr«, sagt ihm die Clairwil, »wir werden es Ihnen bald beweisen.« Nach einigen einleitenden Ruchlosigkeiten betraut man mich mit der Vorführung Faustinens. Es wäre schwer gewesen, schöner, besser gebaut, interessanter und sanfter zu sein; welch neue Reize fügte ihre Scham hinzu, als sie die Art sehen konnte, in der man sie empfing! Sie fiel fast in Ohnmacht, als sie ihren Liebhaber als Gegenstand von Liebkosungen der Clairwil und Saint-Fonds erblickte. »Beruhigen Sie sich, schöner Engel«, sagte ich zu ihr, »wir treiben ein bißchen Unzucht, mein Herz, und stürzen uns in Schamlosigkeit; Sie werden uns Ihren Hintern weisen, wie wir Ihnen den unseren darbieten, und werden sich dabei gar nicht schlecht befinden.« — »Aber, was soll das alles heißen?... Erbarmen, wo bin ich?... Erklären Sie mir?« — »Sie sind beim Minister, Ihrem Onkel und Freund; er prüft Ihre Angelegenheit; Sie wissen, wie belastend sie für Sie ist; seien Sie unterwürfig und gefällig, er kann alles in Ordnung bringen.« — »Und Dormon hat sich unterwerfen können?« — »Ach«, erwiderte der unglückliche junge Mann, »ich bin gleich dir ein Opfer der Gewalt. Aber wenn uns heute der Tag der Schande leuchtet, wird uns vielleicht bald der Tag der Rache winken.« — »Lassen wir die heroische Pose, junger Mann«, sagte Saint-Fond, indem er den Hinterbacken des schönen Sprechers einen kräftigen Klaps versetzte, »diese feurige Beredsamkeit dient nur dazu, Ihre Geliebte noch mehr meinen Launen unterwürfig zu machen, und sie werden ihr gegenüber gewalttätig sein, es droht ihr Böses.« Jetzt entströmten zwei Tränenbäche den schönen Augen Faustinens, es lassen sich ihre tiefen Seufzer vernehmen; der grausame Saint-Fond, sein Glied in der Hand haltend, blickt ihr unter die Augen. »Ha! Sakrament!« schreit er, »so liebe ich die Weiber! Ach, könnte ich alle durch ein Wort in diesen Zustand versetzen! Weinen Sie, Kleine, weinen Sie!... Warten Sie, weinen Sie auf mein Glied; aber vergießen Sie doch nicht alle Ihre Tränen. Sie werden Sie bald zu Dingen von größerer Wichtigkeit brauchen.«

Wahrhaftig, ich wage es nicht zu sagen, wie weit er die Schändung trieb; sein größtes Vergnügen schien darin zu bestehen, die Unschuld zu insultieren und die unglückliche Schönheit zu beschimpfen. Die schwachen Freudestrahlen, die wir in diesem Kinde hervorriefen, verwandelten sich bald in Kümmernisse; die neuen Tränen wischte Saint-Fond mit seinem Gliede ab.

Das Hauptvergnügen der Clairwil bestand, wie gesagt, nicht darin, die Frauen zu quälen, sie zog es vor, ihren natürlichen Hang zur Grausamkeit gegen Männer zu betätigen; aber obwohl sie jenen nichts tat, sah sie doch gerne ihren Folterungen zu; neben Dormon stehend, den sie selbst rieb, beobachtete sie mit boshafter Neugier alle die Schmach, die auf Faustine gehäuft wurde; ja, sie erteilte sogar Ratschläge in dieser Hinsicht.

»Vorwärts«, sagte Saint-Fond, »wir müssen die vereinen, die bald das Band der Ehe hätte zusammenführen sollen; ich bin nicht so grausam«, fügte er ironisch hinzu, »um dem Herrn nicht eine der beiden Erstlinge seiner hübschen Geliebten zu überlassen; Clairwil, bringe ihn in Stimmung, ich will sie vorbereiten.«

Ich hätte nie gedacht, ich gestehe es, daß dieser Vorgang möglich wäre. Der Schrecken, der Kummer, die Unruhe, das furchtbare Gejammer dieser beiden Liebenden, wie hätte sie die Liebe locken können? Da vollzog sich eines der zweifellos größten Wunder der Natur, deren Macht über alle trüben Gedanken triumphierte: Dormon bearbeitete feurig seine Geliebte. Zwingen mußten wir nur sie; nur in ihr überwog der Schmerz derart, daß kein Raum für Freude blieb, ob wir sie in Erregung versetzten, sie schalten oder liebkosten; ihre Seele blieb durch ihre schreckliche Situation verdüstert, und wir erzielten nichts als Verzweiflung und Tränen. »Ich liebe das sehr«, sagte Saint-Fond, »ich kümmere mich nicht zuviel um den Ausdruck der Freude auf dem Gesichte einer Frau, er ist sehr trügerisch; ich bevorzuge den des Schmerzes, man täuscht sich dabei weniger.«

Indessen fließt bereits das Blut, die Erstlinge sind gepflückt. Infolge der Anordnung der Clairwil hält Dormon Faustine derart, daß sie sich über ihn neigte; infolgedessen konnte man die prächtigen Hinterbacken des schönen Mädchens sehen. »Halten Sie sie in dieser Stellung«, sagte Saint-Fond zu einer der Alten, »ich werde sie, während sie vorne bearbeitet wird, sodomisieren: sie muß beide Erstlinge gleichzeitig verlieren.« Die Sache gelingt sehr gut, doch nicht ohne daß das Mädchen, die noch nie eine solche Schmach erlebt hatte, schreckliche Schreie ausgestoßen hätte. Ach, es war für sie ein unheilvoller Tag der Schmerzen. Während der Arbeit tätschelte der Wüstling die Alten, während ich die Clairwil leckte; der vorsichtige Saint-Fond geizte mit seinem Samen; er verhindert dessen Erguß, und nun geht man zu anderen Geilheiten über.

»Junger Mann«, sagte Saint-Fond, »ich werde von Ihnen etwas recht Ungewöhnliches verlangen, was Sie ohne Zweifel recht barbarisch finden werden, doch wie dem auch sei, es ist sicherlich der einzige Rettungsweg für Ihre Geliebte. Ich werde sie an diese Säule binden lassen, Sie werden sich mit diesem Rutenbündel versehen und ihre Hinterbacken zerfleischen.« — »Ungeheuer! Wie kannst du mir einen solchen Vorschlag machen?« — »Ist es Ihnen lieber, daß man sie tötet? Sie stirbt, wenn Sie nicht gehorchen.« — »Ach, wozu soll ich mich entschließen? Kann es für mich keinen Mittelweg geben zwischen dieser Ruchlosigkeit und dem Schmerz, die Geliebte verlieren zu müssen?« — »Du bist der Schwächere«, entgegnete ich, »daher mußt du nachgeben: tue, was man dir vorschlägt, sonst wird deine Geliebte vor deinen Augen erdolcht.« Die große Kunst Saint-Fonds bestand darin, die Opfer in eine derartige Situation zu versetzen, daß sie keine andere Entscheidung treffen konnten, als dasjenige der beiden Übel zu wählen, das seiner schändlichen Lüsternheit am meisten zusagte. Der zitternde Dormon gibt keine Antwort; aber sein Schweigen ist beredt. Faustine wird vor mir angebunden; ich finde ein außerordentliches Vergnügen daran, die zarten Partien dieses schönen Leibes fest zu schnüren; ich liebe es, in dieser Weise die Unschuld allen verbrecherischen Anschlägen preiszugeben; währenddessen leckte die boshafte Clairwil ihren Mund... Ha! Wenn der Himmel sich nicht rüstet, diese Menschen zu verteidigen, geschieht dies nur deshalb, um die Welt zu überzeugen, wie sehr er die Tugend verachtet.

»In dieser Weise müssen Sie sich zu der Sache stellen«, sagte Saint-Fond, indem er aus Leibeskräften 10 Hiebe den weißen, vollen Hinterbacken versetzte. »Jawohl, in dieser Weise«, fuhr er fort, 10 weitere aufhauend, deren violette Striemen schon merkwürdig mit der Weiße dieser feinen, zarten Haut kontrastierten. — »Ach, mein Herr, ich kann nicht...« Doch da die Drohungen sich steigern, die die Clairwil wütend schreit, er töte sie nur selbst durch sein Widerstreben, und daß er sich entweder zu diesem kleinen Schimpf entschließen oder einwilligen müsse, sie zu verlieren, macht sich Dormon daran: aber wie schwächlich! Saint-Fond muß seinen Arm stützen, muß diesen lenken. Mein Liebhaber wird ungeduldig, ein Dolch wird auf den zitternden Busen Faustinens gezückt; da verdoppelt Dormon seine Kräfte — und fällt ihn Ohnmacht... »Teufel!« schreit Saint-Fond höchst erregt, »ich sehe schon, daß es ohne Frevelhaftigkeit nicht geht; die Liebe taugt bei alldem nichts!« Damit wirft er sich auf die schönen Hinterbacken, die ihm preisgegeben sind; in kaum einer halben Viertelstunde hat er den Arsch des Opfers mit Blut bedeckt. Daneben vollzieht sich eine andere Schandtat; die Clairwil, weit entfernt, Dormon zur Hilfe zu eilen, tut ihm alles mögliche an, was ihre Grausamkeit ihr eingibt. — »Ich räche mein Geschlecht«, schreit sie und ihre barbarischen Hände gehen mit dem durch die Alten angebundenen Dormon ebenso um, wie die

Saint-Fond mit Faustine. Die beiden Unglücklichen befanden sich bald in einem entsetzlichen Zustand. Da ich noch nicht imstande war, die Clairwil zu bearbeiten, so muß ich zugeben, daß ihre Grausamkeit mich in Staunen versetzte. Aber als ich bemerkte, daß sie sich noch zu ganz anderen Scheußlichkeiten hinreißen ließ, daß sie ihre Wangen mit dem Blute ihres Opfers beschmierte, daß sie es leckte und trank, daß sie mit ihren Zähnen ganze Stücke Fleisch abbiß und sich an seinen Qualen voll Gier weidete; als ich bemerkte, wie sie ihren Kitzler an den blutigen Wunden, die sie erzeugte, rieb, als ich sie rufen hörte: »Tue es mir doch gleich, Juliette!«, da ließ ich mich von dem schauderhaften Beispiel dieser Kannibalin mitreißen, noch mehr aber vielleicht von meiner Einbildungskraft, und ich muß gestehen, meine Freunde, ich tat ihr gleich... Was sage ich! Ich übertrumpfte sie vielleicht; möglicherweise entflammte ich ihre Phantasie durch Frevel, an die sie gar nicht dachte. Aber alles versetzte mich in höchste Erregung; ich empfand kein Widerstreben in meinem entarteten Herzen; die Erschütterung, die in mir durch die Quälereien wach wurde, wurde in mir ebenso durch die barbarische Behandlung eines Mannes, als durch die Folterung einer Frau hervorgerufen.

Saint-Fond wollte nicht an die großen Unternehmungen herantreten, bevor das andere Paar nicht erschienen war; das erste Paar band man fest; das zweite erschien; Delnos und Félicité wurde die gleiche Behandlung zuteil, nur mit dem Unterschiede, daß man diesmal umgekehrt vorging und stattdessen den Liebhaber unter gräßlichen Drohungen zu bewegen versuchte, seine Geliebte zu verlassen (aber ebenso erfolglos). Félicité, ein recht hübsches Mädchen, etwas weniger weiß als ihre Schwester, hatte ebenso schöne Formen und höchst ausdrucksvolle Augen: sie bewies mehr Energie als ihre Schwester, doch Delnos viel weniger als Dormon. Nachdem der Kannibale das zweite Mädchen von hinten gefickt hatte, ergoß er seinen Samen wider Willen in Delnos' schönen Arsch, während er Félicités reizende Brüste kniff. Jetzt saß er ruhig zwischen der Clairwil, die ihn sokratisierte, und mir, die ihn rieb, gerade gegenüber den beiden Paaren, die vor uns angebunden waren, und beratschlagte sich mit uns über das Los der Opfer. »Ich bin der Henker dieser ganzen Familie«, sagte er, indem er sich selbst rieb, »drei sind hier um einen Kopf kürzer geworden, zwei habe ich auf ihrem Landgute töten lassen, einen ließ ich in der Bastille vergiften und ich hoffe, daß uns diese vier auch nicht entgehen werden; nichts ist köstlicher als diese Berechnung. Man erzählt von Tiberius, er hätte dies jeden Abend getan; das Verbrechen hätte keinen Wert ohne solche süßen Erinnerungen. O, Clairwil, wohin führen uns die Leidenschaften! Sage mir, mein Engel, hättest du, wenn du zufällig genügend entladen hättest, die Ruhe, darüber einen hübschen Vortrag zu halten?« — »Nein, zum Teufel!« antwortete die Clairwil, rot wie eine Bacchantin, »ich will lieber handeln als plauschen; ein verzehrendes Feuer rollt in meinen Adern, es brennt höllisch in mir, ich bin von Sinnen!« — »Ungeheuerliche Grausamkeiten zu begehen, ist sicherlich auch meine Absicht«, sagte Saint-Fond, »diese beiden Paare reizen mich, unerhörte Qualen wünsche ich ihnen und möchte ich ihnen zuteil werden lassen.« — Die Unglücklichen vernahmen alles, was wir sagten; sie sahen, wie wir uns gegen sie verschworen — und starben nicht.

Das von Delcour erfundene Unglücksrad zeigte sich unseren Blicken. Saint-Fond betrachtete es boshaft und der Gedanke, einige Opfer darauf zu flechten, ließ sein Glied sich hoch aufbäumen. Sodann setzte das Untier recht laut die Eigenschaften dieses Hölleninstrumentes auseinander und sagte, die beiden Mädchen müßten losen, welche von ihnen aufs Rad geflochten werden sollte. Clairwil bekämpfte dieses Projekt: sie erklärte, daß sie sich das Vergnügen verschaffen müßte, einen Mann darauf zu sehen, nachdem Saint-Fond es bereits an einem Mädchen erprobt habe; sie wünschte Dormon darauf zu sehen, da er ihr gar sehr den Kopf verdrehe. Doch Saint-Fond sagte, er wollte keinem den Vorzug geben, daß die Ehre, als erster, und dazu noch durch eine solche Marter zu sterben, groß genug sei, und

daß es keiner anderen bedürfe. Die Billette werden beschrieben; die jungen Leute ziehen. Dormon hat das schwarze in der Hand. »Schon seit langer Zeit erfüllt der Himmel alle meine Wünsche«, sagt die Clairwil; »ich habe nie ein Verbrechen geplant, das nicht dieses fluchwürdige Hirngespinst, das ihr als höchstes Wesen bezeichnet, sogleich begünstigt hätte!« — »Umarmen Sie Ihre Braut«, sagte mein Liebhaber, indem er Dormon losband, jedoch die Arme und Beine gefesselt ließ; »küssen Sie sie, mein Sohn, sie wird Sie während Ihrer Hinrichtung nicht aus den Augen verlieren. Ich schwöre Ihnen, daß ich sie vor Ihren Augen von hinten bearbeiten werde.«

Sodann schleppt er, seiner Gewohnheit gemäß, den recht fest gebundenen Jüngling mit sich und schließt sich mit ihm eine Stunde lang ein; es schien, daß der Lüstling in diesem Moment dem Opfer ein undurchdringliches Geheimnis anvertraute, das er beauftragt war, ins Jenseits zu tragen. »Was tut er denn da?« fragte die Clairwil, des Wartens überdrüssig, und näherte sich der Tür des Kabinetts. »Ich weiß nicht«, antwortete ich, »aber ich wünsche es so lebhaft zu wissen, daß ich fast Lust verspüre, ihn selbst um den Preis meines Lebens um die Mitteilung zu ersuchen.« Dormon erschien wieder; seine Muskeln trugen mehrfache Spuren grausamer Mißhandlung; namentlich seine Hinterbacken und Schenkel waren furchtbar mitgenommen; auf seiner düsteren Stirne kämpften Scham und Wut, Furcht und Schmerz miteinander; von seinem Glied und seinen Hoden troff Blut, seine geröteten Wangen trugen die Spuren mehrerer Ohrfeigen. Was Saint-Fond betrifft, so war sein Glied äußerst straff; die barbarischeste Grausamkeit malte sich auf allen seinen Zügen; eine seiner Hände ruhte noch auf dem Hintern des Opfers, als beide eintraten. »Vorwärts, verdammter Lump«, sagt ihm die Clairwil, voll Freude, ihn in solchem Zustande zu sehen. »Vorwärts, vorwärts, das mußt du überstehen... Saint-Fond«, fuhr die Megäre fort, »wir haben nicht genug Männer zur Hand, ich wünschte wunderbar bearbeitet zu werden, während ich diesen Kerl krepieren sehe.« — »Seine Geliebte wird dich reiben«, sagte Saint-

Fond, »ich werde dich indessen von hinten bearbeiten.« — »Wird das Blut auf uns fließen?« — »Gewiß!« — »Vorwärts«, sagt Clairwil, »küsse mich, du Hurenkerl, bevor du in den Tod gehst!« Als er Widerstand leistete, rieb die Metze ihren Arsch mit seiner Nase; sodann gestattete man ihm, seine in Tränen aufgelöste Braut zu umarmen. Die Clairwil rieb ihn, Saint-Fond kitzelte die Klitoris des jungen Mädchens; zum Schluß ergriffen ihn die Alten und banden ihn an das unheilvolle Rad. Faustine wird auf die Clairwil gelegt und muß sie reiben, meine Freundin küßt und kitzelt mich indes. Saint-Fond bearbeitet Faustine von hinten; bald sind wir alle vier mit Blut bedeckt. Das junge Mädchen hält das entsetzliche Schauspiel nicht bis zum Ende aus; von Schmerz überwältigt, stirbt es. — »Einen Moment noch!« ruft Saint-Fond, »ich glaube, die Dirne stirbt, ohne daß ich die Ursache bin!« Mit diesen Worten ergießt das Scheusal in eine Masse, die nicht mehr lebt. Die Clairwil, deren frevlerische Hände Delnos' Hoden kneteten, während ich den Hinterbacken des jungen Mannes heftige Nadelstiche versetzte, hält es nicht bis zum Tode Dormons aus und entläd dreimal, heulend wie ein wildes Tier.

Es blieben nur noch Félicité und ihr junger Bräutigam zurück. »Teufel«, sagt Saint-Fond, »die Qualen dieser Hure da müssen mich für die der anderen entschädigen; da vorhin die Geliebte den Liebhaber hat sterben sehen, will ich, daß jetzt das Umgekehrte der Fall sei. Er führt sie in das geheime Gemach; nach einer guten halben Stunde bringt er sie in einem schauderhaften Zustande zurück; sie ist zur Pfählung bei lebendigem Leibe verurteilt; Saint-Fond stößt ihr mit eigener Hand einen Pfahl in den After, der im Munde wieder herauskommt; er bleibt mit dem Opfer den ganzen Tag über im Salon aufgestellt.

»Mein Freund«, sagt die Clairwil, »ich bitte dich inständig, die Wahl der Marter dieses letzten Opfers mir zu überlassen; ich finde, daß dieser Kerl Jesus Christus ähnelt, darum will ich ihn ebenso behandeln.« Die Idee erweckt viel Heiterkeit; während Saint-Fonds Tête-à-tête mit dem Opfer werden alle Vorbereitungen getroffen und nichts wird vergessen. Die Passionsgeschichte von Mariens Bastard wird auf das entblößte Gesäß der einen Alten gelegt; ich selbst werde beauftragt, zu lesen und anzuleiten. Der junge Mann kommt arg mißhandelt zurück; die Clairwil, Saint-Fond und die zweite Alte vollziehen die Marter an ihm; man schlägt ihn ans Kreuz; er erleidet genau die gleichen Qualen, wie sie die klugen Römer den flachköpfigen Galiläer erdulden ließen; man durchsticht seine Hüfte; man krönt ihn mit Dornen; man läßt ihn aus einem Schwamme trinken. Als wir schließlich sehen, daß er nicht stirbt, will man die Qualen des dummen Judäischen Gauklers noch überbieten. Man dreht den Dulder um; es gibt keine Greuel, den wir nicht mit seinem Hintern treiben; wir stechen, brennen, zerfleischen diesen; endlich haucht Delnos, rasend vor Schmerzen, seine Seele aus. Die Clairwil und Saint-Fond, die ich beide reibe, entladen reichlich; da all das sich mehr als zwölf Stunden lang hingezogen hatte, folgten die ersehnten Freuden der Tafel diesen Ruchlosigkeiten.

Die Clairwil, die Saint-Fonds Geheimnis kennen wollte, betäubte ihn mit Wein, Lobsprüchen und Liebkosungen; als sie ihn da glaubte, wohin sie ihn zu bringen wünschte, fragte sie: »Was hast du denn mit den Opfern einen Augenblick vor der Vollziehung der Todesstrafe gemacht?« — »Ich verkünde ihnen den Tod.« — »Du tust noch was anderes, wir sind fest überzeugt davon.« — »Nein.« — »Wir wissen es.« — »Das ist eine Schwäche, warum mich nötigen, sie zu enthüllen?« — »Darfst du denn vor uns ein Geheimnis haben?« fragte ich meinen Geliebten. »Wirklich, es ist gar keines.« — »Doch, du verbirgst es vor uns; wir beschwören dich, es uns zu sagen.« — »Wozu soll es Euch nützen?« — »Uns zu befriedigen, uns, deine beiden besten Freundinnen auf der Welt.« — »Ihr seid Plagegeister!... Aber bedenket doch, daß ich Euch dieses Geständnis nicht ablegen kann, ohne eine abscheuliche Schwäche meinerseits zu enthüllen.« — »Gerade diese wollen wir ja erfahren.«

Endlich, da wir alle Künste der Verführung spielen ließen, ihn stürmisch baten, flehten und liebkosten, spricht er, überwunden, Folgendes:

»Meine Freundinnen, so sehr ich auch das schmähliche Joch der Religion abgeschüttelt habe, so konnte ich mich doch nie vor der Hoffnung auf ein Jenseits schützen. Wenn es wahr ist, so sagte ich mir, daß es in einer anderen Welt Strafe und Lohn gibt, werden die Opfer meiner Ruchlosigkeit triumphieren; sie werden glücklich sein. Diese Idee bringt mich in Verzweiflung; meine grenzenlose Barbarei aber erzielt dadurch eine neue Marter. Wenn ich einen Gegenstand opfere, sei es meinem Ehrgeiz oder meiner Geilheit, so möchte ich seine Leiden in die Ewigkeit hinein ausdehnen. Ich habe diesbezüglich einen berüchtigten Wüstling um Rat gefragt, mit dem ich einst eng verbunden war, und der den gleichen Geschmack besaß wie ich. Dieser kenntnisreiche Mann, ein großer Alchimist und Astrologe, hat mir stets versichert, daß nichts richtiger sei, als Leben und Strafe im Jenseits; um aber zu verhindern, daß das Opfer der himmlischen Freuden teilhaftig werde, müßte man es mit Blut, das aus der Nähe des Herzens genommen sei, unterschreiben lassen, daß es seine Seele dem Teufel übergebe; dann solle man dieses Schreiben mit dem Gliede in sein Arschloch stoßen und indessen ihm einen möglichst starken Schmerz zufügen. Auf diese Weise könnte nach der Versicherung meines Freundes das geopferte Wesen niemals in den Himmel kommen. Seine Qualen, und zwar so starke, wie Sie sie ihm während der Einführung des Schreibens in den Hintern zuteil werden ließen, werden ewig dauern; man genießt dann also das köstliche Vergnügen, jene selbst über die Grenzen der Ewigkeit hinaus verlängert zu haben.« — »Also das tust du mit deinen Opfern!« sagte die Clairwil. — »Sie wollten durchaus, daß ich gestehen sollte... Es ist eine Schwäche.« — »Es ist eine Dummheit, die beweist, daß du weit entfernt bist, von der Philosophie, die ich bei dir voraussetzte. Kann man bei Vernunft nur einen Augenblick an dieses absurde Dogma von der Unsterblichkeit der Seele glauben? Denn ohne daß man an dieses abscheuliche religiöse Hirngespinst glaubte, ist es — das wirst du mir doch zugeben — unmöglich, an Lohn und Strafe im Jenseits zu glauben.« — »Ich liebe dein Prinzip, es ist köstlich«, fuhr die Clairwil fort, »es ist ganz meiner Denkungsart angemessen. Die Qualen des Wesens, das man dem Tode weiht, ins Unermeßliche verlängern zu wollen, ist deines Kopfes würdig; aber diesen Gedanken auf Absonderlichkeiten zu stützen, das ist unverzeihlich.« — »Aber«, antwortete Saint-Fond, »meine göttliche Hoffnung wird hinfällig, wenn ich sie nicht auf diese Ansicht stütze.« — »Es ist besser, darauf verzichten zu können«, erwiderte die Clairwil, »als sie auf Märchen zu gründen, denn dein Glaube an diese Fabel könnte dir eines Tages mehr Unannehmlichkeiten bereiten als er dir bis dahin Vergnügen gemacht hat. Begnüge dich mit den Leiden, die du auf dieser Welt zufügen kannst und verzichte auf das vergebliche Projekt, sie zu verewigen.«

»Es gibt kein Leben im Jenseits, Saint-Fond«, sagte ich, die Prinzipien der Philosophie, die ich in meiner Kindheit gelernt hatte, mir ins Gedächtnis rufend; »dieses Hirngespinst hat zur Stütze bloß die Phantasie des Menschen, der durch diesen Glauben nur seinen Wunsch, sich selbst zu überleben, an den Tag legt, um in der Folge ein dauerhafteres Glück zu genießen als in der Gegenwart. Welch erbärmliche Absurdität, erstens an einen Gott zu glauben, dann sich vorzustellen, daß dieser Gott den meisten Menschen unendliche Qualen vorbehält! So zeigt ihnen die Religion, daß dieser merkwürdige Gott, der die Sterblichen auf dieser Welt recht unglücklich gemacht hat, der eine Frucht ist ihrer Leichtgläubigkeit oder ihres Betruges, sie zudem im Jenseits recht beklagenswert werden lassen könne. Ich weiß wohl, daß man sich dadurch aus dem Widerspruch zieht, daß man sagt, die Güte dieses Gottes werde alsdann seiner Gerechtigkeit Platz machen; aber eine Güte, die der schrecklichsten Grausamkeit weicht, ist keine unendliche Güte; kann zudem ein Gott, der, nachdem er unendlich gut gewesen, unendlich böse wird, als ein unveränderliches Wesen betrachtet werden? Ist ein wuterfüllter Gott ein Wesen, in dem man auch nur einen Schatten von Milde und Güte wiederfinden kann? Nach den Lehrsätzen der Theologie scheint es evident, daß Gott den größten Teil der Menschheit nur dazu geschaffen hat, um sie der ewigen Höllenstrafen teilhaftig werden zu lassen! Wäre es nicht angemessener der Güte, der Vernunft, der Gerechtigkeit gewesen, nur Steine und Pflanzen zu erschaffen, als Menschen zu bilden, deren Aufführung ihnen endlose Strafe zuziehen könnte? Ein Gott, der treulos und boshaft genug wäre, auch nur einen einzigen Menschen zu erschaffen und ihm dann der Gefahr des Verdammens auszusetzen, kann nicht als vollkommenes Wesen betrachtet werden; er wäre es nur im Sinne der Unvernunft, der Ungerechtigkeit, der Bosheit und Grausamkeit. Weit entfernt davon, einen vollkommenen Gott zu ersinnen, haben die Theologen bloß das abscheuliche Hirngespinst geschaffen; und dadurch, daß sie diesen abschreckenden Gotte die Ersinnung ewiger Höllenstrafen zugeschrieben haben, haben sie ihr Werk vollständig herabgesetzt. Die Grausamkeit, die uns Vergnügen bereitet, hat wenigstens Motive; wir erklären uns diese Beweggründe und kennen sie; aber Gott hatte keine, die Gegenstände seiner Wut zu quälen, denn er kann doch nicht solche Wesen bestrafen, die weder seine Macht gefährden, noch sein Glück trüben konnten. Andererseits wären die Strafen im Jenseits unnütz für die Lebenden, die keine Zeugen davon sein können; sie wären auch unnütz für die Verdammten, die man sich in der Hölle nicht bekehrt und weil die Zeit der angeblichen Barmherzigkeit dieses Gottes da nicht mehr existiert. Daraus folgt, daß Gott bei der Auferlegung der ewigen Strafen keinen anderen Zweck verfolgt, als sich zu amüsieren und der Schwäche seiner Kreaturen zu spotten; und ein ruchloser Gott, der grausamer als irgend ein Mensch, und ohne einen Beweggrund, wie es die Menschen tun, handelt, wird allein dadurch unendlich verräterischer, betrügerischer und frevlerischer als sie.«

»Gehen wir noch weiter«, sagte die Clairwil, »ich will, wenn es Euch recht ist, noch näher auf die Einzelheiten dieses schrecklichen Dogmas von der Hölle eingehen; ich bin imstande, es genügend siegreich zu bekämpfen, auf daß nicht die geringste Spur davon in dem leichtgläubigen Geiste unseres Freundes zurückbleibe. Wollen Sie mich anhören?« — »Gewiß«, erwiderten wir. Die geistreiche und gebildete Frau verbreitete sich also über diese wichtige Materie:

»Es gibt Dogmen, die man manchmal verpflichtet ist, nicht anzuerkennen, wohl aber als richtig vorzuschützen, um in Stand gesetzt zu werden, andere zu bekämpfen. Um in Ihren Augen das schwachsinnige Dogma von der Hölle zu zerstören, müssen Sie mir erlauben, einen Augenblick das deistische Hirngespinst wieder gelten zu lassen. Da ich genötigt bin, mich seiner als Stützpunkt in dieser wichtigen Erörterung zu bedienen, muß ich ihm für einen Moment wieder Leben einhauchen: Ihr werdet mir dies hoffentlich umso eher verzeihen, als Ihr mich nicht im Verdacht habt, an dieses abscheuliche Phantom zu glauben.

Das Dogma von der Hölle ist an und für sich so bar aller Wahrscheinlichkeit, alle Gründe, durch die man es zu stützen vorgibt, sind so haltlos, sie widersprechen so offen aller Vernunft, daß man über die Nötigung, sie zu bekämpfen, fast erröten muß. Trotzdem wollen wir den Christen unbarmherzig jede Hoffnung, uns je wieder an ihre schreckliche Religion zu ketten, rauben und ihnen zeigen, daß das Dogma, auf das sie fest bauen, um uns in Schrecken zu versetzen, wie alle ihre anderen Hirngespinste beim schwachsten Scheine des Lichtes der Philosophie zerstiebt.

Die hauptsächlichsten Gründe, auf die man dieses gefährliche Märchen stützt, sind folgende:

1. Daß die Sünde mit Rücksicht auf das Wesen, gegen das man sie begeht, unendlich groß ist, daher auch unendlich große Strafe verdient; daß Gott der Gesetzgeber des Weltalls ist, daher es seiner Größe angemessen ist, die sich Vergehenden zu strafen.

2. Die allgemeine Anerkennung dieser Lehre und die Art, in der sie in der Schrift verkündet ist.

3. Die Notwendigkeit dieses Dogmas, um die Sünder und Ungläubigen im Zaume zu halten.

Das sind die Grundlagen, die man zerstören muß.

Ihr werdet hoffentlich zugeben, daß die erste infolge der Ungleichheit der Verbrechen von selbst zerfällt. Denn nach dieser Lehre müßte das leichteste ebenso bestraft werden wie das schwerste; aber ich frage Euch, könnte man, wenn man einen gerechten Gott zugibt, an eine Ungerechtigkeit dieser Art glauben? Wer hat übrigens den Menschen geschaffen? Wer hat ihm die Leidenschaften eingegeben, die er dann mit den Qualen der Hölle büßen muß? Nicht etwa Euer Gott? Also gebt Ihr törichten Christen zu, daß dieser lächerliche Gott einerseits dem Menschen Triebe eingibt, die er andererseits zu strafen sich bemüßigt sieht. Aber wußte er denn nicht, daß diese Triebe ihn kränken würden? Wenn er es aber wußte, warum hat er sie dann eingegeben? Wenn er es aber nicht wußte, warum bestraft er für ein Unrecht, dessen Urheber nur er allein ist?

Wenn wir die Bedingungen ins Auge fassen, die man erfüllen muß, um des Heils teilhaftig zu werden, scheint es evident zu sein, daß wir viel eher der Verdammung anheimfallen, als unsere Seele retten. Ich frage Sie also nochmals, ob es der vielgerühmten Gerechtigkeit Ihres Gottes würdig ist, sein unglückliches und schwächliches Werk in eine so grausame Lage versetzt zu haben; wie können es aber dann Eure Gelehrten wagen, die Behauptung aufzustellen, daß ewiges Glück und Unglück in ganz gleicher Weise dem Menschen freigestellt seien und bloß von seiner Wahl abhängen? Wenn der größte Teil des menschlichen Geschlechtes dazu bestimmt ist, in Ewigkeit verdammt zu sein, hätte ein Gott, der alles weiß, auch das wissen müssen: warum hat uns das Ungeheuer nach alledem erschaffen? War es dazu gezwungen? Dann ist er nicht frei. Hat er es mit Bewußtsein getan? Dann ist er ein Barbar. Nein, Gott war nicht gezwungen, den Menschen zu erschaffen, und hat er es nur deshalb getan, um ihm ein Geschenk zu bereiten, so wäre die Fortpflanzung unseres Geschlechtes das größte Verbrechen und nichts wünschenswerter als die gänzliche Vernichtung des Menschengeschlechtes.

Doch wenn dieses Dogma Ihnen einen Augenblick als nötig für die Größe Gottes erscheint, so frage ich Sie, warum dieser so große und gütige Gott dem Menschen nicht die Kraft verliehen hat, die nötig wäre, um sich gegen die Strafe zu sichern? Ist es nicht grausam von Gott, es so leicht geschehen zu lassen, daß der Mensch der ewigen Verdammnis anheimfällt? Werden Sie je ein Mittel finden, Ihnen Gott vom Vorwurfe der Unwissenheit oder Bosheit reinzuwaschen?

Wenn alle Menschen gleicherweise Werke der Gottheit sind, warum einigen sie sich nicht alle auf die Art der Verbrechen, die dem Menschen diese ewigen Höllenstrafen eintragen sollen? Warum fällt der Hottentotte dafür der Verdammnis anheim, was dem Chinesen das Paradies einträgt? Warum verspricht dieser den Himmel für etwas, was dem Christen die Hölle in Aussicht stellt? Man käme nie ans Ende, wollte man die verschiedenen Meinungen der Heiden, Juden, Mohammedaner, Christen in Bezug auf die Mittel, die man anwenden müsse, um den ewigen Höllenstrafen zu entgehen und des Heiles teilhaftig zu werden, beachten; oder wollte man die kindischen und lächerlichen Ersinnungen beschreiben, die dahin führen sollten.

Das zweite Argument für diese lächerliche Lehre ist die Art, wie sie in der Schrift verkündigt ist und ihre allgemeine Verbreitung.

Hüten wir uns zu glauben, daß die allgemeine Verbreitung einer Lehre für sie beweisend sei. Es gibt keine Narrheit, keine Absonderlichkeit, die nicht auf der Welt allgemeinen Anklang gefunden hätte, keine, die nicht ihre Bewunderer und Gläubigen gehabt hätte; solange es Menschen geben wird, wird es auch Narren geben, und solange es Narren geben wird, wird es Götter, Kulte, ein Paradies, eine Hölle u.s.w. geben. Aber die Schrift verkündet dieses Dogma. Geben wir einen Augenblick zu, daß dieses Buch echt sei und daß wir ihm tatsächlich einige Ehrfurcht schuldeten. Ich habe ja gesagt, es gäbe Hirngespinste, die man manchmal als richtig bezeichnen müsse, um im Stande zu sein, andere zu bekämpfen. Nun gut! Ich werde zunächst antworten, daß es sehr zweifelhaft ist, ob die Schrift davon spricht. Doch nehmen wir an, dem sei so; das, was sie darüber sagt, kann sich nur an jene wenden, die von der Schrift Kenntnis haben und die sie als unfehlbar bezeichnen, die, welche sie nicht kennen oder ihr keinen Glauben schenken, können durch ihre Autorität nicht überzeugt werden; aber sagt man denn nicht, daß diejenigen, die von der Schrift nichts wissen, oder die an sie nicht glauben, den ewigen Strafen ebenso ausgesetzt sind, wie diejenigen, die sie kennen oder an sie glauben? Ich frage Sie also, gibt es eine größere Ungerechtigkeit auf der Welt als diese? Ihr werdet mir vielleicht einwerfen, daß Völker, denen Eure absurde heilige Schrift ganz unbekannt ist, nichtsdestoweniger an ewige Strafen im Jenseits glauben. Das mag vielleicht von einigen Völkern gelten, während viele andere von diesem Dogma gar nichts wissen. Wie ist aber ein Volk, dem die Bibel unbekannt war, dazu gelangt, sich diese Ansicht anzueignen? Hoffentlich wird man nicht sagen, es handle sich um eine angeborene Idee; wäre dem so, so müßte sie allen Menschen gemeinsam sein. Man wird hoffentlich nicht behaupten, daß sie Sache der Vernunft ist. Denn sicherlich würde die Vernunft dem Menschen nicht lehren, daß er für zeitliche Fehler unendliche Leiden erdulden werde. Man wird mir angeben, daß dieses Dogma zu einem solchen Volke nur infolge der Tätigkeit seiner Priester oder infolge seiner Einbildungskraft gelangt ist. Ich frage Sie nach alldem, welchen Wert sie haben kann?

Wenn jemand glaubte, daß die Lehre von den ewigen Höllenstrafen durch Überlieferung denjenigen Völkern vermittelt wurde, die sie nicht direkt von der Schrift hatten, könnte man dagegen fragen, woher denn diejenigen, die dieses Dogma ursprünglich verbreiteten, es hatten. Wenn man nicht beweisen kann, daß sie es durch göttliche Offenbarung erhalten hatten, wird man zugeben müssen, daß dieses gigantische Dogma nur die ausschweifende Phantasie oder den Betrug zur Basis hat. Wenn man annimmt, daß die angeblich heilige Schrift den Menschen Strafen im Jenseits ankündigt, und wenn man diese Tatsache als eine unbestreitbare Wahrheit zugibt, könnte man nicht fragen, woher die Verfasser der Schrift wissen können, daß es solche Strafen gibt? Man wird sicherlich antworten: infolge Inspiration. Ganz gut; aber diejenigen, denen nicht die Gnade einer solchen besonderen Erleuchtung zuteil wurde, haben sich doch genötigt gesehen, zu anderen Gründen ihre Zuflucht zu nehmen. Ich bitte Sie also, mir zu sagen, welches Vertrauen man zu Leuten haben solle, die über eine Sache von solcher Wichtigkeit Ihnen sagen: ich glaube daran, weil es mir ein solcher mitgeteilt hat, der es geträumt hat. Und das hält die Hälfte der Menschen gefesselt; das macht sie scheu und furchtsam! Das hindert sie, sich den süßesten Eingebungen der Natur hinzugeben! Kann man die Verirrung und Absurdität weiter treiben? Aber ihre Erleuchteten haben nicht zur ganzen Welt gesprochen. Der größte Teil des Menschengeschlechtes kennt seine Träume nicht. Sind aber nicht alle Menschen ebenso daran interessiert, sich von der Realität dieses Dogmas zu überzeugen, wie es die Verfasser der Bibel oder ihre Anhänger sein können? Wieso kommt es denn, daß nicht alle die gleiche Gewißheit davon haben können? Sie hatten alle ein Interesse daran zu wissen, wie sie es mit den ewigen Strafen halten sollten. Warum hat also Gott diese erhabene Kunde nicht alle direkt und unmittelbar wissen lassen, ohne den Beistand und die Teilnahme von Leuten, die man wegen Betrug oder Irrtum beargwöhnen kann? Entspricht es, frage ich Sie, dem Vorgehen eines Wesens, das Sie nur als unendlich gut und weise schildern, ganz im Gegensatze dazu zu handeln? Trägt nicht dieses Vorgehen ganz im Gegenteil alle Merkmale der Dummheit und Bosheit an sich? Trifft man nicht in allen Staaten, in denen man Gesetze und Strafen gegen die Verbrecher beschließt, Maßregeln aller Art, um diese Gesetze und Strafen, bekannt zu machen? Kann man bei Vernunft einen Menschen wegen Übertretung eines ihm nicht bekannten Gesetzes strafen? Was müssen wir aus dieser Reihe von Wahrheiten schließen? Daß die Lehre von der Hölle nichts anderes ist als das Ergebnis der Schlechtigkeit einiger Menschen und der Absonderlichkeit der anderen.*

* »Die Hölle«, sagt ein geistreicher Mann, »ist der Küchenherd, der den priesterlichen Fleischtopf wärmt: sie wurde im Interesse der Priester gegründet, damit sie gutes Fleisch haben, der ewige Vater, der ihr oberster Küchenmeister ist, dreht diejenigen seiner Kinder auf dem Bratspieß, die ihren Lehren nicht die Ergebenheit beweisen, die man ihnen schuldet; beim Feste der Lämmer werden die Auserwählten geröstete Ungläubige, geschmorte Reiche,

Das dritte Argument dieses schrecklichen Dogmas ist seine Notwendigkeit, um die Sünder und Ungläubigen im Zaume zu halten.

Wenn die Gerechtigkeit und der Ruhm Gottes verlangten, daß er die Sünder und Ungläubigen durch ewige Qualen strafe, müßten die Gerechtigkeit und die Vernunft zweifellos fordern, daß es in der Macht des einen liegen müsse, nicht zu sündigen, des andern, nicht ungläubig zu sein; wo gibt es aber ein so albernes Wesen, das glauben könnte, der Mensch sei frei; wer ist so verblendet, um nicht zu sehen, daß wir in allen unseren Handlungen von den Verhältnissen gelenkt, sie nicht in unserer Macht haben, und daß der Gott, dessen Fesseln wir tragen, seine Existenz angenommen, was ja bei mir nicht der Fall ist, und was ich, wie Ihr seht, nur mit Widerwillen tue, das ungerechteste und barbarischeste aller Wesen wäre, wenn er uns dafür bestrafte, daß wir wider unseren Willen Opfer der Fallstricke werden, die seine inkonsequente Hand uns mit Vergnügen legt.

Ist es denn nicht offenbar, daß es das von der Natur den Menschen verliehene Temperament, die verschiedenen Umstände seines Lebens, seine Erziehung, seine Gesellschaft sind, die seine Handlungen, seine Entscheidung für Gut oder Böse bestimmen? Wenn dem aber so ist, wird man einwerfen, dann sind die Strafen, die man ihnen auf Erden wegen schlechter Führung auferlegt, ebenso ungerecht? Gewiß sind sie es. Aber in diesem Falle entscheidet das Interesse der Allgemeinheit über das Einzelinteresse; man hat der Gesellschaft gegenüber die Pflicht, die Bösen, die ihr schaden könnten, aus ihrem Schoß zu entfernen; nur das rechtfertigt die Gesetze, die, vom Standpunkte des Einzelinteresses betrachtet, höchst ungerecht wären. Aber hat denn Euer Gott dieselben Gründe, um den Bösen zu strafen? Gewiß nicht! Er hat dessen Missetaten nicht zu fürchten; wenn ja, dann darum, weil es diesem Gott gefallen hat, ihn so zu erschaffen. Es wäre doch grausam, dem Bösen deshalb Qualen zu bereiten, weil er

Börsenmänner in Essigbrühe mit Zwiebeln genießen u.s.w., u.s.w.«
(Vergl. das *Handbuch der Theologie*, S. 106.)

auf Erden das geworden ist, was dieser verdammenswerte Gott im Vorhinein gewußt hat.

Wir wollen jetzt den Beweis führen, daß die Umstände, die den religiösen Glauben bestimmen, ganz und gar nicht in der Macht der Menschen liegen.

Zunächst frage ich, ob wir darüber entscheiden, in welchem Klima wir das Lebenslicht erhalten und ob es von uns abhängt, in welchen Kult wir hineingeboren werden. Gibt es eine einzige Religion, die dem Lichte der Leidenschaften standhält? Und sind die Leidenschaften, die uns von Gott kommen, nicht vorzuziehen den Religionen, die uns von Menschen kommen? Wie barbarisch wäre doch ein Gott, der uns ewige Strafen deshalb auferlegte, weil wir an der Wahrheit eines Kultes gezweifelt haben, den er in uns durch die Leidenschaften, die ihn jeden Augenblick vernichten, zum Schweigen bringt! Welche Absonderlichkeit! Welche Albernheit! Da soll man nicht die Zeit bedauern, die man verliert, um solche Nebel zu zerstreuen!

Aber gehen wir noch weiter und lassen wir womöglich gar keinen Ausweg den dummen Anhängern des lächerlichsten der Dogmen.

Würde es von Menschen abhängen, tugendhaft zu sein, und an alle Artikel ihrer Religion zu glauben, dann müßte man noch prüfen, ob es gerecht sei, daß Menschen, sei es wegen ihrer Schwäche oder ihrer Ungläubigkeit, Strafen erleiden, wenn aus diesen vergeblichen Strafen nichts Gutes resultieren kann.

Scheiden wir, um diese Frage zu entscheiden, das Vorurteil aus, und denken wir überhaupt über die Gerechtigkeit, die wir Gott zuschreiben, nach. Heißt es nicht unvernünftig reden, wenn man sagt, daß die Gerechtigkeit Gottes die ewige Strafe der Sünder und Ungläubigen verlangt? Ist die mit unverhältnismäßig großer Strenge vollführte Bestrafung eines Fehlers nicht viel eher ein Zeichen von Rachsucht und Grausamkeit als von Gerechtigkeit? So ist die Behauptung, daß Gott in dieser Weise strafe, eine offenkundige Blasphemie. Wie kann dieser Gott, den Sie als so gütig schildern, seinen Ruhm darin setzen, die schwachen Werke seiner

Hand so zu bestrafen? Sicherlich empfinden diejenigen, die behaupten, der Ruhm Gottes verlange es so, nicht die ganze Ungeheuerlichkeit dieser Lehre. Sie reden vom Ruhme Gottes und können sich davon keine Vorstellung bilden. Wären sie fähig, die Art dieses Ruhmes zu beurteilen, könnten sie sich davon vernünftige Begriffe bilden, sie müßten einsehen, daß dieses Wesen, wenn es existierte, seinen Ruhm nur auf Güte, Weisheit und die unbegrenzte Fähigkeit, das Glück unter den Menschen zu verbreiten, gründen könnte.

Man fügt in zweiter Linie, um die hassenswerte Lehre von der Ewigkeit der Strafen zu bestätigen, hinzu, daß sie von einer großen Zahl bedeutender Denker und gelehrter Theologen angenommen wurde. Erstens leugne ich die Tatsache: der größte Teil von ihnen hat an diesem Dogma gezweifelt. Und wenn der andere ihm Glauben zu schenken schien, kann man leicht den Beweggrund ersehen; das Dogma von der Hölle war ein Joch, eine Fessel mehr, mit der die Priester die Menschen belasten wollten; man kennt die Macht der Furcht über die Seelen und weiß, daß die Politik stets des Schreckens bedarf, sobald es sich darum handelt, die Menschen zu unterjochen.

Aber kommen die von ihnen zitierten sogenannten heiligen Bücher aus einer genügend reinen Quelle, daß wir das, was sie sagen, nicht ablehnen dürfen? Die einfachste Prüfung reicht hin, um uns zu überzeugen, daß sie, weit entfernt davon, das Werk eines phantastischen Gottes zu sein, der nie geschrieben oder gesprochen hat, im Gegenteil die Produkte schwacher, unwissender Menschen sind, und daß wir ihnen daher nur mit Mißtrauen und Verachtung begegnen können. Gesetzt aber den Fall, daß diese Schriftsteller einigermaßen verständig wären, welcher Mensch wäre dann so albern, sich für diese oder jene Ansicht einzusetzen bloß deshalb, weil er es in einem Buche so gefunden hat? Gewiß kann er sie sich aneignen, aber ihr das Glück und die Ruhe seines Lebens zu opfern, vermöchte nur ein Narr.*

* Eusebius in seiner *Geschichte* (Buch III., Kap. 25) sagt, daß die Epistel Jakobs, die des Judas, die zweite des hl. Petrus, die zweite und dritte des hl.

Übrigens werde ich, wenn Sie den Inhalt Ihrer sogenannten heiligen Schriften für diese Meinung ins Treffen führen, aus eben diesen Büchern den gegenteiligen Beweis erbringen.

Ich öffne den Ecclesiasten und finde Folgendes:

Der menschliche Zustand ist gleich dem der Tiere. Was den Menschen und was den Tieren zustößt, ist die gleiche Sache. Sowie der Tod des einen, so ist der des anderen; sie atmen in gleicher Weise, und der Mensch hat keinen Vorzug vor dem Tier: denn alles ist eitel, alles geht an den gleichen Ort, alles entsteht aus Staub und wird wieder zu Staub.

(Eccles., Kap. III., Vers 18, 19 und 20.)

Gibt es etwas Deutlicheres gegen die Existenz eines Jenseits als diese Stelle? Könnte man besser das Gegenteil der Unsterblichkeit der Seele und des lächerlichen Dogmas von der Hölle aussprechen?

Welche Gedanken müssen einem vernünftigen Menschen kommen, wenn er diese absurde Fabel von der ewigen Verdammnis des Menschen im Paradies wegen des Genusses einer verbotenen Frucht prüft? Wie umständlich auch diese Fabel ist, wie abscheulich man sie auch finden mag, möge man mir doch erlauben, einen Moment bei ihr zu verweilen, weil sie den Ausgangspunkt für den Glauben an die ewigen Höllenstrafen bildet. Braucht es mehr als die unparteiische Prüfung dieser Absurdität, um ihre Nichtigkeit zu erkennen? O, meine Freunde! Ich frage Sie, würde ein gütiger Mann in seinem Garten einen Baum pflanzen, der köstliche aber vergiftete Früchte hervorbrächte, und würde er sich damit begnügen, seinen Kindern deren Genuß zu verbieten, indem er ihnen sagte, daß sie stürben, wenn sie sie anzurühren wagten. Würde dieser vorsichtige und weise Mann,

Johannes, die Akten des hl. Paulus, die Offenbarung des hl. Petrus, die Epistel des Barnabas, die apostolischen Institutionen und die Bücher der Apokalypse zu seiner Zeit nicht anerkannt waren.

wenn er wüßte, daß in seinem Garten ein solcher Baum stehe, nicht eher darauf schauen, die Bäume abhauen zu lassen, besonders wenn er wüßte, daß ohne die Vorsicht seine Kinder von den Früchten essen und ihre Nachkommenschaft ins Elend stürzen würden? Gott weiß, daß das ganze Menschengeschlecht verloren ist, wenn Adam von der Frucht geniest und stellt es ihm nicht nur anheim, nachzugeben, sondern treibt die Bosheit so weit, ihn verführen zu lassen. Jener unterliegt und ist verloren; er tut etwas, was Gott ihm zu tun ermöglicht, das, wozu Gott ihn anleitet und siehe da, er ist für ewig unglücklich. Kann man denn etwas Alberneres und Grausameres tun? Zweifellos, ich wiederhole es, würde ich mich nicht der Mühe unterziehen, eine solche Absurdität zu bekämpfen, wenn das Dogma von der Hölle, dessen leiseste Spur ich aus ihren Sinnen tilgen will, nicht eine furchtbare Folge davon wäre.

Sehen wir in alledem nur Allegorien, an denen man sich einen Moment unterhalten kann, aber an die zu glauben widerwärtig wäre, und von denen man nur so sprechen dürfte wie von den Fabeln Äsops und den Phantasmen Miltons; nur mit dem Unterschiede, daß beide letzteren wenig Bedeutung haben, während jene dadurch, daß sie unseren Glauben an sich zu ketten und unsere Vergnügungen zu stören suchen, eine ganz offenkundige Gefahr werden; man müßte versuchen, sie unschädlich zu machen und sollte sich nicht einmal mit ihnen befassen dürfen.

Seien wir also überzeugt, daß diese Tatsachen, wie diejenigen, welche in dem unter dem Namen der heiligen Schrift bekannten seichten Roman verzeichnet sind, nur abscheuliche Lügen sind, wert der tiefsten Verachtung; wir dürfen aus ihnen keinen Schluß auf Glück und Unglück ziehen. Seien wir überzeugt, daß das Dogma von der Unsterblichkeit der Seele, das man aufstellen mußte, bevor man dieser Seele ewige Strafen oder Belohnungen zusprechen konnte, die flachste, gröbste und unwürdigste aller Lügen ist, die man begehen kann; daß alles von uns ebenso der Vernichtung anheimfällt wie bei den Tieren, und daß wir nach alledem, wie immer wir uns auf Erden aufgeführt haben, weder glücklicher noch unglücklicher daran sein werden, nachdem wir die uns von der Natur bemessene Zeit daselbst verbracht haben.

Man hat behauptet, daß der Glaube an ewige Strafen unbedingt nötig sei, um die Menschen im Zaume zu halten, und daß man deshalb sich wohl hüten müsse, ihn zu zerstören. Aber wenn diese Lehre offenbar falsch ist, wenn sie unmöglich der Prüfung standhalten kann, ist es nicht unendlich mehr gefährlich als nützlich, die Moral auf sie zu stützen? Und wird sie nicht eher schaden als nützen, wenn der Mensch, der sie geschätzt hat, sich dem Bösen ergibt, weil er sie als falsch erkannt hat? Wäre es nicht hundertmal besser, ihm gar keine Fesseln aufzuerlegen, als solche, die er so leicht bricht? Denn im ersten Falle wäre ihm der böse Gedanke vielleicht gar nicht gekommen; er wird ihm sicher kommen, wenn er die Ketten bricht, weil er darin ein umso größeres Vergnügen hat, und weil die menschliche Entartung derartig ist, daß er das Böse nie mehr liebt und sich ihm nie lieber ergibt, als wenn er ein Hindernis auf dem Wege dazu findet.

Diejenigen, welche sorgfältig über die menschliche Natur nachgedacht haben, sind gezwungen zuzugeben, daß alle Gefahren, alle Übel, wie groß sie auch sein mögen, viel von ihrer Macht verlieren, wenn sie in der Ferne liegen und dann weniger fürchterlich scheinen, als die kleinen, wenn sie unmittelbar vor uns stehen. Offenbar sind also die naheliegendsten Strafen viel geeigneter, vom Verbrechen abzuwenden, als die in der Zukunft uns angedrohten. Werden nicht die Menschen von Fehlern, auf die die Gesetze keinen Einfluß nehmen, viel wirksamer durch Beweggründe der Hygiene, der Schicklichkeit, des Ansehens und andere naheliegende Erwägungen abgelenkt, als wie durch die Furcht vor zukünftigem und endlosem Unglück, das ihren Gedanken sich nur selten aufdrängt und das stets nur in unbestimmten Umrissen, und als leicht zu vermeiden, sich ihren Blicken zeigt?

Um zu beurteilen, ob die Furcht vor strengen, ewigen Strafen im Jenseits geeigneter ist, die Menschen vom Bösen abzulenken, als die vor zeitlichen auf dieser Welt, wollen wir einen Augenblick annehmen, daß jene allgemein verbreitet, diese dagegen vollständig ausgeschaltet wäre; würde unter dieser Annahme die Welt nicht allsobald von Verbrechen überflutet werden? Nehmen wir das Gegenteil an: die Furcht vor ewigen Strafen wäre geschwunden, während die vor zeitlichen voll und ganz in Wirksamkeit stünde; würde man nun nicht erkennen, wenn diese letzteren unfehlbar und allgemein vollzogen würden, daß sie einen viel größeren Einfluß auf den menschlichen Geist und sein Verhalten üben, als die in weiter Ferne liegenden, die aus dem Gesichtskreis schwinden, sobald die Leidenschaften sich regen?

Liefert uns die tägliche Erfahrung nicht überzeugende Beweise für die geringe Wirkung der Furcht vor Strafen im Jenseits auf viele der Überzeugtesten? Es gibt kaum Völker, die überzeugter wären von dem Dogma von der Ewigkeit der Strafen als Spanier, Portugiesen und Italiener; und dennoch: gibt es ausschweifendere? Wer begeht im Geheimen mehr Verbrechen als die Priester und Mönche, das heißt diejenigen, die von den religiösen Wahrheiten am überzeugtesten scheinen? Beweist das nicht deutlich, daß gute Wirkungen vom Dogma der ewigen Strafen nur sehr selten und unsicher erzielt werden? Wir sehen aber dafür, daß seine schlechten Wirkungen unzählig und sicher sind. Eine solche Lehre erfüllt die Seele mit Bitterkeit und gibt ihr die empörendsten Begriffe von der Gottheit; sie verhärtet das Herz und stürzt es in eine Verzweiflung, die für die Gottheit, die Sie durch dieses Dogma stützen wollen, höchst nachteilig ist. Dieses furchtbare Dogma führt im Gegenteil zum Atheismus, zur Gottlosigkeit; denn alle vernünftigen Leute finden es viel einfacher, nicht an Gott zu glauben, als einen solchen anzunehmen, der grausam, inkonsequent und barbarisch genug wäre, den Menschen nur deshalb zu schaffen, um ihn für ewig ins Unglück zu stürzen.

Wollen Sie einen Gott zur Basis Ihrer Religion machen, so versuchen Sie, ihn wenigstens fehlerlos zu machen; wenn er es nicht ist, wie der Eure, wird man bald die Religion, die er stützt, verabscheuen, und Ihr habt dann beide benachteiligt.

Ist es möglich, daß man lange Zeit an eine Religion glaubt und sie ehrt, wenn sie sich auf den Glauben an einen Gott gründet, der einer Unzahl seiner Geschöpfe für Neigungen, die er selbst ihnen eingegeben hat, ewige Strafen auferlegt? Jeder von diesem schrecklichen Dogma überzeugte Mensch muß in einer beständigen Furcht vor einem Wesen leben, das ihn ewig unglücklich machen kann. Wie kann er aber dann je dieses Wesen lieben oder ehren? Wenn ein Sohn wüßte, daß sein Vater imstande sei, ihm grausame Qualen aufzuerlegen, und ihn nicht von diesen ausnehmen würde, wenn es in seiner Macht läge, könnte er jenen lieben und ehren? Sind aber die von Gott erschaffenen Wesen nicht berechtigt, sich mehr von seiner Güte zu erwarten, als Kinder selbst von dem nachsichtigsten Vater? Glauben denn nicht die Menschen, daß sie alle Güter, an denen sie sich erfreuen, von der Güte Gottes erhalten? Daß dieser Gott sie bewahrt und beschützt? Daß er es ist, der ihnen in der Folge das Wohlsein verschaffen wird, auf das sie zählen? Ich frage Sie, dienen nicht alle diese Gedanken als Fundament für die Religion? Wenn Sie sie aber aufheben, gibt es keine Religion mehr; daraus ersehen Sie, daß dieses dumme Dogma von der Hölle zerstört anstatt aufzubauen, daß es die Grundlagen des Kultus erschüttert anstatt zu sie zu festigen, und daß also nur Dumme daran glauben, nur Spitzbuben es ersinnen können.

Zweifeln wir nicht daran; dieses Wesen, von dem man uns unaufhörlich zu sprechen wagt, ist wirklich geschändet und entehrt durch die lächerlichen Farben, mit denen die Menschen es uns malen; würden sie sich nicht absurde und unvernünftige Ideen von der Gottheit bilden, würden sie sie nicht für grausam halten; dann würden sie sich nicht vorstellen, daß sie imstande wäre, ewige Strafen aufzuerlegen oder auch nur zuzugeben, daß die Werke ihrer Hände ewig des Glückes beraubt wären.

Um die Kraft dieses Argumentes zu umgehen, sagen die Anhänger des Dogmas von der ewigen Verdammnis, daß das Unglück der Verurteilten nicht eine willkürliche Strafe Gottes, sondern eine Folge der Sünde und der unveränderlichen Ordnung der Dinge sei. Woher wissen Sie denn das? frage ich jene darauf. Wenn Sie behaupten, daß es die Schrift lehrt, wären Sie wohl in Verlegenheit, es zu beweisen; und wenn es Ihnen gelingt, eine einzige Stelle zu entdecken, die davon spricht, wie viele Dinge könnte ich Sie nicht meinerseits fragen, um mich von der Glaubwürdigkeit, Heiligkeit und Wahrhaftigkeit der Stelle, die angeblich zu Gunsten Ihrer Auffassung spricht, zu überzeugen? Ist es die Vernunft, die Ihnen dieses furchtbare Dogma eingegeben hat? Dann sagen Sie mir, wie können Sie es vereinbar finden mit der Gerechtigkeit eines Gottes, der ein Geschöpf erschafft, obwohl er gut weiß, daß der unabänderliche Lauf der Dinge es unaufhörlich in einen Ozean von Unglück stürzen muß? Wenn es richtig ist, daß das Universum von einem unendlich mächtigen und unendlich klugen Wesen erschaffen und regiert wird, dann muß alles seinen Plänen folgen und aufs Beste ausschlagen. Aber was Gutes könnte daraus entspringen, wenn eine schwache, unglückliche Kreatur ewige Qualen für Fehler erduldet, die niemals vor ihr abhängig waren?

Wäre die ungeheure Zahl der Sünder, Ungetreuen, Ungläubigen wirklich zu grausamen Qualen in Ewigkeit verurteilt, welch schreckliches Bild gäbe das für das Menschengeschlecht! Milliarden wären so unbarmherzig endlosen Martern geopfert; das Los eines empfindlichen und vernünftigen Wesens, wie es der Mensch ist, wäre dann wahrhaft entsetzlich. Was! Es wäre noch nicht genug der Kümmernisse, zu denen er auf dieser Welt verurteilt ist; er müßte nach dem Ablauf seines Lebens erst recht schauerliche Leiden und Qualen fürchten! Welch entsetzliches, welch fluchwürdiges Geschick! Wie können solche Ideen im Menschengeist Eingang finden, warum entsteht da nicht die Überzeugung, daß sie nur die Frucht sind des Betruges, der Lüge und der barbarischesten Politik? Ha! Halten wir fest an der Überzeugung, daß diese Lehre, die weder nützlich noch notwendig, noch imstande ist, die Menschen vom Bösen abzulenken, nur einer solchen Religion zur Basis dienen kann, deren einziger Zweck der ist, die Menschen in Knechtschaft zu erhalten; erfüllen wir uns mit der Idee, daß dieses fluchwürdige Dogma die widerwärtigsten Folgen nach sich zieht, da es sich nur dazu eignet, das Leben mit Bitterkeit, Furcht und Schrecken zu erfüllen… und solche Ideen von der Gottheit zu erwecken, daß man unbedingt zum Sturze der Religion gelangen muß, da sie das Unglück gehabt hat, solche Lehren aufzunehmen, die sie offen herabsetzen.*

Sicherlich müssen wir, wenn wir glauben, daß das Universum von einem Wesen, dessen Macht, Weisheit und Güte unendlich sei, geschaffen und regiert wird, daraus den Schluß ziehen, daß jedes ausgesprochene Übel notwendigerweise aus dem Weltall ausgeschieden werden müsse; denn es ist kein Zweifel, daß das ewige Unglück des größten Teiles der Menschen ein ausgesprochenes Übel sei. Welche ruchlose Rolle schreibet ihr diesem abscheulichen Gotte zu, wenn ihr ihn einer solchen Barbarei schuldig macht! Kurz, ewige Strafen widersprechen der unendlichen Güte Gottes, die Sie annehmen; Sie müssen Ihr grausames Dogma von den ewigen Strafen unterdrücken, wenn Sie wollen, daß ich einen Augenblick Ihren Gott mir gefallen lasse. Schenken wir aber auch nicht mehr Glauben dem Dogma vom Paradies,

* O Du! Von dem man behauptet, daß er alles erschaffen hat; du, von dem ich nicht den geringsten Begriff habe; du, den ich nur vom Hörensagen kenne und nach dem, was mir Menschen, die täglich Täuschungen unterworfen sind, gesagt haben; bizarres und phantastisches Wesen, das man Gott nennt, ich erkläre offen, authentisch, vor aller Welt, daß ich zu dir nicht den geringsten Glauben hege, und zwar deshalb, weil ich weder in meinem Herzen, noch in meinem Verstande irgend einen Anhaltspunkt besitze, der mir die Überzeugung deiner absurden Existenz, deren Gewißheit durch nichts bezeugt wird, verschaffen könnte. Wenn ich mich täusche und du mir nach meinem Tode meinen Irrtum beweisen wirst, und du dann (was gegen alle Wahrscheinlichkeit und alle Vernunft ist) mich von deiner so heftig von mir verleugneten Existenz überzeugen wirst, was wird dann geschehen? Du wirst mich glücklich oder unglücklich machen. Im ersten Falle werde ich dich anerkennen und lieben; im zweiten dich verabscheuen: aber, wenn es offenbar unmöglich ist, da kein vernünftiger Mensch eine solche Berechnung anstellen kann, wie findest du es mit der Allmacht, die ja das oberste deiner Attribute sein soll, vereinbar, dem Menschen eine für deinen Ruhm so schimpfliche Alternative zu lassen?

wie dem von der Hölle; beide sind schreckliche Erfindungen religiöser Tyrannen, die die Geister der Menschen zu ketten und sie unter dem despotischen Joche der Regierenden gebeugt zu halten beabsichtigten. Seien wir überzeugt, daß wir nur Materie sind, daß außerhalb unser nichts existiert; daß alles, was wir der Seele zuschreiben, nur einfache Wirkung der Materie ist, und zwar trotz des Hochmutes der Menschen, die uns von den Tieren unterscheiden, während wir ebenso wenig wie sie, sobald wir der Materie, die uns belebenden Elemente wieder zurückgeben, für die bösen Handlungen, zu denen unsere von der Natur verliehene Organisation uns getrieben hat, gestraft oder für die guten, die wir infolge einer entgegengesetzten Organisation ausüben, belohnt werden. Es ist also gleichgültig, sich gut oder schlecht aufzuführen, wenn wir das Los, das uns nach dem Tode erwartet, ins Auge fassen; und wenn wir dahin gelangt sind, jeden Moment auf den Genuß zu verwenden — mag auch diese Art zu leben alle Menschen, alle gesellschaftlichen Konventionen in Aufruhr versetzen — werden wir sicherlich — wenn wir uns nur unter den Schutz der Gesetze gestellt haben (worauf es einzig und allein ankommt) — nämlich glücklicher sein als der Tor, der aus Furcht vor Strafen im Jenseits sich in diesem Leben alle Genüsse und Freuden untersagt hat; denn es ist unendlich wichtiger, in diesem Leben, dessen wir gewiß sind, glücklich zu sein, als auf ein sicheres Glück, das sich uns darbietet, in der Hoffnung zu verzichten, daß wir eines eingebildeten teilhaftig werden, von dem wir nicht die geringste Ahnung haben und haben können. Wer möchte wohl das absonderliche Individuum gewesen sein, das den Menschen die Überzeugung beizubringen gesucht hat, daß sie nach diesem Leben unglücklicher sein könnten, als sie es vor ihm waren? Sind es denn sie, die zur Welt zu kommen begehrt haben? Haben sie sich mit den Leidenschaften ausgestattet, die sie auf Grund Eurer schrecklichen Lehre in ewige Qualen stürzen? Nein, nein, sie konnten über nichts entscheiden, und es ist unmöglich, daß sie jemals für das bestraft werden könnten, was gar nicht von ihnen abhängt.

Aber genügt es denn nicht, nur einen Blick auf unser elendes Menschengeschlecht zu werfen, um sich vollauf zu überzeugen, daß gar nichts in ihm auf Unsterblichkeit hinweist? Was? Diese göttliche, oder sagen wir lieber zur Materie nicht gehörige Eigenschaft, könnte diesem Tiere, das man Mensch nennt, eigentümlich sein? Der, welcher ißt, trinkt, sich fortpflanzt wie die Tiere, den nur ein etwas feinerer Instinkt zu seinem Vorteil unterscheidet, könnte auf ein von den Tieren so verschiedenes Los Anspruch erheben? Kann man das nur einen Moment zugeben? Aber man sagt, der Mensch sei zu der erhabenen Erkenntnis seines Gottes gelangt; allein dadurch zeigt er sich würdig der Unsterblichkeit, die er sich zuschreibt. Was aber hat sie Erhabenes an sich, diese Erkenntnis eines Hirngespinstes, wenn Ihr nicht eher behaupten wollet, daß der Mensch, weil er über einen Gegenstand faselt, unbedingt über alles unverständig reden muß. Ach, wenn der Unglückliche irgendeinen Vorteil vor den Tieren hat, wieviele haben nicht diese ihm voraus? Einer wieviel größeren Zahl von Krankheiten und Gebrechen ist er nicht unterworfen? Einer wieviel größeren Zahl von Leidenschaften wird er zum Spielball!

Alles in allem genommen hat er denn wohl wirklich nur einen Vorteil mehr? Und vermag dieser geringe Vorteil ihm soviel Stolz einzuflößen, daß er zu dem Glauben berechtigt sei, er müsse seine Brüder ewig überleben? O du unglückliche Menschheit, zu welchem Grade von Absonderlichkeit bist du infolge deiner Eigenliebe gelangt? Wann wirst du dich von all diesen Hirngespinsten befreien, in dir nur ein Tier, in deinem Gott nur das Nonplusultra menschlicher Absonderlichkeit, und in deinem Lebenslaufe nur einen Weg erblicken, den du ebenso am Busen des Lasters wie an dem der Tugend durchmessen darfst?

Aber gestatten Sie mir, mich in eine tiefere und bedenklichere Debatte einzulassen.

Einige Kirchengelehrte haben behauptet, daß Jesus in die Hölle hinabgestiegen sei. Wieviel Widerlegungen sind über diese Stelle ergangen! Wir wollen nicht auf die verschiedenen Besprechungen in Bezug auf diesen Gegenstand eingehen; sie könnten zweifellos der Philosophie nicht standhalten. Es ist Tatsache, daß weder die Schrift noch irgend einer der Ausleger sich mit Bestimmtheit über den Ort, wo die Hölle sich befindet, oder über die Qualen, die man daselbst erduldet, ausspricht. Dann aber gibt uns das Wort Gottes keine Aufklärung, obwohl das, was uns die Schrift lehrt, ganz deutlich sein sollte, besonders wenn es sich um einen Gegenstand von besonderer Wichtigkeit handelt. Es ist aber ganz sicher, daß es weder im hebräischen Text noch in den griechischen und lateinischen Übersetzungen ein einziges Wort gibt, das die Hölle in dem Sinne, den wir ihr verleihen, das heißt, als einen Ort der Qualen für Sünder, bezeichnet. Spricht dieser Beweis nicht recht deutlich gegen die Meinung derer, die an der Realität dieser Qualen festhalten? Wenn nun in der Schrift keine Rede von der Hölle ist, mit welchem Rechte kann man dann einen solchen Begriff zulassen? Sind wir in Sachen der Religion gezwungen, andere Dinge als die geschriebenen anzuerkennen? Wenn aber diese Ansicht sich nirgends findet, weshalb akzeptieren wir sie dann? Wir brauchen uns nicht mit Dingen zu befassen, die uns nicht offenbart wurden; das, was uns nicht offenbart wurde, braucht von uns mit Recht nur als Märchen, als vage Vermutung, als menschliche Überlieferung, als Erfindungen von Betrügern betrachtet zu werden. Infolge von Nachforschungen hat sich allerdings ergeben, daß es einen Ort in der Nähe Jerusalems gegeben hat, der als Tal der Gehenna bezeichnet wurde; in diesem vollstreckte man die Todesurteile und hierher warf man auch die tierischen Kadaver. Von diesem Orte spricht Jesus in seinen Allegorien, wenn er sagt: 'Ubi erit fletus et stridor dentium'. Dieses Tal war ein Ort der Martern und Qualen; zweifellos spricht er von ihm in seinen Parabeln und seinen unverständlichen Reden. Dieser Gedanke ist umso wahrscheinlicher, als die Strafe der Verbrennung in diesem Tale zur Anwendung kam. Man verbrannte die Schuldigen bei lebendem Leibe, anderemale senkte man sie bis an die Knie in den Dünger ein. Man wickelte ein Stück Stoff um ihren Hals, das je ein Mann von beiden Seiten zerrte, um sie zu erwürgen und ihren Mund zu öffnen, in den man ihnen geschmolzenes Blei goß, das ihre Eingeweide verbrannte; von diesem Feuer, von dieser Marter sprach der Galiläer. Diese Sünde (sagt er oft) verdient durch die Feuerstrafe gesühnt zu werden! Das heißt, der Verbrecher soll im Tale der Gehenna verbrannt oder auf den Schindanger geworfen und mit den daselbst niedergelegten Tierkadavern verbrannt werden. Aber spricht das Wort *ewig*, dessen sich Jesus, vom Feuer sprechend, häufig bedient, nicht für die Meinung derer, die glauben, daß die Flammen der Hölle nie enden werden? Dieses Wort *ewig*, das in der Schrift häufig Anwendung findet, hat doch immer nur etwas Zeitliches bezeichnet. Gott hatte mit seinem Volke einen ewigen Bund geschlossen und doch hat dieser aufgehört. Die Städte Sodom und Gomorrha hätten ewig brennen sollen, und doch ist es schon ziemlich lange her, daß dieser Brand aufgehört hat.*

Übrigens ist es allgemein bekannt, daß das Feuer im Tale der Gehenna bei Jerusalem Tag und Nacht brannte. Wir wissen auch, daß die Schrift sich häufig der Hyperbeln bedient und daß man das, was sie sagt, nie buchstäblich nehmen darf. Muß man nach diesen Übertreibungen den wahren Sinn der Dinge verdrehen; wie es wirklich geschieht? Und sind solche Aufschneider nicht als ausgesprochene Gegner des gesunden Menschenverstandes und der Vernunft zu betrachten?

Aber welcher Natur ist denn das Feuer, mit dem man uns bedroht?

Erstens: Kann es nicht körperlich sein, da man uns ja sagt, daß unser Feuer nur ein schwacher Abglanz davon wäre.

Zweitens: Ein körperliches Feuer erleuchtet den Ort, wo es sich findet, während man uns versichert, daß die Hölle eine Stätte der Finsternis sei.

* Das Tote Meer steht gegenwärtig an der Stätte von Sodom und Gomorrha, deren Brand aufgehört hat; die Flammen, die man manchmal an diesem Orte bemerkt, entströmen Vulkanen, die ihn umgeben; ebenso brennen auch Vesuv und Ätna beständig; nie haben die genannten Städte anders gebrannt.

Drittens: Das körperliche Feuer verzehrt rasch alles Brennbare und zuletzt sich selbst, während das höllische ewig dauern und verzehren soll.

Viertens: Das höllische Feuer ist unsichtbar, es ist also nicht körperlich.

Fünftens: Das körperliche Feuer erlischt infolge Mangels an Brennmaterial, während das höllische auf Grund unserer albernen Religion nie erlöschen wird.

Sechstens: Das höllische Feuer dauert ewig, das körperliche nur kurze Zeit.

Siebentens: Man sagt, daß die Entfernung Gottes die größte Strafe für die Verdammten sein wird; doch empfinden wir in diesem Leben, daß das körperliche Feuer eine für uns viel größere Strafe ist als die Abwesenheit Gottes.

Achtens: Endlich kann ein körperliches Feuer auf die Geister nicht einwirken; nun sind die Dämonen Geister, auf die das höllische Feuer nicht einzuwirken vermag; aber zu behaupten, daß Gott so vorgehen kann, daß ein materielles Feuer auf Geister einwirken könne, daß er diese Geister ohne Nahrung ihr Dasein verbringen und das Feuer ohne Brennstoff ewig dauern lassen werde, das bedeutet, seine Zuflucht zu Wundern zu nehmen, die nur die dummen Träumereien der Theologen zur Grundlage haben, und die daher nur deren Dummheit oder Bosheit beweisen.

Daraus, daß vor Gott nichts unmöglich ist, zu schließen, daß Gott alles Mögliche tun wird, ist zweifellos eine merkwürdige Art zu denken. Die Menschen sollten sich wohl hüten, ihre Träumereien auf die Allmacht Gottes zu gründen, wenn sie nicht einmal wissen, was Gott ist. Um diese Schwierigkeiten zu umgehen, versichern uns andere Theologen, daß das höllische Feuer nicht körperlicher, sondern geistiger Art sei. Ich frage, was das sei, ein geistiges Feuer? Was ist ein Feuer, das nicht Materie ist? Welche Vorstellungen vermögen sich die davon zu bilden, die davon reden? An welchem Orte hat Gott ihnen erklärt, welches die Natur dieses Feuers sei? Indes haben einige Gelehrte, um die Frage zu lösen, gesagt, es sei teils geistig, teils körperlich. Also da hätten wir zwei verschiedene Arten des Feuers in der Hölle; welch eine Absurdität! Zu welchen Mitteln greift nicht der Aberglaube, wenn er seine Lügen stützen will!

Unerhört ist die Menge lächerlicher Ansichten, die man ersinnen mußte, als man etwas Wahrscheinliches über den Ort dieses wunderbaren Feuers feststellen wollte. Die allgemeinste Empfindung war die, daß es sich in den tiefsten Regionen der Erde vorfinde; aber ich frage Sie, wo denn auf einer Kugel, die sich um die eigene Achse dreht, diese Regionen sind? Andere behaupten, es befände sich im Zentrum der Erde, also 1.500 Meilen von uns entfernt; aber wenn die Schrift Recht hat, wird die Erde untergehen; wo wird dann das Feuer sein? Sie sehen also, zu welcher Unvernunft man gelangt, wenn man sich auf die geistigen Verirrungen anderer einläßt. Weniger absonderliche Ausleger erklärten — wie ich eben sagte —, die Hölle bestünde in der Abwesenheit Gottes; in diesem Falle beginnt die Hölle bereits auf dieser Welt, denn wir sehen hier nirgends den Gott, um den es sich handelt; wir sind deshalb gar nicht betrübt. Und würde dieser bizarre Gott, so wie man ihn uns schildert, existieren, so würde zweifellos gerade sein Anblick die Hölle für uns bedeuten.

Alle diese Ungewißheiten und die geringe Übereinstimmung der Ansichten der Theologen zeigen uns, daß diese im Dunkeln tappen, und daß sie wie die Betrunkenen keinen Stützpunkt finden können; ist es aber nicht merkwürdig, daß sie sich über ein so wichtiges Dogma, das sie angeblich so klar aus dem Worte Gottes herauslesen, nicht einigen können?

Gebt doch zu, ihr tonsuriertes Gesindel, daß dieses so furchtbare Dogma jeder Begründung entbehrt, daß es das Produkt ist eurer Habgier, eures Ehrgeizes, daß es das Kind ist eurer ausschweifenden Phantasie; daß es sich nur auf die Furcht des blöden Pöbels stützt, den ihr unterweiset, alles, was ihr wollet, ohne Nachdenken anzuerkennen. Gestehet doch endlich, daß diese Hölle bloß in eurem Gehirn existiert, und daß die Qualen, die man dort erduldet, nur in den Köpfen der von euch Gelenkten vorhanden sind. Von diesem Gedanken durchdrungen, laßt uns doch für immer verzichten auf eine für die Menschen entsetzliche Lehre, die für die Gottheit beschimpfend ist, und die, mit einem Wort, durch nichts Vernünftiges nachgewiesen werden kann.

Es gibt noch verschiedene Argumente, die zu bekämpfen ich mich verpflichtet sehe.

Erstens: Man sagt, daß die Furcht vor Strafen im Jenseits, die jeden Menschen in seinem Innern beherrscht, das untrügliche Zeichen ihrer Realität sei. Aber diese Furcht ist gar nicht angeboren, sie ist eine Frucht der Erziehung; sie ist nicht in allen Ländern, bei allen Menschen gleich; sie ist nicht vorhanden bei jenen, in denen die Leidenschaften alle Vorurteile ersticken, das Gewissen, kurz, ist stets nur von der Erziehung, von den Leidenschaften und der Gewohnheit bestimmt.

Zweitens: Die Heiden haben das Dogma von der Hölle auch anerkannt, aber sicherlich nicht so wie wir; und gesetzt, sie hätten es getan, so müssen wir ja, da wir ihre Religion verwerfen, ebenso auch ihre Dogmen ablehnen; aber in Wirklichkeit haben die Heiden nie an die Ewigkeit der Strafen im Jenseits geglaubt; sie haben niemals die jämmerliche Fabel von der Auferstehung des Leibes anerkannt, weshalb sie die Kadaver verbrannten und ihre Asche in Urnen aufbewahrten; sie glaubten an die Metempsychose, an die Seelenwanderung, eine sehr wahrscheinliche Vermutung, in der uns alle Naturbetrachtung bestärkt; aber nie glaubten die Heiden an die Auferstehung. Diese absurde Idee gehört ganz dem Christentum an und war sicher seiner würdig; es scheint mir stets, als ob unsere Gelehrten die Begriffe der Hölle, des Paradieses und des Fegefeuers aus Plato und Vergil geschöpft und dann sich in ihrer Weise zurechtgelegt hätten; mit der Zeit haben sich die dichterischen Träume in Glaubensartikel umgesetzt.

Drittens: Die gesunde Vernunft beweist das Dogma von der Hölle und der Ewigkeit der Strafen: Gott ist gerecht, er muß also die Verbrechen der Menschen bestrafen... Ach! Nein, nein! Niemals kann der gesunde Verstand ein Dogma zulassen, das ihn so empfindlich beleidigt.

Viertens: Aber die Gerechtigkeit Gottes wäre sonst kompromittiert! Wieder eine Grausamkeit: das Böse ist notwendig auf Erden; es entspräche also der Gerechtigkeit Eures Gottes — falls er existiert — das, was er selbst bestimmt hat, nicht zu bestrafen, wenn Euer Gott allmächtig ist, braucht er dann das Böse zu strafen, um es zu verhindern? Könnte er es nicht ganz ausrotten? Hat er es nicht getan, so sei es geschehen, weil er es nötig halte für die Aufrechterhaltung des Gleichgewichtes; wie könnt ihr aber dann, ihr schnöden Gottesschänder, behaupten, daß er etwas bestrafen könne, was für die Gesetze des Weltalls unentbehrlich ist?

Fünftens: Alle Theologen sind einmütig im Glauben und Verkünden der Höllenstrafen... Das beweist nichts anderes, als daß die Priester sonst so uneins, sich jedesmal verstehen, wenn es sich darum handelt, die Menschen zu betrügen. Müssen übrigens die ehrgeizigen und eigensüchtigen Erfindungen der römischen Pfaffen die Meinungen anderer Sekten bestimmen? Ist es vernünftig zu verlangen, daß alle Menschen daran glauben, was dem verächtlichsten und an Zahl geringsten Teile von ihnen zu erfinden beliebt hat? Soll man sich lieber auf diese Betrüger als auf die Vernunft, den gesunden Menschenverstand und die Wahrheit verlassen? Der Wahrheit muß man folgen, nicht der Masse; man soll sich lieber auf einen einzigen Menschen, der die Wahrheit sagt, verlassen, als auf die Menschen aller Zeiten, die Lügen herleiern.

Die anderen Argumente stehen auf so schwachen Füßen, daß es Zeit verschwenden hieße, wollte ich sie zu widerlegen versuchen; da alle diese Argumente sich weder auf die Schrift, noch auf die Überlieferung stützen, fallen sie notwendigerweise in sich selbst zusammen; man beruft sich auf die einmütige Zustimmung; kann man das, wenn sich nicht einmal zwei Menschen finden, die über die wichtigst erscheinende Sache im Leben sich in gleicher Weise aussprechen?

Mangels guter Gründe drohen euch alle diese Popanze; aber schon lange weiß man, daß die Drohung die Waffe der Schwachen und der Einfalt ist.

Aber Gründe brauchen wir, dumme Jünger Jesu, ja, Gründe, nicht Drohungen; wir wollen nicht, daß ihr uns saget: 'Ihr werdet Qualen erdulden, da ihr an sie nicht glauben wollet'. Wir wollen — und damit werdet ihr nie zum Ziele kommen — daß ihr uns beweiset, woraufhin ihr uns zu diesem Glauben bringen wollt.

Kurz, die Furcht vor der Hölle ist kein Schutzmittel gegen die Sünde… Sie ist nirgends verkündigt… Sie ist offenbar nur die Frucht der ausschweifenden Phantasie der Priester, das heißt, von Leuten, die die gemeinste und bösartigste Gesellschaftsklasse bilden… Wozu dient also diese Lehre? Ich bezweifle, daß man es mir sagen könnte. Man versichert uns, daß die Sünde ein unendlich großes Vergehen sei und daher unendlich streng bestraft werden müsse; indes wollte Gott nur eine zeitliche Strafe auferlegen und diese ist der Tod.

Ziehen wir aus alledem den Schluß, daß das kindische Dogma von der Hölle eine Erfindung der Priester ist, eine grausame Unterjochung, auf gut Glück von Schurken in Kutten in die Welt gesetzt, die es unternahmen, einen ebenso seichten und verächtlichen Gott, wie sie selbst sind, zu schaffen, um das Recht zu haben, diesen widerwärtigen Götzen all das sagen zu lassen, was ihre Leidenschaften am meisten befriedigen, namentlich aber ihnen Mädchen und Geld verschaffen konnte; denn das sind die einzigen Objekte des Strebens dieses Haufens von Tagedieben, dieses wüsten Auswurfes der Gesellschaft, die am besten täte, sich von ihnen radikal zu befreien.* Verbannt also für immer aus

* Wer sind die einzigen und wahren Unruhestifter in der Gesellschaft? Die Pfaffen! Wer sind die, die täglich unsere Weiber und Kinder verführen? Die Pfaffen! Wer sind die gefährlichsten Feinde einer jeden Regierung? Die Pfaffen! Wer sind die Gönner und Stifter von Bürgerkriegen? Die Pfaffen! Wer vergiftet uns beständig durch Lug und Trug? Die Pfaffen! Wer bestiehlt uns bis zu unserem letzten Hauche? Die Pfaffen! Wer treibt mit unserem Zutrauen und unserer Leichtgläubigkeit Mißbrauch? Die Pfaffen! Wer arbeitet am emsigsten an der totalen Ausrottung des Menschengeschlechtes? Die Pfaffen! Wer besudelt sich am ärgsten mit Verbrechen und Ruchlosigkeiten? Die Pfaffen! Wer sind die gefährlichsten, die rachsüchtigsten und grausamsten

euren Herzen eine Lehre, die in gleicher Weise eurem Gotte und eurer Vernunft ins Gesicht schlägt. Es ist dies unbestreitbar das Dogma, das die meisten Atheisten geschaffen hat; denn es gibt keinen Menschen, der nicht den Unglauben einem so gefährlichen Gewebe von Lug vorzöge; deshalb sehen sich so viele ehrenwerte und gefühlvolle Seelen genötigt, in der absoluten Religionslosigkeit Trost und Hilfe gegen die Schrecken zu suchen, mit denen die ruchlose christliche Lehre sie zu erfüllen bestrebt ist. Befreien wir uns doch von diesem nichtigen Schreckgespenst; treten wir mit Füßen die Dogmen, Zeremonien und Mysterien dieser abscheulichen Religion. Der eingewurzelteste Atheismus ist mehr wert, wie ein Kult, dessen Gefahren ich Ihnen eben gezeigt habe. Ich sehe keinen Nachteil darin, an nichts zu glauben; wohl aber fühle ich die Gefahren, die aus der Anerkennung dieser Lehren entspringen können.

Das, mein lieber Saint-Fond, habe ich dir zu sagen über das ruchlose Dogma von der Hölle. Möge es dich weiterhin nicht mehr erschrecken, fürder nicht mehr deine Freuden vergällen. Es gibt keine andere Hölle für den Menschen als die Dummheit und Bosheit von seinesgleichen: aber sowie er zu leben aufgehört hat, ist damit alles gesagt; seine Vernichtung ist eine solche für die Ewigkeit, und nichts von ihm überlebt ihn. Wie wäre er da betört, wenn er seinen Leidenschaften etwas versagen wollte! Er möge daran denken, daß er nur ihretwegen erschaffen ist, um sie selbst bis zum Äußersten zu befriedigen; daß alle Wirkungen dieser Leidenschaften, welcher Art sie auch sein mögen, Mittel sind, um die Zwecke der Natur zu fördern, der wir beständig dienstbar sind, ohne es zu ahnen und ohne daß wir uns dagegen wehren könnten. Ich lasse nunmehr die Idee eines Gottes fallen, deren ich mich nur einen Augenblick bedient habe, um die Lehre von den ewigen Strafen zu bekämpfen; aber es gibt so wenig einen Gott, wie einen Teufel, so wenig ein Paradies, wie eine

Menschen der Welt? Die Pfaffen! — Und wir zögern noch, dieses pestilenzialische Geschmeiß von der Erdoberfläche zu vertilgen! Wahrlich, wir verdienen alle unsere Leiden.

Hölle; die einzigen Pflichten, die wir auf der Welt zu erfüllen haben, sind die der Genüsse, von allen sozialen Interessen müssen wir absehen, denn es gibt unter ihnen keines, das wir nicht sofort dem geringsten unserer Wünsche opfern müßten.

Ich hoffe, das wäre genug, um dir die Absurdität des Prinzips, auf welches du deine unnütze Grausamkeit gründest, zu beweisen. Soll ich auf die Details eingehen? Nein, auf Ehre, sie lohnten nicht der Mühe; wie konntest du denn glauben, daß eine Unterschrift mit Blut erstens mehr wert sei als eine andere, dann, daß dieses in den Hintern gestopfte Papier, das heißt mit ein wenig Materie vereinigte Materie als Paß zu Gott oder zum Teufel, das heißt zu nicht existierenden Wesen, dienen könnte? Das ist eine so merkwürdige Verirrung von Vorurteilen, daß es wahrlich nicht die Ehre einer Widerlegung verdient. Ersetze die wollüstige Idee, die deinen Kopf verwirrt, die Idee von der Verlängerung der Martern durch eine größere Menge von Mordtaten: befasse dich nicht mehr so lange mit einem Individuum, sondern töte ihrer viel mehr, was leicht ausführbar ist; ist es nicht recht kleinlich, daß du dich auf sechs Opfer wöchentlich beschränkst? Überlasse es dem Eifer und der Intelligenz Juliettens, diese Zahl zu verdoppeln und zu verdreifachen; gib ihr das dazu nötige Geld; nichts wird dir abgehen und deine Leidenschaften werden befriedigt werden.«

»Wundervoll!« antwortete Saint-Fond, »diese letzte Folgerung anerkenne ich gerne, und ich teile dir, Juliette, mit, daß ich an Stelle von drei Opfern für ein Gelage sechs verlange, und daß ich an Stelle von zwei Gelagen wöchentlich deren vier wünsche, wodurch sich die Zahl der Opfer auf vierundzwanzig erhöhen wird, und zwar ein Drittel Männer, zwei Drittel Weiber. Du wirst dementsprechend bezahlt werden; aber nicht so leicht lasse ich mich überzeugen von Ihrem tiefsinnigen Vortrag über die Nichtigkeit der Höllenstrafen; ich zolle alle Achtung der darin an den Tag gelegten Bildung, dem Ziele und einigen Folgerungen; aber die Richtigkeit Ihrer Behauptung vermag ich doch nicht anzuerkennen: folgende Einwendungen habe ich zu erheben:

Zunächst scheint es im ganzen Verlaufe Ihrer Erörterung, als ob Sie Gott von der Barbarei des Höllendogmas reinzuwaschen suchten. Wenn Gott existiert — so sagen Sie in fast jedem Satz — sind die Eigenschaften, mit denen er begabt sein soll, mit diesem fluchwürdigen Dogma unvereinbar; gerade da verfallen Sie meiner Ansicht nach in den schwersten Irrtum, und zwar mangels einer genügend tiefen und klaren Philosophie, die Sie in dieser Sache richtig sehen lassen könnte. Das Dogma von der Hölle stört Ihre Genüsse und von da gehen Sie aus, um das Vorhandensein einer Hölle zu bestreiten; wie könnte man aber Glauben hegen zu einer so egoistischen Ansicht? Um das Dogma von den Höllenstrafen zu bekämpfen, beginnen Sie vergeblich damit, alles, wodurch es gestützt wird, zu zerstören. Es gibt keinen Gott, wir haben keine Seele, daher kann man keine Strafen im Jenseits befürchten. Es scheint mir, daß Sie den größten logischen Fehler begehen, nämlich, das anzunehmen, was in Frage steht. Weit entfernt, zu denken wie Sie, anerkenne ich ein höchstes Wesen und noch mehr die Unsterblichkeit unserer Seelen. Aber damit Ihre entzückten Frommen nicht etwa glauben, aus mir einen Proselyten gemacht zu haben, so erkläre ich gleich, daß meine Lehren ihnen kaum zusagen werden; so absonderlich Sie sie auch halten werden, will ich sie Ihnen doch auseinandersetzen.

Ich betrachte das Weltall und sehe allenthalben das Böse, das Chaos, das Verbrechen unumschränkt herrschen. Ich blicke auf das interessanteste Wesen des Weltalls und sehe es gleichfalls von Lastern, Widersprüchen, Ruchlosigkeiten erfüllt. Welche Gedanken werden durch diese Betrachtung erweckt? Daß das, was wir unrichtiger Weise als das Übel bezeichnen, es in Wirklichkeit gar nicht ist, und daß es so notwendig ist für die Zwecke des Wesens, das uns geschaffen hat, daß es aufhören würde, der Herr seiner eigenen Schöpfung zu sein, wenn das Übel nicht allgemein auf der Erde vorhanden wäre. Von dieser Lehre durchaus überzeugt, sage ich mir: Es gibt einen Gott; irgend eine Hand hat notwendigerweise alles, was ich sehe, geschaffen, aber sie hat es nur für das

Böse erschaffen, sie gefällt sich nur im Bösen; das Böse ist Gottes Wesen, und alles, was er uns begehen läßt, ist für seine Zwecke unerläßlich; was tut es ihm, wenn ich von diesen Böses leide, vorausgesetzt, es sei für ihn notwendig? Scheint es nicht, daß ich sein geliebter Sohn bin? Wenn das Unglück, das mich vom Tage meiner Geburt bis zu dem meines Todes verfolgt, seine Unbekümmertheit meiner Person gegenüber beweist, so kann ich mich sehr wohl darüber täuschen, was ich als das Übel bezeichne. Was ich so in Bezug auf meine Person charakterisiere, ist wahrscheinlich ein sehr großes Gut für das Wesen, das mich auf die Welt gesetzt hat, und wenn ich Böses von anderen erfahre, so habe ich das Recht, es ihnen wieder anzutun, ja selbst die leichte Möglichkeit, ihnen zuvorzukommen; deshalb ist das Übel ein Gut für mich, sowie es auch ein Gut ist für den Urheber meiner Tage in Bezug auf meine Existenz; ich bin glücklich über das Böse, das ich anderen antue, so wie Gott beglückt ist über das, was er mich erleiden läßt. Es gibt keinen größeren Irrtum als die Idee, die man mit dem Worte verbindet, denn in der Tat ist das Böse sowohl notwendig, als auch ein Vergnügen; warum also sollte ich es nicht ein Gut nennen?

Zweifeln wir nicht daran: das Böse (oder wenigstens das, was wir so bezeichnen) ist unbedingt nützlich für die lasterhafte Organisation dieses traurigen Weltalls. Der Gott, der es geschaffen hat, ist ein sehr rachsüchtiges, sehr barbarisches, sehr boshaftes, sehr ungerechtes, sehr grausames Wesen, und zwar deshalb, weil die Rache, die Barbarei, die Bosheit, die Ungerechtigkeit, die Ruchlosigkeit nötig sind für dieses ungeheure Werk; wir beklagen uns über sie bloß dann, wenn sie uns schaden; dulden wir, hat das Verbrechen unrecht; handeln wir, so hat es Recht. Wenn nun das Böse (oder wenigstens was wir so benennen) das Wesen ist sowohl Gottes, der alles erschaffen hat, als das der Individuen, die er nach seinem Bilde geschaffen hat, wie könnten wir da nicht sicher sein, daß die Folgen des Bösen ewige sein müßten? Im Bösen hat er die Welt geschaffen, durch Böses hält er sie aufrecht; für Böses läßt er sie fortbestehen. Mit Bösem erfüllt muß die

Kreatur existieren; in den Busen des Bösen kehrt sie zurück nach dem Ablauf des Lebens. Die Seele des Menschen ist nur die Wirkung des Bösen auf die Materie, die nur durch jenes belebt werden kann; da nun das Böse das Wesen des Schöpfers ist, ebenso wie das des Geschöpfes, wird es ebenso, wie es vor dem davon erfüllten Geschöpf vorhanden war, auch nach seinem Tode fortbestehen. Alles muß böse, hart und auch unmenschlich sein wie Ihr Gott. Das sind die Laster, denen derjenige fröhnen muß, der ihm gefallen will, ohne daß er sich Hoffnungen machen dürfte, in dieser Hinsicht Erfolge zu erzielen; denn das Böse, das immer schädigt, das Gottes Wesen ist, ist der Liebe und Dankbarkeit nicht zugänglich. Wenn nun dieser Gott, der Mittelpunkt des Bösen und der Grausamkeit, den Menschen während dessen Dasein durch die Natur und durch andere Menschen quält und quälen läßt, wie könnte man da zweifeln, daß er — vielleicht unfreiwillig — diejenige überlebende Seele ebenso behandelt, die — wie gesagt — nichts anderes ist als das Böse selbst? Aber wie kann das Böse durch das Böse gequält werden, werden Sie einwerfen? Weil es, indem es zum Urquell zurückkehrt, diesen vermehrt und weil der aufgenommene Teil notwendigerweise von dem aufnehmenden Teile zerstört werden muß, und zwar deshalb, weil die Schwäche stets der Stärke unterliegt. Das, was das von Natur aus böse Geschöpf überlebt und es überleben muß, da es das Wesen seiner Organisation ist, welches vor ihm schon da war, und das natürlich nachher auch da sein muß, wird, wenn es zu dem Urquell des Bösen zurückkehrt und — da es das Schwächere ist — nicht mehr die Kraft hat, sich zu verteidigen, ewig gequält durch das Wesen des Bösen in seiner Vollständigkeit, mit dem es sich vereinigt; und die Moleküle der Ruchlosigkeit sind es, die diejenigen, welche der sogenannte Tod mit ihnen vereinigt, sich einverleiben; sie sind nichts anderes als das, was die Dichter und die feurige Einbildungskraft als Dämone bezeichnen. Kein Mensch kann, wie Sie ersehen, wie immer auch seine Aufführung sein möge, diesem schrecklichen Lose entgehen, denn alles, was dem Schoße der Natur, das heißt des Bösen entstiegen, muß dahin wieder zurückkehren; so lautet das Gesetz des Universums. So werden die verabscheuenswerten Elemente des schlechten Menschen vom Zentrum der Bosheit, die Gott ist, verschlungen, um dann wieder neue Wesen zu beleben, die umso verderbter hervorgehen werden, als sie die Frucht der Verderbnis sind.

Was geschieht, werden Sie mich nun fragen, mit dem guten Wesen? Aber es gibt ja gar kein gutes Wesen; das sogenannte tugendhafte ist nicht gut, oder wenn es in ihren Augen das ist, ist es sicher nicht in den Augen Gottes, der nur das Böse ist, nur das Böse will, nur das Böse fordert. Der Mensch, von dem Sie reden, ist nur schwach und die Schwäche ist ein Übel. Dieser Mensch, der schwächer ist als das durchaus lasterhafte Wesen, der daher von den Molekülen der Ruchlosigkeit, mit denen ihn die Auflösung in seine Elemente vereinigen wird, noch stärker einverleibt wird, wird viel mehr erdulden müssen; das aber sollte alle Menschen anregen, sich auf dieser Welt möglichst lasterhaft und böse zu gestalten, damit sie den Molekülen, mit denen sie sich eines Tages vereinigen müssen, ähnlicher werdend, durch diesen Akt der Vereinigung unendlich weniger Qualen erdulden müssen. Die Ameise, die in einen Wirbel von Tieren hineingerät, der durch seine Heftigkeit alles, was sich hinein verirrt, vernichtet, hätte, da sie nur sehr geringen Widerstand leisten könnte, unendlich mehr zu erdulden als ein großes Tier, das sich stärker entgegen zu stemmen vermag, daher mit geringerer Gewalt mitgerissen wird. Je mehr Laster und Frevel der Mensch an den Tag legt, desto mehr nähert er sich seinem unabwendbaren Schicksal, der Bosheit; desto weniger aber wird er erdulden, wenn er sich mit dem Herde der Bosheit vereinigt, die ich als das wesentlichste Element in der Zusammensetzung der Welt betrachte. Möge sich also der Mensch vor der Tugend wohl hüten, wenn er sich nicht scheußlichen Leiden aussetzen will; denn da die Tugend dem Grundelement des Weltalls entgegengesetzt ist, können alle die, welche sie anerkennen, überzeugt sein, nach diesem Leben unglaubliche Qualen erdulden zu müssen, da es ihnen unendlich schwer fallen wird, in den Schoß des Bösen einzugehen, des Urhebers und Schöpfers von allem.

Wenn Ihr gesehen habt, daß alles auf Erden lasterhaft und verbrecherisch ist, so wird das höchste der ruchlosen Wesen zu ihnen sprechen, warum habt Ihr Euch dann in die Pfade der Tugend verirrt? Habe ich Euch irgendwie angedeutet, daß mir das genehm sei? Und mußten nicht die ewigen Übel, mit denen ich das Weltall überschütte, Euch davon überzeugen, daß ich nur das Chaos liebe, und daß man mir nacheifern müsse, um mir zu gefallen? Gab ich Euch nicht täglich Beispiele der Zerstörung? Warum habt Ihr Euch nicht auch zerstört? Müßten nicht die Geißeln, mit denen ich die Welt vernichtete, dadurch, daß sie Euch den Beweis erbrachten, daß das Böse allgemeine Freude sei, Euch verpflichten, meinen Plänen durch das Böse förderlich zu sein? Man hat Euch gesagt, daß die Menschlichkeit mich befriedige: aber wann habt Ihr mich Gutes tun gesehen? Vielleicht als ich Euch Epidemien, Bürgerkriege, Verbrechen, Erdbeben, Orkane sandte? Habe ich Euch vielleicht dadurch, daß ich stetig über Euren Häuptern die Schlangen der Zwietracht schüttelte, die Überzeugung meiner Güte verschafft? Tor! Warum ahmest du mich nicht nach? Warum widerstrebest du den Leidenschaften, die ich nur deshalb in dich gepflanzt habe, um dir zu zeigen, wie nötig mir das Übel sei? Du hättest ihrer Stimme folgen sollen, gleich mir erbarmungslos die Witwe und die Waisen berauben, das Erbe der Armen stehlen, kurz den Menschen allen denen Bedürfnissen und Launen dienstbar machen sollen. Was hast du davon, daß du gleich einem Dummkopf einen entgegengesetzten Weg eingeschlagen hast? Wie sollen nun die Elemente, die aus deiner Zersetzung hervorgehen, jetzt in den Schoß der Ruchlosigkeit und des Verbrechens eingehen, ohne zu zerbrechen und dir die lebhaftesten Schmerzen zu verursachen?

Philosophischer als Sie, Clairwil, brauche ich nicht gleich Ihnen, den Gassenjungen Jesus oder den seichten Roman der heiligen Schrift zurate zu ziehen, um Ihnen mein System zu beweisen; nur in der Beobachtung des Weltalls suche ich die Waffen, um Sie zu bekämpfen, und nur aus der Art, wie es gelenkt wird, ersehe ich die unumgängliche Notwendigkeit des ewigen und allgemeinen Bösen auf der Welt. Der Schöpfer des Universums ist das boshafteste, grausamste und abscheulichste aller Wesen. Seine Werke können nichts anderes sein als das Ergebnis oder der Antrieb der Frevelhaftigkeit. Ohne das höchste Maß an Bosheit würde nichts im Weltall bestehen können; indes ist das Böse ein moralisches, nicht ein geschaffenes Wesen; ein ewiges und unvergängliches Wesen, es bestand vor der Welt: es erzeugte das ungeheuerliche, verabscheuenswerte Wesen, das eine so bizarre Welt erschaffen könnte. Es wird also auch nach den Geschöpfen bestehen, die diese Erde bevölkern; es ist der Urquell, in den alle eingehen, um andere, noch bösere Wesen neu zu schöpfen; deshalb sagt man ja auch, daß alles durch das Alter an Wert verliert und sich zersetzt; das kommt nur vom ewigen Aus- und Eintritt der bösen Elemente im Schoße der Moleküle der Ruchlosigkeit.

Sie werden mich jetzt vielleicht fragen, wie ich von diesem Standpunkte aus die Möglichkeit ersehe, ein Wesen infolge eines in den After eingeführten Billetts länger leiden zu lassen. Das ist die einfachste Sache der Welt, ja, ich wage zu behaupten, die sicherste und unwiderleglichste; wenn ich sie als Schwäche bezeichnete, geschah dies darum, weil ich glaubte, Sie würden mich nicht so weit bringen, Ihnen meine Ansichten zu enthüllen. Ich verteidige nunmehr meine Methode und beweise ihre Gediegenheit.

Wenn meine Opfer in den Schoß des Bösen eintreten, mit den Beweisen, daß sie unter meinen Händen die möglichst ärgsten Qualen erduldet haben, werden sie in die Klasse der tugendhaften Wesen eingereiht: durch meinen Vorgang mache ich sie besser; er machte ihre Vereinigung mit den Molekülen der Ruchlosigkeit schwer genug, um ihnen enorme Leiden zu verursachen; und nach den Naturgesetzen von der Anziehung müssen sie von gleicher Art sein wie die, welche ich sie auf der Erde habe erdulden lassen. Sowie die Schönheit die fleischlichen Gelüste anregt, ebenso ziehen sich die Schmerzen A, die Schmerzen B, die Schmerzen C an und verbinden sich miteinander. Das Wesen, das durch den Schmerz B unter meinen Händen verschied, wird meiner Ansicht nach nur nach Erduldung der Schmerzen B in den Schoß der Moleküle der Ruchlosigkeit eingehen; und ist dieser Schmerz B der denkbar schrecklichste, so bin ich überzeugt, daß mein Opfer ähnliche erdulden wird, wenn es in den Schoß des Bösen eingeht, der notwendigerweise alle Menschen aufnimmt, und der nach dem Gesetze der Anziehung, von dem ich Ihnen eben erzählte, sie nur unter den gleichen Umständen sich einverleibt, unter denen sie aus der Welt gegangen sind. — Aber das Billet! — Das ist nur eine Formalität, ich gebe es zu... vielleicht unnütz; aber es befriedigt meinen Geist und kann dem wahren Zwecke, der Gewißheit des Erfolges meines Vorgehens nicht schaden.«

»Da hätten wir«, sagte die Clairwil, »das erstaunlichste, das großartigste, ich wage zu sagen, das bizarrste aller Systeme, das je der menschliche Geist ersonnen hat.« — »Es ist weniger absonderlich als das Ihre«, antwortete Saint-Fond. »Sie sind, um es zu stützen, verpflichtet, Gott von seinen Sünden reinzuwaschen oder ihn zu leugnen: ich dagegen anerkenne ihn mit all seinen Lastern, und sicherlich werden in den Augen derjenigen, die alle Greueltaten, alle Schrecken dieses bizarren Wesens kennen, das die Menschen nur aus Furcht anbeten und als gut bezeichnen, meine Ideen weniger ungewöhnlich erscheinen als die Ihren.« — »Dein System«, sagte die Clairwil, »hat seine Wurzel nur in dem furchtbaren Schrecken, den du vor Gott hast.« — »Das ist wahr, ich schaudere vor ihm zurück; aber mein Haß gegen ihn hat meine Lehre nicht hervorgebracht, sie ist nur die Frucht meiner Weisheit und meiner Reflexionen.« — »Ich ziehe es vor«, sagte die Clairwil, »gar nicht an Gott zu glauben, als mir erst einen zu bilden, um ihn zu hassen. Wie denkt Juliette über die Sache?« — Ich erwiderte: »Überzeugte Atheistin, ausgesprochene Gegnerin des Dogmas von der Unsterblichkeit der Seele, werde ich dein System stets dem Saint-Fonds vorziehen; ich ziehe die Gewißheit des Nichts der Furcht vor langen Strafen vor.« — »Da haben wir es; stets ist es der perfide Egoismus, der die Ursache aller menschlichen Irrtümer wird. Man richtet sich immer nach seinem Geschmack, seinen Launen, und entfernt sich stets von der Wahrheit. Man muß von seinen Leidenschaften absehen, wenn man ein philosophisches System prüft.« — »Wie leicht wäre es«, sagte die Clairwil, »zu beweisen, daß das deinige nur die Frucht ist deiner Leidenschaften, von denen man ja deiner Ansicht nach absehen soll. Mit einem weniger grausamen Herzen wären deine Dogmen weniger blutig, du ziehst es vor, selbst der ewigen Verdammnis, von der du sprichst, teilhaftig zu werden, als auf das köstliche Vergnügen, die anderen damit zu erschrecken, zu verzichten.« — »Ja, Clairwil«, unterbrach ich sie, »das ist sein einziges Ziel, wenn er dieses System entwickelt; es ist nur eine Bosheit von seiner Seite, aber er glaubt nicht daran.« — »Sie täuschen sich, ich glaube daran; Sie sehen ja, daß meine Handlungen in jeder Hinsicht mit meiner Art zu denken übereinstimmen; überzeugt, daß die Marter, die in der Vereinigung mit den Molekülen der Ruchlosigkeit liegt, für das an Frevelhaftigkeit mit ihnen wetteifernde Wesen sehr gering ist, begehe ich eine Anzahl von Missetaten auf dieser Welt, um weniger im Jenseits leiden zu müssen.« — »Was mich betrifft«, meinte die Clairwil, »so beflecke ich mich mit ihnen, weil sie mir gefallen, weil ich sie für die Natur förderlich halte, und weil es sehr wenig macht, wie ich mich auf dieser Welt aufgeführt habe, da es kein Jenseits gibt.«

In diesem Moment hörten wir einen Wagen in den Hof einfahren; Noirceuil wurde angemeldet; er erscheint mit einem achtjährigen jungen Menschen, schöner als die Liebe selbst. — »Wer ist das?« fragte der Minister; »willst du mir, der sich eben über die Hölle verbreitete, Gelegenheit geben, sie ein wenig zu verdienen?« — »Das wird nur von dir abhängen«, entgegnete Noirceuil, »du kannst dir an diesem schönen Kinde ganz ausgezeichnet die Verdammnis gewinnen; ich führe es nur deshalb her. Es ist der Sohn der Marquise de Rose, die du vor acht Tagen in die Bastille schaffen ließest unter dem nichtigen Vorwande der Verschwörung, wobei du, wie ich glaube, keinen anderen Zweck verfolgtest, als dir das Geld und den Genuß dieses schönen Kindes zu verschaffen. Da die Marquise unser Verhältnis kennt, hat sie sich mit ihren Bitten an mich gewendet; ich ließ mir von deinem höchsten Beamten einen Einlaßschein verabfolgen; heute früh haben wir geplaudert; da hast du das Resultat meiner Unterhandlung«, sagte Noirceuil und stieß den jungen Rose in die Arme des Ministers. »Bearbeite ihn nach allen Regeln; zudem habe ich dir 100.000 Taler anzuweisen.« — »Er ist hübsch«, sagte Saint-Fond, den jungen Mann küssend, »sehr hübsch; aber er kommt sehr ungelegen... Wir haben Schauerliches vollführt, ich bin erschöpft.« — »Darüber bin ich beruhigt«, sagte Noirceuil, »du wirst in den Reizen des Kindes alles finden, was du brauchst, um wieder Kräfte zu schöpfen.« Rose und Noirceuil, die noch nicht soupiert hatten, setzten sich nach diesem Gespräche zu Tische. Saint-Fond wollte zu dritt mit mir die Genüsse teilen, die er sich von diesem Jüngling versprach. Noirceuil sollte bei der Clairwil schlafen; dieses Arrangement schien beiden Teilen zu gefallen, worauf man sich zurückzog.

»Es wird viel brauchen«, sagte Saint-Fond, als wir drei allein waren, »wie schön auch dieses Kind sei, ich fühle, es wird viel Mühe kosten, bis ich in Erregung gerate; ziehe ihm die Hose aus, Juliette, hebe sein Hemd bis über das Kreuz hinauf; lasse die Hosen hübsch bis zum Unterschenkel herunter. Ich liebe es ungemein, einen Arsch auf diese Weise zu Gesicht zu bekommen.« Da derjenige, den ich enthüllte, wirklich hübsch war, küßte der von mir gewichste Saint-Fond ihn recht lange, während er das Glied des Jünglings rieb; bald sahen wir diesen im prächtigsten Zustande. »Lecke ihn vorne«, sagte mir mein Liebhaber, »ich will ihn hinten lecken, wir müssen ihn zwischen uns beiden zur Entladung bringen.« Dann wollte Saint-Fond, neidisch auf den Samen, den ich saugen sollte, mit mir den Platz wechseln; es ging sehr gut; kaum hatte er das Glied des Jünglings im Munde, als er den Ausbruch einer reichlichen Ejakulation verspürte; er schlang das Sperma hinab. »Ach, Juliette«, sagte er mir, »wie liebe ich diese angenehme Nahrung!... Das ist eine Crème.« Hierauf befahl er dem Kind, sich ins Bett zu begeben und nicht einzuschlafen, bevor wir uns nicht zu ihm gelegt hätten; dann hieß er mich in sein Boudoir kommen.

»Juliette«, sagte er zu mir, »ich muß dich in die Einzelheiten einer Affäre einweihen, über die Noirceuil selbst nicht sehr im Klaren ist. Die Marquise de Rose, eine der schönsten Hofdamen, war einst meine Geliebte; das Kind, das du da siehst, ist das meine. Seit zwei Jahren bin ich in diesen jungen Mann verliebt, doch wollte die Marquise ihn mir nie überlassen; da mein Einfluß noch nicht genügend gefestigt war, wollte ich nichts riskieren; aber als ich sah, daß mein Ansehen sich auf den Trümmern des ihren erhob, habe ich nicht gezögert, sie in Verdacht zu bringen, um mich zu rächen, sowohl deshalb, weil ich mich an ihr ergötzt hatte, als auch weil sie sich meinem Gelüste nach ihrem Sohne widersetzte. Du siehst, sie hat jetzt Angst; sie schickt ihn mir, aber in einem Momente, da ich, der ich für ihn seit achtzehn Monaten viel entladen habe, nur mehr sehr wenig Interesse an ihm habe. Doch da es bei diesem Abenteuer ganz hübsche Blumen des Lasters gibt, will ich sie pflücken und mich ergötzen. Erstens will ich die 100.000 Taler der Marquise nehmen, will ihren Sohn bearbeiten; aber hinausgehen aus der Bastille wird sie nur in einer — Kiste.« — »Was willst du damit sagen?« — »Das ist doch klar; die Marquise weiß nicht, daß ich, wenn sie ihren Sohn verliert, obwohl ich nur sehr entfernt verwandt bin, sie doch allein beerbe; in einem Monat lebt die Hure nicht mehr; und wenn ich ihren teuren Herrn Sohn diese Nacht gut bearbeitet haben werde, wollen wir ihm morgen Früh eine Tasse Schokolade verabreichen, die die Erbschaft mir bald zuwenden soll.« — »Welch Fülle von Feveltaten!« — »Du siehst, es gibt Gelegenheit, recht sanft in den Schoß der Moleküle der Ruchlosigkeit einzugehen.« — »Sie sind ein wunderbarer Mensch; lohnt die Sache der Mühe?« — »500.000 Pfund Rente, Juliette, die ich mit 5 Gramm Arsen gewinne! Vorwärts, zum Teufel! Du siehst« fuhr er fort, seinen recht harten und straffen Penis in meine Hand drückend, »du siehst, wie eine ruchlose Idee sich meinem Sinne unterwirft; ich hätte stets bei einer Frau entladen, wenn ich nur überzeugt war, daß ich sie nachher töten werde.«

Der junge Rose wartete auf uns; wir legten uns zu ihm ins Bett. Saint-Fond überhäufte ihn mit den wollüstigsten Liebkosungen; wir rieben ihn, leckten ihn vorne und hinten; da Saint-Fonds Phantasie heftig erregt war, hatte er den Lustknaben bald bearbeitet; ich rieb sein Arschloch mit der Zunge; so erschöpft er war, entlud er doch recht lange und ausgiebig. Er wünschte in meinen Mund zu entladen; das gefiel mir ausnehmend, ich gehorchte. Hernach mußte mich der junge Rose von hinten bearbeiten, während Saint-Fond ihm desgleichen tat. Endlich sodomisierte er mich, während er den Hintern des Jünglings leckte; letzteren versetzten wir endlich in einen Zustand der Erschöpfung, indem wir ihn teils in unseren Mund, teils in unseren Arsch entleeren ließen. Bei Tagesanbruch befahl mir Saint-Fond, angeekelt, ohne befriedigt zu sein, ihm das Kind zu halten, worauf er mit einer Klopfpeitsche dessen Hinterbacken zerfleischte, sodann ihn schlug und grausam quälte. Gegen elf Uhr wurde die Schokolade aufgetragen, ich besorgte im Auftrag des Ministers, daß das hinein kam, was meinem Liebhaber die Erbschaft verschaffen sollte; mit raffinierter Grausamkeit befahl er, während ich dem Sohne das Gift verabreichte, dem Kommandanten der Bastille, die Mutter zu vergiften.

»Gut«, sagte Saint-Fond, nachdem der Tod durch unsere Hinterlist das unglückliche Kind beschlichen hatte, »das nenne ich einen guten Vormittag; möge der Gott der Ruchlosigkeit mir nur vier solcher wöchentlich zuteil werden lassen, dann werde ich ihm herzlich danken.«

Noirceuil frühstückte noch mit der Clairwil und erwartete uns; unsere Geheimnisse lüfteten wir nicht; der Minister fuhr mit der Leiche des Kindes und seinem Freunde nach Paris zurück; die Clairwil begab sich mit mir heim. — Um nicht mehr auf dieses Abenteuer zurückzukommen, teile ich Euch, meine Freunde, mit, daß dieses Verbrechen, wie alle, die Saint-Fond begangen hatte, von größtem Erfolge gekrönt war; kurze Zeit nachher war er im Besitze einer Erbschaft, mit deren Revenuen er mich für zwei Jahre im Vorhinein bezahlte, weil ich an seinem Verbrechen teilgenommen hatte. Auf dem Wege stellte mir die Clairwil einige Fragen, denen ich geschickt auswich, ohne sie zu befriedigen; die Akte der Wollust zu verheimlichen war aber unnötig; sie hätte mir keinen Glauben geschenkt; auch alles Übrige verheimlichte ich, wofür mir Saint-Fond Dank wußte. Ich nahm jetzt Gelegenheit, meine Freundin an ihr Versprechen, mich in dem Klub der Lüstlinge aufnehmen zu lassen, zu erinnern; sie sagte mir zu, daß meine Zulassung bei der nächsten Sitzung stattfinden werde, womit wir auseinandergingen.«

Ende des zweiten Teiles

DRITTER TEIL

Ich finde es an der Zeit, meine lieben Freunde, euch ein wenig von mir zu erzählen, besonders euch meinen Luxus zu beschreiben, der Lohn der schrecklichen Ausschweifungen, damit ihr ihn vergleichen könnet mit der trübseligen Lage meiner Schwester, der Lohn für ihre Tugend. Ihr werdet daraus die Folgerungen ziehen, welche euch Eure Philosophie gebietet. — Mein Haushalt war ein enormer. Ihr werdet es vielleicht bezweifeln, wenn ihr alle die Auslagen bedenkt, die ich für meinen Liebhaber hatte. Trotzdem blieben mir, abgesehen von den zahllosen Dingen, die seine Lüste verlangten, für meine Person ein entzückendes Haus in Paris, eine reizende Besitzung in der Gegend von Lecaux, ein wollusterfülltes Häuschen an der Barrière-Blanche, zwölf Lesbierinnen, vier Kammerfrauen, eine Vorleserin, drei Equipagen, zehn Pferde, vier Lakaien mit ausgesuchten Liebeswaffen, kurz das ganze Drum und Dran eines Haushaltes größten Stiles, schließlich für meine Person, vom Haushalt abgesehen, mehr als 2.000.000 jährlich.

Soll ich euch jetzt meine Lebensweise schildern?

Täglich stand ich um zehn Uhr auf. Bis elf Uhr empfing ich nur die intimsten Freunde, dann bis ein Uhr große Toilette in Gegenwart aller meiner Verehrer. Punkt ein Uhr empfing ich alle, die an mich Bitten hatten, oder den Minister, wenn er in Paris war. Um zwei Uhr entflog ich zu meinem Häuschen, wohin mir täglich die besten Kupplerinnen vier Männer und vier Frauen schafften, mit denen ich meinen ausschweifendsten Launen die Zügel schießen ließ. Damit ihr eine Ahnung habt, was für Leute ich dort empfing, so versichere ich euch, daß keine von den Personen weniger als 25 Louis kostete, oft auch das Doppelte. Ihr habt auch keine Ahnung, was für entzückende und seltene Exemplare des einen oder anderen Geschlechtes ich dort hatte. Ich habe dort oft Frauen und Mädchen aus den höchsten Klassen vorgefunden, und ich kann euch nur sagen, daß ich in diesem

Häuschen die süßeste Wollust und die erlesensten Genüsse durchkostet habe. Um vier Uhr kehrte ich nach Hause zurück und dinierte immer mit einigen Freunden. Ich erzähle euch nicht von meinem Tische. In ganz Paris gab es kein Haus, in dem mit solchem Glanz, Geschmack und solcher Fülle serviert wurde. Nichts war mir schön oder selten genug. Ich huldige diesen Freuden und zwar bis zum Laster und bin überzeugt, daß man ohne dieses Laster alle anderen nicht auskosten kann. Nachher ging ich ins Theater oder empfing den Minister, wenn sein Tag war.

Meine Garderobe, meinen Schmuck, Möbel und Ersparnisse schätze ich auf wenigstens 4.000.000, obwohl ich erst zwei Jahre mit Saint-Fond frei lebte. 2.000.000 in Gold hielt ich in einer Kassette aufbewahrt und öfters onanierte ich in ihrer Gegenwart sowie es Clairwil tat, bis sich bei dem Gedanken: »Ich liebe die Sünde und hier liegen vor mir zu meiner Verfügung alle Mittel des Verbrechens«, meine Wollust ergoß; o meine Freunde, wie süß ist der Gedanke und wie viel Säfte habe ich durch ihn verloren.

Wenn ich ein neues Schmuckstück wollte, eine neue Toilette? Mein Geliebter, der mich nicht dreimal in denselben Sachen sehen wollte, befriedigte meine Wünsche sofort, ohne dafür etwas anderes von mir zu verlangen als Lasterhaftigkeit, Ungebundenheit, Liederlichkeit und die äußerste Sorgfalt im Arrangement seiner täglichen Ausschweifungen.

So gelangte ich dann zur Erfüllung aller meiner Wünsche, indem ich meinen eigenen Wünschen die Zügel schießen ließ. Ich folgte meinen Sinnen auf ihren Irrpfaden und gelangte so zu ihrer Befriedigung.

Aber wie war es mit dem Gemüt bestellt mitten in diesem Wohlleben. Ich wage es kaum zu sagen und doch muß ich es euch anvertrauen, meine Freunde. Die äußerste Sittenlosigkeit, in welcher ich mich täglich badete, hatte so alle Regungen meiner Seele verschlungen, daß ich gestützt durch die gefährlichen Ratschläge meiner Umgebung, kaum einen Pfennig von allen meinen Schätzen dafür gegeben hätte, um einem Unglücklichen das Leben zu retten. So ziemlich um diese Zeit herrschte eine entsetzliche Hungersnot in der Umgebung meiner Güter; alle Bewohner waren in der größten Verzweiflung. Es gab herzzerreißende Szenen. Mädchen in die Schande getrieben, verlassene Kinder, ja sogar Selbstmorde. Man kam nun, um mein gutes Herz anzuflehen. Doch ich hielt mich tapfer und entschuldigte voll Hohn meine Weigerung mit den ungeheueren Kosten meiner Gärten. Kann man Almosen spenden, höhnte ich, wenn man Spiegelboudoirs in Bosquetten erbauen läßt, und wenn man seine Alleen mit Statuen der Venus, der Sappho und des Amor schmückt. Vergebens enthüllt man vor meinen steinernen Blicken das Schrecklichste, womit man mich zu rühren glaubte: Weinende Mütter, nackte Kinder, schattenverzehrt vor Hunger. Nichts rührte mich, nichts brachte mich aus meiner Ruhe, und man erlangte nichts von mir, als ein »Nein«. Damals war es, als ich mir Rechnung gab von meinem Seelenzustand, und so, wie es die mir vorhergesagt, die mich erzogen, statt des traurigen Gefühles des Mitleids empfand ich eine gewisse Erregung, erzeugt durch das Unheil, welches ich durch meine Weigerung hervorzurufen glaubte, und dies ließ in meinen Nerven ein Feuer kreisen, ähnlich dem, welches wir fühlen, wenn wir eine Fessel zerrissen oder ein Vorurteil gebrochen haben. Damals kam ich auf den Gedanken, welche Wollust es bieten kann, diese Prinzipien in Taten umzusetzen. Und von dem Augenblick an fühlte ich, daß, wenn schon der Anblick des Unglückes, welches das Schicksal mit sich bringt, solchen auserwählten Sinnenreiz den dazu disponierten oder in solchen Prinzipien erzogenen Seelen bietet, um wie viel mehr muß das Unheil, welches wir selbst hervorrufen, dieses herrliche Gefühl steigern. Und da, wie ihr wißt, mein Geist sich bis an die äußersten Grenzen wagt, so könnt ihr euch vorstellen, daß ich das möglichste und entzückendste erfand.

Die Schlußfolgerung war eine ganz einfache. Ich empfand Vergnügen bei der Weigerung, weil sie Unglück schuf, wie groß muß erst das Vergnügen sein, wenn ich selbst das Unglück herbeiführte. Wenn es süß ist, sagte ich mir, sich dem Guten zu widersetzen, wie himmlisch muß es sein, Böses zu stiften. Ich rief mir diese Ideen ins Gedächtnis zurück, ich kitzelte mich mit ihnen in gefährlichen Momenten, wo die Stimme des Leibes zu den Begierden des Geistes spricht, Momente, in welchen man sich selbst umsoweniger widersteht, je weniger Hindernisse die Ausschweifung unserer Wünsche und der Sturm unserer Brunst findet, und wo die Wollust nur genossen wird nach der Zahl und der Heiligkeit der Bande, die man zerreißt. Der Traum entflogen, würde man vernünftig, wahrlich mäßig wäre der Fehltritt, das waren nur Verirrungen des Geistes. Damit kränkt man niemanden, aber, leider Gottes, man bleibt nicht dabei stehen. Wie schön, sagt man sich, wäre die Durchführung dieser Idee, wenn schon die leise Berührung mit meinen Nerven mich so erregt. Man setzt im Leben nur die grausame Chimäre und sein Dasein bedeutet das Verbrechen.

Nicht weit von meinem Schlosse stand eine ärmliche Hütte, die einem blutarmen Bauern gehörte, der sich Martin Des Granges nannte, Vater von acht Kindern, Gatte einer Frau, die man wegen ihrer Tugend und Sparsamkeit ein Kleinod nennen konnte. Werdet ihr mir glauben, daß dieses Asyl der Armut und Tugend meinen Zorn und meine Verruchtheit erregte. Ja, es ist die Wahrheit, das Verbrechen ist eine bezaubernde Sache, ja, es ist wahr. An der Flamme, mit der sie uns beleckt, entzündet sich die Fackel unserer Wollust. Sie allein genügt, sie in uns zu entflammen, und das Verbrechen allein jagt diese entzückende Wollust über alle Stufen unserer Empfindung.

Elvire und ich hatten Phosphor-Pulver aus Boulogne gebracht, und dieses flinke und kluge Mädchen unterhielt nach meinem Auftrag die Familie, während ich das Pulver geschickt im Stroh auf dem Boden oberhalb der Kammer der Unglücklichen versteckte. Ich komme zurück, die Kinder liebkosten mich, die Mutter erzählt mir voll Gutmütigkeit, Einzelheiten aus ihrem häuslichen Leben, ihr Vater bietet mir Erfrischungen an, er beeilt sich, mich aufs Beste zu empfangen. Nichts kann mich entwaffnen, nichts mich rühren. Ich befrage mich, und statt des verdrießlichen Gefühles des Mitleids empfinde ich nur ein Wollustschauern in meinem ganzen Leibe. Die leichteste Berührung und es wäre mir zehnmal gekommen. Ich überhäufe die ganze Familie mit Liebkosungen, in deren Schoß ich soeben den Mord gepflanzt habe. Meine Falschheit ist auf der Höhe, je mehr Verrat, desto geiler mein Leib. Ich schenke Bänder der Mutter, Bonbons den Kindern. Ich will nach Hause, aber meine Verzückung läßt mich nicht heimkehren, ohne Elvire zu bitten, meinen schrecklichen Zustand zu erleichtern.

Wir dringen in ein Dickicht ein, ich hebe meine Röcke in die Höhe, spreize die Schenkel auseinander... Sie fängt mich zu reizen an... Kaum hat sie mich berührt, so wars auch schon geschehen. Niemals noch hatte ich mich in einem solchen furchtbaren Zustand der Überreizung befunden. Elvire, welche nichts ahnte, konnte sich meinen Zustand nicht erklären. »Kitzle mich, reize mich«, seufzte ich und sog an ihrem Munde. »Heute bin ich in außergewöhnlicher Erregung. Her mit deiner Votze, daß ich sie auch kitzle, und baden wir uns in den Fluten des Samens.« — »Was hat denn meine Gnädige angestellt?« — »Schreckliches, Scheußliches«, und der Samen fließt unter Wonnen, wenn er sich in den Strudel der Entsetzlichkeit ergießt. »O reibe mich weiter, Elvire, denn ich kann nicht mehr, ich muß mich ergießen können.« Sie schlüpft zwischen meine Beine, sie schleckt... »O Teufel, du hast recht, du siehst, ich bedarf der großen Mittel... Gebrauche sie!« und ich überschwemme ihre Lippen.

Wir kommen nach Hause. Ich bin in einem unbeschreiblichen Zustand. Es scheint mir, als ob alle meine Verirrungen, alle meine Sünden nahen, um meinen Sinn zu verschicken. Ich fühlte mich trunken, verrückt. Nichts gab es, was ich nicht tat, kein Laster, von dem ich mich nicht beflecken ließ. Ich war unglücklich, nur einen so kleinen Teil der Menschheit getroffen zu haben; ich hätte am liebsten die ganze Welt meine Verirrungen fühlen lassen. Ich ließ mich nackt auf eines der Sofas meines Boudoirs werfen und befahl Elvire alle meine Männer herbeizurufen. Sie sollten

mit mir machen, was sie wollten, wenn sie mich nur beschmutzten und wie eine Hure behandelten. Man filzte, schlug mich, ohrfeigte mich, brutalisierte mich auf alle Arten. Meine Scheide, mein Arsch, mein Busen, mein Mund, alles wurde gebraucht, und ich hatte nur gewünscht, ihnen noch zwanzig Altäre mehr darbieten zu können. Einige brachten ihre Kameraden, die ich nicht kannte. Ich verweigerte nichts, ich war jedermanns Dirne, und mitten unter dieser Sündflut vergoß ich Ströme. Einer dieser Wüstlinge, ich hatte ihnen alles erlaubt, unterstand sich zu sagen, auf dem Kanapee, das sei nichts, er wolle ja — aber im Schmutz. Ich ließ mich von ihm auf einen Haufen Dünger schleppen, ich erniedrige mich wie eine Sau, und dabei reize ich ihn, mich noch mehr zu beschmutzen. Das Scheusal tut es und verläßt mich erst, nachdem er mir aufs Gesicht geschissen. Und ich war glücklich. Je mehr ich mich im Schmutz und in der Schande wälzte, desto mehr umnebelte sich mein Geist mit Wollust und desto höher stieg meine Verzückung. In weniger als zwei Stunden wurde ich mehr als zwanzigmal gevögelt, während Elvire mich unausgesetzt reizte. Aber nichts, nichts ist im Stande, meinen schrecklichen Zustand zu mildern, den das Verbrechen, das ich begangen, bei mir erzeugte.

Als wir in mein Boudoir zurückkehrten, fanden wir den Horizont erhellt. »O Madame«, ruft Elvire, »sehen Sie das Feuer dort, wo wir heute früh waren.« Und ich falle fast ohnmächtig hin. Ich bitte das schöne Mädchen, mit dem ich allein geblieben, mich weiter zu reizen. »Hinaus«, rufe ich, »ich höre Schreie, läßt uns mit Wonne den Anblick schlürfen, denn das ist mein Werk, komme, sättige dich mit mir an dem Anblicke. Ich muß alles sehen, alles hören. Nichts darf mir entgehen.« Wir eilen beide hinaus, zerrauft, verstört, berauscht, gleich Bacchantinnen. 20 Schritte von der Schreckensszene, hinter einem Erdhaufen, der uns den Blicken anderer entzieht, ohne uns den Anblick zu verhüllen, falle ich in die Arme Elvirens, die fast so erregt war wie ich. Wir geilen uns gegenseitig bei der Helle der mörderischen Flammen, die ich entzündet, mitten unter den zerreißenden Schmerzensschreien und der Verzweiflung, die mein Laster gezeugt, und ich war die glücklichste der Frauen.

Endlich erheben wir uns, um meine Tat zu besehen. Mit Schmerzen sehe ich, daß zwei der Opfer entschlüpft. Ich erkenne die anderen Leichen, ich drehe sie mit dem Fuße um. Diese Kreaturen lebten heute früh, sagte ich, und ich habe sie in einigen Stunden hingemordet, nur um meine Geilheit zu befriedigen. Das also ist der Mord, ein bißchen veränderte Materie, eine Änderung in der Zusammensetzung einige Moleküle, voneinander gerissen und zurückgesandt in den Schoß der Natur, woher sie in wenigen Tagen unter anderer Form wiederkehren werden; wo ist da das Schlechte. Eine Frau, ein Kind, sind sie der Natur teurer als Fliegen oder Würmer. Wenn ich dem einen das Leben nehme, schenke ich es dem anderen. Wo ist das Übel. Dieser kleine Streit meines Geistes mit meinem Herzen versetzt aufs neue meine Nerven in Schwingung und aufs neue befeuchten sich die Finger meines Lustmädchens. Wenn ich allein gewesen wäre, ich weiß nicht, wohin mich meine schrankenlose Gier geführt hätte. Ich hätte grausam wie Menschenfresser meine Opfer verschlungen. Da lagen sie — nur der Vater und eines der Kinder war entschlüpft. Die Mutter und die sieben anderen Kinder lagen vor meinen Augen. Und ich sagte mir, indem ich sie betrachtete, ja berührte, ich bin der sie gemordet, mein Werk ist es allein; und aufs neue ergoß ich; von dem Haus blieb kaum eine Spur, kaum konnte man den Platz erraten, wo es einst stand.

Aber gut, glaubt ihr mir, Freunde, daß Clairwil, als ich ihr die Geschichte erzählte, mir versicherte, daß ich das Verbrechen nur gestreift und mich wie ein Feigling benommen habe.

»Du hast drei bis viermal schwere Fehler bei diesem Abenteuer begangen«, sagte sie mir. »Erstens« (ich erzähle euch dies zur Würdigung des Charakters dieses außergewöhnlichen Frauenzimmers) »erstens hast du dein Betragen dabei vernachlässigt; wenn jemand unglücklicherweise gekommen wäre, an deiner Zerfahrenheit, in deinen Bewegungen hätte man dich als Verbrecherin erkannt. Gib acht auf diesen Fehler. Du kannst so viel

Eifer, als du willst, entwickeln, aber in dir, nach Außen hin zeige das größte Phlegma. Wenn du die sinnlichen Effekte so in dir verschließen wirst, werden sie an Stärke gewinnen. Zweitens hat dein Geist die Sache nicht groß angelegt. Denn du wirst eingestehen, daß es wohl Tugend und Schamgefühl zeigt, wenn man vor seinen Fenstern sieben oder acht große Dörfer hat und man sich auf ein einzelnes Häuschen verirrt, noch dazu, ein ganz allein stehendes, aus Furcht, die Flammen könnten sich ausbreiten, und so den Umfang deiner Tat vergrößern. Man sieht, du hast gezittert, als du zur Tat schrittest.

So hast du dich nun um einen Genuß gebracht, denn im Verbrechen soll man sich nicht beschränken. Ich kann das, wenn der Geist nicht alles erdacht, die Hand nicht alles durchgeführt, so ist es unmöglich, daß die Verzückung vollständig, denn es bleibt der eine Gewissensbiß: ich konnte mehr tun und habe es nicht getan. Aber die Gewissensbisse über die Tugend sind ärger denn die des Lasters. Bist du im Schlepptau der Tugend und begehst eine Sünde, immer wirst du dir einbilden, die Zahl meiner Guttaten wird deinen Fleck verwischen. Und da man glaubt, was man wünscht, wird man sich endlich beruhigen. Aber wer, so wie wir, mit großen Schritten durch die Sünde schreitet, verzeiht sich nie eine verfehlte Gelegenheit, denn nichts kann uns entschädigen. Die Tugend kommt uns nicht zur Hilfe. Auch der Entschluß, noch etwas schlimmeres zu tun, wird uns niemals trösten über die einmal verpaßte Gelegenheit.

Wenn wir deinen Plan auch in seiner Einschränkung beurteilen«, fuhr Clairwil fort, »finde ich noch einen großen Fehler, denn ich hätte Des Granges verfolgen lassen. Er war bestimmt, verbrannt zu werden als Brandstifter, ich hätte ihn nicht verfehlt. Wenn das Feuer das Haus eines Untergebenen wie dieses da auf deinem Grund und Boden ergreift, weißt du denn nicht, daß du durch deine Gerichtsleute untersuchen lassen kannst, ob nicht er der Schuldige, wer sagt dir, daß dieser Mann sich nicht seiner Frau und Kinder entledigen wollte, um außer Land betteln zu gehen. Sobald er den Rücken wandte, hättest du ihn als Flüchtling festnehmen lassen sollen, ihn der Justiz ausliefern sollen. Mit einigen Louis hättest du Zeugen gefunden. Elvira selbst hätte dir dazu gedient. Sie hätte ausgesagt, daß sie am Morgen den Mann ganz verstört auf seinen Boden hatte umherirren sehen, daß sie ihn gefragt, er aber nicht hätte antworten können und in acht Tagen hättest du die Freude gehabt, den Mann vor deiner Tür verbrennen zu sehen. Dies diene dir zur Lehre, Juliette. Ersinne nie ein Verbrechen, ohne es auszudehnen und begehe nie eines, ohne deine Ideen noch zu verschönern.«

Dies waren die grausamen Zusätze, welche Clairwil zu meinem Verbrechen hinzugemacht hatte, als ich es ihr gestand und ich muß euch eingestehen, daß ich, aufs tiefste erschüttert von ihren Vernunftsgründen, mir vornahm, nie wieder in diese schweren Fehler zu verfallen. Die Flucht des Bauern machte mich trostlos und ich hätte wer weiß was darum gegeben, wenn ich ihn an meiner Türe hätte braten sehen können.

Endlich kam der Tag meiner Aufnahme in Clairwils Klub. Man nannte diese Vereinigung *Die Gesellschaft der Freunde des Verbrechens*. In der Früh brachte mir meine Protektorin die Statuten des Vereines. Ich glaube, sie sind denkwürdig genug, um sie euch zu zitieren. Hier sind sie.

Statuten der Gesellschaft der Freunde des Verbrechens

Die Gesellschaft gebraucht das Wort Verbrechen gemäß der gangbaren Redeweise, doch erklärt sie, daß sie keinerlei Tat für ein Verbrechen hält.

Von der Überzeugung durchdrungen, daß die Menschen nicht frei sind und daß sie, gekettet durch die Naturgesetze, Sklaven dieser obersten Gesetze sind, billigt sie alles und heißt alles gut und betrachtet diejenigen als ihre fleißigsten Jünger, welche die meisten jener Taten verüben, welche die Dummen Verbrechen nennen. Denn sie ist überzeugt, daß man der Natur folgt, indem man jene begeht, daß sie von der Natur gefordert werden und daß nur der wirklich ein Verbrechen begehen würde, welcher sich den Eingebungen der Natur, welche immer sie auch seien, widersetzen würde. Infolgedessen beschützt die Gesellschaft alle ihre Mitglieder. Sie verspricht allen Hilfe, Rettung, Asyl und Unterstützung gegen das Gesetz. Sie nimmt alle in ihren Schutz, die jenes verletzen und betrachtet sich als über dem Gesetz stehend, weil das Gesetz ein Menschenwerk, die Gesellschaft aber, eine Tochter der Natur, nur der Natur folgt.

1. Es gibt keinen Unterschied zwischen den einzelnen Mitgliedern der Gesellschaft. Nicht, daß sie alle Menschen für gleich erklärt vor den Augen der Natur. Sie ist weit entfernt von diesem Volks-Vorurteil, welches Schwäche und falsche Philosophie geschaffen haben. Jedoch ist sie überzeugt, daß jeder Unterschied bei den Vergnügungen der Gesellschaft störend wäre und daß sie das selber, früher oder später, stören würde.*

2. Die Person, welche aufgenommen werden will, muß jeglicher Religion, welcher Art sie auch sei, entsagen. Sie muß sich auf Proben gefaßt machen, welche ihre Mißachtung für diese menschlichen Kulte und deren phantastisches Objekt bezeugen. Die kleinste Rückkehr zu diesen Dummheiten wird mit sofortigem Ausschluß bestraft.

3. Die Gesellschaft leugnet Gott. Man muß einen Beweis seines Atheismus liefern, um eintreten zu können. Der einzige Gott, den die Gesellschaft kennt, ist die Lust. Sie opfert alles diesem Gotte. Sie billigt alle denkbaren Lüste, sie heißt gut, alles was entzückt. Alle Wollüste sind in ihrer Mitte geheiligt. Es gibt keine, der sie Weihrauch streut, keine, die sie verzieht oder protegiert.

* Nur der Schwache wird dieses lächerliche System der Gleichheit predigen. Er kann sich nicht zur Höhe des Starken emporschwingen und deshalb will er ihn zu sich herunterziehen. Doch gibt es kein lächerlicheres, kein widernatürlicheres System. Und es wird nur immer wieder im Pöbel entstehen, der es auch sogleich aufgibt, so bald es ihm gelungen ist, seine Lumpen zu vergolden.

4. Die Gesellschaft zerstört alle Bande der Ehe und vermischt die des Blutes, die Wollust in den Räumen der Vereinigung kennt keinen Unterschied. Man ergötzt sich an der Frau des Nachbarn, wie an seiner eigenen, seinem Bruder, seiner Schwester, seinen Kindern, seinen Enkeln, sowie an den der anderen. Der kleinste Widerstand gegen diese Regeln wird mit Ausschließung bestraft.

5. Ein Mann muß auch seine Frau, ein Vater seine Kinder, ein Bruder seine Schwester u.s.w. aufnehmen lassen.

6. Es wird niemand aufgenommen, der nicht nachweist, daß er wenigstens 25.000 Livres Rente hat, nachdem die jährlichen Ausgaben 10.000 Francs pro Person betragen. Aus diesen Beiträgen werden alle Ausgaben der Haushaltung bestritten, Miete, Serails, Wagen, Bureaus, Versammlungen, Dîners und Feste. Wenn der Schatzmeister am Ende des Jahres Geld übrig hat, so wird es unter die Mitglieder verteilt. Wenn die Ausgaben die Einnahmen überschreiten, so wird das Defizit aufgeteilt und so dem Schatzmeister wieder erstattet, dem auf bloßes Wort hin geglaubt wird.

7. Zwanzig Künstler und Schriftsteller werden gegen die ermäßigten Gaben von 1.000 Livres jährlich aufgenommen. Die Gesellschaft, welche die Künste unterstützt, gesteht ihnen diese Ausnahme zu. Leider kann sie nicht eine größere Anzahl solcher Männer bei ermäßigten Beitrag aufnehmen, trotzdem sie sie immer hochschätzen wird.

8. Die Freunde der Gesellschaft, vereinigt wie im Familienkreise, teilen Freud und Leid. Sie helfen sich gegenseitig in allen Lebenslagen. Aber alle Almosen, Wohltaten an Witwen, Waisen oder Arme sind strengstens verpönt, sowohl in der Gesellschaft, als den Mitgliedern der Gesellschaft gegenüber. Jedes auch nur diesbezüglich in Verdacht stehende Mitglied wird sofort ausgeschlossen.

9. Es wird stets ein Fond von 30.000 Livres in Bereitschaft sein, zur Verfügung von Mitgliedern gehalten, welche durch Unglück in eine mißliche Lage geraten.

10. Der Präsident wird gewählt und ist nur immer ein Monat im Amt. Er wird abwechselnd von einem Geschlecht und dem

anderen genommen und präsidiert zwölf Versammlungen, (wöchentlich vier). Sein einziger Zweck ist, den Gesetzen der Gesellschaft Folgsamkeit zu verschaffen und die Korrespondenz aufrecht zu erhalten, für die ein Komitee unter seinem Vorsitz eingesetzt ist. Der Schatzmeister und die zwei Sekretäre sind Mitglieder, die Sekretäre werden jeden Monat, wie der Präsident, frisch gewählt.

11. Jede Sitzung wird mit einem Vortrag eröffnet. Der Inhalt dieser Vorträge muß immer gegen Religion oder Sitte sein. Wenn er es verdient, wird er auf Kosten der Gesellschaft gedruckt und ins Archiv eingereiht.

12. Während der Stunden, die der Wollust gewidmet sind, müssen alle Brüder und Schwestern nackt sein. Sie mischen sich und genießen ohne Unterschied und niemals darf sich ein Mitglied durch eine Weigerung der Lust eines anderen entziehen. Der Gewollte muß sich zu allem hergeben, muß alles tun. Hat er doch im nächsten Moment dieselben Rechte. Ein Mitglied, welches sich den Freuden seines Bruders verweigert, wird mit Gewalt dazu verhalten und dann davongejagt.

13. In der öffentlichen Versammlung ist keine Grausamkeit gestattet, mit Ausnahme der Rute auf den Hintern. Für die wilden Lüste gibt es Serails, angebaut an die Gesellschaft, und dort kann man ihnen freien Lauf lassen. Aber unter Brüdern soll es nur schwelgerische, blutschänderische, sodomitische und süße Lüste geben.

14. Das größte Vertrauen soll unter den Brüdern herrschen. Sie sollen sich untereinander ihren Geschmack, ihre Schwächen eingestehen, sich an dem Vertrauen erfreuen und darin eine neue Quelle der Lust finden. Ein Mitglied, das die Geheimnisse der Gesellschaft verrät, oder einem anderen Mitglied seine Fehler oder seine Neigungen, die Quelle seiner Wollust, vorwerfen würde, wird sofort ausgeschlossen.

15. Neben den öffentlichen Vergnügungshallen sind geheime Kabinetts, wohin man sich zurückziehen kann, um sich allen Ausschweifungen hinzugeben. Man kann in beliebiger Zahl eintreten.

Dort findet man alles Nötige. In jedem Kabinett ist ein Knabe oder ein junges Mädchen allen Lüsten der Mitglieder zu Willen, ja sogar auch denen, welche nur im Serail erlaubt sind, weil diese Kinder zu der Klasse gehören, welche in die Serails kommen und deshalb auch so wie diese behandelt werden können.

16. Alle Ausschweifungen der Tafel sind gestattet, jeder Bruder findet dazu alle Hilfe und Unterstützung.

17. Keinerlei öffentliche Schande, juristische Verurteilung hindert die Aufnahme. Alles, was vom Verbrechen kommt, ist bei unseren Prinzipien willkommen. Diese Personen, ausgestoßen von der Menschheit, finden in der Gesellschaft Freunde und Trost, und man wird sie schätzen. Je verachteter ein Mensch draußen, umso beliebter in der Gesellschaft. Leute dieses Schlages werden am Tage ihres Eintritts zu Präsidenten gewählt und ohne Noviziat in die Serails zugelassen.

18. Es gibt eine öffentliche Beichte, anläßlich der vier großen Generalversammlungen, welche zur Zeit der vier großen katholischen Feste abgehalten werden. Hierbei muß jeder laut und verständlich, alles was er getan hat, gestehen. Ist sein Lebenswandel rein, so wird er getadelt. Ist er ausschweifend, wird er mit Lob überhäuft. Ist er schrecklich gespickt mit Schandtaten und Greuel, so wird er belohnt, aber er muß Zeugen dafür bringen. Die Preise sind immer 2.000 Francs aus dem Vereinsvermögen.

19. Die Gesellschaftsräume, welche nur den Mitgliedern bekannt sein sollen, sind von großer Schönheit, umgeben von herrlichen Gärten. Im Winter ist die Halle gut geheizt. Die Versammlungszeit ist von fünf Uhr abends bis zwölf Uhr mittags. Gegen Mitternacht ist ein großes Mahl und die ganze andere Zeit werden Erfrischungen gereicht.

20. Alle Spiele sind in der Gesellschaft verboten. Nachdem sie sich die angenehmste Erholung zum Ziele macht, verachtet sie alles, was von der göttlichen Leidenschaft der Wollust abseits liegt, die einzige, die den Menschen begeistern kann.

21. Der Aufzunehmende bleibt, wer immer er sei, einen Monat als Novize. Während der ganzen Zeit dient er der Gesellschaft.

Er dient als Werkzeug. Kann weder die Serails betreten, noch eine Stellung einnehmen. Wenn er sich irgendwelchen Wünschen verweigert, so wird er zum Tode verurteilt.

22. Alle Stellen werden durch Wahl besetzt. Alle Kabalen sind strengstens verboten. Die Stellen sind: ein Präsident, zwei Sekretäre, ein Zensor, zwei Direktoren der Serails, ein Schatzmeister, der Maître d'hôtel, zwei Ärzte, zwei Chirurgen, ein Geburtshelfer, der Direktor des Sekretariats, der unter sich die Schreiber und Drucker hat, der Revisor der Arbeiten, endlich der Oberinspektor der Eintrittskarten.

23. Kein Mann über vierzig Jahre, kein Weib über fünfunddreißig wird aufgenommen, doch die in der Gesellschaft altern, können dort ihr ganzes Leben bleiben.

24. Wer ein Jahr nicht erscheint, wird ausgeschlossen. Weder öffentliches Amt, noch Stellung bilden eine Entschuldigung.

25. Jegliches Werk gegen Sitten und Religion, welches ein Mitglied bringt, ob es von ihm oder von jemanden anderen ist, wird in die Hausbibliothek eingestellt und je nach dem Anteil am Werk wird der Überbringer belohnt.

26. Die im Hause geborenen Kinder werden sofort im Serail-Noviziat untergebracht, um Serail-Mitglieder zu werden, sobald sie zehn Jahre alt, wenn es Knaben sind, oder sieben Jahre als Mädchen. Frauen und Mädchen aber, welche zum Kinderbekommen neigen, werden ausgeschlossen. Die Fortpflanzung liegt nicht im Geiste der Gesellschaft. Das wirkliche Laster verabscheut die Vermehrung, folglich unterdrückt die Gesellschaft sie. Die Frauen werden die Männer, welche zum Kindermachen hinneigen, anzeigen, und wenn sie unverbesserlich sind, werden sie gebeten, sich zurückzuziehen.

27. Die Pflicht des Präsidenten ist die allgemeine Versammlung zu überwachen. Ihm ist der Zensor unterordnet. Beide haben die Ruhe aufrecht zu halten, Obacht zu geben auf die Neigungen der Handelnden und die Unterwürfigkeit der Passionen, das Lachen zu mäßigen, die Gespräche, kurz alles abzuhalten, was nicht zur Ausschweifung gehört oder was ihr schaden könnte. Er hat wäh-

rend seiner Amtszeit die Oberaufsicht über die Serails. Während der Zeit seines Dienstes darf er das Bureau nicht verlassen, ohne sich von seinem Vorgänger vertreten zu lassen.

28. Flüche und besonders Gotteslästerungen sind gesetzlich zugelassen. Man kann sich ihrer bei allen Gelegenheiten bedienen. Man muß sich aber immer duzen.

29. Eifersüchteleien, Streitigkeiten oder Szenen aus Liebe sind strengstens verboten. Alles dies schadet der freien Liebe und man soll sich nur mit der Zügellosigkeit beschäftigen.

30. Jeder Stänkerer, jeder Duellant wird ohne Gnade ausgeschlossen. Die Feigheit wird verehrt wie in Rom. Der Feigling lebt in Frieden mit allen Männern und ist meistens ausschweifend. Und das braucht die Gesellschaft.

31. Niemals wird die Gesellschaft über vierhundert Mitglieder haben und nach Möglichkeit wird die Gleichheit der Geschlechter aufrechterhalten.

32. Der Diebstahl ist in der Gesellschaft erlaubt. Der Mord nur im Serail.

33. Kein Mitglied braucht die Instrumente zu seinen Ausschweifungen mitzubringen. Das Haus liefert sie reichlich ausgesucht und rein.

34. Widerliche Krankheiten werden nicht geduldet. Wer sich damit behaftet zeigt, wird unbedingt zurückgewiesen. Und wenn ein schon aufgenommenes Mitglied davon betroffen wird, wird ihm nahegelegt, auszutreten.

35. Ein mit einer Geschlechtskrankheit behaftetes Mitglied muß sich zurückziehen, bis seine vollständige Wiederherstellung von den Ärzten und Chirurgen der Gesellschaft bezeugt ist.

36. Kein Fremder wird zugelassen, auch nicht aus der Provinz. Diese Gesellschaft existiert nur für Pariser.

37. Geburt spielt bei der Aufnahme keine Rolle. Man muß nur das oben bezeichnete Vermögen nachweisen. Eine Frau, auch wenn sie noch so schön ist, wird nicht aufgenommen, wenn sie nicht das erforderliche Vermögen nachweist. Das Gleiche gilt für einen jungen Mann, auch wenn er noch so schön ist.

38. Weder Schönheit noch Jugend haben Sonderrechte; denn solche würden sehr rasch die Gleichheit der Sitten, welche herrschen soll, stören.

39. Die Todesstrafe trifft alle die, welche Geheimnisse der Gesellschaft verraten. Es wird überall hin verfolgt.

40. Wollust, Ausschweifung, Gottlosigkeit, Gemeinheit, alle Auswüchse des Lasters und der Schwelgerei, mit einem Wort der ganze Schmutz der Unzucht, soll in den Versammlungen thronen.

41. Es wird immer hundert Brüder geben — erhalten von der Gesellschaft — welche jung und schön, als Werkzeuge bei Lasterszenen benützt werden können. Doch werden sie niemals in andere Stellung kommen. Die Gesellschaft besitzt auch den nötigen Stall, Dienerschaft, Druckerei etc.

42. Weder Waffe noch Stock darf in die Freudensäle mitgenommen werden, alles wird in den Vorzimmern von Beschließerinnen verwahrt. Um den Saal herum sind einige Cabinets d'aisances, von jungen Mädchen und Knaben bedient, welche allen Launen dienen müssen. Sie sind ausgestattet mit Spritzen, Bidets, ferner Seife, Parfüms, kurz mit allem was nötig ist, vorher oder danach. Auch ihre Zunge steht zur Verfügung.

43. Es ist strengstens verboten, sich mit der Regierung zu beschäftigen. Jegliche politische Äußerung ist untersagt. Die Gesellschaft respektiert die Regierung, unter welcher sie lebt. Und wenn sie sich über die Gesetze hinwegsetzt, so geschieht dies, weil kein Mensch nach ihrer Überzeugung die Berechtigung hat, Gesetze zu geben, welche die der Natur behindern oder ihnen widersprechen. Aber die Ausschweifung der Mitglieder immer im Innern der Gesellschaft soll nie die Regierung oder die Regierenden verletzen.

44. Zwei Serails stehen den Mitgliedern zur Verfügung und bilden die beiden Flügel des Hauses. In dem einen sind dreihundert Knaben von sieben bis fünfundzwanzig Jahren, im anderen gleichviel Mädchen von fünf bis einundzwanzig Jahren. Die Subjekte wechseln unaufhörlich, jede Woche kommen wenigstens dreißig neue in jedes Serail, um so immer etwas neues zu bieten.

Daneben ist ein Haus, in dem die Ersatzmannschaft erzogen wird. Sechzig Kupplerinnen sind mit der Erneuerung beauftragt. In jedem Serail ist ein Inspektor. Die Serails sind bequem und gut verteilt. Man macht dort, was man will. Man frönt dort den grausamsten Leidenschaften. Jegliches Mitglied hat freien Eintritt. Nur der Mord muß bezahlt werden, und zwar 100 Taler pro Kopf. Jegliches Mitglied kann dort soupieren. Die Eintrittskarten verteilt der Präsident und kann sie nur den Novizen verweigern. Die größte Folgsamkeit herrscht in den Serails. Die kleinste Klage über Mangel an Gehorsamkeit oder Dienstbeflissenheit dem Inspektor oder Präsidenten überbracht und das betreffende Individuum erhält die von dir bestimmte Strafe, die du auch selbst an ihm vollziehen kannst, wenn du willst. In jedem Serail sind zwölf Marterzimmer, wo nichts fehlt, um das Opfer den schrecklichsten und ungeheuerlichsten Martern zu unterziehen.

Man kann die Geschlechter mischen und nach Gutdünken die Frauen zu den Männern führen und umgekehrt.

Es gibt auch zwölf Kerker in jedem Serail für diejenigen, welche ihre Opfer schmachten lassen wollen. Doch ist es verboten, ein Serailmitglied nach Hause oder in den Saal mitzunehmen. In den Pavillons findet man auch alle Tiere für diejenigen, welche Bestialität lieben. Es ist dies eine einfache und in der Natur gelegene Leidenschaft, und man muß sie respektieren. Drei Klagen gegen dasselbe Subjekt genügen, daß es davongejagt wird, drei Todesurteile genügen zur sofortigen Vollziehung. In jedem Serail sind vier Henker, vier Kerkermeister, acht Prügelknechte, vier Schinder, vier Hebammen und vier Chirurgen, zur Verfügung der Mitglieder, um sich ihrer zur Durchführung ihrer Leidenschaften zu bedienen. Selbstverständlich sind Hebammen und Chirurgen nur zur Durchführung von Martern und nicht zu Heilzwecken da. Sobald eines der Subjekte Krankheitserscheinungen zeigt, kommt es ins Spital und kommt nie wieder ins Haus.

Die Serails sind von Mauern umgeben, die Fenster vergittert. Die Subjekte kommen nie heraus. Zwischen den Mauern und den Häusern ist ein Zwischenraum von 10 Fuß, darstellend eine Zypressenallee, wo die Mitglieder der Gesellschaft mitunter sich Subjekte hinunter führen lassen, um sich in dieser einsamen Allee finsteren Lüsten hinzugeben. Am Fuße der Bäume sind Löcher, wohin die Opfer sofort verschwinden. Man tafelt öfters unter den Bäumen, oft auch in diesen Löchern selbst. Es gibt mehrere sehr tiefe Löcher, in welche man auf geheimen Stiegen hinuntersteigen kann und wo man sich allen Schamlosigkeiten hingeben kann, in einer Stille wie in den Eingeweiden der Erde.

45. Niemand wird aufgenommen, ohne den Eid zu unterzeichnen, den man ihn schwören läßt, und die Verpflichtungen seines Geschlechtes.

Als die Stunde gekommen war, gingen wir hin. Ich war geschmückt wie die Göttin des Tages. Clairwil, welche die Rolle der Patin spielte, war mit etwas weniger jugendlicher Koketterie gekleidet. Sie machte mich unterwegs auf die äußerste Folgsamkeit aufmerksam, welche ich allen Wünschen der Mitglieder entgegenbringen mußte, und hieß mich nicht ungeduldig sein, wenn ich als Novizin ein Monat nicht teilnehmen konnte an den Vergnügungen der Serails.

Das Haus befand sich in einem der entlegensten und menschenleersten Viertel von Paris. Wir brauchten mehr als eine Stunde hin. Mein Herz klopfte mir, als ich den Wagen in einen sehr finsteren Hof einfahren sah, ganz umgeben von großen Bäumen. Hinter uns schlossen sich sofort die Türen. Ein Haushofmeister empfing uns am Wagenschlag und führte uns sofort in den Saal. Clairwil mußte sich sofort nackt ausziehen, ich sollte mich erst während der Zeremonie entkleiden. Das Lokal schien mir prächtig und herrlich beleuchtet. Wir mußten beim Eintritt über ein großes Kruzifix schreiten, das ganz übersät mit Hostien war, am Ende lag eine Bibel, auf welche man ebenfalls treten mußte. Ihr seid wohl überzeugt, daß keines der Hindernisse mich aufhielt. Ich trat ein. Eine sehr schöne Frau von fünfunddreißig Jahren präsidierte. Sie war nackt. Großartig frisiert. Diejenigen, welche sie umgaben, waren auch nackt, zwei Männer und eine Frau. Mehr als dreihundert Leute waren schon versammelt, natürlich auch nackt. Man vögelte, onanierte, peitschte sich gegenseitig, man schleckte sich und trieb Sodomie, man ergoß, und alles dies in der größten Stille. Man hörte kein anderes Geräusch als das unbedingt nötige. Manche spazierten zu zweien oder einzeln. Viele beobachteten die anderen und geilten sich mit Wollust an den Gruppen. Es gab verschiedene Kombinationen, mehrere von acht bis zehn Personen, Männer mit Männern, Frauen mit Frauen. Mehrere Frauen mit zwei bis drei Männern und umgekehrt. Wohlriechende Parfums brannten in großen Vasen und hüllten alles in berauschende Dämpfe ein, welche uns auch gegen unseren Willen in wollüstige Lässigkeit versenken mußten. Mehrere Personen gleichzeitig kamen aus den Cabinets d'aisance (Klosett). Nach einer Weile erhob sich die Präsidentin und teilte mit leiser Stimme mit, sie bäte, wenn möglich, um einige Minuten Aufmerksamkeit. Einige Minuten später umringte mich alles. Niemals in meinem Leben war ich noch so geprüft worden. Jeder sprach sein Urteil, und ich kann sagen, ich hörte nur Lob; große Pläne wurden gemacht, große Projekte betreffs meiner Person, und ich zitterte im voraus bei dem Gedanken an die vielen Wünsche, erzeugt von meiner Schönheit und Jugend, an die Begierden, die ich erfüllen werden muß. Endlich ließ mich die Präsidentin auf eine Estrade ihr gegenüber steigen, und getrennt von der Versammlung durch eine Schranke, befahl sie mich zu entkleiden. Zwei dienende Brüder kamen und in weniger als drei Minuten hatte ich nichts mehr am Körper. Ich gestehe, daß mich ein wenig Scham ergriff, als mich die zwei Brüder so ganz nackt vor der Versammlung stehen ließen. Aber der große Beifall, den ich empfing, gab mir rasch meine ganze Schamlosigkeit wieder.

Folgende Fragen stellte mir die Präsidentin. Ich füge die Antwort hinzu:

— Versprichst du dein ganzes Leben den größten Ausschweifungen der Unzucht zu widmen?

— Ich schwöre es.

— Alle unzüchtigen Taten, auch die schandbarsten, erscheinen sie dir natürlich?

— Ich finde nichts daran.

— Wirst du sie alle beim leisesten Wunsch begehen?

— Ja alle.

— Versprichst du, in allem dich an die Statuten der Gesellschaft, welche dir deine Patin vorgelesen, zu halten, und unterwirfst du dich den Strafen, die darin enthalten sind.

— Ich schwöre und verspreche alles, was in den Artikeln enthalten ist.

— Bist du verheiratet?

— Nein.

— Bist du Jungfrau?

— Nein.

— Hast du Sodomie getrieben?

— Oft.

— Hast du dir in den Mund vögeln lassen?

— Oft.

— Geprügelt?

— Manchmal.

— Wie heißt du?

— Juliette.

— Wie alt bist du?

— Achtzehn Jahre.

— Hast du dich oft mit Frauen gegeilt?

— Oft.

— Hast du Verbrechen begangen?

— Mehrere.

— Gestohlen?

— Ja.

— Gegen das Leben deiner Mitmenschen dich vergangen?

— Ja.

— Versprichst du, in gleicher Weise immer zu leben.

— Ja, ich schwöre es.

Neuer Applaus.

— Versprichst du alle Blutsverwandten in die Gesellschaft einzuführen?

— Ja.

— Versprichst du, niemals die Geheimnisse der Gesellschaft zu verraten?

— Ich schwöre es. Versprichst du das vollständigste Entgegenkommen allen Launen und allen lasterhaften Sinnlichkeiten und Phantasien der Mitglieder?

— Ich verspreche es.

— Was liebst du mehr, Mann oder Weib.

— Ich liebe das Weib, um mich zu begeilen, den Mann zum vögeln

(Diese Naivität reizte alle zum Lachen.)

— Liebst du die Rute?

— Ich liebe sie zu geben und zu empfangen.

— Welche von beiden Genüssen ziehst du vor, die eine Frau haben kann, von vorn oder von rückwärts?

— Ich habe mitunter den Mann abfallen lassen, der mich vögelte, aber niemals den, der mich im Arsch fickte.

(Es schien mir als ob die Antwort großen Beifall fand).

— Wie denkst du über die Wollust mit dem Munde?

— Ich vergöttere sie. Liebst du, im Arsch geleckt zu werden?

— Sehr.

— Tust du es auch anderen?

— Mit aller Stärke und Weite.

— Schleckst du mit Wollust das männliche Glied?

— Ja, und ich schlucke den Samen.

— Hast du Kinder gehabt?

— Niemals.

— Versprichst du, sie zu vermeiden?

— So sehr ich kann.

— Du haßt also die Fortpflanzung?

— Ich verabscheue sie.

— Wenn du in die Hoffnung kommst, wirst du den Mut haben zur Abtreibung?

— Ganz bestimmt.

— Ist deine Patin mit der zur Aufnahme nötigen Summe ausgestattet?

— Ja.

— Bist du reich?

— Unermeßlich.

— Hast du niemals gute Werke verrichtet

— Ich hasse sie.

— Hast du dich seit deiner Kindheit mit keinerlei religiöser Handlung befaßt?

— Niemals.

Clairwil übergab sodann dem Sekretär die vorgeschriebene Summe, und empfing ein Papier, welches man mir laut vorzulesen befahl. Diese Druckschrift hatte den Titel: *Vorschriften für die der Gesellschaft der Freunde des Verbrechens angehörenden Frauen.*

Hier sind sie, sagte Madame de Lorsange, und sie sind zu interessant, um sie nicht vorzulesen:*

In welchem Stande oder Stellung auch die, welche dies Papier unterschreibt, geboren sei, so dient sie als Frau einzig und allein von dem Moment an zum Vergnügen des Mannes. Man muß ihr daher Vorschriften geben, um ihr Vorgehen sowohl ihrem Geldsack als ihrer Lüsternheit geeignet zu gestalten. Nehmen wir die verheiratete Frau. Denn die, welche ohne verheiratet zu sein, mit einem Manne leben, sei als Geliebte, sei als Ausgehaltene, tragen dieselben Ketten und finden daher im folgenden die gleichen weisen Ratschläge, um sich der Ketten zu entziehen oder sie leichter zu gestalten. Es wird daher unter dem Worte Mann im

* Ihr philosophischen und wollüstigen Frauen, die ihr diese Zeilen lest, euch gilt unser Wort. Nehmt die Lehre an und danket für die Sorgfalt, die wir verwenden, um euch zu erleuchten. Niemals werdet ihr wahre Wonnen kennen ohne blinde Hingabe an diese Regeln. Glaubt uns, wir denken nur an euer Glück, indem wir sie euch mitteilen.

folgenden geliebter Gatte, Aushälter u.s.w. genannt, kurz jeder, der Anspruch erhebt auf ein Weib. Denn welchem Stand immer sie angehört, sei es, daß sie millionenreich ist, immer soll sie trachten, Geld aus ihrem Körper zu machen. Denn das oberste Gesetz für alle Frauen ist, niemals anders als für Geld oder aus Zügellosigkeit zu vögeln. Und da sie gar oft gezwungen ist, sich die zu bezahlen, die ihr gefallen, so muß sie trachten, sich einen Fond dafür zu schaffen, indem sie die bluten läßt, mit denen sie verkehrt, ohne daß sie ihr gefallen. Doch gilt dies nur für die Außenwelt, für die Gesellschaft gelten die soeben beschworenen Statuten.

1. Um die nötige Gleichgültigkeit zu bewahren, sei es, daß sie für Geld, sei es daß sie zu ihrem Vergnügen vögelt, muß sie immer ihr Herz von Liebe frei halten. Denn, wenn sie zu ihrem Vergnügen vögelt, so wird sie, wenn sie verliebt ist, wenig Genuß haben. Aus der Bestrebung, ihrem Geliebten Genuß zu schaffen kommt das Hindernis für ihren eigenen Genuß. Vögelt sie aber für Geld, wird sie niemals den, den sie liebt, aussaugen können und das ist ja ihre Hauptbeschäftigung mit dem Manne, der zahlt.

2. Wenn sie daher von dieser metaphysischen Phantasie, der Liebe, absieht, so wird sie zu ihrem Vergnügen sich den ausersehen, der das schönste Glied hat und dem es am besten steht und als Zahler den, der am besten zahlt.

3. Sie vermeide immer vorsorglich die sogenannten Herzensliebhaber. Die vögeln genau so schlecht, als sie zahlen. Sie halte sich an den Kammerdiener, an Lastträger. Das sind die richtigen Hengste, das sind die schweigenden Schwänze... Man wechselt sie wie das Hemd und es gibt keine Indiskretionen.

4. Wer immer der Mann sei, der sie gefrevelt hätte, sie hüte sich vor der Treue. Dieses kindische und romantische Gefühl dient nur dazu, eine Frau ins Unglück zu stürzen und ihr großen Kummer zu bereiten. Sie kann sicher sein, daß sie ihr nie irgendwelche Freuden verschaffen wird. Und warum sollte sie treu sein, wo erwiesenermaßen kein Mann unter der Sonne es ist. Und ist es nicht lächerlich, daß das gebrechlichste, schwächste aller

Geschlechter, welches beständig von allen Seiten in das Vergnügen gedrängt wird, welches durch tägliche Versuchungen prädestiniert ist, zu unterliegen, daß gerade dieses Widerstand leisten sollte, während das andere zum Schlechten nur durch seine Schlechtigkeit getrieben wird. Und überhaupt, wozu dient die Treue der Frau. Liebt der Mann sie wirklich, muß er zartfühlend genug sein und alle ihre Schwächen dulden, ja sogar im Geiste ihre Freuden mitmachen, ihre Wollust teilen. Liebt er sich nicht, wahrlich verrückt wäre sie, die Ketten geduldig zu tragen, die der andere täglich bricht. Die Treulosigkeit der Frau ist ein Naturfehler, die des Mannes entsteht aus Schlechtigkeit und Gemeinheit.

Die Frau, um die es sich hier handelt, wird sich daher keine Treulosigkeit versagen. Im Gegenteil, sie wird sich stets, ja täglich, neue Gelegenheit dazu verschaffen.

5. Die Falschheit ist eine der Frau innewohnende Charaktereigenschaft. Jederzeit war sie die Waffe des Schwachen. Immer in Gegenwart ihres Herrn und Meisters, wie sollte sie ohne Lüge und Falschheit der Unterdrückung widerstehen. Sie gebrauche daher ihre Waffen ohne Zagen. Sind sie ihr doch von der Natur gegen ihre Unterdrücker verliehen. Die Männer wollen betrogen werden, ein angenehmer Irrtum ist süßer als eine traurige Wahrheit. Ist es nicht besser, wenn sie ihre Fehler verbirgt, als sie eingesteht.

6. Eine Frau soll nie einen eigenen Charakter haben. Sie soll sich mit Kunst den Charakter jener Leute anbequemen, an welchem sie das meiste Interesse hat, sei es in deren Lüsten, sei es nur ihrer Habsucht zu frönen. Doch soll diese Nachgiebigkeit ihr nie die nötige Energie rauben, die sie braucht, um allen Verbrechen, die ihrer Wollust dienen oder ihr schmeicheln, zu durchkosten. Ehebruch, Blutschande, Kindesmord, Gift, Diebstahl, Totschlag, kurz alle, die ihr angenehm dünken und denen sie unter ihrer Maske der Scheinheiligkeit und Falschheit ungestört frönen kann, ohne Reue, ohne Furcht. Sie sind in der Natur der Frauen gelegen und nur falsche Erziehungsprinzipien verhindern sie,

sich täglich mit ihnen liebevoll zu befassen, was sie eigentlich sollten.

7. Sie trachte, daß ein Lebenswandel voller Ausschweifung, die sich täglich vergrößern und erneuern und seien es auch die weitesten, ohne sie zu erschrecken, die Grundlage aller ihrer Freuden sei. Wenn sie der Stimme der Natur gehorcht, so wird sie finden, daß sie die heftigste Neigung zu dieser Sorte von Freuden mitbekommen und daß sie sich daher denselben täglich ohne Sorge hingeben soll. Je mehr sie sich ihren Lüsten hingibt, desto mehr dient sie der Natur und durch Zurückhaltung tut sie ihr Gewalt an.*

8. Niemals soll sie sich irgend einer Lasterhaftigkeit versagen, die ihr von einem Mann vorgeschlagen wird. Die vollste Bereitwilligkeit bildet in diesem Falle eines der Hauptmittel, den gefangen zu halten, den sie sich erhalten will. Die Wollust an der Frau ermüdet rasch. Welche anderen Mittel hätte sie, sie wieder zu erwecken. Er wird gesättigt und läßt sie stehen. Aber wenn er mit Dankbarkeit sieht, wie die Frau seine Gelüste errät und kennt, wie sie sie vorherahnt und sich in ihnen vergräbt, dann wird er, sage ich, sich immer heftiger an sie klammern, je veränderter er den Besitz der Frau täglich findet. Dann wird sie ihn auch leichter betrügen können. Und das ist schließlich die teuerste Pflicht jedes Weibes, dem wir hier ihre Pflichten vorschreiben.

9. Es vermeide dieses reizende Wesen im Verkehr mit ihrem Mann jegliche Ziererei und Sittsamkeit. Es gibt wenige, welche das lieben und man läuft Gefahr, die zu ermüden, die es nicht lieben. Sie möge diese Maske gebrauchen, um in der Welt zu imponieren, wenn sie es für nötig hält, denn schließlich ist jeder Betrug gut und jedes Mittel zu betrügen soll gebraucht werden.

10. Vor allem aber soll sie die Schwangerschaft vermeiden. Sie gebrauche alle Lustarten, welche den Samen von dem fruchtbaren Boden fernhalten und töte den Keim sofort, wenn sie ihn zu fühlen glaubt. Die Schwangerschaft verdirbt, zerstört die Figur

* Fast alle keuschen Frauen sterben jung oder werden verrückt, verkrüppelt und geschwächt zu einer gewissen Zeit. Sie haben alle einen bitteren, heftigen Charakter, welcher sie der Gesellschaft unerträglich macht.

und bringt keinen Nutzen. Umso mehr gebe sie sich den widernatürlichen Genüssen hin. Diese entzückende Wollust gewährt ihr mehr Vergnügen und zugleich Lasterhaftigkeit. Fast alle Frauen, die es versucht haben, halten sich daran. Der Gedanke, auf diese Weise dem Manne viel mehr Vergnügen zu verschaffen, muß für sie, zartfühlend wie sie sind, ein gewichtiger Grund sein, keine andere Art zu wählen.

11. Niemals soll ihr gepanzertes Herz irgendwelche Empfindsamkeit aufkommen lassen. Es wäre ihr Ruin. Eine gefühlvolle Frau muß sich jedes Unglückes vergegenwärtigen, denn, da sie schwächer und empfindsamer ist als der Mann, wird alles, was diese Gefühle angreift, sie zerfleischen und dann adieu jegliche Lust. Die ganze Veranlagung der Frau deutet auf Unzucht. Wenn sie sich aber durch ein Übermaß an Empfinden, welches wir zu vernichten trachten, an einen einzelnen Mann hängt, so bricht sie im selben Moment mit allen Freuden des Lasters, die einzigen, die für sie taugen und die sie mit Wollust erfüllen nach ihrer Naturbeschaffenheit.

12. Jegliche Religionsübung vermeide sie sorgfältig. Diese Torheiten, die sie längst mit Füßen getreten haben muß, könnten sie höchstens durch das Gewissen zur Tugend zurückführen, und wenn sie diesen Weg einschlägt, muß sie allen ihren Gewohnheiten, allen Freuden entsagen. Diese schrecklichen Banalitäten verdienen nicht die Opfer, welche man ihnen bringt, und man vergibt mit ihnen die Wirklichkeit für den Traum. Gottlos, grausam, ausschweifend, lasterhaft, falsch, blutgierig, blutschänderisch und pervers, so soll die Frau sein, die der Gesellschaft der Verbrechensfreunde angehören will. Das sind die Verbrechen, die sie zu den ihren machen muß, wenn sie Glück bei uns finden will.

Der Ausdruck, mit welchem ich diese Prinzipien vorlas, bewieß, daß ich dieselben längst beherzigt hatte, brachte mir neuen Beifall. Und so stieg ich in den Saal hinunter.

Alle Pärchen zerstreut durch das Ereignis meiner Aufnahme, vereinigten sich wieder und sehr rasch wurde auch ich attackiert.

Von dem Moment an bis zum Souper sah ich die Clairwil nicht mehr. Der erste, welcher sich mir näherte, war ein Mann von fünfzig Jahren. »Na, also jetzt bist du die richtige Hure«, sagte er zu mir und führte mich zu einem Kanapee, »jetzt bist du ein Balg, wie eine Hure. Ich war zufrieden mit dir, du hast mich in die Höhe gebracht.«

Und der Kerl beginnt, mich bei diesen Worten zu vögeln. Er arbeitet eine Viertelstunde, küßt mich oft auf den Mund und verläßt mich, von einer anderen Frau weggeschnappt, ohne daß es ihm gekommen ist. Eine alte Frau von sechzig Jahren kommt zu mir und indem sie mich auf das Kanapee niederdrückt, von dem ich im Begriff war aufzustehen, fängt sie an mich zu kitzeln und läßt sich auch von mir geilen. Das dauerte lange Zeit. Drei oder vier Männer beobachteten uns. Einer von ihnen fängt an, die Alte in den Hintern zu vögeln und läßt sie schreien vor Vergnügen. Ein anderer der Männer, der sieht, wie ich mich unter den Fingern der Alten vor Vergnügen winde, gibt mir sein Glied zum zuzeln. Und als die Alte mich verläßt, wandert der Spitzbube vom Mund zur Fut. Er hatte das schönste Glied der Welt und vögelte zum Entzücken. Eine junge Person entriß ihn mir und ich hatte das Nachsehen. Meine Nebenbuhlerin machte mir ein Zeichen, ich näherte mich und das Schwein leckte mich im Arsch. So kam sie zu dem Samen des Mannes, den sie mir entrissen und außerdem bekam sie meinen. Zwei junge Leute überfielen uns und bildeten mit uns eine Gruppe.

Meine Kameradin folgte dem jungen Manne, mit dem sie sich unterhalten hatte und ließ mich einen Augenblick allein. Ein Mann, in welchem ich einen Bischof wiedererkannte, mit dem ich schon bei der Duvergier zusammengetroffen war, begann mich hierauf zu vögeln, doch zuerst mußte ich ihm auf die Nase pissen. Der, welcher nach ihm kam, und den ich auch als Geistlichen erkannte, steckte mir ihn in den Mund und ließ es sich dort kommen. Eine junge, sehr hübsche Person kam zu mir, um sich geilen zu lassen. Ich tat es aus vollem Herzen. Ein Mann von ungefähr vierzig Jahren erwischte sie, hob den Popo in der Höhe und vögelte sie von rückwärts. Der Wüstling tat mit mir dasselbe, er beschimpfte uns, während er seine Lust an uns kühlte. Er nannte uns warme Schwestern, Futleckerinnen und während er den Arsch der einen mit seinen Glied bearbeitete, schlug er den der anderen. »Was hast du mit den beiden Weibsen«, sagte ihm ein junger Mann und daraufhin begann er, ihn zu pouserieren. »Da hast du's, Kerl, das gehört sich für dich und nicht der Popo eines Weibes.« Alles verläßt mich, da tritt ein Alter auf mich zu mit einer Rute und beginnt, mir den Hintern zu bearbeiten, dabei läßt er sich einen herunterreiben. »Nicht wahr, du bist die Neuaufgenommene?« — »Ja.« — »Schade, daß ich dich nicht gesehen habe, ich war aber im Serail, du hast den schönsten Popo von der Welt, bücke dich, damit ich es mir gütlich tun kann.« Und das Scheusal hatte Glück. Ich bekam seinen Samen. Ein sehr schöner, junger Mann wiederholte das Spiel, aber diesmal wurde ich ernstlich gepeitscht; dann kamen zehn hintereinander, darunter erkannte ich sechs Magistratsbeamte und vier Priester. Alle vögelten mich von rückwärts. Ich war in Flammen. Ich ging zu einer Garderobe. Da die Frauen nur zu den von Männern bedienten gingen und umgekehrt, so fragte mich der junge Mann, nachdem er mich in einem Fauteuil Platz nehmen ließ, ob ich seine Zunge brauche. Ich antwortete ihm, indem ich ihm meinen Hintern zeigte. Darauf reinigte er mich so gut, daß ich wieder Samen verlor. Ich bemerkte beim Heraustreten, daß es Männer gab, welche die Frauen beim Austritt aus dieser Garderobe erwarteten. Einer von ihnen kam auf mich zu und verlangte meinen Arsch zu küssen. Ich gewähre ihm und er beginnt, mich zu schlecken und scheint sehr böse zu sein, keine Spuren mehr zu finden. Er verläßt mich ohne ein Wort und folgt einem jungen Mann, der dorthin geht, woher ich gekommen. Ich machte einen kleinen Rundgang im Saal und bemerkte, daß die ausschweifendste Phantasie nicht in ihrer Laune die Bilder der Unzucht gebären könnte, wie ich es an obszönen Stellungen und bizarren Launen, Mannigfaltigkeit des Geschmackes und der Neigung zu sehen bekam. O Gott, sagte ich, wie schön ist die Natur und wie schön sind die

Genüsse, die sie uns gewährt. Die größte Ordnung herrschte. Erhob sich irgendwo ein Wortwechsel, mit einem Wink schaffte die Präsidentin oder der Zensor Ruhe. Die dezentesten Handlungen konnten nicht ruhiger vor sich gehen. Und ich kam mit Leichtigkeit zu der Überzeugung, daß der Mensch am meisten auf der Welt seine Begierden respektiert.

Viele Männer und Frauen verschwanden in den Serails. Die Präsidentin verteilte lächelnd die Karten. In diesem Moment überfielen mich mehrere Frauen. Ich war in einem wollüstigen Reigen von zweiunddreißig, von denen mehr als die Hälfte über vierzig Jahre war. Sie schleckten mich, fickten mich von vorn und hinten mit Godmichés, ließen sich von mir in den Mund pissen, während ich ihnen den Arsch leckte. Eine andere machte mir den Vorschlag, uns gegenseitig auf den Busen zu scheißen. Sie tat es, ich konnte ihr nicht folgen. Ein Mann kam und fraß, was das Weib auf meinem Busen hinterlassen, dabei ließ er sich in den Hintern ficken. Dann schiß er selbst und spritzte dabei seinen Samen in den Mund dessen, der ihn pouseriert hatte.

Die Präsidentin bekam Lust auf mich. Sie ließ sich von einem Mann ablösen und suchte mich auf. Wir küßten uns, wir zuzelten uns, wir verzehrten uns in Liebkosungen. Ich habe noch nie eine Frau mit Ausnahme von Clairwil gesehen, der es so reichlich und in solcher Wollust kam. Ihre Hauptleidenschaft war, sich von hinten vögeln zu lassen, wobei sie sitzend auf dem Gesicht einer Frau sich von ihr schlecken ließ, dabei aber selbst eine zweite im Arsch leckte. Diese Gruppe führten wir auf. Daraufhin nahm sie wieder ihren Fauteuil ein.

Die Leute kamen zurück. Während dieser Sitzung fand ich sehr wenig Vögler, dagegen massenhaft Knabenschänder, einige Mastierleute und ein Dutzend Mundficker. Einer von ihnen ließ sich von einem jungen Mann einen blasen, während er in meinen Achseln roch. Von Zeit zu Zeit leckte er sie, was mir eine sehr angenehme Reizung schuf. Fünf- oder sechsmal wurde ich mit Ruten gestrichen, zwei oder drei Klistiere erhielt ich, die ich dem, welcher mir sie geben ließ, in den Mund zurückgeben mußte.

Man ließ mich furzen, spucken, ein Mann ließ sich tausende von Nadeln in die Arschbacken, in die Hoden stoßen und blieb so den ganzen Abend. Ein anderer hatte die Leidenschaft, mich überall zu lecken. Zwei Stunden lang spazierte er mit seiner Zunge in meinen Mund, Ohren, Augen, Nasenlöcher, zwischen den Zehen und zum Schluß bohrte er mir sie in den Arsch und dann kam es ihm. Mehrere Frauen ließen sich von mir mittels Godmiché in den Arsch ficken. Eine ließ sich mit der Eichelspitze eines Mannes, den sie mir zuführte, am Arschloch kitzeln. Dann verlangte sie, ich sollte dasselbe mit der Fingerspitze während des Fickens tun. Ein sehr schönes Mädchen schiß mir auf den Arsch, ein alter Mann folgte ihr und fickte sie von hinten, während er das fraß, was sie auf meinem Arsch zurückgelassen. Man sagte mir, es seien Tochter und Vater. Ich sah andere ähnliche Pärchen. Bruder im Arsch ihrer Schwestern, Väter ihre Töchter fickend, Mutter von ihren Söhnen gevögelt, kurz, alle Bilder der Blutschande, des Ehebruches, der Sodomie, der Prostitution, der Schamlosigkeit und Gemeinheit boten sich mir in tausend Nuancen und ich glaube, daß nicht einmal die Bacchantinnen soviel Schmutz mit soviel Gemeinheit verbanden.

Ich hatte genug von der passiven Rolle, ich wollte aktiv werden. Ich ging einige junge Leute an, deren Glieder mir gefielen und ließ mich von ihnen bald von der einen, bald von der anderen, bald von beiden Seiten vögeln. So ging das zwei Stunden. Daraufhin ließ sich ein alter Abbé sein Glied von seiner reizenden Nichte an meinem Kitzler geilen, während ich sie schleckte. Ein ganz hübscher Jüngling wollte meinen Arsch küssen, während er seine Mutter von hinten bearbeitete. Zwei schöne Schwestern setzten mich zwischen sich, die eine geilte mich vorn, die andere kitzelte meinen Arsch. Ich ergoß ohne zu ahnen, daß ihr Vater sie abwechselnd vögelte. Ein anderer Vater ließ mich von seinem Sohn in den Hintern ficken und tat ihm dabei dasselbe. Dann bearbeitete er mich und sein Sohn vergalt ihm gleiches mit gleichem. Ein Bruder vögelte mich, während seine Schwester seinen Arsch mit einer Reliquie bearbeitete. Und alle diese sogenannten Widernatürlichkeiten begingen sie in solcher Ordnung und Ruhe, daß sie das Nachdenken eines Philosophen hervorrufen mußten. Wenn es etwas einfacheres auf der Welt gibt, so ist es die Blutschande. Sie liegt in der Natur. Nur die Gesetze unserer Zonen verfolgen sie, doch was dreiviertel der Welt erlaubt, soll im letzten Viertel ein Verbrechen sein? Ich war untröstlich, daß ich nicht dieses köstliche Verbrechen begehen konnte. Ich weiß nicht, was ich darum gegeben hätte, einen Bruder oder einen Vater zu besitzen. Mit welcher Inbrunst hätte ich mich ihnen hingegeben.

Andere Objekte umgaben mich bald. Zwei sehr schöne Schwestern von achtzehn und zwanzig Jahren führten mich in ein Kabinett und schlossen sich mit mir ein. Dort ließen sie mich das raffinierteste und stärkste mitmachen, was die Geilheit erfinden kann. »Wenn wir uns so im Salon amüsieren würden«, sagten sie, »würden wir gar bald von diesen häßlichen Männern umringt werden, die uns mit ihrem Samen beschmutzen würden. Es ist viel schöner als unter Männern zu sein.« Und die kleinen Spitzbübinnen berichteten mir ihren Geschmack. Begeisterte Verehrerinnen ihres eigenen Geschlechtes, haßten sie die Männer. Nachdem ihr Vater sie in diese Gesellschaft gezerrt, tröstete sie der Gedanke des Besitzes so vieler Frauen, über dem Zwange, sich den Männern hingeben zu müssen. »Ihr werdet aber niemals heiraten«, fragte ich sie. »O, niemals, lieber sterben, als an einen Mann gefesselt sein.« Ich untersuchte ihre sonstigen Prinzipien. Obwohl jung, waren sie doch stark. Von ihrem Vater in Philosophie erzogen, fand man bei ihnen keine Spur von Moral oder Religion. Alles war sorgfältigst ausgemerzt. Sie hatten schon alles begangen, waren zu allem bereit, ihre Charakterstärke setzte mich in Erstaunen.

Solche Charaktere paßten zu gut zu meinem, als daß ich nicht diese reizenden Mädchen mit Liebkosungen überhäuft hätte, und nachdem wir uns ausgiebig ergötzt und versprochen hatten, uns oft wiederzusehen, traten wir wieder in den Saal. Ein junger Mann, welcher uns herauskommen gesehen hatte, bat mich, noch einen Augenblick mit ihm ins Kabinett zu kommen. »O Himmel«, rief er aus, als wir allein waren, »ich habe gezittert, als ich sie mit diesen Kreaturen sah. Hüte dich, es sind Ungeheuer, und trotz ihrer Jugend zu allem Schlechten fähig.« — »Aber nur zu«, antwortete ich, »warum nicht, sie sind dann so, wie sie sein sollen.« — »Richtig, aber unter uns soll man sich achten, sich lieben. Nur nach außen sollen wir unsere Waffe gebrauchen, und diese Kreaturen, die du soeben verlassen hast, finden ihre einzige Lust daran, ihren Brüdern zu schaden. Schlimm, heimtückisch, verräterisch und voll Falschheit haben sie alle Fehler, die uns mißfallen. Es genügt, daß sie sich mit dir unterhalten, um dich zugrunde zu richten oder dich zu ihrem Sklaven zu machen. Sei mir dankbar für die Warnung und dein Arsch sei meine Belohnung.« — Ich glaubte, er wolle mich ficken, keine Idee! Sein einziges Vergnügen war, mir die Haare unten auszureißen, während er mein Arschloch leckte. Als ich ihm vorwarf, daß das weh tut, sagte er, daß die Warnung, die er mir erteilt, mir große Schmerzen erspare. Nach einer Weile beendigte er die Qual, und wir gingen hinaus, ohne daß es ihm gekommen war. Kaum hatte ich ihn verlassen, als ich erfuhr, daß alles, was er über die beiden Schwestern gesagt, erlogen sei, daß einzig die Verleumdung ihn zum Stehen bringe, und daß er glaube, durch diese Warnungen die Martern, die er verursache, zu bezahlen.

Eine melodische Musik ertönte. Man sagte mir, dies sei das Zeichen zum Souper. Ich begab mich mit der ganzen Versammlung in den üppig ausgestatteten Festsaal. Die Szenerie stellte einen Wald dar, durchschnitten von Bosquetten, unter welchem Tische für je zwölf Personen waren. Guirlanden hingen von Baum zu Baum und Millionen Lichter mit derselben Kunst wie im anderen Saal verteilt, verbreiteten ein angenehmes Licht. Zwei dienende Brüder an jedem Tisch bedienten mit ebensolcher Reinheit als Pünktlichkeit. Am Souper nahmen nur ungefähr zweihundert Personen teil, die anderen waren im Serail, wir suchten uns eine Tischgesellschaft aus, und beim bezaubernden Klange der Musik prächtig und überreich bedient, huldigte man in gleicher Weise den Ausschweifungen des Amors wie der Cypris.

Die Clairwil erholte sich nun. Sie kam aus dem Serail und an ihrer Zerfahrenheit konnte man die Ausschweifungen bemerken, denen sie gehuldigt hatte. Ihre glänzenden Augen, ihre geröteten Wangen, ihr Haar auf den Busen herabflutend, die unzüchtige und wilde Sprache, alles spiegelte ihren Sinnestaumel wieder und machte sie noch tausendmal schöner. Ich mußte sie küssen. »Verbrecherin«, sagte ich ihr, »was für Greuel hast du genossen!« — »Tröste dich«, sagte sie, »bald werden wir sie zusammen genießen.« Unsere Tafelrunde bestand aus den zwei Schwestern, zwei dreiundvierzigjährigen Frauen, zwei sehr schönen von zwanzig bis fünfundzwanzig Jahren und sechs Männern. Die Bosquetten waren so gut arrangiert, daß es nicht einen Tisch gab, von welchem aus man die anderen nicht sah, und durch diese Einrichtung konnte man während des Soupers die Schwelgerei genau so beobachten wie im Salon. Dadurch sah ich manch Außergewöhnliches. Man kann sich keine Vorstellung machen von den Verirrungen einer lüsternen Seele in diesen Momenten. Ich glaubte die Unzucht vom Grunde aus zu kennen, und dieser Abend bewies mir, daß ich nur eine Anfängerin war. O meine Freunde, welcher Schmutz, welche Greuel, welche Extravaganzen. Man vertauschte während des Soupers den Tisch mit den Kabinetten, und niemand weigerte sich, sich dem Despotismus des anderen zu fügen, wußte er doch, im nächsten Moment kann er die Rolle tauschen. Die Präsidentin herrschte von einem Throne aus und hielt dieselbe Ruhe aufrecht wie im Salon. Man sprach sehr leise. Man hätte sich im Tempel der Venus geglaubt, deren Statue in einem Myrthen- und Rosenhain stand, und man hatte bemerkt, daß ihre begeisterten Jünger sich hüteten, durch widerliche Lästereien ihre Mysterien zu stören.

Von den fremdländischen Weinen und den trefflichen Speisen angefacht, waren die Orgien nach dem Souper noch üppiger als vorher. Es gab einen Moment, wo alle Mitglieder nur eine einzige Gruppe bildeten. Da gab es keine Handelnden und keinen Duldenden. Und man hörte nichts als Seufzer und den Schrei der befriedigten Wollust. Ich hatte noch genug auszustehen. Jedes

Geschlecht mißbrauchte mich, kein Teil meines Körpers blieb unbesudelt. Und wenn mein Hinterer zerbläut war, hatte ich den Trost, andere noch ärger zugerichtet zu haben. Endlich kam ich wieder ans Tageslicht in einem solchen Zustand der Erschöpfung, daß ich sechsunddreißig Stunden zu Bette bleiben mußte.

Ich atmete erst auf am Ende meines Noviziats. Endlich kam der heißersehnte Tag. Ich erhielt die Erlaubnis, das Serail zu betreten. Clairwil begleitete mich. Sie wollte mir alles zeigen. Die Serails sind das entzückendste, was ich kenne, und da das der Mädchen dem der Knaben gleicht, genügt es, wenn ich eines beschreibe.

Vier große Säle, umgeben von Zimmern und Kabinetten, bilden das Innere der abgeschlossenen Flügel. Die Säle gehören denen, welche in der Gesellschaft sich öffentlich belustigen wollen. Die Kabinette denjenigen, welche ihre Lüste absondern wollen. Die Zimmer dienen als Warteräume für die Subjekte. Alles war mit Geschmack und Frohsinn eingerichtet. Besonders die Kabinette waren mit raffiniertem Luxus ausgestattet, und nichts fehlte, um die Ausschweifung zu erhitzen, wahrlich Tempel, der Unzucht geweiht. Vier Diener herrschten in jedem Saal, empfingen die Eintrittskarten, fragten nach unseren Wünschen und befriedigten sie sofort. Innen standen zur Verfügung ein Chirurg, eine Hebamme, zwei Rutenknechte, ein Henker und ein Kerkermeister. Nichts unfreundlicheres gibt es als das Aussehen dieses Letzteren. »Glaube aber nicht«, sagte mir Clairwil, »daß diese Menschen aus dem gewöhnlichen Berufsstande genommen sind, das sind Wüstlinge wie wir, aber da sie nicht das vorgeschriebene Vermögen haben, üben sie diese Ämter aus Liebhaberei aus, und sie erfüllen daher, wie du einsehen wirst, glänzend ihre Pflicht. Einige erhalten gezahlt, andere verlangen nur die Mitgliederrechte, die man ihnen dafür gewährt.« Wenn diese Wesen ihr Amt ausübten, hatten sie eine schreckliche Kleidung. Der Kerkermeister war in Gürtel voll Schlüssel gehüllt. Die Rutenknechte waren gespickt mit Ruten und Hämmern, und der Henker, die

Arme nackt, einen fürchterlichen Schnauzbart unter der Nase, hatte an jeder Seite ein Schwert und einen Dolch. Der letztere erhob sich, als er Clairwil eintreten sah, und küßte sie auf den Mund. »Wirst du mich heute verwenden, Teufelsweib«, fragte er. »Siehe«, sagte Clairwil, »da bringe ich dir eine Anfängerin, die deinen Arm mindestens so ausgiebig gebrauchen wird, wie ich.« Darauf küßte mich das Scheusal, und versicherte, er sei ganz zu meinen Diensten. Ich dankte ihm, gab ihm den Kuß aus vollem Herzen zurück und wir setzen unsere Prüfung fort.

Jeder der Säle war einer speziellen Leidenschaft gewidmet. In dem einen gab man sich der einfachen Unzucht hin, das heißt allen Arten von Masturbation und sonstigen Schweinereien. Der zweite Saal war der Peitsche gewidmet und allen anderen perversen Lüsten. Der dritte der Marter. Der vierte dem Mord. Aber da es vorkommen konnte, daß in jedem Saal ein Subjekt die Peitsche, den Kerker oder den Tod verdient, so befanden sich in jedem Saal Kerkermeister, Rutenmänner und Henker. Die Frauen sind geradeso willkommen im Knaben- wie im Mädchenserail und ebenso die Männer. Alle Subjekte waren beschäftigt, als wir eintraten oder erwarteten in ihrem Zimmer ihr Tagwerk. Clairwil öffnete einige Zellen des Mädchenserails, und ich sah wirklich himmlische Kreaturen. Sie waren in Gazehemden mit Blumen geschmückt, und alle empfingen uns mit der tiefsten Ehrfurcht. Ich war im Begriffe, mich mit einem sechzehnjährigen Engel zu vergnügen. Ich griff ihr scheu an den Busen und an ihre Fut, als Clairwil mir grollend bemerkte, mit dieser hübschen Person gehe man nicht mit so viel Zartgefühl und Ehrbarkeit um. »Nicht so behandelt man diese Bälger, wähle aus, befehle, man wird gehorchen.« Ich wechselte sofort den Ton und man folgte pünktlichst. Wir besuchten andere Zimmer, überall dieselbe Schönheit, dieselben Reize, dieselbe Folgsamkeit. »Man muß nicht von hier fortgehen«, sagte Clairwil, »ohne ein kleines Abenteuer.« Diese Idee kam mir in der Zelle eines dreizehnjährigen Mädchens, schön wie der Liebesgott, von der ich mir bereits eine Viertelstunde hatte Fut und Arsch lecken lassen. Ich erwähle sie zu meinem Opfer. Ich rief den Rutenmann. Das Kind wurde von einer der Aufseherinnen in eine Strafkammer geführt und da gebunden und geknebelt schwamm die Kleine bald im Blut, während wir uns angesichts des Opfers geilten.

Da bemerkte Clairwil, daß es dem Operateur stand, sie zog sein Glied heraus und führte sich es selbst in die Scheide ein, während ich ihm auf seine Bitten dieselbe Behandlung angedeihen ließ wie er der Kleinen. Nach Clairwil ging der Spitzbart auch noch über mich und wir begannen die Kleine wieder zu peitschen. Sie kam aus unseren Händen direkt ins Spital. Hierauf gingen wir ins Männerserail. »Was willst du hier tun?« fragt mich Clairwil. »So viele Schwänze schmeicheln als ich kann; es gibt nichts, was ich lieber habe, wie ein Glied zu beuteln. Die Ernte an menschlichen Samen ist für mich ein Hochgenuß. Ich liebe es, den Samen hervorquellen zu sehen, mich von ihm begießen zu lassen.« — »Also sättige dich«, antwortete meine Freundin, »ich sättige mich nicht mit so magerer Kost. Höre, schließen wir einen Vertrag, den ich öfters mit den Frauen meiner Freunde schließe. Da ich es nicht liebe, wenn sich der Samen aus den Schwänzen in meinen Körper ergießt, so werden sie mich vögeln und du wirst sie wichsen. Ich schicke sie dir dann ganz steif.« Ich schlage ein. Man schickt uns in den großen Saal fünfzehn Jungen von achtzehn bis zwanzig Jahre. Wir stellen sie in Reih und Glied vor uns auf und auf den Kanapees ihnen gegenüber stellen wir uns in den unzüchtigsten Stellungen, um sie herauszufordern. Der schlecht begabteste unter ihnen hatte ein Kleinod von 7 Zoll Länge und 5 Zoll Umfang, der dickste 8 auf 12 Zoll; sie kamen auf uns im vollen Feuer. Clairwil empfing sie und sandte sie uns zu. Ich ließ sie mir über den Busen laufen, über mein Gesicht, über den Arsch, über den Schoß. Beim vierten spürte ich solches Jucken im After, daß ich meinen Hintern jedem bot, der die Scheide Clairwils verließ; sie bereiteten sich in ihrer Scheide vor und endeten in meinem Arschloch. Sie verdoppelten, ohne uns zu sättigen. Nichts gleicht der Sinnlichkeit eines Weibes, wenn sie entflammt ist, sie ist wie ein Vulkan, den man belebt, indem man ihn löschen will. Wir verlangten neue Männer, man sandte uns achtzehn Stück von zwanzig bis fünfundzwanzig Jahren. Jetzt wechselten wir die Rolle; diese neuen Schwänze erwachten in meiner Scheide und erstarben im Arschloch meiner Freundin. Aber wir geilten selbst die, die dran kamen. Oft kam es vor, daß dies Übermaß unserer Geilheit die Ordnung störte, die wir geschaffen, und so fanden wir sechs bis sieben gleichzeitig kampffertig in uns oder um uns.

Endlich erhoben wir uns, angeklebt an dem Sofa vom Samen wie Messalina von der Bank des blödsinnigen Claude. Jede fünfundachtzigmal gefickt. »Der Hintern brennt mir«, sagte Clairwil, »wenn ich ordentlich gevögelt habe, habe ich ein unstillbares Verlangen gepeitscht zu werden.« — »Auch ich.« — »Lassen wir zwei Rutenmänner kommen.« — »Nehmen wir alle vor, mein Schatz, heute muß eine Marmelade aus meinen Arsch gemacht werden.« — »Warte«, sagte Clairwil, in dem Moment trat ein Mann ihrer Bekanntschaft ein. »Daraus müssen wir eine kleine Theaterszene machen.« Sie spricht leise mit diesem Manne, der die Stauper mit einer Miene kommen läßt, als hätte er unser Urteil gesprochen. Man packt uns, bindet uns die Hände. Man peitscht uns vor dem Mann, der den Takt dazu gibt, und währenddessen die Ärsche der Rutenknechte abfilzt. Als wir im Blut schwammen, boten wir unsere Scheide unseren Henkern an. Kolossale Glieder, jeder fickte uns zweimal. »Jetzt kommt meine Belohnung, meine Täubchen«, sagte der Arrangeur, »ich verlange einen der Ärsche von diesen Kerlen.« Sein Wille wird befriedigt, er fängt zu arbeiten an; die anderen hauen ihn mit Ruten und wir schlecken mit Entsetzen die Glieder der Flagellanten. »Ich kann nicht weiter«, sagte Clairwil, als wir allein waren, »die Ausschweifung treibt mich zur Grausamkeit. Schlachten wir ein Opfer. Hast du den schönen Burschen von achtzehn Jahren gesehen, der uns mit solcher Inbrunst küßte. Er ist schön wie ein Engel und treibt einem alles Blut in den Kopf. Den werden wir uns in den Martersaal bringen lassen und ihn langsam umbringen. »Spitzbübin, warum hast du mir nicht dasselbe im Mädchenserail vorgeschlagen.« — »Nein, ich ziehe vor, Männer umzubringen. Ich räche mein Geschlecht. Und wenn es wahr ist, daß sie uns überlegen sind, so beleidige ich leider nur in der Einbildung mit Wollust die Natur, indem ich sie zerstöre.« — »Du scheinst untröstlich, daß diese Befriedigung nur eingebildet ist.« — »Du hast recht, ich finde nirgends das Verbrechen, was ich suche. Bei allen Schwänzen! Wann werde ich ein wirkliches begehen können.« Wir führten den jungen Mann mit uns. Brauchen wir einen Henker. Ich glaube, wir werden das auch zusammenbringen. Wir führten unser Opfer in ein Kabinett, wo wir alle nötigen Werkzeuge fanden. Die Marter war so lang, als sie grausam war. Die höllische Clairwil trank sein Blut und schluckte eine Hode. Mein Rausch war nicht so groß wie der Clairwils, denn der Männermord ist nicht meine Leidenschaft; ich ziehe die Frauen vor. Immerhin kam es mir einige Male. Wir gingen dann ins Frauenserail.

»Gehen wir in den Saal der Absonderlichkeiten«, sagte ich zu Clairwil, »wir werden nichts machen, aber wir werden zuschauen.« Ein Mann von vierzig Jahren (ein Priester) hielt ein bildhübsches Mädchen von fünfzehn Jahren. Sie hing mit den Haaren am Plafond und er spickte sie mit Nadelstichen. Das Blut rieselte überall herunter. Er attackierte Clairwil von hinten und biß dabei meinen Arsch. Ein zweiter begnügte sich damit, ein sehr schönes Mädchen von zwanzig Jahren auf Brust und Gesicht zu peitschen. Er fragte uns, ob wir auch darauf Lust hätten. Ein dritter hatte sein Opfer an einem Fuße aufgehängt. Es war ein Genuß, sie so hängen zu sehen. Achtzehn Jahre schien sie alt, ein schöner Körper. Durch diese Lage war ihre Scheide weit aufgespreitzt. Das Scheusal vergnügte sich, einen Godmiché mit eisernen Spitzen hineinzubohren. Als er uns sah, sagte er zu Clairwil, sie solle an dem hängenden Fuß das Opfer ziehen, um ihm so die Scheide noch weiter zu öffnen. Ich mußte mich zu ihm niederlassen und ihm mit einer Hand das Glied, mit der anderen den Arsch kitzeln. In wenigen Minuten waren wir überströmt vom Blute des Opfers. Der Vierte war ein sechzigjähriger Magistratsrat. Er hat-

te ein reizendes Mädchen von zwölf Jahren auf einen Rost gekettet und mittels eines Réchauds, welches er bald unterhielt, bald wegzog, brühte er sie stückweise. Ihr könnt euch denken, was für Schreie das unglückliche Geschöpf ausstieß, während ihr der Kerl das Fleisch röstete. Sobald er uns sah, nährt er sein Feuer und verlangt meinen Arsch. Er fängt mich zu bearbeiten an, während er gleichzeitig auf den Arsch meiner Freundin losklatscht. Aber unglücklicherweise geht es los. Die Folter ist unterbrochen und er verflucht uns, ihn unterbrochen zu haben.

Alles dies hat mein Blut erhitzt; ich brenne darauf, in den Mordsaal zu gelangen. Clairwil folgt mir aus Gefälligkeit. Ihre natürliche Wildheit findet sich mit allen Geschmacksrichtungen ab, obwohl sie den Weibermord nicht liebt. Ich ließ zwanzig Mädchen in Reih und Glied aufstellen, unter denen suchte ich mir eine von siebzehn Jahren mit dem reizendsten Gesichte, das man sich denken kann. Mit ihr zog ich mich in das mir zugewiesene Kabinett zurück. Mein unglückliches Opfer hoffte in meinem Herzen mehr Mitleid zu finden als bei einem Mann. Sie warf sich mir zu Füßen, um mich zu erweichen. Ihre Engelsschönheit, ihre Zartheit und edles Aussehen, alles dies hätte sicher ein Herz besiegt, daß weniger erhärtet, weniger verdorben als das meine war. Es war zu spät. Alles was sie anwendete, um mich milder zu stimmen, regte mich nur mehr auf. Konnte ich schwach werden unter den Augen Clairwils! Nachdem ich mich zwei Stunden von diesem schönen Mädchen hatte schlecken lassen, nachdem ich sie geohrfeigt, gepeitscht, in jeder Weise mißhandelt und mißbraucht hatte, ließ ich sie an einen Tisch binden und bedeckte sie mit Dolchstichen, während meine Freundin auf mir hockend mich gleichzeitig am Kitzler, in der Scheide und im Arschloch geilte. Zeit meines Lebens hatte ich keinen so wollüstigen Erguß. Ich war so geschwächt, daß ich kaum die Kraft hatte, in den Salon zurückzukehren. Ich nahm Clairwil mit mir nach Hause. Wir soupierten und schliefen zusammen. Im Bette gab mir dieses reizende Weib in der Meinung, es hätte mir bei meinem Gebaren an Mut gemangelt, folgende Ratschläge.

»Meine liebe Juliette«, sagte sie, »dein Gewissen ist noch nicht so, wie ich es wünschte.

Es ist noch nicht so verdreht, daß es nie wieder grade werden kann. Du müßtest zu diesem Zwecke meine Mittel verwenden, aber ich fürchte, selbst wenn ich dir sie nenne, hast du nicht die Kraft sie anzuwenden. Vor allem muß man kalten Blutes das wiederholen, was einem, im Rausche getan, selbst Gewissensbisse schafft. Auf diese Weise führt man einen energischen Schlag gegen die Tugend, wenn sie sich wieder meldet, und die Gewohnheit, sie gerade in dem Moment zu verletzen, wenn ihr die Ruhe der Sinne Lust gibt zu erscheinen, ist das beste Mittel, sie auf immer zu verscheuchen. Es ist untrüglich. Sobald ein Moment der Ruhe eintritt und die Tugend erscheint in der Gestalt von Gewissensbissen, denn das ist die Verkleidung, die sie immer wählt, um uns wieder in ihre Gewalt zu bekommen, sofort wiederhole die Tat, die dir Gewissensbisse schuf. Das vierte Mal wirst du nichts mehr empfinden und du wirst Ruhe haben für immer. Dazu braucht man aber große Stärke. Die Illusion hilft dem Verbrechen, denn die Tugend selbst wird alle Gewissensbisse verscheuchen helfen, denn du wirst die Gewohnheit angenommen haben zu sündigen, sobald sich die Tugend zeigt. Glaube, Juliette, es ist schwer, dir in dieser wichtigen Sache einen besseren Rat zu geben. Denn so hilfst du dir über die schwierigste Situation hinaus.«

»Clairwil«, sagte ich, »dein Rat ist ohne Zweifel sehr gut, aber meine Seele hat auf der Lasterbahn einen solchen Weg zurückgelegt, daß ich deines Mittels nicht bedarf, um ihr Stärke zu verleihen. Sei überzeugt, du wirst mich niemals zittern sehen, welche Tat ich auch im Begriffe bin zu unternehmen, sei es zu meinem Nutzen, sei es zu meinem Vergnügen.« — »Liebes Kind«, sagte mir Clairwil und küßte mich, »ich flehe dich an, niemals andere Götter zu haben.«

Einige Zeit darauf kam Clairwil zu mir und schlug mir ein seltsames Unternehmen vor. Wir waren in der Fastenzeit. »Komm, gehen wir beichten.« — »Bist du verrückt.« — »Nein, aber schon seit einiger Zeit beherrscht mich dieser außerordentliche Gedanke und ich will ihn mit dir durchführen. Im Karmeliterkloster ist ein Mönch, schön wie der junge Tag. Ich lechze nach ihm schon sechs Monate. Ich will von ihm gevögelt werden, aber auf eine belustigende Art. Wir gehen zu ihm beichten, wir werden seine Sinne durch die schlüpfrigsten Einzelheiten erhitzen. Er wird geil werden, und ich bin überzeugt, er selbst wird uns den Vorschlag machen. Er wird uns die Mittel und Wege sagen, zu ihm zu kommen. Wir werden sofort hingehen und ihn auspumpen. Dann aber werden wir zur Kommunion gehen, die Hostien in unsere Taschentücher sammeln und zu dir frühstücken gehen und mit diesen verfickten Symbolen der verdammten christlichen Religion unser Spiel treiben.« Ich machte meine Freundin darauf aufmerksam, daß der erste Teil ihres Planes verlockender erschien als der zweite und viel reeller. Bei unserem Unglauben sind das unnütze Redereien. »Du hast recht«, sagte sie, »aber es erhitzt mein Blut, es schließt mir den Rückweg ab. Was man so behandelt, kann nie wieder ins Leben zurückkehren. Und ich fürchte, ich muß es dir eingestehen, du bist in dem Punkte noch nicht fest genug.«

»Oh, Clairwil, was für ein Irrtum, ich glaube, ich bin fester als du. Mein Atheismus ist auf der Höhe. Ich bedarf nicht der Kindereien, die du mir vorschlägst. Ich werde sie mitmachen, weil es dir Vergnügen macht, aber wie einfache Unterhaltungen, aber niemals als ein Mittel um meine Denkungsart zu befestigen oder um andere davon zu überzeugen.« — »Also gut mein Engel«, antwortete mir Clairwil, »wir werden es nur als Belustigung machen. Aber begehen wir sie unter Unzuchtsakten, ich bitte dich.« — »Die Beichte während der wir den Karmeliter verführen werden, ist beschlossene Sache und hat gewiß alle Reize«, erwiderte ich. »Aber die Profanation der Hostie wäre für mich dasselbe, wie das Verbrennen eines Stück Papiers.« — »Richtig, aber Papier bleibt Papier und an diesem Stückchen Hostie klebt die religiöse Verehrung von ganz Europa…, ebenso am Kruzifix.

Und diese Verehrung treffe ich mit meiner Profanation. Ich besudle die öffentliche Meinung, ich trete mit Füßen die Vorurteile der Kindheit, ich verachte sie und so erhitze ich mein Blut. Also vorwärts, ich bin die deine.«

Wir stiegen in den Wagen. Unsere kunst- und geschmacklose Toilette paßte sehr gut zu unserem Vorhaben und der Pater Claude, den wir rufen ließen und der bald in den Beichtstuhl kam, hielt uns für zwei Fromme.

Clairwil begann. Der arme Karmeliter war, wie ich bemerkte, schon ganz Feuer und Flamme. Dann nahm ich ihn in die Arbeit. »O mein Vater, habe Geduld mit mir, denn ich muß dir scheußliches aufdecken.« — »Mut, mein Kind, Gott ist gut und barmherzig, er hört uns mit Milde zu. Um was handelt es sich.« — »O, diese entsetzlichen Fehler, mein Laster und meine Ausschweifungen konkurrieren täglich. Trotz meiner Jugend habe ich alle Fesseln zerrissen, ich habe mein Angesicht vom höchsten Wesen abgewendet und jetzt kennt er mich nicht mehr. Ich bedarf Eurer Vermittlung bei ihm. Meine sündigen Lüste werden Euch erbeben machen. Ich traue mich kaum, Euch sie einzugestehen.« — »Bist du verheiratet?« — »Ja und täglich versündige ich mich an meinem Gatten durch meinen zügellosen Lebenswandel. Ein Liebhaber, eine Verirrung. Alle Gattungen von Laster mit Männern und Frauen.« — »Du bist leidenschaftlich?« — »Unersättlich, mein Vater, das treibt mich fort auf der Sündenbahn, reißt mich mit solcher Wucht in den Strudel des Lasters, daß ich darin untergehe, trotz der Hilfe, welche die Religion mir bietet.

Soll ich es Ihnen eingestehen, selbst in diesem Moment stört das Gefühl, mit Ihnen allein zu sein, den Gnadenakt. Ich suche Gott vor seinem heiligen Richterstuhle und ich finde nur einen reizenden Menschen, den ich bereit bin, ihm vorzuziehen.« — »Meine Tochter«, sagte der Arme ganz verwirrt, »dein Zustand dauert mich, du tust mir leid. Große Bußen allein...« — »Oh, die größte wäre, wenn ich dich nie mehr sehen dürfte. Warum haben die Diener Gottes Reize, die uns von dem einzigen Ziele, welches wir hier antreten sollten, ablenken. Mein Vater, ich brenne, statt beruhigt zu sein. Herrlicher Mann, deine Worte treffen mein Herz anstatt meinen Verstand und Aufregung finde ich, wo ich Frieden finden wollte. Treffen wir uns woanders. Verlasse diese Umgebung, die mich erschreckt, höre für einen Monat auf, der Mann Gottes zu sein und sei nur Juliettens Geliebter.«

Claude war in der Höhe wie kein Mann von seinem Stand. Eine weiße und runde Brust, die ich mit Geschick vor ihm enthüllt, feuchte Augen, Gebärden, die ihn von meinem Zustand überzeugen sollten, taten das Ihrige. Er war außer sich. »Süße Frau«, sagte er mit Inbrunst, »eure Freundin hat mir gleichfalls Dinge vorgeschlagen, Dinge, zu welchen eure Augen mich begeistern, die ich zu begehen bereue. Ihr seid zwei Sirenen, berauschend durch eure süßen Reden. So viel Reizen kann ich nicht widerstehen. Fort aus der Kirche. In der Nähe habe ich ein kleines Zimmer, wollt ihr hinkommen, ich werde alles, was in meiner Macht steht, zu euerer Beruhigung versuchen.« Damit verließ er den Beichtstuhl, faßte Clairwil bei der Hand: »Folgt mir, folgt mir, verführerische Frauen. Der böse Geist schickt euch, mich zu versuchen, und warum soll er nicht Herr über einen Mönch werden, da er mächtiger als Gott wurde.« Wir entfernten uns eilig.

Es war schon finstere Nacht. Claude sagte uns, wir sollten recht acht geben, wo er eintreten würde und ihm auf 20 Schritte folgen. Er nahm den Weg nach der Barrière Vauriegard und bald gelangen wir in eine versteckte und geheimnisvolle Zufluchtsstätte, wo uns der Mönch mit Biskuits und Likören bewirtete. »Reizender Mann«, sagte meine Freundin, »fort mit allen mystischen Reden. Wir kennen dich jetzt beide. Wir lieben dich, was sage ich, wir sind versessen darauf, von dir beide gevögelt zu werden. Lache mit uns über unsere List und befriedige uns. Ich verehre dich seit sechs Monaten und seit zwei Stunden kommt mir der Gedanke an deinen Schwanz.« — »Siehe«, sagte die andere, die ihre Röcke hinaufstreifte, »schau, wo ich ihn betten will. Ist der Käfig würdig des Vogels?« Dann warf sie sich aufs Bett und rasch hob sich der Mast in die Lüfte. Himmel, welches

Werkzeug. »Juliette«, sagte Clairwil, und bäumte sich im voraus vor Wollust. »Erfasse diesen Sturmbock mit den Händen, wenn du kannst und führe ihn zum Angriff. Bald leiste ich dir denselben Dienst.« Clairwil hat ihren Willen. Der Pfahl verschwindet rasch in eine Scheide, welche ganz feucht vom Samen schon seit einer Viertelstunde ihm entgegenschnappte. O meine Freunde, wie recht hat man, einen Karmeliter zum Beispiel zu führen, wenn man für ein Glied oder einen Ständer ein Muster sucht. Das Glied von Claude war 9 Zoll dick und 13 Zoll lang. Kaum konnten meine zwei Hände dieses fürchterliche Haupt umfassen. Es war der schönste leuchtendste Fliegenschwamm, den man sich vorstellen kann. Durch ein Wunder, welches die Natur nur für ihre Lieblinge tut, hatte Claude drei Hoden und wie voll sie waren, ganz aufgequollen.

Einen ganzen Monat hatte er keinen Samen verloren. Er gestand es selbst. Kaum hatte er die Scheide von Clairwil ergründet, so ergoß er ganze Fluten. In was für einen Zustand sie dieser Zeugungsstrom versetzte, ist unbeschreiblich. Claude filzte mich, während er sie vögelte und die geschickte Art, mit der er mich kitzelte, reizte nur zur Nachahmung. Der Mönch zieht sich zurück und ich kitzle ihn. Clairwil bleibt in ihrer Pose. Die Hure onaniert in der Erwartung gefickt zu werden. Das Werkzeug erlangt seine Kraft wieder. Ich verstehe sehr gut aufzuzauseln. Claude entschlüpft meiner Hand und will sich in die dargebotene Scheide bohren. »Nein, nein«, schreit Clairwil und hält das Feuer ihres Verehrers zurück. »Juliette, erwecke meinen Durst, laß ihn auf dem Kitzler tanzen.« Claude gibt diese Vorbereitungen nur zu, indem er mich filzt. Eine Hand öffnet die Scheide von Clairwil, mit der anderen fingert er mich. Endlich ähnlich dem Roß, das dem Zaum seines Führers sich entreißt, versenkt sich Claude in dem ihm dargebotenen Abgrund, er wirft mich dabei neben Clairwil hin und der Spitzbube vögelt die eine mit aller Kraft seiner Lenden und geilt die andere mit aller Geschicklichkeit. »Du zersprengst mich, Elender«, schrie Clairwil wie eine Rasende. »O, göttlicher Vögler, ich halte deine Stöße nicht aus, jeder kostet mich Ströme von Saft, küsse mich wenigstens und bohre die Zunge soweit in meinen Mund, als dein Glied in meine Scheide. O Teufel, es kommt mir, mache es nicht nach!« dabei schmiß sie ihn mit einem heftigen Stoß mit dem Steiß auf die Seite, »hebe es auf, du mußt mich noch weiter vögeln.« Aber der Unglückliche konnte nicht zurückhalten, er entlud ein zweites Mal. Ich beutelte ihm das Glied und lenkte auf die klaffende Fut Clairwils die schäumenden Fluten. »O, verehrter Himmel«, rief Clairwil aus und erhob sich, »der Kerl hat mich tot gemacht. Juliette, du wirst ihn nicht vertragen.« Dennoch bemächtigt sie sich seiner, sie schupft sein Glied, um den Ständer des Gottesdieners zu erzwingen, versucht sie ihn zu züngeln, aber der Mastbaum geht nicht in den Mund hinein. Endlich hilft sie sich anders. Sie steckt ihm einen Finger in den Arsch. Mit Mönchen, die an das Arschficken gewöhnt sind, ein erprobtes Mittel. Auch beichtet Claude auf die Fragen Clairwils, daß er in seiner Jugend einem Genossen gedient hat.

»Nun gut, wir werden Dich auch gebrauchen«, sagte Clairwil und entblößte die Arschbacken des Mönches. Sie küßte sie und begann, ihm den Arsch zu lecken. »Ja, wir werden Dich pouserieren«, und zeigte ihm einen Godmiché. »Deine Geliebte wird Dein Liebhaber werden. Vögelt, meine Freunde, ich will ihn pouserieren und er kann uns dann beide, wenn er will, im Arsch ficken.« — »Schau Dir den Hintern an«, sagte sie und ließ den Vorhang aufrollen, »ist er nicht gerade so viel wert wie die Fut, die Du in der Arbeit hast? Alles ist gut für solche Menschen wie wir sind, und wenn wir kommen, um gevögelt zu werden, so wollen wir es am ganzen Körper sein. Auf Elender, Du bist bereit, wohlan ficke diese reizende Novizin, die Dir gebeichtet hat zur Strafe, vögle sie, Du Hausficker, und vor allem vögle sie so heftig wie mich.«

Sie führt mir das Ungetüm zu. Ich lag auf dem Bett, die Beine voneinander. Der Altar bereit, geweiht zu werden. Aber wie weit ich es auch in der Ausschweifung gebracht, wie sehr ich auch gewöhnt war, die schönsten Schwänze von Paris in mir aufzunehmen, diesen konnte ich ohne Vorbereitung nicht aufnehmen. Clairwil hatte Mitleid mit mir. Sie befeuchtet mit ihrer Zunge sowohl meine Schamlippen als auch den ungeheueren Kopf des Mönches. Dann führt sie ihre Hand unter meinen Popo, um meinen Unterleib dem Mauerbrecher zu nähern und einige Linien weit hineinzuschieben. Claude, mutig gemacht durch die ersten Siegesschritte, faßt mich mit aller Kraft an den Hüften, er schimpft, schäumt und dringt ein. Er triumphiert, aber seine Lorbeeren kosten auch Blut. Ich verliere soviel wie am Tage meiner Entjungferung, auch die Schmerzen waren dieselben; aber bald verwandeln sie sich in die süßeste Wollust und ich vergelte meinem Besieger jeden Stoß. »Halt ein einen Moment mit deinem Wüten«, sagte Clairwil zu meinem Reiter, »ich kann Deinen Arsch nicht erwischen in seinen wollüstigen Sprüngen und habe doch versprochen, ihn zu bearbeiten.« Claude hielt einen Moment ein. Zwei wunderhübsche Arschbacken öffnen sich unter den schamlosen Fingern Clairwils und ausgestattet mit einem Godmiché fickt das Weibsbild meinen Hengst. Diese für einen Wüstling kostbare Episode macht ihn nur noch lebendiger; er drückt, er schiebt und er entlud. Ich hatte nicht die Zeit, ihn herunter zu werfen. Wie denn auch, mein Gott, ich war ganz verrückt. Und wer denkt an die Gefahr in solchen Augenblicken des Sinnestaumels.

»Jetzt komme ich an die Reihe«, sagte Clairwil. »Keine Ruhe für ihn, da schau her, du Bösewicht, da ist mein Arsch, ficke mich. Du wirst mich blutig machen, aber was macht das, nur los. Nimm den Godmiché, Juliette, und bearbeite ihn von hinten, vergelt mir, was ich Dir tat.« Claude aufgeregt durch meine Zärtlichkeit angesichts des schönen Popos, wie ihn Clairwil hat, braucht nicht lange, um sich wieder zu erholen. Ich vergelte meiner Freundin alles. Mein Mund befeuchtet ihr Arschloch und die heilige Lanze des Gottesstreiter. Aber was für Mühe hat Claude einzudringen; zwanzigmal ist er kampfunfähig gemacht, aber meine Freundin ist mit solchem Eifer dabei, sie lechzt derart nach diesem Stachel, daß er endlich in ihrem Arsch verschwindet. »Oh Teufel, er tötet mich«, schreit sie. Sie will fliehen, sie will sich von dem gigantischen Dolche befreien, der sie durchbohrt. Es ist keine Zeit mehr. Der Sturmbock ist ganz verschwunden und man sieht kaum, wo er an den Wüstling angewachsen ist. »Ah, Juliette«, schreit meine Freundin, »laß dieses Monstrum in Ruh, reize ihn nicht mehr. Ich habe viel mehr deine Hand nötig als sein Arsch den Godmiché, geile mich, reize mich... Ich sterbe.« Trotz ihrer Worte pouseriere ich ihn und geile gleichzeitig meine Freundin, indem ich meinen Arm unten durchschiebe. Und durch diese Reizung kann das Mensch mit mehr Mut seinem Ansturm die Stirne bieten. »Ich habe meine Kräfte überschätzt«, schrie sie. »Ich beschwöre dich, Juliette, mach es mir nicht nach, es wäre dein Tod.« Endlich entlädt der Mönch, er schreit wie ein Esel und hinterläßt im Arschloch meiner Freundin die deutlichsten Spuren seines Genusses. Clairwil schwamm im Blut. Ich brannte vor Begier, es ihr gleich zu tun. Sie widersetzte sich. »Für den flüchtigen Genuß einer Minute willst du deine ganze künftige Lust opfern. Das ist ja kein Mann, das ist ein Stier. Ich bin sicher, daß er niemals hat ein Weib vögeln können. Und der Kerl gesteht uns, daß im ganzen Kloster nur der Arsch seines Oberen seinen Schwanz aushalten kann. Du pouserierst ihn also, Schuft«, fragte Clairwil. »Sehr oft.« — »Und du liest die Messe, du hältst die Beichte trotz der täglichen Unzucht?« — »Warum nicht, der frömmste der Menschen ist der, der allen Göttern dient.«

»Meine Lieben«, sagte der Mönch zwischen uns sitzend und mit jeder Hand einen Arsch streichelnd, »glaubt ihr, daß wir mehr auf Religion halten als Ihr. Näher gerückt jenem Wesen, welches der Glaube schuf, sehen wir noch besser als andere alle Züge der Chimäre. Die Religion ist eine Fabel, die wir brauchen um zu leben. Und kein Kaufmann darf seine Ware diskreditieren. Wir verkaufen Absolutionen und Götter wie eine Kupplerin Huren. Sind wir von anderem Fleisch als Ihr, daß wir keine Leidenschaften haben sollen? Und glaubt Ihr, daß einige lächerliche Handlungen uns wappnen können gegen die Stachel der Menschlichkeit? Oh nein. Die Leidenschaften, sagt ein geistvoller Mann, schöpfen neue Kräfte unter der Kutte. Man trägt sie im Herzen, das Beispiel läßt sie aufblühen. Der Müßiggang stärkt sie. Die Gelegenheit vermehrt sie. Wie soll man widerstehen? Die wirklichen Atheisten findet man unter den Priestern, meine lieben Frauen. Ihr anderen, ihr habt nur den Verdacht, daß dieses Idol nicht existiert. Wir sind sicher seines Nichtvorhandenseins. Alle Religionen sind voll mysteriöser Dogmen, unverständlicher Vorschriften, unglaublicher Wunder und Erzählungen, die nur dazu dienen, den Verstand zu verwirren. Alle verkünden einen Gott, dessen Existenz im Dunkel schwebt. So dunkel wie seine Existenz sind auch seine Wege. Wahrlich, gäbe es eine Gottheit, sie würde eine klare Sprache führen. Wozu solche Mysterien verkünden. Je mehr Geheimnisse eine Religion hat, desto mehr Unglaubwürdigkeiten bietet sie dem Verstand, aber leider umso mehr gefällt sie den Menschen, weil sie darin eine neue Nahrung finden. Je unverständlicher eine Religion ist, desto entsprechender einem göttlichem Wesen, von dem man keine Vorstellung hat. Die Unwissenheit liebt es, das Unbekannte, das Fabelhafte, das Wunder, ja das Schreckliche zu glauben, eher als das Klare und Einfache. Das Wahrhafte gibt der Phantasie keinen solchen Ansporn wie die Fiktion. Das Volk verlangt nichts besseres, als unsere lächerlichen Fabeln zu hören. Die Priester und Gesetzgeber dienen dem Volke am besten, wenn sie Religionen erfinden und Märchen schaffen. Daran hängen die Phantasien der Frauen und Unwissenden. Die Liebe zum Einfachen und Wahren findet sich nur bei einer beschränkten Zahl, deren Einbildungskraft eingedämmt ist durch Studieren und Nachdenken. Nein, meine Damen, beruhigt Euch. Es gibt keinen Gott. Diese Chimäre existiert nicht und ihr ganzer Inhalt stürzt über den Haufen, alle Widersprüche, die sie enthält, bei der leisesten Prüfung.«

Während dieser Rede saß der Mönch zwischen uns und streichelt unsere Ärsche. »O dieser schöne Popo«, sagte er zu mir, »welche Schande, daß man nicht hinein kann. Aber vielleicht versuchen wir es. Mit ein wenig gutem Willen, kann soviel Schönheit nie grausam sein?«

»Elender«, sagte ich, »Du bekommst auch nicht einmal mehr meine Fut, zu stark spüre ich noch die Schmerzen, die Du mir zugefügt, um noch einmal anzufangen. Laß uns ihn ausbeuteln, Clairwil, pumpen wir ihn aus bis auf's Blut, daß ihm die Lust vergeht wieder anzufangen.« Wir streckten ihn aufs Bett aus. Clairwil kitzelte ihn an den Brustwarzen und ich, auf seiner Nase hockend, ließ ihn die Pforte des Tempels küssen, wobei ihm der Eintritt verwehrt war. Er schleckte mit seiner Zunge und mit einer Hand kitzelte er mich an der Klitoris. Beide entluden wir noch einmal.

Clairwil fragte ihn, ob noch viele solche Wüstlinge wie er in seinem Kloster seien. Er versicherte, daß wenigstens dreißig noch da seien. Daraufhin wollte meine Freundin wissen, ob es nicht möglich wäre, eine Unterhaltung im Hause zu veranstalten. »Aber sicher« antwortete der Mönch. »Wenn Ihr gevögelt werden wollt, braucht Ihr nur zu kommen und ich bin sicher, Ihr werdet um Gnade bitten. Daraufhin fragte Clairwil, ob sie ihren gotteslästerlichen Plan auch dort ausführen könne. »Aber gewiß, besser als irgendwo. Ihr könnt bei uns machen, was Ihr wollt.« — »Mein Lieber«, sagte Clairwil, »da ich es nicht liebe, umsonst zu kommen, so geh und frage deinen Abt, ob das möglich ist, was wir verlangen. Erkläre ihm alles genau. Wir warten auf die Antwort.«

»Juliette«, sagte Clairwil, sobald der Mönch draußen war, »der Spitzbube hat zu gut gevögelt, mich dürstet nach seinem Blut. Er muß sterben und zwar auf die schrecklichste Art.« — »O Himmel, Du hast schon einen Plan gegen den Unglücklichen.« — »Der Abscheu, den ich vor den Männern habe, wenn sie mich befriedigt haben, mißt sich an der Lust, die sie mir gewährt.

Und seit Langem habe ich nicht so köstlich entladen... also sterbe er. Zwei Mittel gibt es, ihn zugrunde zu richten. Entweder ich lasse ihn von seinem Abt still machen. Dazu ist nur notwendig denselben bedenken lassen, wie gefährlich es ist, einen Mann herumlaufen zu lassen, der, wie Claude es ausgesprochen hat, im Stande ist, alle Geheimnisse des Hauses aufzudecken. Aber auf diese Weise bleibt mir nichts von ihm. Und ich habe meine Pläne betreffs seines wundervollen Heiligenstabes.« — »Aber wenn Du ihn tötest, wie kannst Du diese Pläne durchführen.« — »Aber sehr einfach. Lade ihn ein, Dich vierundzwanzig Stunden auf deinem Landgut zu besuchen. Das andere wird sich finden. O Juliette! Was für ein schönes Godmiché wäre der Schwanz dieses Monstrums.«

Und da meine Freundin sich nicht näher auslassen wollte, durchstöberten wir in der Erwartung seiner Rückkehr die Wohnung des Mönches. Ihr macht Euch keinen Begriff, was für obszöne Bilder und Bücher wir vorfanden. Das erste war: *Le Portier des Chartreux*, ein mehr übermütiges als unzüchtiges Buch, das aber trotzdem, trotz seiner Aufrichtigkeit und Wahrheitsliebe seinem Autor auf dem Totenbette Gewissensbisse schuf. Welche Dummheit. Ein Mann, der in diesem Momente reut, was er im Leben gesagt oder geschrieben, ist nur ein Feigling. Das zweite war *L'Académie des Dames*, ein guter Entwurf, aber schlechte Ausführung. Von einem Manne geschrieben, der alles zu wissen scheint, ohne den Mut zu haben, es zu sagen und im übrigen voll Geschwätz. *L'Education de Laure* war das dritte. Auch ein Werk, das nur durch falsche Scham mißglückt ist. Wenn der Autor ruhig den Gattenmord aussprechen würde, den er ahnen läßt, die Blutschande, um die er sich ewig herumwindet, ohne den Mut, sie einzugestehen, wenn er die Unzuchtsszenen vermehrt hätte, die grausamen Neigungen, welche er nur so erwähnt, in Taten umgesetzt, dann wäre dieses Buch voll Phantasie entzückend. Aber die Furchtsamen bringen mich in Verzweiflung und mir wäre lieber, sie schreiben gar nichts, als nur die Hälfte ihrer Ideen zu geben.

Thérèse philosophe, ein reizendes Werk vom Marquis D'Argens (illustriert vom berühmten Caylus), das einzige, welches gewagt hatte, das Ziel zu zeigen, wenn er es auch nicht ganz erreicht; das einzige, welches mit Grazie die Gottlosigkeit mit dem Laster verband und das endlich, wenn auch in primitiver Form, eine Idee gab von einem unsittlichen Buch.

Der Rest waren so miserable Geschreibsel in Cafés und Bordellen entstanden. Lasterhaftigkeit, die Tochter des Überflusses und der Überhebung, ist einzig die Sache eines gewissen Menschenschlages. Es sind das Personen, welche von der Natur ausgezeichnet, vom Glücke auch begabt sind und daher die Freuden genossen, die uns ihr wollüstiger Stift beschreibt. Unerreichbar ist es daher für die armen Schlucker, welche uns mit verachtenswertem Geschreibsel überschwemmen, unter welchen ich nicht einmal Mirabeau ausnehme, welcher vorgab ein Wüstling zu sein, um überhaupt etwas zu sein und sein ganzes Leben nichts blieb.*

Als wir weiter suchten, fanden wir noch Godmichés, Kondome, lauter Werkzeuge, welche bewiesen, daß der gute Vater Claude nur auf uns gewartet hatte, um Unzucht zu treiben. Er kam zurück. »Ich habe die förmliche Einladung des Priors«, sagte er, »ihr könnt kommen, wann Ihr wollt.« — »Es wird nicht lange währen«, antwortete ich, »wir sind zu gut von einem einzelnen Mitglied des Ordens behandelt worden, um nicht dem Rest eine glänzende Voraussage zu machen. Denk an unsere feurigen Liebesaltäre und urteile, was wir imstande sind, wenn wir noch besser bearbeitet werden. Mittlerweile lade ich dich ein, uns in drei Tagen zu besuchen. Meine Freunde und ich erwarten dich auf einem reizenden Landgut, wo du uns mit Freuden überhäufen mußt. Stelle deine Reste wieder her und versäume nicht zu kommen.«

Wir wollten im Vorbeigehen selbst mit dem Prior sprechen. Er empfing uns aufs beste. »Ihr werdet uns das größte Vergnügen machen«, sagte er, »unter den dreißig Mönchen, welche würdig sind, an den Orgien teilzunehmen, verspreche ich euch zwanzig zwischen dreißig und fünfunddreißig Jahren, ausgestattet wie

* Nicht einmal ein Schrittmacher; einer der besten Beweise für den Wahnsinn und die Unvernunft, die das Jahr 1789 charakterisieren, ist der lächerliche Enthusiasmus, der diesen verachtenswerten Spion der Monarchie inspirierte. Welche Vorstellung blieb schon von diesem unmoralischen und geistlosen Mann zurück? Die eines Betrügers, Verräters, Ignoranten.

Claude und kräftig wie eben nur Mönche, sie werden euch wie Messalinen behandeln. Was die Mysterien anbelangt, so werdet ihr besser bedient werden als irgendwo anders. Ihr verlangt einige Gottlosigkeiten. Wir kennen alle diese kleinen Torheiten, seid ruhig, Ihr werdet mit uns zufrieden sein. Die Damen sagen, die Mönche sind zu nichts nutz. Wir werden euch wenigstens beweisen, daß die Karmeliter ihrerseits ihren Mann beim Vögeln stehen.« Diese Redeweise, verbunden mit der erhaltenen Probe, beruhigte uns vollkommen über unseren kräftigen Empfang, wir machten diese tierischen Anarchisten darauf aufmerksam, daß wir noch zwei schöne Mädchen zur Aushilfe mitbringen werden.

Da sich aber verschiedene Angelegenheiten der Durchführung dieser angenehmen Partie entgegensetzten und wir sie daher nicht so schnell ausführen konnten, als wir gewünscht hatten, wurde sie auf Ostern verschoben. »Diese Wahl«, sagt Clairwil, »paßt am besten zu unseren kleinen Geselligkeiten, ich habe doch, was immer du auch sagen magst, ein gewisses Vergnügen, die heiligsten Mysterien der christlichen Religion zu schänden, besonders an einem jener Tage des Jahres, welche sie für ihr heiligstes Fest erklärt.« Bis zu dieser Zeit war noch ein ganzer Monat, und da sich inzwischen zwei genügend seltsame Begebnisse abspielten, so glaube ich, deren hier Erwähnung zu tun, bevor ich Euch unterhalten will mit der Fortsetzung unserer Unzucht mit den Karmelitern.

Das erste dieser Ereignisse ist der tragische Tod Claudes. Der Unglückliche kam am besprochenen Tage aufs Tage aufs Land hinaus. Clairwil fand sich auch ein. Wir umgaben den Armen mit Lust und als sein Glied stand, ließ ihn meine scheußliche Freundin von fünf Frauen gefangen halten, ließ ihm die Rute im Niveau des Bauches abschneiden, und nachdem sie sich diese von einem Chirurgen zubereiten ließ, verschaffte sie sich so das eigenartigste und schönste Godmiché, den ich jemals in meinem Leben gesehen habe. Claude hauchte seine Seele unter scheußlichen Martern aus, welche Clairwil nur in ihrer lüsternen Rase-

rei bestärkten, während drei Frauen und ich sie mit dem Gesicht zu ihrem Opfer zwei Schritte von jenem entfernt wichsen mußten. »Nun also«, sagte mir die Hure, nachdem sie uns mit ihrem Samen überschwemmt hatte, »habe ich dir nicht gesagt, daß mir nach der Abschlachtung dieses Kerls doch noch etwas von ihm bleiben wird?«

Jetzt folgt die zweite Begebenheit. Ich glaube kaum, daß sie meinem Herzen mehr Ehre machen wird als die vorher erzählte meiner Freundin. Ich war bei meiner Toilette, umgeben von einer Unmasse Verehrer, welche in Ehrfurcht all ihr Glück von mir zu erwarten schienen. Einer meiner Leute meldete mir einen Mann von ungefähr fünfundvierzig Jahren, er sei im größten Elend und bitte inständig um die Gnade, mich einen Moment ungestört sprechen zu können. Ich ließ erst antworten, daß es nicht meine Gewohnheit sei, derartige Leute zu empfangen, daß, wenn es sich um eine Unterstützung oder um eine Empfehlung an den Minister handle, er an mich einfach ein Promemoria übergeben soll, und ich werde trachten zu tun, was möglich. Allein der hartnäckige Bittsteller bleibt fest. Mehr aus Neugierde als aus einem anderen Motiv ließ ich ihn endlich in meinen kleinen Salon eintreten, wo ich gewöhnlich meine geheimen Audienzen erteilte, und nachdem ich meinen Leuten empfohlen, sich nicht zu entfernen, hieß ich diese neue Persönlichkeit nähertreten.

»Mein Name ist Bernole«, sagte der Unbekannte, »ich weiß wohl, daß dieser Name Ihnen vollständig unbekannt ist, allerdings dürfte er ihrer Mutter, welche Sie das Unglück hatten, zu früh zu verlieren, schon eher bekannt gewesen sein. Ich sage das Unglück, denn trotz des Prunkes, in welchem Sie leben, hätte sie doch nicht die Zügellosigkeit und die Ausschweifungen geduldet, welche Ihnen diesen verschaffen.«

»Mein Herr«, unterbrach ich den Mann, »der Ton, welchen Sie anschlagen, ist, glaube ich, kaum derjenige, welcher geeignet ist, um Hilfe zu bitten.«

»Nur schön langsam, Juliette«, antwortete Bernole, »ich fordere Hilfe und sehr wahrscheinlich habe ich auch Rechte, sie zu verlangen, welche mich auch befugen können, solchen Ton anzuschlagen.« — »Nun dann, mein Herr, was immer auch Ihre Stellung sei, hören Sie...« — »Hören Sie lieber selbst, Juliette, daß, wenn ich komme, Ihre Hilfe zu verlangen, ich Ihnen damit eine Ehre erweise. Lesen Sie diese Papiere, mein Fräulein, und Sie werden sehen, wie nötig ich Ihre Hilfe, ebenso welches Recht ich darauf habe.« — »Mein Himmel, was sehe ich«, rief ich aus, nachdem ich die Papiere durchflogen, »was! Meine Mutter sei schuldig, und mit Ihnen!«

»Ja, Juliette, ich bin Ihr Vater«, antwortete Bernole mit Heftigkeit, »mir verdanken Sie Ihr Leben. Ich bin der Cousin Ihrer Mutter, meine Eltern bestimmten mich für diese, da bot sich eine günstigere Heirat. Sie fand ihre Weihe, doch war sie schon schwanger durch mich, wir betrogen Ihren Vater, er war mit Blindheit geschlagen. Mir allein verdanken Sie Ihr Leben, ein schwarzer Fleck über dem Busen beweist, was ich behaupte. Haben Sie ihn nicht, Mademoiselle Juliette?« — »Gewiß, mein Herr!« — »So erkenne doch deinen Vater wieder, kalte, gefühllose Seele! Wenn du aber noch zögerst, so lies mit Aufmerksamkeit diese Papiere, sie werden deine Zweifel aufklären: Nach dem Tode deiner Mutter — ein schwerer Tod, ich weiß es — hervorgerufen durch die Scheußlichkeit eines gewissen Noirceuil, mit welchem du, trotzdem du es weißt, die Kühnheit hattest, dich einzulassen und der morgen gestürzt wäre, wenn wir die Beweise hätten, aber leider fehlen sie uns, nach dem Tode also stürmten alle möglichen Unglücksfälle auf mich ein. Mein Vermögen wurde verschlungen sowie das deiner Mutter. Seit achtzehn Jahren lebe ich von der öffentlichen Mildtätigkeit, doch jetzt habe ich dich gefunden und all mein Unglück hat ein Ende.« — »Mein Herr«, antwortete ich, »ich habe auch noch eine Schwester, welche durch ihre von mir bekämpften Vorurteile im Elend erstickt, verdankt auch die Ihnen Ihr Leben?« — »Justine!« — »Ja, mein Herr!« — »Gewiß ist sie auch meine Tochter. Nichts konnte die Neigung Ihrer Mutter jemals ändern, und immer war ich es, der sie zur Mutter machte.« — »O Himmel!« rief die unglückliche Justine aus, »mein Vater lebt und ich weiß es nicht. Warum hast du mir ihn nicht früher gesendet, o Gott, ich hätte seinen Kummer gestillt, sein Elend geteilt, und in meinem Herzen hätte er den Trost gefunden, den du ihm so grausam verweigertest!«* — »Mein Kind«, sagte der Marquis, den eine mit Justine zugebrachte Nacht gegen dieses Mädchen aufgebracht hatte, »wenn man dir die Ehre erweist, dich hier zuzulassen, so geschieht dies nicht um deine Jeremiaden anzuhören, und ich bitte Madame fortzufahren.«

»Ich hoffe, meine Freunde, daß Sie mir genügend Gerechtigkeit widerfahren lassen, um überzeugt zu sein, daß dieses Ereignis mich nicht im geringsten berührt hätte. Mein Herz ist wenig geschaffen für dramatische Wiedererkennungsszenen. Nicht eine Träne hatte ich dem nachgeweint, den ich seit meiner Geburt für meinen Vater hielt; sollte ich da gerührt werden von dem Unglück dessen, den mir der Zufall zugeführt hatte? Außerdem hatte ich, wie Ihr wißt, eine Abneigung gegen jegliches Almosen, nach meiner Überzeugung das schlechtest verwendete Geld, und der Kerl, der sich mir als Vater vorstellte, was hätte ich tun sollen, um ihn zu befriedigen? Entweder meinen Schatz plündern oder den Minister (der doch genau so hart, genau so unbeugsam wie ich in solchen Sachen, und daher nicht ausstehen konnte, daß ich ihn um derartiges angehe) für den Unglücklichen um Hilfe anflehen. Keineswegs konnte ich zweifeln, daß dieser Herr mein Vater war; ich hatte die Proben vor Augen, doch das Blut schwieg; vergeblich befragte ich es, ich empfand gar nichts für dieses Individuum. »Mein Herr«, sagte ich ihm kurz, »das mag wohl ganz schön sein, was Sie mir da gesagt haben, aber ich finde nicht die kleinste Veranlassung für mich; ich habe unveränderliche Prinzipien, welche mich leider Gottes von jeglichem Beistand, den Sie verlangen, abhalten. Was die Beweise für die Vaterschaft anbelangt, mein Herr, so gebe ich sie Ihnen zurück, indem ich Ih-

* Justine hört mit anderen Juliettens Lebensbericht an und schaltet sich hier direkt ins Gespräch ein. (Anm. der Herausgeberin)

nen versichere, daß ich sie durchaus nicht brauche; ob ich einen Vater gehabt oder nicht, ist mir so gleichgültig, wie Sie sich kaum vorstellen können. Ich rate Ihnen, mein Herr, mich so schleunigst als möglich von Ihrer Gegenwart zu befreien, widrigenfalls würden Sie mich zwingen, wenn Sie auf Ihrem Eigensinn bestehen, Sie zum Fenster hinauswerfen zu lassen.« Gleichzeitig erhob ich mich um zu läuten. Bernole stürzte mir entgegen. »Undankbares Kind«, rief er aus, »strafe mich nicht für einen Fehler, den ich mein ganzes Leben beweint habe. Wenn du nicht mein rechtmäßiges Kind bist, bist du nicht doch Blut von meinem Blute und verdiene ich nicht deine Hilfe? Laß die Wehklagen des Elends und der Verzweiflung in deinem verhärteten Herzen die natürlichen Gefühle, welche die Natur hineinzupflanzen vergessen zu haben scheint, ersetzen!« Und indem er zu meinen Füßen stürzte, die er mit Tränen begoß, rief er: »Juliette, du schwimmst in Reichtum und dein unglücklicher Vater entbehrt des Brotes; erleichtere das Unglück des Geliebten deiner Mutter mit Rücksicht auf den einzigen Mann, den sie geliebt, die dich neun Monate unter dem Herzen getragen; oder willst du, daß dich der Himmel strafe, dann verschließe dein Herz gegen die Wehklagen des Unglücks.«

In den Klagen dieses Unglücklichen lag gewiß viel Pathos; aber es gibt Seelen, welche sich verhärten anstatt zu erweichen bei den Anstrengungen derer, welche sie mild stimmen wollen, sowie das Gold, welches dem Feuer ausgesetzt wird, um es zu härten. In dem Elemente, welches es verzehren soll, gerade dort findet es Stärke. Und so erzeugte Bernole, anstatt Mitleid zu erregen, in mir jene lüsterne Erregung, welche das Abschlagen einer Bitte hervorruft. Ein schwacher Abklatsch nur der Lust, die erzeugt wird durch die schlechte Tat. Meine Gedanken, die noch bis jetzt gleichgültig schwiegen, entflammte bald die Begierde. Denn in mein Herz schlich die grause Lust, welche uns ergötzt bei dem Gedanken an einen scheußlichen Plan und eine scheußliche Tat. Meine Brauen runzelten sich, mein Atem keuchte; ich fühlte es, daß ich härter wurde, weil ich es wollüstig spüre, daß sich meine

Sinne regen. »Ich habe Ihnen doch schon erklärt, mein Freund«, sagte ich zu diesem Lümmel, »daß ich Sie nicht kenne, daß ich Sie nicht kennen werde, und daß ich niemals etwas den Armen gebe. Das letztemal fordere ich Sie auf, meine Gemächer zu verlassen, wenn Sie nicht wollen, daß ich Sie in einem Kerker krepieren lasse.« Da erfaßt eine Art Raserei diesen Menschen. Nachdem er hintereinander Bitten, Flüche, Verwünschungen, Zärtlichkeiten und Beschimpfungen ausgestoßen, schmetterte er seinen Kopf gegen die Erde. Er zerschlägt sich ihn und Ströme seines Blutes umfließen meine Sohlen. Dieses Blut war das meine, und mit Entzücken sehe ich es fließen und läutete erst, nachdem ich mich noch einige Zeit daran ergötzt. »Packt diesen Mann«, sage ich zu den Leuten, »und werft ihn sofort hinaus!« Man folgt mir... Ich war in Flammen... Ich fieberte. Ich war gezwungen, mich im Schoße meiner Frauen zu erschöpfen, welche zwei Stunden brauchten, mich zu befriedigen. Solche Resultate zeitigt das Verbrechen in einem Herzen wie das meine. Es stand geschrieben im Buche der Natur, daß alles, was anderen Seelen zuwider, die meine ergötzt und jedes Verbrechen an der Natur für mich die höchste Lust ist.

Der Minister und Noirceuil dinierten bei mir an diesem Tag. Ich fragte den einen, ob er einen gewissen Bernole kennt, der behaupte, der Geliebte meiner Mutter und mein Vater zu sein. »Ja«, sagte Noirceuil, »ich kenne die Geschichte, er hatte die Güter in der Nähe der deines Vaters und verlor sie zugleich mit demselben durch meine Bemühungen. Ich erinnere mich, daß dieser Bernole sehr gut mit deiner Mutter stand, daß er sie sehr bedauerte, und es ist nicht seine Schuld, wenn ich nicht gehenkt bin; man muß sich dieses Dorns entledigen.« — »Ganz gewiß«, sagte der Minister, »ein Wort von Juliette, und er schläft morgen in der Bastille.« — »Nein, nein«, sagte Noirceuil, »da wird eine Theaterszene daraus gemacht.« — »Gewiß«, sagte ich; »der Kerker ist zu gut für so ein Scheusal.« — »Noirceuil und Saint-Fond, Ihr wißt, wie Ihr meine Seele bearbeitet habt, seid sicher, bei dieser Gelegenheit wird sie sich den Lehrern überlegen zeigen. Wenn wir soviel Mühe auf ein Verbrechen aufwenden, so laßt uns das Gute damit verbinden. Der Kerl muß von meiner eigenen Hand sterben, während Ihr Euch mit mir belustigt.« — »Oh, Juliette!« rief der Minister aus vom Champagner benebelt, »schau, was deine Idee aus meinem Schwanz gemacht hat!« Und dabei ließ er die Hosen fallen. »Du hättest die Kraft, das durchzuführen?« — »Ich schwöre es bei diesem Gliede«, sagte ich, indem ich das furchtbare Werkzeug ergriff, welches Saint-Fond ans Tageslicht brachte. Noirceuil nutzte die Gelegenheit und meine gebeugte Haltung ausnützend, bemächtigte er sich meines Arsches, indem er ausrief: »Teufel, hab ich dir nicht gesagt, Saint-Fond, daß das eine köstliche Kreatur ist!« und vergönnte sich 2 oder 3 Faustschläge auf meinen Hintern. »Höre«, sagte ich, »an diese Sache muß man einige göttliche Episoden anfügen. Ich werde mich mit Bernole versöhnen, ihn in mich verliebt machen, werde mein Spiel mit ihm treiben, er wird mir zu Willen sein, ja noch mehr, er muß mich im Arsch vögeln. Du und Saint-Fond werdet ihn überraschen, du wirst dich auf ihn stürzen im Momente der Ekstase, und um mich zu strafen, wirst du, den Dolch auf meinem Busen, mich zwingen, ihn selbst zu töten. Vertraue diesen Plan Clairwil an, damit sie Teil hat an dieser süßen Scheußlichkeit, und machen wir daraus eine Szene.«

Der Vorschlag eines Verbrechens gefällt Verbrechern immer. Die zwei begeisterten sich so an meinem Plan, daß es nicht mehr möglich war, sie zurückzuhalten. Mein Boudoir öffnete sich, einige andere Individuen schließen sich an und mein Arsch empfängt die doppelte Gabe der zwei Scheusale, welche meine verbrecherische Einbildungskraft in Ekstase gebracht hatte. Ich erhalte sofort ein Geschenk von 500.000 Francs mit dem Versprechen, es zu verdoppeln am Tage der Durchführung.

Es kitzelte mich zu sehr, um es hinauszuschieben, und ich eilte auf mein Landgut und schrieb an Bernole, daß Tochterliebe in mein Herz gezogen sei. Ich erzählte ihm, die Landluft hätte dieses Wunder vollbracht, suche mich auf am Busen der Natur und genieße, was dieselbe mir einflößt. Mein Mann kommt. Ihr könnt

Euch nicht vorstellen, welche Lust ich empfinde, ihn zu betrüben. Ich war direkt im Rausche; meine erste Sorge war, ihm meinen ganzen Reichtum zu zeigen. Hinreißende Liebkosungen vollendeten seine Benebelung. »Wie soll ich all das gutmachen«, sagte ich ihm nach einem ausgezeichneten Souper, »was ich an dir verbrochen. Soll ich dir eingestehen, Bernole, ich hatte Furcht. Ich habe strenge Vorsichtsmaßregeln zu treffen. Ich bin die Vertraute und Freundin des Ministers; ein Wort von ihm genügt, mich zu verderben. Du hast in mir kein Tochtergefühl erregt, ein anderes Gefühl, tausendmal süßer und zärtlicher, hat mich veranlaßt, da ich den Fall fürchte, hart zu bleiben. Bernole, du hast meine Mutter geliebt, du mußt auch mein Geliebter sein. Wenn wir glücklich sein sollen, bedarf es nur deines Schweigens.« Der ehrliche Bernole erbebte bei dieser Rede. »Oh, Juliette«, rief er ganz bewegt aus, »ich suche in dir nur die Tochterliebe zu erwecken, die allein gebührt mir, eine andere verbietet die Ehre und die Religion. Was ich deiner Mutter war, halte es nicht für Schlechtigkeit. Wir beide haben keine anderen Verpflichtungen gekannt als die der Natur, was du mir aber vorschlägst, ist widernatürlich.« — »Was für Vorurteile«, rief ich aus, indem ich stürmischer seinen Mund küßte und meine Hand auf seinen Schenkel fallen ließ. »Du, den ich liebe, entziehe dich nicht meiner Zärtlichkeit, gib ein zweitesmal das Leben der, die stolz ist, es von dir zu haben! Deiner Liebe verdanke ich mein Leben, gib es mir noch einmal, verschönere durch deine Liebe die Existenz, die du geschaffen, ich kann nicht leben ohne dich, ich fordere es!« Ich verdopple meine Zärtlichkeit, eine weiße und frische Brust, die sich wie aus Zufall entblößt, Augen voll Wollust und Zärtlichkeit, Hände, die sich verirren, um die Hosen des Vaters aufzuknöpfen und kunstvoll das halberregte Glied zu bewegen, das mir das Leben gab, all dies belebt endlich die schüchterne Leidenschaft Bernoles. »O Gott«, rief er aus, »welche Versuchung und wie ihr widerstehen! Wie soll ich das lebende Abbild derjenigen zurückstoßen, welche ich bis zum letzten Seufzer verehrt!« — »In mir wirst du sie wiederfinden, da hast du sie wieder, die du liebst, sie atmet. Sieh, in welchen Zustand du mich versetzt«, sagte ich und werfe mich auf das Kanapee, die Röcke in die Höhe. Der leichtgläubige Bernole fällt in die Falle, die ich seiner Tugend gestellt und berauscht sich in Liebe an dem Busen derjenigen, die während der Zärtlichkeit nur an den Anschlag denkt, womit sie ihn bald töten wird. Bernole, der einen langen harten und nervigen Schwanz hatte, vögelte großartig; er brachte mich in Hitze, ich tastete an seinem Hintern und drückte ihn gegen mich, dann schlüpfte ich ihm unter den Bauch und saugte mit Lust die Quelle meines Lebens. Ich nahm meine alte Stelle wieder ein und bohre ihn nun bis zu den Hoden ein. Bernole in Ekstase durch meine Sorgfalt, braucht nicht lange. Der Spitzbube entlädt sogleich und ich empfange in meinem blutschänderischen Schoß den Keim, ähnlich dem, den er einst in den Schoß meiner Mutter gepflanzt.

So wurde ich geschwängert.

Doch davon später. Bernole, verrückt durch Liebe, vergißt die Gesetze Gottes, der Ehre und Rechtschaffenheit und fleht mich an, eine Nacht ihm zu opfern. Begeistert von der Idee, mit meinem Vater zu vögeln, den meine Wildheit zum Tode verurteilt, willige ich ein. Bernole übertraf sich selbst. Siebenmal vögelt er mich und ich, verzückt von meinem großen Plan, entlade doppelt so oft. Ich begeistere mich an der Idee, den morgen begraben zu können, der zugleich mein Vater und entzückender Liebhaber war. Mitten unter diesen Gedanken beichtete ich ihm meine Sorgen, daß eine Schwangerschaft uns verraten könne, und um ihn zum Wechsel seiner Rute zu veranlassen, zeige ich ihm den Rücken und damit den schönsten Arsch der Welt. Das Verbrechen war etwas dem Manne ganz ferneliegendes, da mein tugendhafter Vater bis dahin diese Schlechtigkeit nicht gekannt; aber aus Klugheit und im Liebeswahn folgte er mir, so sagte er, und darauf fickte mich der Kerl noch dreimal in den Arsch. Diese Generalprobe war notwendig für das Theaterstück des nächsten Tages. Meine Gefühle waren so heftig, daß ich fast in Ohnmacht fiel.

Endlich kam jener schöne Tag, wo ich endlich den möglichen

Reiz eines Verbrechens genießen sollte, das ich bisher zu meinem Kummer nicht hatte begehen können. Die Natur, welche ich so gröblich verletzen wollte, erschien mir so schön wie noch nie. Niemals hatte ich mich so wohl, so frisch, so schön gefunden. Niemals hatte ich so ein Prickeln im ganzen Körper empfunden. Ich empfand eine solche Wollustgier, eine solche Schlechtigkeit, ich fühlte das Bedürfnis nach Greueltaten und daneben die schreckliche Verzweiflung, daß ich sie nicht so weit ausdehnen kann als ich wollte. Es ist ein Verbrechen, das du im Begriff bist zu tun, ein sehr großes Verbrechen, sagen alle Leute, aber nur eines. Und was bedeutet ein einziges Verbrechen für den, der mitten unter Verbrechen nur für sie und durch sie leben möchte? Ich war den ganzen Morgen zänkisch, mißmutig, launenhaft. Ich peitsche aus Zorn zwei meiner Frauen, ich ließ boshafterweise ein ihnen anvertrautes Kind zum Fenster hinausfallen. Es erschlug sich, ich war zufrieden. Es gab keine kleinste Grausamkeit, keine Quälerei, die ich während des Tages nicht beging.

Endlich kam die Stunde des Soupers. Ich hatte es ebenso üppig befohlen wie tags vorher; sobald es beendet, zog ich Bernole auf ein Kanapee und mein Arsch ist, was ich ihm anbiete. Von meinen Sophismen besiegt, vertieft sich der Unglückliche darin. Kaum getan, stürzen sich Clairwil, Noirceuil und Saint-Fond mit Ungestüm auf uns. »Juliette«, sagte Saint-Fond, »du verdienst, daß ich dich für das mißbrauchte Vertrauen neben diesem Ungeheuer in Stücke haue. Ein einziges Mittel, Treulose, kann dich retten. Nimm diese Pistole, eigentlich dir zugedacht, drei Kugeln, und mit diesen mußt du diesen Elenden ins Jenseits befördern.« — »Himmel, was verlangen Sie, es ist ja mein Vater!« — »Du blutschänderische Sodomistin wirst es wohl auch zu Wege bringen, Vatermörderin zu werden!« — »O, welche Entscheidung!« — »Es muß sein, oder du stirbst sofort.« — »So gib mir die Waffe, Herr! Geliebter Vater!« rief ich aus, »verzeihe mir den Mord wegen der Drohung, der du mich ausgesetzt siehst!« — »Scheusal«, antwortete Bernole, »töte mich, aber erinnere dich nur, daß du mich nicht über deine Schlechtigkeit und dein Verbrechen täuschen kannst.« — »Lieber Papa«, sagte Clairwil unter Lachen, »wenn du klar sehen willst, so wisse, daß in Wirklichkeit dein Tod das Werk deiner Tochter ist, und hat sie nicht Recht, ein Individuum unschädlich zu machen, das eine solche Tochter gezeugt hat?«

Alles ordnet sich. Bernole ist auf einem Sessel festgebunden. Sein Kopf ist 10 Schritte vor mir. Saint-Fond legt sich auf ein Kanapee und heftet mich an sich, sein Glied in meinem Arschloch. Noirceuil lenkt ihn mit einer Hand, mit der anderen geilt er sich selbst. Clairwil zu seiner Rechten küßt Saint-Fond und geilt mich am Kitzler. Ich schlage an: »Saint-Fond, soll ich warten, bis es dir kommt?« — »Nein, nein, verhurter Himmel, töte ihn, Bankert. Der Schuß muß meinen Samen quellen machen.«

Ich schieße.

Bernole in die Stirn getroffen, verröchelt und wir entladen alle vier unter wütendem Schreien.

Der grausame Saint-Fond erhebt sich, um das Opfer zu betrachten. Darin schwelgt er. Er ruft mich. Ich soll es mit ihm betrachten; dabei beobachtet er mich und ist zufrieden mit meiner Kaltblütigkeit. Clairwil verfolgt mit grausamer Neugier die Verzerrungen des Todes im Gesichte des Unglücklichen. »Nichts regt mich so auf wie das«, sagte das Scheusal. »Wer will noch während der Beobachtung geilen?« Ich tue es, und während ich mich dabei über die Knie des Toten beuge, fickt mich Noirceuil in den Arsch. Saint-Fond tut dasselbe mit Clairwil. Alle entladen noch einmal und dann folgt ein schwelgerisches Nachtmahl. Der Tote liegt unterm Tisch. »Juliette«, sagte Saint-Fond und küßte mich mit Inbrunst, »hier hast du das Versprochene. Soll ich dir eingestehen, teueres Mädchen? Erst seit heute halte ich dich unserer für würdig.«

»Ich bin nicht ganz deiner Meinung«, sagte Clairwil. »Ich finde bei ihr immer wieder denselben Fehler. Sie begeht alle Verbrechen nur immer in der Ekstase, nur wenn sie in der Höhe ist. Und doch soll man sie nur kaltblütig begehen. An der Fackel des Verbrechens soll man die Leidenschaft entzünden, während ich sie in Verdacht habe, durch Leidenschaft zum Verbrechen zu kommen.« — »Der Unterschied ist sehr groß«, sagte Saint-Fond, »denn da ist das Verbrechen nur das Beiwerk, und es soll doch die Hauptsache sein.« — »Ich denke wie Clairwil, meine liebe Juliette«, sagte Noirceuil, »du brauchst noch einige Ermutigung, du hast noch zu viel Empfindsamkeit. Alle Seitensprünge unserer Phantasie«, fuhr er fort, »sind sichere Proben unseres Geistes. Seine Regsamkeit duldet kein Halt. Je mehr Dämme zu durchbrechen, desto größer die Lust. Das ist kein Zeichen von Sinken, wie die Toren meinen, sondern vom Steigen, vom Wachsen. Juliette, jetzt bist du in dem Alter, wo sich der Geist am meisten entwickelt. Du bist vorbereitet auf diese Epoche durch gute Studien, ernste Überlegung, durch das Aufgeben aller Bande und Vorurteile der Jugend. Die so wohl vorbereitete Hoffnung wird dich über alle Fesseln hinwegtragen. Ein heftiges und ausdauerndes Temperament, eine eiserne Gesundheit, heißes Blut und kaltes Herz kommen dem sprudelnden Geiste, der aller Schranken befreit ist, zur Hilfe. Juliette wird so weit gehen, als sie vermag. Doch niemals kehre sie die Augen nach rückwärts, bleibe sie auf ihrem Weg stehen, um die zurückgelegte Straße zu betrachten.« — »Ich will mehr von ihr«, sagte Clairwil, »ich will, daß sie das Verbrechen um seiner selbst willen tue, aus bloßer Lust daran und nicht um ihre Wollust zu kitzeln. Sie soll an dem Verbrechen, losgelöst von aller Unzucht, die gleiche Wollust empfinden wie in der Buhlerei. Sie soll keines Ansporns bedürfen, um Böses zu tun. Wenn sie einmal soweit ist, dann mag sie es mit aller Hurerei verbinden, aber ich will nicht, daß sie sich viel geilen muß, um ein Verbrechen zu begehen, denn dann wird sie, sobald ihr Temperament einmal verflogen, vor jeder Verirrung zurückschrecken. Während, wenn sie mir folgt, sie im Verbrechen immer eine Nahrung zur Wollust finden wird. Sie wird sich nicht mehr geilen, um ein Verbrechen zu begehen, sondern sie wird im Verbrechen geil werden. Ich glaube, ich kann mich nicht deutlicher erklären.«

»Meine liebe Clairwil«, antwortete ich, »gerade weil ich deine Philosophie ganz erfasse, versichere ich dir, daß ich ihre Grundsätze billige und sie Wort für Wort unterschreibe. Ich gebe dir dafür Beweise, wenn du willst. Wenn du mich während der verflossenen Begebenheit besser beobachtet hättest, würdest du mir gewiß keinen Vorwurf machen. Ich liebe das Schlechte um seiner selbst willen. In ihm entzündet sich für mich jegliche Lust. Keine Wollust, die das Verbrechen nicht gewürzt. Nur in einer Sache möchte ich Eure Meinung hören. Gewissensbisse kenne ich nicht. Aber öfters Schamgefühl. Ich erröte wie Eva nach dem Sündenfall. Ich wollte nicht, daß außer Euch irgend wer meine Verirrungen sehe. Wie kommt es, daß ich gerade dieses schwächere Gefühl empfinde, unempfindlich gegen das Stärkere? Welcher Unterschied ist mit einem Wort zwischen Gewissensbissen und Schamgefühl?«

»Die Scham ist die Frucht der Scheu vor der öffentlichen Meinung«, sagte Saint-Fond, »die Reue kommt aus uns selbst. So kann man sich schämen ohne Reue, wenn eine Tat nur die gewöhnlichen Gebräuche brüskiert, aber nicht unser Gewissen, und auch umgekehrt, wenn die Tat den Gesetzen und Sitten unseres Landes entspricht, aber unserem Gewissen widerspricht. Ein Mann wird sich schämen, nackt in den Tuilerien spazieren zu gehen, obwohl das mit dem Gewissen nichts zu tun hat, und ein Heerführer wird vielleicht Gewissensbisse empfinden, 20.000 Menschen in einer Schlacht geopfert zu haben, obwohl er sich darüber nicht zu schämen braucht. Aber diese beiden peinlichen Gefühle stumpfen sich ab. Die *Gesellschaft der Freunde des Verbrechens*, in welche Clairwil dich eingeführt hat, wird dir das kleinmütige Gefühl der Scham schon abgewöhnen. Der dort betonte immerwährende Zynismus wird dich von dieser Schwäche heilen. Und um dich zu heilen, rate ich dir, mit deinen Verirrungen offen zu prunken, dich öffentlich nackt zu zeigen und in der Art deiner Kleidung schon die größte Liederlichkeit zu zeigen. So wirst du sie unmerklich ganz verlieren. Wenn sich diese Heilmittel einem entschlossenen Willen zugesellen, so wird sich langsam alles ebnen und du wirst nur Freude empfinden, wo du einstens dich schämtest.«

Ernstere Angelegenheiten schlossen sich an diese Erörterung. Saint-Fond teilte mir mit, daß die Heirat seiner Tochter Alexandrine mit Noirceuil endlich stattfinden werde und daß er im Einverständnis mit seinem Schwiegersohn das junge Wesen mir drei Monate anvertrauen wolle, um sie dem Geschmack und Wünschen ihres künftigen Herrn anzupassen. »Wir bitten dich, Noirceuil und ich, diese Seele der deinen gleichzustimmen. Spare weder an Sorgfalt noch an Rat und Beispiel. Vielleicht behält sie Noirceuil, wenn er sie so fest findet wie dich, keinesfalls wird er sie aber lange behalten, wenn sie spröde und zimperlich ist. Trachte, Juliette, daß ihre Erziehung dir Ehre macht und sei sicher unseres Dankes.« — »Mein Herr«, sagte ich zum Minister, »Ihr wißt, solche Erziehung läßt sich nur im Bette erteilen.« — »So meine ich es auch«, sagte Saint-Fond. »Auch ich«, schloß sich Noirceuil an. »Kann man denn ein Mädchen überhaupt erziehen, ohne mit ihm zu schlafen?« meinte Clairwil. »Meine Frau wird daher mit Juliette schlafen, so oft diese es für gut befindet«, erwiderte Noirceuil.

Saint-Fond unterhielt uns dann mit einem Entvölkerungsplan Frankreichs, den er erdacht hatte. »Wir fürchten«, sagte er, »eine künftige Revolution. Den Keim finden wir nach unserer Meinung in der Übervölkerung. Je mehr das Volk zunimmt, desto gefährlicher wird es. Je mehr Aufklärung, desto mehr Gefahr. Nur die Dummheit schützt uns. Vor allem werden wir daher alle Gratisschulen unterdrücken, die sich mit Schnelligkeit vermehren und uns Künstler, Maler, Poeten und Philosophen schaffen, wo wir nur Lustträger brauchen. Wozu alle die Talente? Laßt uns ihre Zahl vermindern. Frankreich bedarf eines Aderlasses und mit den Schandbeulen muß man anfangen. Zu diesem Zwecke werden wir das Bettelvolk ausrotten. Dort finden sich die meisten Hetzer. Wir werden die Spitäler und Asyle zerstören. Nichts soll dem Volke zur Stütze bleiben, damit es alle Hoffart verliere. Gebeugt von zehnfach schwereren Ketten, als es in Asien trägt, soll es in Sklaverei daherkriechen und wir werden alle Mittel zu diesem Zwecke aufbieten.« — »Diese Mittel sind langwierig«, sagte Clairwil, »es bedarf kürzerer: Krieg, Pest, Hungersnot.« — »Das erste ist sicher«, antwortete Saint-Fond, »und wir werden bald Krieg haben. Das zweite verwerfen wir, weil zu befürchten ist, daß wir die ersten Opfer würden. Was die Hungersnot anbelangt, so kaufen wir schon lange alles Getreide auf und so bereichern wir uns einerseits, andererseits treiben wir das Volk, sich gegenseitig aufzufressen. Wir erhoffen sehr viel von dem Mittel, und es ist im Ministerrat akzeptiert, denn es ist kurz, unfehlbar und überschwemmt uns mit Gold.«

»Schon seit langem«, sagte der Minister, »gilt mir gleich Machiavelli das Individuum nichts in der Politik. Räder bloß in dem Getriebe der Regierung, müssen die Menschen für das Heil der Regierenden arbeiten und nicht diese zum Heile des Menschen. Jeder Regierende, der sich um den Menschen kümmert, ist schwach. Mehr oder weniger Sklaven in einem Staat ist gleichgültig, nur muß die Kette schwer auf jedem Volk lasten und der Herrscher ein Despot sein. Rom war schwach, solange es sich selbst regieren wollte. Es wurde die Herrscherin der Erde, als die Tyrannen ans Ruder kamen. Die ganze Macht muß im Besitze des Tyrannen sein, und da das Volk durch seine Natur der Stärkere ist, so muß die Regierung durch eine ununterbrochene Reihe despotischer Maßnahmen diese Stärke ersetzen. Ohne das wird sie nur immer in der Phantasie existieren. Wenn wir anderen eine Meinung von uns einflößen wollen, so müssen wir sie langsam gewöhnen, uns so zu sehen, wie wir nicht sind, sonst sehen sie uns, wie wir sind, und wir haben verspielt.« — »Ich war immer der Meinung«, sagte Clairwil, »daß die Kunst, Menschen zu beherrschen die meiste Falschheit verlangt. Das ist auch richtig, und der Grund ist sehr einfach. Man beherrscht die Menschen nur durch Betrug. Und um zu betrügen, muß man falsch sein.« — »Ist die Falschheit kein Laster?« fragte ich. — »Ich halte sie eher für eine Tugend«, antwortete Saint-Fond. »Es ist der einzige Schlüssel zum Herzen des Menschen. Man kann nicht mit ihm leben, wenn man aufrichtig ist. Alle wollen uns betrügen.

Wohin kämen wir, wenn wir sie nicht wiederbetrügen? Das wichtigste Studium eines Menschen und besonders eines Staatsmannes ist immer, die anderen zu ergründen, ohne in sich selbst hinein blicken zu lassen. Dazu kann er aber nur durch die Falschheit gelangen, folglich ist die Falschheit eine Tugend, in dieser ganz verdorbenen Welt ist es nie ein Schaden, mehr angefault zu sein als die anderen. Es dient dies dazu, sich alles Glück und den Frieden zu verschaffen, welchen uns die Tugend in einem moralischen Staate verschaffen würde, aber in der Regierungsmaschinerie gibt es keine Tugend, denn es ist unmöglich, allen Verbrechen vorzubeugen, sich vor allen Verbrechen zu schützen, ohne selbst Verbrecher zu sein. Wer verderbte Menschen führen will, muß selber verdorben sein, und mit der Tugend, die selbst ohne jegliche Tatkaft ist, wird es niemals gelingen, das Verbrechen zu beherrschen, das tatenschwangere. Der Herrscher muß den Beherrschten an Kraft übertreffen, wenn daher der Beherrschte aller Verbrechen voll ist, wie soll dann der Herrscher des Verbrechens entbehren können? Sind die Strafen keine Verbrechen? Was entschuldigt sie denn? Die Notwendigkeit, sie zu beherrschen. Damit zieht schon das Verbrechen in die Regierung ein; wozu ist denn auf der Welt überhaupt diese Sitte Tugend genannt, wenn man sie nur durch Verbrechen aufrecht erhalten kann? Im übrigen bedarf die Regierung der Verbrechen ihrer Untertanen. Je mehr, desto leichter Herrscher zu sein. Du magst die Tugend wenden, wie du willst, du wirst sie immer gefährlich und nutzlos finden. Ich möchte Juliette«, setzt Saint-Fond fort, indem er sein Wort an mich richtete, »alle Vorurteile in dieser Hinsicht gänzlich zerstören, denn sie führen unausbleiblich dein Unglück herbei. Ich möchte deine Prinzipien für dein ganzes Leben erhärten, denn es ist schrecklich, geboren zu sein mit der Neigung zum Bösen und ihr nicht ohne Zagen huldigen zu können. Sei überzeugt, mein Engel, je mehr du jegliche Ordnung der Natur zerstörst, desto besser gebrauchst du die Gaben, die sie dir gegeben, Gaben, von denen sie wußte, daß du sie gebrauchen würdest und deren Gebrauch sie gutheißt, sonst würde sie nicht immer wieder die Lust nähren, sie zu gebrauchen. Tue daher ohne Sorgen alles Böse, was du kannst. Sei überzeugt, was du auch ersinnen wirst, es wird niemals das an Scheußlichkeit erreichen, was die Natur wünscht an Zerstörung, was sie liebt und nährt. Niemals wirst du ihr mehr entgegen handeln, als wenn du ungestört die Masse von nutzlosen Menschen dahinvegetieren lässest. Die einzig wahrhaften Gesetze der Natur sind der Tod und das Verbrechen, und du wirst sie nicht besser befolgen, als wenn du alles vernichtest, was du erreichen kannst.«

»Saint-Fond«, sagte ich zu meinem Geliebten, »all deine Prinzipien sind die meinen, nur eins macht mich besorgt. Ihr sagtet, man muß falsch mit der ganzen Welt sein, was muß ich befürchten, wenn ihr es auch mit mir seid?«

»Fürchte dich nicht«, sagte der Minister, »ich werde niemals falsch mit meinen Freunden sein. Eine Stütze braucht man ja doch schließlich in der Welt, und worauf sollte man zählen, wenn nicht auf die Freunde. Ihr könnt also alle drei sicher sein, daß ich Euch niemals täuschen werde, wenn Ihr mir nur treu bleibt, der Grund ist sehr einfach der, ich will ihn aus dem Egoismus erklären, die einzige Norm, sich und die anderen gut zu beurteilen. Wir leben zusammen, würdet Ihr nicht, sobald Ihr bemerkt, daß ich Euch täusche, mir es bald heimzahlen? Das ist das ganze um und auf der Freundschaft, ein gewiß schwer zu verstehendes Gefühl im selben Geschlecht, ausgeschlossen zwischen verschiedenen, denn dann müßte die Tugend der Kitt sein und damit würde es verflachen und bald in Nichts zerfallen; ist aber die Lust die Grundlage, so verändert jeder Gedanke die Bande, die Begierde, die einzig wirkliche Nahrung der Freundschaft, verändert die Knoten jeden Augenblick. Man liebt sich von Tag zu Tag mehr, weil man von Tag zu Tag einander mehr bedarf. Man ergötzt sich an seinem Freund, mit seinem Freund und durch denselben. Die Wollust verdoppelt sich und dann erst lernt man sie wirklich kennen. Was habe ich hingegen von der Tugend? Einige vertrocknete Lustgefühle, eingebildete Freuden, die bei der ersten Probe dahinsiechen und darum so viel Bitterkeit hinterlassen, weil sie die Eigenliebe verletzen und es keine fühlbareren Wunden gibt als die der Stolz empfindet.« Es war spät geworden. Wir gingen schlafen, wir legten uns alle vier in ein Bett, eigens zu solchen Szenen geschaffen, und nach einigen Schweinereien schliefen wir ein.

Noirceuil mußte schon den nächsten Tag nach Paris zurück, Clairwil und ich blieben bei Saint-Fond auf dem Lande.

Bei unserer Rückkehr nach Paris führte mir Saint-Fond seine Tochter zu, deren Gemächer man während unserer Abwesenheit hergerichtet hatte. Man kann sich schwer etwas Schöneres als dieses Mädchen denken. Eine göttliche Brust, ein entzückend frischer Teint, Grazie und Schönheit in allen Formen, ein edles Gesicht, ein einschmeichelndes Organ, romantischer Geist.

»Hier ist meine Tochter«, sagte mir Saint-Fond, indem er sie mir vorstellte, »sie ist für Noirceuil bestimmt, der sich nicht stoßen wird an der Vertraulichkeit, die ich mir schon gewährt und täglich weiter gewähre. Alles ist noch nicht gepflückt, auf einer Seite ist Alexandrine noch Jungfrau, aber ihr Arsch hat seit langem durch mich seine Jungfernschaft verloren. Wie hätte ich auch widerstehen sollen. Sieh selbst und urteile, ob du jemals etwas Entzückenderes gesehen.« Und wirklich, es war schwer, etwas Weißeres, Schöngeformteres zu finden. »Man bemerkt nicht«, setzte Saint-Fond fort, »weder, daß ich ihn jede Früh peitsche noch jeden Abend gebrauche, ich lasse dir dieses Mädchen, erzieh sie würdig des Freundes, dem ich sie bestimmt habe. Erwecke in ihr den Geschmack für jegliches Verbrechen und den Abscheu vor der Tugend, du trittst in meine Rechte, pflanze in ihr fort, wie du von dem künftigen Gatten empfangen. Niemals wurde das Wort *Gott* vor ihr ausgesprochen, glaube nicht, daß sie ihn durch dich kennen lernen wird. Ich würde sie in dem Moment töten, in welchem ich sie von dieser Chimäre sprechen hörte. Noirceuil und ich sind verhindert, uns ihr zu widmen, wir können sie nicht in besseren Händen wissen.« Bei dieser Gelegenheit erfuhr ich, daß Noirceuil eine der höchsten Hofstellen erlangt hatte, die ihm 100.000 Francs jährlich brachte, Saint-Fond aber gleichzeitig einige mit doppeltem Einkommen.

Und während das Laster mit solcher Schamlosigkeit triumphierte, zertrat das Schicksal alle Opfer dieser Elenden.

Wie sollte mich diese Überlegung nicht für immer an das Laster fesseln, oh, wie haßte ich die Tugend!

Die nächste Nacht brachte ich mit Alexandrine zu. Dieses Mädchen, so schön sie war, so ruhig und kalt war sie auch. Ich war so fest in meinen Ideen, mein Gleichmut und Phlegma so sicher, sei es aus Übersättigung, sei es aus System, daß ich sie zehn Stunden in meinen Armen halten konnte, sie geilen, mich von ihr geilen lassen, sie schlecken, im Arsch lecken. Ohne daß sich mein Kopf auch nur erhitzte, denn dies war allein die Frucht des Stoizismus. Indem wir unser Herz gegen alles, was es bewegen kann, abtöten, mit dem Verbrechen und der Ausschweifung bekannt machen, ihm von der Wollust nur das Körperliche lassen und jede zarte Regung fernhalten, stählen wir es und aus diesem Zustand, in welchem seine natürliche Regsamkeit es nicht lange läßt, geht es über in einen Zustand der Apathie, welche sich in tausendfach schönere Freuden verwandelt, als die ihm seine Schwächen verschaffen können. So erzeugt Alexandrine viel herrlichere Wollust als je Enthusiasmus und Liebe hätten hervorrufen können.

Alexandrine erschien mir ganz neu an Körper und Geist, obwohl sie Temperament besaß, denn, wenn ich sie reizen wollte, fand ich sie schon immer zur Explosion fertig. Ich fragte sie, ob ihr Vater ihr beim Arschficken weh tue. »Im Anfang wohl, aber jetzt bin ich es so gewöhnt, daß ich nichts spüre.« Als ich sie fragte, ob sie nur Noirceuil gesehen hätte, erklärte sie, daß ihr Vater auch für einen anderen Mann Gefälligkeiten verlangt hätte. Am Porträt erkannte ich, daß es Delcour war. »Hat sie Delcour in den Arsch gevögelt?« — »Nein.« Er hatte sie nur vor ihrem Vater gepeitscht, und Ihr könnt Euch vorstellen, was für eines Schlages der Vater war, der in die Höhe geht und entlädt, während er seine Tochter vor sich durchpeitschen läßt. Ich unterrichtete von der ersten Nacht an meinen Schützling in allen Künsten der Unzucht, und schon nach drei Tagen geilte sie mich so gut wie Clairwil. Nach und nach aber brachte dieses Mädchen mein Blut zum Sieden und ich war nahe daran, sie in meiner verdorbenen Einbildung umzubringen, als ich endlich Noirceuil über seine Absicht mit diesem Wesen befragte. »Ich will aus ihr ein Opfer machen, wie ich es mit allen meinen Frauen tat, warum da noch zögern? Wegen der Mitgift, wegen eines Kindes, das ich ihr mache oder machen lasse, um die Protektion des Ministers zu bewahren.« Das zerstörte ein wenig meine Ideen: Da ich aber Euch wichtigere Sachen zu erzählen habe, so will ich Euch, um nicht mehr auf Alexandrine zurückzukommen, nur mitteilen, daß sie Noirceuil heiratete, daß sie in die Hoffnung kam, wieso, das weiß ich nicht, und daß sie, nachdem sie in keiner Weise meiner Erziehung folgte, in kürzester Zeit als Opfer der Scheußlichkeit ihres Vaters mit ihres Mannes in Orgien zugrunde ging, welche ich verhindert war mitzumachen, infolge von Ereignissen, die ich Euch bald erzählen werde.

Die Mädchen, welche ich dem Minister zuführte, kosteten mich nicht immer die Summen, die ich für sie empfing, mitunter brachten sie mir noch etwas ein, statt zu kosten. Ich will Euch ein Beispiel anführen, wenn es Euch auch nicht als Beweis für meine Rechtschaffenheit dienen wird.

Ein Mann aus der Provinz schrieb mir eines Tages, daß ihm die Regierung 500.000 Francs für Vorschüsse im letzten Kriege schulde. Der Ruin seines Vermögens hat mir diese Summe verschafft, welche ihn vorm Hungertuch auch bewahren kann, ihn und seine Tochter, die, sechzehn Jahre alt, der Trost seiner alten Tage, und welche er mit einem Teil der Summe, wenn er sie zurückerhält, verheiraten möchte. Das Vertrauen, welches ich beim Minister genieße, weise ihn an mich, und er sandte mir den ganzen Beweis. Ich erkundige mich, die Sache stimmt. Man wird zwar großen Einfluß brauchen, um die Summe zu erhalten. Sie wird aber mit vollem Recht verlangt. Das junge Mädchen, erfuhr ich, soll außerdem eine der interessantesten Personen sein. Ohne etwas dem Minister zu erklären, erhalte ich von ihm in zwanzig Minuten die Anweisung auf den Bezug des Geldes. In vierundzwanzig Stunden erhalte ich, was der arme Provinzler in sechs Jahren nicht erhalten konnte. So bald ich das Geld habe, schreibe ich ihm, daß alles im besten Gange ist, aber daß seine Gegenwart absolut nötig, daß eine schöne und junge Person in seiner Gesellschaft ihm bei seinen Besuchen in den Ämtern nur nützlich sein könnte. Deshalb fordere ich ihn auf, seine Tochter mitzubringen. Der Tropf, getäuscht von meinen treulosen Ratschlägen, bringt selbst die Antwort und stellt mir eines der schönsten Mädchen vor, die ich je gesehen. Ich ließ sie nicht lange warten. Eines der Ministerdîners, welche ich jede Woche Saint-Fond gab, lieferte sie in meine Gewalt. Im Besitze ihres Geldes, wurde ich jetzt durch meinen Verrat auch Herr über ihre Person. Das Geld, das das Glück mehrerer Familien ausgemacht hätte, verschleuderte ich in einer Woche. Die Tochter, welche das Ideal eines ehrenhaften Mannes gewesen wäre, wurde durch drei Tage hintereinander von unseren Ausschweifungen besudelt und dann samt ihrem Vater durch die Wildheit Noirceuils und Saint-Fonds unter Martern hingeschlachtet, die umso entsetzlicher waren, weil sie noch zwölf Stunden in den entsetzlichsten Qualen lebten.

Endlich nahten die Ostern. Clairwil erinnerte mich zuerst an unsere Partie mit den Karmelitern. Als wir zusammen mit Elvira und Clairwil, meine zwei schönsten Buhlerinnen, ins Kloster eingelassen waren, fragte der Prior zuerst nach Claude. Seit der Einladung zu uns, versicherte man, sei er nicht mehr erschienen. Wir erklärten, absolut nichts von ihm zu wissen, aber bei der Zügellosigkeit, die wir bei ihm gefunden, sei es leicht möglich, daß er die Kutte zum Strick dazu geworfen habe. Man sprach nicht mehr von ihm. Wir gelangten in einen großen Saal und dort ließ uns der Prior Musterung über die Kämpfer halten. Eusèbe ließ sie einzeln vorüber marschieren, meine Frauen bekamen sie in ihre Hände, ganselten sie auf und zeigten uns dann ihre Glieder. Was nicht das Format von mindestens 6 auf 9 Zoll hatte, ebenso alles über fünfzig Jahre wurde zurückgewiesen. Man hatte mir dreißig versprochen. Es waren vierundsechzig Mönche und zehn Novizen mit erlesenen Instrumenten. Die Zeremonie begann. Clairwil und ich lagen auf breiten elastischen Sofas, die Füße herabhängend, die Hüften von Polstern gestützt. So boten wir zuerst die Scheide unseren Angreifern. Unsere Buhldirnen sandten uns die Schwänze nach der Größe, von den kleinsten beginnend. Unsere Hände setzten die Schweinerei fort und wir hatten immer einen Schwanz in jeder Hand, während der dritte in der Fut war. Sobald der Schwanz in der Hand zum Spritzen fertig war, kam er ins Loch und wurde durch einen neuen ersetzt. Sie entluden alle in Kondome. Wer außer Kampf gesetzt war, ging in einen Nachbarsaal. So wurde jede vierundsechzigmal gefickt. Während der letzten waren unsere Frauen im Nachbarsaal beschäftigt, die Mönche wieder in die Höhe zu bringen; die zweite Runde begann. Wieder vierundsechzigmal jede. Bei der dritten Runde trat der Arsch in seine Rechte und wir hatten immer einen Schwanz im Arschloch und einen im Mund. Und zwar kam er vom Arsch in den Mund, um ihn durch Zuzeln zum vierten Angriff vorzubereiten. Doch da wurde gewechselt, indem ich die Schwänze zuzelte, die aus dem Arschloch Clairwils kamen und umgekehrt, so wurden wir im ganzen einhundertachtundzwanzigmal von hinten und einhundertachtundzwanzigmal von vorne gevögelt. Hierauf servierte man Braguils und spanische Weine und dann wurden Gruppen gebildet.

Wir erhielten gleichzeitig vier Männer. Unter jeder Achsel einen Schwanz, in jeder Hand einen, einen zwischen den Brüsten, einen im Mund, der siebente im Arsch, der achte in der Fut. Keine Kondome, so daß wir am ganzen Körper von Samen besprengt wurden und aus allen Ecken quoll er auf unseren Leib. Jede Achterreihe wiederholte, indem sie die Frau wechselte und die Manier, so daß wir jede acht Angriffe aushalten mußten, nach welchen wir befriedigt waren. Wir ließen sie dann zwischen Clairwil und mir wählen und stellten ihnen die Auswahl der Unzuchtsart frei. So wurde Clairwil noch fünzehnmal in den Mund, zehnmal in die Fut und fünfunddreißigmal in den Arsch gefickt und ich sechsundvierzigmal in den Arsch, achtmal in den Mund und zehnmal in die Fut, macht zweihundertmal für jede im Ganzen.

Der Tag brach an und da Ostern war, so gingen die Spitzbuben während dieser Beschäftigung ihre Messe lesen und kamen dann wieder. Eusèbe, der nur die Männer liebte, war Zuschauer unserer Unzucht und hatte sich begnügt, hie und da einen seiner Brüder zu pouserieren, während er uns fickte. »Wohlan«, sagte er, »ich will jetzt selbst die Messe lesen. Wie wollt Ihr sie?« Clairwil ordnete an: Ein zweiter Mönch soll dich unterstützen und Ihr müßt die Messe über der Fut unserer Buhldirnen lesen. Ein Mönch vögelt sie in den Mund und zeigt deshalb seinen Arsch dem Messelesenden. Sobald die Hostie geweiht ist, werden wir sie teils verbrennen, teils zerstückeln und die Teile durch Schwanzstöße in unsere Ärsche stoßen lassen. Ebenso geschehe es mit dem Wein. Dann werden wir Eure schönsten Kruzifixe und Kelche besudeln. Dazwischen werden wir gevögelt und geschleckt.«

So geschah nach der Anordnung meiner Freundin. »Wohlan«, sagte sie, »ich bin befriedigt. Ich weiß wohl, daß dies Kindereien sind, aber es erhitzt mir das Blut. Die Wollust besteht ja doch nur durch die Einbildung und die bestschmeckende ist die, die einem am besten gefällt.« Eusèbe und die vier Mönche, die uns am besten gefallen hatten, nahmen an dem großartigen Mahle teil, das uns serviert wurde. Wir ruhten zwei Stunden aus, dann begannen die Orgien aufs Neue. Diesesmal saßen die beiden Buhldirnen über Clairwils Kopf und die eine öffnete ihr Arschloch, die andere die Fut. Ich mußte die vierundsechzig Schwänze wichsen und sie der Reihe nach zuerst in die Scheide, dann ins Arschloch Clairwils, die auf dem Rücken lag, die Füße in die Höhe, einführen. Sie begeilten sich in der Scheide und entluden im Arsche. Dann nahm ich die Stelle Clairwils ein und sie leistete mir denselben Dienst. Diese Wüstlinge hatten nicht nur das Vergnügen, auf zweierlei Weise zu vögeln, sondern konnten auch während des Vögelns nach Belieben eine Fut, einen Arsch oder einen Mund küssen. Alle überschwemmten uns mit Samen.

Bei der zweiten Runde vibrierte jede der beiden Tribaden mit einem Schweif auf dem Gesicht, zwei hatten wir in der Hand, zwei Mönche leckten uns im Arsch. Wir saßen auf dem Gesichte dessen, der uns im Arsch leckte; der uns Minett machte, lag zwischen den Füßen. Der Siebente und Achte standen, die Waffe stichbereit, und warteten, bis wir durch die Schlecker genügend erregt, nach den Schwänzen verlangten. So erhielt jede noch acht Stöße.

Meine Freundin und ich waren übersättigt, als Clairwil einer ihrer Zügellosigkeit würdige Ideen hatte. »Wenn eine Frau geschickt ist«, sagte sie, »so kann sie von zwei Männern gleichzeitig gevögelt werden. Wer noch ein steifes Glied hat, nähere sich mir. Einer der Stärkeren nehme mich auf den Schoß und stecke ihn hinein, der andere stößt ihn von der anderen Seite in die Fut und kitzelt mir dabei das Arschloch. Einen dritten will ich schlecken und mit jeder Hand einen schmeicheln.« Clairwil war genügend weit gebaut zu einem solchen Unternehmen. Energisch bearbeitet von zwei Riesenstämmen, von denen der eine sich zurückzog, während der zweite sich bis zu den Haaren versenkt; auf diese Weise durch mehr als drei Stunden von sechsundzwanzig Mönchen, die Geschick genug dazu besaßen, bearbeitet, wurde die Hure geradezu verrückt davon. Ihre Augen sprühten, ihr Mund schäumte, sie war aufgelöst.*

So erschöpft sie schien, hatte die Dirne noch nicht genug. Sie durcheilte wie eine Bacchantin die Reihen und schleckte an den Gliedern, um neue Erfolge zu erzielen. Zu jung und zu zart, um solch unzüchtiger Schrankenlosigkeit zu frönen, hatte ich mich begnügt, ihr die Schwänze vorzubereiten, war aber selbst zu nichts mehr fähig. Ich empfand in beiden Wollustherden ein

* Wir versichern allen Frauen, die auch so gebaut sind, daß diese Art der Wollust so prickelnd, so gesalzen ist, daß es schwer ist, sie auszuhalten, ohne in Ohnmacht zu fallen. Wenn sie einen hinlänglich geschickten Mann finden, der sie gleichzeitig im Arsch fickt, so können sie sicher sein, das Äußerste an Genuß erreicht zu haben, was der Mann gewähren kann. Wir haben dies von einer dreißigjährigen Frau, die das wenigstens hundertmal mitgemacht hat.

soches Feuer, daß ich kaum sitzen konnte. Wir dinierten...

Es war spät, Clairwil wollte im Kloster schlafen. »Du wirst mir«, sagte sie zum Prior, »eine Matratze auf den Hochaltar legen lassen; dort werde ich in der Nacht vögeln. Juliette wird mir es nachmachen. Es ist heute sehr heiß; dort werden wir es am kühlsten haben. Geh in die Kapelle der Jungfrau und nimm dir die besten Ficker mit.« — »Oh, ich kann nicht mehr!« — »Nun also, dann geile sie, laß dich geilen, schlecke und laß dich schlecken. Immerhin wirst du mit Samen den Altar besudeln. Ich für meinen Teil«, fuhr sie fort, »gleiche dir gar nicht. Sosehr ich auch gefickt werde, ich habe nicht genug. Die Ströme von Samen, die mein Arsch und meine Fut übernommen, haben mich nur entzündet; ich brenne. Und den Brand, durch Samen erzeugt, kann nur Samen löschen, und eine Frau mit meinem Temperament ist nur glücklich im Coitus. Die Hurerei ist die Tugend der Frau, wir sind zum Vögeln geboren! Unglücklich diejenigen, welche noch eine törichte Tugend an blöden Vorurteilen festhält. Die Opfer ihrer Neigung sind vergebens, wenn auch nur kühle Ehrfurcht vom Manne erwartet wird; sie sterben ohne gelebt zu haben und ohne betrauert zu werden. Die Liederlichkeit der Frau wurde auf der ganzen Erde verehrt; überall hatte sie Anbeter und Tempel. O, wie heiß liebe ich sie! Ich schwöre es immer aufs Neue, Hure zu bleiben bis ans Ende meiner Tage. Wie danke ich denen, die mir die Wege des Lasters geebnet. Ihnen verdanke ich allein das Leben. Ich erhielt es von meinen Eltern, beschmutzt von schimpflichen Vorurteilen, doch das Feuer der Leidenschaft hat sie alle verzehrt, und da erst Tag ward, als ich die Kunst des Fickens kannte, so habe ich damals erst Leben empfangen. Oh, ihr Schwänze, ihr seid meine Götter, meine Eltern Fremde; für euch, göttliche Glieder, lebe ich allein, und wenn er weder in der Fut noch im Arsch ist, so ist er in meinen Gedanken, und wenn man mich einst zerschneiden wird, wird man ihn in meinem Gehirn finden.«

Nach diesem Moment des Aufjauchzens, im Ton und nach Art einer Besessenen, nahm Clairwil zwei Mönche und legte sich auf den Altar schlafen. Ich machte es ihr nach. Nachdem ich mich sorgfältig mit Rosenwasser gebadet, versuchte ich aufs Neue, die Angriffe der beiden entzückenden Novizinnen auszuhalten, welche ich mir mitgenommen; und ich schwamm in Wollust, als Clairwil sich vom Altar auf die Erde wälzte und schrie, sie brauche neue Männer. Wählerisch kann man sein, wenn man im Überfluß schwimmt. Aber jetzt sind wir in Not; die Kerle da sind ausgepumpt. »Glaubst du, Juliette, ich habe versagt, ich, die noch nie diese Schande erlitten. Auf, auf, es gibt noch Schwänze in dem Kloster. Wir haben uns die schönsten ausgesucht, machen wir uns jetzt über die anderen. Folge mir! Wenn der Prior nicht persönlich unsere Wünsche erfüllen kann, so wird er uns befriedigen lassen durch die anderen Brüder, welche noch frisch und unberührt, denn sie haben mit uns noch nichts zu tun gehabt, sie sind noch im Besitz aller ihrer Kräfte, um unsere Brunst stillen zu können!« Sie ließ den Prior holen. »Auf!« rief sie ihm zu, als er erschien, »führe uns in die Zellen der Brüder, die unserem Bacchanale bis jetzt ferngeblieben!« Wir folgten ihm. Die Türen öffneten sich bei unserem Nahen, und wie diese auch ausgestattet waren, die wir vorfanden, sie mußten uns gebrauchen. Alle unterschrieben den Kontrakt mit ihrem Samen. Einige griffen uns von vorn an, die meisten von hinten. Und wir, deren einziges Bestreben war, gefickt zu werden, empfanden auch kräftig voraus, was man von uns verlangte, und waren nur glücklich, Samen zu empfangen, in welchen Körperteil er auch floß. So müßten alle Frauen denken. Gibt es etwas dümmeres, als zu glauben, daß es nur einen Körperteil gibt, um den Schwanz in sich aufzunehmen, und wenn man sich unglücklicherweise vom Wege verirrt, das Verbrechen sofort fertig ist. Als ob die Natur, als sie uns zwei Löcher schuf, nicht damit uns angewiesen hätte, sie abwechselnd stopfen zu lassen. Man folgt damit der Mutter Natur, die sie ihrem Kinde gegeben, sicher nicht, um sie damit zu verletzen. Eine große Verehrerin dieser Methode und sie ohne Vergleich der anderen vorziehend war ich glücklich, während dieser Rundreise nur Nachfrage nach meinem Arsch zu finden, und ich verwehrte ihn niemandem. Endlich kamen wir zu den Alten. »Man darf keine Ausnahme machen«, sagte Clairwil, »alte Männer sind interessant, wenn sie entladen. Ich verlange von ihnen nur Samen.« Einige, die mit Novizinnen schliefen, stießen uns zurück. »Ihr würdet uns nicht für die Treulosigkeit entschädigen«, sagten sie, »selbst wenn Ihr uns den Altar, auf dem wir zu opfern gewöhnt sind, darbieten würdet. Er hat einen zu gefährlichen Nachbarn.«

Eine Frau mag sich drehen wie sie will, sie bleibt immer eine Frau. (Martial Epig.)

Andere empfingen uns; aber welche Mühe hatten wir, sie auch nur ein wenig in die Höhe zu bringen. Was für eine Plage, was für unzüchtige Hilfen, was für verschiedene Rollen. Bald Opfer, bald Priesterin. Bald mußten wir durch grausame Martern die erschöpfte Natur zu erwecken trachten; während andere nur aus ihrer Lethargie erwachten, indem sie uns dasselbe zufügten. Einer dieser alten Sünder wollte uns peitschen, wir duldeten es. Wir prügelten die anderen. Fünf oder sechs verlangten unseren Mund und, betrogen von ihnen um unsere Plage, erschöpfte sich ihre Lust, ohne daß wir etwas davon hatten. Andere verlangten noch abenteuerlichere Sachen; wir taten alles. Alles mußte entladen, bis zum Portier, zum Zimmerputzer. Und nachdem wir ungefähr dreihundert verschiedene Posten abgegrast hatten, zogen wir uns zurück, total erschöpft von allem, was ein menschlicher Körper erdulden kann. Eine genaue Diät von neun Tagen, zahlreiche Bäder und Molkenkur gab uns unsere Frische wieder, als ob wir niemals die Partie unternommen hätten.

Wenn aber auch in meinem Innern keinerlei Spuren blieben, mein Kopf blieb davon eingenommen. Man kann sich nicht vorstellen, welchen Zustand die Ausschweifung hervorgerufen. Ich war direkt verrückt vor Wollust. Ich wollte, um mich zu befriedigen, oder noch mehr aufzuregen, einmal allein die Gesellschaft der Verbrechensfreunde aufsuchen. Es gibt Momente, wo man das Alleinsein der angenehmsten Gesellschaft vorzieht. Man glaubt freier, erfindungsreicher zu sein. Man ist dann frei von jener Art Schamgefühl, von welcher man in Gesellschaft so schwer los wird, und nichts wiegt die einsamen Verbrechen auf.

Es war einige Zeit verflossen, seit ich das letztemal die Gesellschaft aufgesucht. Immer von Lustbarkeiten umgeben, wußte ich nicht, welchen den Vorzug zu geben. Kaum war ich eingetreten, als ich von allen Seiten neues Lob und Komplimente empfing, und ich sah mich bald als Opfer, obwohl ich gekommen war, um selbst zu handeln. Ein Mann von vierzig Jahren begann mich zu vögeln, aber wenig geneigt, sein Feuer zu erwidern, arbeitete ich nur mechanisch und hatte viel mehr Aufmerksamkeit für einen schönen Abbé, welcher abwechselnd zwei junge Frauenzimmer arschfickte, während er selbst gepeitscht wurde. Er war ein paar Schritte von mir entfernt. Ich regte ihn durch Vorschläge auf und er schenkte mir mehr Aufmerksamkeit, als den Individuen, mit denen er sich beschäftigte. Sobald wir unsere Umgebung los waren, vereinten wir uns. »Deine Art der Lust«, sagte ich ihm. »gefällt mir viel besser, als die, deren Opfer ich war, wie du gesehen. Ich begreife nicht, wie ein Mann, der dieser Gesellschaft angehört, noch Vergnügen an einer Fut haben kann.« — »Ich verstehe es auch nicht«, sagte Chabert (denn er war es, der heute unser Entzücken ist, und den Ihr bald in meinen Abenteuern eine Rolle spielen sehen werdet). »Das will heißen«, sagte der reizende Abbé, »daß dieses Glied, das du da stehen siehst, dich besser im Arsch als in der Scheide kitzeln wird.« — »Gewiß«, antwortete ich. — »Wohlan«, sagte er und nahm den mit sich, der ihn fickte, »gehen wir in ein Boudoir und ich werde dir zeigen, wie ähnlich unser Geschmack ist.« Wir traten ein. Der, welcher Chabert fickte, hatte einen Schwanz wie ein Maulesel. Der Abbé war auch gut ausgestattet, aber mein Arschloch setzte beide matt. Ich versprach Chabert, ihn wieder aufzusuchen und beeilte mich, in die Serails zu kommen. Ich trat ein, noch in vollem Feuer von dem Anreiz, den ich empfangen. Nachdem ich drei Stunden bei den Männern zugebracht, ließ ich mir vom Frauenserail Opfer holen. Ich war begierig, in die Gruben hinunterzusteigen, die zwischen den beiden Mauern waren und wo man sich wie im Innern der Erde fühlte. Ich nahm zwei kleine Mädchen von fünf und sechs Jahren mit und niemals habe ich solche Lust empfunden. Man konnte schreien, fluchen, soviel man wollte.

Eher hätten dich die Antipoden gehört als die Bewohner unserer Hemisphäre, und nach einer Unzahl von Greuel, die ich Euch wohl nicht zu erzählen brauche, kam ich wieder allein an die Oberfläche, obwohl wir zu dritt hinuntergestiegen waren.

Einige Zeit danach dinierte ich bei Noirceuil mit einem sehr schönen Mann von ungefähr fünfundvierzig Jahren, welcher mir unter dem Namen des Comte de Belmor vorgestellt wurde. »Das ist unser neuer Präsident«, sagte Noirceuil, »heute tritt er seine neue Würde an, und er hat uns versprochen, am Tag des Antritts seiner Präsidentschaft einen Vortrag über die Liebe zu halten, einen Vortrag, von dem ich entzückt bin, daß Ihr ihn zu hören bekommt, um dein Herz für immer von diesem Gefühle zu bewahren, welches die Frauen nur zu oft verkehrterweise den Männern gegenüber haben. Du, mein lieber Freund«, setzte er fort, indem er sich an Belmor wandte, »laß dir unsere großartige Juliette vorstellen. Seid Ihr Euch jemals in der Gesellschaft begegnet?« — »Nein«, sagte der Comte, »ich entsinne mich nicht, die Ehre gehabt zu haben.« — »Wohlan«, sagte Noirceuil, »so sollt Ihr Euch, bevor wir fortgehen, hier kennenlernen; es ist der weißeste Arsch und das schwärzeste Gewissen; sie ist unser wohl würdig. Wollt Ihr vor dem Dîner vielleicht eine Kleinigkeit unternehmen? Ich warte noch auf Clairwil, doch bevor sie ihre Toilette beendigt hat, wird es vier Uhr werden; nachdem es erst drei Uhr ist, bitte ich Euch beide, einen Moment in meinem Boudoir zuzubringen; mein Kammerdiener wird uns folgen. Belmor willigte ein, der Kammerdiener kam und schloß uns alle drei ein. Die Leidenschaft Belmors war eine sehr einfache. Er küßte und beäugte lange Zeit den Popo der Frau, während ihn der Mann von hinten bearbeitete. Dann, nachdem es dem Mann gekommen war, vibrierte er ihm das Glied auf dem Arschloch der Frau und ließ ihn ein zweitesmal auf dem Loche Samen verlieren und verschlang dann, was der Mann von sich gab, während die Frau furzen mußte. Dann ließ er sich durchpeitschen. Der Comte vollführte mit mir die ganze Litanei; da er aber seine Kräfte für Abends sparte, entlud er nicht. Wir gingen hierauf wieder zurück. Clairwil, schön wie ein Engel, kam und wir setzten uns zu Tisch.

»Glaube nicht, Juliette«, sagte mir Noirceuil, »daß der Comte immer so sanften Lüsten frönt; er hat dich eben wie eine Freundin behandelt.« — »Wie, ein Mann, der sich schont?« sagte Clairwil. — »Weißt du also, was der Herr im Moment der Verzückung tut?« fragte ich lächelnd Clairwil, »wenn dem so ist, so bitte ich dich, mir es zu sagen, denn er ist mir so sympathisch, daß ich alles wissen will, was ihn angeht.« — »Soll man es ihr sagen, lieber Comte?« fragte ihn Noirceuil. — »Ich sollte nicht einwilligen, denn das wird der Gnädigen eine schlechte Idee von mir geben.« — »Ich kenne meine Freundin genügend«, sagte Clairwil, »um Euch versichern zu können, daß sie Euch nur nach der Zahl und der Größe Eurer Laster schätzen wird.« — »Also gut«, sagte Noirceuil, »die Hauptleidenschaft dieses Verbrechers ist, einen fünf- oder sechsjährigen Knaben auf die Schultern einer schönen Frau binden zu lassen. Dann läßt er das Blut des kleinen Opfers aus 1.000 Wunden herunterfließen, aber so, daß sich der Bach über das Arschloch der Frau ergießt, welche während der Operation scheißen muß; er aber, kniend vor ihrem Hintern, schlürft das Blut, während drei Männer sich in seinem Arschloch auspumpen. Du siehst also, daß das, was er mit dir getan, nur eine Kleinigkeit war, entsprungen seiner Phantasie; doch die kleinen Gewohnheiten eines Mannes charakterisieren die großen und das Hauptlaster verrät sich immer durch irgend eine Kleinigkeit.« — »Teufel«, sagte ich zum Comte, »dein Wahnsinn verdreht mir den Kopf; verwende mich oft, ich bitte dich, zu solchen Taten und sei überzeugt, daß ich nichts versäumen werde, um deine

Begeisterung zu vervollständigen.« Belmor versicherte mir, daß dies noch heute geschehen werde und bat mich leise, für ihn meinen Kot aufzuheben. »Sehen Sie«, sagte Clairwil, »ich wußte es, daß Sie durch Ihre Ausschweifung meiner Freundin nur gefallen werden.« — »Die Tugend«, deduzierte Noirceuil, »die Tugend der Enthaltsamkeit ist blöd. Der Mensch ist zur Lust geboren und nur durch die Zügellosigkeit lernt er die süßeste Lust des Lebens kennen.« — »Ich für meinen Teil«, sagte Clairwil, »glaube, daß man sich blind allem hingeben muß und nur unter den Verirrungen findet man das Glück.«

»Die Natur«, sagte der Comte, »weist den Menschen darauf hin, das Glück in Exzessen zu suchen; seine Unbeständigkeit rät ihm, täglich neue Mittel zu finden, und das beweist, daß die süßesten Freuden in Verirrungen liegen. Unglück über die, welche die Jugend eines Menschen kasteien und ihn so zum unglücklichsten der Geschöpfe machen.« — »Man muß sich«, sagte Noirceuil, »nicht über das Ziel derer täuschen, welche dies tun; sie tun es zweifellos aus Böswilligkeit und Eifersucht, aus Angst, andere könnten so glücklich sein, als man es, wie diese Pedanten wohl wissen, durch die Hingabe an alle Leidenschaften wird.« — »Der Aberglaube«, sagte Belmor, »hat auch seinen Anteil. Es gibt Sünden, um Gott zu schaffen, denn ein Gott, der über nichts erzürnte, wäre ein kraftloses Geschöpf, und wo fände man eher den Keim des Verbrechens als in den Leidenschaften.« — »Welches Übel«, sagte Noirceuil, »fügt die Religion dem Weltall zu.« — »Ich halte sie«, äußerte ich meine Meinung, »für die gefährlichste Sündflut; derjenige, welcher zuerst zu den Menschen davon sprach, war notwendigerweise ihr größter Feind; die schrecklichsten Strafen werden zu gering für ihn.« — »Und doch«, sagt Belmor, »fühlt man in unserem Vaterland die Notwendigkeit, sie ganz auszurotten.« — »Dies ist auch schwierig«, sagte Noirceuil, »an nichts hängt der Mensch so sehr wie an den Kindheitsprinzipien. Eines Tages vielleicht werdet Ihr das Volk enthusiasmiert von ebenso lächerlichen Vorurteilen wie die der Religion, seine Idole stürzen sehen, aber es wird wie ein furchtsames Kind wieder nach kurzer Zeit über die Zerstörung seiner Spielzeuge weinen und wird sie gar bald mit noch größerem Eifer aufbauen.« — »Nein, niemals werdet Ihr Philosophie bei dem Volke finden. Seine trägen Organe werden niemals von dem heiligen Feuer dieser Göttin erwärmt und biegsam werden. Die Priesterherrschaft, wenn auch einen Moment geschwächt, wird sich mit umso größerer Gewalt wieder herstellen und bis ans Ende der Welten wird uns der Aberglaube mit seinen Giften durchtränken.« — »Diese Prophezeiung ist ja schrecklich!« — »Sie ist nur zu wahr, und wie sich ihr widersetzen? Es gibt nur ein Mittel«, sagte der Comte, »es ist blutrünstig, aber sicher; man muß alle Priester und alle Gläubigen an einem Tag abschlachten, gleichzeitig die leiseste Spur der Religion vernichten und den Atheismus proklamieren. Die Erziehung der Jugend den Philosophen anvertrauen, den Unglauben verbreiten, vertiefen und durch ein Jahrhundert die Todesstrafe auf die Wiederherstellung der Chimäre setzen.« — »Ja, macht man aber Proselyten mit Strenge? Die Unduldsamkeit ist die Wiege der Märtyrer.« — »Dieser Einwurf ist lächerlich, das geschah nur, weil man mit zuviel Langmut und Milde vorgegangen ist. Man hat die Tat gestraft, aber nie vollendet. Es genügt nicht, einen der Köpfe der Hydra abzuschlagen, man muß das ganze Monstrum vernichten. Der Märtyrer einer Überzeugung sieht dem Tod mit Mut entgegen, denn er sieht seine Jünger. Schlachten Sie alle an einem Tag und es gibt für die Jünger keine Märtyrer.« — »Diese Operation ist aber nicht sehr leicht«, sagte Clairwil. — »Viel leichter, als man glaubt«, antwortete Belmor, »die Regierung gebe mir fünfundzwanzigtausend Mann und ich führe sie aus.« — »Man muß nur politisch, fest und unbeugsam sein«, sagte ich, »da muß man zwei Drittel von Frankreich zerstören.« — »Nicht einmal eines«, sagte Belmor, »aber gesetzt, es wäre dem so, wäre es nicht tausendmal besser, der schönste Teil Europas würde von zehn Millionen ehrenhafter Menschen bewohnt, als von fünfundzwanzig Millionen Spitzbuben? Aber ich wiederhole: so viel wahre Christen gibt es gar nicht in Frankreich. Ein Jahr Arbeit im Stillen und Finstern genügt zur Vorbereitung, und erst, wenn ich des Erfolges sicher, schlüge ich los.« — »Das wäre aber ein ausgiebiger Aderlaß.« — »Gewiß, aber er würde für immer das Glück Frankreichs sichern. Seid überzeugt, daß alle Wunden, die Frankreich seit achtzehn Jahrhunderten geschlagen wurden, die Religion verschuldet.« — »Wenn man Euch zuhört, werter Comte, so liebt man nicht sehr die Religion; ich sehe sie auf dem Volke lasten, und wenn ich dasselbe nicht so liebte, würde ich die Religion weniger hassen.« — »Wohlan«, sagte Noirceuil, »erteilt Euch die Regierung so einen Auftrag, so freue ich mich des Erfolges, denn er verjagt eine Einbildung, die ich am meisten hasse.« Mittlerweile war es spät geworden und nach einem üppigen Dîner gingen wir in die Gesellschaft.

Eine ganz außergewöhnliche Sitte verband sich mit der Aufnahme eines neuen Präsidenten; auf einem Kanapee unter seinem Throne legte er sich auf den Bauch und alle Mitglieder küßten ihm, bevor er seinen Thron bestieg, den Arsch. So geschah es. Nachdem er den Thron bestiegen, begann er: »Meine Brüder, ich habe Euch einen Vortrag über die Liebe versprochen, und obwohl er eigentlich den Männern gilt, wird er auch den Frauen nützlich sein, um sie vor dem gefährlichen Gefühl zu bewahren.«

Er bedeckte sein Haupt und begann: »Man nennt Liebe dieses Gefühl im Inneren, welches uns fast wider Willen zu irgend einem Objekte zieht, mit welchem wir uns vereinen möchten, uns umschmeichelt und berauscht, wenn die Vereinigung gelungen, was uns vor Verzweiflung zerfleischt, wenn dieses Band zerrissen wird. Gefährlich wird sie, wenn sie aufs metaphysische Gebiet übergeht, uns mit dem geliebten Objekt eins werden läßt, seine Wünsche, Willen und Taten zu den unseren macht. Dadurch vernachlässigen wir unsere Interessen für das geliebte Objekt, und hier liegt die große Gefahr. Wir fühlen das Unglück und den Kummer der Geliebten mit, und diese vermehren unser eigenes Unglück. Dazu kommt noch die marternde Angst, sie zu verlieren oder erkalten zu sehen. Aus der größten Seelentiefe kommen wir durch diese Kette zur grausamsten, schrecklichsten

Empfindung, die man sich vorstellen kann. Wenn der Lohn für diese Qual mehr als eine ganz gewöhnliche Freude wäre, vielleicht würde ich Euch raten, sie aufzunehmen. Aber alle diese Sorgen, Qualen und Dornen der Liebe führen zu nichts anderem als man auch ohne sie erlangen kann. Wozu dann die Liebe? Wenn sich eine schöne Frau mir darbietet und ich verliebt werde, habe ich dasselbe Ziel wie jeder, der sie nicht liebt. Was wollen wir denn: Beide wollen wir sie vögeln. Er, weil er ihren Leib begehrt, ich, weil eine solche phantastische Chimäre mich den wahren Grund übersehen läßt, denn obwohl ich dieselben Gefühle habe, wie mein Konkurrent, rede ich mir ein, ich begehre ihr Herz und jede Wollust sei ausgeschlossen, und ich rede mir das so lange ein, bis ich im Stande bin, der Frau den Vorschlag zu machen, sie platonisch zu lieben und ihr meine ganzen physischen Begierden zum Opfer bringe. Da liegt aber der grausame Grund meines Irrtums, dadurch komme ich in den Abgrund des Kummers, das zerstört mir das ganze Leben; Verdacht, Eifersucht, Sorge wird mein täglicher Begleiter. Und je näher ich meinem Glücke komme, desto mehr wird die schreckliche Angst, es zu verlieren, mein Leben vergiften. Indem ich aber auf die Dornen dieses gefährlichen Gefühles verzichte, glaubt nur ja nicht, daß ich mich der Rosen beraube. Ich pflücke sie ohne jegliche Gefahr. Ich nehme nur den Kern der Frucht und entferne die Schale. Ich werde den Körper besitzen, den ich begehre, und verzichte auf die Seele, die mir zu nichts gut ist. Wenn der Mensch sich das wirkliche Ziel des Genusses klar machen würde, so würde er seinem Herzen dieses grausame, verzehrende Fieber ersparen. Wenn er zur Überzeugung gelangen würde, daß die Liebe zum Genusse nichts beiträgt, sondern im Gegenteil ihn nur beeinträchtigt, würde er auf dieses metaphysische Gefühl, das ihn blind macht, verzichten und mit dem leiblichen Genusse sich begnügen und so wahres Glück genießen, jeglichen Kummer vermeiden.

Dieses Zartgefühl im Genusse ist vollständig überflüssig. Es hat zwar für die geistige Auffassung der Liebe einen Wert, aber einen rein illusorischen. Es ist wie mit allen Illusionen: sie vergrößern sich gegenseitig. Aber zur Befriedigung der Sinne trägt sie nichts bei, ja ist direkt schädlich. Der vernünftige Mann soll im Objekte seines Genusses nichts anderes sehen, als etwas, für das sich die Sinne regen, das zu ihrer Befriedigung dient, und wenn es die Flamme, die es erzeugt, wieder gelöscht hat, schön wieder in sein Nichts zurücksinkt.

Kurz, dieses Objekt ist nicht einzig in seiner Art. Er kann ebenso schöne, ebenso gefällige finden. Er hat gelebt, bevor er es kannte, warum soll er nicht ruhig weiterleben? Wie soll ihn die Untreue der Frau in seinem Leben berühren? Indem sie anderen ihre Gunst schenkt, raubt sie ihrem Geliebten irgend etwas? Er hat seinen Teil. Was will er noch? Warum soll nicht auch ein anderer sie besitzen? Was verliert er denn endlich in ihr, was er nicht bei einer anderen wiederfinden würde? Wenn sie ihn mit einem Rivalen betrügt, so kann sie auch wieder den Rivalen mit ihm betrügen. Alle Sorgen hätten eine Berechtigung, wenn es nur eine Frau auf der Welt gäbe; so sind sie aber lächerlich, denn jeder Verlust läßt sich ersetzen.

Indem ich mich an die Stelle des zärtlichen Liebhabers versetze, sehe ich mit etwas Aufmerksamkeit, daß die ganzen Gefühle nur der Illusion ihre Stärke verdanken. Der Wunsch, das Weib zu besitzen, verschönerte sie in seinen Augen, und wenn der Genuß mich nicht herabstimmt, so ist es, weil ich entweder ihn nicht genügend ausgekostet oder weil noch ein Rest von Irrtum übrig blieb. Weil die Schleier, die ich vor dem Genusse trug, wider meinen Willen auf meine Augen zurückfallen. Und ich zerreiße sie nicht... Das ist Schwäche... Kleinmut! Sehen wir uns nach dem Genusse die Göttin genau an. Erfassen wir den Moment der Ruhe und Erschöpfung, sehen wir einmal ein wenig hinter die Kulissen des Lebens. Wir werden finden, daß dies so göttliche Wesen, das uns den Kopf verdreht, dieselben Wünsche, dieselben Ziele, dieselben Fehler und dieselben Körperformen hat, wie jede andere ihres Geschlechtes. Und wir entledigen uns bei dieser kaltblütigen Prüfung aller Voreingenommenheit für dieses Wesen, das allen anderen seines Geschlechtes so ganz ähnlich ist, und indem wir diese Voreingenommenheit aufgeben, verlieren wir nichts, was wir nicht leicht ersetzen können.

Mischen wir aber nur ja nicht die Charaktervorzüge hinein. Die gehören nur in das Gebiet der Freundschaft. In der Liebe geben sie keinen Ausschlag. Den Körper allein liebe ich. Ihn allein vermisse ich.

Seien wir aufrichtig. Das Weib kann dem Manne nicht das größte Glück gewähren. Was den körperlichen Genuß anbetrifft, so findet der Mann einen viel größeren mit seinesgleichen. Als Freundin verhindert die ihr angeborene Falschheit und niedrige Denkungsart, die Vervollkommnung dieses Gefühles. Die Freundschaft verlangt Aufrichtigkeit und Gleichheit. Wenn ein Mensch den anderen beherrscht, geht die Freundschaft in Trümmer. Die Überlegenheit des männlichen über das weibliche Geschlecht spricht natürlich auch in der Freundschaft von Personen verschiedenen Geschlechts mit und ist ihr sehr gefährlich. Deshalb taugt die Frau weder zur Geliebten, noch zur Freundin. Sie ist nur an ihrem Platze als Sklavin wie im Orient. Sie ist nur gut zum Genuß und nachher muß man sich ihrer, wie der kluge König Chilperich sagt, möglichst rasch entledigen.

Es ist leicht nachzuweisen, daß die Liebe nur ein Vorurteil einiger Nationen ist. Drei Viertel der Völker des Weltalls kennen dieses eingebildete Gefühl gar nicht. Wenn wir den Ursprung dieses Vorurteils aufsuchen, wird es nicht schwer sein zu beweisen, daß es lediglich ein solches ist. Es wird uns auch gelingen, das Heilmittel zu finden. Es ist sicher, daß unsere Ehrfurcht und Neigung für das Wesen, welches eigentlich nur zu unserem Gebrauche geschaffen ist, herstammen aus der Verehrung, die unsere Vorfahren einst für jene Frauen hatten, die als Seherinnen in Stadt und Land lebten. Man gelangte von der Ehrfurcht zur Verehrung, vom Aberglauben zur Galanterie. Aber in der Natur ist dieser Respekt keineswegs begründet. Das weibliche Geschlecht ist so bestimmt das inferiorere, daß es niemals dauernde Achtung bei uns erzielen kann, und die Liebe, die dieser blinden Ehrfurcht entspringt, ist ebenso ein Vorurteil wie jene.

So weit als die Regierung von den Naturgesetzen, ist die Frau von der Ehrfurcht entfernt. Der Mann, der den Naturgesetzen folgt, muß die Frau verachten. Sie werden zu Göttinnen, wenn der Mann schwach wird, denn wenn der Starke seine Kraft verliert, fängt der Schwache zu herrschen an. So ist die Regierung immer auf tönernen Füßen, wenn die Frauen regieren. Weist nicht auf die Türkei hin. Sie war stark, solange es keine Haremsintrigen gab. Die Türken haben das Kaiserreich von Konstantinopel zerstört, als es unter Frauenketten ächzte, während Mohammed II., angesichts seiner Armee, Irene enthauptete, der man zuviel Einfluß auf ihn nachsagte. Es gehört Niedrigkeit, Herabwürdigung dazu, Frauen zu dienen. Wenn man eine Sache um ihrer Dienste willen verehren wollte, müßte man seinen Ochs, seinen Esel, seinen Leibstuhl verehren.

Was wir Liebe nennen, ist mit einem Wort nur Begierde. Solange diese herrscht, ist die Verehrung überflüssig, ist sie befriedigt, dann ist sie unmöglich. Was wohl beweist, daß zuerst die Verehrung und dann die Liebe kam. Der Zustand der Verachtung, in welchem auf drei Vierteln der Welt dieses Geschlecht lebt, wird auch beweisen, daß die metaphysische Liebe keineswegs dem Manne eingeboren, sondern aus Vorurteil und Unsitte entsprungen ist. Diese Verachtung ist bei den Kroaten, in der Geographie unter dem Namen Uskoken und Morlaken bekannt,* so groß, daß sie zur Bezeichnung ihrer Frauen nur die Namen der niedrigsten Tiere wählen. Sie müssen auf der Erde schlafen, auf den leisesten Wink folgen und erhalten den Ochsenziemer bei der leisesten Unfolgsamkeit. Ihre Unterwürfigkeit, tägliche Dienste und Behandlung bleibt sich immer gleich auch in der Schwangerschaft. Man sieht sie oft auf freiem Feld entbinden, ihr Kind zusammenklauben, es am ersten Bache waschen, und zu Hause zurückgekehrt, ihre alte Beschäftigung wieder aufnehmen. In diesem Lande, so hat man bemerkt, sind die Kinder

* Das ist das Volk, das ehemals dem österreichischen Hause unter dem Namen *Panduren* diente. Es bewohnt den mittelern Teil des österreichischen Kroatien. Pandur bedeutet soviel wie: großer Dieb.

viel kräftiger und gesünder und die Frauen viel treuer. Es scheint, als ob die Natur sich rächt für die Rechte, die wir ihr durch unsere Kultur und falsche Empfindsamkeit rauben, indem sie unser Geschlecht degeneriert.

Bei den zaporianischen Kosaken sind die Frauen von der Bevölkerung ausgeschlossen. Diejenigen, welche zur Fortpflanzung dienen, sind auf einsame Inseln verbannt und sie gehen dort hin, sie zu gebrauchen, wenn sie es bedürfen. Aber ohne Wahl, ohne Unterscheidung. Weder Alter noch Gesicht macht einen Unterschied, so daß der Vater Kinder von seiner Tochter, der Bruder von seiner Schwester hat.

Es gibt Gebiete, wo man die Frauen während der Menstruation wie Tiere behandelt, man schließt sie ein und wirft ihnen Futter vor wie Tigern oder Bären. Glaubt Ihr, daß diese Völker sehr verliebt in ihre Frauen sind? Im Lande der Luango in Afrika haben die schwangeren Frauen ein noch schlechteres Los. Man hält sie in diesem Zustand für noch schmutziger, häßlicher und widerlicher. Was gibt es auch häßlicheres als eine schwangere Frau? Um überhaupt den Abscheu vor diesem Geschlechte zu steigern, sollten sie immer nackt gehen und so sollte man sie ihren Verehrern zeigen. Die Neger von Barré handeln mit ihnen erst vier Jahre nach der Entbindung, die Frauen von Maduré sprechen von ihren Männern in solchen Ausdrücken, welche die tiefste Ehrfurcht beweisen. Die Römer und Kelten hatten das Recht, über Tod und Leben ihrer Frauen zu entscheiden. Dieses Recht ist uns von der Natur verliehen und wir mißachten die Gesetze der Natur, wenn wir es nicht ausüben. In ganz Afrika leben sie in schrecklicher Sklaverei und doch fühlen sie sich dort glücklich, wenn nur der Mann sich um sie kümmert. Im Königreich von Juida sind sie so rechtlos und gepeinigt, daß diejenigen, welche für das Serail des Sultans ausgesucht wurden, es vorziehen, sich zu töten, denn dieser Fürst gebraucht seine Weiber nicht ohne schreckliche Martern. In den Bimuhuländern Asiens sehen wir die stolzen Despoten ihre Wünsche zum Befehl machen, die reinste Schönheit mit ihrer ausschweifenden Phantasie besudeln. Der

Chinese mißachtet im allgemeinen die Frauen, man soll sie wegwerfen, sobald man sie benützt. Wenn der Kaiser von Golkonda seinen Spaziergang machen will, so bilden zwölf der größten und kräftigsten Favoritinnen eine Art von Reitkamel für ihn. Ihr könnt Euch vorstellen, was für Sitten seine Majestät im Serail huldigt. Er wäre nicht schlecht erstaunt, wollte man ihm sagen, daß diese Wesen, deren er sich nach seiner Willkür bedient, in Europa Gegenstände der Verehrung sind. Die Moskowiter halten alles, was eine Frau geschlachtet hat, für unrein.

Und glaubt, meine Brüder, daß die Natur uns nicht deshalb mit Stärke ausgestattet hat, damit wir durch das niedrige Gefühl der Liebe herabgewürdigt werden, sondern sie hat sie uns gegeben, um das schwache und trügerische Geschlecht zu beherrschen und sie unseren Gelüsten zu Willen zu machen und wir vergessen vollständig diese Absicht, wenn wir unseren Dienerinnen irgend welche Gewalt einräumen wollen.

Wir bilden uns ein, unser Glück zu finden in der Zärtlichkeit der Frauen, aber dieses Gefühl ist nur ein vorgespiegeltes, welches sie anpaßt der Leidenschaft, die wir in ihr erregen, oder ihren verschiedenen Wünschen, wenn das Alter naht oder das Vermögen in die Brüche geht, lassen sie uns sofort im Stich, ja oft werden sie unsere Todfeinde. Wie dem auch immer sei, gibt es nichts grausameres als die Frau, selbst die, die uns heiß liebt. Wenn wir uns ihrer erfreuen, will sie uns unterjochen, wenn wir sie verachten, rächen sie sich und schaden uns; so kommt es, daß von allen menschlichen Leidenschaften die Liebe die gefährlichste ist. Braucht man einen anderen Beweis, um diesen Wahnsinn zu beurteilen, als die Blindheit, die er hervorrief? Jedes Laster wird zur Tugend, jeder Fehler zur Schönheit, jede Lächerlichkeit zur Grazie. Wenn dann der Rausch verflogen und der Mensch kaltblütig das elendige Objekt seiner Verehrung sieht, sollte er nicht wenigstens über seinen Irrtum errötend sich selbst vornehmen, nie mehr so blind zu sein?

Unbeständigkeit und Ausschweifung, das, meine Brüder, sind die Gegengifte gegen die Liebe. Beide lassen, indem sie uns an den Umgang mit diesen falschen Göttern gewöhnen, langsam alle Illusionen verschwinden. Man verehrt nicht, was man täglich sieht, durch Unbeständigkeit und Unzucht verliert das Herz langsam die gefährliche Weichheit, die es für die Liebe empfänglich macht. Es verhärtet sich und die Heilung ist neu. Und wozu auch sollte ich mich hinziehen lassen durch die Kälte irgend einer Person, wenn ich daran denke, daß ich mir durch ein Paar Louis den Besitz eines ebenso schönen Körpers verschaffen kann?

Vergessen wir nie, daß eine Frau, welche uns einfangen will, Fehler versteckt, die, wenn wir sie kennen lernten, bei uns rasch Ekel erzeugen würden. Wenn unsere Einbildung diese Einzelheiten sehen oder nur ahnen würde im Momente, wo die Liebe zu beginnen scheint, rasch würde sie sie ersticken. Ist es eine Dirne, so haucht sie direkt verderblichen Atem aus, wenn nicht jetzt, so ein anderesmal, verehrt man aber eine Kloake? Ist sie Frau, so können uns vielleicht die Nachwirkungen eines anderen einen Moment reizen, aber Liebe? Übrigens ein schönes Ideal, der leere Sack von ein Dutzend Kindern. Stellt Ihr Euch vor, wie sie entbindet, die Gottheit Eures Herzens, seht Euch den unförmlichen Fleischklumpen an, wie er blutig und stinkend dort heraus kommt, wo Ihr Euer Glück finden wollt! Entkleidet endlich auch zu einer anderen Zeit Eurer Herzensideal, ist es vielleicht der kurze, krummbeinige Unterleib, der Euch entzückt, oder vielleicht die schmutzige und stinkende Grotte, welche er stützt, oder die zwei weichen und bis zum Nabel herunter hängenden Brüste, oder ist es die Kehrseite der Medaille, welche Eure Verehrung erreicht, vielleicht die zwei schlaffen gelben Stück Fleisch, welche ein ekelhaftes Loch einschließen, das sich mit dem anderen vereint? Ja, ja, das sind sicher die Reize, die Euren Geist benebeln, und um sie zu genießen, steigt Ihr unter die dümmsten Tiere herunter, doch nein, es sind noch schönere Eigenschaften, die Euch ketten. Der falsche, doppelzüngige Charakter, der immerwährende Lug und Trug, der gereizte Ton, die Katzenstimme, die Hurerei oder Zimperlichkeit, denn einem der beiden Extreme huldigt jede Frau, Schlechtigkeit, Verleumdung und Unbeständigkeit... ja, ja, ich sehe sie deutlich, diese Vorzüge, und ohne Zweifel, sie verdienen, Euch den Kopf zu verdrehen. Wir müssen genau so der Frau die Rechte verwehren, wie dem Waldaffen, sieht man Mann und Weib nebeneinander, wird man begreifen, daß die Frau eine schlechte Nachbildung des Mannes ist. Derselbe Unterschied findet sich im Innern und zeigt auch die Degeneration.

Glaubt nicht, daß ich übertreibe, wenn auch nicht alle Fehler an Eurem Götzenbilde vereinigt sind, so besitzt sie gewiß einen guten Teil davon. Sie sind da, wenn man sie auch Euch versteckt, wenn auch Toilette und Erziehung verbergen, was Euch anekelt, so ist es doch vorhanden und suchet sie zu finden, bevor Ihr Euer Glück aufs Spiel setzt. Oh, meine Brüder, bedenket auch die Unmasse von Leiden an Körper und Geist, den Verlust an Vermögen und Genüssen, welche die gefährliche Leidenschaft erzeugt, das Leben baut Euch doch dieselben Freuden ohne die Dornen der Gefahr. Die Wollust ohne Liebe bietet Euch mehr als die Liebe, darum genießt sie in vollen Zügen. Muß man denn eine Frau lieben, um sie zu gebrauchen? Ich glaube, wir alle hier sind überzeugt davon, daß für den Genuß die Liebe, wenn nicht schädlich, so doch unnütz ist. Wozu denn Genuß durch eine lächerliche Trunkenheit verlängern, in fünf bis sechs Stunden haben wir ein Weib ausgekostet, eine zweite Nacht, hundert andere Nächte können uns nichts Neues bringen. Wollt Ihr Euch im wahren Sinne an eine Schönheit fesseln, wo Euch 1.000 andere erwarten, würdet Ihr nicht einen Schmausenden verlachen, der sich nur immer an einer Speise ergötzt, während hundert andere auf ihn warten? Die Abwechslung allein ist das wahre Glück.

Was ich von den Frauen gesagt, gilt auch für die Männer, wir haben genau dieselben Fehler, und daher ist jegliche Kette zu verwerfen; wenn man genießen will, muß man obenauf sein. Wer nur Teil hat oder dient, ist vom Genusse ausgeschlossen, abgesehen von jenem törichten Zartgefühl, das uns selbst in der Aufopferung Genuß finden läßt, sind alle geistigen Genüsse nicht eines Sinnesgenusses wert. Es ist mit der Liebe wie mit Gott, nichts als Illusionen. In dem einen Fall verlangen wir Geist und lieben eigentlich den Körper. Im anderen wollen wir einem Geist Körper verleihen, und in beiden Fällen verehren wir eigentlich nur eine Chimäre. Genießen wir, ohne uns an das Objekt zu ketten! Sowie der Hund und die Taube den Gegenstand ihrer Brunst weder vor noch nach dem Akt kennen und kennen wollen, die Begierde ist da, sie wird befriedigt, und damit Schluß. Kommt sie wieder, so gibt es neue Weibchen, die unseren Wünschen wieder zu Willen sind, ahmen wir diese Beispiele, die der Natur näher sind als wir, nach, und wenn wir einige Sinne mehr haben als sie, so benützen wir sie, um unsere Genüsse zu verfeinern. Die Liebe, einzig der Wunsch des Körpers, ist ein rein örtliches Gefühl, welches mit dem Zartgefühl nichts zu hat; es ist klar, daß ich eine Blonde liebe, weil sie zu meinen Sinnen spricht, der andere eine Braune aus demselben Grunde; wozu diese rein körperlichen Gründe in Metaphysik verwandeln?

Aber, wird man antworten, die Verehrung für die Frau lebte zu allen Zeiten, die Römer und Griechen machten Götter aus der Liebe und ihrer Mutter. Wahrscheinlich hatte dieser Kultus denselben Grund wie unsere Verehrung. Bei den Griechen und Römern waren gleichfalls die Frauen Prophetinnen, daher die Verehrung und der Kultus. Übrigens braucht man wenig auf die Verehrung der Griechen und Römer zu halten. Völker, die den Urin unter den Namen des Gottes Sterkulius und den Kot in der Figur der Göttin Kloakin verehrten, die konnten wohl auch die Frauen verehren, welche in ihrem Geruche sich so oft diesen beiden Göttern näherten. Machen wir es daher mit diesen Idolen wie die Japaner es machen mit den ihren, verehren wir sie aufrichtig oder scheinbar, bis wir unseren Wunsch befriedigt haben, und dann verachten wir sie. Weigert sich aber unser Ideal, dann 100 Stockstreiche für es, um es zu lehren, unsere Wünsche zu achten, wie es die Ostjaken tun. Es genügt, an Gott scheinbar zu glauben, solange man von ihm etwas will. 'Die Liebe', sagt Voltaire, 'ist ein Stoff, den die Natur geschaffen und die Einbildung verbrennt. Alles an ihr ist körperlich, sein Ziel, seine Wünsche, seine Freuden. Wenn die Liebe wirklich ein Gut wäre und ein wirkliches Glück, so würde ein Viertel des Lebens verstreichen, ohne dieses Glück genießen zu können. Denn welcher Mann mit sechzig Jahren kann sich rühmen, ein Frauenherz zu fesseln? Er müßte also, trotzdem er, wenn er gut gebaut ist, noch fünfzehn Jahre genießen könnte, fünfzehn Jahre auf sein Glück verzichten.'

Hüten wir uns vor einem solchen System. Wenn das Alter die Rosen der Jugend entblättert, verlöscht es weder die Begierden noch die Mittel, sie zu befriedigen. Die Freuden des Greises, verfeinert, verbessert, auserlesener, werden tausendmal schöner sein, wenn sie in der Unzucht gepflückt sind, als am Busen einer schönen Geliebten, denn dort plagt er sich nur zu ihrem Vergnügen. Die blonde Hébé kann kaum den Abscheu verbergen, was kümmert das den siebzigjährigen Philater, wenn er nur seine Lust an ihr befriedigt. Gerade die Bewegungen des Abscheues vermehren seine Wollust. Er muß Drohungen, ja Gewalt gebrauchen, um es durchzusetzen, daß ihm in sein stinkendes Maul die süße Zunge der jungen Schönheit eindringt, die ihm geopfert sich zu besudeln fürchtet. Alles deutet auf Notzucht, und gerade das schafft Philater einen Genuß mehr. Hatte er einen solchen Genuß mit zwanzig Jahren, als man ihm entgegenkam, ihn mit Liebkosungen überhäufte? Die Wollust erstickt in sich selbst, kaum entstanden, schon befriedigt. Der Widerstand ist die Seele der Begierde und nichts kann ihn so erregen wie der Abscheu. So kann der Abscheu eher alle Genüsse uns verschaffen, die Frauen uns zu besseren Lustwerkzeugen schaffen als die Liebe, die absurdeste Tollheit, deren Lächerlichkeit ich Euch genügend gezeigt.«

Man kann sich vorstellen, daß die Frauen diesen Vortrag nicht sehr beklatschten. Aber Belmor, der ebensowenig ihr Lob wie ihr Gefühl suchte, war hinreichend entschädigt durch den Beifall der Männer, der allerorten erscholl. Nachdem er die Attribute seiner Regentschaft an seinen Vorgänger zuerst gegeben, stieg er von seinem Thron, um die Serails zu visitieren. Noirceuil, Clairwil und ich schlossen uns ihm an, um gemeinsam in den Harem zu gehen. Beim Ausgang aus dem Saal paßt ein sechzigjähriger

Mann Belmor ab und bittet ihn als Beweis dafür, wie gut ihm der Vortrag gefallen, seinen Arsch zur Verfügung zu stellen. Belmor durfte nicht entsagen und stellte sich in Position. Der Greis fängt zu ficken an und hört nicht auf, bevor er nicht in den Hinteren Belmors entladen hat. »Da habe ich nun meinen Dank, an den ich nicht gedacht«, sagte der Comte. »Deine Beredsamkeit«, antwortete Noirceuil. »Verteidiger des Körpers, der ich bin«, sagte Belmor, »würde ich vorziehen, es der Schönheit meines Arsches als des Geistes zu verdanken.« Lachend über diesen Einfall betraten wir alle das Serail, der Präsident ließ alles aufschließen, aber in das Serail durfte niemand außer uns eintreten. Bei seiner Denkungsart könnt Ihr Euch vorstellen, wie viel Schuldige er fand. Im Frauenserail verurteilte er dreißig von fünf bis zehn Jahren, achtundzwanzig von zehn bis fünfzehn Jahren und siebenundvierzig von fünfzehn bis achtzehn Jahren, endlich fünfundsechzig von achtzehn bis einundzwanzig Jahren zur Peitsche. Drei Kinder zwischen sechs und zehn Jahren wurden verurteilt, lebendig geschunden zu werden, drei wurden zum Tode und je in allen Altersklassen eine immer größere Anzahl, doch diese Exekutionen wurden nicht sofort vollzogen.

Die so Verurteilten wurden in verschlossene Zimmer gebracht und das waren die ersten, welche den Wüstlingen für ihre Opfer zur Verfügung gestellt wurden. Vier Frauenzimmer wurden zum Hungerturm verurteilt.

Die Auspeitschungen wurden alle in unserer Gegenwart vorgenommen. Man führte das Opfer zum Präsidenten. Er betrachtete und betastete es einen Augenblick. Dann ergriff er einen Rutenknecht, bog es kräftig übers Knie und sobald es sich nicht bewegen konnte, begann ein anderer ihm soviel Rutenstreiche aufzuzählen, als der Präsident befohlen hatte. Belmor überließ es meistens uns, die Zahl zu bestimmen, und Ihr könnt Euch vorstellen, daß wir nicht gespart haben. Sechs der jungen Mädchen erhielten soviel Schläge, daß sie halbtot weggetragen wurden. Wir alle vier lagen uns in den Armen und geilten uns während dieser Exekutionen, und mehr als einmal kam es uns.

Wir gingen zu den Männern. Hier hetzte Clairwil, und Belmor, dessen Geschmack es war, wie ich Euch erzählt habe, kleine Knaben auf seinem Körper schlachten zu lassen, bedarf keines Anspornes zur Grausamkeit. Zweiundvierzig Knaben von sieben bis zwölf Jahren erhielten furchtbare Rutenstreiche, sechs wurden zum Tode verurteilt, zehn zum Schinden. Vierundsechzig Knaben von zwölf bis achtzehn Jahren wurden gepeitscht, drei zum Tode verurteilt, acht zum Schinden. In der letzten Klasse von achtzehn bis fünfundzwanzig Jahren sechsundfünfzig gepeitscht, zwei zum Tode, drei zum Schinden verurteilt. Sechs wurden im ganzen zum Kerker verurteilt. Zwei Matronen wurden ausgepeitscht wegen Nachlässigkeit im Dienst. Belmor prügelte sie eigenhändig.

Ich hatte ihn während der ganzen Zeit gegeilt, er war furchtbar erregt. Ich muß aber seiner Charakterfestigkeit die Ehre zollen, daß er nicht ein einziges Mal entlud und nicht nachgab.

Endlich sagte ihm Noirceuil: »Beginnen wir doch mit der Wollust. Zeige uns deine Leidenschaft. Belmor, du hast es uns versprochen!« — »Ich willige ein«, sagte der Comte, »da ich aber sehr aufgeregt bin, so werde ich die Szene sehr erweitern.« — »Umso besser«, sagte Noirceuil, »desto mehr Vergnügen werden wir haben.« Daraufhin suchte der Präsident zehn siebenjährige Knaben aus und ebensoviel schöne, große Mädchen; nachdem ich aber unter ihnen sein wollte, nahm er nur neun. Alle waren zwischen achtzehn und einundzwanzig Jahren. Ich bemerkte, daß alle, die er aussuchte, unter denen waren, die er zum Tode oder zum Schinden verurteilt hatte. Zehn Männer, alle ausgesucht nach der Größe der Glieder, wurden bestimmt, ihn zu vögeln. Und so begann er.

Man band zuerst eines der Kinder auf die Schultern eines der Mädchen, aber so eng, daß man geglaubt hätte, sie seien ein Körper, hierauf legte sich das Mädchen mit ihrem Packet auf dem Rücken flach ausgestreckt auf den Bauch und zwar auf ein Sofa, wobei sie den Arsch besonders heraussteckte. Der Comte betrachtete sie, biß und zwickte heftig den Arsch des Kindes, ein anderes Mädchen von zwölf Jahren legte sich auf die Erde zwischen den Beinen derjenigen, welche das Kind trug. Belmor kniete gleichfalls zwischen ihren Füßen, wobei er die auf dem Boden Ausgestreckte in den Mund fickte; in dieser Stellung ließ er sich in den Arsch vögeln und Clairwil bearbeitete seinen Liebhaber von hinten. Infolge dieser Stellung des Comte befand sich sein Kopf in der Höhe des Hinteren des auf dem Sofa liegenden Mädchens; hierauf durchbohrten zwei Henker den Leib des Kindes mit 1.000 Stichen und das Blut floß zwischen die Arschbacken des Mädchens gerade vor dem Kopf des Comte herunter. »Scheiße«, sagte er zu dem Mädchen, sobald er die ersten Blutstropfen rinnen sah. »Scheiße mir in den Mund!« Sie folgte und der Schweinkerl erhielt auf diese Weise, indem er seine Lippen an das Arschloch heftete, sowohl den Dreck des Mädchens, als das Blut des Kindes. Sobald der letzte Tropfen Blut des Opfers entströmt war, stand das Mädchen auf und stellte sich dem Comte vis-à-vis mit ihrer Last auf den Schultern. Ich kam als Dritte an die Reihe, aber mir nahm man das tote Kind weg. Alle zehn Kinder wurden getötet; während der Comte zehnmal entlud und zehn Mädchen schissen und er zehnmal in den Arsch gefickt wurde, ohne daß eine Pause eintrat. Clairwil war außer sich, sie hatte wenigstens 1.000 Peitschenhiebe auf die Ärsche der Männer, die den Comte fickten, ausgeteilt. Noirceuil betrachtete alles mit Kaltblut, sitzend zwischen zwei schönen Mädchen von sechzehn Jahren, welche ihn abwechselnd wichsten und schleckten, während er ihre Ärsche mißhandelte. »Das ist eine sehr schöne Leidenschaft«, sagte er zu Belmor, als dieser das zehntemal entladen hatte. »Aber ich will dem Comte mit seiner Erlaubnis eine andere Kombination zeigen; hierzu brauche ich zehn kleine Mädchen von fünf bis sieben Jahren und zehn Knaben von zehn bis achtzehn Jahren. Die Buhler des Comte kann ich noch weiter gebrauchen, denn sie sind noch immer kampfbereit.« Hierauf traf er folgende Anordnung: Er ließ auf die Brust des sechzehnjährigen Knaben das kleine Mädchen mit der Scheide auf den Mund des Jünglings so festbinden, daß derselbe fast erstickte. »Bedenkt«, sagte Noirceuil, »daß bei meinem Arrangement Träger und Last leiden, was beim Comte nicht der Fall ist. Solche Einrichtungen vervollkommnen sich, je mehr Schmerzen hierbei hervorgerufen werden.« Noirceuil kniete sich vor dem Träger nieder und schleckte ihm das Glied; die Henker bearbeiteten das Kind, die Mädchen leckten abwechselnd das Glied Noirceuils und außerdem fickte man ihn in den Hintern. Das Blut des Opfers floß zugleich mit dem Samen des Trägers Noirceuil in den Mund. Die Opfer wechselten und es gab noch zehn Tote. »Ich ziehe dieses Arrangement vor«, sagte ich, »und wenn es nicht zu spät wäre, würde ich es fortsetzen.« Auch Belmor pflichtete bei. »Dennoch werde ich«, sagte er, »bei meiner Wahl bleiben, weil Noirceuil Mädchen opfert, und ich kleine Buben vorziehe.« — »Stimmt!« rief Clairwil aus. »Deshalb bin ich auf deiner Seite; es gibt nichts Besseres, als seine Opfer unter den Männern zu suchen. Was soll mir der Triumph des Starken über das schwache Geschlecht. Mir schmeichelt es nur, wenn meines über das der Männer triumphiert. Männliche Bestien!« rief sie aus und wandte sich an unsere Freunde ganz verzückt. »Tötet soviel Frauen als Ihr wollt, wenn nur zehn Opfer Eures Geschlechtes auf einen Toten meines Geschlechtes kommen.«

Hierauf trennte man sich. Noirceuil und Belmor gingen in das Frauenserail, wo sie noch zwölf Weiber auf die verschiedenste Art abschlachteten, während Clairwil und ich zu den Männern gingen, wo wir einige Kleinigkeiten begingen, die Ihr Euch ohne Erzählung vorstellen könnt. Wenige Tage nachher kam der Comte zu mir und bewies mir, daß Clairwil mich nicht betrogen, als sie mir versicherte, er wolle mit mir in Verbindung treten. Belmor, unendlich reich, schlug mir 50.000 Francs pro Monat vor für zwei Soupers die Woche. Nachdem Saint-Fond mich durchaus nicht behinderte, sagte ich dem Comte freudigen Herzens zu, bemerkte aber, daß 50.000 Francs nicht ausreichen würden, die Soupers zu bezahlen. Der Comte verdoppelte hierauf die Summe und verpflichtete sich außerdem, die Zutaten selbst zu bezahlen, nachdem er bei jedem Souper drei neue, außergewöhnlich schöne Frauen haben wollte, auf deren Körper er die drei Knaben töten könnte. Nach diesen Mordtaten würde er bei mir schlafen und wir würden uns noch zwei bis drei Stunden geilen, worauf er sich zurückziehen würde. Dieser Vertrag wurde beschlossen. Belmor war mit Noirceuil und Saint-Fond gewiß der verdorbenste Mann, den ich kannte. Er war es aus Temperament und Geschmack und seine gemeine Phantasie erfand Dinge, die ich noch nie gesehen. »Juliette«, sagte er mir eines Tages, »diese Einbildungskraft hat mich gerade zu dir hingezogen. Denn man wird schwer eine üppigere, unzüchtigere und abwechslungsreichere als die deine finden. Ja, gerade diese Unzuchtsideale, die wir nicht durchführen können, aber zusammen erdacht haben, fesseln uns am meisten aneinander. Oh, Juliette, kein Mensch hat eine Ahnung, was wir zwei an Wollust auszudenken imstande sind in den Momenten, in welchen unser ganzer Feuergeist sich nur mit Wollust beschäftigt. Welches Entzücken, wenn man, jene Ideale vor Augen, sich geilt, welcher Schwung, welche Begeisterung! Die ganze Welt gehört uns und dient der Ausgeburt unserer Phantasie. Man verwüstet die Welt und bevölkert sie aufs Neue, um sie aufs Neue zu zerstören. Alle Verbrechen sind die unsrigen, und was immer ein erfindungsreicher und verbrecherischer Geist ausdenken kann, reicht nicht an unsere Begierde. Wie sagt doch Lamettrie? Glücklich, tausendfach glücklich sind diejenigen, deren lebhafte und lüsterne Einbildungskraft dem Sinne einen Vorgeschmack der Lust gewährt. In Wahrheit, Juliette, ich weiß nicht, ob nicht die eingebildeten Genüsse tausendmal mehr wert sind als die, welche man besitzt. Vor meinen Augen, Juliette, ist dein Arsch; ich finde ihn schön, aber meine die Natur übertreffende Phantasie schafft sich einen viel schöneren. Was du uns bietest, ist schön, aber mit dem Arsche meiner Phantasie, glaube ich, könnte ich Genüsse haben, die kein Gott je schuf.«

Es ist nicht zu wundern, daß der Comte mit einem solchen Kopfe auf alle möglichen Gedanken kam. Es gab wenig Männer, die so liebenswürdig waren wie er. Aber ich habe keine Zeit, mich bei den Greueln aufzuhalten, die wir zusammen begingen. Ich habe Euch Wichtigeres zu erzählen.

Es waren ungefähr vier Monate vergangen, seit ich mit meinem Vater das Lager geteilt, und ich starb vor Aufregung, weil ich fürchtete, schwanger zu sein. Bald bemerkte ich, daß ich nur zu recht gehabt hatte und war rasch entschlossen. Ich teilte es einem berühmten Geburtshelfer mit. Derselbe war genügend gewissenlos und führte geschickt eine lange, dünne Nadel in meine Gebärmutter ein und durchbohrte den Embryo. Zwei Stunden darauf kam es zum Vorschein ohne jeglichen Schmerz. Dieses Mittel, viel sicherer als das Engelmacherpulver, rate ich allen Frauen an, die ihre Gesundheit und ihren Wuchs einigen keimenden Samenteilchen vorziehen, welche gar oft, zur Reife gelangt, das Unglück derer schaffen, die sie geboren.

Eines Tages sagte mir Clairwil, sie habe die Adresse einer ganz außergewöhnlichen Frau, zu dieser müssen wir gehen. Sie erzeugt und verkauft alle möglichen Gifte, sie prophezeit und hat sich noch selten getäuscht. »Gibt sie auch das Rezept der Gifte?« fragte ich. »Für 50 Louis.« — »Erprobt?« — »Vor ihr, wenn man will.« — »Dann folge ich dir, Clairwil, ich habe immer für Gifte geschwärmt. Es ist ein entzückendes Gefühl, das Leben der anderen in der Hand zu haben und im Moment, als du mir davon gesprochen, habe ich meine Nerven zittern gefühlt; ein wollüstiger Schauer durchbebte sie.« — »Ja hast denn du mir nicht gesagt, daß Saint-Fond dir eine ganze Kiste davon anvertraut hat? Was hast du damit gemacht?« — »Sie ist verbraucht, und ich kann keines von ihm verlangen.« — »Für seine Lüste?« — »Ein Dritteil, der Rest für die meinen.« — »Aus Rache?« — »Mitunter; meistens aber aus Wollust.« — »Entzückendes Geschöpf!« — »Oh, Clairwil, du hast keine Ahnung, was mir diese Verirrungen verschaffen. Eine Schachtel vergifteter Süßigkeiten in der Tasche, durcheilte ich zu Fuß, verkleidet, die öffentlichen Anlagen, Gassen, Bordelle; ich verteilte ohne Wahl die todbringenden

Bonbons, ja, ich zog sogar Kinder vor. Dann ging ich die Folgen meiner Taten kontrollieren. Fand ich vor der Tür des Hauses, in welchem ich meine Gaben tags zuvor verteilt, einen Sarg, dann floß ein himmlisches Feuer durch meine Adern und außer mir krönte in einer unseligen Entzückung die Natur mein Werk.« — »Das ist ganz selbstverständlich«, sagte Clairwil, »meine, Saint-Fonds und Noirceuils Prinzipien haben in mir die Gabe genährt, der Natur in ihrem Willen ins Herz zu sehen. Das Morden bringt uns genau dasselbe Vergnügen wie anfangs die Peitsche. Das Vergnügen, andere leiden zu sehen, bewegt derart unsere Nerven, daß daraus die Begierde entsteht, immer neue Schmerzen hinzuzufügen, und indem wir mit Kleinigkeiten beginnen, endigen wir in der Scheußlichkeit. Infolge einer unsichtbaren Klimax der Gefühle, infolge der Gesetze der Natur beginnt man mit einem Nadelstich und endigt mit einem Dolchstoß. Besonders aber im Gebrauch der Gifte, in der Heimtücke seiner Wirkung liegt ein gesteigerter Reiz.« — »Wahrlich, ich finde dich deinen Lehrern überlegen, ich habe wohl Scheußlicheres erdacht, aber nicht durchgeführt.« — »Noch Scheußlicheres erdacht? Ja, um des Himmels Willen, was gibt es noch mehr auszudenken.« — »Ich möchte ein Verbrechen erfinden«, sagte Clairwil, »das aus sich selbst neue gebärt, so daß, ob ich schlafe oder ob ich nicht mehr bin, es keine Sekunde gibt, wo ich nicht der Grund irgend einer Untat wäre, so daß daraus das allgemeine Verderben entstünde, daß ich auch nach meinem Tode dadurch weiter leben würde.« — »Belmor und ich«, antwortete ich, »haben darüber lange nachgedacht. Es gibt wenig Phantasien wie die seine, und hier hast du eine kleine Berechnung von seiner Hand, woraus du die Schnelligkeit der Ansteckung erkennen kannst, aber auch den Grad der Wollust, die dieses Verbrechen erzeugt, wenn es wahr ist, daß das Gefühl mit der Stärke des Verbrechens zunimmt.«

Hier zeigte nun Madame de Lorsange* das Papier, das sie einst

* Der Autor wechselt hier die Perspektive von der Ich-Erzählung zur dritten Person. (Anm. der Herausgeberin)

von Belmor erhalten: Ein Freigeist, entschlossen zu dieser Tat kann mit Leichtigkeit in einem Jahre dreißig Kinder verderben, in dreißig Jahren hat er neuntausend verdorben und wenn jedes Kind nur ein Viertel dessen vollbringt, was er getan, wird der Wüstling das Glück haben, nachdem er zwei Generationen heranwachsen gesehen hat, neun Millionen Verbrecher durch ihn oder durch seine Prinzipien zu sehen.« — »Gottvoll«, sagte Clairwil, »aber man muß es auch durchführen; man muß nicht nur dreihundert jährlich verderben, sondern auch bei der Verderbnis mithelfen. Donnerwetter, wenn zehn Personen zu dieser Tat sich vereinigen würden, die Verderbnis würde unter ihren Augen schnellere Fortschritte machen als die Pest.« — »Gewiß«, sagte ich, »aber hierzu muß man alle Mittel auf einmal der Sicherheit wegen verwenden, Rat, Tat und Wort.« — »Wie gefährlich das alles ist«, sagte Clairwil — »Gewiß«, sagte ich; »aber erinnern darf ich daran, daß Machiavelli sagt, es ist besser, mitten hinein, als um eine Sache herumzugehen.« — »Weißt du«, sagte Clairwil, »daß dein Belmor ein reizender Kerl ist.« — »Gewiß, es gibt kaum einen verirrteren. Er wird auch unsere Einkäufe gut finden.« — »Du mußt sie ihm um schweres Gold verkaufen.« — »Du glaubst also«, fragte ich, »wie sehr man einen Mann auch liebt, in welchem Verhältnis man zu ihm steht, immer soll man ihn täuschen.« — »Gewiß«, sagte Clairwil, »seine Manneseigenschaft allein zwingt uns, mit ihm so zu sein, wie er mit uns, es gibt keinen aufrichtigen Mann, warum sollen wir es sein? Genieße die Verirrungen deines Liebhabers, erfreue dich seiner geistigen und körperlichen Vorzüge, erhitze dich an seinem Geist und seinem Talent, aber vergiß nie, daß er einem dir feindlichen Geschlecht angehört, daß du niemals die Gelegenheit verfehlen darfst, die Knechtung deines Geschlechtes zu rächen, mit einem Worte, er ist dein Mann, darum betrüge ihn. Du bist noch ungläubig, gutmütig in diesem Punkt, du achtest die Männer, statt dich ihrer bloß zu bedienen, um sie zu betrügen. Du ziehst aus Saint-Fond nicht ein Viertel dessen heraus, was ich erzielt hatte. Bei seiner großen Schwäche für dich würde ich täglich Millionen erlangen.«

Diese Unterredung fand auf dem Wege statt, der uns zur Zauberin führte. Die Pferde standen still und damit auch unsere Unterredung. Am Ende des Faubourg Saint-Jaques, in einem kleinen einsamen Häuschen, wohnte die Abenteuerin, die wir besuchten. Der Diener läutete, eine alte Dienerin fragte, was wir wollten und führte uns dann in einen niedrigen Saal, nachdem sie uns gebeten, unseren Pagen bei einem benachbarten Wirtshaus warten zu lassen. Nach einer viertel Stunde erschien die Durand. Sie war eine sehr schöne Frau von vierzig Jahren, schön entwickelte Formen, ein römisch geschnittener Kopf, ausdrucksvolle Augen, eine angenehme Stimme, feine Manieren, kurz alles, was auf Grazie, Erziehung und Geist deutet. »Madame«, sagte meine Freundin, »Leute, die Sie gut kennen, denen Sie gedient, schicken uns zu Ihnen. Vor allem sollt Ihr uns die Zukunft sagen, hier sind 25 Louis dafür. Ferner müßt Ihr uns die Mittel verkaufen, Herr unserer Zukunft zu sein, indem Ihr uns eine vollständige Sammlung Gifte gebt. Hier ist das Honorar für den Unterricht«, sagte Clairwil, indem sie ihr weitere 50 Louis gab. »Zeigt uns auch Euer Kabinett mit Eurem Pflanzengarten, wir werden schon noch auch weiter gehen.« — »Das erste, was ich bemerke«, antwortete die Durand, »ist, daß Ihr sehr schöne Damen seid und daß Ihr, bevor ich Euch willfahren kann, Zeremonien durchmachen müßt, die Euch vielleicht nicht gefallen.« — »Um was handelt es sich denn?« fragte Clairwil. — »Ihr müßt mir ganz nackt in ein finsteres Kabinett folgen, wo ich Euch peitschen werde.« — »Stark?« — »Bis aufs Blut, meine schönen Freundinnen, ich gewähre nichts ohne diese Vorbereitungen, ich brauche ausgepeitschtes Blut für die Prophezeiung.« — »Laßt uns eintreten«, sagte Clairwil, »in einer solchen Lage muß man sich in alles fügen.« Das Kabinett, in welches wir eintraten, war so merkwürdig, daß ich es euch beschreiben will. Schwarz gemalt, durch eine Lampe ein wenig erhellt, hatte es 20 Fuß im Geviert. Die ganze rechte Seite war vollgestellt mit allen möglichen Öfen und chemischen Instrumenten, auf der linken Seite waren eine Menge Flaschen und Bücher auf einigen Tischen. An der Stirnseite verbarg ein schwarzer Vorhang einen Raum, von dem ich später noch sprechen werde. In der Mitte war eine Holzsäule mit schwarzem Samt bekleidet. An diese band uns die Durand mit dem Gesicht einander zugekehrt.

»Wohlan«, fragte sie, »seit Ihr bereit, einige Schmerzen zu ertragen, um das Wissen, das Ihr erstrebt, zu erlangen?« — »Gewiß«, antworteten wir, »nur los, wir sind zu allem bereit.« Hierauf küßte uns die Durand sehr zärtlich auf den Mund, tastete unsere Hüften ab und band uns eine Binde vor die Augen. Darauf herrschte das größte Stillschweigen. Man näherte sich uns und ohne zu wissen von wem, erhielten wir abwechselnd jede 50 Hiebe. Man gebrauchte Ruten. Sie waren aber so grün und hart, man bediente sich ihrer mit solcher Heftigkeit, daß trotz unserer Gewöhnung sicherlich bald unser Blut dieses Vergnügen bezahlte. Jedoch, es fiel kein Wort und wir trauten uns nicht zu beklagen. Man betastete dann unseren Hintern und sicher waren es nicht die Hände der Madame Durand.

Es begann von neuem. Wir konnten diesmal nicht in Zweifel bleiben über das Geschlecht unseres Peinigers, denn ein Glied berührte unseren Arsch, er rieb sich an dem Blute, das herabfloß. Einige Seufzer, ein wollüstiges Stöhnen ließ sich hören, zwei oder drei Küsse berührten unser Arschloch, ja sogar eine Zunge drang hinein. Eine dritte Prozedur begann; man bediente sich aber diesmal keiner Ruten, sondern sehr spitziger Klopfpeitschen. Dies fühlten wir, trotzdem das Gefühl unserer Arschbacken erstorben war, denn sofort floß das Blut über Hüften und Beine. Das Glied näherte sich wieder, die Zunge ließ sich fühlen und die Exekution war zu Ende. Die Binde wurde uns weggenommen und wir sahen nur mehr Frau Durand, eine Schüssel in der Hand, mit der sie sorgfältig das Blut auffing. Sie knüpfte uns los, badete unseren Hintern mit Wasser und Essig und fragte uns dann, ob wir gelitten hätten. »Das ist ganz gleich«, sagen wir, »ist noch etwas zu tun?« — »Jawohl«, antwortete die Durand. »Ihr müßt euch den Kitzler geilen lassen. Ich muß euch im Vergnügen sehen, um die Zukunft sagen zu können.«

Daraufhin legte uns die Zauberin beide nebeneinander auf ein Kanapee, und zwar derart, daß unsere Köpfe hinter dem Vorhang waren, den ich früher erwähnt habe und daher nicht mehr in demselben Zimmer. Hierauf band uns die Durand mit Stricken über der Brust so fest, daß wir uns nicht aufheben und sehen konnten, mit wem wir es zu tun haben. Sie saß bei uns halb nackt. Ihre herrliche Brust war in der Höhe unserer Gesichter. Sie ließ sie uns küssen und beobachtete unsere Gesichter und die Schale mit unserem Blute. Man geilte uns zuerst den Kitzler, dann die Scheide und mit großer Kunst das Arschloch. Man leckte uns auch an allen diesen Stellen, dann hob und senkte man unsere Beine mittelst Stricken, ein mäßig großes Glied trat in Tätigkeit und fickte uns abwechselnd in Scheide und Arschloch. »Madame«, sagte ich zur Durand, sobald ich diesen Betrug bemerkte, »seid Ihr sicher dieses Mannes?« — »Einfältige Kreatur«, antwortete die Durand, »das ist kein Mann, der euch genießt, sondern Gott.« — »Ihr seid wohl verrückt«, sagte hierauf Clairwil, »denn vor allem gibt es keinen Gott, wenn es aber einen gäbe, würde er als Sinnbild der Vollkommenheit sich unseres Arsches und nicht unserer Fut bedienen.« — »Ruhe«, sagte die Durand; »gebt euch den Empfindungen des Fleisches hin, ohne euch darum zu kümmern, wer sie euch fühlen läßt. Noch ein Wort und alles ist verloren.« — »Wir sagen nichts mehr, aber bedenket, daß wir weder Kinder noch Syphilis haben wollen.« — »Nicht zu fürchten bei einem Gott«, antwortete die Durand. »Aber nochmals Ruhe, denn ich kann nichts mehr antworten.« Da fühlte ich sehr deutlich, wie der Schwanz, der mich bearbeitete, ausgiebig in meinen Arsch entlud. Der betreffende Mann begann zu fluchen, zu wettern, er wurde ganz wütend und plötzlich wurden wir, fast ohne daß wir es fühlten, mitsamt unseren Sofas in die Höhe entführt.

Wir befanden uns in einem Zimmer ohne Möbel, welches nach der Zeit berechnet, die wir gebraucht um hinzugelangen, sehr hoch gelegen schien. Die Durand folgte uns nach. Dieselbe Vorrichtung hatte auch sie zu uns geführt. Zwei kleine Mädchen von dreizehn bis vierzehn Jahren waren im Zimmer angebunden auf

Lehnstühlen. An ihrer Haltung und ihrer Blöße konnten wir unschwer erkennen, daß sie in größtem Elend geboren waren. In einer Wiege lagen zwei Knaben von neun Monaten. Ein großer Tisch stand im Zimmer und darauf lagen viele Pakete eingewickelt wie die Drogen in einer Apotheke. Auch waren eine große Anzahl Flaschen vorhanden.

»Hier will ich mit euch sprechen«, sagte die Durand und band uns los. »Du, Clairwil«, sagte sie und heftete ihren Blick auf deren Blut in der Schale. »Du siehst, ich kenne deinen Namen, ohne daß du mir ihn genannt hast. Du wirst nur noch fünf Jahre leben. Du hättest sechzig Jahre gelebt, ohne die Ausschweifungen, denen du huldigst. Dein Reichtum wird in dem Maße zunehmen, als deine Gesundheit entschwinden wird und am Tage, wo der Bär die Waage passiert, wirst du die Blumen des Frühjahres vermissen.« — »Ich verstehe dich nicht«, sagte Clairwil. — »Schreibe dir meine Worte auf; eines Tages wirst du sie richtig finden.« Meine Freundin schien sehr besorgt. »Du, Juliette — woher weiß ich deinen Namen? — du wirst durch einen Traum aufgeklärt werden. Ein Engel wird erscheinen und wird dir die unverständlichen Wahrheiten enthüllen, aber was ich dir jetzt schon sagen kann ist: Wo das Laster endet, beginnt das Unglück.«

In dem Moment erhob sich eine dichte Wolke im Zimmer. Die Durand fiel in Ohnmacht. Sie schrie, wandte sich in Krämpfen, so daß sich ihr schöner Körper ganz enthüllte und kam erst wieder zu sich, als die Wolke entschwand. Sie hinterließ im Zimmer einen Duft von Ambra und Schwefel. Wir erhielten unsere Kleider wieder. Sobald wir sie wieder angezogen, fragte uns die Durand, welche Gifte wir haben wollten. »Deine Prophezeiung quält mich«, sagte Clairwil in Gedanken, »sterben in fünf Jahren.«

»Vielleicht kannst du es vermeiden«, antwortete die Durand, »ich sagte, was ich sah, mitunter täuschen sich meine Augen.« — »Ich begrüße diese Hoffnung«, sagte Clairwil, »denn ich brauche sie. Übrigens, was liegt daran, wenn ich auch nur acht Tage mehr zu leben hätte, so müßten sie besudelt sein von Verbrechen. Also zeige uns alle deine Gifte, deine Flaschen und alle Zauberpflanzen deines Gartens. Du wirst uns die Eigenart aller Sachen erklären, und wir werden, was wir haben wollen, abseits stellen. Nachher rechnen wir.« — »Ich bekomme noch 25 Louis. Alles andere wird separat berechnet. Wollt Ihr Proben anstellen, so habt Ihr nur zu befehlen. Die kleinen Mädchen hier stehen zu Eurer Verfügung. Habt Ihr nicht genug daran, so beschaffe ich euch Männer und Frauen, so viel Ihr wollt, 50 Louis das Stück.« — »Du bist ein entzückendes Weib«, rief ich aus und fiel ihr um den Hals, »du wirst mit uns zufrieden sein.«

Die Zauberin ergriff hierauf ein Ebenholzstab, und indem sie eine Flasche nach der anderen herunterlangte, zeigte sie uns zuerst die Liebestränke und ebenso die antiaphrodisischen Latwerge und Salben. Wir ließen von den ersteren eine ziemliche Menge abseits stellen, darunter Canthariden, andere Samen und einige Fiolen japanischen Likörs, welches die Durand wegen der Seltenheit und außergewöhnlichen Wirkung sich mit 10 Louis per Fiole bezahlen ließ. Clairwil verlangte für ihren Teil auch von den zweiten, den Gegenmitteln: »Ich werde sie vielen Männern mit Vergnügen eingeben.«

»Jetzt kommen wir zu den Giften«, sagte die Durand, »wenn es manchmal schön ist, an der Fortpflanzung des Menschengeschlechtes zu arbeiten, ist es öfters angenehm, sie abzuschneiden.«

»So stelle doch nicht diese beiden Tätigkeiten gleich«, sagte ich zur Durand. »Die eine ist scheußlich, die letztere göttlich. Wir verlangen diese Tränke nicht, um an der Fortpflanzung zu arbeiten, sondern um unsere Wollust zu verdoppeln: Und gerade um die Nachkommenschaft, welche wir hassen, zu zerstören, werden wir die anderen kaufen.«

»Küsse mich«, sagte die Durand, »Ihr seid Frauen, wie ich sie liebe, und je mehr wir uns kennenlernen werden, desto mehr werden wir uns gegenseitig gefallen.« Die Gifte waren in großer Zahl nach ihrer Art geordnet. Krötensamen von so wunderbarer Wirkung, daß wir die Durand baten, uns eine Probe zu zeigen. »Sehr gerne, suchet euch eine von den beiden Mädchen aus.« Wir banden die los, die uns geeignet schien. Da fragte die Durand uns, ob wir sie nicht von einem Manne vögeln lassen wollten, und sie währenddessen vergiften. Wir antworteten, es würde uns Vergnügen machen. Die Durand klingelte. Ein Mann trat ein, hager, bleich, von galligem Aussehen, ungefähr fünfzig Jahre alt. Seine Kleidung war in Unordnung. »Das ist der Mann«, sagte ich zur Clairwil, »der sich soeben mit uns vergnügt hat.« — »Du kannst Recht haben.« — »Alzamor«, sagte die Durand, »du mußt diese Jungfrau entjungfern, während diese Damen sie mit diesem Pulver vernichten werden. Bist du kampfbereit?« — »Her mit dem Mädchen. Ich werde sehen, was ich kann.« — »Wer ist dieser Mann«, fragte ich die Durand. »Das ist ein alter Sylphe; soll ich ihn mit einem Wort verschwinden lassen.« — »Ja«, sagte ich. Die Durand sprach zwei schreckliche Worte aus, die unmöglich zu merken waren und wir sahen nur mehr Rauch. »Laß den Sylph zurückkommen«, sagte Clairwil. Ein ähnliches Wort und eine Wolke brachte ihn wieder. Diesesmal stand er dem Sylphen. Er bemächtigte sich des Kindes, in zwei Minuten hatte er sie entjungfert, das Blut floß im Zimmer. Er besaß wirklich eine erstaunliche Kraft. Clairwil ließ die Kleine den Krötensamen in einer Tasse Bouillon schlucken. Sofort lag es in Krämpfen. Mitten unter diesen Krämpfen drehte Alzamor sie um, um sie in den Arsch zu ficken. Da vermehrten sich ihre Schreie und Verzerrungen. Es war schrecklich anzusehen. In sechs Minuten war sie tot, und der Sylph entlud erst in ihren Arsch, als sie schon eine Leiche war. Ihre Todesangst war entsetzlich. Er stieß furchtbare Schreie aus, und dadurch kamen wir zur Überzeugung, daß es derselbe war, der sich an uns ergötzt hatte. Das barbarische Wort wurde wiederholt, Alzamor verschwand und mit ihm die Leiche.

Die Durand setzte die Erklärung der Gifte fort und kam zu einer zweiten Art. »Da ist«, sagte sie, »verkohltes Fleisch des äthiopischen Tigers. Seine plötzliche Wirkung müßt Ihr beobachten.« — »Machen wir einen Versuch, aber mit einem jungen Manne«, sagte Clairwil. »Welches Alter?« — »Achtzehn bis zwanzig Jahre.«

Sofort erschien ein hübscher, schön gebauter, mit einem sehr schönen Glied, aber in einem solchen Zustand des Elends und Herabgekommenseins, daß wir wußten, er sei aus der Klasse der Zauberin. »Wollt Ihr Euch mit ihm belustigen?« — »Ja«, sagte ich, »aber du mußt die Dritte im Bunde sein. Er muß uns alle drei vögeln.« — »Wie, Ihr wollt mich vögeln sehen?« — »Sehr gerne«, antwortete ich. — »Aber ich werde Euch erschrecken, ich bin entsetzlich.« — »Ach geh«, sagte Clairwil und umarmte sie, »du erschreckst uns nicht; du bist unser würdig und wir wollen dich in voller Tätigkeit sehen.«

Und ohne weiteres eilt Clairwil auf den Jüngling zu und beginnt ihn aufzugeilen, während ich die Durand entkleide, wobei ich ihren schönen Körper mit den Augen, Händen und der Zunge verzehrte. Man konnte sich nicht schönere, frischere, weißere Formen denken. Sie hatte die schönsten Arschbacken und Brüste, die man sich vorstellen kann, und eine Clitoris! Nie sah ich eine so große und harte. Ich empfand sofort die größte Zuneigung für diese Frau und ich begann sie aus Herzenslust zu schlecken; da kam Clairwil mit ihrem Jüngling, den sie am Glied herbeiführt, und schiebt mich auf die Seite, um es in die Scheide der Zauberin einzuleiten. Diese widersetzt sich aber mit einem schrecklichen Schrei: »Warum verlangt Ihr dieses Schauderhafte von mir? Ich mag nicht mit der Scheide vögeln. Ich kann es auch gar nicht. Glaubt Ihr denn, ich bin eine gewöhnliche Frau?« Und indem sie mit einem Faustschlag den Mann zurückstieß, bot sie ihm ihren Arsch dar. Clairwil führte das Glied ein, welches ohne jegliche Vorbereitung im Arschloch mit derselben Leichtigkeit verschwand, als wäre es von einer weichen Scheide verschlungen worden. Da begann die Hexe in der wollüstigsten Weise herumzuhüpfen. Clairwil und ich nährten ihre Ekstase, indem wir sie schleckten, küßten und auf jegliche Weise schmeichelten. Man kann sich keine Vorstellung machen von der Brunst dieses Weibes, von dem Schmutz ihres Gespräches, von der außer Rand und Band geratenen Lasterhaftigkeit ihrer Ideen, kurz von der Zerfahrenheit ihres ganzen Wesens, erzeugt durch die unglaubliche Heftigkeit ihrer Leidenschaft. Mitten in der Krise verlangte sie unseren Arsch zu küssen. Die Hure schleckt uns und behandelt uns wie ein Mann. In dem Moment, als die Verzückung ihre Sinne ergriff, begann sie nach dem Gifte zu schreien. »Nein«, sagte Clairwil, »zuerst muß der Kerl uns alle ficken.« Die Durand stieß entsetzliche Schreie aus, verdrehte alle Glieder und hatte einen entsetzlichen Nervenanfall. Sie verlor solche Quantitäten Samen, daß ich meinen Mund während des Schleckens ganz voll bekam. »Nichts ist verloren«, sagte die Durand, indem sie den jungen Mann von sich stieß. »Hindert ihn daran zu entladen und er wird umso besser vögeln.« Da ich meinen Arsch zuerst darbot, empfing ich den Samen des Gliedes, welches im Arsch der Durand so gut vorbereitet war. Währenddem ich gefickt wurde, schlürfte ich weiter die Samenströme der Durand, während Clairwil sie am Arsch leckte.

Dann kam meine Freundin an die Reihe und während der Jüngling sie bearbeitete, gab ihm die Durand das Pulver ein. Die Zuckungen ergriffen ihn, bevor er noch Zeit hatte, seinen Schweif aus dem Arschloch meiner Freundin herauszuziehen, und so starb er mitten beim Vögeln, und das erzeugte bei Clairwil eine solche Lustkrise, daß ich glaubte, sie würde sterben. »Hol mich der Teufel!« schrie sie, »ich glaube, ich habe seine Seele zugleich mit seinem Samen bekommen. Ihr könnt Euch nicht vorstellen, wie sein Glied während der Zuckungen angeschwollen ist und was für ein mächtiges Lustgefühl dies bei mir hervorrief.« Wollüstige Frauen! Vergiftet Eure Liebhaber, während Ihr sie im Arschloch oder in der Scheide habt, und Ihr werdet sehen, welcher Erfolg! Wir hatten wirklich die größte Mühe, sein Glied aus dem Arschloch meiner Freundin herauszuziehen, und als wir es erreicht hatten, bemerkten wir, daß ihn die Todeszuckungen nicht verhindert hatten zu entladen. »Habe ich Euch nicht gesagt«, sagte Clairwil, »daß ich in meinen Arsch zugleich seine Seele und seinen Samen aufgenommen habe?«

Die Leiche verschwindet und wir setzten unsere Prüfung fort. Vor allem sahen wir das Königsgift, womit Louis XV sehr viele

Mitglieder seiner Familie verschwinden ließ. Vergiftete Nadeln und Pfeile, vermischte Schlangengifte mit allen möglichen Namen. »Dieser Saft ist so gesättigt mit dem Gift, daß er ungewöhnlich gefährlich ist. Noch niemals hat er versagt. Wollt Ihr eine Probe sehen?« — »Sicherlich«, sagte ich, »sei überzeugt, so etwas versagen wir uns nie. Was für ein Opfer suchst du dir aus?« — »Einen schönen, jungen Mann«, sagte Clairwil. — »Von mir aus« sagte ich, »du führst mich auf Abwege, aber was soll ich tun? Ich muß mit dir sündigen.« Auf ein Glockenzeichen erschien ein achtzehnjähriger Knabe, ebenso schön und ebenso schlecht aussehend wie der letzte. »Wollt Ihr«, fragte die Durand, »daß Alzamor ihn vor Euch pouseriere?« — »Gewiß!« Eine Wolke erhellt sich, der Sylph erscheint. »Vögle diesen Knaben«, sagte die Durand, »die Damen wollen den Saft des Palpoch an ihm erproben.« — »Wartet«, sagte Clairwil, »er muß mich dabei in den Arsch ficken« — »Was sollen wir tun, Durand und ich?« — »Du wirst den Alzamor im Arsch lecken, und die Durand, auf welcher ich liegen werde, wird mich mit ihrem Kitzler vögeln. Nichts wird sie hindern zu handeln, und wenn sie sehen wird, daß der junge Mann im Begriff ist zu entladen, soll sie ihm ein Gläschen von dem Gift, dessen Probe wir sehen wollen, eingeben.« Alles geschieht nach dem Wunsche meiner Freundin, aber sobald der Jüngling das Gift genommen, bekommt er solche Anfälle, daß das ganze Arrangement in Brüche geht. Wir überlassen dem Sterbenden die Mitte des Zimmers. Alzamor wichst Clairwil, ich werfe mich in die Arme der Durand, welche mich zum Entzücken geilt. Man kann sich nicht mehr Kunst vorstellen. Die ganze Skala der Wollust durchlaufen die verwegenen Finger dieser gräßlichen Frau, während ihr verliebter Mund mich mit glühenden Küssen bedeckt. Mittlerweile taumelt das unglückliche Opfer wie ein Trunkener herum, bis er langsam vor unseren Augen in einen schrecklichen Schwindel verfällt. Seine Empfindungen im Gehirn waren so entsetzlich, daß er glaubte, den Kopf voll kochenden Wassers zu haben. Hierauf schwoll der ganze Körper an, das Gesicht wurde bleifarbig, die Augen traten

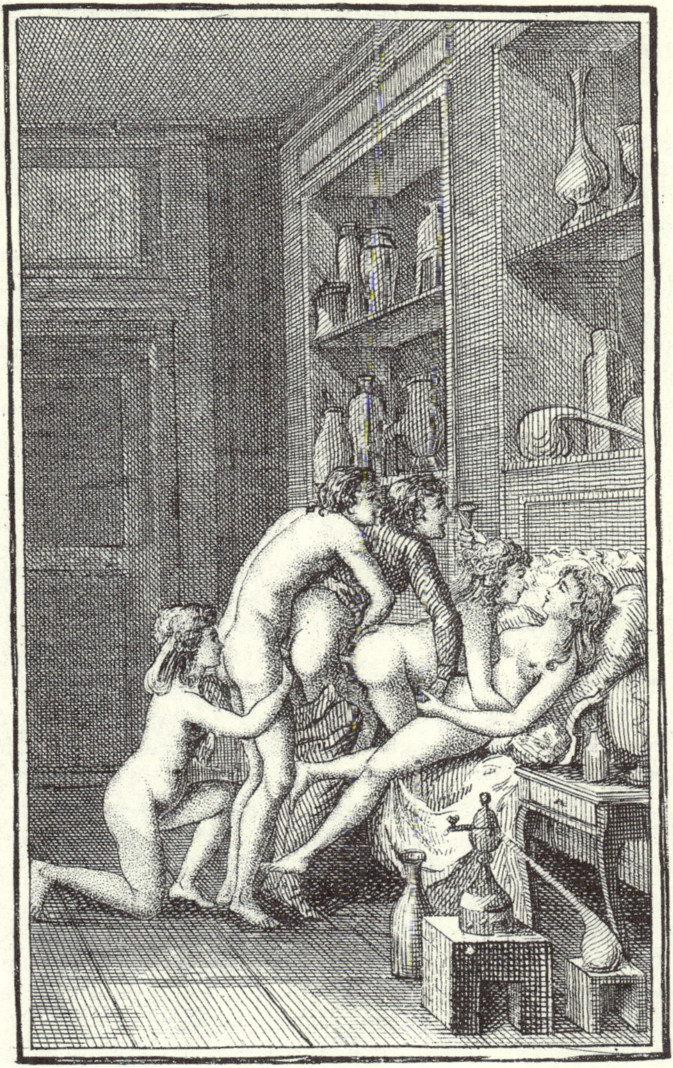

aus den Höhlen und endlich stürzte der Unglückliche, im schrecklichsten Todeskampfe sich windend und krümmend, zu unseren Füßen, während wir so reichlich schamlos entluden.

»Das ist die göttlichste Lust«, sagte Clairwil, »sie wird mir immer den Kopf verdrehen und ich werde mich ihr immer widmen, wenn ich es unbekümmert tun kann.« — »Niemals wird man diesen Giftmord nachweisen können«, sagte Durand, »welche Beweise, welche Zeugen wirst du gegen dich haben? Die geschickteste Kunst des Arztes versagt und es ist unmöglich für ihn, den Unterschied der Wirkung des Giftes und einer natürlichen Krankheit auseinander zu halten. Leugne alles und nimm Rücksicht darauf, daß du keinen Vorteil von den Verbrechen hast, denn dann wirst du immer gedeckt sein.« — »Weiter, weiter, Verführerin«, sagte Clairwil, »wenn ich dir glaube, so entvölkere ich heute Abend noch ganz Paris.« Die Durand sprach ein arabisches Wort aus und der Sylph verschwand.

»Gehen wir jetzt in den Garten hinab«, sagte die Zauberin, »ich führe euch hinunter, weil Ihr es verlangt, aber der letzte strenge Winter hat mir fast nichts übrig gelassen.« Der ungemein finstere Garten glich einem Friedhof. Unsere Neugierde trieb uns sofort in einen Winkel, wo die Erde frisch umgegraben schien. »Hier verbirgst du deine Verbrechen, Durand, nicht wahr?« fragte Clairwil. »Weiter, weiter«, sagte die Durand und zog uns fort; »es ist besser zu sehen, womit, als was man tut.« Sie erklärte uns verschiedenes. Da sagte ich auf einmal: »Dieser Friedhof neben uns erhitzt absonderlich meinen Kopf, ich möchte, daß du von dem Gift, welches am schrecklichsten wirkt, einem vierzehn- bis fünfzehnjährigen Mädchen zu schlucken gibst. Man würde ein Grab für sie graben, wir schließen uns in den Friedhof ein und, wenn die Zuckungen des Giftes das Opfer in die vorbereitete Grube ziehen, bedecken wir sie mit Erde und entladen.« — »Ich bin entschlossen, euch nichts zu versagen«, antwortete die Durand. »Ihr seht, ich habe euren Vorschlag vorhergesehen, denn hier ist das junge Mädchen, wenn Ihr den Friedhof genau betrachtet, werdet Ihr gegen Osten ein fertiges Grab finden.« Tatsächlich stand ein sehr schönes Kind ganz nackt hinter einem wilden Feigenbaum. Das Grab, welches die Durand uns versprochen, öffnete sich vor unseren Augen. »Was ist denn«, sagte die Zauberin, als sie uns ganz erschrocken sah, »habt Ihr Angst vor mir?« — »Angst nicht«, antwortete ich, »aber wir begreifen dich nicht.« — »Die ganze Natur dient mir«, antwortete die Durand, »und wird immer dem dienen, der sie studiert, mit der Chemie und Physik erreicht man alles. Archimedes verlangte einen Stützpunkt, um die Erde aus den Fugen zu heben, und ich bedarf nur einer Schlange, um sie für fünf Minuten zu stören.« — »Himmlische Kreatur«, rief Clairwil aus »wie glücklich bin ich, dich gefunden zu haben.« Wir schließen uns mit der Kleinen im Friedhof ein, sobald sie das Gift verschluckt hatte, begannen ihre Zuckungen. »Setzen wir uns«, sagte ich, »auf die frisch aufgeworfene Erde.« — »Ich verstehe dich«, sagte die Zauberin, zog eine Schachtel aus der Tasche und kaum hatte sie mit dem darin enthaltenen Pulver den Friedhof besät, als die Erde von selbst sich aufwühlte und die Leichname zum Vorschein kamen. »Himmel, welcher Anblick«, rief Clairwil, und wälzte sich auf dem Rücken. »Auf, geilen wir uns alle drei in Betrachtung des Leidens dieses Balges.« — »Ziehen wir uns nackt aus«, schlug die Durand vor. »Unser Fleisch muß diese Knochen drücken und aufwühlen und dieses wollüstige Gefühl muß uns zum höchsten Genusse verhelfen. Es gibt noch eine sehr einfache Sache, machen wir uns aus den Knochen dieser Opfer Godmichés.« Clairwil findet die Idee ausgezeichnet und beeilt sich, uns ein Beispiel zu geben. »Gut«, sagte ich zu meiner Freundin, »aber wir müssen auf den Schädeln sitzen, unser Arschloch muß von dem spitzen Gefühl gekitzelt werden. Schau wie ich mich hinsetze.« — »Ah«, sagte die Durand, »das ist gerade der noch frische Kopf des Knaben, den wir gerade umgebracht haben. Warte, Juliette, ich werde dich mit einer seiner Hände geilen.« Was soll ich euch sagen, meine Freunde. Der Wahnsinn und die Absonderlichkeit war auf ihrer Höhe. Noch viel schändlichere Dinge erfanden wir und führten wir auf, während das Opfer in schrecklichen Zuckungen vor uns aushauchte.

In den letzten Zuckungen fiel sie in die vorbereitete Gruft, während die Durand und die Clairwil mich mit ihrem Samen überschwemmten. Indem die eine meine Brust, die andere meinen Mund schleckte. Wir kleideten uns an und setzten das Examen mit der Seelenruhe fort, wie es die Toren nach einer tugendhaften Tat tun könnten. Nachdem wir den übrigen Garten durcheilt, gingen wir wieder hinauf.

»Die zwei Kinder, die Ihr in der Wiege seht« sagte die Durand, »sind bestimmt, um aus Ihnen vor Euch das kostbarste und wirksamste meiner Gifte zu erzeugen. Wollt Ihr zusehen?« — »Gewiß.« — »Ich wundere mich gar nicht«, sagte die Durand, »ich kenne euch jetzt als philosophische Frauen, die die Zerstörung der Materie als chemische Operation betrachten. Ich beginne.« Die Durand ergriff eines der Kinder nach dem anderen und hängt sie mit ihren Füßen an die Decke. Hierauf zerfetzte sie sie mit Rutenstreichen.

Der Mund dieser Unglücklichen bedeckte sich mit Schaum, und die Zauberin sammelte ihn sorgfältig und verkaufte uns ihn um 100 Louis, nachdem sie uns versichert, daß es das heftigste aller Gifte, die sie erzeuge, sei. Die Kinder verendeten, ohne daß sich die Durand darum kümmerte, das gehört dazu, um das Verbrechen mit Wollust zu begehen. »Geliebte Freundin«, sagte Clairwil und überlegte alles, was sie gesehen hatte, »da hast du meine schrecklichen Geheimnisse. Ich kenne noch andere, das Leben der Menschen ist in meiner Hand, ich bin imstande, die Pest und alle anderen Epidemien zu verbreiten, die Luft und das Wasser zu vergiften, Häuser und Gärten zu vernichten, das Fleisch der Tiere in Gift zu verwandeln und den plötzlichen Tod dem zu geben, der an einer Blume riecht oder einen Brief öffnet.« — »Aber«, sagte ich zur Durand, »wie kann jemand, der die Natur so gut kennt, an Gott glauben?« — »Gibt es einen Mächtigeren als den Schwanz?« fragte die Durand. »Ah«, sagte ich, »diese Antwort ist mir die liebste, aber sei ehrlich, glaubst du nicht an Gott?« — »Meine Freunde«, sagte die Durand, »je mehr man die Natur und ihre Geheimnisse studiert, desto mehr erkennt man, daß ein Gott unnötig ist. Dieses Ideal, das häßlichste und lächerlichste, entsteht bei allen Menschen aus Furcht oder Hoffnung. An einen Schöpfer glauben, hieße die Natur verkennen. Nur Dumme und Spitzbuben glauben an Gott. Die Gottheit der Menschen ist die Summe aller Kraft, die allen Natureffekten innewohnende und nicht erkennbare Ursache. Man hat ihm alle möglichen Eigenschaften beigelegt, man läßt ihn strafen und belohnen und doch sind ihm alle Wesen gleich, denn Gott ist die schaffende Natur, und es macht ihm dieselbe Mühe, ob er einen Ochsen oder einen Menschen zeugt oder zerstört.« — »Und wie hältst du es mit der Seele?« fragte Clairwil. »Deine Denkungsart ist der unseren zu verwandt, als daß wir sie nicht näher kennen lernen möchten.« — »Ebenso materialistisch in Bezug auf die Seele wie auf den Gott muß ich Euch eingestehen«, sagte die Durand, »daß ich, nachdem ich mit Aufmerksamkeit alle Träume der Philosophen über diesen Punkt gelesen, zur Ansieht gekommen bin, daß die Seele des Menschen nur ein Teil jenes Fluidums ist, das aus der Sonne quillt. Durchaus ähnlich der Seele des Tieres, wenn auch anders organisiert. Diese Seele, nach meiner Meinung die Weltseele, ist das heiligste Feuer im Weltall, sie brennt nicht von selbst, aber in unseren Nerven, ihrem gewöhnlichen Wohnsitz, erzeugt sie ein derartiges Leben der tierischen Maschine, daß sie sie empfänglich macht für alle Gefühle und alle Empfindungen. Es ist ein Effekt der Elektrizität, welche wir noch nicht genügend kennen. Beim Tode des Menschen wie des Tieres entflieht dieses Feuer und vereinigt sich mit der allgemeinen Masse, die stets in Bewegung und stets unverändert bleibt. Der Körper zerfällt und vereinigt sich zu neuen Formen, welche entflammt werden von neuen Teilen dieses himmlischen Feuers. Ihr könnt Euch daher vorstellen, wie komisch mir die Phantasien von Hölle und Paradies dünken.« — »Meine Liebe«, sagte Clairwil, »nachdem du uns so aufrichtig deine Meinung gesagt, die ja auch die unsrige ist, solltest du uns ebenso aufrichtig eingestehen, welcher Gott uns vorhin so gut gepeitscht und gevögelt hat. Warum enthüllst du uns nicht die Geheimnisse deines Hauses, wo du nicht gezögert hast, uns die der Natur zu enthüllen.« — »Weil die der Natur der ganzen Welt angehören, die meines Hauses aber nur mir. Bei mir ist es, sie zu verschweigen oder zu enthüllen, und wenn Ihr mich mit Gold bedeckt, werdet Ihr nichts erfahren.« — »Nun gut«, sagte ich, »halten wir uns nicht weiter mit Fragen auf, die Madame uns nicht beantworten will, sondern bleiben wir bei denen, die sie uns beantworten kann. Es ist sicher, daß in deinem Hause allen möglichen Ausschweifungen gehuldigt wird; welche können wir haben, denn wir sind begeisterte Liebhaber hiervon.«

»Es gibt keine einzige Leidenschaft«, sagte die Durand, »keine Phantasie, kein Verbrechen, keine Verirrung, deren Genuß ich euch nicht verschaffen kann. Ihr müßt mir nur einige Stunden früher anzeigen, was Ihr wünscht und so absonderlich Euer Geschmack wäre, so schrecklich und außergewöhnlich, ich verspreche, Euch Gelegenheit zu geben, ihm zu frönen. Ja, noch mehr, wenn es einen Mann oder ein Weib gibt, dessen Geschmacksrichtung oder Leidenschaft ihr kennenlernen wollt, so werdet Ihr ihn hier zu sehen bekommen, ohne daß die Person es bemerkt hinter einem Gazeschleier. Das ganze Haus steht zu eurer Verfügung. Seine isolierte Lage, die Leichtigkeit, mit der man von allen vier Seiten, ohne gesehen zu werden, herkommen kann, die Strenge beim Einlaß, kurz alle Vorsichtsmaßregeln sichern ebenso die Diskretion wie das Vergnügen. Befehlt und Ihr werdet gut bedient werden. Alle Geschlechter aller Nationen, alle Leidenschaften, Liederlichkeit, Verbrechen stehen euch zur Verfügung. Ihr zahlet gut, ich weiß, und für Geld hat man bei mir alles.« — »Zu was brauchst du es denn, du mußt doch unendlich reich sein.« — »Stimmt«, antwortete die Durand, »aber ich habe auch meinen Geschmack und verzehre damit alles, was ich verdiene, deshalb bin ich nicht so reich als ihr glaubt. Ja, hier residiert das Geheimnis und die Zerstreuung. Ihr könnt, wenn Ihr wollt, noch fünfhundert Opfern schlachten, nichts wird sich ändern. Wollt Ihr noch irgend etwas unternehmen, so befehlt, Ihr werdet sofort befriedigt.«

»Ich will«, sagte Clairwil, »zwei Knaben von dreizehn Jahren mit einem glühenden eisernen Godmiché im Arsch vögeln, Ihr sollt sie vergiften, während zwei schöne, schon vergiftete Männer mich im Arsch ficken.« — »100 Louis für jedes Opfer und Ihr werdet zufrieden sein.« Ich verlangte zwei kleine Mädchen, denn ich liebe es mit Frauen zu machen, was die Metze mit den Männern tut. »Ich werde sie mit ebensolchen Godmichés vögeln und euer Sylph wird sie mit glühenden Stacheln zerfleischen. Während der Operation verlange ich gepeitscht zu werden.« — »50 Louis für jedes Opfer.« Wir zahlten und in zehn Minuten war alles in Gang.

Nichts war so schön wie die kleinen Mädchen, die ich bekam und nichts so wild, wie das Vögeln des Sylph. Die Opfer hauchten in unseren Armen aus, und unser Vergnügen war unbeschreiblich. Der Sylph und die Leichen verschwanden, aber wir waren nicht beruhigt. Clairwil, zerrauft wie eine Bacchantin, schäumte vor Wollust. Und ich war auch nicht viel stiller.

Die Durand beschwor uns, anderen Leidenschaften zu frönen, und wenn es uns gefiele, würde sie uns dabei von einigen Lüstlingen bearbeiten lassen. Man gebe nur jeder ein Opfer und die Zuschauer werden zufrieden sein. Man führt mir ein reizendes Mädchen zu, nackt und geknebelt. Ein gleiches männliches Opfer erhält meine Freundin. Wir striegeln sie mit Dornen und spitzen Stacheln. Durand, die sich zurückgezogen, klopft leise an die Türe: »Der Beweis, daß Ihr beobachtet wurdet, ist, daß man euch bittet, die Folter fortzusetzen, euch aber nach jener Seite zu drehen, damit man euren Arsch sehen kann.« — »Sage, wir werden folgen!« antwortete Clairwil. Wir setzten fort. Die wilde Bestie öffnet die Eingeweide des Knaben und reißt ihm das Herz heraus und steckt es noch ganz warm und zuckend in ihre Scheide. Sie geilt sich damit. O Teufel! Seit einem Jahrhundert sehne ich mich danach, mich mit einem Kinderherz zu geilen. Du wirst sehen, wie ich entlade. Kniend auf der Leiche des unglücklichen Knaben sog sie noch an seinem Munde, indem sie sich mit dem Herzen geilte. »Ich will, daß es ganz in meiner Scheide verschwinde«, und um es leichter wieder herauszuziehen, steckte sie ein Band durch. Das Herz verschwand. »Oh Teufel, ist das süß«, heulte die Clairwil vor Lust, »versuche es, versuche, Juliette, damit du siehst, daß es keine größere Wollust gibt.« — »Ich kannte einen Mann«, antwortete sie, »der hatte ungefähr denselben Geschmack. In ein noch zuckendes Herz steckte er sein Glied und entlud dort.« — »Das kann ganz schön sein«, sagte Clairwil, »aber nicht mit mir zu vergleichen. Versuche es, Juliette, ich beschwöre dich.«

Nichts wirkt so auf eine Phantasie wie die meine, als das Beispiel, es ermutigt, entscheidet, elektrisiert. Ich hatte sofort mein Opfer aufgeschlitzt und sein zuckendes Herz schlug in meiner Scheide. Ich konnte es aber nicht tiefer hineinbringen, die Wege waren zu eng. »Zerschneide es«, sagte Clairwil, als sie meine Verlegenheit sah, »ein Stück muß unbedingt ganz hinein.«

Ich folge ihr und auf die gleiche Weise wie Clairwil gelingt es mir, die Hälfte des Herzen in die Gebärmutter hineinzubringen. Die Kanaille hatte wirklich Recht. Kein Godmiché kann eine solche Wirkung hervorrufen. Es gibt keinen, der solche Wärme und solche Schmiegsamkeit hat und dann das sittliche Gefühl, wie wird ihm geschmeichelt durch solche Greueltaten. Ich gestehe es ein, Clairwil hatte eine großartige Idee, und seit langem hatte ich nicht so köstlich entladen. Nach einer Stunde verflossen in solchen Greueltaten, ließen wir die Durand wieder kommen. »Teufel«, sagte sie, als sie die schrecklichen Reste sah, »ich glaube, euch braucht man nicht viel zu zeigen.« — »Wir würden stündlich solche Taten vollführen«, sagte Clairwil, »meine Liebe, so vertraut mit dem Mord wie du sind wir auch, wir verherrlichen ihn so wie du, und so bald du in deinem Hause einen zu besorgen hast, findest du an uns immer Kundschaft.« — »Meine lieben Freunde«, sagte die Durand, »das ist noch nicht alles. Ich habe euch noch etwas vorzuschlagen. Wollt Ihr mich 50 Louis verdienen lassen.« — »Gerne.« — »Also, seid so gut und gebt euch einen Augenblick eurem Zuschauer hin. Er brennt vor Begierde nach euch. Er ist verrückt genug vor Aufregung.« — »Ja«, sagte ich, »aber wir wollen auch Geld. Nichts bringt so viel Glück als Geld im Bordell verdient. Verlange 100 Louis von ihm, wir wollen jede 25.« — »Ich bin der Meinung meiner Freundin, aber was will der Mann von uns? Man muß sich nach der Leistung zahlen lassen.« — »Aber«, sagte die Durand, »er wird alles mögliche mit euch tun. Er ist ein großer Wüstling. Aber er weiß, daß Ihr vornehme Damen seid und wird euch schonen.« — »Er soll eintreten und gut zahlen. Schonung brauchen wir keine. Wir sind Huren und wollen als solche behandelt werden.«

Er kam. Er war ungefähr sechzig Jahre alt. Klein, dick, wie ein Finanzmann aussehend. Er war fast nackt und man arschfickte ihn im Gehen. »O die schönen Popos«, rief er und folgte uns, »o, die schönen Ärsche. Ihr habt entzückende Sachen angestellt, Ihr habt getötet, geschlachtet. O, wie ich das liebe. Wenn Ihr wollt, so machen wir's zusammen.« Dabei warf mich der Schweinkerl schon aufs Bett und vögelte mich in den Arsch und greift gleichzeitig den Hintern Clairwils ab. Nach einigen groben Stößen wechselt er und fickt Clairwil, während er meinen Arsch filzt. Jetzt entlud der, welcher ihn vögelte. Der kleine Mann, überzeugt, daß er nur mit einem guten Schwanz im Arschloch sich im Sattel halten konnte, zieht sofort seinen Schwanz heraus und ergreift ein Rutenbündel, indem er seinem Buhlen befahl, uns zu halten, während er uns peitschte. Aber in welche außergewöhnliche Situation versetzt uns der Kerl. Sein Mann hielt jede von uns unter einem Arm. So hatte der kleine Kerl zwei Ärsche zum peitschen und ein Glied zum geilen. Er beginnt sein Werk. Unsere Ärsche erhalten so viel als der Satan will. Die Operation war ebenso lang als blutig. Sechs Rutenbündel verbraucht er. Und unsere Hüften werden ebenso geplagt als unser Arsch. In den Zwischenpausen schleckt er an dem Glied des Mannes und bringt es zum Stehen. Sobald er dies bemerkt, befiehlt er ihm, eine zu vögeln. Nachdem wir so gut gepeitscht worden waren, bedurften wir dieser Kühlung. Während uns der Mann abwechselnd vögelt, fickt ihn der Finanzier in den Arsch. Als seine Leidenschaft entflammt war, verlangt er noch einen Mord. Man bringt ihm einen Knaben von elf Jahren, den er päderastiert, dabei ließ er sich ficken. Das Scheusal verlangt uns, den Knaben zu öffnen, das Herz herauszureißen und ihm damit die Nase einzuschmieren, so entlud er. Das Ungeheuer, triefend von Blut, entlädt und brüllt dabei wie ein Stier. Kaum fertig verschwindet er ohne ein Wort wie der Blitz. Das ist der Erfolg der Ausschweifung bei furchtsamen Seelen. Scham und Gewissensbisse folgen den Momenten der Verzückung, weil diese Leute keine Prinzipien haben und glauben, schlecht getan zu haben, weil sie anders tun wie die anderen. »Wer ist dieses Original«, fragte ich die Durand. »Das ist ein sehr reicher Mann, dessen Namen ich euch aber nicht sage, denn euch wäre es ja auch nicht recht, wenn ich euren nennen würde.« — »Huldigt er oft dem Morde?« — »Sehr oft führt er ihn selbst durch. Heute war er aber nicht in Form, darum hat er uns beauftragt. Er ist furchtbar fromm. Er geht sogar, Gott nach einem Greuel um Entschuldigung bitten. Der Dummkopf. Wie ich ihn bedauere. Wenn man sich mit solchen Dingen abgibt, muß man alle Vorurteile hinter sich haben.« Indem wir uns anzogen, machten wir ein Paket aus allen Giften, zahlten reichlich und bestiegen wieder unseren Wagen, indem wir uns jede für sich vornahmen, den Verkehr mit einer so nützlichen Frau zu pflegen und von unseren Einkäufen den ausgiebigsten Gebrauch zu machen. »Ich werde«, sagte Clairwil, »allen Leuten davon geben, denen ich begegne, nur um das Gefühl dieser Tat zu kosten, von der ich fühle, daß sie mir die liebste wird und kitzlichste für meine Sinne.«

Ich brannte danach, die Durand mit Belmor bekannt zu machen. Ich fand sie einander so würdig, daß ich mich lange Zeit mit dem Gedanken begeilte, meinen Liebhaber in den Armen dieser Megäre zu sehen. Ich sprach ihm von ihr. Er kannte sie noch nicht. Wir gingen hin. Seit dem Besuch mit Clairwil hatte ich nicht Zeit gehabt, sie zu sehen. Nach einigen Vorwürfen, sie so lange vernachlässigt zu haben, empfing sie den Comte auf das Beste. Entzückt von allem was er sah, nach zahlreichen Einkäufen, konnte er der wollüstigen Empfindung, die ihm diese Frau einflößte, nicht widerstehen. Die Szene spielte sich so, wie ich wollte, vor meinen Augen ab. Nachdem er die Spitzbübin im Arsch gefickt hatte, bat sie Belmor, seine Lieblingsleidenschaft zu befriedigen, ich erklärte sie ihr, die Opfer erschienen sofort und Belmor befriedigte sich köstlich mit meiner Hilfe. »Diese Leidenschaft ist reizend«, sagte die Durand, »wenn Ihr mich übermorgen besuchen kommen wollt, werde ich Euch eine ähnliche zeigen, wenn auch viel außergewöhnlicher. Wir gingen hin, aber die Durand war verschwunden, das wohlverschlossene Haus öffnete sich nicht und alle Nachforschungen, die ich nach diesem interessanten Weibe anstellte, blieben erfolglos.

So verstrichen zwei Jahre ohne besondere Ereignisse. Mein Luxus ebenso wie meine Ausschweifung vervielfältigten sich derart, daß ich keinen natürlichen Genuß mehr liebte und vollständig unempfindlich war, wenn nicht etwas außergewöhnliches oder verbrecherisches mir vorgeschlagen wurde. Diesen Zustand mag wohl die Tugend benützt haben, um eine letzte Anstrengung zu machen, sei es, daß unsere Erschöpfung uns in den Zustand der Schwäche versetzt, sei es, daß wir in unserer natürlichen Unbeständigkeit, gelangweilt durch das Verbrechen, das Gegenteil versuchen wollen. Immerhin erscheinen die Vorurteile wieder und wenn sie obsiegen, so machen sie uns sehr unglücklich, denn es gibt nichts Schlechteres als den Rückweg. Die folgenden Ereignisse werden Euch hiervon überzeugen.

Ich war zweiundzwanzig Jahre alt, als mir Saint-Fond ein entsetzliches Projekt mitteilte. Immer in Gedanken beschäftigt mit seinen Entvölkerungsplänen, handelte es sich ihm darum, durch abscheuliche Aufkäufe zwei Drittel von Frankreich durch Hunger zu töten. Ich sollte daran den größten Anteil haben; so sehr ich auch verdorben war, diese Idee ließ mich zagen. Verderbliche Rührung, warum konnte ich dich nicht besiegen, wie teuer kommst du mir zu stehen. Saint-Fond zog sich, als er sie bemerkte, ohne ein Wort zurück. Es war spät, ich legte mich schlafen.

Lange konnte ich nicht einschlafen, ein schrecklicher Traum störte mich. Ich glaubte, eine entsetzliche Person zu sehen, die mein Haus in Flammen setzte. Mitten in diesem Brande suchte ein jugendliches Wesen mich zu retten. Es ging aber selbst in den Flammen unter. Noch halb im Traume erwache ich. Die Prophezeiung der Zauberin steht vor mir. Wo das Ende des Verbrechens, hatte sie gesagt, ist der Anfang des Unglückes. Oh Himmel ich bin verloren, denn ich habe einen Moment aufgehört, sündig zu sein. Ich habe vor einem Greuel zurückgeschreckt, jetzt verschlingt mich das Unglück, das ist sicher. Diese Frau, die ich in meinem Traum gesehen, war Justine, meine traurige Schwester, mit der ich mich zerworfen hatte, wegen ihrer Tugend. Sie erscheint mir und die Sünde wird schwach in meinem Herzen. Traurige Prophezeiung, und du, die du mir sie erklären könntest, verschwindest in dem Momente, da ich deines Rates bedarf. Ich war noch in meinem Bett, erdrückt von diesem schrecklichen Gedanken, als ein Unbekannter, ohne gemeldet zu sein, eintrat, mir ein Briefchen übergibt und davoneilt. Ich erkenne die Schrift Noirceuils.

Du bist verloren, schreibt er mir. *Ich hätte niemals die Schwäche meinem Zögling, der sich immer gut betragen, zugetraut. Vergeblich wirst du versichern, deine Lauheit gutzumachen. Der Minister läßt sich nicht täuschen. Deine erste Bewegung hat dich verraten. Verlasse Paris sofort, nimm alles Geld mit dir, das du auftreiben kannst, denn alle deine Güter, die du der offenen Hand Saint-Fonds verdankst, sind für dich verloren, du kennst seinen Zorn, fliehe daher schnell und vor allem stillschweigend. Es handelt sich um dein Leben. Ich lasse dir die 10.000 Francs Rente, die ich dir geschenkt habe. Sie werden dir immer ausgezahlt werden. Fliehe, niemand darf etwas wissen.*

Ein Blitzschlag hätte mich weniger grausam getroffen. Ich fürchtete aber Saint-Fond zu sehr, um nicht entschlossen zu sein.

Ich stehe rasch auf, da ich aber meine ganzen Kostbarkeiten und Ersparnisse beim Notar Saint-Fonds deponiert hatte, waren sie für mich verloren. 500 Louis war alles, was mir blieb. Ich versteckte sie im Busen und verlasse eiligst zu Fuß das Haus, das mich noch gestern mit solcher Pracht umgeben. Ich möchte Clairwil gerne sehen, aber ich traue mich nicht. Ist es denn nicht sie, die mich verraten, die meinen Platz erobern will? Doch wie Unrecht tat ich ihr, indem ich meine beste Freundin (wie Ihr bald sehen werdet) so verdächtigte. Auf, sagte ich, nur Mut. Erwarte keine Hilfe, außer durch dich selbst, ich bin noch jung, fangen wir vom frischen an. Die Fehler meiner Jugend machten mich klug. Verderbliche Tugend, einmal konntest du mich betrügen, aber nie wieder wird man mich vor deinem Altar sehen. Ich habe einen einzigen Fehltritt begangen und den durch eine unglückliche Eingebung der Rechtschaffenheit. Oh, fort mit ihr, die nur dazu dient, die Menschen zu verderben. Das größte Unglück auf der so verdorbenen Welt ist, sich allein von Ansteckung freihalten zu wollen. Wie oft hatte ich dies doch gedacht.

Ohne Ziel, nur um mich rasch der Rache Saint-Fonds zu entziehen, bestieg ich den ersten Postwagen. Er ging nach Angers. Nachdem ich ganz fremd dort war, beschloß ich, dort ein Haus zu mieten und bei mir Empfänge abzuhalten. Bald war der ganze Adel des Landes bei mir, eine Menge Liebhaber erklärten sich, aber der Anschein von Tugend und Zurückhaltung, den ich mir gab, überzeugte meine Verehrer bald, daß nur der mich besitzen würde, der mir eine Zukunft schafft. Der Comte de Lorsange, derselbe, dessen Namen ich heute noch trage, schien mir beständiger und reicher als die anderen. Er war vierzig Jahre alt, hatte ein schönes Gesicht und zeigte ehrlichere und höherstehende Absichten als die anderen. Ich hörte ihm zu. Ledig, im Besitze von 50.000 Francs Rente, ohne nähere Verwandtschaft, würde er vorziehen, wenn ich mich würdig erweisen würde, mich zu heiraten, als weitläufigen fremden Verwandten sein Vermögen zu hinterlassen. Wenn ich ihm alles gestehen, ganz offen sein würde, würde er mich am nächsten Tage heiraten und mir gleichzeitig

10.000 Francs Rente verschreiben. Dieser Vorschlag war so schön, daß ich ihn sofort annahm. Der Comte verlangte eine volle Beichte. Ich zögerte nicht, ihm alles zu sagen. »Höre Juliette«, sagte Monsieur de Lorsange, nachdem er mir zugehört, »deine Beichte beweist mir Offenheit, die ich liebe. Wer solche Fehler mit solchem Freimut bekennt, wird in der Zukunft vor ihnen sicherer sein als der, welcher nur die Tugend kennt, denn der erste weiß, woran er ist, der zweite wird vielleicht das kennenlernen wollen, was ihm noch unbekannt. Hören Sie nur einige Momente zu. Ihre Bekehrung ist mir wichtig. Ich will Ihnen nicht eine Predigt halten, sondern Ihnen Wahrheiten sagen, Wahrheiten, welche Ihnen der Schleier der Leidenschaft verhüllt, und die Sie immer in Ihrem Herzen finden werden, wenn Sie sie suchen wollen. Oh Juliette, derjenige, welcher Ihnen gesagt, daß die Tugend im Leben unnütz ist, hat Ihnen eine grausame Falle gestellt und der, welcher gesagt, daß die Religion eine Fabel, hätte besser getan, Sie mit einem Schlag zu töten, denn in letzterem Falle schafft er Ihnen nur einen Augenblick Schmerz, im anderen besät er ihre Lebensbahn mit Dornen und Unglück. Der Mißbrauch der Worte hat Sie zu diesem Irrtum getrieben. Lernet darum das Wort Tugend mit Gerechtigkeit betrachten. Die Tugend, Juliette, ist die treue Pflichterfüllung gegen unsere Nächsten. Ich frage Sie, wer ist so wahnsinnig, darin sein Glück zu finden, alles zu zerstören, was uns an unseres Gleichen fesselt? Wird dieses Wesen es wagen, sich für glücklich zu halten, wenn es die ganze Welt ins Unglück stürzt, ist es stark genug, mächtig und mutig genug, um allein dem Willen aller zu widerstehen und glaubt es allein Leidenschaften zu besitzen? Wie kann es hoffen, den seinen frönen zu können, wenn alle anderen wären wie es? Sie werden mir eingestehen, Juliette, daß nur ein Narr so denken kann; ist er denn sicher vor dem Gesetz? Trifft ihn denn nicht das Schwert so sicher wie jeden anderen? Und selbst, wolltest du ihn über das Gesetz stellen, wo bleibt sein Gewissen? Glaube mir, Juliette, niemals entrinnt man dieser schrecklichen Stimme. Du selbst hast es gesehen, du selbst hast es erzählt. Du glaubtest diese

Stimme erstickt, aber mächtiger noch als jene Leidenschaften hat sie mit ihrer Sprache diese zum Schweigen gebracht. Der Mensch als Gesellschaftstier muß auch die Pflichten übernehmen, die ihm die Gesellschaft auferlegt. In ihrer Erhaltung liegt die Tugend. Daher ist Tugend das erste Bedürfnis des Menschen und die einzige Quelle seines irdischen Glückes. Wie leicht erfließen aus diesen ersten sittlichen Wahrheiten die Wahrheiten der Religion. Wie leicht läßt sich dem tugendhaften Menschen die Existenz Gottes beweisen. Die überirdische Natur, Juliette, ist das Wesen des Schöpfers, sowie die Menschlichkeit die des Geschöpfes. Gott ist der Hort der höchsten Weisheit, von der die Seele des Menschen ein Strahl. Verschließe sie diesem Feuer und du wirst nur Irrtum und Unglück auf der Erde haben. Betrachte kaltblütig die Motive derjenigen, welche dir das Gegenteil lehrten, hatten sie einen anderen Zweck als dich zu verderben und deinen ehrlichen Glauben zu mißbrauchen. Hatten sie einen anderen, als ihren gefährlichen und verächtlichen Leidenschaften zu frönen. Und gerade darin haben sie sich getäuscht. Das bedenkt eben nie der schlechte Mensch. Um sich einen Genuß zu verschaffen, verliert er tausende und um einen glücklichen Tag zu verleben, schafft er sich eine Million schrecklicher. Die Ansteckung der Sünde ist so groß, daß der von ihr Erreichte seine ganze Umgebung vergiften will, die Tugend verletzt ihn, er möchte sie den anderen verbergen und fühlt dabei nicht, daß alle Anstrengungen, sie zu vernichten nur zu ihrem Triumph führen. Die Wollust des Übeltäters ist, sie täglich zu vergrößern. Im Moment, als er nicht mehr weiter kann, fühlt er seine Schwäche. Ist das auch bei der Tugend der Fall? Je mehr er deren Freuden erhöht, desto zarter werden sie und nur im Schoße Gottes findet er seine Grenzen, wo sich das ganze Sein zu ewigem Leben vereint. Oh, Juliette, welche Wonnen hat die Tugend und die Religion. Ich habe wie alle Männer gelebt, du siehst es daran, daß ich dich in einem Haus der Freude kennen gelernt, aber mitten unter allen Leidenschaften, mitten unter dem Kreuzfeuer meiner Jugend hat mir die Tugend immer schön geschienen, und in der Erfüllung ihrer Pflichten habe ich meine höchsten Freuden gekostet. Sei aufrichtig, Juliette, wie kannst du glauben, daß es lieblicher ist, Tränen fließen zu lassen als sie zu trocknen? Ich will dir zugestehen, daß es genug verdorbene Gemüter gibt, welche darin eine Wollust empfinden können. Glaubst du aber, sie ist der anderen zu vergleichen? Die Ausschreitung, der Genuß eines Augenblicks, kann er sich der reinen andauernden Freude vergleichen? Kann der Haß und die Verwünschung deiner Mitmenschen dir soviel sein wie ihre Liebe und ihr Wohlwollen? Seid Ihr unsterblich und unverwundbar, Ihr sittenlosen und verdorbenen Menschen? Schwimmt Ihr nicht wie wir alle auf dem gefährlichen Ozean des Lebens und bedürft Ihr nicht, wie wir, der Hilfe, wenn Ihr Schiffbruch leidet? Glaubt Ihr, Menschen finden zu können, wenn Ihr sie früher verhöhntet? Und wenn Ihr auf die Hilfe der Menschen verzichtet, haßt Ihr auch Gott.

Wenn du mir diese ersten Prinzipien zugestehen willst, so werde ich dich mit Leichtigkeit durch die Tugend zur Gotteserkenntnis führen, denn Juliette, schrecklich ist die Finsternis der Atheisten. Ich will nicht hinweisen auf die Schönheit des Weltalls, um dir die Notwendigkeit eines höchsten Wesens zu beweisen. Der Druck der Zügellosigkeit verhindert den Menschen, Gott zu erkennen. Der Schuldige zweifelt gerne an der Existenz des Richters. Es ist einfacher und weniger peinlich zu sagen, es gibt keinen Gott, als den zu fürchten, gegen den man sich versündigt hat. Doch wenn diese Vorurteile schwinden, wird ein unbefangener Blick auf die Schönheit der Natur ihn das Vorhandensein des Schöpfers lehren. Juliette, die Theologie ist keine Wissenschaft der Sünder. Sie ist die Stimme der Natur für die Tugendhaften, Gottes Ebenbild, für den, der ihn verehrt und der sehr erzürnt wäre, würde man den Trost der Religion eine Fabel schelten. Das Weltall trägt die Spuren einer mächtigen, immer schaffenden Gewalt und der Zufall, die traurige und schwache Ausrede der Bösen, hätte sie nie geschaffen. Wenn du aber die Existenz des höchsten Wesens anerkennst, wie willst du dich seiner Verehrung entziehen? Verdient denn das Erhabenste auf der

Welt nicht unsere Ehrfurcht, verdient nicht der unseren Dank, dem wir alle Freuden schulden? Sind wir einmal soweit gelangt, werde ich dir mit Leichtigkeit beweisen, daß die beste und vernünftigste aller Religionen, die deiner Kindheit ist. O Juliette, wie wirst du die Weisheit des Schöpfers deiner Religion lieben, wenn du erst die Tugend liebst. Kein Philosoph des Altertums hat eine reinere und schönere gepredigt. Interesse, Ehrsucht, Egoismus sprechen aus den anderen. Christus allein predigt nur Menschenliebe, Plato, Sokrates, Konfuzius, Mohammed wollten verehrt werden und Jünger haben. Jesus sah vor sich nur den Tod. Und sein Tod diene uns zum Beispiel.«

Ich hörte diesem klugen Mann zu mit den Gedanken: Sollte das der Engel sein, von dem die Durand mir gesagt, er werde mir unbekannte Tugenden künden? Unwillkürlich drückte ich die Hand dieses neuen Freundes. Tränen traten ihm in seine Augen und er schloß mich in seine Arme. »Nein, mein Herr«, sagte ich, »ich fühle mich des Glückes, das Sie mir bieten, nicht würdig, ich bin zu weit gegangen, als daß eine Rückkehr möglich wäre.« — »O wie schlecht kennst du Gott und die Tugend, die von ihm stammt. Immer waren die Arme Gottes offen dem reuigen Sünder. Bete zu ihm mit Inbrunst, Juliette, und du wirst seine Gnade haben. Ich verlange von dir nicht leere Formeln, nicht abergläubische Handlungen, sondern Aufrichtigkeit und Tugend und einen reinen Lebenswandel, die dir das Glück für den Rest deines noch langen Lebens sichern werden. Diejenigen, welche dein Laster liebten, weil sie darin Befriedigung des Ihren fanden, sprachen nicht so mit dir, nur der Freund deiner Seele durfte es und Sie werden es seinem heißen Wunsche, Sie glücklich zu sehen, zuschreiben.«

Wenn ich euch eingestehen muß: Die schöne kleine Rede des Monsieur de Lorsange hatte mich keineswegs überzeugt. Die Vernunft hatte zu sehr von mir Besitz ergriffen, als daß ich noch dem Aberglauben und dem Vorurteil Gehör schenken konnte. Was für Mittel verwendete vor allem der arme Lorsange! Es gab in meinen Augen nichts lächerlicheres, als das Glück des Menschen auf Tugend aufzubauen. Woher kam denn mein ganzes

Unglück, nur weil ich derselben einen Augenblick Gehör geschenkt? Weiter frage ich euch, ob die verfänglichen Schlußfolgerungen Lorsanges einen Augenblick nur einen so starken Geist wie den meinen blenden konnten. War die Tugend notwendig, so war es auch die Religion, daraus folgt, daß, nachdem diese auf Vorurteil aufgebaut ist, alles zusammenstürzte, wenn man den Grundpfeiler wegzog. Nein, nein, sagte ich mir, die Tugend ist nicht nur nicht notwendig, sondern direkt schädlich und gefährlich. Habe ich nicht den traurigen Beweis hierfür? Und alle Fabeln der Religion, welche man auf sie stützen will, können wie sie selbst nur die Absurdität zum Grundsatz haben. Die Eigenliebe ist das oberste Prinzip der Natur. Folglich widerspricht die Tugend diesem obersten Gesetz, indem sie aus einem fortwährenden Opfer der eigenen Wünsche und Neigungen zugunsten anderer besteht. Wenn die Tugend ein Beweis für Gott ist, so baut man der Gottheit Tempel auf dem Rücken das größten Feindes der Natur. O Lorsange, dein ganzer Bau bricht in sich selbst zusammen, du hast nur auf Sand gebaut. Der Mensch, von der Natur geschaffen, soll nur den Eindrücken folgen, die er von ihr erhält, und wenn er alle Vorurteile ablegt, wird er niemals die Notwendigkeit der Tugend, die Existenz Gottes finden. Aber ich muß betrügen. Das Unglück zwingt mich hierzu. Die Hand Lorsanges brauche ich, um wieder in die Bahn des Glückes zu gelangen. Ergreifen wir sie um jeden Preis. Falschheit und Verstellung seien immer meine Waffen. Die Schwachheit meines Geschlechtes nötigt sie uns auf und sie sollen die Grundlage meines Charakters sein. Ich war an die Lüge seit langem so gewöhnt, daß ich mich durch sie in allen Lagen mit Leichtigkeit schützen konnte.

Ich heuchelte den Ratschlägen Lorsanges Folgsamkeit. Ich stellte meine Empfänge ein. Er fand mich immer allein, wenn er kam und seine scheinbaren Fortschritte in meiner Seele waren so groß, daß man mich bald in der Messe sah. Lorsange fiel in die Falle, 10.000 Francs Rente wurden mir verschrieben und sechs Monate nach meiner Ankunft in Angers heiratete ich ihn. Nachdem mein altes Leben hier unbekannt war und ich mich gut aufgeführt hatte, fand die Wahl Lorsanges allgemeinen Beifall, und ich stand bald an der Spitze des ersten Hauses der Stadt. Meine Falschheit gab mir das Wohlleben wieder, welches mir die Angst vor dem Verbrechen geraubt. Und wieder war das Verbrechen obenauf, man kann sagen, was man will, immer wird es siegen, so lange es Menschen gibt.

Ich werde euch nichts von meinen ehelichen Vergnügen mit Monsieur Lorsange erzählen. Der arme Mann kannte nur so einfältige wie sein Verstand war. Ebenso unwissend in der Wollust wie in der Philosophie versuchte der arme Teufel während der zwei Jahre, die ich das Unglück hatte, sein Weib zu sein, nicht die kleinste Änderung. Aufgestachelt durch diese Einförmigkeit suchte ich bald Zerstreuung in der Stadt. Das Geschlecht war mir gleichgültig, wenn ich nur meinen Phantasien huldigen konnte. Lange mußte ich suchen. Die strenge Erziehung und Sitten der Provinz, die Armut der Bevölkerung, der Mangel an wirklichem Vermögen, alles hinderte meine Schritte.

Ein schönes junges Mädchen von sechzehn Jahren, die Tochter eines alten Freundes meines Mannes, war die erste, die ich in Angriff nahm. Caroline, verführt durch die Unsittlichkeit meines Systems, gab bald meinen Wünschen nach. Aber Caroline, die sehr schön war, konnte sie jemanden fesseln, der wie ich nur durch Phantasie in Wollust kam? Die arme Kleine besaß gar keine. Ich vertauschte sie bald mit einer anderen, und so fort. Ich fand genug schöne Menschen, aber alle so kühl, nicht die geringste Ausschweifung. O Clairwil, wie vermißte ich dich. Man kann sagen, was man will, wer von Jugend auf aus Gewohnheit oder aus Geschmack das Laster liebt, wird viel leichter sein Glück in der immerwährenden Ausübung dieser Neigung finden, als der, welcher nur immer die langweiligen Tugendpfade gewandelt.

Ich versuchte es mit Männern. Auch da war ich nicht glücklicher. Ich war beim zehnten angelangt, als ich eines Tages in der Messe neben meinem tugendhaften Gatten sitzend, in dem Zelebrierenden den Abbé Chabert wieder zu erkennen glaubte, mit dem ich einigemale in der »Gesellschaft der Verbrecherfreunde«

zu tun hatte, jener reizende Mensch, den ihr noch heute bei mir seht. Niemals war mir die Messe so lange vorgekommen. Lorsange entfernt sich endlich. Ich bleibe zurück, um noch zu beten, wie ich sage.

Ich lasse den Priester rufen, der soeben amtiert. Er kommt... es ist Chabert. Wir begeben uns sofort in eine entlegene Kapelle, und dort teilt mir der reizende Abt, nachdem er sich herzlichst das Glück gewünscht, mich wiederzusehen, mit, daß große Einkünfte, welche er in dieser Diözese besitze, ihn zwingen, sich zu verstellen. Ich soll mich durch seine Politik und die damit verbundenen Lächerlichkeiten nicht täuschen lassen. Seine Denkungsart sei immer die gleiche und er sei bereit, mir, wann ich wolle, hiervon Proben zu geben. Ich erzählte ihm auch meine Geschichte. Er war erst seit acht Tagen in der Stadt, hatte keine Ahnung, daß ich da war, und bat mich, unsere Bekanntschaft wieder aufzufrischen. »Abbé«, sagte ich, »wozu noch warten, vögle mich gleich hier. Die Kirche ist geschlossen, der Altar sei unser Bett. Beeile dich, mich mit den Vergnügen wieder bekanntzumachen, denen ich täglich nachweine. Glaubst du, daß keiner von denen, welchen ich mich in dieser verfluchten Stadt hingegeben, sich auch nur um meinen Arsch gekümmert hat, wo ich doch einzig und allein die Angriffe auf ihn liebe, und alles andere Vergnügen nur als Anhängsel und Episoden auffasse!« — »Wohlan«, sagte Chabert, »so weihen wir uns ihm.« Er stützte meinen Bauch auf den Altar, und als er meine Röcke gelüftet, bewunderte er meinen Arsch. »O Juliette«, rief er aus, ein Popo ist immer der gleiche, nur mit der Venus zu vergleichen.« Er verneigt sich und küßt ihn. Ich liebe es, in meinem Arsch die Zunge zu fühlen, auf der Gottes Wort geruht. Sein Schwanz trat bald an ihre Stelle und drang mir in den Arsch bis auf die Hoden. O wie entzückend ist der Rückfall ins Laster. Ich kann euch meine Wollust nicht beschreiben. Es ist ebenso süß, das Böse wieder zu beginnen, als es grausam ist, darin unterbrochen zu werden. Seit der gezwungenen Unterbrechung dieser Freuden habe ich danach die verzehrendste Sehnsucht empfunden. Sie offenbarte sich in einem Prickeln in dieser Gegend, welches ich vergeblich mit Godmichés zu beruhigen suchte. Chabert gab mir das Leben wieder, und als der Spitzbube bemerkte, was für einen Genuß er mir bot, dehnte er das Vergnügen aus, und jung und potent wie er war, entlud er dreimal hintereinander in meinen Arsch. »Nicht wahr, Juliette«, sagte er, sich erhebend, »es gibt nichts besseres.«

»Chabert, wem sagst du das, welche fleißigere Anhängerin der Sodomie kannst du denn finden auf dieser Welt. Wir müssen uns wieder sehen, mein Liebster.« — »Ja Juliette, und ich will, daß du doppelt froh unseres Wiedersehens wirst.« — »Wie meinst du das?« — »Ich habe Freunde.« — »Und ich soll ihre Hure sein?« — »Diese Rolle paßt besser für eine Natur als die deine, als die bisherige.« — »O wie freue ich mich, daß du mir so Gerechtigkeit widerfahren läßt. Wie traurig ist es, die Rolle einer anständigen Frau spielen zu müssen. Der Titel allein zeugt von Dummheit. Alle schamhaften Frauen sind dumm, weil sie ohne die Stärke, ihre Vorurteile abzuschütteln aus Dummheit oder Temperamentmangel darin verstrickt bleiben und ewig ein von der Natur stiefmütterlich behandeltes Wesen bleiben.«

Die Frauen, Werkzeuge der Schamlosigkeit, sind zur Schamlosigkeit geboren, und die sich derselben versagen, verdienen nur Verachtung.

Chabert kannte meinen Gatten. Er schilderte ihn mir als Pietisten und riet mir dringend, einige Rosen auf die Dornen Hymens zu pflanzen. Er wußte, daß Monsieur Lorsange am nächsten Tage auf einer seiner Güter mußte, und riet mir, die Gelegenheit zu benützen, um auf seinem Landsitz, wohin er mich führen würde, einen kleinen Abklatsch unserer Pariser Ausschweifung kennen zu lernen.

»Was Sie hier machen«, sagte ich, »ist sehr häßlich. Sie zerstören alle meine Tugendabsichten. Dürfen sie mein Laster unterstützen? Den Weg zum Verbrechen ebnen? Eine Frau ihrem Manne entführen? Du wirst es mit deinem Gewissen verantworten müssen. Höre auf mit deinen Versuchungen! Noch ist es Zeit! Ich brauche nur einen weniger verdorbenen Führer wie du, um Rat zu fragen. Er wird mir schon die Mittel sagen, wie ich solchen verbrecherischen Gelüsten widerstehen kann. Er wird mir beweisen, daß es nur die Früchte einer verdorbenen Seele sind. Daß man sich, wenn man sich ihnen hingibt, ewige Gewissensbisse schafft, und umso schrecklichere, als es Fehler sind, die man nie wieder gut machen kann. Er wird mir nicht wie du sagen, daß ich alles tun kann, und nichts zu fürchten habe. Er wird mich nicht in meinen Verirrungen ermutigen, indem er mir Straflosigkeit zusichert, mir hilft, meinen Gatten, meinen tugendhaften Gatten zu betrügen. Er wird mich an Gott erinnern, der gestorben, um mir Gnade zu bringen. Ein toter Gott? Und doch Gott. Sind die Christen nicht töricht? Er wird mich fühlen lassen, wie wenig ich solche Gnade verdiene. Aber die verdorbene, ketzerische Hure, die du gekannt, schickt den zum Teufel, der so mit ihr spricht. Sie sagt zu ihm: »Ich verabscheue die Religion, deinen Gott und deine Ratschläge. Die Tugend mißfällt mir, das Laster bezaubert mich!« — »Böses Weib«, sagte Chabert, als wir uns trennten, »du bist noch immer wie du warst, so reizend und liebenswürdig und in dieser Einöde, in welcher wir leben, schätze ich mich glücklich, dich gefunden zu haben.«

Ich erschien pünktlich beim Rendez-vous, wir waren außer Chabert und mir elf Frauen und vier Männer, mit drei der Frauen hatte ich mich bereits früher ergötzt. Die vier Männer waren mir fleischlich unbekannt. Der Abbé hielt uns eine große Predigt und wir überboten uns in Ausschweifungen. Die Frauen waren schön, die Männer kräftig. Mein Arsch wurde von allen Männern gevögelt, die Scheide von allen Frauen geschleckt. Ich entlud unzähligemal. Ich will euch weder diese, noch die weiteren Zusammenkünfte in Angers beschreiben, denn ich glaube, ihr seid des Schlüpfrigen müde und ich glaube, ich werde mich auf das beschränken, was ich wegen seiner Absonderlichkeit oder seines verbrecherischen Charakters euch mitzuteilen für gut finde.

Elf Monate nach meiner Heirat gab ich einer Tochter das Leben, nur um das Vermögen meines Gatten an mich zu fesseln. Ihr möchtet wohl wissen, ob dieses Kind von meinem tugendhaften Gatten war. Gestattet, daß ich euch darauf die Antwort der Polignac gebe, auf eine gleich indiskrete Frage. Sie sagte nämlich zu ihrem Gatten: »Mein Herr, wenn man sich an einem Rosenstrauch reibt, woher soll man wissen, welche Dorne gestochen?« Aber was machte das, Lorsange nahm die Ehre und Lasten der Vaterschaft auf sich, bedurfte ich mehr zu meiner Habsucht? Das kleine Mädchen, das mein Gatte Marianne nannte, war ein Jahr alt und seine Mutter vierundzwanzig, als mich gewichtige Gründe veranlaßten, Frankreich zu verlassen. Ich erhielt nämlich anonyme Briefe, welche mich davon verständigten, daß Saint-Fond immer noch in seiner Machtstellung und meine Indiskretion fürchte, bedaure, mich nicht eingekerkert zu haben und mich überall suche. Ich hielt meinen Namen und Stellungswechsel für nicht genügend, um mich vor ihm zu sichern und beschloß, die Alpen zwischen mich und seinen Haß zu stellen. Doch ich mußte zu diesen Zwecke zuerst die Bande, die mich an meinen Gatten fesselten, zerreißen. An dem Verbrechen war mir sehr wenig gelegen. Im Gegenteil, bei seiner Vorbereitung ergötzte ich mich und die Wollust, die ich dabei empfand, trieb mich, diese Durchführung zu beschleunigen. Es blieben mir sechs Dosen von jeglichem Gift der Durand, ich gab meinem Gatten aus Respekt und da ich Eile hatte, das Königsgift ein. Nichts war so schön, wie der Tod des Monsieur de Lorsange.

Er machte aus seinem Sterbezimmer eine Kapelle. Er predigte mir, fragte mich aus, langweilte mich, legte mir sein (ich muß lachen) sein Kind an's Herz und starb in den Armen von drei Beichtvätern. Wenn das noch zwei Tage gedauert hätte, hätte ich ihn allein sterben lassen. Unter den Dingen, die ich nicht begreife, gehört auch die Sorgfalt für den Toten. Aus einem Lebenden muß man herausziehen, was möglich, aber sobald ihm die Natur, indem sie ihn mit Krankheit schlägt, beweist, daß sie ihn wieder zu sich berufen will, sollten wir aus Achtung vor ihren Gesetzen uns nicht dreinmischen, ja wir sollten ihr sogar helfen, mit einem Wort, die Kranken soll man sich selbst überlassen, nachdem man ihnen einige Erleichterungen hingestellt hat. Es ist gegen alle Naturgesetze, daß gesunde Leute hingehen und die verpestete Luft des Krankenzimmers einatmen, um so auch krank zu werden. Es ist direkt eine Sünde, die Natur zwingen zu wollen, den Rückweg einzuschlagen, darum soll man mir nie Härte vorwerfen, wenn ich der Krankenpflege aus dem Wege gehe, mein Verstand befiehlt mir, dies zu unterlassen und er hat mich noch selten betrogen.

Fortsetzung des dritten Teiles
in Band 4 der Werkausgabe

Über diese Ausgabe

Der Text folgt der von Martin Isenbiel [d.i. Richard Fiedler] zum ersten Mal ins Deutsche übertragenen Ausgabe, o.O., Privatdruck, 1906. Die Übersetzung enthält Kürzungen, die zum Teil von der Herausgeberin ergänzt wurden.

Ursprünglich wurde der Doppelroman *Justine und Juliette* vom Autor in 10 Bänden angelegt, denen in dieser Ausgabe 10 Teile entsprechen. Die umfangreiche *Juliette* haben wir in ein erstes und zweites Buch aufgeteilt.

Für ihre freundliche Unterstützung danken wir: Ars Armandi, Berlin, bei der Textvorlage, sowie der Hessischen Landesbibliothek bei den Bildvorlagen. Die Kupferstiche sind der Ausgabe *»La nouvelle Justine ou les malheurs de la vertu, suivi de l'Histoire de Juliette, sa sœur«*, en Hollande, 1797, entnommen.

Inhalt der Werkausgabe